jojo moyes

după ce te-am pierdut

Traducere din limba engleză
GABRIEL TUDOR

LITERA®
București
2019

After You
Jojo Moyes

LITERA®
Editura Litera
O.P. 53; C.P. 212, sector 4, București, România
tel.: 021 319 63 93; 0752 101 777

Ne puteți vizita pe
www.litera.ro

După ce te-am pierdut
Jojo Moyes

Editor: Vidrașcu și fiii
Redactor: Florentina Nica
Corector: Ioana Patriche
Copertă: Flori Zahiu
Tehnoredactare și prepress: Ofelia Coșman

Seria de ficțiune a Editurii Litera este coordonată
de Cristina Vidrașcu Sturza.

Descrierea CIP a Bibliotecii Naționale a României
MOYES, JOJO
După ce te-am pierdut / Jojo Moyes;
trad.: Graal Soft. – București: Litera, 2016
ISBN 978-606-33-1229-8

I. Soft, Graal (trad.)

821.111(73)-31=135.1

Pentru bunica mea, Betty McKee

Capitolul 1

Bărbatul voinic de la capătul barului asudă. Își ține capul plecat deasupra paharului cu scotch dublu, dar, din când în când, aruncă o privire furișă, peste umăr, spre ușă. Stropi de transpirație îi lucesc pe față, în lumina benzii cu leduri. Omul scoate un fel de oftat prelung, șuierător, și se întoarce la băutura lui.

– Hei, tu...

Îmi ridic privirea de la paharele pe care tocmai le ștergeam.

– Îmi mai torni un pahar?

Aș vrea să-i spun că nu e o idee prea bună, că nu l-ar ajuta cu nimic, ba dimpotrivă, ar întrece măsura. Dar e un tip masiv, mai sunt doar cincisprezece minute până la ora închiderii și, potrivit regulilor firmei, nu am nici un motiv să-l refuz, așa că mă apropii, îi iau paharul și îl țin la nivelul ochilor. El face un semn din cap către sticlă:

– Dublu, spune, și-și trece mâna grasă peste chipul jilav.

– Face șapte lire și douăzeci, vă rog.

E unsprezece fără un sfert, într-o noapte de marți, iar la pubul cu specific irlandez Shamrock and Clover, din aeroportul East City – pub care e la fel de irlandez ca și Mahatma Gandhi –, este aproape ora închiderii. Barul se închide la zece minute după decolarea ultimului avion, și, în momentul de față, nu mai suntem aici decât eu, un tânăr zelos cu un laptop, două femei care pălăvrăgesc la masa doi și bărbatul care bea tacticos dintr-un Jameson dublu, cu gheață, așteptând fie cursa SC107 spre Stockholm, fie cursa DB224 spre München – cea din urmă are o întârziere de patruzeci de minute.

Sunt la bar încă de la ora prânzului, căci Carly are o durere de burtă și a plecat acasă. Nu mă deranjează. Nu mă deranjează niciodată să rămân până târziu. Fredonez în surdină ritmul melodiei de pe *Celtic Pipes of the Emerald Isle, Vol. III*, mă vânzolesc de colo colo, adun paharele de la masa celor două femei, care se uită atente la un filmuleț pe telefonul mobil. Se amuză, hohotind fără griji, ca și când ar fi bine cherchelite.

- E nepoțica mea. Are cinci zile! se laudă femeia blondă, atunci când mă întind peste masă să-i iau paharul.

- Tare drăguță! zâmbesc. Adevărul e că sunt topită după bebeluși.

- E în Suedia. N-am fost niciodată acolo. Dar trebuie să merg să-mi văd nepoțica, nu?

- O botezăm! Amândouă izbucnesc iar în râs. Nu bei un pahar cu noi? Hai, ia o pauză cinci minute. Altfel, n-o să terminăm sticla asta la timp.

- Ups! Trebuie să plecăm, haide, Dor!

Alertate de tabela de afișaj a aeroportului, femeile își strâng bagajele și probabil doar eu observ că merg clătinându-se ușor atunci când se îndreaptă spre controlul de securitate. Pun paharele lor pe tejghea și mă uit prin încăpere dacă mai e ceva de spălat.

- N-ai fost niciodată tentată?

Femeia mai scundă s-a întors după eșarfă.

- Poftim?

- Să pleci de-aici, pur și simplu, la sfârșitul programului? Să sari în primul avion? Eu aș fi tentată, spune ea, izbucnind din nou în râs. În fiecare afurisită de zi!

Îi surâd - genul de surâs profesional ce ar putea să transmită orice fel de mesaj - și mă îndrept spre bar.

În jurul meu, magazinele din aeroport se închid, obloanele coborând cu un zăngănit metalic peste poșetele scumpe și cutiile de Toblerone. Luminile pâlpâie deasupra porților trei, cinci, unsprezece, și ultimii călători ai zilei își croiesc drum spre cerul nopții. Violet, femeia de serviciu congoleză, își împinge cărușul spre mine, cu mersul ușor legănat și tălpile de cauciuc ale pantofilor scârțâind pe dalele Marmoleum strălucitoare.

– Bună seara, drăguţo!

– Bună seara, Violet!

– N-ar trebui să fii aici aşa de târziu, scumpo. Ar trebui să fii acasă, cu cei dragi.

Îmi spune exact acelaşi lucru în fiecare noapte.

– O să fiu în curând.

Şi eu îi răspund cu aceleaşi cuvinte în fiecare noapte. Satisfăcută, femeia încuviinţează din cap şi-şi continuă drumul.

Tânărul zelos cu laptop şi bărbatul asudat care bea scotch au plecat. Termin de strâns paharele şi fac casa, verificând de două ori, până când sumele de pe rolă corespund cu banii încasaţi. Notez totul în carnetul de sub tejghea, verific dozatoarele şi trec pe o hârtie ce ar trebui comandat din nou. Atunci observ că pardesiul zdrahonului atârnă încă de spătarul scaunului. Fac câţiva paşi să mă uit la tabela de afişaj electronic. Tocmai a început îmbarcarea pasagerilor pentru cursa de München şi simt imboldul să-i returnez haina. Mai arunc o privire, apoi mă îndrept cu paşi domoli spre toaleta bărbaţilor.

– Hei, e cineva aici?

Vocea care se aude e gâtuită, aproape la limita isteriei. Împing uşa. Namila de bărbat în costum e aplecat peste chiuvetă şi-şi dă cu apă pe faţă. Pielea îi e albă ca varul.

– Au anunţat zborul meu?

– Avionul e gata de decolare. Probabil aveţi doar câteva minute la dispoziţie.

Dau să plec, dar ceva mă opreşte. Omul se zgâieşte la mine, cu ochii ca două butoane de panică.

– Nu pot s-o fac. Înşfacă un şerveţel de hârtie şi îşi tamponează faţa. Nu pot să mă urc în avion.

Aştept.

– Trebuie să merg să mă întâlnesc cu noul şef şi nu pot să fac asta. N-am avut curajul să-i spun că mi-e frică să zbor cu avionul, zice el şi scutură din cap. Nu frică. Sunt îngrozit.

Las uşa să se închidă în urma mea.

– Care-i noua dumneavoastră slujbă?

– Ăăăă... piese de maşini, clipeşte el. Sunt noul director regional la departamentul de ansambluri de piese de schimb pentru roţi din cadrul Hunt Motors.

– Pare o slujbă grozavă, spun. Aveţi... suporţi în console.

– Lucrez la firma asta de mult timp. Înghite anevoie. De aceea nu vreau să mor într-o minge de foc... Chiar nu vreau să mor într-o minge de foc zburătoare.

Sunt tentată să-i atrag atenţia că nu va fi, de fapt, o minge de foc zburătoare, ci mai curând una care coboară rapid, dar bănuiesc că asta nu-i va fi deloc de ajutor. Bărbatul îşi împroşcă iarăşi faţa cu apă şi îi ofer un alt şerveţel de hârtie.

– Mulţumesc, murmură el, cu răsuflarea întretăiată, şi se îndreaptă de spate, încercând să se adune. Pariez că n-ai mai văzut niciodată un om în toată firea purtându-se atât de stupid, nu?

– Cam de vreo patru ori pe zi.

Ochii lui mici se lărgesc.

– Da, cam de patru ori pe zi trebuie să pescuiesc pe cineva din toaleta bărbaţilor. Şi, de obicei, motivul e frica de avion.

Omul clipeşte des către mine.

– Dar să ştii, le spun asta tuturor, nici un avion care a decolat de pe aeroportul ăsta nu s-a prăbuşit...

– Zău? tresare el, dându-şi capul pe spate.

– Nici unul.

– Nici măcar... un mic accident pe pistă?

Ridic din umeri.

– De fapt, e chiar plictisitor pe aici. Oamenii pleacă, merg la destinaţie şi se întorc peste câteva zile. Mă sprijin de uşă, ca s-o ţin deschisă. Veceurile astea nu miroş deloc bine seara. Şi, oricum, după părerea mea, sunt lucruri mai rele care ţi se pot întâmpla în viaţă.

– Da, presupun că ai dreptate. Rămâne pe gânduri, privindu-mă pieziş. De patru ori pe zi zici?

– Uneori şi mai mult. Acum, dacă nu vă supăraţi, chiar trebuie să mă întorc. Nu e bine pentru mine să fiu văzută ieşind prea des din toaleta bărbaţilor.

El zâmbeşte şi, pentru câteva clipe, îmi dau seama ce fel de om ar fi în alte împrejurări. Un bărbat de o exuberanţă naturală. Un bărbat vesel. Un bărbat perfect stăpân pe afacerea lui cu piese de maşină.

– Am impresia că tocmai se anunţă cursa dumneavoastră.

– Zici că o să fiu bine?

– Sigur că o să fiţi bine. E o companie aeriană foarte sigură. Şi sunt doar vreo două ore din viaţa dumneavoastră. Uitaţi, SK491 a aterizat acum cinci minute. Când o să mergeţi spre poarta de îmbarcare, o să le vedeţi pe stewardese îndreptându-se spre casă, o să le vedeţi pe toate că râd şi pălăvrăgesc. Pentru ele, să se îmbarce în cursele astea e ca şi cum ar merge cu autobuzul. Unele fac asta de două, trei, chiar patru ori pe zi. Şi sunt tipe deştepte. Dacă meseria asta n-ar fi sigură, nu s-ar urca în avion, nu?

– Ca şi cum ar merge cu autobuzul, repetă el.

– Probabil mult mai sigur decât cu autobuzul.

– Da, de asta să fii sigură, zice el şi ridică din sprâncene. Sunt o mulţime de idioţi pe şosele.

Încuviinţez din cap, în timp ce el îşi strânge nodul de la cravată.

– Plus de asta, aveţi o slujbă grozavă. Ar fi şi păcat să o pierdeţi pentru un lucru aşa mărunt. O să fiţi bine odată ce vă veţi obişnui cu zborurile.

– Poate că o să fiu. Mulţumesc...

– Louisa, mă prezint.

– Mulţumesc, Louisa. Eşti o fată tare de treabă. Îmi aruncă o privire întrebătoare. Nu ştiu dacă ţi-ar plăcea... să bem ceva împreună, într-o zi?

– Cred că au anunţat iar cursa dumneavoastră, domnule, îi spun şi deschid uşa ca să poată ieşi.

El încuviinţează din cap, spre a-şi disimula stânjeneala, şi se agită bătându-şi cu palmele buzunarele.

– Da. Sigur. Bine... Atunci eu plec!

– Să aveţi noroc cu consolele!

Abia la câteva minute după plecarea bărbatului, îmi dau seama că a vomat peste tot în cabina trei din toaleta bărbaţilor.

Ajung acasă pe la unu şi un sfert. Evit să-mi privesc chipul în oglinda din lift şi intru în apartamentul învăluit în tăcere. Îmi pun pantalonii de pijama şi un hanorac, apoi deschid frigiderul, scot o sticlă de vin alb şi-mi torn un pahar. Buzele mi se strâng când simt acreala lui. Mă uit pe etichetă şi îmi dau seama că trebuie să-l fi desfăcut cu o seară înainte, apoi am uitat să pun dopul sticlei. Decid însă că nu-i o idee bună să mă gândesc prea mult la lucrurile astea, aşa că mă prăbuşesc într-un scaun, cu tot cu sticlă.

Pe poliţa şemineului, se află două cărţi poştale. Una e de la părinţii mei, care mă felicită de ziua mea. Mama îmi transmite „cele mai bune gânduri", dar cuvintele ei mă dor ca o rană de cuţit. Cealaltă e de la sora mea, care-mi sugerează să vină cu Tom la mine peste weekend. E de acum şase luni. Pe telefon am două mesaje vocale, unul e de la dentist. Celălalt, nu.

Bună, Louisa. Sunt Jared. Ne-am întâlnit la Dirty Duck, mă ţii minte? Ne-am tras-o... (se aude un chicotit bizar, înăbuşit). A fost... cum să-ţi spun... Mi-a plăcut. Mă gândeam că am putea s-o facem din nou? Ai numărul meu de telefon...

Când sticlă e goală, mă bate gândul să mai cumpăr una, dar nu vreau să ies iar. Nu vreau ca Samir, de la băcănia nonstop, să facă iar una dintre glumele lui despre sticlele mele fără fund de Pinot Grigio. Nu vreau să vorbesc cu nimeni. Brusc, mă simt sfârşită de oboseală, dar e acel gen de epuizare care-ţi face capul să-ţi ţiuie şi care-mi spune că, dacă mă bag în pat, n-o să adorm. Mă gândesc preţ de câteva clipe la Jared şi la faptul că avea nişte unghii cu o formă ciudată. Mă deranjează oare unghiile cu forme ciudate? Mă zgâiesc la pereţii goi din camera de zi şi realizez, deodată, că am nevoie de aer curat. Chiar am nevoie de aer. Deschid fereastra de pe hol şi mă caţăr, într-un echilibru precar, pe scara de incendiu până ajung pe acoperiş.

Prima dată când am urcat aici, acum nouă luni, agentul imobiliar mi-a arătat cum amenajase fostul chiriaş o mică terasă cu grădină pe acoperiş, instalând o băncuţă şi împrejmuind-o, din loc în loc, cu câteva ghivece mari cu flori.

– Desigur, oficial, nu e terasa ta, mi-a spus agentul, dar apartamentul tău e singurul cu acces direct la ea. Cred că e destul de drăguţă. Ai putea da şi o petrecere aici, sus.

M-am holbat la el, întrebându-mă dacă chiar par genul de om care să dea petreceri.

De multă vreme, plantele s-au veştejit şi s-au uscat de tot. Se pare că nu sunt foarte pricepută să am grijă de lucruri. Acum stau pe acoperiş, uitându-mă la bezna care învăluie întreaga Londră. În jurul meu, milioane de oameni trăiesc, respiră, mănâncă, se ceartă. Milioane de vieţi complet separate de a mea. Este o pace stranie.

Luminile sclipesc, pe când zgomotele metropolei străpung aerul nopţii, de la motoare turate de maşini la uşi trântite. De la câţiva kilometri, dinspre sud, se aude huruitul gros şi înfundat al unui elicopter de poliţie, al cărui reflector scanează bezna în căutarea vreunui infractor care şi-a pierdut urma în vreun parc local. Undeva, în depărtare, răsună o sirenă. Întotdeauna se aude o sirenă.

– N-o să-ţi ia prea mult timp, şi o să te simţi ca acasă, îmi spusese agentul imobiliar.

Aproape că mă pufnise râsul. Oraşul mi se pare acum la fel de străin ca întotdeauna. De fapt, totul mi se pare străin zilele astea.

Ezit, apoi păşesc pe balustradă, cu braţele întinse în lateral, ca un acrobat pe frânghie, puţin abţiguit. Pun, pe rând, un picior în faţa celuilalt, de-a lungul bordurii de beton şi simt cum adierea îmi gâdilă firişoarele de păr de pe mâinile întinse. Când m-am mutat aici, în clipele cele mai grele, uneori îndrăzneam să merg de la un capăt la altul al balustradei blocului. Când ajungeam la celălalt capăt, râdeam, în aerul nopţii. *Vezi? Sunt aici, vie şi nevătămată, chiar pe margine. Fac ce mi-ai spus!*

Devenise un fel de obicei secret: eu, linia orizontului, confortul întunericului, anonimatul şi conştientizarea faptului că aici, sus, nimeni nu ştie cine sunt. Îmi ridic fruntea, simţind adierea nopţii, auzind râsete de jos, sunetul înfundat al unei sticle sparte, forfota traficului către oraş, văzând şuvoiul nesfârşit, roşu, de stopuri auto, asemenea unui şuvoi de sânge. Doar între trei şi cinci dimineaţa e ceva mai linişte, beţivii s-au prăbuşit în paturile lor, maeştrii bucătari de pe la restaurante şi-au scos şorţurile, iar puburile şi-au închis uşile. Liniştea acelor ore e întreruptă doar sporadic de maşinile de aprovizionare, de deschiderea brutăriei evreieşti de peste drum, de bufniturile uşoare ale dubiţelor cu ziare care aruncă teancurile de hârtie. Cunosc şi cele mai subtile mişcări ale oraşului, fiindcă nu dorm.

Pe undeva, acolo, jos, petrecerea continuă la White Horse, un local plin de hipsteri și de tipi din East End, un cuplu se ceartă în stradă și, în partea cealaltă a orașului, la spital sunt aduși răniți, bolnavi și oameni care abia au reușit să mai supraviețuiască încă o zi. Aici, sus, sunt doar aerul, întunericul, avioanele de marfă ale FedEx, zburând de la Heathrow spre Beijing, și nenumărați călători, precum Domnul Băutor de Whisky, în drumul lor spre ceva nou.

– Optsprezece luni. Optsprezece luni bătute pe muchie. Dar când o să fie destul? mă trezesc întrebând, în beznă. Și iată – simt din nou înlăuntrul ființei mele un clocot, furia neașteptată. Mai fac doi pași, privind în jos la picioarele mele. Fiindcă asta nu mi se pare viață. Nu mi se pare nimic.

Doi pași. Încă doi. Voi merge până la colțul blocului în noaptea asta.

– Nu mi-ai dat șansa la o nenorocită de viață, nu-i așa? Chiar deloc. Doar mi-ai zdrobit vechea mea viață. Ai făcut-o bucăți. Ce să fac acum cu ce-a rămas din ea? Când am să simt...

Îmi întind brațele, simțind iar pe piele aerul rece al nopții, și-mi dau seama că plâng, din nou. Să te ia naiba, Will! șoptesc. Să te ia naiba că m-ai părăsit!

Durerea se ridică în mine ca o maree spontană, năvalnică, copleșitoare. Și, pe când simt că mă scufund în ea, o voce se aude, din umbră:

– Nu cred c-ar trebui să stai acolo.

Mă întorc pe jumătate și zăresc pe scara de incendiu un chip mic și palid, cu ochii întunecați larg deschiși. Din sperietură, un picior îmi alunecă pe balustradă și trupul mi se înclină spre exterior. Inima îmi bate cu putere, iar după o fracțiune de secundă corpul își continuă mișcarea. Și apoi, ca într-un coșmar, devin imponderabilă, în abisul nocturn, picioarele mi se mișcă necontrolat deasupra capului și aud un țipăt care ar putea fi al meu.

O bufnitură.

Și apoi beznă totală.

Capitolul 2

– Cum te cheamă, scumpo?

În jurul gâtului am un guler cervical.

Simt pe frunte mângâierea uşoară şi blândă a unei mâini.

Sunt vie. De fapt, asta mă surprinde foarte mult.

– E în regulă. Deschide ochii. Uită-te la mine, acum. Uită-te la mine. Poţi să-mi spui cum te cheamă?

Vreau să vorbesc, să deschid gura, dar nu reuşesc decât să bălmăjesc ceva nedesluşit. Cred că mi-am muşcat limba. Am gura plină de sânge, îi simt gustul cald, metalic. Nu mă pot mişca.

– O să te imobilizăm pe targă, bine? N-o să te simţi prea bine pe moment, dar o să-ţi fac puţină morfină, ca să mai atenuăm durerea.

Vocea bărbatului care mi se adresează e calmă, egală, ca şi cum cel mai normal lucru pe lumea asta e să găseşti pe cineva zdrobit pe asfalt, cu ochii aţintiţi spre cerul întunecat. Aş vrea să râd. Aş vrea să-i spun cât de ridicolă mi se pare situaţia. Dar nu sunt decât o altă victimă a unui accident şi nimic nu pare să meargă aşa cum ar fi trebuit.

Figura bărbatului dispare din raza mea vizuală. O femeie cu vestă reflectorizantă, cu părul negru şi creţ, strâns la spate într-o coadă de cal, se iveşte deasupra mea şi îmi pune o lanternă subţire în ochi, uitându-se lung la mine cu acelaşi interes indiferent cu care studiezi vreun exemplar de laborator, nu ca la o fiinţă umană.

– Trebuie să o învelim?

Vreau să spun ceva, dar durerea din picioare mă împiedică. *Iisuse*, spun, dar nu sunt sigură dacă am rostit cuvântul cu voce tare.

– Fracturi multiple. Pupile normale și reactive. Tensiune 9 cu 6. A avut noroc că a căzut pe acoperișul marchizei. Care sunt șansele să aterizezi într-un hamac?... Totuși, nu-mi plac contuziile.

Simt un curent de aer rece pe abdomen, odată cu atingerea ușoară a unor degete calde.

– Hemoragie internă?

– Avem nevoie de încă un echipaj?

– Puteți să vă dați înapoi, domnule? Vă rog, înapoi.

Se aude o voce de bărbat:

– Am ieșit să fumez o țigară, și fata s-a aruncat direct în balconul meu. Aproape că mi-a picat în cap!

– Eh, dar uite c-ați scăpat! Aveți o zi norocoasă. Ea n-a avut-o!

– Am trăit șocul vieții. Nu te-ai aștepta să-ți cadă cineva din senin în cap. Veniți să vă arăt șezlongul meu... M-a costat 800 de lire, l-am luat de la Magazinele Conran. Credeți că pot pretinde banii pe el?

O scurtă tăcere.

– Puteți face ce vreți, domnule. Știți ce, puteți s-o dați în judecată pentru că nu v-a curățat balconul de sânge. Ce ziceți de asta?

Privirea bărbatului alunecă spre colega lui. Timpul se scurge și mă simt sfârșită. Am căzut de pe terasa blocului? Fața îmi e rece și realizez, de undeva, de departe, că încep să tremur.

– Sam, intră în șoc!

Ușa unei ambulanțe se deschide în spatele lor. Apoi targa de sub mine se deplasează și nu simt decât durere. Totul devine negru.

Aud o sirenă și ceva albastru se învârte. Întotdeauna se aude o sirenă în Londra. Pornim. Spațiul din interiorul ambulanței este scăldat în lumina de neon, care pâlpâie întruna, punând în evidență interiorul ticsit până la refuz, pe bărbatul în uniformă verde, care tastează ceva pe telefonul personal, apoi îmi reglează perfuzia de deasupra capului meu. Durerea s-a mai diminuat. Poate datorită morfinei. Dar, pe măsură ce devin conștientă, spaima se amplifică. Simt cum un uriaș airbag se umflă înlăuntrul meu, blocând fără ezitare să iasă orice altceva. *O, nu. O, nu!*

– Nu vă sub-phă-rhați...

E nevoie să îngaim și a doua oară cuvintele pentru ca bărbatul, agățat cu brațul de un mâner din ambulanță, să mă audă. Se întoarce și se apleacă asupra mea. Miroase a lămâie și e puțin tăiat pe față, de la bărbierit.

– Hei, ești bine?

– Eu ambb......

Omul se apleacă și mai mult.

– Îmi pare rău, mi-e greu să te aud, din cauza sirenei. O să ajungem curând la spital, mă asigură el, atingându-mă cu mâna. Palma lui e uscată, caldă și liniștitoare. Brusc, mă panichez la gândul că m-ar putea părăsi. Stai liniștită aici. Donna, în cât timp ar trebui să ajungem?

Nu pot rosti nici un cuvânt. Limba îmi umple, practic, toată gura. Gândurile îmi sunt încâlcite, se prăvălesc unele peste altele. Oare mi-am mișcat brațele când m-au ridicat pe targă? Mi-am ridicat mâna dreaptă, nu?

– Sunt pa-rradghi-za-tă? îmi ies cuvintele ca o șoaptă.

– Poftim?

Bărbatul își pleacă urechea aproape de gura mea.

– Pa-rradghi-za-tă? Sunt pa-rradghi-za-tă?

Omul ezită, privindu-mă direct în ochi, apoi se întoarce și se uită la picioarele mele.

– Paralizată? Poți să-ți miști degetele de la picioare?

Încerc să-mi amintesc cum să-mi mișc picioarele. Se pare că am nevoie de mai multă concentrare decât de obicei. Bărbatul se apleacă și-mi atinge încet degetul de la picior, ca și cum ar vrea să-mi amintească unde se află.

– Hai, încearcă din nou. Bun, ai reușit!

Durerea îmi străfulgeră ambele picioare. Se aude un oftat, poate un geamăt. Al meu.

– Ești bine, stai liniștită. Durerea e un lucru bun. Nu bag mâna-n foc, dar nu cred că ai vreo leziune la coloană. Ți-ai fracturat șoldul și alte câteva oscioare pe lângă.

Privirea lui zăbovește asupra mea. Are ochi blânzi. Și pare să înțeleagă câtă nevoie am de aceste asigurări. Îi simt atingerea mâinii. Niciodată n-am avut mai multă nevoie de atingerea unui om.

– Vorbesc serios. Sunt aproape sigur că nu ești paralizată.

– O, shla-vhă Dhom-nulhui! îmi aud eu vocea ca și când ar veni de undeva de departe. Ochii mi se umplu de lacrimi. Te rhoog, nu mă lhă-sa, șoptesc.

El își apropie fața mai mult.

– Nu te las, sunt aici.

Vreau să vorbesc, dar chipul lui se încețoșează și îmi pierd din nou cunoștința.

După toate acestea, mi se spune că am căzut de la etajul cinci, am străpuns acoperișul de pânză al unei verande de la etajul al treilea, căderea fiindu-mi astfel atenuată, și am aterizat direct pe imensul șezlong din împletitură de răchită, acoperit cu o saltea impermeabilă, aflat în balconul domnului Antony Gardiner, un avocat specializat în drepturi de autor și vecinul meu cu care nu m-am întâlnit niciodată. Osul șoldului mi s-a crăpat în două, iar două coaste și clavicula mi s-au fisurat. Mi-am fracturat două degete de la mâna stângă și un metatarsian de la picior, care a străpuns pielea piciorului, făcând-o pe o studentă la medicină să leșine. Radiografiile mele sunt o sursă de fascinație.

Vocea paramedicului care m-a tratat îmi răsună încă în urechi: *Nu știi niciodată ce se poate întâmpla când cazi de la mare înălțime.* Se pare că sunt foarte norocoasă. Ei îmi repetă asta și așteaptă, zâmbind, ca și cum ar trebui să reacționez fie printr-un zâmbet imens, fie făcând, eventual, câțiva pași de dans. Eu nu mă simt norocoasă. Nu mă simt nicicum. Ațipesc și mă trezesc, uneori văd deasupra mea luminile strălucitoare de la blocul operator, apoi mă aflu într-un salon liniștit, cufundat în liniște. Sau văd chipul unei asistente. Aud frânturi de conversații.

Ai văzut ce mizerie a făcut bătrâna de la salonul D4? Grozav sfârșit de tură, nu?

Lucrezi la Spitalul Princess Elizabeth, nu? Ei, să le spui că știm cu ce se mănâncă Urgențele, da? Ha-ha-ha-ha!

Poți să te odihnești acum, Louisa. O să avem noi grijă de tot. Acum dormi.

Morfina îmi provoacă somnolență. Mi se administrează doza, și cad pe nesimțite într-o stare de inconștiență.

*

Deschid ochii și o văd pe mama la capul patului meu.

– Se trezește, Bernard, se trezește. Crezi că ar trebui să o chemăm pe asistentă?

Mama și-a schimbat culoarea părului, îmi trece prin cap într-o doară. Apoi îmi spun: Hei, e mama mea. Mama mea nu mai vorbește cu mine!

– O, slavă Domnului! Slavă Domnului! exclamă mama și-și atinge cruciulița de la gât. Gestul îmi amintește de cineva, dar nu-mi dau seama de cine anume. Se apleacă spre mine și mă ciupește ușor de obraz. Nu știu de ce, dar ochii mi se umplu instantaneu de lacrimi. O, fetița mea! Stă aplecată peste mine, ca și cum ar vrea să mă protejeze de alte pericole. O, Lou! Îmi șterge lacrimile cu un șervețel. Am trăit spaima vieții mele când m-au sunat de la spital. Te doare? Ai nevoie de ceva? Te simți confortabil? Ce vrei să-ți aduc? Vorbește atât de repede, că nu-i pot răspunde. Am venit imediat ce am aflat. Treena a rămas să aibă grijă de bunicul. El îți transmite toată dragostea lui. Mă rog, a bălmăjit ceva acolo, dar știm ce-a vrut să spună. O, scumpa mea, cum de-ai ajuns în situația asta? Ce a fost în capul tău?

Pare să nu aibă nevoie de un răspuns. Tot ce trebuie să fac e să zac acolo.

Își tamponează ochii cu șervețelul, apoi mi-i șterge pe ai mei.

– Ești încă fata mea. Și... n-aș suporta gândul să pățești ceva, și noi să nu... știi tu.

– Șhth... iu, îngaim eu, înghițindu-mi cuvintele. Îmi simt limba ciudat. Vorbesc ca un om beat. N-am vhrrut nichio-dha-thă...

– Știu. Dar m-ai făcut să mă simt tare rău, Lou. N-am putut să...

– Hei, dragă, nu e momentul, îi atrage tata atenția cu o atingere pe umăr.

Mama privește la o oarecare distanță și-mi prinde mâna.

– Când ne-au sunat... Oh, am crezut... N-am știut... Începe iar să plângă încetișor, cu batista apăsată pe buze. Slavă Domnului că e bine, Bernard!

– Sigur că e bine. Doar e făcută din cauciuc, nu?

Tata se apleacă peste mine. Ultima oară am vorbit cu el la telefon acum două luni, dar nu l-am mai văzut de optsprezece luni, de când am plecat de acasă. Pare uriaş, o figură familiară, disperat şi teribil de istovit.

– Îmi phaa-rheee rhăău, şoptesc.

Nu mă pot gândi ce altceva să spun.

– Nu fi prostuţă! Ne bucurăm că eşti bine. Chiar dacă arăţi de parcă ai fi stat şase reprize în ring cu Mike Tyson. Te-ai văzut în oglindă de la accident?

Scutur din cap.

– Poate că... poate că nici n-ar fi cazul să te uiţi prea curând. Îl mai ştii pe Terry Nicholls, când a căzut peste ghidonul bicicletei şi s-a înfipt în zidul de la supermarket? Ei, dă-i jos mustaţa şi închipuie-ţi că aşa arăţi tu. De fapt, se uită el mai îndeaproape la faţa mea, acum că ai adus vorba...

– Bernard!

– O să-ţi aducem şi pensetă mâine. Oricum, data viitoare când te hotărăşti să iei lecţii de zbor, hai mai bine să mergem pe vechea pistă de avioane, da? Să sari de pe bloc şi să dai din braţe nu funcţionează, în cazul tău.

Încerc să zâmbesc.

Amândoi sunt aplecaţi asupra mea. Îngrijorarea şi neliniştea li se citesc pe feţe. Sunt părinţii mei.

– A slăbit, Bernard. Nu crezi că a slăbit?

Tata se apropie să mă studieze mai bine şi atunci îi văd ochii umezi şi zâmbetul mai şovăielnic decât de obicei.

– Hei... arată foarte bine, dragă. Crede-mă, Lou, eşti straşnic de frumoasă.

Îmi strânge mâna, apoi o duce la buze şi o sărută. Tata n-a făcut aşa ceva niciodată în viaţa lui.

În clipa aceea realizez că ei au crezut că am fost la un pas de moarte, şi un suspin îmi ţâşneşte, fără voie, din piept. Închid ochii, încercând să-mi stăpânesc lacrimile fierbinţi, şi simt palma mare şi aspră a tatei, împresurându-mă.

– Suntem aici, scumpo. Totul e bine acum. Totul o să fie în ordine.

*

Timp de două săptămâni, parcurg zilnic drumul de optzeci de kilometri, luând trenul în zori, apoi vin o dată la câteva zile. Tata a reușit să obțină o dispensă specială de la muncă, fiindcă mama nu vrea să călătorească singură. La urma urmei, prin Londra umblă tot felul de oameni. Tata spune nu o dată asta, aruncându-i mereu mamei o privire furișă pe la spate, ca și cum vreun tâlhar ar pândi-o chiar în acel moment, mânuind un cuțit într-un loc ferit. Treena stă acasă cu bunicul. Când mama îmi vorbește despre asta mă face să cred că sora mea nu e deloc mulțumită de acest aranjament.

Mama îmi aduce mâncare de acasă încă din ziua când ne-am holbat toți trei la farfuria primită la masa de prânz și, nici după cinci minute de speculații intense, nu ne-am putut lămuri ce conținea.

– Unde mai pui că îi aduc mâncarea pe tăvi de plastic, Bernard. Ca la închisoare. Supărată, mama a împuns cu furculița mâncarea, apoi a mirosit-o. De atunci, nu vine la mine fără sandviciuri uriașe, cu felii groase de șuncă sau cașcaval în pâine albă, sau fără borcane cu supă făcută în casă. Asta-i mâncare adevărată, spune ea și mă hrănește ca pe un bebeluș.

Încet, limba mea revine la dimensiunea normală. Se pare că aproape mi-am retezat-o când am căzut. Nu e ceva neobișnuit, mi s-a spus.

Mi-au făcut două operații pentru a-mi suda osul șoldului, iar acum am piciorul stâng și brațul stâng în ghips. Keith, unul dintre brancardieri, mă întreabă dacă poate să se semneze pe ghips – se pare că aduce ghinion să păstrezi ghipsul alb imaculat – și imediat îmi scrie un comentariu atât de vulgar, încât Eveline, asistenta medicală filipineză, a fost nevoită să lipească o bucată de leucoplast deasupra înainte de vizita medicală. Când mă transportă ca să-mi facă radiografie ori la farmacie, Keith îmi povestește toate bârfele din spital. M-aș putea lipsi să aud despre pacienți care mor lent, într-un mod oribil, și care par să fie nenumărați, dar asta îl face fericit. Uneori mă întreb ce le spune oamenilor despre mine. Eu sunt fata care a căzut de pe o clădire cu cinci etaje și a supraviețuit. În statutul spitalului, chestia asta mă plasează, pare-se, undeva deasupra pacientului cu constipație cronică din salonul C sau a idiotului care și-a tăiat degetul mare de la mână, din greșeală, cu foarfecele de grădină.

E uimitor cât de repede devii instituţionalizat. Mă trezesc, accept ajutorul câtorva oameni pe care deja am ajuns să îi cunosc, încerc să nu spun vreo prostie în faţa doctorilor care vin să mă examineze şi aştept sosirea părinţilor mei. Îşi fac de lucru cu diverse treburi mărunte prin salon, şi, în prezenţa medicilor, sunt total schimbaţi. Tata îşi cere întruna scuze pentru incapacitatea mea de a mă mişca, până când mama îl loveşte, destul de tare, în gleznă.

După ce vizita medicală se încheie, de obicei mama pleacă să dea o raită prin magazinele din jurul spitalului şi se întoarce pufnind revoltată de numărul mare de chioşcuri cu mâncare fast-food.

– Tipul ăla cu un singur picior, de la secţia de Cardiologie, Bernard. Să-l vezi ce stătea acolo, îndopându-se cu cheeseburgeri şi cartofi prăjiţi, de nu-ţi venea să crezi!

Tata şade pe scaunul de la capul patului meu şi citeşte zilnic ziarul local. În prima săptămână, a tot căutat articole despre accidentul meu. Încerc să-i explic că în cartierul ăsta nici măcar despre un dublu asasinat nu s-ar pomeni la „Ştirile pe scurt", dar în Storfold, săptămâna trecută, ziarul local a pus pe prima pagină un titlu cu litere de-o şchioapă: „Cărucioare de supermarket lăsate unde nu trebuie în parcarea de maşini". Iar cu o săptămână mai în urmă, titlul de pe prima pagină suna astfel: „Elevii, întristaţi de starea jalnică a heleşteului cu răţuşte". Aşadar, n-am reuşit să-l conving pe tata.

Vineri, după ultima operaţie la şold, mama îmi aduce o rochie, care e cu un număr mai mare, şi o pungă mare de hârtie, plină cu sandviciuri cu ouă. Nici nu e nevoie s-o întreb ce conţine: un miros sulfuros umple salonul de îndată ce mama deschide punga. Tata îşi flutură palma prin faţa nasului.

– Josie, asistentele o să dea vina pe mine pentru mirosul ăsta! zice el, în timp ce închide şi deschide rapid uşa.

– Ouăle o s-o întremeze pe Lou. E prea slabă. Şi plus de asta, n-ar trebui să vorbeşti tocmai tu. Dădeai vina pe câine pentru pârţurile tale chiar şi la doi ani după ce murise.

– Încerc să păstrez flacăra pasiunii vie, draga mea.

– Treena mi-a spus că ultimul ei prieten îi pune pătura pe cap când trage câte-un vânt. Imaginează-ți așa ceva! spune mama, pe un ton scăzut.

Tata se întoarce spre mine.

– Când o comit eu, maică-ta n-ar putea să stea în același cartier.

În ciuda amuzamentului lor, tensiunea plutește în aer. Simt asta. Când întreaga ta lume se reduce la patru pereți, devii foarte conștient de cea mai neînsemnată schimbare de atmosferă. Se vede asta în felul cum medicii se întorc ușor într-o parte când examinează o radiografie sau cum asistentele își acoperă gura cu palmele atunci când vorbesc despre cineva aflat în apropiere, care tocmai a murit.

– Deci ce e? Ce se întâmplă? îi întreb eu.

Se privesc cu stângăcie unul pe celălalt.

– Deci..., insistă mama, care șade pe marginea patului. Doctorul a spus... că nu e clar cum ai căzut.

Mușc dintr-un sandvici cu ou. De acum pot apuca lucrurile cu mâna stângă.

– A, deci asta era. N-am fost atentă.

– Când mergeai pe acoperiș?

Mestec preț de un minut.

– Nu cumva ești somnambulă, draga mea?

– Tată, n-am fost somnambulă în viața mea.

– Ba da, ai fost. Atunci când aveai treisprezece ani și ai coborât noaptea scările, și ai mâncat jumătate din tortul făcut pentru ziua Treenei.

– Hm. De fapt, eram cât se poate de trează.

– Și apoi mai e și nivelul de alcool din sânge. Doctorii ne-au spus... că băuseși... foarte mult.

– Avusesem o seară grea la muncă. Am băut un pahar sau două și am ieșit pe acoperiș, să iau o gură de aer. Și apoi mi-a atras atenția o voce.

– Ai auzit *o voce*?

– Stăteam în picioare pe balustradă și admiram priveliștea. Fac asta câteodată. Am auzit vocea aceea de fată în spatele meu și am avut un șoc. Mi-am pierdut echilibrul.

– O fată?

– Da, chiar i-am auzit vocea.

Tata se apleacă spre mine.

– Ești sigură că era o fată în carne și oase? Nu ceva imaginar?...

– Tati, mi-am făcut praf șoldul, nu creierul.

– Într-adevăr, doctorii au spus că o fată a chemat ambulanța, intervine mama, trăgându-l pe tata de braț.

– Deci, tu susții că *a fost* un accident, continuă el.

Mă opresc din mâncat și-i văd cum se privesc unul pe altul, cu un aer vinovat.

– Ce? Doar n-ați... doar nu credeți că m-am aruncat?

– N-am spus așa ceva, scumpo, se apără tata, scărpinându-și capul. Doar că... nu știu, lucrurile au mers atât de rău de când... și nu te-am văzut de așa mult timp... și am fost un pic surprinși să aflăm că te plimbi pe acoperișul clădirii în zori. Ție ți-era frică de înălțime.

– Am fost logodită cu un tip care credea că e normal să calculeze câte calorii arde în timp ce doarme. Iisuse! De-asta vă tot purtați cu mănuși cu mine? Ați crezut că am încercat să mă sinucid?

– Nu, doar că el ne-a pus tot felul de întrebări...

– Cine v-a pus întrebări?

– Psihiatrul de la spital. Voiau să se asigure că ești bine, draga mea. Știm că lucrurile au mers bine de când... știi tu...

– Psihiatru?

– Te-au pus pe o listă de așteptare pentru o consultație. De fapt, pentru o discuție. Și noi am discutat mult cu doctorii, și te luăm acasă. Doar până când îți revii complet. Nu poți să rămâi singură în apartamentul tău. Ar fi...

– Ați fost în apartamentul meu?

– Păi... a trebuit să-ți strângem lucrurile.

Se așterne o tăcere adâncă. Mi-i imaginez pe amândoi stând în pragul ușii și mâinile mamei încleștându-se pe mânerul genții sale când inspectează așternutul nespălat de pe pat, sticlele de vin goale, aliniate pe polița șemineului, jumătatea de baton cu fructe și nuci rămasă în frigider. Parcă-i văd scuturând din cap, uitându-se unul la celălalt. *Ești sigur că am ajuns în locul potrivit, Bernard?*

– Acum ai nevoie să fii alături de familia ta. Doar până te repui pe picioare.

Vreau să le spun că o să-mi fie bine în apartamentul meu, indiferent ce cred ei. Vreau să continui să muncesc și să mă întorc acasă, și să nu mă gândesc la nimic până la următoarea tură de noapte. Vreau să-i anunț că nu mă pot întoarce la Stortfold pentru a fi iar *fata care am fost*. Nu vreau să fiu nevoită să simt povara dezaprobării atent disimulate a mamei și a încurajărilor însuflețite ale tatălui meu că *totul e bine, totul va fi minunat*, ca și când, dacă ar fi repetate de suficient de multe ori, chiar s-ar întâmpla întocmai. Nu vreau să trec pe lângă casa lui Will în fiecare zi, să mă gândesc că ceea ce am trăit va rămâne pentru întotdeauna acolo, în ființa mea. Dar nu spun nimic din toate astea. Fiindcă, brusc, mă simt obosită, mă doare tot corpul și nu mai pot lupta.

După două săptămâni, tata mă aduce acasă cu dubița lui de serviciu. Mașina are doar două locuri în față, așa că mama a rămas să facă pregătiri acasă. Pe măsură ce mașina înaintează pe autostradă, simt cum mi se strânge stomacul.

Acum, străzile vesele ale orașului natal mi se par străine. Le privesc cu un ochi detașat, analitic, remarcând cât de mic mi se pare totul, cât de învechit, cât de *ciudat*. Îmi dau seama că așa trebuie să se fi simțit și Will atunci când a revenit acasă după accident, dar îmi alung din minte acest gând. Pe când ne deplasăm pe strada noastră, mă afund ușor în scaun. N-am chef de conversații politicoase cu vecinii, să le dau explicații. Nu vreau să fiu judecată pentru ce am făcut.

– Ești bine? mă întreabă tata, întorcând capul spre mine, de parcă mi-ar fi citit gândurile.

– Da, sunt bine.

– Bravo!

Îmi atinge umărul în treacăt.

Mama e deja în pragul ușii atunci când tata parchează. Bănuiesc că ne-a așteptat, stând cu ochii pe fereastră, de cel puțin jumătate de oră. Tata pune una dintre gențile mele pe trepte, apoi se întoarce să mă ajute să cobor, agățându-și-o de umăr pe cealaltă.

Îmi poziţionez cu atenţie bastonul pe paviment şi simt în spatele meu cum perdelele sunt trase pe la ferestre, pe când păşesc anevoie spre casă. *Ia te uite cine a venit*, îi aud pe vecini şuşotind. *Ce crezi c-a mai făcut acum?*

Tata mă sprijină, privindu-mă atent la picioarele mele, ca şi cum acestea ar putea să se îndrepte dintr-odată în direcţia greşită.

– Aşa, aşa e bine, îmi tot spune. Nu te grăbi.

Îl văd pe bunicul ivindu-se în spatele mamei, în hol. Poartă cămaşa lui în carouri şi jerseul lui albastru bun. Nimic nu s-a schimbat. Tapetul e la fel. Covorul din hol e la fel, şi mă gândesc că mama trebuie să-l fi aspirat de dimineaţă. Văd chiar şi vechiul meu hanorac albastru, agăţat de glugă. Optsprezece luni. Mă simt de parcă aş fi fost plecată de acasă de zece ani.

– Nu o grăbi, mergi prea repede, Bernard, spune mama, presându-şi palmele una de alta.

– Ei, hai, că nu-l întrece pe Mo Farah. Dacă se mişcă şi mai încet decât atât, o să intrăm în casă la noapte.

– Ai grijă la treptele alea. Ar trebui să stai în spatele ei, Bernard, când urcaţi. Ca să nu cadă pe spate.

– Ştiu unde sunt treptele, spun printre dinţi. Trăiesc aici de douăzeci şi şase de ani.

– Ai grijă să nu se agaţe în muchia aia, Bernard! Nu cred că vrei să-şi zdrobească şi şoldul celălalt.

O, Doamne! mă gândesc. *Aşa a fost şi pentru tine, Will? În fiecare zi?*

Apoi sora mea apare în pragul uşii, trecând pe lângă mama.

– Mamă, pentru numele lui Dumnezeu! Vino, Şchiopăţilă! Ne faci să dăm un adevărat spectacol de circ.

Treena îşi poziţionează umărul la subraţul meu şi se întoarce câteva secunde să se uite spre vecini, cu sprâncenele ridicate de parcă ar fi spus *Care-i problema?* Parcă şi aud fâşâitul perdelelor trase la loc pe la ferestre.

– O grămadă de gură-cască. Oricum, hai să ne grăbim puţin. I-am promis lui Thomas că o să-ţi poată vedea cicatricele înainte să-l duc la clubul copiilor. Doamne, cât ai slăbit? Ai sânii ca două mandarine într-o pereche de şosete.

Mi-e greu să merg și să râd în același timp. Thomas vine în fugă să mă îmbrățișeze, așa că trebuie să mă opresc și să mă sprijin cu o mână de perete, ca să-mi păstrez echilibrul când ne ciocnim.

– Chiar te-au spintecat și apoi te-au pus la loc? se miră el. Capul lui îmi ajunge până la piept. I-au căzut patru dinți din față. Bunicul zice că poate te-au pus greșit la loc. Și că doar Dumnezeu știe cum o să ne dăm seama de diferență.

– Bernard!

– *Glumeam.*

– Louisa...

Vocea bunicului e răgușită și ezitantă. Se întinde spre mine, nesigur pe el, ca să mă îmbrățișeze, și-l strâng, la rândul meu, în brațe. Apoi se trage înapoi și-mi prinde brațele cu mâinile lui bătrâne, cu o putere surprinzătoare, încruntându-se la mine cu o prefăcută furie.

– Știu, tati, știu. Dar acum s-a întors acasă, îi spune mama.

– O să stai în vechea ta cameră, mă anunță tata. Am redecorat-o, din păcate, cu un tapet cu Transformers pentru Thom. Nu te deranjează să împarți camera cu Autobot și Predacon, nu?

– Am avut viermi în fund, ține să precizeze Thomas. Mami zice să nu vorbesc despre asta cu alți oameni. Sau să mă scarpin în...

– O, Doamne! zice mama.

– Bine ai venit acasă, Lou! intervine tata și îmi trântește geanta pe picior.

Capitolul 3

Uitându-mă în spate, îmi dau seama că în primele nouă luni de după moartea lui Will am fost într-un fel de amorțeală. Am plecat direct la Paris, fără a trece pur și simplu pe acasă, îmbătată de libertate și de pofta de viață pe care Will le declanșase în mine. Mi-am găsit de lucru într-un bar frecventat de expați, unde nu era nimeni ofensat de franceza mea groaznică, și mi-am îmbunătățit limba. Mi-am închiriat o cămăruță la mansardă în arondismentul 16, deasupra unui restaurant cu specific oriental, și noaptea, până târziu, stăteam în pat, trează, ascultând gălăgia făcută de chefliii întârziați și de mașinile care livrau marfă în zori. În fiecare zi mă simțeam de parcă aș fi trăit viața altcuiva.

În acele prime luni, mă simțeam de parcă aș fi pierdut un strat de piele – simțeam totul cu o intensitate sporită. Mă trezeam râzând sau plângând, vedeam totul ca și cum mi s-ar fi luat un văl de pe ochi. Încercam mâncăruri noi, mă plimbam pe străzi necunoscute, vorbeam cu oamenii într-o limbă care nu era a mea. Uneori mă simțeam bântuită de Will, ca și cum aș fi văzut totul prin ochii lui, îi auzeam vocea în urechi.

Deci, ce crezi despre asta, Clark?

Ți-am zis că o să-ți placă.

Hai, mănâncă! Încearcă asta! Hai!

Mă simțeam pierdută, fără rutina noastră zilnică. Mi-a luat săptămâni întregi pentru ca mâinile mele să nu se mai simtă inutile în lipsa contactului zilnic cu trupul lui, cu cămașa moale pe care trebuia să i-o închid la nasturi, cu mâinile calde, imobilizate, pe care i le spălam cu blândețe, cu părul mătăsos pe care încă îl mai simțeam între degete. Îmi lipseau vocea lui, râsul lui spontan, ce se făcea atât de rar auzit, atingerea buzelor lui moi pe degetele mele, felul cum pleoapele lui se lăsau în jos atunci când era pe cale să adoarmă. Mama mea, încă supărată pentru cele întâmplate, îmi spusese că, deși mă iubește, nu poate să asocieze această Louisa cu fata pe care a crescut-o ea, așa că, odată cu pierderea propriei familii, ca și a bărbatului pe care îl iubisem, orice legătură cu trecutul meu fusese tăiată. M-am simțit atunci plutind, dezrădăcinată, spre un univers necunoscut.

Așa că mi-am croit o nouă viață. Am legat prietenii efemere cu alți călători: tineri studenți englezi, care-și întrerupseseră studiile timp de un an, americani pășind pe urmele eroilor din literatură, având certitudinea că nu aveau să se mai întoarcă vreodată în America, tineri bancheri bogați, turiști de-o zi, o distribuție în continuă schimbare, care venea și ieșea din decor; niște evadați din alte existențe. Râdeam, și pălăvrăgeam, și munceam și îmi spuneam că fac ceea ce Will își dorise să fac. Că îmi găsesc liniștea măcar în asta.

Frigul iernii se mai domolise, și primăvara era superbă. Apoi, aproape pe neașteptate, într-o dimineață m-am trezit și am realizat că nu mai eram îndrăgostită de orașul acela. Sau, cel puțin, nu mă simțeam suficient de pariziancă pentru a mai rămâne acolo. Poveștile expaților au început să mi se pară obositor de asemănătoare, parizienii mi se păreau ostili și, de cel puțin câteva ori pe zi, găseam o mie de motive pentru care nu mă mai simțeam în largul meu acolo. Orașul, oricât era de fascinant, mi se părea acum o rochie extravagantă, pe care o cumpărasem în pripă, dar care nu mi se potrivea defel. Mi-am scris demisia și am plecat să hoinăresc prin Europa.

Două luni mi-au fost de-ajuns să mă simt și mai inadaptată. Eram singură aproape tot timpul. Detestam faptul că nu aveam habar unde urma să dorm în fiecare noapte, eram permanent neliniștită în privința mersului trenurilor și a monedei locale, mi se părea dificil să-mi fac prieteni când nu aveam încredere în nimeni. Și, oricum, ce le-aș fi putut spune celorlalți despre mine? Când oamenii mă întrebau, nu le puteam oferi decât cele mai superficiale detalii. Toate acele lucruri care erau importante sau interesante despre mine nu le puteam împărtăşi cu nimeni. În lipsa cuiva cu care să vorbesc, fiecare priveliște pe care o vedeam – fie că era Fontana di Trevi sau un canal din Amsterdam – mi se părea doar un obiectiv pe care trebuia să îl bifez pe o listă. Mi-am petrecut ultima săptămână pe o plajă din Grecia, care mi-a amintit prea mult de plaja unde fusesem cu Will, nu cu multă vreme în urmă. În cele din urmă, după o săptămână de stat la plajă, ţinând la distanţă diverşi bărbaţi bronzaţi, care toţi purtau parcă numele de Dmitri, şi tot încercând să pretind că mă simt excelent, am renunţat şi m-am întors la Paris. Am făcut asta mai ales pentru că era prima oară când realizam că nu aveam unde să mă duc în altă parte.

Timp de două săptămâni am dormit pe canapeaua unei fete cu care lucrasem la bar, încercând să mă decid ce să fac mai departe. Reamintindu-mi o discuţie purtată cu Will despre cariere, am scris la mai multe colegii care organizau cursuri în domeniul modei, dar nu aveam nici un portofoliu de prezentat, şi, peste tot, am fost refuzată politicos. Locul de la acel curs pe care îl câştigasem iniţial, după moartea lui Will, fusese acordat altcuiva, fiindcă n-am reuşit să obţin o amânare de studii. Puteam să aplic anul următor, m-a încredinţat administratorul, cu tonul cuiva care avea certitudinea că n-aveam să fac asta.

M-am uitat pe internet după joburi şi am văzut că, în ciuda experienţei prin care trecusem până atunci, eram încă necalificată pentru tipul de meserii pe care aş fi fost interesată să le practic. Şi apoi, din întâmplare, chiar când mă întrebam ce aveam de făcut, Michael Lawler, avocatul lui Will, m-a sunat şi mi-a sugerat că era timpul să fac ceva cu banii lăsaţi de Will. A fost motivaţia care m-a făcut să mă mut. Lawler m-a ajutat să negociez un preţ bun pentru un apartament cu două dormitoare groaznic de scump, situat la marginea Pieţei Mile. L-am cumpărat mai ales fiindcă mi-am amintit că Will îmi vorbise cândva despre barul cu vin din colţ, care mă făcea să mă simt un pic mai aproape de el; nu prea mi-au mai rămas însă bani să-l şi mobilez. Şase săptămâni mai târziu, m-am întors în Anglia, m-am angajat la Shamrock and Clover, m-am culcat cu un tip pe nume Phil, pe care n-aveam să-l mai revăd vreodată şi am aşteptat să simt că încep să trăiesc cu adevărat.

Nouă luni mai târziu, încă aşteptam.

În prima săptămână petrecută acasă, n-am ieşit prea mult. Mă simţeam rău şi oboseam repede, aşa că îmi era uşor să zac în pat şi să aţipesc, amorţită de analgezice extrem de puternice, şi să-mi spun că refacerea mea fizică era tot ce conta. Ciudat lucru, revenirea în căsuţa familiei mele mi-a făcut bine: a fost primul loc în care am reuşit să dorm mai mult de patru ore neîntrerupt de când plecasem; iar spaţiul era suficient de mic încât să pot ajunge repede la un perete de care să mă sprijin. Mama mă hrănea, bunicul îmi ţinea companie (Treena se întorsese la colegiu, luându-l pe Thom cu ea), iar eu mă uitam ziua, în cea mai mare parte a timpului, la televizor, uimită de reclamele nesfârşite la companii de finanţare şi la dispozitive montate la scări pentru scaune cu rotile, precum şi de preocupările presei pentru celebrităţi mărunte, pe care nu le mai recunoşteam, dat fiind că fusesem plecată un an peste hotare. Mă simţeam ca într-o cocon minuscul, ce conţinea, ce-i drept, şi un elefant schilodit bine, ghemuit într-un colţ.

Cu bunicul nu discutam nimic din ceea ce ar fi putut tulbura acest echilibru delicat. Puteam să mă uit toată ziua la emisiuni cu vedetele pe care televiziunile mi le băgau pe gât şi apoi să spun, la cină: „Ei, ce ziceţi despre Shayna West?“ Iar mama şi tata se lansau bucuroşi în conversaţii pe acest subiect, remarcând fie că vedeta e şleampătă, fie că are păr frumos sau că e într-o formă mai bună ca oricând. Discutam despre *Bargains In Your Attic* („Întotdeauna m-am întrebat cât ar fi valorat plantatorul cu model victorian al mamei tale... ştii, vechitura aia oribilă“) şi *Ideal Homes in the Country* („N-aş spăla un câine în baia aia“). Nu-mi băteam capul cu ce urma să fac dincolo de fiecare masă, dincolo de provocările elementare legate de îmbrăcat, spălat pe dinţi şi îndeplinirea sarcinilor mărunte pe care mama mi le încredinţa („Ştii, dragă, cât timp ies eu, ai putea să-ţi sortezi rufele murdare. Eu le-am pus deoparte pe cele colorate“).

Dar, ca un val ameninţător, lumea din afară insista fără încetare să dea năvală peste mine. Îi auzeam pe vecini punându-i întrebări mamei, atunci când întindea rufele pe sârmă: *Lou a ta s-a întors acasă, nu-i aşa?* Şi răspunsul mamei, neobişnuit de tăios: *Da, s-a întors.* M-am pomenit că evit camerele din casă de unde puteam vedea castelul. Dar ştiam că el există şi că în el trăiesc nişte oameni care erau, pentru mine, legături vii cu Will. Uneori, mă întrebam ce se mai întâmplase cu ei; pe când mă aflam la Paris, primisem o scrisoare din partea doamnei Traynor, prin intermediul căreia aceasta îmi mulțumea, formal, pentru tot ce făcusem pentru fiul ei. „Sunt conștientă că ai făcut tot ce ți-a stat în putință". Dar asta fusese tot. Familia Traynor încetase să mai fie tot ce însemna viața mea, devenind doar o reminiscență fantomatică a unei perioade pe care nu-mi îngăduiam să mi-o mai amintesc. Acum, când strada noastră era învăluită în umbra castelului timp de câteva ore în fiecare seară, simțeam prezența familiei Traynor ca pe un reproș.

Mi-au trebuit vreo două săptămâni să realizez că mama și tata nu mai mergeau la clubul social pe care îl frecventau cu regularitate.

– Azi nu e marți? am întrebat eu, în a treia săptămână, pe când stăteam în jurul mesei, la cină. N-ar fi trebuit să fiți plecați?

Se uitară unul la celălalt.

– A, nu. Stăm foarte bine și aici, zise tata, mestecând o bucată de cotlet.

– N-ar trebui să vă faceți griji în privința mea, i-am asigurat. Mă simt mult mai bine acum. Și-mi place să mă uit la televizor. Tânjeam, în taină, să stau singură în cameră, fără să mă vadă cineva. De când revenisem acasă, rareori rămăsesem singură mai mult de o oră și jumătate. Zău așa! Mergeți și distrați-vă. Nu vă faceți griji pentru mine.

– Noi... noi nici nu mai mergem la club, zise mama, feliind un cartof.

– Oamenii... vorbesc vrute și nevrute. Despre ce s-a întâmplat. Și până la urmă ne-am gândit că e mai bine să stăm departe de toate astea, ridică tata din umeri.

Tăcerea care urmă dură câteva minute.

Și apoi, mai existau și alte lucruri, mai concrete, care-mi aminteau de viața pe care o lăsasem în urmă. Unele purtau pantaloni strâmți de jogging, anume făcuți să stimuleze transpirația.

Era a patra dimineață când Patrick alerga pe lângă casa noastră, când m-am gândit că e mai mult decât o coincidență. Îi auzisem vocea în prima zi și mă repezisem la geam, spionându-l prin jaluzele. Era acolo, sub fereastră, făcând întinderi ale tendonului de la genunchi în vreme ce vorbea cu o blondă, cu coadă de cal; fata purta un costum albastru, din lycra, atât de strâmt, că aş fi putut desluşi destul de lesne ce mâncase la micul dejun. Păreau doi sportivi olimpici care-şi pierduseră bobul.

M-am îndepărtat de la fereastră, ca nu cumva el să se uite în sus şi să mă vadă şi, peste nici un minut, alergau din nou pe stradă, cu spatele drept şi picioarele arcuite, ca o pereche de cai de trăsură.

Două zile mai târziu, tocmai mă îmbrăcam când i-am auzit. Patrick vorbea cu voce tare despre încărcarea cu carbohidraţi, şi, de data asta, fata aruncă o privire suspicioasă spre casa noastră, ca şi cum s-ar fi mirat de ce se opriseră exact în acelaşi loc pentru a doua oară.

În a treia zi, eram în camera din faţă cu bunicul când ei sosiră.

– Ar trebui să facem nişte sprinturi, strigă Patrick. Uite cum facem, alergi până la al treilea stâlp de lumină şi înapoi, iar eu te cronometrez. Cu pauze de două minute. Hai!

Bunicul îmi aruncă o privire cu subînţeles.

– A făcut asta tot timpul de când m-am întors? m-am interesat, dar bunicul se prefăcu că nu mă aude.

M-am uitat printre faldurile perdelei şi l-am zărit pe Patrick din profil, cu ochii aţintiţi pe cronometru. Purta o bluză din lână neagră, cu fermoarul tras, asortat la pantalonii scurţi de lycra şi, cum stătea acolo, la doar câţiva metri de fereastră, l-am putut privi, mirându-mă în tăcere că fusesem atât de multă vreme sigură că-l iubesc pe omul acela.

– Nu te opri! răcni el, ridicând ochii de pe cronometru. Fata, ca un căţel supus, atinse felinarul stradal de lângă el şi ţâşni iar în fugă. Patruzeci şi două de secunde şi treizeci şi opt de sutimi, zise el aprobator când fata se întoarse, gâfâind. Sunt sigur că poţi scoate un timp cu jumătate de secundă mai bun decât ăsta.

– Asta e spre beneficiul tău, zise mama, intrând în cameră cu două căni.

– Chiar mă întrebam...

– Mama lui Patrick m-a întrebat, la supermarket, dacă te-ai întors şi i-am spus că da. Nu te uita aşa la mine, n-aş putea s-o mint pe femeie, zise ea, arătând cu capul spre fereastră: Tipa asta şi-a pus silicoane. Tot oraşul îi bârfeşte. Ai la ce te uita cât bei ceaiul. Se opri pentru o clipă lângă mine. Ştii că s-au logodit?

Mă aşteptam să simt un junghi în inimă, dar vorbele ei nu-mi stârniră nici un sentiment.

– Par... potriviţi.

Mama zăbovi acolo o clipă, cu ochii la Patrick.

– Nu e un băiat rău, Lou. Doar că tu... te-ai schimbat.

Apoi îmi întinse o cană şi se întoarse.

În cele din urmă, în dimineaţa când el s-a oprit să facă flotări chiar pe trotuarul din faţa casei noastre, am deschis uşa din faţă şi am ieşit. M-am aplecat pe balustrada verandei, cu braţele încrucişate peste piept, urmărindu-l până şi-a ridicat privirea spre mine.

– Nu m-aş opri prea mult acolo. Câinele vecinului e foarte aproape de bucata aia de trotuar.

– Lou! exclamă el, de parcă aş fi fost ultima persoană pe care s-ar fi aşteptat să o vadă stând în faţa casei mele, pe care el o vizitase de câteva ori pe săptămână, în cei şapte ani cât fuseserăm împreună. Sunt... surprins să te văd iar aici. Mă gândeam că ai plecat să cucereşti lumea.

Logodnica lui, care făcea flotări lângă el, privi în sus, apoi îşi coborî privirea spre trotuar. Poate că era doar imaginaţia mea, dar fesele păruseră să i se încordeze şi mai mult. Sus, jos, se mişca ea cu furie. Sus şi jos. M-am trezit că mă îngrijorează întru câtva integritatea noilor ei sâni.

Patrick sări în picioare.

– Ea e Caroline, logodnica mea, zise, fixându-mă cu privirea şi aşteptând, poate, vreo reacţie din partea mea. Ne antrenăm pentru următoarea ediţie Ironman. Deja am participat la două împreună.

– Ah... romantic, am spus.

– Da, Caroline şi cu mine simţim că e bine să facem unele lucruri împreună.

– Se vede, am replicat. Şi după echipamentul din lycra turcoaz.

– A, da, e culoarea echipei noastre.

Urmă o scurtă tăcere, după care am lovit aerul cu pumnul, ovaţionând:

– Haide, echipă!

Caroline sări în picioare şi începu să-şi întindă muşchii coapsei, îndoind picioarele sub ea ca o barză. Încuviinţă din cap spre mine, cu cea mai mică urmă de politeţe de care ar fi putut da dovadă.

– Ai slăbit, observă Patrick.

– Da, am cam slăbit. O dietă cu perfuzii ar avea acelaşi efect şi asupra ta.

– Am auzit că ai avut... un accident, zise el, lăsându-şi capul într-o parte, în semn de compasiune.

– Veştile circulă repede.

– Dar mă bucur că eşti bine, spuse Patrick şi pufni, privind spre stradă. Trebuie să fi avut un an greu. Ştii ce zic... Cu slujba ta şi tot ce s-a întâmplat...

Deci, ajunsese şi la asta. Am încercat să-mi controlez respiraţia. Caroline refuza cu hotărâre să se uite la mine, flexându-şi în continuare picioarele.

– Oricum, felicitări pentru nuntă! le-am zis atunci.

El îşi privi viitoarea soţie cu mândrie, pierdut în admiraţia picioarelor ei musculoase.

– Ei, vorba ceea: ştii când îţi întâlneşti ursita, zise el şi-mi aruncă un zâmbet fals.

Şi atunci n-am mai rezistat:

– Sunt sigură că tu ţi-ai întâlnit-o. Şi presupun că ai o grămadă de bani puşi deoparte pentru nuntă – că doar nunţile nu sunt ieftine, nu?

Cei doi mă priveau.

– Banii câştigaţi de pe urma vânzării poveştii mele la ziare. Cu cât te-au plătit, Pat? Vreo două mii de lire? Treena n-a putut estima niciodată suma exactă. Şi, totuşi, de pe urma morţii lui Will ţi-ai permis să cumperi câteva echipamente lycra asortate, nu-i aşa?

După felul cum îl privi Caroline, mi-am dat seama că aceasta era o parte a poveştii pe care Patrick încă nu ajunsese să i-o dezvăluie.

El se holbă la mine, sângele năvălindu-i în obraji.

– Asta n-are nimic de-a face cu mine.

– Sigur că n-are. Oricum, mi-a părut bine să te revăd, Pat. Baftă cu nunta, Caroline! Sunt sigură că vei fi cea mai ţeapănă mireasă din toată regiunea.

M-am răsucit pe călcâie și am intrat, pășind încet în casă. Am închis ușa în urma mea și am zăbovit sprijinită de ea, cu inima bătându-mi puternic, până când am fost sigură că, în sfârșit, se îndepărtaseră.

– Un prostănac! fu remarca bunicului când m-am întors șchiopătând în camera de zi. Apoi repetă, privind cu dispreț pe fereastră: Un prostănac.

După aceea, chicoti.

M-am holbat la el. Și, cu totul pe neașteptate, m-am trezit râzând și eu în hohote, pentru prima oară de nici nu îmi mai amintesc când.

– Deci, te-ai hotărât ce-ai să faci când te faci bine? întrebă Treena.

Stăteam întinsă în pat. Sora mea mă sunase de la colegiu, pe când îl aștepta pe Thomas să iasă de la antrenamentul de fotbal. M-am zgâit în sus, la tavanul pe care Thomas lipise o întreagă galaxie de stickere fosforescente, care probabil nu mai puteau fi dezlipite fără jumătate de tavan odată cu ele.

– Nu chiar.

– Trebuie să faci ceva. Nu poți să stai tolănită o veșnicie.

– N-o să stau tolănită. Plus de asta, șoldul încă mă doare. Fizioterapeutul m-a sfătuit să stau mai mult la orizontală.

– Mama și tata se întreabă ce-ai de gând să faci. Prin Stortfold nu găsești nimic de lucru.

– Știu.

– Știi, dar te fofilezi. Nu pare să te intereseze nimic.

– Treen, tocmai am căzut de pe un bloc. Sunt în convalescență.

– Și, înainte de asta, ți-ai pus coada pe spinare și ai hoinărit peste tot. Apoi ai lucrat într-un bar fără să știi ce vrei să faci. Ar trebui să te hotărăști, la un moment dat. Dacă n-ai de gând să te întorci la școală, trebuie să stabilești ce ai de gând să faci cu viața ta. Asta e părerea mea. Oricum, dacă ai de gând să rămâi în Stortfold, ar trebui să închiriezi apartamentul ăla. Mama și tata nu pot să te țină pe spinarea lor o veșnicie.

– Cuvintele astea vin din partea femeii care a fost susținută de „Banca Mama și Tata" în ultimii opt ani?

– Eu urmez o facultate la zi. E complet altceva. În orice caz, am cercetat situația conturilor tale bancare, cât ai fost în spital și, după ce ți-am plătit toate facturile, am văzut că nu ți-au mai rămas decât vreo mie și cinci sute de lire, incluzând asigurarea de sănătate. Apropo, ce naiba e cu toate convorbirile alea telefonice peste ocean? Te-au costat o avere.

– Nu e treaba ta.

– Mă rog, ți-am făcut o listă cu agenți imobiliari din zonă care închiriază apartamente. Și, pe urmă, m-am gândit că poate ar fi bine să mai aruncăm o privire la fișele de înscriere la colegii. Poate că cineva a renunțat la cursul pe care voiai tu să-l urmezi.

– Treen, mă obosești...

– La ce bun să tai frunză la câini? O să te simți mai bine imediat ce o să ai ceva pe care să te concentrezi.

Cu toate că atitudinea ei mă enerva, era ceva liniștitor în sâcâiala surorii mele. Nimeni altcineva nu îndrăznea să-mi vorbească astfel. Era ca și cum părinții mei încă mai credeau că sufăr teribil, motiv pentru care mă tratau ca pe un copil. Mama îmi lăsa hainele, spălate și impecabil împăturite, pe marginea patului și îmi gătea trei mese pe zi, iar când o surprindeam că mă privește, afișa un zâmbet fals, care ascundea tot ce nu doream să ne spunem una alteia. Tata mă ducea cu mașina la ședințele de fizioterapie, ședea lângă mine pe canapea pentru a se uita la televizor și nu mă mai lua în tărbacă. Treena era singura care se purta cu mine ca întotdeauna.

– Știi ce vreau să-ți spun, nu?

M-am întors pe o parte, tresărind.

– Știu. Și nu vreau să aud.

– Ei, știi ce-ar fi spus Will. Aveai o înțelegere. Nu te poți sustrage.

– Bine, Treena, ajunge. Am înțeles. Am încheiat discuția.

– Perfect. Uite că vine și Thom de la vestiare. Ne vedem vineri! zise ea, ca și cum până atunci vorbiserăm despre muzică, despre săpunuri sau unde avea de gând să plece în vacanță.

Am rămas cu ochii ațintiți în tavan.

Aveai o înțelegere.

Da. Și uite ce-a ieșit.

*

Cu toată supărarea pe care mi-o pricinuia Treena, în săptămânile care trecuseră de la întoarcerea mea acasă reuşisem să fac unele progrese. Nu mai foloseam bastonul, care mă făcea să mă simt ca o bătrânică de vreo optzeci şi nouă de ani şi pe care reuşeam să-l uit prin aproape toate locurile pe care le vizitasem de când venisem acasă. De obicei, dimineţile, îl scoteam pe bunicul la o plimbare prin parc, la insistenţele mamei. Doctorul îi recomandase să facă zilnic mişcare, dar, când mama îl urmărise, într-o zi, descoperise că bunicul mergea doar până la magazinul din colţ să-şi cumpere o cutie cu jumări de porc, pe care apoi le mânca, mergând încet spre casă.

Ne plimbam cu pas domol, amândoi şchiopătând, incapabili să-şi găsească locul în acea lume.

Mama îmi tot sugera să mai dăm câte o raită şi pe la castel, „pentru o schimbare de peisaj", dar o ignoram de fiecare dată şi, de îndată ce poarta se închidea în urma noastră, în fiecare dimineaţă, bunicul dădea ferm din cap în direcţia parcului. Nu doar pentru că drumul până acolo era mai scurt, sau mai apropiat de agenţia de pariuri. Cred că ştia că nu voiam să mă întorc acolo. Nu eram pregătită. Nu eram sigură dacă aveam să fiu vreodată pregătită.

Am dat agale două ture ale heleşteului cu răţuşte şi ne-am aşezat pe o bancă, în razele blânde ale soarelui de primăvară, pentru a privi cum copiii şi părinţii lor hrăneau raţele dolofane şi cum adolescenţii fumau, ţipând şi cotonogindu-se unii pe alţii – dueluri inutile, provocate de primii fiori ai dragostei. Am trecut şi pe la agenţia de pariuri, pentru ca bunicul să poată pierde trei lire, pariind, ca de fiecare dată, pe o mârţoagă pe nume Wag The Dog. Apoi, pe când el îşi mototolea, nervos, biletul de pariuri, aruncându-l într-un coş de gunoi, i-am propus să-i cumpăr o gogoaşă cu gem de la supermarket.

– O, ce de grăsimi! zise el, pe când ne aflam la raionul de patiserie.

M-am încruntat, însă bunicul râse, arătând spre gogoşile noastre:

– O, ce de grăsimi!

– O, da. Dar ştiu ce-o să-i spun mamei. Am luat gogoşi cu conţinut scăzut de grăsimi.

Mama spunea că noul tratament medicamentos pe care îl lua bunicul îi dădea o stare de bună dispoziţie. Eu decisesem că existau şi lucruri mai rele care i s-ar fi putut întâmpla.

Bunicul se amuza încă pe seama propriei glume cu grăsimile pe când stăteam la coadă la casă. Îmi ţineam capul plecat şi mă scotoceam prin buzunare după nişte mărunţiş, în timp ce mă gândeam dacă să-l mai ajut pe tata prin grădină în weekend. Aşa că mi-au trebuit câteva clipe bune ca să îmi dau seama ce se şoptea în spatele meu.

– E măcinată de vinovăţie, să ştii. Am auzit că a încercat să se arunce de pe bloc.

– Ei, şi tu ai fi făcut-o, nu? Eu, una, ştiu că n-aş putea trăi singură.

– Ce mă surprinde e că mai are curajul să-şi arate mutra pe aici.

Am rămas încremenită.

– Ştii, biata Josie Clark e încă înnebunită de spaimă. Merge la biserică în fiecare săptămână, şi ştii doar că femeia asta e neprihănită ca fulgul de nea.

Bunicul arătă spre gogoşi şi râse spre fata de la casă:

– O, ce de grăsimi!

Casiera îi zâmbi, politicoasă.

– Optzeci şi şase de penny, vă rog.

– Familia Traynor e de nerecunoscut...

– Normal, asta i-a distrus, nu?

– Optzeci şi şase de penny, vă rog.

Mi-a luat câteva secunde să-mi dau seama că fata de la casă mă priveşte, aşteptând. Am scos o mână de monede din buzunar, iar degetele începură să-mi tremure pe când alegeam banii.

– N-aş fi zis că Josie o să aibă curaj s-o lase să aibă grijă singură de bunicul ei.

– Doar nu crezi că ea...

– Poţi să ştii? În definitiv, dacă a încercat o dată...

Obrajii îmi ardeau. Banii căzură, zornăind, pe tejghea. Bunicul repeta încă întruna „O, ce de grăsimi" către casiera amuzată, aşteptându-se ca aceasta să se prindă de gluma lui.

L-am tras de mânecă.

– Hai, bunicule, trebuie să plecăm.

– O, ce de grăsimi! insistă el.

– Aşa e, surâse politicos casiera.

– *Te rog, bunicule.*

Simţeam că mă cuprinde furia, dar şi o ameţeală ciudată, ca şi cum aş fi fost pe punctul de a leşina. Poate că femeile din spate continuau să mă bârfească, dar urechile îmi ţiuiau aşa de tare, că nu-mi mai dădeam seama.

– La revedere! zise el.

– La revedere! îi răspunse casiera.

– Drăguţă fată, constată bunicul, când am ieşit din magazin şi apoi mă privi: Lou, de ce plângi?

Aşadar, aşa se întâmplă când eşti implicat într-o catastrofă care-ţi schimbă viaţa. Crezi că e doar un moment de cotitură din viaţa ta pe care trebuie să-l depăşeşti: amintiri, nopţi nedormite, nesfârşita derulare a evenimentelor din mintea ta, întrebându-te dacă ai procedat corect, dacă ai spus ce trebuia, dacă ai fi putut schimba lucrurile.

Mama îmi spusese că viaţa cu Will avea să mă afecteze, în cele din urmă, pentru totdeauna, şi cred că vorbise serios, din punct de vedere psihologic. Cred că se referea la sentimentul de vinovăţie peste care ar fi trebuit să învăţ să trec, la tristeţe, la insomnii, la straniile şi nepotrivitele izbucniri de furie, la nesfârşitul dialog interior cu cineva care nici măcar nu mai era lângă mine. Dar acum îmi dădeam seama că nu mai este vorba doar despre mine: într-o epocă digitală, urma să port stigmatul acela pentru totdeauna. Chiar dacă reuşeam să-mi şterg toate amintirile din minte, n-aş fi reuşit niciodată ca în ochii celorlalţi să nu mai fiu asociată cu moartea lui Will. Numele meu avea să fie legat de al lui câtă vreme existau pixeli şi ecrane de computer. Oamenii aveau să mă judece, bazându-se pe o cunoaştere superficială a lucrurilor – sau, uneori, pe absolut nimic –, şi nu puteam face nimic în privinţa aceasta.

M-am tuns bob. Mi-am schimbat stilul vestimentar, împachetând toate hainele care mă scoseseră vreodată în evidenţă şi înghesuindu-le în fundul şifonierului. Am adoptat uniforma Treenei – blugi şi un tricou oarecare. Acum, când citesc articole din ziare despre casierul bancar care a furat o avere, despre femeia care şi-a ucis copilul sau despre sora dispărută, nu mă mai cutremur îngrozită, ca altădată, ci mă minunez mai curând de poveştile care nu înfăţişează lumea în alb şi negru.

Faţă de protagoniştii acelor articole simt o stranie legătură. Şi eu am fost stigmatizată. Lumea din jurul meu ştia asta. Mai grav, începusem să o aflu şi eu.

Mi-am strâns sub un fes ce-mi mai rămăsese din părul negru, mi-am pus ochelarii de soare la ochi şi, când am început să păşesc, am făcut tot posibilul să-mi ascund şchiopătatul, chiar dacă maxilarul mă durea de atâta concentrare.

Am trecut pe lângă ceata de prichindei care cântau în colţul copiilor şi pe lângă grupul tăcut al entuziaştilor pasionaţi de genealogii, care încercau să confirme ipoteza că sunt înrudiţi, pe departe, cu regele Richard III, şi m-am oprit în colţul cu ziare locale. Nu mi-a fost greu să găsesc numerele din august 2009. Am tras adânc aer în piept, apoi am început să le deschid şi să răsfoiesc cu înfrigurare titlurile.

Un localnic a decis să-şi pună capăt zilelor într-o clinică elveţiană.

Familia Traynor cere să-i fie respectată intimitatea, în această „perioadă dificilă".

Fiul, în vârstă de 35 de ani, al lui Steven Traynor, custodele Castelului Stortfold, a încetat din viaţă la Dignitas, controversatul centru de sinucideri asistate. Domnul Traynor rămăsese paraplegic în urma unui accident rutier petrecut în 2007. Se pare că el ar fi mers la clinică împreună cu familia şi cu îngrijitoarea lui, Louisa Clark, în vârstă de 27 de ani, tot din Stortfold.

Poliţia investighează circumstanţele morţii. Sursele noastre afirmă că nu e exclusă posibilitatea deschiderii unui dosar penal.

Părinţii Louisei Clark, Bernard şi Josephine Clark, din Renfrew Road, au refuzat să comenteze.

Este de aşteptat ca doamna Camilla Traynor, judecător de pace, să demisioneze din funcţie după sinuciderea fiului ei.

O sursă locală a declarat că, date fiind acțiunile familiei sale, rămânerea în acest post ar fi „inacceptabilă".

Și apoi, chipul lui Will, privindu-mă dintr-o fotografie ștearsă de pe prima pagină. Surâsul acela sardonic, privirea directă. M-am simțit, preț de câteva clipe, răvășită.

Moartea domnului Traynor pune capăt unei cariere strălucite în centrul financiar al Londrei, unde acesta era cunoscut ca un om de afaceri dur, înzestrat însă cu un extraordinar fler pentru afacerile profitabile. Colegii lui s-au adunat ieri spre a-i aduce un ultim omagiu omului pe care l-au descris ca...

Am închis ziarul. Abia când am fost sigură că eram perfect stăpână pe mine, am ridicat privirea. În jurul meu, forfota bibliotecii era în toi. Țânci continuau să cânte, cu glasuri subțiri, haotice, în vreme ce mamele, aplaudau frenetic. În spatele meu, bibliotecara discuta cu o colegă, în șoaptă, despre rețeta ideală de curry thailandez. Bărbatul de lângă mine parcurge cu degetul un vechi registru electoral, murmurând „Fisher, Fitzgibbob, Fitzwilliam..."

Nu făcusem nimic. Au trecut mai bine de optsprezece luni, și nu făcusem nimic, în afară de a vinde băuturi prin baruri în două țări diferite și de a-mi plânge de milă. Și, acum, la patru săptămâni de când am revenit în casa unde am crescut, pot simți cum întregul Stortfold își întinde parcă tentaculele pentru a mă înghiți, pentru a mă asigura că mi-ar putea fi bine aici. Totul va fi în regulă. Sigur, s-ar putea să nu am parte de aventuri mărețe și să simt un oarecare disconfort din pricina faptului că lumea se reacomodează cu prezența mea, dar, nu-i așa, există și lucruri mai rele decât să te afli în sânul familiei tale, iubită și în siguranță? În siguranță?

M-am uitat la mormanul de ziare din fața mea. Cel mai recent titlu de primă pagină titra:

COADĂ PENTRU LOCURILE DE PARCARE PENTRU HANDICAPAȚI, ÎN FAȚA CLĂDIRII POȘTEI

Mi l-am reamintit pe tata, stând pe patul meu de spital și căutând zadarnic vreo știre despre accidentul ieșit din comun pe care-l suferisem.

Te-am dezamăgit, Will Traynor. Te-am dezamăgit în toate felurile posibile.

Când am ajuns, în sfârșit, acasă, țipetele se auzeau din stradă. În timp ce deschideam ușa, plânsetele lui Thomas mi-au răsunat în urechi. Sora mea îl dojenea, fluturând amenințător degetul spre el, în colțul camerei de zi. Mama era aplecată peste bunicul, cu un castron cu apă și un burete de vase, în vreme ce bătrânul încerca să o dea la o parte.

– Ce se petrece aici? am întrebat.

Mama se dădu într-o parte și atunci am văzut clar, pentru prima oară, fața bunicului. Avea o pereche nouă de sprâncene, groase și negre ca smoala, și o mustață groasă, ușor inegală, de asemenea neagră.

– Cariocă permanentă, mă lămuri mama. De azi înainte, nimeni n-o să-l mai lase pe bunicul să doarmă în aceeași cameră cu Thomas.

– Încetează să mai pictezi peste tot, țipa Treena. Doar pe hârtie, s-a înțeles? Nu pe pereți. Nu pe fețe. Nu pe câinele doamnei Reynolds. Și nu pe pantalonii mei.

– Dar îți scriam zilele săptămânii...

– N-am nevoie de pantaloni cu zilele săptămânii, răcni ea. Și dacă aș avea, aș scrie „miercuri" corect.

– Treen, nu-l mai certa atât, interveni mama, dându-se pe spate, să vadă dacă eforturile ei dau vreun rezultat. Putea fi mult mai rău.

În căsuța noastră, pașii tatei, coborând scările, răsunară ca un fel de tunet. Năvăli furios în camera de zi, cu părul dat pe o parte și cu umerii aduși.

– Nu mai poate omul să se odihnească în casa asta nici măcar în singura lui zi liberă? E mai rău decât la casa de nebuni aici.

Ne-am oprit cu toții, holbându-ne la el.

– Ce e? Ce-am spus?

– Bernard...

– Ei, hai, dragă! Lou a noastră știe că nu m-am referit la *ea*.

– O, Doamne, făcu mama, acoperindu-și fața cu palmele.

Sora mea începuse să-l împingă pe Thomas afară din cameră.

– Of, băiete! şuieră ea. Thomas, şterge-o imediat! Jur că dacă bunicul pune mâna pe tine...

– Ce? se încruntă tata. Ce s-a întâmplat?

Bunicul izbucni într-un râs sacadat şi ridică un deget tremurând. Imaginea era aproape magnifică. Thomas îi colorase toată faţa tatei cu carioca albastră. Ochii lui apăreau acum ca două agrişe dintr-o mare ca de cobalt.

– Ce e?

Thomas, târât de mână de maică-sa în hol, se tânguia în semn de protest:

– Dar ne uitam la *Avatar*! Şi bunicul a spus că nu s-ar supăra dacă ar fi un avatar.

Tata făcu ochii mari şi se repezi la oglinda de deasupra şemineului. Urmă o clipă de linişte.

– O, Dumnezeule!

– Bernard, nu lua în deşert numele Domnului!

– Dar nu vezi în ce hal sunt de albastru, Josie. Cred că sunt îndreptăţit să iau numele Domnului în deşert! THOMMO? ASTA E CARIOCĂ PERMANENTĂ?

– O dăm noi jos, tati! zise sora mea, închizând în urma ei uşa care dă spre grădină.

Dincolo de uşă se auzeau văicărelile lui Thomas.

– Trebuia să supraveghez instalarea unui gard nou la castel, mâine. Trebuie să vină furnizorii. Cum naiba o să vorbesc cu oamenii ăia dacă sunt *albastru*? spuse tata şi, scuipându-şi în palme, începu să se frece pe faţă. Urmele de cariocă nu păreau să i se ducă de pe faţă, în schimb se mânji pe mâini. Nu iese, Josie, *nu iese deloc*!

Mama îl abandonă pe bunicul şi începu să-l cureţe pe tata cu buretele de vase.

– Dar stai liniştit, Bernard. Fac ce pot!

Treena plecă după geanta cu laptopul.

– O să caut pe internet. Sunt sigură că există ceva. Pastă de dinţi sau acetonă sau înălbitor, sau...

– Doar nu vrei să-mi pui clor pe faţă! răcni tata.

Bunicul, cu noua lui mustaţă de pirat, râdea pe înfundate în colţul camerei.

Am început să mă retrag pe lângă ei.

Mama îi ținea fața tatei cu mâna stângă, frecându-l de zor. Se întoarse spre mine, ca și cum abia atunci m-ar fi văzut.

- Lou! Nici nu te-am întrebat, scumpo, dacă ești bine. Ți-a priit plimbarea?

Toți se opriră brusc din ceea ce făceau și îmi zâmbiră; un zâmbet care spunea *Totul este bine aici, Lou. Nu trebuie să-ți faci griji.* Uram acel zâmbet.

- Da, a fost bine.

Era răspunsul pe care-l așteptau cu toții. Mama se întoarse iar spre tata:

- Asta e excelent! Nu e excelent, Bernard?

- Ba da. E o veste grozavă.

- Scumpo, dacă-ți sortezi tu rufele albe, o să le bag eu mai târziu la mașină, cu ale lui tati.

- De fapt, i-am spus, nu te mai deranja. M-am tot gândit. E timpul să mă întorc la Londra.

Nimeni nu mai zise nimic. Mama se uită la tata. Bunicul se opri din râs, lovindu-se cu mâna peste gură.

- Da, mi se pare corect, spuse tata cu toată demnitatea pe care un bărbat cu fața colorată ca o mură o putea afișa. Dar, dacă te întorci la apartamentul tău, Louisa, o vei face cu o singură condiție...

Capitolul 4

– Mă numesc Natasha, iar soţul meu a fost răpus de cancer în urmă cu trei ani.

Într-o seară umedă de luni, membrii Cercului Mergi mai departe şedeau pe scaune portocalii de birou, formând un fel de inel, în incinta bisericii penticostale, alături de un scaun gol şi de liderul lor, Marc, un bărbat înalt, cu mustaţă, a cărui fiinţă degaja, pe de-a-ntregul, un aer de melancolie istovită.

– Sunt Fred. Soţia mea, Jilly, a murit în septembrie. Avea şaptezeci şi patru de ani.

– Sunil. Fratele meu geamăn a murit de leucemie acum doi ani.

– William. Tata a murit acum şase luni. Totul pare cam ridicol, sincer, de vreme ce nu ne-am avut niciodată prea bine cât a trăit. Încă mă întreb de ce sunt aici.

În aer plutea atmosfera atât de specifică suferinţei. În incinta parohială prost ventilată mirosea a umezeală şi a ceai de slabă calitate. Mirosea a mâncare şi a ţigări proaste, fumate stând chircit de frig. Mirosea a păr dat cu fixativ şi a deodorant pentru subraţ, mici victorii la îndemână împotriva unei mlaştini de disperare. Doar mirosul acela, şi ar fi fost suficient să-mi dau seama că n-am ce căuta acolo, indiferent ce-i promisesem tatei.

Mă simţeam ca o impostoare. Plus de asta, toţi acei oameni păreau atât de... *trişti*.

M-am foit stânjenită pe scaun, iar Marc mă observă şi-mi adresă un surâs liniştitor. *Ştim ce simţi*, spunea acel surâs. *Am mai văzut fete ca tine.*

Iar eu am răspuns, în gând, *Pariez că n-ai văzut.*

– Îmi pare rău... Scuze, am întârziat.

Ușa se deschise, lăsând să pătrundă un șuvoi de aer cald, iar scaunul gol fu ocupat de un adolescent cu o claie de păr, care își îndoi picioarele sub el, ca și cum ar fi fost prea lungi pentru un spațiu atât de strâmt.

– Jake, ai lipsit săptămâna trecută. E totul în regulă?

– Da, scuze... Tata a avut ceva de rezolvat la muncă și n-a reușit să mă mai aducă.

– Nu-ți face griji. E bine că ai reușit să vii. Știi unde sunt băuturile.

Băiatul aruncă o privire prin sală, pe sub cârlionții săi lungi, cu o ușoară ezitare atunci când ochii îi căzură pe fusta mea verde, strălucitoare. Mi-am tras geanta în poală, încercând să o ascund, iar el se uită în altă parte.

– Bună, dragilor! Sunt Daphne. Soțul meu s-a sinucis. Nu cred că de vină a fost cicăleala mea! Râsul forțat al femeii aduse mai curând cu o expresie a durerii. Își netezi cu grijă părul coafat și își coborî cu stângăcie privirea spre genunchi. Am fost fericiți. Chiar am fost.

Băiatul își ținea palmele sub coapse.

– Sunt Jake. Mama s-a sinucis. Acum doi ani. Vin aici de un an, fiindcă tata nu mă poate ajuta și am nevoie de cineva cu care să discut.

– Tatăl tău cum se mai simte, Jake? se interesă Marc.

– Nu e rău. Vreau să spun... a venit cu o femeie acasă vineri seară, dar pe urmă n-a mai plâns pe canapea. Deci e ceva.

– Tatăl lui Jake luptă cu durerea în felul lui, spuse Marc, uitându-se la mine.

– Și-o trage, lămuri Jake. Și-o trage cu femei.

– Aș fi vrut să fiu mai tânăr, rosti Fred, nostalgic. Purta costum și cravată, părea genul de bărbat care, fără cravată, se simte dezbrăcat. Cred că ăsta ar fi fost un mod strașnic de a face mai bine față morții lui Jilly.

– Verișoara mea a agățat un bărbat la înmormântarea mătușii ei, zise o femeie din colț, care cred că se prezentase drept Leanne, dar nu-mi aminteam precis.

Era scundă și îndesată și avea o claie de păr vopsit într-o nuanță ciocolatie.

– Chiar în timpul înmormântării?

– Da, mi-a zis că au mers la un motel imediat după ce s-au servit sandviciurile, ne lămuri femeia, ridicând din umeri. Se pare că emoţiile exacerbate sunt de vină.

Mi-era clar că nu aveam ce căuta acolo. Acum îmi dădeam perfect seama de asta. Discret, mi-am strâns lucrurile, întrebându-mă dacă trebuia să-mi anunţ plecarea sau, pur şi simplu, să o iau la fugă.

Apoi, brusc, Marc se întoarse spre mine, calm.

L-am privit cu indiferenţă.

El ridică din sprâncene.

– A, eu? De fapt, eu tocmai plecam. Cred că... De fapt, nu cred că sunt...

– Ah, oricine are tendinţa să plece în prima zi, draga mea.

– Eu am vrut să plec şi a doua zi, ba chiar şi a treia zi.

– Astea-s fetele din ziua de azi. Îi tot spun lui Marc că ar trebui să avem nişte fete mai bune...

– Hai, spune-ne ce te frământă, dacă vrei. Nu te teme, eşti între prieteni.

Aşteptau cu toţii. Nu puteam fugi. M-am aşezat iar pe scaun.

– Hm... Bineee. Mă numesc Louisa, iar bărbatul pe care... l-am iubit a murit la 35 de ani.

Câţiva dădură din cap, în semn de compasiune.

– Prea tânăr. Când s-a întâmplat asta, Louisa?

– Acum douăzeci de luni. Şi o săptămână. Şi două zile.

– La mine acum trei ani, două săptămâni şi două zile, îmi surâse Natasha din capătul celălalt al sălii.

Urmă un murmur de compătimire. Daphne, aflată lângă mine, mă bătu uşor pe picior cu o mână grăsuţă, plină de inele.

– Am avut multe discuţii în această încăpere despre dificultăţile deosebite care apar atunci când o persoană moare de tânără, îmi explică Marc. Cât timp aţi fost împreună?

– Cam... aproape şase luni.

Câţiva abia îşi ascunseră privirile surprinse.

– Asta e… destul de puţin, se auzi o voce.

– Sunt sigur că durerea Louisei e la fel de îndreptăţită, interveni Marc, pe un ton blând. Şi cum s-a dus, Louisa?

– Ce să se ducă?

– Cum a murit, îmi sare Fred în ajutor.

– A, el... Ăăă... S-a sinucis.

– Trebuie să fi fost un șoc imens.

– Nu chiar. Știam că plănuiește să-și ia viața.

Se lăsă tăcere, anume acea tăcere care se lasă atunci când spui unei săli pline de oameni care cred că știu absolut totul despre moartea cuiva drag că nu știu, de fapt, nimic.

Am tras aer în piept.

– El știa că dorește să o facă înainte să-l întâlnesc. Am încercat să-l fac să se răzgândească, dar nu am reușit. Așa că m-am împăcat cu ideea, fiindcă îl iubeam și, în acel moment, mi se părea că dorința lui are sens. Acum nu mai am aceeași impresie. De aceea sunt aici.

– Moartea nu are niciodată sens, zise Daphne.

– Are, dacă ești budist, o corectă Natasha. Tot încerc să îmbrățișez concepțiile budiste, dar sunt îngrijorată că Olaf s-ar putea reîncarna într-un șoarece sau în altceva, și eu îl otrăvesc. După un oftat, continuă: A trebuit să renunț la otravă. Știți, chiar avem o problemă cu rozătoarele în blocul în care locuiesc.

– N-ai să scapi niciodată de ei. Sunt ca puricii, zise Sunil. Pentru fiecare șoarece pe care îl vezi, fii sigură că mai sunt câteva sute ascunși pe undeva.

– Poate că e cazul să te gândești la ceea ce faci, Natasha, scumpo, interveni Daphne. Ar putea fi sute de mici Olafi colcăind prin jurul tău. Și Alan al meu ar putea fi unul dintre ei. Din partea mea, poți să-i otrăvești pe amândoi!

– Păi, făcu Fred, dacă e budist, n-ar trebui să se întoarcă încarnat în altă ființă?

– Da, dar dacă se reîncarnează într-o muscă sau altă gânganie, și Natasha îl ucide?

– Nu mi-ar plăcea să mă reîncarnez în muscă. Ce creaturi oribile, negre și păroase! mormăi William și se cutremură.

– Hei, să știți că nu sunt un fel de criminal în serie! exclamă Natasha. Vorbiți de parcă aș fi venit aici ca să-i masacrez pe toți soții reîncarnați.

– Ei, să știi că șoarecele ăla chiar ar putea fi soțul cuiva. Chiar dacă nu e Olaf.

– Cred că mai bine am reveni la ședința noastră, propuse Marc, scărpinându-se la tâmplă. Louisa, apreciez că ești curajoasă și ai venit să ne dezvălui povestea ta. Dar de ce nu ne vorbești mai multe despre tine și... cum îl chema pe iubitul tău? Cum v-ați întâlnit, de pildă. Te afli printre oameni de încredere. Cu toții am jurat că toate poveștile noastre nu vor trece vreodată de aceste ziduri.

În acel moment, i-am surprins privirea lui Jake. El se uită spre Daphne, apoi spre mine și scutură ușor din cap.

– L-am întâlnit la serviciu, am început eu. Îl chema... Bill.

În ciuda promisiunii pe care i-o făcusem tatei, nu doream să iau parte la ședințele acestui cerc. Dar revenirea mea la muncă fusese atât de groaznică, încât la sfârșitul zilei de lucru nu mă simțisem în stare să mă întorc în singurătatea apartamentului meu pustiu.

– Te-ai întors! exclamă Carly și, după ce puse o ceașcă de cafea pe tejghea, luă mărunțișul de la client și aruncă monedele, cu o mișcare precisă, în casa de marcat, înainte de a mă îmbrățișa. Ce naiba s-a întâmplat? Tim ne-a spus că ai avut un accident. Pe urmă, a plecat, așa că n-am mai fost sigură nici măcar că o să te mai întorci.

– Ei, e o poveste lungă, i-am răspuns, privind-o lung. Hei, cum ești îmbrăcată!

Era ora nouă, într-o dimineață de luni, iar aeroportul era un furnicar albastru-cenușiu de bărbați cu laptopuri în mâini, uitându-se pe iPhone-uri, citind ziarele financiare și vorbind discret, la hands-free, despre piața de bursă. Carly surprinse privirea cuiva aflat de partea cealaltă a tejghelei.

– Mda, ei bine, lucrurile s-au mai schimbat de când ai plecat.

M-am întors și am zărit un tip în costum, stând în picioare dincolo de tejghea. I-am făcut cu ochiul și mi-am pus geanta jos.

– Dacă așteptați câteva secunde, vă iau eu comanda...

– Tu trebuie să fii Louise, zise el și-mi strânse mâna, cu un gest autoritar și rece. Eu sunt noul manager al barului. Richard Percival.

I-am privit părul lins, costumul, cămașa bleu și m-am întrebat ce fel de baruri condusese până atunci.

– Încântată de cunoştinţă.

– Tu eşti fata care lipseşte de două luni, deci.

– Da. De fapt, eu...

El păşi încet de-a lungul barului, examinând fiecare sticlă.

– Aş vrea să ştii că nu sunt un fan al oamenilor care-şi iau concedii medicale la nesfârşit.

Instinctiv, mi-am dat puţin capul spre spate.

– Îţi spun răspicat, Louise. Nu sunt unul dintre acei manageri care închid ochii la aşa ceva. Ştiu că în multe companii zilele libere sunt considerate un bonus pentru angajaţi. Dar nu în cele unde lucrez eu.

– Credeţi-mă, nu am considerat ultimele nouă săptămâni drept un bonus.

El studie atent mânerul unui dozator şi apoi îl frecă, gânditor, cu degetul mare. Am tras aer în piept şi am vorbit.

– Am căzut de pe o clădire. V-aş putea arăta cicatricele. Oricum, pentru ştiinţa dumneavoastră, vă asigur că n-aş vrea să mai ai parte de un asemenea concediu.

Bărbatul mă şfichiu cu privirea.

– Nu e nevoie să fii sarcastică. Nu spun că o să ai alte accidente, dar concediul tău medical este, *proporţional vorbind*, neobişnuit de lung pentru cineva care a lucrat la această companie un timp relativ scurt. Asta am vrut să subliniez. Şi sper că ai înţeles.

– Mesaj recepţionat, domnule Percival, am spus. Voi face tot posibilul să evit accidentele aproape fatale pe viitor.

– Ai nevoie de o uniformă. În cinci minute o să-ţi aduc una de la depozit. Ce mărime porţi? Patruzeci? Patruzeci şi doi?

– Treizeci şi opt, am răspuns, ţintuindu-l cu privirea.

El ridică sprâncenele, iar eu i-am răspuns ridicând o sprânceană. Când plecă spre depozit, Carly se aplecă peste expresorul de cafea şi zâmbi suav în direcţia lui.

– Ai grijă cu idiotul ăsta! mă avertiză ea, în colţul gurii.

Nu se înşelase. Din momentul în care am revenit la muncă, Richard Percival deveni, cum ar fi zis tata, o pacoste pe capul meu. Verifica orice făceam, examina fiecare colţişor al barului după cea mai mică firimitură, controla permanent toaletele, pentru ca igiena să fie perfectă, şi nu ne lăsa să plecăm acasă până când banii încasaţi nu corespundeau până la ultimul penny cu cifrele de pe rolele casei de marcat.

Nu mai aveam timp să stau la taclale cu clienţii, să mă uit pe orarele de zbor, să predau paşapoartele pierdute, să contemplez avioanele pe care le vedeam decolând prin geamul imens.

Nu mai aveam timp nici să mă enervez ascultând *Celtic Pan Pipes Vol. III*. Dacă vreun client aştepta să fie servit mai mult de zece secunde, Richard apărea ca prin magie din biroul său, oftând ostentativ, apoi îşi cerea scuze clientului, în mod repetat şi cu glas tare, pentru că fusese nevoit să aştepte *atât de mult*. Eu şi Carly, de obicei ocupate cu alţi clienţi, schimbam priviri furişe, de resemnare şi dispreţ.

El îşi petrecea jumătate de zi cu întâlniri de tot felul şi cealaltă jumătate vorbind la telefon cu şefii lui despre numărul de clienţi care intrau zilnic în bar şi despre cheltuielile cu personalul. Eram îndemnate să convingem clienţii să cumpere mai multe produse şi eram trase deoparte şi muştruluite dacă uitam să facem asta. La toate astea, care mă deranjau suficient de tare, se adăuga şi uniforma.

Carly veni în toaleta femeilor când terminam să mă schimb şi rămase în picioare lângă mine, în faţa oglinzii.

– Arătăm ca două irlandeze idioate, zise ea.

Nemulţumit de fustele negre şi cămăşile albe, vreun geniu al marketingului situat foarte sus, în ierarhia corporaţiei, decisese că atmosfera din lanţul de baruri Shamrock and Clover ar avea de beneficiat de pe urma unei vestimentaţii irlandeze autentice. Aceasta fusese în mod evident gândită de cineva care credea că prin Dublin, chiar în acel moment, femeile de afaceri şi casierele făceau piruete la locul de muncă îmbrăcate în tunici brodate, şosete până la genunchi şi pantofi de dans lăcuiţi, toate de un verde smarald strălucitor. Şi cu nelipsitele peruci cu zulufi.

– Iisuse, dacă m-ar vedea prietenul meu îmbrăcată în halul ăsta, sigur m-ar părăsi! Carly îşi aprinse o ţigară şi se căţără pe chiuvetă să deconecteze alarma de fum din tavan. Bine, probabil ar vrea să mi-o mai tragă o dată, înainte! Perversul!

– Dar ce haine trebuie să poarte bărbaţii?

Mi-am tras poalele fustei scurte în laterale, uitându-mă neliniştită la bricheta aprinsă a lui Carly şi întrebându-mă cât de inflamabil era materialul din care erau confecţionate hainele.

- Uită-te afară. E doar Richard. Până şi el trebuie să poarte cămaşa aia cu logo verde. Sărmanul!

- Asta-i tot? Fără ghete cu vârful întors? Fără pălărie mică de spiriduş?

- Surpriză! Surpriză! Doar noi, fetele, trebuie să lucrăm de parcă am fi nişte femei de consum!

- Zici că sunt Dolly Parton în anii de debut, cu peruca asta.

- Ia-o pe-asta roşie. Ce noroc pe noi, avem trei culori din care putem alege.

De undeva, de afară, l-am auzit pe Richard strigându-ne. Stomacul începuse să mi se strângă imediat ori de câte ori îi auzeam vocea individului.

- Oricum, eu n-am de gând să mai stau. Plec la Riverdance şi-i las baltă, zise Carly. Poate să-şi bage afurisitul de trifoi în curul ăla strâmt de corporatist.

Făcu o săritură caraghioasă şi ieşi de la toaletă. Tot restul zilei, am fost încărcată de o energie negativă.

Şedinţa Cercului se încheie la nouă şi jumătate. Am ieşit în aerul umed al serii de vară, epuizată de experienţele prin care trecusem şi la muncă, şi la club. Mi-am dat jos jacheta, căci mi-era groaznic de cald, şi am simţit, brusc, că nu era mare diferenţă dacă m-aş fi dezbrăcat într-o sală plină cu străini ori aş fi fost văzută în uniforma de dansatoare irlandeză, care era, să fim sinceri, cam prea mică.

Nu reuşisem să vorbesc despre Will - nu în felul în care vorbeau ei, ca şi cum cei dragi ar fi făcut încă parte din vieţile lor, aflându-se poate chiar în camera de alături.

- O, da, Jilly a mea făcea mereu aşa.

- Nu pot să şterg de pe telefon mesajele vocale de la fratele meu. Le ascult ori de câte ori simt că sunt pe cale să uit cum suna vocea lui.

- Uneori, am impresia că-l aud în cealaltă cameră.

Eu abia dacă mai puteam rosti numele lui Will. Şi, ascultând poveştile lor despre relaţii de familie, despre mariaje de treizeci de ani, despre cămine, despre diverse existenţe, despre copii, mă simţeam ca o impostoare. Fusesem îngrijitoarea cuiva doar pentru şase luni. Îl iubisem pe acel om şi-l urmărisem pe el şi viaţa lui. Cum ar fi putut aceşti străini să înţeleagă ce fusesem, unul pentru celălalt, eu şi cu Will, în răstimpul ăsta? Cum le-aş fi putut explica felul deosebit cum ne înţelegeam, glumele noastre, cum ne dezvăluiam cele mai ascunse taine şi cele mai dure adevăruri? Cum i-aş fi putut face să priceapă că acele luni scurte îmi schimbaseră radical modul de a vedea lumea? Că Will îmi transformase atât de profund viziunea asupra a tot ce mă înconjoară, încât viaţa fără el nu părea să mai aibă sens?

Şi, dacă ajungeai să te gândeşti la toate astea, ce rost avea să-ţi analizezi întruna tristeţea? Era ca şi cum ţi-ai fi zgândărit o rană, refuzând să o laşi să se vindece. Ştiam la ce fusesem părtaşă. Ştiam care fusese rolul meu. La ce bun să tot despic firul în patru?

N-aveam să mai vin acolo săptămâna următoare, ştiam asta. Aveam să găsesc eu o scuză în faţa tatei.

Am traversat încet parcarea, scotocind în geantă după chei şi spunându-mi că cel puţin, venind aici, evitasem să petrec o altă seară singură în faţa televizorului, să aştept, cu înfrigurare, trecerea celor douăsprezece ore înainte de a mă reîntoarce la muncă.

– Nu-l chema Bill, nu-i aşa?

Jake grăbi pasul şi veni lângă mine.

– Nici pomeneală.

– Daphne e un fel de femeia radio-şanţ. E bine intenţionată, dar, dacă te apuci să-i povesteşti ceva, trebuie să fii sigur că tot oraşul va afla povestea ta cât ai zice „reîncarnare în şoarece".

– A, mulţumesc că mi-ai spus.

El zâmbi şi dădu din cap, arătând spre fusta mea lucioasă:

– Drăguţă ţesătură, apropo. E o apariţie bună pentru o şedinţă de consiliere psihologică.

Se opri puţin ca să-şi lege un şiret.

Am rămas şi eu locului şi, după o uşoară ezitare, i-am spus:

– Îmi pare rău că ţi-ai pierdut mama.

Mă privi cu un chip sumbru.

– Mai bine n-ai spune asta. E ca la închisoare: nu trebuie să întrebi pe cineva de ce-a ajuns acolo.

– Da? Atunci îmi pare rău. N-am vrut să...

– Hei, glumeam! Ne vedem săptămâna viitoare.

Un bărbat sprijinit de o motocicletă ridică brațul în semn de salut și-i ieși în întâmpinare lui Jake, care traversă parcarea. Când Jake ajunse la el, bărbatul îl îmbrățișă cu putere și-l sărută pe obraz. M-am oprit să-i privesc, mai ales pentru că rareori ai ocazia să vezi un bărbat care-și îmbrățișează astfel fiul în public, cu atât mai mult cu cât acesta din urmă nu mai e un școlărel.

– Cum a fost?

– A fost bine. Ca de obicei. A, ea este... Louisa. E nouă aici, spuse Jake și arătă spre mine.

Bărbatul mă scrută din priviri. Era înalt și lat în umeri. Un nas care fusese cândva spart, probabil, îi dădea înfățișarea dură a unui fost boxer.

Am înclinat din cap, schițând un salut politicos.

– Mi-a părut bine să te cunosc, Jake. La revedere! i-am spus, fluturând ușor din mână, și m-am îndreptat spre mașina mea. Dar, pe când treceam prin fața lui, bărbatul continuă să mă studieze și am simțit că obrajii mi se înroșesc sub intensitatea privirii lui.

– Tu ești fata aia, zise el.

O, nu, m-am gândit, încetinind, deodată, pasul. *Nu și aici.*

Am rămas cu ochii în pământ pentru o clipă și am tras aer în piept. Apoi, m-am întors, gata să-i înfrunt pe amândoi.

– Bun. Așa cum le-am explicat clar și celor din grup, prietenul meu a luat propria lui decizie. Tot ce am făcut a fost să îl susțin. Dar, ca să fiu sinceră, n-aș vrea să discut despre asta aici cu cineva total necunoscut.

Tatăl lui Jake continua să mă scruteze cu privirea, ducându-și mâna la cap.

– Înțeleg că nu toată lumea e de acord cu asta. Dar așa s-a întâmplat. Nu cred că e cazul să-mi pun în discuție alegerile. Sunt obosită, am avut o zi groaznică și acum cred că e momentul să mă duc acasă.

Bărbatul își înclină capul și apoi spuse:

– N-am habar despre ce vorbești.

M-am încruntat.

– Şchioapeţi. Am observat că şchioapeţi. Locuieşti lângă zona aia unde s-a construit masiv în ultima vreme, nu? Eşti fata care a căzut de pe bloc. Prin martie, aprilie, parcă.

Dintr-odată l-am recunoscut.

– A, tu erai...

– Paramedicul. Fac parte din echipa care te-a dus la spital. M-am tot întrebat ce s-o fi întâmplat cu tine.

Aproape că m-am prăbuşit de uşurare. Mi-am lăsat privirea să alunece peste chipul lui, peste părul lui şi peste braţele lui, reamintindu-mi, cu o acurateţe pavloviană, atitudinea lui liniştitoare, sunetul sirenei, mirosul subtil de lămâie. Şi am răsuflat.

– Sunt bine. Ei, nu complet. Am un şold găurit şi un şef nou care e un imbecil şi, precum vezi, sunt într-un grup de sprijin, într-o biserică plină de igrasie, alături de nişte oameni care sunt chiar... chiar...

– Trişti, îmi sări Jake în ajutor.

– Cu şoldul se va rezolva. Nu cred c-o să-ţi stânjenească în vreun fel cariera de dansatoare.

Am izbucnit într-un râs sonor.

– A, nu... Asta... Ţinuta are legătură cu şeful meu, care e un idiot. Nu obişnuiesc să mă îmbrac astfel. Oricum, îţi mulţumesc. Uau! am exclamat, ducându-mi mâna la frunte. E ciudat. Mi-ai salvat viaţa.

– Îmi pare bine să te revăd. Noi, paramedicii, nu avem prea des ocazia să vedem ce se întâmplă după aceea cu pacienţii.

– Ai făcut o treabă grozavă. A fost... Ei, eşti un tip într-adevăr deosebit. Îmi amintesc asta perfect.

– *De nada.*

M-am holbat la el.

– *De nada*. În spaniolă. Adică pentru puţin!

– A, înţeleg. Retractez. Mulţumesc, dar nu trebuia!

El zâmbi şi-şi ridică palma, lată cât o vâslă.

În clipa aceea, nu ştiu ce m-a făcut să îl opresc.

– Hei, ştii...

El mă privi peste umăr.

– Poţi să-mi spui Sam.

– Sam... să ştii că nu m-am aruncat de pe bloc.

– Bine.

– Nu, chiar vorbesc serios. Știu că tocmai m-ai văzut ieșind de la întrunirea unui grup de sprijin, dar pur și simplu n-am vrut să sar de acolo.

Îmi aruncă o privire ce părea să sugereze că văzuse și auzise multe la viața lui.

– Da, e bine de știut. Ne-am privit în ochi, preț de câteva clipe, după care el ridică iar mâna, salutându-mă. Mi-a părut bine să te cunosc, Louisa.

Își puse casca pe cap, iar Jake se sui pe motocicletă, în spatele lui. Am rămas pe loc, urmărindu-i cum ies din parcare. Privindu-i insistent, i-am putut vedea ochii lui Jake, măriți de uimire în timp ce-și punea casca. Și mi-am amintit de ceea ce spusese în timpul ședinței.

Și-o trage cu femei.

– Idiotul, mi-am spus și am continuat să șchiopătez prin parcare, până la locul unde mașina mea se încinsese în arșița serii.

Capitolul 5

Locuiam la periferia Londrei. În caz că aveam vreun dubiu, peste stradă trona un uriaş crater, unde urma să se construiască o clădire de birouri, împrejmuit de gardul montat de dezvoltatorul imobiliar, pe care scria: „Farthingate - locul de unde începe oraşul". Trăiam exact în locul unde strălucitoarele temple de sticlă închinate finanţelor se proiectau pe fundalul clădirilor din cărămidă veche, murdare, al magazinelor de curry cu ferestre glisante şi al băcăniilor cu program nonstop, al barurilor de striptease şi al dughenelor de închiriat maşini, care refuzau cu încrâncenare să dispară. Blocul meu era situat printre aceste antichităţi arhitectonice, o clădire colorată, în stilul unui depozit, minunându-se parcă de trufaşii lor mastodonţi din oţel şi sticlă şi întrebându-se, poate, cât avea să mai stea în picioare, salvată de vreun pasionat de baruri sau de vreun supermarket. Nu-i cunoşteam pe locatari, cu excepţia lui Samir, care avea un mic magazin cu de toate, şi a femeii de la brutărie, care-mi zâmbea când ne întâlneam, dar nu părea să ştie o boabă de engleză.

În general, acest anonimat îmi convenea. La urma urmei, venisem acolo să scap de trecutul meu, de sentimentul că fiecare om ştie despre mine toate lucrurile care erau de ştiut. Şi metropola începuse să mă schimbe. Ajunsesem să cunosc acest colţişor din el, cu ritmurile şi dezavantajele lui. Aflasem că, dacă-i dai bani vreunui beţiv întâlnit prin staţia de autobuz, el avea să vină şi să stea sub ferestrele apartamentului tău pentru următoarele opt luni, ocărându-te plin de furie în zilele când nu-i dădeai un sfanţ. Învăţasem că, dacă aveam chef să mă plimb noaptea prin zonă, era bine să o fac cu cheile prinse bine între degete și că, dacă ieșeam undeva seara să iau o sticlă cu vin, era mai bine să nu ridic ochii spre grupul de tineri care se înghesuiau la dugheana de kebab. Nu mă mai deranja huruitul persistent făcut de elicopterele poliției pe deasupra.

Puteam supraviețui. Plus de asta, știam, mai mult decât oricine altcineva, că se puteau întâmpla lucruri și mai rele.

– Salut!

– Salut, Lou! Iar nu poți să dormi?

– E abia trecut de zece.

– Și, cum merge treaba?

Nathan, fostul fizioterapeut al lui Will, petrecuse ultimele nouă luni lucrând la New York, pentru un director între două vârste, faimos pe Wall Street, cu un bloc cu patru etaje în metropolă și o boală degenerativă a mușchilor. Să-l sun în primele ore ale dimineții, când aveam insomnii, devenise un obicei. Mă simțeam bine să știu că există cineva care mă înțelege, acolo, în beznă, chiar dacă uneori veștile pe care mi le dădea erau pentru mine tot atâtea lovituri – *toți au avansat, toți au reușit ceva în viață.*

– Cum e în Big Apple?

– Nu e rău?

Vorbirea lui tărăgănată și accentul australian făceau ca fiecare răspuns să sune ca o întrebare.

Mă întind pe canapea, împingând cu tălpile în brațul acesteia.

– Mda, dar asta nu-mi spune mare lucru.

– Am înțeles, vrei detalii... Ei, bine, am obținut o mărire de salariu, și asta a fost grozav. Mi-am luat bilet de avion, plec peste două săptămâni acasă, să-i văd pe ai mei. Abia aștept! Bătrânii sunt în al nouălea cer, fiindcă sora mea urmează să aibă un copil. O, și am uitat să-ți spun, am agățat o puicuță mișto într-un bar de pe Sixth Avenue și ne-am înțeles grozav, așa că i-am cerut să iasă cu mine. Dar, când i-am spus cu ce mă ocup, mi-a zis că îi pare rău, dar ea nu iese decât cu tipi care poartă costum la serviciu.

Nathan râse și m-am pomenit și eu zâmbind.

– Deci, nu-i plac cei de la munca de jos?

– Se pare că nu. Deşi mi-a spus că s-ar fi putut răzgândi dacă eram doctor cu patalama, râse el din nou.

Nathan avea o stăpânire de sine uimitoare.

– E mişto. Femeile de genul ăsta se bosumflă dacă nu le duci la restaurantele potrivite şi la chestii de genul ăsta. E mai bine să ştii asta mai devreme, nu? Dar ce mai faci tu?

Am ridicat din umeri.

– Pe-aici. Diverse.

– Tot mai dormi cu tricoul lui?

– Nu. Nu mai miroase a el. Şi, sinceră să fiu, începuse să nu mai miroasă aşa bine. L-am spălat şi l-am împachetat. Dar am încă puloverul lui, pentru zile rele.

– E bine că ţi-ai luat o măsură de precauţie.

– A, şi am mers la un grup de consiliere psihologică.

– Şi cum a fost?

– Ca naiba. M-am simţit ca o impostoare.

Nathan aşteptă în telefon.

Mi-am schimbat perna de sub cap.

– Nathan, oare doar mi-am imaginat toate astea? Uneori mă gândesc că mintea mea doar a amplificat ce a fost, de fapt, între mine şi Will. Adică... vreau să spun... cum de am putut iubi atât de mult pe cineva într-un răstimp atât de scurt? Şi toate chestiile astea la care mă gândesc, despre noi doi... chiar am simţit ceea ce îmi amintesc acum? Cu cât mă îndepărtez de ele, cu atât acele şase luni îmi par mai curând un vis… straniu.

Nathan răspunse după o scurtă pauză.

– Nu e doar închipuirea ta, Lou.

M-am frecat la ochi.

– Oare sunt singura fiinţă căreia îi e dor de el?

O altă tăcere scurtă.

– Nu. A fost un băiat grozav. Cel mai bun!

Era unul dintre lucrurile care-mi plăceau la Nathan. Nu îl deranjau tăcerile lungi din convorbirile telefonice. În cele din urmă, m-am ridicat şi mi-am suflat nasul.

– Oricum, nu cred că o să mai merg la consiliere. Nu sunt sigură că mi se potriveşte.

– Mai dă-i o şansă, Lou. Nu poţi judeca lucrurile după o singură şedinţă.

– Hm, parc-ai fi tata!

– Ei, el a fost întotdeauna un tip sensibil.

Am tresărit, auzind sunetul soneriei. Nimeni nu suna vreodată la uşa mea, în afară de doamna Nellis de la apartamentul doisprezece, când poştaşul încurca, din greşeală, plicurile. Dar mă îndoiam că ea era trează la acea oră. Şi, cu siguranţă, nu primisem prin poştă revista *Elizabethan Dolls*, la care ea era abonată.

Soneria se auzi iar. Şi a treia oară, strident şi insistent.

– Trebuie să plec, Nathan. E cineva la uşă.

– Fruntea sus, dragă prietenă! Totul va fi bine.

Am pus telefonul jos şi m-am ridicat cu grijă. Nu aveam prieteni prin apropiere. Şi nu aflasem cum să-ţi faci prieteni după ce te-ai mutat într-o zonă nouă şi-ţi petreci majoritatea orelor cât eşti trează muncind. Iar dacă părinţii mei ar fi decis să pună la cale o intervenţie ca să mă aducă înapoi la Storfold, cu siguranţă ar fi organizat-o în miezul zilei, întrucât nici unuia dintre ei nu-i plăcea să conducă noaptea.

Am aşteptat, întrebându-mă dacă persoana care suna, indiferent cine era, nu cumva îşi dăduse seama de greşeală şi plecase. Dar soneria se auzi iar, enervantă, fără oprire, ca şi cum individul respectiv s-ar fi rezemat de butonul ei.

M-am îndreptat spre uşă.

– Cine e?

– Trebuie să-ţi vorbesc.

Era o voce de fată. M-am uitat pe vizor. Fata se uita în jos, la picioare, aşa că am putut vedea doar că are păr lung, castaniu, şi o jachetă cam mare pentru ea. Se clătină uşor, frecându-şi nasul. Era beată?

– Cred că ai greşit apartamentul.

– Nu eşti Louisa Clark?

Am făcut o pauză.

– De unde-mi ştii numele?

– Trebuie să-ţi vorbesc. Poţi să deschizi uşa, te rog?

– E aproape zece şi jumătate noaptea.

– Da. De aceea aş prefera să nu stau aici, în hol.

Trăiam acolo de suficient de mult timp cât să știu că nu trebuia să deschid ușa necunoscuților. În acea parte a orașului nu era ceva neobișnuit să te trezești la ușă cu tot felul de ciudați, care sunau în speranța că aveau să obțină ceva bănuți. Dar fata asta vorbea frumos. Și era tânără. Prea tânără ca să fie una dintre jurnalistele obsedate de povestea chipeșului tânăr de succes, care se hotărâse să-și ia viața. Dacă nu cumva prea tânără chiar pentru a se afla acolo la o oră așa de târzie? Mi-am răsucit capul, chinuindu-mă să văd dacă mai era și altcineva pe holul blocului. Părea pustiu.

– Pot să-mi spui despre ce e vorba?

– De aici, nu.

Am deschis ușa cât îmi permitea lanțul de siguranță, astfel că ne puteam privi în ochi.

– Va trebui să-mi acorzi mai mult decât atât, insistă ea.

Nu părea să aibă mai mult de șaisprezece ani, căci obrajii îi erau încă afectați de acnee. Avea părul lung și lucios, picioare lungi și subțiri, în blugii negri, strâmți, iar chipul drăguț purta un machiaj discret.

– Deci, cine ziceai că ești? am întrebat-o.

– Lily. Lily Houghton-Miller. Uite despre ce e vorba, zise ea și-și ridică puțin bărbia. Trebuie să vorbesc cu tine despre tatăl meu.

– Cred că ai greșit persoana. Nu cunosc pe nimeni cu numele de Hougton-Miller. Probabil că mă confunzi cu altă Louisa Clark.

Am vrut să închid ușa, dar ea își strecură vârful pantofului înăuntru. L-am privit, apoi am ridicat, încet, privirea spre ea.

– Nu e numele *lui*, făcu ea, pe un ton de parcă ar fi crezut că sunt o idioată. Iar când vorbi, ochii îi deveniră deopotrivă sălbatici și cercetători. Numele lui era Will Traynor.

Lily Houghton-Miller stătea în mijlocul camerei mele de zi și mă iscodea cu interesul detașat al unui savant care examinează vreo nouă specie de nevertebrată ce se hrănește cu bălegar.

– Uau, ce uniformă e asta?

– Lucrez la un bar irlandez.

– Dansezi la bară? Părând a-și fi pierdut interesul față de mine, se răsuci ușor pe călcâie, cercetând încăperea. Aici stai? Unde ți-e mobila?

– Abia m-am mutat.

– O canapea, un televizor şi două cutii cu cărţi? întrebă fata, arătând cu capul spre scaunul pe care şedeam, încă încercând să-mi revin şi să dau un sens cuvintelor ei.

M-am ridicat.

– Mă duc să-mi pun ceva de băut. Vrei ceva?

– Da, o cola ar fi perfectă. Asta dacă n-ai cumva vin.

– Câţi ani ai?

– De ce vrei să ştii?

– Nu înţeleg..., am bâiguit eu, intrând după tejgheaua din bucătărie. Will nu a avut copii. Aş fi ştiut. E cumva vreo glumă proastă? m-am încruntat spre ea.

– Glumă?

– Eu şi Will am discutat... foarte mult. Mi-ar fi spus aşa ceva...

– Mda. Ei bine, se pare că nu ţi-a spus. Şi am nevoie să vorbesc despre el cu cineva care nu o ia razna ori de câte ori îi pomenesc numele, ca restul familiei. Ridică o carte poştală trimisă de mama, dar o puse la loc. N-aş spune că e o *glumă*. De fapt, da. Tatăl meu natural e un biet tip într-un scaun cu rotile. Ţi se pare amuzant?

I-am întins un pahar cu apă.

– Dar cine... cine e familia ta? Vreau să spun, cine e mama ta?

– N-ai vreo ţigară? întrebă ea şi începu să se plimbe prin încăpere, atingând obiecte, ridicând puţinele lucruri personale pe care le aveam şi punându-le înapoi. Am scuturat din cap, iar ea continuă: Pe mama o cheamă Tanya. Tanya Miller. E măritată cu tatăl meu vitreg, pe care-l cheamă Francis Faţă de Imbecil Houghton.

– Drăguţ nume.

Puse jos paharul cu apă, scoase un pachet de ţigări din geacă şi-şi aprinse una. Am vrut să-i spun că nu poate fuma în casa mea, dar eram prea uimită, aşa că, pur şi simplu, am mers la fereastră şi am deschis-o.

Nu-mi puteam dezlipi ochii de la ea. Acum, privind-o cu atenţie, îmi dădeam seama probabil de unele asemănări cu Will. Se vedea asta în ochii ei albaştri, în tenul ca de caramel. În modul în care îşi ridică uşor bărbia înainte de a spune ceva, în privirea ei îndrăzneaţă. Sau, pur şi simplu, vedeam ceea ce voiam să văd? Ea se uită pe fereastră, la strada de dedesubt.

– Lily, înainte de a continua discuția asta, trebuie...

– Știu că a murit, șopti ea. Trase adânc din țigară și suflă fumul spre mijlocul camerei. Uite cum am aflat. A fost un documentar la televizor despre sinuciderea asistată și, când i-au pomenit numele, mama și-a ieșit din minți fără nici un motiv și a fugit în baie, iar Față de Imbecil s-a repezit după ea, așa că, normal, am tras cu urechea de afară. Mama a fost foarte șocată, fiindcă nu știuse că el ajunsese într-un scaun cu rotile. Am auzit tot. Bine, deja știam că Față de Imbecil nu e tatăl meu natural. Dar mama îmi spusese doar că adevăratul meu tată e un nenorocit care nu dorește să mă cunoască.

– Will n-a fost un nenorocit!

Ea ridică din umeri.

– Părea să fie. Oricum, când am încercat să-i pun câteva întrebări, s-a enervat groaznic și mi-a spus că știam despre el tot ce era necesar să știu și că Francis Față de Imbecil fusese un tată mai bun pentru mine decât ar fi putut fi vreodată Will Traynor, și că ar trebui să las baltă discuția asta.

Am băut puțină apă. Niciodată nu mi-a fost poftă mai mult ca atunci de un pahar cu vin.

– Și ce-ai făcut?

Trase încă un fum de țigară.

– L-am căutat pe Google, normal. Și am dat de tine.

Simțeam nevoia să fiu singură, ca să înțeleg tot ce-mi spusese. Totul mă copleșea. Nu știam ce să fac cu fata aceea irascibilă, care dădea ture prin camera mea, electrizând parcă aerul din jurul ei.

– Deci, el nu ți-a spus *absolut nimic* despre mine?

I-am privit pantofii; purta niște balerini scâlciați, ca și cum bătuse în lung și-n lat străzile Londrei cu ei. Dintr-odată, m-am simțit atrasă de povestea aceea.

– Câți ani ai, Lily?

– Șaisprezece. Măcar semăn cu el? Am văzut o poză în Google images, dar mă gândeam că poate ai o fotografie. Aruncă o privire primprejur. Ții toate fotografiile în cutii?

Observă cutia cu cărți poștale într-un colț, și m-am întrebat dacă n-are cumva de gând să cotrobăie prin ele. Eram aproape sigură că în cutia spre care dădea să se îndrepte se afla puloverul lui Will şi, brusc, m-a cuprins panica.

– Hmm... Lily... sunt multe lucruri de luat în considerare. Şi, dacă eşti cine susţii că eşti, avem multe de vorbit. Dar e aproape unsprezece noaptea şi nu sunt sigură dacă e momentul potrivit să începem discuţia asta. Unde locuieşti?

– În St John's Wood.

– Bun. Ah, părinţii tăi probabil deja se întreabă pe unde umbli. Nu vrei să-ţi las numărul meu de telefon şi să...

– Nu pot să plec *acasă*, murmură ea şi, îndreptându-se spre fereastră, scutură scrumul ţigării cu un gest expert. La drept vorbind, nici n-ar fi trebuit să fiu aici. Ar trebui să fiu la şcoală. La internat. Probabil că toţi se dau de ceasul morţii acum pentru că nu sunt acolo.

Îşi scoase telefonul şi, după ce stătu câteva momente pe gânduri şi se strâmbă la ceea ce văzu pe ecran, îl strecură înapoi în buzunar.

– Atunci nu ştiu ce-aş putea să fac decât să...

– M-am gândit că aş putea sta aici? Doar în noaptea asta? Şi o să-mi poţi spune mai multe lucruri despre el?

– Să stai *aici*? Nu. În nici un caz. Îmi pare rău, dar nu poţi. Nu te cunosc.

– Dar l-ai cunoscut pe tata. Crezi că nici măcar nu ştia despre mine?

– Trebuie să pleci acasă. Uite cum facem, îi sun pe părinţii tăi. Pot veni să te ia de aici. Hai să facem aşa şi...

Fata mă ţintui cu privirea.

– Am crezut că o să mă ajuţi.

– O să te ajut, Lily. Dar nu ăsta e modul prin care...

– Nu mă crezi, nu-i aşa?

– Eu... nici n-am idee ce să...

– Nu vrei să mă ajuţi. Nu vrei să faci nimic. Ce mi-ai spus, de fapt, despre tatăl meu? Nimic? Cum m-ai ajutat, de fapt? Nu m-ai ajutat deloc. Mulţumesc!

– Opreşte-te! Nu e corect... noi doar am...

Dar fata îşi aruncă ţigara pe geam şi se întoarse, dând să iasă din încăpere.

– Ce? Unde te duci?

– O, dar ce-ți pasă? pufni ea și, înainte de a apuca să spun ceva, ușa de la intrare se trânti și fata plecă.

M-am așezat, foarte calmă, pe canapea, încercând să pricep ceea ce se întâmplase în ultima oră, iar vocea lui Lily îmi răsuna în urechi. O auzisem bine, oare? Analizam, iar și iar, ceea ce-mi spusese, încercând să-mi amintesc totul printre țiuiturile pe care le auzeam în urechi.

Tatăl meu a fost Will Traynor.

Se pare că mama lui Lily îi spusese fetei că Will nu dorise să știe nimic de ea. Dar, cu siguranță, dacă ar fi avut o fiică, Will mi-ar fi dezvăluit acest lucru. Nu aveam nici un secret unul față de celălalt. Nu fusesem noi doi oameni care reușiseră să discute despre orice? Pentru o clipă, m-a cuprins îndoiala: dar dacă Will nu fusese atât de sincer cu mine pe cât crezusem eu? Dacă avusese, pur și simplu, capacitatea de a-și șterge complet din minte faptul că avea o fată?

Gândurile mi se învârtejeau în cap. Am luat laptopul, m-am așezat cu picioarele încrucișate pe canapea și am tastat „Lily Hawton-Miller" pe un motor de căutare. Nici un rezultat. Am încercat să scriu altfel, am schimbat numele în „Lily Houghton-Miller", obținând o serie de rezultate de meciuri de hochei, postate de o anume școală Upton Tilton din Shropshire. Am căutat și după imagini și, mărind una dintre ele, am zărit-o pe fată, un chip trist într-o echipă de jucătoare de hochei cât se poate de vesele. *Lily Houghton-Miller a apărat cu bravură poarta, chiar dacă echipa a pierdut.* Poza data de acum doi ani. Fusese făcută la internatul liceului. Fata îmi spusese că trebuia să fie la ora aceea la internat. Dar asta tot nu însemna că avea vreo legătură cu Will sau că, într-adevăr, mama ei îi spusese adevărul despre tatăl ei natural.

Am schimbat iar căutarea, folosind cuvintele „Houghton-Miller", ceea ce mi-a adus, drept rezultat, o scurtă relatare despre prezența lui Francis și a Tanyei Houghton-Miller la un dineu organizat de o bancă, la Savoy, și o solicitare de construire a unei pivnițe de vinuri sub o casă din St John's Wood, datând din anul precedent.

M-am lăsat pe spate, frământându-mi mintea, apoi am căutat „Tanya Miller" și „William Traynor". Nu am obținut nici un rezultat. Am încercat iar, tastând „Will Traynor" și, brusc, m-am trezit pe o pagină de Facebook a absolvenţilor Universităţii Durham, pe care mai multe femei, ale căror nume păreau că se termină toate în „-ella“ - Estella, Fenella, Arabella -, discutau despre moartea lui Will.

Nu mi-a venit să cred când am auzit la ştiri. Dintre toţi oamenii, tocmai el! RIP, Will.

Nimeni nu trece nevătămat prin viaţă. Ştiaţi că Rory Appleton a murit în insulele Turks şi Caicos, într-un accident cu şalupa?

N-a făcut Geografia? Un tip cu părul roşcat, parcă?

Nu, a fost la Afaceri şi Finanţe.

Sunt sigură că m-am sărutat cu Rory la Balul Bobocilor. Avea o limbă imensă.

Fenella, nu am chef de glumă, remarca e chiar de prost-gust. Bietul om e mort.

Will Traynor nu e tipul care a fost cuplat cu Tanya Miller tot anul trei de facultate?

Nu văd de ce ar fi de prost-gust să menţionez că m-am sărutat cu cineva doar pentru că acea persoană a murit între timp.

Nu spun că trebuie să rescrii istoria. Doar că s-ar putea ca soţia lui să citească asta şi probabil nu vrea să ştie că bărbatul ei iubit s-a sărutat cu o tipă de pe Facebook.

Sigur ştie că tipul avea limba enormă. În definitiv, a fost căsătorită cu el.

Rory Appleton s-a căsătorit?

Uite aici linkul. Tanya s-a măritat cu un bancher. Am crezut întotdeauna că ea şi cu Will se vor căsători, când eram la universitate. Arătau superb împreună.

Am accesat linkul, şi pe ecran mi-a apărut imaginea unei femei blonde, foarte suplă, cu părul tapat într-un coc elegant, zâmbind de pe treptele oficiului de Stare Civilă alături de un bărbat brunet, mai în vârstă. În marginea fotografiei, la câţiva paşi de ei, o fetiţă într-o rochie albă de tul stătea bosumflată. Semăna fără doar şi poate cu acea Lily Houhgton-Miller cu care tocmai mă întâlnisem. Dar poza era veche de şapte ani şi adevărul e că putea reprezenta orice domnişoară de onoare ursuză, cu păr lung şi castaniu.

Am recitit postarea şi apoi am închis laptopul. Ce-ar fi trebuit să fac? Dacă era, într-adevăr, fiica lui Will, nu trebuia să sun la liceul la care învăţa? Dar eram sigură că existau reguli stricte privind necunoscuţii care încercau să le contacteze pe fetele din liceu.

Şi dacă totul era doar o farsă bine ticluită? Will fusese un om bogat. Nu era imposibil ca un individ să urzească un plan complicat pentru a stoarce bani de la familia lui. Când un amic al tatei, Chalky, a murit de infarct, şaptesprezece oameni veniseră la priveghi ca să-i zică nevesti-sii că răposatul le datora bani pe pariuri.

M-am decis să acţionez ferm. Riscam prea mult să sufăr dacă totul era doar o minciună.

Dar, când m-am pus în pat, am auzit iar vocea lui Lily, răsunând în apartamentul tăcut.

Will Traynor a fost tatăl meu natural.

Capitolul 6

– Scuze! Nu mi-a sunat alarma de la telefon,

Am trecut pe lângă Richard și mi-am agățat haina în cuier, trăgându-mi fusta sintetică peste colanți.

– Ai întârziat trei sferturi de oră. Așa ceva e inacceptabil.

Era opt și jumătate dimineața. Eram, după câte am remarcat, singurii oameni din bar.

Carly plecase; nici măcar nu se deranjase să-i spună asta în față lui Richard. Îi trimisese un mesaj scris pe telefon, anunțându-l că renunță la nenorocita de uniformă la sfârșitul săptămânii și că avea să semneze preavizul blestemat doar după ce primește nenorociții de bani pe două săptămâni de concediu. *Dacă s-ar fi obosit să citească manualul angajatului,* izbucnise el, *ar fi știut că era complet inacceptabil să semneze preavizul în schimbul primirii banilor pe concediu. Scria asta, limpede ca lumina zilei, în Secțiunea Trei, dacă ar fi catadicsit să citească. Iar limbajul ei plin de invective chiar nu era necesar.*

Acum urma să întreprindă formalitățile necesare pentru a-i găsi un înlocuitor. Ceea ce însemna că, până când acest proces se încheia, toată treaba pica pe mine. Și pe Richard.

– Îmi pare rău... A intervenit ceva... acasă.

Mă trezisem brusc la șapte și jumătate și, timp de câteva momente, nu-mi putusem aminti unde mă aflu sau cum mă cheamă și zăcusem în pat, incapabilă să mă mișc, în vreme ce îmi frământam mintea cu evenimentele din seara precedentă.

– Un angajat model nu-și aduce problemele personale la muncă, declamă Richard, trecând pe lângă mine cu clipboardul lui.

L-am urmărit, întrebându-mă în sinea mea dacă el avea viață personală. Nu părea să-și petreacă timpul pe acasă.

– Da, bine. Și un angajator model nu-și obligă angajatul să poarte o uniformă pe care cei de la Stringfellow's ar considera-o de prost-gust, am bombănit, pe când tastam codul în casa de marcat, trăgând cu cealaltă mână de tivul fustei din material sintetic.

El se răsuci rapid pe călcâie și veni în spatele tejghelei.

– Ce-ai spus?

– Nimic.

– Ba da.

– Am zis că o să țin minte asta data viitoare. Îți mulțumesc că mi-ai amintit, i-am replicat, cu un zâmbet suav.

Mă fixă cu privirea preț de câteva secunde, ceea ce ne făcu pe amândoi să ne simțim inconfortabil, apoi mă anunță:

– Femeia de serviciu s-a îmbolnăvit iar. Va trebui să faci curat la toaleta bărbaților înainte să începi munca la bar.

Privirea lui rămase pironită asupra mea, provocându-mă să dau vreo replică. Mi-am reamintit în sinea mea că nu-mi puteam permite să pierd acea slujbă și am înghițit în sec.

– Bine.

– A, și vezi că în cabina trei e mizerie.

– Ah, excelent!

Se răsuci pe tocurile pantofilor impecabil lustruiți și se întoarse în biroul lui. Până să ajungă acolo, i-am trimis săgeți voodoo în ceafă cu puterea minții.

– Săptămâna asta, Cercul nostru va discuta despre vinovăție, despre sentimentul de vinovăție al supraviețuitorului, pentru că nu a făcut suficient... Acest sentiment ne împiedică adesea să mergem mai departe.

Marc așteptă să ne servim cu biscuiți, apoi se apleacă pe scaunul său de plastic, cu palmele împreunate în față, ignorând murmurul de protest că nu mai erau biscuiți cu cremă de ciocolată.

– Eu devenisem tot mai nervos cu Jilly, zise Fred, în liniştea care se lăsă. Vreau să spun, atunci când s-a îmbolnăvit de demenţă. Punea farfuriile murdare în dulapul din bucătărie şi le găseam după câteva zile, şi... Mi-e ruşine să spun, dar am ţipat la ea de câteva ori, mărturisi el, ştergându-şi o lacrimă. Înainte de asta, fusese o gospodină desăvârşită. A fost cel mai rău lucru.

– Ai trăit cu demenţa lui Jilly multă vreme, Fred. Supraom să fi fost, şi tot n-ai fi putut rezista.

– Şi pe mine mă scot din minţi farfuriile murdare, interveni Daphne. Cred că i-aş fi reproşat nişte lucruri groaznice.

– Dar nu era vina ei, nu? zise Fred, îndreptându-şi spatele. M-am gândit mult la farfuriile alea. Aş dori să dau timpul înapoi. Le-aş spăla fără să rostesc un cuvinţel. Şi, în loc să ţip, aş mângâia-o pe draga mea Jilly...

– Când sunt în cadă, mă pomenesc că am fantezii cu bărbaţi, mărturisi Natasha. Uneori, schimb câte-o privire cu cineva, în liftul de la metrou. Un bărbat necunoscut. Şi, până să ajung pe peron, deja am construit în minte o întreagă relaţie cu tipul ăla. Îmi imaginez că, odată ajunşi jos, el apasă iarăşi pe butonul liftului, ca să urcăm înapoi, fiindcă şi el realizează că există o legătură magică între noi şi stăm acolo, sorbindu-ne din priviri, printre mulţimile de oameni de pe tronsonul Piccadilly, apoi mergem să bem ceva şi înainte să ne dăm seama, ne pomenim...

– Sună ca un film de Richard Curtis, remarcă William.

– Îmi plac filmele regizate de Richard Curtis, spuse Sunil. Mai ales cel cu actriţa şi bărbatul în chiloţi...

– Shepherd's Bush, preciză Daphne.

Urmă o scurtă pauză.

– Cred că e vorba de *Notting Hill*, Daphne, o corectă Marc.

– Prefer versiunea lui Daphne. Ce, nu mai avem voie să râdem? pufni William.

– Deci, în mintea mea, deja ne-am căsătorit, urmă Natasha. Şi apoi, când stăm în faţa altarului, mă gândesc: „Hei, ce fac? Olaf al meu a murit doar de trei ani, şi eu am fantezii cu alţi bărbaţi?“

Marc se lăsă pe spătarul scaunului.

– Deci tu crezi că nu e un lucru firesc, după trei ani? Să visezi la alte relații, vreau să spun?

– Dar, dacă l-aș fi iubit cu adevărat pe Olaf, cu siguranță n-ar trebui să visez la altcineva.

– Hei, nu mai suntem în epoca victoriană, protestă William. Nu trebuie să porți doliu până la bătrânețe.

– Dacă aș fi murit eu, mă îngrozesc la gândul ca Olaf să se îndrăgostească de altcineva.

– N-aveai de unde să știi. Ai fi fost moartă, o ironiză William.

– Dar tu, Louisa? întrebă Marc, remarcând că nu scosesem nici o vorbă. Tu suferi din cauza sentimentelor de vinovăție?

– Oare putem? Putem să ne îndrăgostim de altcineva?

– Eu sunt catolică, preciză Daphne. Mă simt vinovată pentru orice. Ca și călugărițele, de altfel.

– Ce anume te face să te simți vinovată, Louisa?

Am sorbit din ceașca de cafea. Simțeam privirile tuturor ațintite asupra mea. *Hai, Louisa*, mi-am zis și am înghițit în sec.

– Faptul că nu l-am putut opri, am zis. Uneori, mă gândesc că, dacă aș fi fost mai isteață sau... aș fi gestionat lucrurile altfel... sau dacă aș fi fost... nu știu... dacă aș fi făcut mai mult de atât.

– Te simți vinovată pentru moartea lui Bill, deoarece simți că l-ai fi putut opri?

M-am agățat de acel fir. Atunci când l-am prins în mână, am avut impresia că ceva în mintea mea se eliberează.

– Da, dar și pentru că duc o viață diferită de cea pe care i-am promis lui că o voi duce. Și mă simt vinovată pentru faptul că apartamentul a fost cumpărat cu banii lui, în condițiile în care sora mea probabil că nu va reuși niciodată să-și permită o casă a ei. Și pentru că nu prea îmi place să trăiesc în apartamentul ăla, căci nu-l simt ca fiind al meu, și nici nu-mi dă ghes inima să-l fac mai drăguț, deoarece nu pot asocia cu el decât faptul că W... Bill e mort și, într-un fel, eu am beneficiat de pe urma morții lui.

Se lăsă o scurtă tăcere.

– N-ar trebui să te simți vinovată pentru apartament, spuse Daphne.

– Aș vrea eu să-mi fi lăsat cineva un apartament, completă Sunil.

– Dar ăsta e doar un sfârşit de basm, nu? Omul moare, fiecare învață câte ceva, merge mai departe şi creează ceva minunat în urma morții lui. Deja vorbeam fără să mai gândesc. Dar eu n-am făcut nimic din toate lucrurile astea. Am eşuat, practic, în toate.

– Tata plânge de fiecare dată când şi-o trage cu cineva care nu e mama, pufni Jake, împletindu-şi degetele de la mâini şi privindu-ne pe sub breton. Le vrăjeşte pe femei să se culce cu el şi sfârşeşte prin a fi trist din pricina asta. Ca şi cum totul e bine atâta vreme cât se simte vinovat după aceea.

– Tu crezi că foloseşte sentimentul de vinovăție ca pe un sprijin.

– Cred că, ori faci sex şi te simți fericit pentru asta...

– Eu nu m-aş simți vinovat dacă aş face sex, îl întrerupse Fred.

– ... ori tratezi femeile ca pe nişte ființe umane şi te asiguri că n-ai nici un motiv pentru care să te simți vinovat. Sau nici măcar nu te culci cu altă femeie, ci păstrezi neatinsă amintirea mamei până eşti pregătit să mergi mai departe.

Vocea lui se frânse când rosti cuvintele „păstrezi neatinsă", iar maxilarul începu să-i tremure. Deja ne obişnuiserăm cu schimbările bruşte de atitudine şi o regulă nescrisă de politețe ne făcea pe fiecare să privim în altă parte până când cel care vorbea reuşea să-şi stăpânească emoțiile.

Glasul lui Marc se auzi blând.

– I-ai spus tatălui tău ce simți, Jake?

– Nu vorbim despre mama. Tata e bine câtă vreme nu pomenim de ea.

– Dar e o povară prea grea pentru tine.

– Mda... De-asta mă aflu aici, nu?

Se lăsă iar tăcerea.

– Ia un biscuit, Jake, dragule, îl invită Daphne, iar noi, ceilalți, am dat din mână în mână cutia cu biscuiți, liniştindu-ne întru câtva când Jake luă, în cele din urmă, unul.

Eu mă tot gândeam la Lily, aşa că n-am fost prea atentă atunci când Sunil a povestit despre faptul că îl apuca plânsul la raionul de patiserie al supermarketului, şi abia am schițat un surâs de simpatie când am auzit cum sărbătorise Fred singur ziua de naştere a lui Jilly, cu un mănunchi de baloane lucioase. De zile întregi, toată întâmplarea cu Lily căpătase semnificația unui vis intens, suprarealist.

Cum ar fi putut Will să aibă o fiică?

– Pari fericită.

Tatăl lui Jake stătea sprijinit de motocicletă atunci când am ieșit din sala parohială, îndreptându-mă spre parcare.

M-am oprit în fața lui.

– E o ședință de consiliere psihologică. Mi-ar fi destul de greu să ies de acolo în pași de step.

– Da, corect!

– Nu e ceea ce crezi. Vreau să spun, nu e pentru mine, i-am zis. Are de-a face... cu un adolescent.

El își dădu capul pe spate, trăgând cu ochiul la Jake, care venea în spatele meu.

– Aha, înțeleg. În privința asta, ai toată aprecierea mea. Pari destul de tânără ca să ai un copil adolescent, dacă nu te superi că-ți spun asta.

– A, nu! Nu e al meu... E... complicat.

– Mi-ar plăcea să te ajut cu un sfat. Dar n-am nici un indiciu...

Păși spre Jake și îl cuprinse într-o îmbrățișare pe care băiatul o acceptă ursuz.

– Ești bine, tinere?

– Da, sunt bine.

– Bun, atunci, spuse Sam uitându-se pieziș la mine. Asta e: răspunsul universal al adolescenților la toate. Războaie, foamete, câștiguri la loterie, faimă mondială, totul e *bine*.

– Nu trebuia să vii să mă iei. Mă duc la Ellen.

– Nu vrei să te duc?

– Locuiește în apropiere. În blocul ăla, arătă Jake. Cred că sunt în stare să mă descurc singur.

Expresia feței lui Sam nu se schimbă.

– Poate data viitoare îmi dai un mesaj pe telefon. Mă scutești să vin și să te aștept.

Jake ridică din umeri și își continuă drumul, cu rucsacul atârnându-i pe umăr. L-am privit amândoi în tăcere.

– Ne vedem mai târziu, Jake, da?

Jake ridică o mână, fără să se uite înapoi.

– Bun, acum parcă mă simt ceva mai bine, am spus eu.

Sam clătină ușor din cap. Își privi fiul îndepărtându-se, ca și cum n-ar fi suportat ideea de a-l lăsa, pur și simplu, să plece.

– În unele zile îi este mai greu decât în altele, zise el, apoi se întoarse spre mine. Vrei să luăm o cafea sau altceva, Louisa? Doar ca să nu mă mai simt cel mai mare fraier din lume? Louisa te cheamă, nu?

M-am gândit la ce spusese Jake în ședința din acea seară.

Vineri, tata a venit acasă cu o blondă cam psihopată, pe nume Mags, care e obsedată de el. Când el își făcea duș, blonda mă întreba întruna dacă tata vorbea despre ea când ea nu era acolo.

Tatăl obsedat de sex. Dar el era destul de drăguț și mă ajutase, cărându-mă la ambulanță, iar alternativa era o altă noapte petrecută acasă, întrebându-mă ce-i trecuse prin minte lui Lily Houghton-Miller.

– Accept, cu condiția să discutăm despre orice altceva în afară de adolescenți.

– Putem vorbi despre ținuta ta?

M-am uitat la fusta mea lucioasă, verde, și la pantofii irlandezi de dans.

– În nici un caz!

– Ar fi meritat să încercăm, spuse el și urcă pe motocicletă.

Am coborât în fața unui bar aproape pustiu, situat la mică distanță de apartamentul meu. Sam și-a luat o cafea neagră, iar eu, un suc de fructe.

Am avut timp să-l studiez discret acum, când nu se mai sprijinea de mașini în vreo parcare și nici nu împingea vreo targă prin spital. Nasul lui era puțin strâmb, mărturie a vreunei lovituri mai vechi, iar ochii lui se încrețeau într-un fel ce sugera că nu exista comportament uman pe care să nu-l observe și, eventual, pe seama căruia să nu se amuze. Era înalt și solid, cu trăsături oarecum mai aspre decât ale lui Will și totuși se mișca oarecum lent, ca și cum ar fi fost absorbit de efortul de a nu vătăma lucrurile din preajmă prin simpla lui statură impunătoare. Îi plăcea, evident, mai mult să asculte decât să vorbească, sau poate că eu nu mă simțeam în largul meu alături de un bărbat după atât de mult timp, fiindcă m-am trezit trăncănind despre tot felul de lucruri: despre slujba mea la bar, făcându-l să râdă de Richard Percival şi de uniforma mea îngrozitoare, despre cât de ciudat m-am simţit să locuiesc, pentru scurtă vreme, din nou în casa părintească, despre glumele proaste ale tatei, despre bunicul şi gogoşile lui şi despre isprăvile nepotului meu cu markerele permanente. Dar eram conştientă, în timp ce vorbeam, cum fusesem atât de des în acele zile, de cât de multe lucruri nu discutam: despre Will, despre întâmplarea fantastică pe care o trăisem în seara precedentă, despre mine. Când eram cu Will, nu trebuia să chibzuiesc niciodată asupra a ceea ce spuneam: să vorbesc cu el mi se părea un lucru la fel de lipsit de efort ca şi respiraţia. Acum aveam abilitatea de a nu spune, de fapt, nimic despre mine.

Sam şedea pe scaun şi încuviinţa din cap, privind traficul străzii şi sorbind din cafea, ca şi cum ar fi fost ceva absolut firesc pentru el să-şi petreacă timpul cu o străină îmbrăcată cu o fustă mini lucioasă, care trăncăne la nesfârşit.

– Ce-ţi mai face şoldul? mă întrebă, când, în sfârşit, m-am oprit din pălăvrăgit.

– Destul de bine. Dar mi-am plăcea să nu mai şchiopătez.

– Da, dar pentru asta trebuie să continui fizioterapia.

Pentru o clipă, mi s-a părut că aud iar acea voce din spatele ambulanţei. Calmă, netulburată, liniştitoare.

– Celelalte răni?

M-am uitat atent la mine, ca şi cum aş fi putut vedea prin hainele cu care eram îmbrăcată.

– Cu excepţia faptului că arăt de parcă cineva m-ar fi pictat din cap până-n picioare cu o cariocă roşie, nu stau rău.

– Ai fost norocoasă, clătină el din cap. A fost o cădere cam nasoală.

Şi atunci am avut iar senzaţia aceea de gol în stomac şi am simţit aerul de sub picioarele mele. *Nu ştii niciodată ce se poate întâmpla când cazi de la mare înălţime.*

– Nu încercam să...

– Mi-ai spus asta.

– Dar nu sunt sigură că oamenii mă cred.

Ne-am adresat unul altuia un zâmbet jenat şi preţ de un minut m-am întrebat dacă el mă credea.

– Spune-mi... salvezi mulţi oameni care cad de pe clădiri?

El scutură din cap şi privi în gol peste stradă.

– De obicei, îi adun bucăţi. Sunt bucuros că, în cazul tău, bucăţile s-au potrivit bine la loc.

Am rămas amândoi într-o tăcere prelungă. Mă tot gândeam despre ce aş fi putut să mai vorbesc, dar eram atât de lipsită de experienţa de a fi singură cu un bărbat - cel puţin, trează -, încât mi-am pierdut stăpânirea de sine, gura mea deschizându-se şi închizându-se precum cea a unui peştişor.

– N-ai vrea să-mi povesteşti despre adolescentă? mă întrebă Sam.

Mă simţeam uşurată că puteam povesti asta cuiva. I-am spus despre vizita din noaptea precedentă, despre întâlnirea stranie cu acea fată şi despre ceea ce găsişem pe Facebook, dar şi despre felul în care ea fugise înainte să mă pot dumiri ce să fac.

– Oau! Şi ăsta e tipul de care ai avut grijă? se interesă el, când am terminat. Asta e..., spuse el, scuturând uşor din cap. Tu chiar crezi că fata e cine pretinde că e?

– Aduce un pic cu el. Dar, sinceră să fiu, nu ştiu. Mă întreb dacă nu cumva caut semne, dacă nu cumva văd ce vreau să văd. E posibil. Îmi petrec jumătate din timp gândindu-mă cât e de uimitor că există ceva lăsat de el în urmă, iar cealaltă jumătate întrebându-mă dacă nu cumva sunt o fraieră. Şi mai există o problemă - dacă ea e fiica lui, atunci cum se poate ca el să nu-şi fi dorit niciodată să o vadă? Şi cum se împacă părinţii lui cu povestea asta? Dacă o întâlnire cu ea l-ar fi făcut pe Will să se răzgândească? Dacă tocmai acesta ar fi fost lucrul care l-ar fi convins...

Vocea mea se stinse.

Sam se sprijini de spătarul scaunului cu o încruntătură din sprâncene.

– Acest bărbat e motivul pentru care participi la şedinţele de consiliere psihologică, nu?

– Da.

Simţeam cum mă studiază, reconsiderând, poate, ce însemnase Will pentru mine.

– Nu ştiu ce să fac, i-am mărturisit. Nu ştiu dacă s-o caut sau să las lucrurile aşa.

El privi, gânditor, spre stradă și apoi spuse:

– Te-ai întrebat ce-ar fi făcut el?

Întrebarea lui m-a pus pe gâduri. M-am uitat la acel bărbat voinic, cu privirea lui pătrunzătoare, cu barba nerasă de două zile și cu mâinile lui dibace, și toate gândurile m-au părăsit.

– Te simți bine?

Am luat o înghițitură zdravănă de suc, încercând să ascund ceea ce simțeam că îmi este clar întipărit pe chip. Brusc, fără nici un motiv, voiam să plâng. Era prea mult. Noaptea aceea stranie și tulburătoare. Faptul că Will se ivise iar, atotprezent în fiecare discuție. Dintr-odată, îi puteam vedea chipul, cu o sprânceană ridicată sarcastic, ca și cum ar fi spus: *Ce naiba mai pui la cale, Clark?*

– Nu... doar că am avut o zi grea. De fapt, te-ai supăra dacă...

Sam își împinse scaunul în spate și se ridică.

– Nu, nu, poți pleca. Îmi pare rău. N-am crezut că...

– M-am simțit bine aici. Dar, știi...

– Nici o problemă. Ai avut o zi grea. Și toată povestea asta tristă. Te înțeleg. Nu, nu-ți face griji, zise el, pe când mă întindeam după geantă. Te rog, consideră că ți-am făcut eu cinste cu sucul!

Cred că aș fi putut alerga până la mașina mea, în ciuda șchiopătatului. Am simțit ochii lui ațintiți asupra mea toată ziua.

Am intrat în parcare și am răsuflat, de parcă mi-aș fi ținut respirația tot drumul de la bar până acolo. Am aruncat o privire spre magazinul din colț, apoi spre apartamentul meu și am decis să nu mă las în voia emoțiilor. Voiam să beau vin, câteva pahare mari, până când m-aș fi putut convinge pe mine însămi să încetez să mai privesc peste umăr. Sau poate să nu mai privesc nicăieri.

Când am ieșit din mașină, am simțit o durere în șold. De la sosirea lui Richard, mă durea constant; fizioterapeutul de la spital mă sfătuise să nu stau mult în picioare. Dar simplul gând că m-aș fi putut plânge lui Richard mă îngrozea.

Înțeleg. Deci, lucrezi într-un bar, dar ai vrea să ți se permită să stai jos toată ziua, nu?

Îi și vedeam fața aia de țânc, anume făcută pentru un directoraș, și frizura aia greu de descris, spilcuită. Aerul ăla afectat de superioritate, deşi Richard nu era decât cu doi ani mai mare decât mine. Mi-am închis ochii şi am încercat să scap de nodul din stomac.

– Doar asta, te rog, am spus, punând o sticlă de Sauvignon Blanc rece pe tejghea.

– Mergi la petrecere, nu?

– Poftim?

– Eşti îmbrăcată de petrecere, văd... O să fii... nu-mi spune! spuse Samir, scărpinându-se în bărbie. Albă ca Zăpada?

– Cu siguranţă! i-am răspuns.

– Ar trebui să fii atentă cu vinul. E plin de calorii! Mai bine-ai bea votcă. Aia e o băutură curată. Poate cu un pic de lămâie. Aşa îi spun lui Ginny, tipa de vizavi. Ştii că e dansatoare la bară, nu? Dansatoarele trebuie să fie foarte atente la siluetă.

– Sfaturi de dietă. Apreciez.

– Toate produsele conţin zahăr, să ştii. Trebuie să urmăreşti cât zahăr consumi. Degeaba cumperi un produs sărac în grăsimi, dar plin de zahăr, mă-nţelegi? Alea sunt calorii inutile. Exact alea. Şi dintre toate, zaharurile artificiale sunt cele mai rele. Ţi se lipesc de intestine.

Ridică sticla de vin şi-mi întinse restul.

– Dar tu ce mănânci, Samir?

– Supă de tăieţei cu şuncă afumată. E grozavă, zău!

Eram pierdută în gânduri – undeva între durerea acută din pelvis, deznădejdea existenţială legată de pierderea slujbei şi o poftă ciudată de supă de tăieţei cu şuncă afumată – când am zărit-o pe ea.

Stătea ghemuită la uşa blocului, cu braţele înfăşurate în jurul genunchilor. Am luat restul de la Samir şi am traversat, foarte grăbită, strada.

– Lily?

Ea ridică încet ochii spre mine.

Abia îngăima, iar ochii îi erau injectaţi de sânge, ca şi cum plânsese.

– Nimeni nu m-a lăsat să intru. Am sunat la toată lumea, dar nimeni nu m-a lăsat înăuntru.

Am deschis uşa şi am lăsat-o întredeschisă, proptindu-mi geanta în ea, în timp ce am îngenuncheat lângă ea.

– Ce s-a întâmplat?

– Nu vreau decât să dorm, spuse ea, frecându-se la ochi. Sunt așa de obosită... Am vrut să iau un taxi până acasă, dar n-aveam nici un ban.

Am simțit un iz de alcool.

– Ești băută?

– Nu știu, clipi ea către mine, lăsându-și capul într-o parte. Dar, dacă nu sunt înseamnă că te-ai transformat total într-un spiriduș! Își pipăi buzunarele: A, uite, uite de ce-am făcut rost!

Ținea în mână o țigară rulată, pe jumătate fumată, care – până și eu mi-am dat seama – nu conținea doar tutun.

– Hai să tragem un fum, Lily, zise ea. A, nu. Tu ești Louisa. Eu sunt Lily.

Râse și, scoțând rapid o brichetă din buzunar, încercă să aprindă capătul cu filtru al țigării.

– Bine, fetițo! Gata, e timpul să mergi acasă, i-am zis și i-am smuls țigara din mână, strivind-o cu piciorul, ignorând protestele ei neclare. O să-ți chem un taxi!

– Dar n-am...

– Lily!

Am ridicat privirea. Un tânăr traversa strada, cu mâinile în buzunarele blugilor, uitându-se atent la noi. Lily îl observă, dar nu-l băgă în seamă.

– Cine-i ăsta? am întrebat-o, însă ea lăsă ochii în jos.

– Lily, vino încoace! se auzi vocea lui posesivă.

Bărbatul se opri, cu picioarele ușor depărtate, ca și cum, chiar și de la distanța aceea, ar fi așteptat ca fata să i se supună. Brusc, ceva mă neliniști.

Nimeni nu făcu nici o mișcare.

– E prietenul tău? Vrei să vorbești cu el? am întrebat-o în șoaptă.

Fata bâigui ceva, dar n-am putut auzi nici o iotă, așa că m-am apropiat mai mult de ea și i-am cerut să repete.

– Fă-l să plece, zise ea, apoi închise ochii și se răsuci cu fața spre ușa blocului. Te rog!

Bărbatul începu să traverseze strada, îndreptându-se spre noi. M-am ridicat și am strigat la el, cu o voce cât mai autoritară cu putință.

– Poți să pleci. Lily merge înăuntru cu mine.

Se opri la jumătatea drumului și i-am înfruntat privirea.

– O să discuţi altă dată cu ea, în regulă?

Ţineam mâna pe sirena de autoapărare, în timp ce îi şopteam unui prieten imaginar, musculos şi iute la mânie: „Da, vrei să vii până jos şi să-mi dai o mână de ajutor, Dave? Mulţam!"

Expresia de pe chipul tânărului sugera că lucrurile nu se opresc aici. Apoi se întoarse, scoase telefonul din buzunar şi, pe când se îndepărta, începu o discuţie, pe un ton scăzut, cu cineva, ignorând claxoanele taxiurilor care treceau pe lângă el şi aruncând spre noi doar priviri fugare.

Am oftat, puţin mai speriată decât m-aş fi aşteptat, am prins-o cu mâinile de subraţ şi, într-o manieră deloc delicată, am reuşit să o târăsc pe Lily Houghton-Miller în holul blocului, înjurând printre dinţi.

În noaptea aceea, a dormit în apartamentul meu. N-am putut găsi o altă soluţie pentru ea. A vomat de două ori în baie, dându-mă la o parte atunci când am încercat să-i ţin părul în sus. A refuzat să-mi dea numărul de telefon fix al părinţilor ei sau poate nu şi-l mai amintea, iar telefonul ei mobil era închis şi nu-i ştiam parola de deblocare.

Am spălat-o, i-am dat o pereche de pantaloni de trening şi un tricou de la mine şi am dus-o în camera de zi.

– Ce curat e aici! exclamă ea, ca şi cum aş fi făcut curăţenie special pentru ea.

Am convins-o să bea un pahar cu apă şi am aşezat-o pe canapea, într-o poziţie comodă, deşi eram aproape sigură că nu mai avea ce să vomite.

Pe când îi ridicam capul, sprijinindu-l de o pernă, ea deschise ochii, ca şi cum abia atunci m-ar fi recunoscut de-a binelea pentru prima dată.

– Îmi pare rău.

Vorbi aşa de încet, încât, pe moment, nu am fost perfect convinsă că îşi ceruse scuze, dar ochii ei se umplură de lacrimi.

Am învelit-o cu o pătură şi am privit-o cum adoarme – cu chipul ei palid, cu cearcănele albăstrui de sub ochi, cu genele curbate ca ale lui Will şi cu aceiaşi pistrui pe care îi avea şi el.

Într-un târziu, m-am repezit să încui uşa apartamentului şi am luat cheile cu mine, în dormitor, ascunzându-le sub pernă, de teamă ca Lily să nu fure ceva sau să nu fugă - nici eu nu eram prea sigură de ce. Am rămas trează, cu mintea încă asaltată de zgomotele aeroportului şi de sirenele ambulanţelor, de chipurile triste ale oamenilor din sala parohială, de privirea dură, stăruitoare, a tânărului care traversa strada, şi de faptul că eram conştientă că o persoană complet străină dormea sub acelaşi acoperiş cu mine. Şi, peste toate, o voce îmi spunea necontenit: *Ce naiba faci, Clark?*

Dar ce altceva aş fi putut face? În cele din urmă, după ce se auzi ciripitul păsărelelor în zori, iar camioneta de la brutărie îşi descărcă marfa la parterul clădirii, gândurile mele se domoliră şi, liniştită, am adormit.

Capitolul 7

Aroma cafelei umplea casa. Mi-au trebuit câteva secunde să-mi dau seama cum ar fi putut pătrunde un asemenea miros în apartamentul meu, dar, când mi-am dat răspunsul, am sărit ca arsă din pat, trăgându-mi hanoracul pe mine.

Fata ședea pe canapea, cu picioarele încrucișate, fumând și folosind singura mea cană bună pe post de scrumieră. Deschisese televizorul – era o emisiune cu copii maniaci care construiau ceva din argilă lucioasă, spre încântarea prezentatorilor care-i urmăreau cu gurile căscate – și două pahare de polistiren se aflau pe polița șemineului.

– Hei, bună! Ăsta din dreapta e al tău, mă anunță ea, întorcându-se rapid spre mine. N-am știut cum îți place cafeaua, așa că ți-am luat o Americano.

Am clipit des, strâmbând din nas din cauza fumului de țigară. Am traversat camera și am deschis fereastra. M-am uitat la ceas.

– Atâta e ceasul?

– Mda. Cred că s-a cam răcit cafeaua. Dar n-am știut dacă să te trezesc sau nu.

– E ziua mea liberă, am zis, întinzând mâna după cafea.

Era suficient de caldă și, recunoscătoare, am sorbit cu nesaț din ea. Apoi am rămas cu ochii ațintiți la pahar.

– Ia stai! Dar de unde ai făcut rost de toate astea? Am încuiat ușa de la intrare.

– Am ieșit pe scara de incendiu, zise ea. Cum nu aveam bani, i-am spus tipului de la patiserie la ce apartament stau, și el a zis că poți să-i aduci banii mai târziu. A, şi trebuie să-i plăteşti şi două sandviciuri cu somon afumat şi cremă de brânză.

- Eu?

Simţeam nevoia să fiu furioasă, dar mi-am dat seama că şi mie mi-era foame. Fata îmi urmări privirea.

- Ah, le-am mâncat pe amândouă, se scuză ea şi scoase un inel de fum către mijlocul încăperii. Nu aveai mai nimic prin frigider. Chiar ar trebui să mai faci ceva ordine pe aici.

Lily din acea dimineaţă părea atât de diferită faţă de fata pe care o culesesem de pe stradă noaptea trecută, încât era greu de crezut că e aceeaşi persoană. M-am întors în dormitor să mă îmbrac, auzind-o cum iese din cameră şi merge în bucătărie să-şi ia ceva de băut.

- Hei, madam... vreau să zic Louisa. Ai putea să mă împrumuţi cu nişte bani? strigă ea, apoi intră în dormitorul meu fără să bată la uşă.

Mi-am acoperit sânii cu un tricou.

- Ca să te îmbeţi din nou? Nu.

- Şi pot să rămân aici şi la noapte?

- Trebuie să vorbesc cu mama ta, Lily.

- De ce?

- Trebuie să aflu mai multe despre toată povestea asta.

Rămase în pragul uşii.

- Deci, nu mă crezi?

I-am făcut semn să se întoarcă cu spatele, ca să-mi pot pune sutienul.

- Ba te cred. Dar asta e înţelegerea: tu vrei ceva de la mine, iar eu trebuie să ştiu mai întâi mai multe despre tine.

Chiar când îmi trăgeam tricoul peste cap, ea se răsuci spre mine.

- Cum doreşti. Oricum, trebuie să merg să-mi mai iau nişte haine.

- De ce? Unde ai de gând să stai?

Ea plecă de lângă mine, ca şi cum n-ar fi auzit, şi se mirosi la subraţ.

- Pot să fac un duş? Duhnesc.

O oră mai târziu, mergeam cu maşina prin St John's Wood. Eram epuizată, atât din cauza evenimentelor din noaptea precedentă, cât şi a energiei stranii pe care o degaja Lily. Nu avea astâmpăr, fuma ţigară de la țigară, apoi se cufunda într-o tăcere atât de grea, încât aproape îi simțeam povara gândurilor care o măcinau.

– Deci, cine era tipul de azi-noapte? am întrebat-o pe un ton firesc, fără să-mi iau ochii de la drum.

– Cineva.

– Mi-ai spus că era prietenul tău.

– Atunci el era.

Vocea i se schimbase, iar fața i se întunecă. Pe când ne apropiam de casa părinților ei, își încrucișă brațele pe piept, aducându-și genunchii sub bărbie, cu privirea fixă și sfidătoare, ca și cum ar fi dat deja o bătălie tăcută. Mă întrebam dacă îmi spusese adevărul despre St John's Wood, dar ea arătă spre o stradă largă, străjuită de copaci, și îmi spuse să o iau pe a treia stradă la stânga. M-am trezit pe o stradă, de genul celor pe care locuiesc diplomați sau bancheri americani expați și pe care ai impresia că nu circulă niciodată nimeni. Am parcat mașina, trăgând cu ochiul pe geam la clădirile înalte, cu stucaturi albe, la gardurile vii tunse cu grijă și la ramele imaculate ale ferestrelor.

– Aici *locuiești* tu?

Fata trânti portiera în urma ei atât de tare, încât mica mea mașină se zgudui din toate încheieturile.

– Eu nu locuiesc aici. *Ei* locuiesc aici.

Intră în casă și am urmat-o cu oarecare reticență, simțindu-mă ca un intrus. Ne aflam într-un hol spațios, cu tavan înalt, dușumea acoperită cu parchet, iar pe un perete se afla o imensă oglindă aurită, pe a cărei ramă stăteau înghesuite o mulțime de cecuri în alb. Pe o veche măsuță elegantă se afla un vas cu un superb aranjament floral, al cărui parfum înmiresma aerul.

De sus se auziră zgomote nedeslușite, niște voci de copii, probabil, dar mi-era greu să spun cu certitudine.

– Frații mei vitregi, îmi explică Lily, cu un aer indiferent și intră în bucătărie, așteptându-se, poate, să o urmez. Era imensă, vopsită într-un gri modern, cu nenumărate blaturi și policioare lucioase, de o nuanță bej-nisipiu. Tot ce se afla acolo costase, desigur, o avere, de la prăjitorul de pâine Dualit la cafetieră, care era mare și suficient de sofisticată ca să-și poată găsi locul și într-o cafenea milaneză.

Lily deschise frigiderul şi se uită înăuntru, scoţând în cele din urmă o cutie cu felii proaspete de ananas, din care începu să mănânce cu degetele.

– Lily, se auzi, de la etaj, o voce stridentă de femeie. Lily, tu eşti?

Vocea fu urmată de sunetul unor paşi grăbiţi care coborau. Lily îşi dădu ochii peste cap.

O femeie blondă apăru în pragul uşii. Se uită lung la mine, apoi la Lily, care tocmai dădea să bage în gură o bucată de ananas. Femeia se apropie şi îi smulse cutia din mâini.

– Unde *naibii* ai fost? Cei de la liceu sunt înnebuniţi. Tatăl tău te-a căutat prin tot cartierul. Am crezut că ai fost ucisă! Unde ai fost?

– Nu e tatăl meu.

– Nu face pe deşteapta cu mine, domnişoară! Nu poţi, pur şi simplu, să te întorci aici ca şi cum nimic nu s-ar fi întâmplat. Ai idee ce necazuri ai provocat? Am stat trează, împreună cu Francis, jumătate de noapte şi apoi n-am putut dormi, îngrijorată că ţi s-ar fi putut întâmpla ceva rău. A trebuit să anulez şi călătoria la bunica Houghton, fiindcă nu ştiam unde eşti.

Lily o privi cu răceală.

– Nu ştiu de ce v-aţi agitat atât. De obicei, nici nu vă pasă unde sunt.

Femeia pufni, mânioasă. Era suplă, acel gen de supleţe întreţinut cu diete excentrice şi exerciţii fizice epuizante; avea o tunsoare costisitoare şi părul vopsit atât de bine, încât părea natural; purta ceea ce, presupun, trebuie să fi fost nişte blugi de firmă. Dar faţa ei, oricât ar fi fost de bronzată, o trăda: femeia părea epuizată.

Mă privi într-o doară şi întrebă:

– Cu ea ai stat azi-noapte?

– Da, dar...

Mă măsură iarăşi cu privirea şi nu păru prea încântată de ceea ce vede.

– Ştii ce necazuri ai provocat? mă luă ea la rost. Ai idee câţi ani are fata asta? Şi, oricum, ce naiba vrei de la o fată de vârsta ei? Trebuie să ai cam treizeci de ani, nu?

– De fapt, am...

– Despre asta e vorba? o întrebă ea pe Lily. Ai o relaţie cu femeia asta?

– Hai, mamă, taci din gură! o repezi Lily, care luase iar cutia cu ananas și pescuia din ea feliile cu degetul arătător. Nu e ceea ce crezi. Ea n-are nici o vină. Își vârî în gură ultima felie de ananas, oprindu-se să o mestece, poate pentru a amplifica efectul dramatic, înainte de a vorbi din nou. Ea e femeia care l-a îngrijit pe tatăl meu. Pe tatăl meu adevărat.

Tanya Houghton-Miller ședea rezemată pe nenumăratele perne de pe canapeaua de culoare crem, amestecând cu lingurița în ceașca de cafea. Mă așezasem pe marginea canapelei de vizavi de ea, uimită de imensele lumânări parfumate de la Diptique și de revistele *Interiors*, răspândite cu gust pe masă. Mă temeam întru câtva că, dacă m-aș rezema ca ea pe canapea, cafeaua ar fi putut să mi se verse în poală.

– Cum ai întâlnit-o pe fiica mea? întrebă ea, cu un aer plictisit. Inelul de logodnă de pe deget avea două diamante imense, cum nu mai văzusem în viața mea.

– De fapt, n-am întâlnit-o. Ea a venit la ușa apartamentului meu. N-aveam habar cine e.

Femeia rămase pe gânduri câteva momente.

– Deci, dumneata l-ai îngrijit pe Will Traynor.

– Exact. Până a murit.

Amândouă făcurăm o scurtă pauză, privind țintă la tavan – ceva se spărsese deasupra capetelor noastre.

– Fiii mei, oftă ea. Au ceva probleme de comportament.

– Sunt din...

– Nu, nu sunt ai lui Will, dacă asta vrei să mă întrebi.

Rămaserăm tăcute. Dar nu era o tăcere deplină, ținând cont de urletele furioase care se auzeau de la etaj. O altă bufnitură, urmată de o tăcere care nu prevestea nimic bun.

– A venit dădaca de weekend, mă lămuri ea.

– Doamnă Houghton-Miller, este adevărat? Lily este fiica lui Will? am întrebat-o.

– Da, răspunse ea, ridicând ușor bărbia.

Brusc, am simțit că mă apucă tremuratul și mi-am pus ceașca pe măsuță.

– Nu înțeleg. Nu înțeleg cum de...

– E foarte simplu. Eu şi Will am avut o relaţie în ultimul an de facultate. Desigur, eram îndrăgostită de el până peste cap. Toate fetele erau. Dar eu eram singura căreia îi răspundea cu aceleaşi sentimente, schiţă ea un zâmbet şi tăcu, ca şi cum ar fi aşteptat ca eu să spun ceva.

Dar nu puteam zice nimic. Cum de Will nu-mi destăinuise niciodată că avea o fiică? După toate prin câte trecusem împreună?

– În fine, urmă Tanya. Eram cuplul de aur al grupului nostru. Baluri, jocuri, ieşiri în weekend, tot tacâmul. Eu şi Will eram nedespărţiţi. Îmi spunea povestea ca şi cum ar fi fost încă proaspătă în amintirea ei, ca şi cum era un film pe care-l rula mereu şi mereu cu ochii minţii. Şi apoi, la balul de absolvire, a trebuit să merg să o ajut pe prietena mea, Liza, care avea o problemă, iar, când m-am întors, Will dispăruse. N-aveam nici o idee unde se află. Aşa că am stat şi l-am aşteptat, şi maşinile tot veneau, ducându-i pe toţi colegii acasă. În cele din urmă, o fată, pe care nici măcar nu o cunoşteam foarte bine, a venit şi mi-a spus că Will plecase cu o colegă pe nume Stephanie Loudon. N-ai de unde s-o ştii, dar ea fusese tot timpul cu ochii pe Will. Iniţial, n-am crezut, dar am plecat cu maşina acasă la ea şi i-am văzut sărutându-se pe trepte, de parcă nu le-ar fi păsat cine îi vede. Când am ieşit din maşină şi l-am înfruntat, el nici măcar nu s-a arătat ruşinat. A spus doar că n-are nici un rost să devenim sentimentali, întrucât, oricum, relaţia noastră n-avea să mai dureze după facultate.

Apoi, desigur, am terminat facultatea, ceea ce pentru mine a fost o uşurare, sinceră să fiu, căci nu mi-aş fi dorit să fiu fata pe care a părăsit-o Will Traynor? Dar mi-a fost greu să trec peste asta, fiindcă totul se terminase atât de brusc. După ce am absolvit, iar el a început să lucreze în Londra. I-am scris întrebându-l dacă ne putem întâlni măcar să bem ceva, pentru a înţelege şi eu ce naiba se întâmplase. Căci, din punctul meu de vedere, chiar fuseserăm fericiţi împreună, ştii? Iar el ce-a făcut? Şi-a pus secretara să-mi trimită această carte poştală, prin care femeia îmi spunea că îi pare rău, dar agenda lui Will e foarte plină, şi el nu se poate întâlni cu mine deocamdată, dar îmi urează toate cele bune. „Toate cele bune", făcu ea o grimasă.

Am simţit un fior înlăuntrul fiinţei mele. Oricât aş fi vrut să-i resping povestea, această versiune a lui Will reflecta un adevăr oribil.

Will însuși, analizându-și viața anterioară cu o onestitate crudă, îmi mărturisise cât de brutal tratase femeile în tinerețe. („Am fost un ticălos nenorocit“, după cum spunea el.)

Tanya continua să vorbească.

– Și apoi, după vreo două luni, mi-am dat seama că sunt însărcinată. Și deja era prea târziu pentru o întrerupere de sarcină, fiindcă menstruația mea fusese mereu neregulată și nu realizasem că deja nu-mi mai venise de două luni. Așa că am decis să merg mai departe și să o am pe Lily. Dar – în acest moment, își ridică iar bărbia, ca într-un gest de apărare – nu mai avea nici un rost să-l anunț că va fi tată. Mai ales după ce spusese și ce făcuse.

Cafeaua mea se răcise.

– Nu mai avea rost să-l anunți?

– Sunt sigură că ar fi zis că nu vrea să aibă deloc de-a face cu mine. Ar fi acționat ca și cum aș fi făcut asta în mod deliberat, ca să-l prind în capcană, sau ceva de genul ăsta.

Am dat să spun ceva, dar imediat m-am răzgândit. În cele din urmă însă am spus:

– Dar... nu crezi că ar fi avut dreptul să știe? Doamnă Houghton-Miller? Nu crezi că poate ar fi vrut să-și vadă copilul? Indiferent de ce se întâmplase între voi doi?

Femeia lăsă ceașca jos.

– Lily are *șaisprezе* ani acum. Avea paisprezece sau cincisprezece ani când Will a murit. Ar fi fost suficient timp...

– Dar deja îl avea pe Francis. El a fost tatăl ei. Și s-a purtat foarte bine cu Lily. Am fost o familie. Suntem o familie.

– Nu înțeleg...

– Will *n-a meritat* să o cunoască. Vorbele ei rămaseră plutind în aer, între noi. A fost un ticălos. Da? Will Traynor a fost un ticălos egoist, pufni ea și-și dădu într-o parte o șuviță de păr de pe față. Evident, eu nu aflasem ce i se întâmplase. Asta a fost un șoc total pentru mine. Dar, sinceră să fiu, n-ar fi schimbat cu nimic lucrurile.

Mi-au trebuit câteva clipe ca să-mi recapăt vocea.

– Ba da, ar fi putut schimba enorm de multe lucruri. Pentru el.

Femeia mă sfredeli cu privirea.

– Will s-a sinucis, i-am zis, cu vocea tremurândă. Will şi-a pus capăt zilelor pentru că nu mai găsea nici un motiv pentru a continua să trăiască. Dacă ar fi ştiut că are o fiică...

Ea se ridică.

– A, nu! Nu mă învinovăţi pe mine, domnişoară Cum-te-o-chema. Nu vreau să fiu făcută responsabilă pentru sinuciderea acelui om. Crezi că n-am o viaţă suficient de complicată? Să nu îndrăzneşti să vii aici ca să mă judeci. Dacă ai fi fost nevoită să treci prin jumătate dintre situaţiile prin care am trecut eu... Nu! Will Traynor a fost un om groaznic.

– Will Traynor a fost cel mai bun om pe care l-am cunoscut vreodată.

Îşi plimbă privirea asupra mea, din creştet până-n tălpi.

– Da... Bine, îmi pot imagina că asta e probabil adevărat.

Am avut impresia că niciodată nu simţisem un dispreţ mai profund pentru cineva.

M-am ridicat să plec, când o voce rupse tăcerea.

– Deci, tata chiar n-a ştiut de existenţa mea.

Lily stătea, foarte calmă, în pragul uşii. Ascultase tot. Tanya Houghton-Miller se făcu albă ca varul la faţă, dar îşi reveni rapid.

– N-am vrut să te fac să suferi, Lily, de aceea nu ţi-am spus. Îl ştiam pe Will foarte bine şi nu eram pregătită să trec prin umilinţa de a încerca să-l conving să facă parte dintr-o relaţie pe care n-ar fi dorit-o, zise ea, netezindu-şi părul. Şi cred că ar trebui să renunţi să mai tragi cu urechea, e un obicei groaznic. S-ar putea ca într-o zi să o păţeşti din cauza asta.

Nu mai puteam asculta. Am pornit spre uşă, în timp ce un băiat începu să urle la etaj. Un camion de jucărie, din plastic, zbură pe scări şi se sfărâmă în bucăţi. Un chip speriat – o filipineză, cred – mă privi peste balustradă. Am grăbit paşii.

– Unde te duci?

– Îmi pare rău, Lily. Poate că... poate că vom mai vorbi altă dată.

– Dar nu mi-ai spus mai nimic despre tatăl meu.

– N-a fost tatăl tău, interveni Tanya Houghton-Miller. Francis a făcut mai multe lucruri pentru tine, încă de când erai mică, decât ar fi putut face Will vreodată.

– Francis nu e *tatăl* meu, răcni Lily.

O altă bufnitură se auzi de la etaj, urmată de vocea răstită a unei femei, zicând ceva într-o limbă pe care nu am înțeles-o. O mitralieră de jucărie scotea mici explozii. Tanya își puse mâinile în cap.

– Nu mai pot îndura toate astea. Pur și simplu nu mai pot îndura.

Lily mă prinse din urmă la ușă.

– Pot să stau la tine?

– Poftim?

– În apartamentul tău. Nu mai pot rămâne aici.

– Lily, nu cred că...

– Doar la noapte. Te implor.

– Aha, chiar te rog! Las-o să stea cu tine chiar două nopți. E o companie încântătoare, zise Tanya, zeflemitoare, fluturând o mână. E politicoasă, harnică, iubitoare. E ceva de vis să o ai alături! Chipul îi împietri. Uite ce e, hai să-ți spun eu cum stau lucrurile. Știi că bea? Și că fumează în casă? Și că a fost suspendată din liceu? Ți-a spus toate astea, nu?

Lily părea aproape plictisită, ca și cum ar fi auzit acele vorbe de un milion de ori până atunci.

– Nici măcar nu s-a obosit să se prezinte la examene. Am făcut tot ce era omenește posibil pentru ea. Consilieri, cele mai bune școli, tutori particulari. Francis a tratat-o ca pe copilul lui. Și uite cum se poartă cu noi. Soțul meu trece printr-o perioadă foarte dificilă la bancă, băieții au și ei problemele lor, dar ei puțin îi pasă. Niciodată nu i-a păsat.

– De unde *știi* tu asta? Am trăit cu dădace jumătate din viața mea. Și, când s-au născut băieții, m-ai trimis la internatul liceului.

– N-aș fi putut să mă descurc cu voi toți. Am făcut tot ce am putut!

– Ai făcut ce ai *vrut*, adică să-ți creezi propria ta familie perfectă, fără mine. Lily se întoarse spre mine. Te rog! Doar puțin! Promit să nu te scot din sărite. O să-ți fiu de ajutor.

Ar fi trebuit să spun nu. Știam că ar fi trebuit să fac asta. Dar eram atât de furioasă pe femeia aceea. Și, pentru o clipă, am simțit că trebuie să o înfrunt, pentru Will, să fac lucrurile pe care nu le mai putea face el.

– Bine, i-am spus, chiar când o jucărie mare LEGO îmi șuieră pe lângă ureche și se sparse în bucățele multicolore la picioarele mele. Strânge-ți lucrurile, Lily, am să te aștept afară.

Restul zilei mi-l amintesc ca prin ceață. Știu că am scos boxele din camera de oaspeți, le-am înghesuit în dormitorul meu și i-am cedat camera lui Lily, rămânându-mi mai puțin spațiu de depozitare; am montat jaluzelele pe care niciodată nu-mi găsisem timp să le pun și i-am adus o veioză și masa de lângă patul meu din dormitor. Am cumpărat un pat pliant, pe care l-am cărat amândouă pe scări, împreună cu un suport metalic pentru hainele ei, un așternut nou și câteva fețe de pernă. Lily părea bucuroasă că-și găsise un scop și nu părea deloc deranjată de ideea de a se muta cu cineva pe care abia dacă îl cunoștea. Am urmărit-o aranjându-și în camera de oaspeți cele câteva lucruri, în acea seară, și m-am simțit, în mod ciudat, foarte tristă. Cât de nefericită putea fi o adolescentă, încât să-și dorească să lase în urmă tot acel lux pentru o cămăruță cu un pat pliant și un suport de haine?

Am pregătit paste, realizând cât de straniu mă simțeam să am pe cineva pentru care să gătesc și apoi ne-am uitat împreună la televizor. La opt și jumătate seara, telefonul ei sună, și Lily îmi ceru o foaie de hârtie și un creion.

– Uite, zise ea, scriind pe hârtie. Ăsta e numărul de mobil al mamei. Vrea să-i las adresa și numărul tău de telefon. În caz de urgență.

M-am întrebat, într-o doară, cât de mult se gândea femeia că avea să rămână Lily la mine.

La zece, epuizată, i-am spus că vreau să mă bag în pat. Ea se uita încă la televizor, stând cu picioarele încrucișate pe canapea și trimițându-i cuiva mesaje de pe micul ei laptop.

– Să nu stai până târziu, da?

Cuvintele sunară fals pe buzele mele, de parcă le rostise cineva care se prefăcea că e adult.

Ochii ei erau încă lipiți de televizor.

– Lily?

Mă privi ca și cum abia atunci remarcase prezența mea.

– A, da, am vrut să-ți spun. Eram acolo.

– Unde acolo?

– Pe acoperiș. Când ai căzut. Eu am sunat la ambulanță.

Dintr-odată i-am revăzut chipul, cu ochii aceia mari și fața palidă, în întuneric.

– Dar ce făceai acolo sus?

– Ți-am găsit adresa. După ce acasă toți o luaseră de-a dreptul razna, voiam doar să știu cine ești înainte de a încerca să discut cu tine. Am văzut că pot ajunge acolo, sus, pe scara de incendiu și că la tine în cameră era lumină. Doar te-am așteptat, pe cuvânt. Dar când ai urcat pe terasă și ai început să te plimbi pe balustradă, m-am gândit, brusc, că dacă spun ceva, o să te sperii...

– Și chiar asta ai făcut.

– Da, dar n-am vrut s-o fac. Credeam că ai murit din cauza mea, râse ea nervos.

Ne-am privit în tăcere câteva secunde.

– Toată lumea crede că m-am aruncat de acolo.

– Serios? se miră ea.

– Da.

Rămase pe gânduri.

– Din cauza celor întâmplate cu tatăl meu?

– Da.

– Ți-e dor de el?

– În fiecare zi.

Tăcu iar și, în cele din urmă, spuse:

– Când mai ai o zi liberă?

– Duminică. De ce? am întrebat-o, încercând să-mi dau seama ce-i trece prin cap.

– Putem să mergem în orașul tău natal?

– Vrei să mergi la Stortfold?

– Vreau să văd unde a trăit el.

Capitolul 8

Nu l-am anunţat pe tata că sosim. Nu eram foarte sigură cum să pun problema. Am parcat în faţa curţii şi, timp de un minut, am rămas pe gânduri, în vreme ce Lily se uita atent, pe geam, la căsuţa cu aspect vetust a părinţilor mei, în comparaţie cu casa părinţilor ei. Îmi sugerase să cumpărăm flori atunci când i-am spus că mama o să insiste să rămânem la prânz şi ne-am ciorovăit atunci când eu am propus să cumpărăm garoafe dintr-o benzinărie, chiar dacă erau pentru o persoană pe care n-o mai văzuse în viaţa ei.

Aşa că am mers până la supermarketul din capătul opus al oraşului Stortfold, unde ea a ales un buchet uriaş de frezii, bujori şi ranunculus. Pe care l-am plătit eu, desigur.

– Stai aici un minut, i-am zis, pe când mergeam spre casă. O să le explic cum stă treaba înainte să intri.

– Dar...

– Ai încredere în mine. Trebuie să le dau nişte explicaţii, am asigurat-o.

Am străbătut aleea din faţa casei şi am bătut la uşă. Din camera de zi, se auzea sonorul televizorului şi mi l-am imaginat pe bunicul urmărind cursele de cai şi molfăind din gură în ritmul în care se mişcau picioarele cailor. Priveliştile şi sunetele casei noastre. M-am gândit la lunile cât stătusem departe de ea, nefiind sigură dacă eram bine-venită acolo, la felul în care refuzasem să mă gândesc măcar cum ar fi să merg pe acea alee, la mirosul de balsam de rufe al îmbrăţişării mamei mele, la hohotele groase de râs ale tatei.

Tata deschise uşa, iar sprâncenele i se ridicară de mirare când ne văzu.

– Lou! Nu ne aşteptam să vii... Ne-ai făcut o surpriză! zise el, păşind spre mine şi îmbrăţişându-mă.

Am realizat că îmi plăcea să mă întorc în sânul familiei.

– Bună, tati!

Mă aşteptă în prag, cu braţele întinse. Am simţit, pe hol, un miros încântător de pui fript.

– Intri sau vrei să facem un picnic pe scări?

– Mai întâi trebuie să-ţi spun ceva.

– Te-au dat afară de la serviciu.

– Nu, nu m-au dat afară.

– Ţi-ai făcut un nou tatuaj?

– De unde ştii despre tatuajul meu?

– Sunt tatăl tău. Ştiu toate afurisitele de lucruri pe care tu şi sora ta le-aţi făcut, încă de când aveaţi trei ani, exclamă el, şi apoi se aplecă şi-mi şopti: Maică-ta nu m-a lăsat niciodată să-mi fac şi eu unul.

– Nu, tati, nu am alt tatuaj. Am tras adânc aer în piept. Am venit... cu fiica lui Will.

Tata rămase foarte calm. Mama apăru în spatele lui, cu şorţul pe ea.

– Lou! se bucură ea, dar apoi văzu privirea tatei. Ce e? S-a întâmplat ceva rău?

– Zice că a adus-o pe fiica lui Will.

– A *cui* fiică? răcni mama.

Tata se albise la faţă. Se întinse spre calorifer şi se agăţă de el.

– Ce e? am întrebat, neliniştită. Care-i problema?

– Să nu-mi spui că ai început să-i culegi... ştii tu... ţâncii?

– E în *maşină*. Are şaisprezece ani, am spus.

– O, slavă Domnului! Slavă Domnului, Josie! În ziua de azi ai parte de... N-am ştiut niciodată ce..., se bâlbâi el, apoi se adună. *Fiica* lui Will, zici? Dar nu ne-ai spus niciodată că Will ar avea...

– N-am ştiut. Nimeni n-a ştiut.

Mama trase cu ochiul pe lângă el, spre maşină, unde Lily încerca să se poarte de parcă n-ar fi ştiut că ea era subiectul discuţiei.

– Mai bine ai aduce-o înăuntru, propuse mama, ducându-şi mâna la gât. Puiul e destul de mare. Dacă pun mai mulţi cartofi, o să ne ajungă la toţi. Apoi scutură din cap, mirată. *Fiica* lui Will... Doamne, Lou, cu siguranţă eşti plină de surprize! Flutură mâna spre Lily, care îi răspunse cu acelaşi gest, reticentă. Hai înăuntru, iubito!

Tata ridică şi el mâna, în semn de salut, apoi murmură:

– Dar domnul Traynor ştie?

– Încă nu.

Tata se scărpină pe piept şi mă întrebă:

– Mai e şi altceva?

– Ce altceva?

– Altceva ce ar mai trebui să-mi spui. Bine, în afară de sărituri de pe bloc şi de adus acasă copii pierduţi. Nu te-ai angajat la circ, n-ai adoptat vreun copil din Kazahstan, sau ceva de genul ăsta?

– Te asigur că n-am făcut nimic din toate astea. Nu încă.

– Atunci, slavă Domnului! Cât e ceasul? Cred că e momentul să bem ceva.

– Şi unde înveţi, Lily?

– La un liceu mic, cu internat, în Shropshire. N-a auzit nimeni de el. Majoritatea elevilor sunt nişte retardaţi de bani gata şi urmaşi îndepărtaţi ai familiei regale a Moldovei.

Ne înghesuisem cu toţii în jurul mesei din camera din faţă, stând cu genunchii lipiţi şi rugându-ne ca nimeni să nu aibă nevoie la toaletă, căci asta ar fi însemnat ca toată lumea să se ridice de pe scaun şi să mutăm masa câţiva centimetri către canapea.

– La liceu cu internat? Cu chioşcuri cu gustări, petreceri la miezul nopţii şi chestii din astea? Pariez că e grozav.

– Nu chiar. Au închis chioşcul anul trecut, fiindcă jumătate dintre fete erau bulimice şi se umflau cu batoane Snickers.

– Mama lui Lily locuieşte în St John's Wood, le-am zis. Lily o să stea cu mine câteva zile, timp în care... timp în care o să afle câte ceva şi despre cealaltă ramură a familiei ei.

– Familia Traynor trăieşte aici de multe generaţii, remarcă mama.

– Serios? Îi cunoaşteţi?

Mama încremeni.

– Ei, nu aşa de bine...

– Cum arată casa lor?

Mama se întunecă la faţă.

– Mai bine ai întreba-o pe Lou chestii de genul ăsta. Ea e cea care-şi petrecea... tot timpul acolo.

Lily aşteptă în tăcere.

– Eu lucrez cu domnul Traynor, care e responsabil cu administrarea domeniului, interveni tata.

– Bunicul! exclamă bunicul meu şi izbucni în râs. Lily îl privi şi apoi se uită la mine.

I-am zâmbit, deşi până şi menţionarea numelui domnului Traynor mă făcea să mă simt extrem de tulburată.

– Da, tată, ai dreptate, zise mama. El e bunicul lui Lily. Cum şi tu eşti bunicul lui Lou. Cine mai vrea cartofi?

– Bunicul, repetă Lily în şoaptă, vădit încântată.

– O să-i sunăm şi... o să le spunem, am propus eu. Şi, dacă vrei, trecem cu maşina pe lângă casa lor când plecăm. Ca să vezi cum arată.

Pe toata durata acestei discuţii, sora mea nu rosti un cuvânt. Lily fusese aşezată lângă Thom, poate în încercarea de a-l determina să se poarte mai frumos, deşi riscul ca el să înceapă vreo discuţie despre viermi intestinali era încă destul de mare. Am observat că Treena o urmărea pe Lily. Era mai suspicioasă decât părinţii mei, care acceptaseră, pur şi simplu, tot ce le spusesem despre fată. Pe când tata îi arăta lui Lily grădina, ea mă trase la etaj, bombardându-mă cu nenumărate întrebări. *De unde ştiam că fata era cine susţinea că era? Ce voia? De ce naiba mama ei ar accepta ca Lily să vină şi să stea cu tine?*

– Cât o să stea cu tine? mă întrebă ea, la masă, profitând de faptul că tata îi explica lui Lily cum trebuie îngrijiţi stejarii verzi.

– N-am discutat încă despre asta.

Treena îmi aruncă o privire ca şi cum ar fi vrut să-mi spună, concomitent, că sunt o idioată, dar că, oricum, acest lucru nu o surprindea nicidecum.

– Stă cu mine doar de două zile, Treen. Şi e doar o adolescentă.

– Exact asta vreau să-ţi spun. Ce ştii tu despre cum să ai grijă de copii?

– Dar nu mai e un copil.

– E *mai rău* decât un copil. De fapt, adolescenţii sunt nişte bebeluşi plini de hormoni – suficient de mari cât să-şi dorească să facă lucruri fără să aibă vreun dram de raţiune. Ar putea intra în tot felul de buclucuri. Pur şi simplu, nu-mi vine să cred că faci asta.

I-am dat sosiera, iar ea continuă cu voce tare:

– Lou, ce bine-mi pare că ai venit! Mă bucur că ai reuşit să-ţi păstrezi slujba, în asemenea vremuri. Felicitări pentru că ţi-ai revenit după accidentul ăla groaznic! Mă bucur din suflet să te revăd. Îmi dădu sarea şi şopti printre dinţi: Să ştii că n-o să poţi face faţă şi la asta, şi la...

– Şi la mai ce?

– La depresia ta.

– Nu am nici o depresie, am şuierat printre dinţi. Nu sunt deprimată, Treena. Pentru numele lui Dumnezeu, nu m-am aruncat de pe bloc!

– Dar nu mai eşti tu de multă vreme. De fapt, de la povestea cu Will.

– Ce-ar trebui să fac ca să te conving? Am o slujbă. Fac fizioterapie ca să-mi recuperez şoldul şi merg la şedinţe de consiliere psihologică în grup pentru a mă întări psihic. Cred că mă descurc destul de bine, nu?

Toţi cei de la masă mă ascultau.

– De fapt, uite cum stă treaba. O, da. Lily a fost acolo. Ea m-a văzut căzând. Şi am aflat că ea a fost cea care a sunat la ambulanţă.

Fiecare membru al familiei se uită la mine.

– Da, da, e adevărat. Ea m-a văzut căzând. Nu am sărit. Lily, tocmai îi spuneam surorii mele ce s-a întâmplat. Ai fost acolo când am căzut, nu? Vedeţi? V-am zis că singurul lucru de care îmi amintesc e că am auzit o voce de fată. Nu o luasem razna. Ea chiar a văzut tot. Am alunecat, corect?

Lily ridică privirea din farfurie, încă mestecând. De când ne aşezaserăm la masă, înfuleca pe nerăsuflate.

– Da. Nici vorbă să vrea să se omoare.

Mama şi tata schimbară o privire. Mama oftă, îşi făcu, discret, semnul crucii şi zâmbi, în timp ce Treena ridică din sprâncene, gest ce ţinea loc de scuze. Pentru o clipă, m-am simţit în culmea fericirii.

– Da. Nu făcea altceva decât să strige către cer, reluă Lily, ridicându-și furculița. Era extrem de necăjită.

Urmă o tăcere scurtă.

– Ah, asta e..., încercă tata să spună ceva.

– Asta e... bine! îl completă mama.

– Puiul e excelent, aprecie Lily. Pot să mai iau puțin?

Am rămas la ai mei până după-amiază târziu, pe de o parte fiindcă, ori de câte ori mă ridicam să plec, mama ne mai punea niște mâncare, și pe de altă parte fiindcă, văzând-o pe Lily că discută și cu alți oameni, situația nu mi se mai părea așa de ciudată și de dramatică. Am ieșit împreună cu tata în grădina din spatele casei și ne-am așezat pe cele două scaune pliante care, nu știu cum se face, nu ruginiseră peste iarnă (deși, pentru orice eventualitate, era indicat să stai complet nemișcat de îndată ce te așezai pe ele).

– Știi că sora ta a citit cartea *The Female Eunuch (Femeia eunuc)*? Și mai există o porcărie veche, *The Women's Bedroom (Dormitorul femeilor)*, sau ceva de genul ăsta. Ea spune că maică-ta e un exemplu clasic de feminitate oprimată, iar faptul că Josie nu e de acord arată cât este de oprimată. Încearcă să o convingă că eu ar trebui să gătesc și să fac curat și-mi dă de înțeles că aș fi un fel de om al grotelor, frustrat. Dar, dacă încerc să o contrazic, ea mi-o retează imediat, zicându-mi „ai grijă ce spui". Auzi, să am grijă ce spun! I-am spus că aș face-o bucuros dacă maică-ta m-ar mai lăsa și pe mine să vorbesc, din când în când.

– Mama mi se pare că e bine, i-am mărturisit. Am sorbit din ceai și am simțit o umbră de vinovăție auzind cum mama spăla vasele.

Tata mă privi pieziș.

– Nu s-a mai epilat pe picioare de trei săptămâni. Trei săptămâni, Lou! Ca să fiu sincer, mă și sperie când o ating. Am dormit pe canapea în ultimele două nopți. Nu știu, Lou... De ce oamenii nu sunt niciodată fericiți să lase lucrurile așa cum *sunt*? Mama ta era fericită, eu sunt fericit. Știam care ne sunt rolurile. Eu trebuie să fiu cel cu picioare păroase. Ea trebuie să fie cea care spală vasele. E simplu!

În grădină, Lily îl învăța pe Thom să imite sunetul păsărilor, folosind un fir gros de iarbă. El îl ținea între degete, dar, probabil din cauza celor patru dinţi lipsă din faţă, nu putea să scoată nici un sunet, ci doar un gest de dispreţ şi un firicel de salivă.

Am rămas într-o tăcere confortabilă o vreme, ascultându-i pe cei doi încercând să imite păsările şi pe bunicul fluierând. Apoi, se auzi lătratul scurt al câinelui din vecini, care voia să fie lăsat înăuntru. Mă simţeam bucuroasă să fiu acasă.

– Şi ce mai face domnul Traynor? am întrebat.

– A, e pe cai mari. Ştiai că o să fie din nou tătic?

M-am răsucit, cu grijă, pe scaun.

– Serios?

– Dar nu cu doamna Traynor. Ea a plecat imediat după... ştii şi tu. Acum e cu o fată roşcată, am uitat cum o cheamă.

– Della, am rostit eu, amintindu-mi brusc.

– Aşa, Della. Se pare că se cunosc de ceva vreme, dar cred că povestea cu bebeluşul i-a cam luat prin surprindere pe amândoi, spuse tata şi-şi desfăcu încă o bere. Domnul Traynor e foarte fericit. Presupun că îi surâde ideea că urmează să mai aibă un băieţel sau o fetiţă. Ceva pe care să se concentreze.

O parte din mine ar fi vrut să-l judece. Dar îmi puteam imagina cu uşurinţă nevoia de a crea ceva bun din ce se întâmplase, dorinţa lui de a se ridica din nou, prin orice mijloace.

Sunt încă împreună doar pentru mine, îmi spusese Will nu o dată.

– Ce crezi că va spune despre Lily?

– N-am nici o idee, scumpo, spuse tata şi căzu pe gânduri. Dar cred că o să fie bucuros. E ca şi cum ar primi o bucăţică din fiul lui înapoi, nu?

– Dar cum crezi că o să reacţioneze doamna Traynor?

– Habar n-am. Nici măcar nu mai ştiu unde locuieşte doamna Traynor.

– Lily e... o pacoste.

Tata izbucni în râs.

– Tu vorbeşti? Tu şi cu Treena ne-aţi scos din minţi, pe mine şi pe maică-ta, ani de zile, cu nopţile petrecute cine ştie pe unde, cu iubiţii şi dramele voastre sentimentale. Era şi timpul să-ţi primeşti răsplata, spuse el şi, după ce mai luă o gură de bere, se puse iar pe chicotit.

Ce veste bună, scumpo! Mă bucur că n-o să mai stai singură în apartamentul ăla vechi şi gol.

Thom reuşi să scoată un fel de ţiuit cu frunza. Se lumină la faţă şi aruncă, entuziasmat, frunza spre cer. Eu şi tata am ridicat degetele mari, salutându-i izbânda.

– Tată...

Se întoarse spre mine.

– Ştii că sunt bine, nu?

– Da, draga mea, răspunse el şi îmi trase un ghiont uşor în umăr. Dar pentru slujba mea sunt îngrijorat. Şi o să fiu îngrijorat până voi fi prea bătrân ca să mă ridic de pe scaun. Aruncă o privire, în jos, la scaun. După câte se vede, asta s-ar putea să se întâmple mai devreme decât mi-ar plăcea.

Am plecat puţin după ora cinci. Privind în oglinda retrovizoare, am văzut că Treena era singura care nu ne făcea cu mâna. Stătea în faţa porţii, cu braţele încrucişate pe piept şi mişcându-şi lent capul dintr-o parte în alta, pe măsură ce ne urmărea cu privirea.

Când am ajuns acasă, Lily dispăru pe terasă. Nu mai fusesem acolo de la accident. Îmi spusesem că vremea primăvăratică ar fi făcut inutilă orice încercare de a mă sui acolo, că scara de incendiu ar fi fost alunecoasă din cauza ploii, că vederea acelor ghivece cu plante moarte m-ar fi făcut să mă simt vinovată, dar adevărul era că mă temeam. Până şi gândul că m-aş fi putut urca iar acolo îmi făcea inima să bată mai tare; îmi era groază să-mi reamintesc senzaţia că lumea dispare de sub mine, ca un covor pe care cineva ţi-l trage de sub picioare.

Am urmărit-o cum iese pe fereastră şi se caţără pe scară şi am strigat la ea să se întoarcă în douăzeci de minute. După douăzeci şi cinci de minute, am început să îmi fac griji. Am scos capul pe fereastră şi am strigat iar la ea, dar nu mi-a răspuns decât vuietul traficului. După treizeci şi cinci de minute deja înjuram pe înfundate, urcând pe fereastra din hol pe scara de incendiu.

Era o seară caldă de vară, iar bitumul terasei radia căldură. Sub noi, sunetele oraşului prefigurau o duminică liniştită în trafic. Ferestrele erau deschise, muzica urla, dinspre alte acoperişuri venea miros de grătar, iar tinerii pierdeau vremea pe la colţuri de stradă.

Lily şedea pe un ghiveci întors cu susul în jos, admirând oraşul. M-am sprijinit cu spatele de rezervorul de apă, făcând sforţări să nu fiu cuprinsă de o panică instinctivă ori de câte ori fata se apleca spre marginea clădirii.

Făcusem o greşeală că urcasem acolo. Simţeam parcă bitumul înclinându-se încet sub picioarele mele, ca puntea unei corăbii. Mi-am croit drum cu reticenţă către un suport din fier ruginit şi m-am aşezat pe el. Corpul meu ştia exact cum se simţea stând pe acea margine; cum diferenţa infinitezimală dintre viaţa reală şi căderea în gol care ar fi pus capăt la tot şi la toate putea fi măsurată în cele mai mici unităţi, în grame, în milimetri şi în grade, iar acel gând îmi dădea fiori, în vreme ce o dâră subţire de transpiraţie mi se prelingea pe ceafă.

– Lily, te rog să cobori.

– Toate plantele tale s-au ofilit, remarcă ea, smulgând frunzele moarte ale unei tufe uscate.

– Da. Ce să zic, n-am mai fost aici de luni de zile.

– N-ar trebui să laşi plantele să moară. E o cruzime.

Am privit-o cu atenţie, ca să-mi dau seama dacă nu cumva glumeşte, dar se pare că vorbea serios. Se aplecă, rupse o rămurică şi îi examină miezul uscat.

– Cum l-ai întâlnit pe tata?

M-am întins către colţul rezervorului de apă, încercând să-mi stăpânesc tremurul picioarelor.

– Am aplicat pur şi simplu pentru o slujbă de îngrijitoare. Şi am obţinut slujba.

– Deşi nu aveai pregătire medicală.

– Da.

Rămase pe gânduri, aruncă în aer tulpina moartă, apoi se ridică, merse până la capătul balustradei şi acolo se opri, cu mâinile pe şolduri, cu picioarele desfăcute, ca o suplă războinică amazoană.

– Tata era chipeş, nu?

Acoperişul se clătina sub mine. Trebuia să cobor.

– Nu pot să vorbesc despre asta aici, Lily.

– Chiar ţi-e frică?

– Pur şi simplu aş prefera să coborâm. Te rog.

Ridică fruntea spre mine şi mă privi lung, ca şi cum ar fi încercat să ia o decizie. Făcu un pas către zid şi ridică un picior pe balustradă, simulând o săritură, suficient de mult cât să mă facă să transpir instantaneu. Pe urmă se răsuci spre mine, zâmbi sarcastic, îşi puse o ţigară între buze şi străbătu terasa către scara de incendiu.

– Nu mă arunc, stai liniştită. Oricum, n-aş fi aşa de norocoasă ca tine.

Câteva minute mai târziu, când mi-am recăpătat stăpânirea de sine, am coborât treptele de fier ale scării. Ne-am oprit în faţa ferestrei mele când am realizat că tremur prea rău ca s-o pot escalada şi m-am aşezat pe treaptă.

Lily îşi dădu ochii peste cap, aşteptând. Apoi, când înţelese că nu mă pot mişca, se aşeză pe trepte, lângă mine. Eram, poate, doar la vreo trei metri mai jos decât fusesem adineauri, dar, văzând holul apartamentului prin fereastră şi având cele două balustrade de-o parte şi de alta, mi-am reluat suflul normal.

– Ştii ce-ai nevoie, nu? spuse ea şi-mi întinse ţigara.

– Vorbeşti serios? Să mă droghez aici, la înălţime de patru etaje? Ştii că tocmai am căzut de pe blocul ăsta?

– O să te ajute să te relaxezi.

Apoi, văzând că nu mă convinge, continuă:

– Ei, *hai*! Ce naiba, doar nu eşti cea mai lipsită de vicii persoană din toată Londra?

– Nici măcar nu sunt din Londra.

După toate acestea, nu mi-a venit să cred că m-am lăsat manipulată de o puştoaică de şaisprezece ani. Dar Lily era genul tipei grozave din clasă, cea pe care ai face orice ca s-o impresionezi. Înainte să mai apuce să spună ceva, i-am luat ţigara din mână şi am încercat să trag un fum, abţinându-mă să nu tuşesc când am inhalat.

– Oricum, ai şaisprezece ani, am murmurat eu. N-ar trebui să faci asta. Şi de unde a reuşit o fată ca tine să facă rost de aşa ceva?

Lily se uită fix peste balustradă.

– Ai fost îndrăgostită de tata?

– Îndrăgostită de cine? De tatăl tău? La început, nu.

– Fiindcă era într-un scaun cu rotile, nu?

Aş fi vrut să spun *Fiindcă mi-a creat impresia că e Daniel Day-Lewis în* Piciorul meu stâng *şi m-a îngrozit de moarte*, dar ar fi durat prea mult să-i explic.

– Nu. Scaunul cu rotile era aspectul cel mai puţin important în privinţa lui. Nu m-am îndrăgostit de el deoarece... era foarte furios. Şi mă intimida un pic. Iar aceste două lucruri îl făceau cam greu de iubit.

– Eu semăn cu el? Am căutat poza lui pe Google, dar nu-mi dau seama.

– Semeni puţin. Tenul tău e la fel ca al lui. Şi, poate, ochii.

– Mama spunea că era într-adevăr chipeş şi asta îl făcea să fie un ticălos. Mă rog, nu numai asta. Acum, ori de câte ori o enervez, îmi spune că sunt exact ca el. *Of, Doamne, eşti leită Will Traynor.* Ştii, întotdeauna îi spune Will Traynor, nu „tatăl tău". E decisă să-mi dea de înţeles că Faţă de Imbecil e tatăl meu, deşi e limpede că nu e. E ca şi cum ar crede că suntem o familie, insistând că într-adevăr aşa suntem.

Am mai tras un fum. Simţeam cum mi se împăienjenesc ochii. Cu excepţia unei singure nopţi, la un bar din Paris, erau ani de zile de când nu mai fumasem un joint.

– Ştii, cred că aş savura mai mult asta dacă n-ar exista o mică posibilitate să cad pe scara asta de incendiu.

Îmi smulse ţigara din mână.

– Doamne, Louisa! Trebuie să te distrezi puţin.

Trase adânc fumul în piept şi îşi lăsă capul pe spate.

– Ţi-a spus vreodată cum se simţea? Vreau să spun... cum se simţea cu adevărat?

Mai luă un fum şi-mi înapoie ţigara, care părea să nu aibă nici un efect asupra ei.

– Da.

– Vă certaţi?

– Destul de mult. Dar şi râdeam foarte mult.

– El era îndrăgostit de tine?

– Dacă era îndrăgostit? Nu ştiu dacă ăsta e cuvântul potrivit.

Cuvintele îmi stăteau parcă pe limbă, dar nu le puteam găsi. Cum aş fi putut să-i explic acelei fete ce fusesem eu şi Will unul pentru celălalt, cum să o fac să înţeleagă că nici un om pe lumea asta nu mă înțelesese niciodată și nici n-avea să mă mai înțeleagă la fel ca Will? Cum ar fi putut ea să priceapă că atunci când îl pierdusem simțisem cum în mine se cască o prăpastie, o amintire dureroasă, constantă, o absență pe care nimeni și nimic n-ar fi putut s-o înlocuiască?

Lily mă fixă cu privirea.

– Te-a iubit. Sunt sigură că tata te-a iubit, spuse ea și începu să chicotească. Era un lucru atât de ridicol de rostit, un cuvânt atât de inutil, în comparație cu ceea ce fusesem eu și Will unul pentru celălalt, încât, împotriva voinței mele, m-am pus și eu pe chicotit.

– Tatăl meu se simțea atras de tine. Cât de nebunesc ți se pare? întrebă ea cu un oftat. O, Doamne! Într-un univers diferit, ai fi putut fi mama mea vitregă.

Ne-am privit una pe alta, cu o mimică prefăcut oripilată, și, cumva, acest lucru intensifică sentimentele noastre până când o umbră de bucurie mi se cuibări în inimă. Am început să râd, genul acela de râs vecin cu isteria, care-ți dă dureri abdominale și în care doar uitându-te la cineva te face să izbucnești în hohote.

– Ați făcut sex?

Întrebarea fetei rupse această vrajă.

– Gata. Discuția asta devine ciudată.

Lily se încruntă.

– Întreaga voastră relație sună ciudat.

– N-a fost deloc o relație. A fost...

Brusc, m-am simțit copleșită: acoperișul, întrebările, țigara, amintirile despre Will. Parcă invocam din văzduh spiritul lui Will: zâmbetul lui, pielea lui, fața lui lipită de a mea – și nu eram sigură că voiam să fac asta. Mi-am lăsat capul să-mi alunece încet între genunchi. *Respiră*, mi-am zis în gând.

– Louisa?

– Da?

– El întotdeauna a plănuit să meargă în acel loc? La Dignitas?

Am încuviințat din cap. Mi-am repetat cuvântul în minte, încercând să țin în frâu senzația crescândă de panică. Inspiră. Expiră. *Respiră.*

– Ai încercat să-l faci să se răzgândească?

– Will era... încăpățânat.

– Te-ai certat cu el în privința asta?

Am înghițit în sec.

– Până în ultima zi.

Ultima zi. De ce spusesem asta? Am închis ochii.

Când i-am redeschis, în cele din urmă, Lily mă privea.

– Ai fost cu el când a murit?

Privirile noastre se încrucișară. Tinerii sunt îngrozitori, mi-am spus. Nu au limite. Nu se tem de nimic. Puteam vedea cum următoarea întrebare se formulează pe buzele ei, iar ochii ei mă priveau ușor cercetători. Dar poate că nu era atât de îndrăzneață pe cât credeam.

Într-un final, își coborî privirea.

– Când ai de gând să le spui părinților lui despre mine?

Inima îmi tresări.

– Săptămâna asta. O să-i sun săptămâna asta.

Ea încuviință din cap și-și întoarse fața, ca să nu-i pot vedea expresia. Am urmărit-o cum trage iar un fum. Și apoi, brusc, aruncă țigara printre barele scării de incendiu, se ridică și intră în apartament fără să se uite înapoi. Am așteptat până când m-am simțit stăpână pe propriile picioare și am urmat-o prin fereastra deschisă.

Capitolul 9

Am sunat marți la prânz, când o grevă de o zi a controlorilor de trafic aerian din Franța și Germania lăsase barul aproape pustiu. Am așteptat ca Richard să plece după marfă, apoi am ieșit din sala de așteptare, am trecut de ultima toaletă pentru femei de dinaintea filtrelor de securitate și am căutat în telefon numărul pe care nu fusesem niciodată în stare să-l șterg.

Telefonul sună de trei-patru ori și pentru o clipă am simțit imboldul copleșitor de a apăsa pe END CALL. Dar, în secunda aceea, se auzi vocea unui bărbat, familiară, scurtând vocalele.

– Alo?

– Domnule Traynor? Sunt Lou.

– Lou?

– Louisa Clark.

Urmă o scurtă tăcere. Parcă și auzeam iureșul năvalnic al amintirilor care îl năpădiră odată cu simpla rostire a numelui meu și m-am simțit, în mod bizar, vinovată. Ultima oară îl văzusem la mormântul lui Will, un bărbat îmbătrânit înainte de vreme, îndreptându-și neîncetat umerii, ca și cum s-ar fi luptat să poarte greutatea durerii sale.

– Louisa... O, Doamne... Asta e... Ce mai faci?

M-am tras puțin într-o parte, spre a-i permite lui Violet să treacă pe lângă mine, cu cărucțul ei. Fata mă privi cu un zâmbet cu subînțeles, aranjându-și pe cap turbanul purpuriu cu mâna liberă. Am remarcat că avea pictat pe unghii steagul britanic.

– Sunt foarte bine, mulţumesc. Dumneavoastră?

– Ei, eu... ştii tu. De fapt, şi eu sunt foarte bine. Circumstanţele s-au schimbat puţin de când ne-am văzut ultima oară, dar totul e... ştii...

Acea efemeră lipsă de bonomie, care nu-i era caracteristică, mă intimidă. Am tras adânc aer în piept.

– Domnule Traynor, v-am sunat fiindcă trebuie neapărat să discutăm despre ceva important.

– Credeam că Michael Lawler a rezolvat toate chestiunile financiare, răspunse el, pe un ton puţin schimbat.

– Nu e vorba de bani, am spus, închizând ochii. Domnule Traynor, cu ceva timp în urmă m-a vizitat o persoană pe care cred că ar trebui să o cunoaşteţi.

O femeie mă lovi peste picior cu un troler şi bâgui nişte scuze.

– Bine. Nu mi-e uşor să fac asta, aşa că mai bine o să vă spun direct despre ce e vorba. Will a avut o fiică, şi m-am pomenit cu ea la uşă. Doreşte cu tot dinadinsul să vă cunoască.

De data asta se aşternu o tăcere prelungă.

– Domnule Traynor?

– Scuză-mă... Ai putea repeta ce ai spus?

– Will a avut o fiică, despre care n-a ştiut nimic. Mama fetei este o fostă iubită a lui Will din facultate, care n-a vrut să-i spună nimic în privinţa asta. El a avut o fiică, şi fiica lui a dat de urma mea şi vrea din toată inima să vă cunoască. Are şaisprezece ani. O cheamă Lily.

– Lily?

– Da. Am vorbit cu mama ei, şi povestea pare adevărată. E o femeie pe nume Miller. Tanya Miller.

– Nu... nu mi-o amintesc. Dar Will a avut o grămadă de iubite. O altă tăcere lungă. Apoi bărbatul vorbi din nou, cu vocea frântă. Will a avut... o fiică?

– Da, nepoata dumneavoastră.

– Chiar... tu chiar crezi că e fiica lui?

– M-am întâlnit cu mama ei, am discutat cu ea şi chiar cred că Lily e fiica lui Will.

– O... o, Doamne!

Pe fundal se auzi o voce:

– Steven? *Steven?* Ești bine?

Din nou tăcere.

– Domnule Traynor?

– Te rog, scuză-mă... Doar că... sunt puțin...

Mi-am dus mâna la frunte.

– E un șoc imens, știu. Îmi pare rău. Dar n-am știut cum să vă anunț altfel. N-am vrut, pur și simplu, să vin la dumneavoastră acasă și...

– Nu, nu, nu trebuie să-ți ceri scuze. E o veste bună. O veste extraordinară. Am o *nepoată*!

– Ce se întâmplă? De ce stai pe jos, Steven?

Vocea de pe fundal părea îngrijorată.

Am auzit o mână pe receptor, apoi:

– Sunt bine, iubito. Chiar n-am nimic. O să... o să-ți explic imediat totul.

Se mai auziră câteva sunete înăbușite ale conversației, apoi Traynor reveni la telefon, cu o voce deodată șovăielnică.

– Louisa?

– Da?

– Ești absolut sigură? Vreau să spun.... vestea asta e atât de...

– Da, domnule Traynor, sunt sigură. Aș fi bucuroasă să vă pot explica mai multe... Are șaisprezece ani și e atât de plină de viață și... e nerăbdătoare să afle totul despre familia pe care n-a știut niciodată că o are.

– O, Doamne! O, Doamne... Louisa?

– Da, vă aud.

Când el vorbi din nou, am simțit că ochii mi se umplu, pe neașteptate, de lacrimi.

– Cum aș putea să o întâlnesc? Cum am putea să ne întâlnim cu Lily?

Am plecat sâmbăta următoare. Lily se temea să meargă singură, dar nu voia să recunoască. Îmi spuse doar că era mai bine dacă eu îi explicam totul domnului Traynor, deoarece „Oamenii mari se înțeleg mai bine între ei."

Pe drum, n-am vorbit. Aproape simţeam că înnebunesc la gândul că urma să trec iar pragul casei familiei Traynor, deşi nu puteam să-i explic asta pasagerei de lângă mine. Lily nu spuse nici ea nimic.

Te-a crezut?

Da, i-am spus lui Lily, cred că da. Deşi ar fi înţelept să-şi facă un test ADN, ca toată lumea să se liniştească.

El a cerut să mă vadă sau tu i-ai sugerat asta?

Nu-mi mai amintesc. Tot timpul cât am vorbit cu el am avut în cap un bâzâit constant.

Şi dacă nu sunt aşa cum se aşteaptă el?

Nu sunt sigură că se aşteaptă la ceva anume. Abia a descoperit că are o nepoată.

Deşi o aşteptam să vină abia sâmbătă dimineaţă, Lily se întorsese la mine vineri-noapte, susţinând că avusese o ceartă îngrozitoare cu mama ei şi că Francis Faţă de Imbecil îi spusese că nu e suficient de matură. Ea pufni.

– Gândeşte-te! Să auzi aşa ceva de la un om care crede că e normal să ţii o cameră întreagă cu un *circuit de trenuleţe de jucărie.*

I-am spus că era binevenită să rămână la mine câtă vreme (a) puteam obţine confirmarea din partea mamei sale că ştia întotdeauna unde se află Lily, (b) nu bea alcool şi (c) nu fuma în apartamentul meu. Asta însemna că, atunci când eu eram la baie, ea o zbughea până la magazinul lui Samir şi pălăvrăgea cu el cât timp fuma două ţigări – mi se părea însă inutil să mă cert cu ea. Tanya Houghton-Miller se lamentă aproape jumătate de oră despre viaţa imposibilă pe care o ducea, mă avertiză de patru ori că aveam să sfârşesc prin a o expedia pe Lily acasă în mai puţin de patruzeci şi opt de ore şi nu închise telefonul decât atunci când pe fundal se auziră nişte urlete de copil. O auzeam pe Lily trăncănind în mica mea bucătărie, în timp ce o muzică pe care nu o înţelegeam făcea să vibreze cele câteve obiecte de mobilier din camera de zi.

Bine, Will, i-am spus, în gând. *Dacă ăsta a fost planul tău pentru a mă arunca într-o viaţă complet nouă, cu siguranţă a fost unul foarte bine pus la punct.*

A doua zi dimineaţă am mers în camera de oaspeţi să o trezesc pe Lily, dar am găsit-o deja trează, cu genunchii strânşi la piept şi fumând în fața ferestrei deschise. O mulțime de haine zăceau aruncate pe pat, ca și cum le-ar fi încercat pe toate, dar nu se putea decide asupra nici uneia.

Mă privi, ca și cum ar fi vrut să mă provoace să spun ceva. Brusc, mi-a venit în minte imaginea lui Will răsucindu-se de la fereastră în scaunul său cu rotile, cu căutătura lui furioasă, îndurerată, și pentru o clipă am simțit că nu mai am suflu.

– Plecăm în jumătate de oră, am anunțat-o.

Am ajuns la periferia orașului cu puțin înainte de ora unsprezece. Vara adusese iar cohorte de turiști pe străzile înguste din Stortfold, ca niște cârduri de rândunici gălăgioase, nedezlipiți de ghidurile turistice și de înghețate, croindu-și drum fără o țintă anume pe lângă cafenele și magazine de suveniruri înțesate de calendare și farfurioare imprimate cu imaginea castelului pe care, odată ajunși acasă, le doseau prin vreun colț de sertar. Am condus încet pe lângă castel, într-o coadă imensă de mașini, privind mirată hanoracele, pălăriile de soare și pelerinele de ploaie care păreau aceleași în fiecare an. Se împlineau cinci sute de ani de la construirea castelului și, oriîncotro te uitai, vedeai numai afișe anunțând evenimente legate de asta: dansuri populare, ospețe cu fripturi la proțap, sărbători câmpenești...

Am parcat în fața casei, recunoscătoare pentru faptul că nu mai vedeam anexa unde petrecusem atât timp cu Will. Am rămas amândouă în mașină, ascultând cum motorul se oprește. Lily, am remarcat, își rosese aproape toate unghiile de la mâini.

– Ești bine?

Ea ridică din umeri

– Atunci, mergem?

Își plecă privirea.

– Dar dacă n-o să-i placă de mine?

– De ce nu i-ar plăcea?

– Fiindcă nimănui nu-i place.

– Sunt sigură că asta nu-i adevărat.

– Nimănui de la școală nu-i place de mine. Și părinții mei abia așteaptă să scape de mine, pufni ea, rozându-și cu furie un ultim colț de unghie. Ce fel de mamă și-ar lăsa fiica să plece și să trăiască într-un apartament vechi, mucegăit, cu o persoană pe care nici măcar nu o cunoaşte?

Am răsuflat adânc.

- Domnul Traynor este un om cumsecade. Şi nu te-aş fi adus aici, dacă aş fi crezut că n-o să fie bine.

- Dacă nu-i place de mine, putem să plecăm? Adică foarte repede, vreau să zic?

- Bineînţeles.

- O să-mi dau seama. Doar din felul cum o să mă privească.

- Fugim şi pe două roţi, dacă e cazul.

Ea zâmbi, reticentă.

- Bine, am încheiat eu, încercând să nu-i arăt că eram aproape la fel de neliniştită ca ea. Hai să mergem!

Stăteam pe trepte, urmărind-o pe Lily, ca să nu fiu nevoită să mă gândesc prea mult la locul în care eram. Uşa se deschise încet, şi în prag apăru domnul Traynor. Purta aceeaşi cămaşă albăstruie pe care mi-o aminteam de acum două veri, dar, mai nou, avea părul tuns mai scurt - poate într-o încercare zadarnică de a mai ascunde semnele îmbătrânirii cauzate de suferinţa profundă. Deschise gura, ca şi cum ar fi vrut să-mi spună ceva, dar se răzgândi şi apoi se uită la Lily, iar ochii i se măriră puţin.

- Lily?

Fata încuviinţă din cap.

Bărbatul o măsură atent cu privirea. Nimeni nu făcu vreo mişcare. Şi, apoi, gura lui se strânse, ochii i se umplură de lacrimi, iar domnul Traynor păşi spre Lily şi o îmbrăţişă cu putere.

- O, draga mea! O, Doamne! Dac-ai şti cât mă bucur să te întâlnesc... O, Doamne!

Capul lui încărunţit se sprijini de al ei. M-am întrebat, în treacăt, dacă fata avea să se tragă înapoi: Lily nu era genul de persoană care să agreeze contactul fizic. Dar, pe când îi priveam, i-am văzut braţele deschizându-se şi cuprinzându-l. Îl strângea cu atâta putere, încât încheieturile degetelor i se albiră, şi Lily închise ochii, lăsându-se în braţele bunicului ei. Aveam impresia că stau acolo de o veşnicie, bătrânul şi nepoata lui, neclintiţi, pe treptele casei.

El se dădu apoi un pas în spate şi am văzut că lacrimile îi şiroiau pe obraji.

– Lasă-mă să mă uit la tine. Lasă-mă să te privesc.

Lily se uită la mine, stânjenită şi fericită în acelaşi timp.

– Da, da, văd asta. Uită-te la tine! Uită-te la tine! exclamă bărbatul şi se întoarse spre mine. Seamănă cu el, nu, Lou?

Am aprobat cu un gest din cap.

Şi Lily se uita atentă la bunicul ei, căutând, probabil, asemănări cu tatăl ei. Când îşi plecă privirea, se ţineau încă de mână.

Până în acel moment, nu-mi dădusem seama că şi eu plângeam. Pe chipul îmbătrânit al domnului Traynor, se citea clar uşurarea, bucuria în faţa unui lucru pe care îl crezuse pierdut, dar pe care parţial îl recuperase, fericirea lor, pură şi neaşteptată, pentru că se descoperiseră unul pe celălalt. Şi, când ea îi zâmbi – un zâmbet dulce, abia schiţat, de recunoştinţă, toate neliniştile şi îndoielile mele legate de Lily Houghton-Miller dispărură cu desăvârşire.

Trecuseră mai puţin de doi ani, dar Granta House se schimbase semnificativ de la ultima mea vizită acolo. Dispăruseră uriaşele dulapuri vechi, cutiile cu bijuterii de pe mesele de mahon lustruite perfect şi draperiile grele. A fost suficient să o văd pe Della Layton pentru a-mi da seama de ce se întâmplaseră toate astea. Mai existau câteva piese vechi de mobilier antic, dar, în rest, toate celelalte erau albe sau în culori strălucitoare – draperii noi, Sanderson, de un galben-auriu, covoare bej pe bătrâna duşumea din lemn şi imprimeuri moderne în rame diforme. Femeia se apropie de noi încet şi cu un zâmbet uşor precaut, de parcă cineva ar fi silit-o să-l afişeze. M-am trezit făcând, involuntar, un pas înapoi atunci când ea s-a apropiat: era ceva straniu de şocant în privinţa acestei femei gravide – trupul ei cu adevărat masiv, pântecele ei bombat aproape într-un mod obscen.

– Bună! Tu trebuie să fii Louisa, nu? Îmi pare bine să te cunosc!

Părul ei roşu, lucios era prins cu o agrafă, iar o bluză de in, de un albastru pal, îi plesnea parcă pe încheieturile umflate ale mâinilor. N-am putut să nu observ imensul inel cu diamant de pe degetul inelar şi m-am întrebat, simţind parcă un junghi, cum fuseseră oare ultimele luni pentru doamna Traynor.

– Felicitări! i-am spus, arătând spre pântecele ei.

Aş mai fi vrut să adaug ceva, dar niciodată nu m-am putut decide dacă e potrivit să-i spui unei femei gravide în ultimele luni că sarcina ei e „mare", „potrivită", „frumoasă", „înfloritoare" sau oricare alt eufemism pe care oamenii păreau să-l folosească pentru a descrie ceea ce era, de fapt, un simplu pântece.

– Mulţumesc. A fost o surpriză pentru mine, dar una foarte binevenită, spuse ea şi îşi mută privirea către domnul Traynor şi Lily. Bărbatul ţinea încă mâna nepoatei strânsă într-a lui, mângâind-o cu blândeţe, şi îi povestea despre casă – locuinţa familiei Traynor de multe generaţii.

– Vreţi ceai? întrebă Della, apoi i se adresă soţului ei: Steven? Un ceai?

– Ar fi excelent, draga mea, mulţumesc. Lily, bei ceai?

– Aş dori un suc, vă rog. Sau nişte apă, ceru Lily, zâmbind.

– Te ajut eu, i-am propus Dellei, în vreme ce domnul Traynor începuse să-i arate adolescentei strămoşii familiei, în portretele de pe perete, ţinând-o de braţ şi remarcând asemănarea nasului lui Lily cu cel al vreunui străbunic sau a culorii părului cu al altuia.

Della îi privi pentru o clipă şi am crezut că observ pe chipul ei o grimasă ce aducea a dispreţ. Mi-a surprins privirea şi a zâmbit rece, ca şi cum ar fi fost stânjenită că dăduse frâu liber sentimentelor.

– Ar fi foarte drăguţ din partea ta, mulţumesc.

Ne-am mişcat una în jurul alteia prin bucătărie, aducând laptele, zahărul, un ceainic şi schimbând remarci politicoase despre biscuiţi. M-am oferit să scot ceştile din dulap, fiindcă Della nu se putea apleca atât de mult, şi le-am pus pe blatul de lucru. Ceşti noi, am remarcat eu. Un stil modern, cu forme geometrice, în locul celor uzate, din porţelan înflorat, toate delicat inscripţionate cu denumirile latineşti ale ierburilor şi florilor, pe care le prefera predecesoarea ei. Toate urmele prezenţei de treizeci şi opt de ani ale doamnei Traynor păreau să fi fost rapid şi fără milă şterse.

– Casa arată... drăguţ. Diferit, am remarcat eu.

– Da. Ei bine, Steven a pierdut mult mobilier în urma divorţului. Aşa că a trebuit să schimbăm puţin decorul, mă lămuri ea şi se întinse după cutia cu ceai. Steven a pierdut lucruri care fuseseră în familia lui de generații. Desigur, ea a luat tot ce-a putut.

Îmi aruncă o privire vicleană, ca și cum ar fi vrut să mă cântărească, să vadă dacă mă poate considera o aliată.

– N-am mai vorbit cu doamna... Camilla de când Will..., am spus, simțindu-mă cumva vinovată pentru lipsa de loialitate.

– Ei, Steven mi-a zis că această fată a venit, pur și simplu, la ușa ta, schimbă ea subiectul, abia schițând un zâmbet și fixându-mă cu privirea.

– Da. M-a luat prin surprindere. Dar am cunoscut-o pe mama ei, care... care a avut, evident, o relație foarte apropiată cu Will timp de câțiva ani.

Della își duse o mână la șale, apoi se răsuci spre ceainic. Mama îmi zisese despre ea că are un mic birou de avocatură în orașul învecinat. *Ar trebui să-ți pui multe întrebări în privința unei femei care nu s-a măritat până la treizeci de ani*, pufnise ea și, după ce mă privise scurt, se corectase. *Patruzeci de ani, am vrut să zic.*

– Ce crezi că vrea Lily?

– Poftim?

– Ce crezi că vrea fata?

O puteam auzi pe Lily în hol, punând întrebări, copilăroasă și interesată, și m-am simțit, în mod bizar, protejată.

– Nu cred că *vrea* ceva. A descoperit doar că a avut un tată despre care nu știuse nimic și vrea să-i cunoască familia. Familia *ei.*

Della încălzi ceainicul și îl goli, măsură câte frunze de ceai să pună (și puse din abundență, am observat, cum ar fi făcut și doamna Traynor). Turnă apoi apa clocotită încet, atentă să nu se stropească.

– Îl iubesc pe Steven de foarte mult timp. El... a trecut prin momente grele în ultimul an. Ar fi... zise ea, fără să se uite la mine în timp ce vorbea... ar fi foarte dificil pentru el dacă Lily i-ar complica viața în acest moment.

– Nu cred că Lily vrea să vă complice viața nici unuia din voi, am răspuns, pe un ton precaut. Dar sunt de părere că are dreptul să-și cunoască propriul bunic.

– A, desigur, zise ea, cu delicatețe, afișând acel zâmbet de complezență. Mi-am dat seama, instantaneu, că picasem un test, dar nu-mi păsa. În cele din urmă, după ce verifică, bombănind, tava, Della o ridică, acceptând să aduc eu prăjiturelele și ceainicul, și se îndreptă spre camera de oaspeți.

– Ce mai faci, Louisa?

Domnul Traynor se întinse pe spate în fotoliul lui, un zâmbet larg îmblânzindu-i trăsăturile aspre. Discutase cu Lily aproape tot timpul cât am servit ceaiul, întrebând-o despre mama ei, despre casa unde locuia, ce studia (fata nu-i spuse nimic despre problemele ei cu școala), dacă prefera prăjitură cu fructe sau cu ciocolată („Cu ciocolată? Și eu!") sau ghimbirul (nu) și cricketul (nu chiar – „Aaa, atunci trebuie să facem ceva în sensul ăsta!"). El părea încântat de Lily, de asemănarea ei cu fiul lui. În acea clipă, cred că nu i-ar fi păsat nici dacă ea l-ar fi anunțat că mama ei era vreo dansatoare la bară braziliană.

L-am urmărit cum o privea pe furiș pe Lily când fata vorbea, studiindu-i profilul, ca și când îl putea regăsi pe Will și pe chipul acesteia. Alteori, puteam surprinde o umbră de melancolie pe fața lui. Bănuiam că se gândește la ceea ce mă gândisem și eu: durerea, de această dată, că fiul lui n-avea să-și cunoască niciodată fiica. Apoi, încerca să se adune, îndreptându-se de spate și un surâs vesel luminându-i din nou chipul.

Se plimbase cu ea prin împrejurimi timp de o jumătate de oră, exclamând, la întoarcere, că Lily reușise să iasă din labirint „din prima încercare! Trebuie să fie o chestie genetică". Lily se bucurase atât de mult, de parcă ar fi câștigat un premiu.

– Și, Louisa? Care mai e viața ta?

– Sunt bine, mulțumesc.

– Încă încerci să-ți construiești o carieră?

– Nu, eu... Am călătorit puțin și acum lucrez la un aeroport.

– A, bun! La British Airways, sper?

Am simțit că mi se aprind obrajii.

– În management, nu?

– Lucrez într-un bar. Un bar din aeroport.

El ezită, doar pentru o fracțiune de secundă, apoi încuviință, cu hotărâre, din cap.

– Oamenii au întotdeauna nevoie de baruri. Mai ales în aeroporturi. Înainte să mă sui în avion, comand întotdeauna un whisky dublu, nu-i așa, dragă?

– Da, așa faci, replică Della.

– Și presupun că trebuie să fie foarte interesant să vezi atâția oameni zburând undeva, în fiecare zi. Incitant.

– Am și alte planuri...

– Sigur că ai. Foarte bine. Foarte bine!

Urmă o scurtă pauză.

– Când se va naște copilul? am întrebat, pentru a deturna atenția tuturor de la mine.

– Luna viitoare, spuse Della, zăbovind cu mâna pe umflătura pântecelui. Vom avea o fetiță.

– A, ce drăguț! Și cum o s-o cheme?

Schimbară acele priviri tipice pentru viitorii părinți care deja au ales un nume pentru bebelușul lor, dar nu vor să-l destăinuie nimănui.

– Ăăă... nu știm încă.

– Eu mă simt cel mai ciudat. Să fiu tată din nou, la vârsta mea. Nici nu-mi pot imagina uneori. Știi, să schimb pamperși și lucruri de genul ăsta... Se uită spre Della, apoi adăugă, cu un ton optimist: Totuși, e minunat. Sunt un om foarte norocos. Amândoi suntem norocoși, nu-i așa, Della?

Femeia îi zâmbi.

– Sunt sigură că sunteți, am spus eu. Ce mai face Georgina?

Poate doar eu am remarcat felul cum s-a schimbat, foarte puțin, la față domnul Traynor.

– A, e bine. E încă în Australia, după cum știi.

– Așa e.

– A venit aici acum câteva luni... dar și-a petrecut cea mai mare parte a timpului la mama ei. A fost foarte ocupată.

– Desigur.

– Cred că și-a făcut și ea un iubit. Sunt sigur că mi-a spus cineva că are un iubit. Deci... deci, asta e un lucru grozav.

– Cine e Georgina? întrebă Lily, mâncând un biscuit.

– Sora mai mică a lui Will, îi explică domnul Traynor, întorcându-se spre ea. Mătuşa ta! Da! De fapt, dacă mă uit bine, aduci puţin cu ea, când era de vârsta ta.

– Aş putea să văd o poză cu ea?

– Imediat o să-ţi găsesc una, promise domnul Traynor, frecându-şi obrazul. Încerc să-mi amintesc unde am pus fotografia aia de la absolvirea liceului.

– Este în biroul tău, dragul meu, zise Della. Stai aici, o aduc eu. Puţină mişcare îmi prinde bine.

Se ridică de pe canapea şi ieşi din încăpere, mişcându-se greoi. Lily insistă să o însoţească.

– Vreau să văd şi restul de poze. Vreau să văd cu cine semăn.

Domnul Traynor se uită după ele, încă zâmbitor. Am rămas să ne sorbim ceaiul în tăcere. Într-un final, se răsuci spre mine.

– Încă n-ai vorbit cu ea? Cu Camilla?

– Nu ştiu unde locuieşte. Voiam să vă cer detalii. Ştiu că Lily vrea s-o întâlnească şi pe ea.

– A trecut printr-o perioadă extrem de dificilă. Sau, cel puţin, aşa mi-a spus Georgina. N-am mai vorbit cu Camilla. Şi totul e puţin complicat, deoarece...

Făcu un gest din cap, arătând spre uşă şi scoase un oftat abia perceptibil.

– Aţi vrea să-i spuneţi şi ei? Despre Lily?

– O, nu. O, nu... Nu sunt sigur că ea chiar ar vrea să..., bâigui bărbatul şi-şi duse mâna la frunte. Probabil ar fi mai bine dacă i-ai spune tu.

Îmi notă adresa şi numărul de telefon pe o bucată de hârtie şi mi-o întinse.

– E la ceva distanţă de aici, scrise el şi zâmbi încurcat, de parcă ar fi vrut să-şi ceară scuze. Cred că şi-a dorit un nou început. Transmite-i toate cele bune din partea mea, da? E ciudat... să avem, în sfârşit, o nepoată, în aceste circumstanţe. Şi mai ciudat e că singura persoană care poate înţelege cu adevărat ce simt acum e Camilla.

Dacă el ar fi fost altcineva, probabil că l-aş fi luat în braţe chiar atunci, dar eram britanici, şi el fusese, cândva, angajatorul meu, aşa că ne-am mulţumit să ne zâmbim oarecum stânjeniţi. Şi probabil ne-am dorit amândoi să fi fost altcineva.

Domnul Traynor se îndreptă de spate în fotoliu.

– Şi, totuşi, sunt un om norocos. Un nou început, la vârsta mea... Nu sunt sigur că îl merit.

– Nu cred că fericirea are legătură cu ceea ce merităm sau nu.

– Şi tu? Ştiu că l-ai îndrăgit foarte mult pe Will...

– Mi-e greu să-mi refac viaţa după el..., am zis eu, simţind parcă un nod în gât.

Când nodul dispăru, domnul Traynor încă mă studia.

– Fiul meu iubea enorm viaţa, Louisa. Nu trebuie să-ţi mai spun asta.

– Asta vă doare cel mai mult, nu?

Bărbatul rămase pe gânduri.

– El ar fi meritat să trăiască mai mult decât noi toţi.

– Vei ajunge acolo, Louisa. Cu toţii vom ajunge. Fiecare în felul lui, spuse el şi îmi atinse braţul, cu blândeţe.

Revenind în încăpere, Della începu să aşeze ceştile pe tavă, într-un mod atât de ostentativ, încât parcă ar fi dat semnalul de plecare.

– Cred că ar fi bine să mergem, i-am zis lui Lily, ridicându-mă în picioare atunci când fata intră în încăpere, ţinând în mâini o fotografie înrămată.

– Nu-i aşa că seamănă cu mine? Nu crezi că ochii noştri sunt cam la fel? Crezi că ar vrea să vorbească cu mine? Are adresă de email?

– Sunt sigur că va vrea, spuse domnul Traynor. Dar, dacă nu te superi, Lily, o să vorbesc eu mai întâi cu ea. Asta e o veste importantă, pe care trebuie să o primim cu toţii, dar cel mai bine ar fi să-i dăm Georginei câteva zile pentru a se obişnui cu ideea.

– Perfect. Deci... când pot veni să stau aici?

În dreapta mea, am auzit o ceaşcă răsturnându-se pe tava pe care Della o ţinea în mâini. Femeia se aplecă încet şi o ridică.

– Să stai? se aplecă domnul Traynor spre ea, ca şi cum n-ar fi fost sigur că auzise bine.

– Păi, da. Tu eşti bunicul meu. Mă gândesc că aş putea veni să stau aici pentru restul verii. Trebuie să ne cunoaştem mai bine. Avem atât de multe să ne spunem, nu-i așa? spuse ea, cu chipul arzând de nerăbdare.

Domnul Traynor o privi pe Della, a cărei expresie îl împiedică să mai scoată vreun cuvânt.

- Ar fi nemaipomenit să stai cu noi, la un moment dat, zise Della, ținând tava în fața ei, dar acum avem alte lucruri de făcut...

- E primul copil al Dellei, înțelegi? Cred că ei i-ar plăcea să...

- Simt nevoia să mă bucur de puțin timp alături de Steven. Și de copil.

- Dar v-aș putea ajuta. Chiar mă pricep la copii, se oferi Lily. Am avut grijă de frații mei când au fost bebeluși. Și erau groaznici. Niște bebeluși cu adevărat oribili. Țipau tot timpul.

Domnul Traynor privi spre Della.

- Lily, scumpo, sunt sigură că te-ai descurca de minune, zise el, doar că acum nu e un moment foarte potrivit pentru asta.

- Dar aveți o mulțime de camere. Aș putea sta într-una din camerele de oaspeți. Nici măcar n-ați ști că sunt aici. V-aș fi de mare folos cu pamperșii și alte chestii, și aș putea avea grijă de copil pentru ca voi să ieșiți în oraș. Aș putea...

Lily se opri brusc și așteptă, trecându-și privirea de la unul la celălalt.

- Lily, ar trebui... i-am zis eu, zăbovind nerăbdătoare în pragul ușii.

- Nu mă vreți aici.

Domnul Traynor făcu un pas spre ea și-i puse mâna pe umăr.

- Lily, dragă, nu înseamnă că...

Dar ea se smulse.

- Îți place ideea de a avea o nepoată, dar, de fapt, nu mă vrei în viața ta. Vrei doar... vrei doar un *musafir*.

- Nu, e vorba de momentul ăsta, Lily, îi spuse Della, calm. Știi... eu l-am așteptat foarte mult timp pe Steven - bunicul tău -, și timpul ăsta petrecut cu copilul nostru este foarte prețios pentru noi.

- Iar eu nu sunt.

- Nici vorbă de așa ceva! exclamă domnul Traynor și veni iar către ea, însă Lily îl respinse.

– O, Doamne, toţi sunteţi la fel! Voi şi micile voastre familii perfecte, toate închise faţă de ceilalţi. Nimeni n-are nici un pic de spaţiu pentru mine.

– Ei, haide! Hai să nu dramatizăm... dădu Della să spună.

– *Cară-te!* Se răsti Lily. Şi, pe când Della se dădu înapoi, iar domnul Traynor, şocat, făcu ochii mari, fata fugi, iar eu i-am lăsat în liniştea încăperii pentru oaspeţi şi am dat buzna după ea.

Capitolul 10

I-am trimis un e-mail lui Nathan, iar el mi-a răspuns imediat:

Lou, ai început să iei medicamente puternice? Ce naiba s-a întâmplat?

I-am trimis un al doilea e-mail, dându-i mai multe detalii, iar el păru să-şi recapete stăpânirea de sine ce îl caracteriza.

Ei bine, Will nu se dezminte. Ne-a mai rezervat nişte surprize, nu crezi?

Mă gândisem mult la Sam, regretându-mi ieşirea pripită. Privind retrospectiv, mi se părea că avusesem o reacţie ciudată, stăpânită de emoţii atunci când fugisem astfel de el. Probabil că îi păruseem exact genul de persoană care susţineam că nu sunt. Mi-am propus ca data viitoare, când aveam să-l întâlnesc în parcarea sălii de întruniri ale Cercului, să reacţionez foarte calm, poate chiar să-l salut cu un zâmbet de persoană enigmatică, neafectată de depresie.

De Lily nu mai ştiam nimic de două zile. Pe de o parte, mă simţeam îngrijorată, pe de altă parte eram oarecum uşurată că aveam parte de un scurt răgaz de linişte. M-am întrebat dacă nu cumva, de îndată ce i se destrămau iluziile cu privire la familia lui Will, n-avea să fie mai înclinată să se apropie mai mult de propria ei familie. Apoi m-am întrebat dacă nu cumva domnul Traynor avea s-o sune direct, pentru a îndrepta lucrurile. N-aveam nici o idee unde s-ar putea afla Lily, dar mă temeam ca nu cumva absența ei să aibă legătură cu tânărul care o pândise în fața blocului meu. Era ceva la el – la atitudinea evazivă a lui Lily când am întrebat-o despre el – care nu-mi dădea pace.

La bar, lucrurile mergeau, de bine, de rău. Venise o nouă angajată – Vera, o lituaniancă dură, care-și făcea treaba afișând surâsul straniu al cuiva care tocmai plantase o bombă prin apropiere. Spunea despre toți bărbații că sunt „animale împuțite", dar numai când nu era Richard prin preajmă.

Richard începuse să ne țină în fiecare dimineață discursuri motivaționale, după care trebuia să sărim în sus și să strigăm „Daaa!", gest care îmi deranja de fiecare dată cârlionții perucii. Când vedea asta, Richard se încrunta, ca și cum ar fi fost vorba despre vreo manifestare greșită a personalității mele, nu consecința firească a faptului că purtam o meșă de nailon care nici nu îmi stătea pe cap. Peruca Verei stătea nemișcată pe cap. Poate că și peruca se temea să nu se desprindă de pe cap.

Într-o seară, când am ajuns acasă, am căutat pe internet chestiuni legate de problemele adolescenților, încercând să aflu dacă aș putea repara cumva pagubele de peste weekend. Dar mai toate discuțiile erau legate de probleme hormonale, nimic despre felul în care ar trebui să prezinți o puștoaică de șaisprezece ani, care tocmai ți-a ieșit în cale, familiei tatălui ei paraplegic decedat. Pe la zece și jumătate m-am dat bătută, am aruncat o privire prin dormitor, unde jumătate din hainele mele erau încă depozitate în cutii, mi-am promis să fac ceva în privința asta în această săptămână, apoi, convinsă că aveam să mă țin de cuvânt, am adormit.

M-am trezit pe la două și jumătate noaptea, auzind cum cineva încerca să forțeze ușa de la intrare. M-am ridicat, împleticindu-mă, din pat, am înșfăcat un mop, apoi m-am uitat pe vizor, cu inima bubuindu-mi în piept și am urlat:

– Chem poliția! Ce vrei?

– *Pe bune?* Sunt Lily!

Am deschis uşa, şi fata aproape s-a prăbuşit în hol, peste mine, în hohote de râs, duhnind a tutun, cu rimelul întins în jurul ochilor.

Mi-am tras halatul pe mine şi am încuiat uşa în urma ei.

– Doamne, Lily, e trecut de miezul nopţii.

– Nu vrei să dansăm? M-am gândit că poate vrei să dansăm. Îmi place să dansez. De fapt, nu-i adevărat. Îmi place să dansez, dar nu pentru asta am venit aici. Mama nu m-a mai lăsat să intru în casă. Au schimbat încuietorile. Îţi vine să crezi?

Am fost tentată să-i răspund că da, oricât ar părea de curios, având în vedere că urma să mă scol la ora şase dimineaţa.

Lily se izbi cu putere în perete.

– Nici măcar n-a vrut să deschidă nenorocita de uşă. Doar a ţipat la mine prin orificiul de la cutia poştală. De parcă eram vreo vagaboandă. Aşa că... m-am gândit să vin la tine. Sau, dacă vrei, am putea dansa.

Se strecură pe lângă mine, aruncându-şi cheile pe duşumea, şi se îndreptă spre sistemul audio, dând volumul la un nivel asurzitor. M-am repezit spre boxe să opresc muzica, dar Lily m-a apucat de mână:

– Hai să dansăm, Louisa! Trebuie să înveţi nişte mişcări de dans. Eşti atât de tristă tot timpul! Dă-le naibii de necazuri! Haide!

Mi-am smuls mâna din mâna ei şi am rotit la minimum butonul de volum, chiar în clipa în care se lansară în pereţi, de la etajele inferioare, primele bubuituri de indignare. Când m-am întors, Lily dispăruse în cămăruţa ei, unde se balansă până se prăbuşi cu faţa în jos pe patul pliant.

– O, Doamne, patul ăsta e *atââââât* de mizerabil!

– Lily! Nu poţi veni, pur şi simplu, aici şi... O, pentru numele lui Dumnezeu!

– Doar un minut, mormăi ea, cu o voce înfundată. A fost o cădere de moment. Pe urmă o să mă ridic să dansez. O să dansăm amândouă.

– Lily, mâine-dimineaţă mă duc la muncă.

– Te iubesc, Louisa! Ţi-am zis asta? Chiar te iubesc! Eşti singura care...

– Hei, nu poţi să te tolăneşti aici ca...

– Mmn... Trag un pui de somn la discotecă, îngăimă ea și nu se mai mișcă.

– Lily!... Lily! am strigat-o eu, clătinând-o puțin de umăr, dar nu-mi răspunse decât un sforăit încetișor.

Am oftat, am așteptat câteva minute, apoi i-am scos cu grijă balerinii scâlciați din picioare și tot ce avea prin buzunare – țigări, telefonul mobil, o bancnotă mototolită de cinci lire, ducându-le în camera mea. Am așezat-o pe o parte și, complet trează la ora trei dimineața, știind că probabil n-o să mai pot adormi de teamă ca nu cumva Lily să vomite în somn, m-am așezat pe un scaun ca s-o veghez.

Pe chipul lui Lily se așternuse pacea. Căutătura pusă pe harță și zâmbetul cinic i se topiseră într-o expresie nepământeană, minunată, cu părul împrăștiat în jurul umerilor. Oricât de mult m-ar fi scos din fire purtarea ei, nu puteam să fiu furioasă. Îmi aminteam durerea pe care o zărisem în ochii ei în acea duminică. Lily era exact opusul meu. Ea nu-și reținea în suflet suferința, nu încerca să și-o oblojească. O exterioriza, se îmbăta și Dumnezeu știe ce mai făcea, ca să uite de durere. Semăna mult mai mult cu tatăl ei decât îmi închipuisem.

Tu ce-ai fi făcut, Will? l-am întrebat, în gând.

Dar, la fel cum mă luptasem zadarnic să-l ajut pe el, nu știam ce trebuie să fac pentru ea. Nu știam cum să îndrept lucrurile.

Mi-au venit în minte cuvintele surorii mele: *N-o să fii capabilă să faci față, să știi.* Și, pentru câteva clipe, în zorii dimineții, am urât-o pentru că avea dreptate.

Am stabilit un fel de rutină: Lily venea să mă vadă o dată la câteva zile. Niciodată nu știam însă pe care Lily o s-o găsesc în fața ușii: pe cea care debordează de veselie, cerându-mi să ieșim în oraș și să mâncăm la nu știu ce restaurant sau să vedem o pisică superbă, undeva, afară, ori să dansăm în camera de zi, pe muzica vreunei formații de care abia auzise, ori pe acea Lily posacă și tăcută, care mormăia un salut când intra și apoi se așeza pe canapea, rămânând ore în șir în fața televizorului. Uneori, îmi punea întrebări dintre cele mai diverse despre Will – ce emisiuni îi plăceau? (Rareori se uita la emisiuni, prefera filmele). Avea vreun fruct preferat? (Strugurii fără sâmburi. Cei roșii) Când îl văzusem ultima oară râzând? (Nu râdea prea mult. Însă zâmbetul lui... îl puteam vedea și atunci, o sclipire rară de dinți albi, perfect aliniați, însoțită de o privire șăgalnică.) Niciodată nu știam însă dacă ea găsea răspunsurile mele satisfăcătoare.

Și, la vreo zece zile, mai apărea și o Lily beată, sau chiar mai rău (n-am fost niciodată sigură), care bătea la ușa mea la ore târzii din noapte, ignorându-mi protestele privind ora înaintată și somnul care îmi fugea, dădea buzna peste mine, cu obrajii mânjiți de rimel și cu vreun pantof lipsă, și se arunca pe micul pat pliant, refuzând să se trezească atunci când eu plecam, dimineața.

Părea să nu aibă nici un fel de hobby și doar puțini prieteni. De vorbit, vorbea cu oricine de pe stradă, cerând favoruri cu nepăsarea lipsită de jenă a unui copil crescut în sălbăticie. Dar nu răspundea la telefon când venea la mine și parcă se aștepta ca toți oamenii pe care îi întâlnea să o disprețuiască.

Deoarece majoritatea școlilor particulare erau închise pe timpul verii, o întrebam unde se ducea atunci când nu venea la mine și nici nu mergea la ai ei, iar ea îmi răspundea, după o scurtă pauză: „Acasă la Martin". Când am întrebat-o dacă acest Martin e iubitul ei, a luat fața tipică a adolescentului de pretutindeni și dintotdeauna, drept răspuns dat unui adult care spusese un lucru nu doar uluitor de prostesc, dar și revoltător.

Uneori era furioasă, alteori de-a dreptul obraznică. Dar nu o puteam refuza niciodată. Oricât ar fi fost de haotic comportamentul ei, aveam sentimentul că apartamentul meu e un refugiu sigur. M-am pomenit căutând indicii: am vrut să-i citesc mesajele din telefon (nu-i știam însă codul PIN), o controlam prin buzunare după droguri (am găsit o singură dată un joint). La un moment dat, la zece minute după ce intrase pe ușă, plânsă toată și beată, am văzut în fața blocului o mașină care a claxonat intermitent aproape o oră. În cele din urmă, unul dintre vecini coborî și lovi atât de tare în parbrizul mașinii, încât ocupantul acesteia demară imediat.

– Știi, Lily, nu te judec, dar nu cred că e o idee prea bună să te îmbeți așa de rău încât să nu mai știi ce faci, i-am spus într-o dimineață, pe când făceam cafeaua pentru amândouă. Lily își petrecea atât de mult timp cu mine, încât a trebuit să-mi schimb stilul de viață: făceam cumpărături pentru două persoane, strângeam mizeria lăsată de ea, făceam mai multă cafea și nu uitam să încui ușa la baie când făceam duș, pentru a evita urletele de genul *O, Doamne, scârbos!*

– Ba chiar mă judeci. Când zici „nu e o idee prea bună“, de fapt asta faci.

– Vorbesc serios.

– Dar eu îți dictez ție cum să-ți trăiești viața? Îți spun că apartamentul ăsta e deprimant și că te îmbraci ca o persoană care și-a pierdut orice chef de viață, mai puțin atunci când mergi la bar cu niște haine de zici că joci într-un film porno? Spun eu asta? Spun eu asta? Nu spun nimic, așa că lasă-mă în pace.

Și atunci am vrut să-i povestesc. Să-i dezvălui ce mi se întâmplase în urmă cu nouă ani, într-o noapte, când băusem prea mult, și cum sora mea m-a dus acasă, fără pantofi și plângând în pumni, în zorii zilei. Dar nu încape îndoială că ea avea să primească povestea mea cu același dispreț infantil cu care primea majoritatea dezvăluirilor mele. Pe de altă parte, era o discuție pe care nu reușisem să o port decât cu o singură persoană: Will. Iar el nu mai era aici.

– De asemenea, nu e corect să mă trezești în toiul nopții. Trebuie să mă scol devreme, ca să plec la muncă.

– Lasă-mi o cheie de la apartament și atunci n-o să te mai trezesc, nu? propuse ea și îmi aruncă acel surâs triumfător.

Un surâs rar, strălucitor, destul de apropiat de al lui Will, care mă făcu să cedez. Evident, încă din clipa în care i-am înmânat cheia, am știut ce avea să spună sora mea.

De atunci, am mai discutat cu domnul Traynor de două ori. Era dornic să știe dacă Lily era bine, începuse să se îngrijoreze, neștiind ce avea de gând să facă adolescenta cu viața ei.

– Vreau să spun că e o fată absolut extraordinară. Nu e o idee bună să renunțe la școală la șaisprezece ani. Părinții ei n-au nimic de spus în privința asta?

– Se pare că nu comunică prea mult cu ea.

– N-ar fi bine să discut eu cu ei? Crezi că Lily are nevoie de bani pentru studii? Trebuie să-ți mărturisesc că sunt cam strâmtorat după divorț, dar Will ne-a lăsat destui bani. Așa că m-am gândit că... i-aș putea folosi adecvat. Apoi își coborî tonul vocii: Totuși, ar fi înțelept să nu-i pomeneşti nimic Dellei despre asta acum. Nu vreau să-şi facă o impresie greşită...

Am rezistat imboldului de a-l întreba care ar fi fost impresia corectă.

– Louisa, crezi că ai putea s-o convingi pe Lily să mai vină pe la noi? Mă gândesc întruna la ea. Aş vrea să mai încercăm o dată. Ştiu că Dellei i-ar plăcea să ajungă să o cunoască mai bine.

Mi-am amintit expresia de pe chipul Dellei pe când trebăluiam amândouă prin bucătărie şi m-am întrebat dacă nu cumva domnul Traynor era orb sau doar un optimist incurabil.

– Am să încerc, i-am promis.

Există un anumit tip de linişte într-un apartament atunci când locuieşti singură într-un oraş, într-un weekend torid de vară. Lucrasem toată ziua, terminasem tura la patru, ajunsesem acasă la cinci, epuizată, şi eram recunoscătoare că, pentru câteva ore, aveam să fiu singură în casă. Mi-am făcut un duş, am mâncat un sandvici, m-am uitat puţin pe internet după eventuale slujbe pentru care să nu fiu plătită cu salariu minim şi nici să nu am program de zece ore zilnic, apoi m-am aşezat în camera de zi, cu toate ferestrele deschise, pentru ca briza să pătrundă înăuntru, în vreme ce ascultam sunetele oraşului, impregnate în aerul cald.

În general, eram mulţumită cu viaţa mea. Participasem la suficiente şedinţe de terapie de grup spre a şti că e important să fii recunoscător pentru plăcerile mici ale vieţii. Eram sănătoasă. Aveam iarăşi familia alături. Aveam o slujbă. Chiar dacă nu eram împăcată în privinţa morţii lui Will, măcar simţeam că m-aş putea târî de sub umbra ei.

Şi totuşi.

În seri ca aceasta, când străzile erau pline de cupluri care se plimbau, şi oamenii veseli ieşeau de prin cârciumi, plănuind deja cine, ieşiri nocturne, expediţii prin cluburi, simţeam o durere înlăuntrul fiinţei mele; ceva îmi spunea că nu acolo e locul meu, că îmi lipseşte ceva.

Acelea erau clipele în care mă simţeam mai părăsită ca niciodată.

Am făcut puţin curat prin casă, mi-am spălat uniforma şi apoi, chiar pe când mă cufundam într-un fel de melancolie tăcută, am auzit interfonul sunând. M-am ridicat şi am luat receptorul, plictisită, aşteptându-mă să fie vreun tip de la firmele de curierat care se rătăcise sau vreun distribuitor de pizza care nimerise la o adresă greşită. În schimb, am auzit o voce de bărbat.

– Louisa?

– Cine este? am întrebat, deşi recunoscusem imediat vocea.

– Sam. Sam, ambulanţă. Tocmai mă întorceam acasă de la lucru şi am vrut... Ştii, ai plecat atât de grăbită atunci, încât am vrut să mă asigur că eşti bine.

– După două săptămâni? Până acum aş fi putut fi mâncată de pisici.

– Presupun că n-ai fost.

– Pentru că n-am pisici... Urmă o scurtă tăcere. Dar sunt bine, Sam Ambulanţă. Mulţumesc.

– Excelent... Mă bucur să aud asta.

Mi-am schimbat poziţia, ca să-l pot vedea mai bine pe ecranul alb-negru minuscul al interfonului. Purta o geacă de motociclist în loc de uniforma de paramedic şi-şi ţinea o mână sprijinită de perete, pe care o ridică şi se întoarse cu faţa spre stradă. L-am văzut răsuflând adânc, iar atitudinea lui m-a făcut să-i vorbesc.

– Dar tu ce mai faci?

– Nu prea multe. În general, încerc să discut cu cineva printr-un interfon, dar nu prea reuşesc.

Am izbucnit în râs imediat. Prea tare.

– Eu am renunţat la asta cu ani în urmă, i-am zis. E greu să mai convingi o fată în ziua de azi să iasă la un suc. L-am văzut râzând, apoi am aruncat o privire prin apartamentul meu învăluit în tăcere. Şi am vorbit înainte să gândesc: Stai acolo. Cobor imediat.

Aş fi vrut să-mi iau maşina, dar, când el mi-a întins casca de rezervă, mi s-a părut că devin fandosită dacă insist să merg cu maşina proprie. Mi-am îndesat cheile în buzunar şi am aşteptat să mă suie pe motocicletă.

– Eşti paramedic şi mergi cu motocicleta, m-am mirat eu.

– Ştiu. Dar viciile au început să mă cam părăsească... Motocicleta e singurul care mi-a mai rămas, zâmbi el şmechereşte.

Am simţit, pe neaşteptate, un fior.

– Nu te simţi în siguranţă cu mine? mă întrebă el.

Nu exista un răspuns potrivit la această întrebare. I-am înfruntat privirea şi m-am suit pe motocicletă, în spatele lui. Dacă făcea ceva periculos, avea abilităţile necesare să mă repare după aceea.

– Deci, ce trebuie să fac? l-am întrebat, în timp ce-mi puneam casca pe cap. N-am mai mers niciodată cu aşa ceva.

– Ţine-te doar de mânerele scaunului şi mişcă-te odată cu motocicleta, asta e tot. Nu mă lua în braţe. Dacă nu te simţi bine, mă baţi pe umăr şi opresc imediat, da?

– Unde mergem?

– Te pricepi la decoraţiuni interioare?

– Nici pomeneală. De ce?

El porni motorul.

– Mă gândeam să-ţi arăt noua mea casă.

Şi apoi am intrat în trafic, croindu-ne drum printre maşini şi camioane, urmând indicatoarele către autostradă. A trebuit să închid ochii, să mă lipesc de spatele lui şi să sper că n-avea să mă audă scoţând vreun ţipăt.

Am mers până la marginea oraşului, un loc unde grădinile erau din ce în ce mai mari, transformându-se apoi în ogoare, iar casele aveau denumiri, în loc de numere. Am trecut printr-un sat care părea lipit de cel de dinaintea lui, iar Sam încetini în dreptul unei porţi şi opri motorul, ajutându-mă să cobor. Mi-am scos casca, simţind încă bătăile inimii în urechi, şi am încercat să-mi dau într-o parte şuviţele de păr transpirate cu degetele încă înţepenite de cât de strâns mă ţinusem de mânerele de la şa.

Sam deschise poarta şi mă conduse în curte. Jumătate din ea era acoperită cu iarbă, cealaltă jumătate, cu un morman neregulat de plăci de beton şi lespezi pentru construcţii. Într-un colţ, dincolo de clădire în lucru, adăpostit de un gard viu înalt, se afla un vagon de tren şi, lângă el, o îngrăditură din care câteva păsări de curte ridicară capetele, uitându-se mirate la noi.

– Casa mea.

– Drăguţă! am exclamat eu, privind împrejur. Dar... unde e?

Sam începu să străbată curtea.

– Acolo. Uite fundațiile. Mi-au trebuit vreo trei luni ca să le fac.

– Tu locuiești aici?

– Da.

M-am uitat lung la plăcile de beton. Când îl priveam, ceva din înfățișarea lui mă împiedica să spun ce-aș fi vrut. M-am scărpinat în cap.

– Deci... o să stai acolo toată seara? Sau pot beneficia de un tur cu ghid pe aici?

Scăldați în lumina blândă a soarelui la asfințit și împresurați de miresme de iarbă și lavandă și de bâzâitul molcom al albinelor, ne-am plimbat încet, de la o placă la alta, Sam arătându-mi unde urmau să fie ușile și ferestrele.

– Și asta e baia.

– E cam curent aici.

– Da. Trebuie să rezolv problema asta. Dar ia privește. Asta, de fapt, nu e o ușă. Tocmai ai intrat sub duș, zise el și sări peste un morman de lespezi, ajungând pe o altă placă mare, cenușie, apoi îmi întinse mâna, ca să pășesc și eu în siguranță pe ele.

– Iar aici e camera de zi. Așa că, dacă te uiți pe fereastra de aici, îmi explică el, formând un pătrat cu degetele, o să ai întreaga priveliște a satului.

Am privit splendidul peisaj de sub noi. Simțeam că mă aflu nu la zece, ci la un milion de kilometri de oraș. Am tras adânc aer în piept, bucurându-mă de această experiență neașteptată.

– E frumos, dar cred că n-ai pus canapeaua unde trebuie, am spus eu. Ai nevoie de două canapele. Una, aici, și, poate, una, acolo. Și presupun că aici va fi o fereastră, nu?

– O, da. Trebuie să păstrez aspectul dual.

– Hmmm. Plus de asta, trebuie să regândești spațiul de depozitare.

Cel mai straniu lucru însă fu acela că, în cele câteva minute cât ne-am plimbat și am discutat, am putut vizualiza, practic, casa. Am urmat liniile trasate cu mâinile în aer de Sam, care gesticula, arătându-mi șemineuri invizibile, scări aflate doar în imaginația lui sau trasa, spre cer, tavane invizibile. Puteam să văd ferestrele foarte înalte și pervazele pe care un prieten al lui urma să le sculpteze din stejar vechi.

– O să fie o casă încântătoare, l-am asigurat, după ce am vizitat ultimul dormitor.

– Cam în zece ani. Dar, da, sper să fie!

Am cuprins cu privirea câmpul, cu grădina de legume, curtea de găini, ciripitul păsărelelor.

– Trebuie să-ţi spun că nu e ceea ce m-am aşteptat. N-ai fost tentat să aduci constructori?

– Probabil că în ultimă instanţă aşa am să fac. Dar îmi place să muncesc aici. Să construieşti o casă e hrană pentru suflet, zise el şi ridică din umeri. Când îţi petreci toată ziua bandajând oameni înjunghiaţi, biciclişti iresponsabili, neveste folosite de soţi pe post de sac de box şi copii cu astm cronic de la umezeală...

– ... şi femei tembele, care pică de pe acoperişuri...

– Da, şi astea, acceptă el şi îmi arătă o grămadă de cărămizi şi o betonieră. Fac asta ca să pot rezista în meseria mea. Bei o bere?

Dintr-un salt, se urcă pe platforma vagonului şi-mi întinse mâna, să-l urmez.

Interiorul vagonului fusese transformat în locuinţă. Avea o bucătărie micuţă, dar imaculată, şi o canapea tapiţată în formă de L, într-un colţ, deşi păstra încă mirosul vag de ceară de albine şi pasageri în haine ecosez.

– Nu-mi plac casele mobile, zise el, ca pentru a se justifica, şi îmi făcu semn cu mâna să mă aşez. Ia loc.

Apoi scoase o bere rece din frigider, o deschise şi mi-o întinse. Pentru el, puse un ibric pe aragaz.

– Nu bei? l-am întrebat, iar el scutură din cap.

– După câţiva ani de muncă, am descoperit că mă simţeam bine atunci când veneam acasă şi beam o bere ca să mă relaxez. Apoi s-au făcut două. Şi nu mă puteam relaxa dacă nu beam acele două beri sau poate trei. Deschise o cutie cu ceai şi aruncă un plic într-o cană. Şi apoi... am pierdut pe cineva apropiat şi am decis că fie mă opresc din băut, fie nu voi mai reuşi nicicând. Nu se uita deloc la mine când vorbea, ci doar se plimba prin vagon, o prezenţă masivă, dar totuşi ciudat de graţioasă între pereţii strâmţi ai acestuia. O să beau o bere, dar nu în seara asta. O să te conduc acasă mai târziu.

Vorbind astfel, nu mi se mai părea atât de stranie situația de a sta într-un vagon de tren, cu un bărbat pe care chiar nu-l cunoșteam. Dar cum aș fi putut să-mi manifest reținerea față de cineva care avusese grijă de trupul meu rănit, pe jumătate dezbrăcat? Cum m-aș fi putut să mă simt neliniștită în prezența unui bărbat care-mi destăinuise deja că vrea să mă conducă înapoi acasă? Ca și cum modul în care se desfășurase prima noastră întâlnire alungase obstacolele normale, stânjenitoare, care apar atunci când cunoști pe cineva. Sam mă văzuse în lenjeria intimă. Dumnezeule, mă văzuse în pielea goală! Asta mă făcea să mă simt, în preajma lui, relaxată așa cum nu m-am simțit în preajma nimănui altcuiva.

Vagonul îmi amintea de caravanele țigănești despre care citisem în copilărie, unde totul avea un loc bine stabilit și exista ordine într-un spațiu restrâns. Deși intimă, era o locuință austeră și inconfundabil bărbătească. Înăuntru mirosea plăcut, a lemn încălzit de soare, a săpun și a șuncă afumată. Un nou început, am presupus, întrebându-mă ce se întâmplase cu fosta casă a lui și a lui Jake.

– Și... Jake ce crede despre asta?

El se așeză la celălalt capăt al canapelei, cu cana de ceai în față.

– Inițial, a crezut că sunt nebun. Dar acum îi place. El are grijă de păsări când sunt eu de gardă. În schimb, i-am promis că-l învăț să șofeze când împlinește șaptesprezece ani. Doamne ajută! rosti el, ridicând cana, iar eu am ridicat, la rândul meu, sticla cu bere.

Poate că de vină era neașteptata plăcere de a ieși, într-o seară caldă de vineri, cu un bărbat care se uita în ochii tăi când vorbea și care avea genul de păr prin care ți-ai fi dorit să-ți plimbi degetele; sau poate doar a doua bere, dar, într-un final, am început și eu să mă simt bine. În vagon se făcuse cald, așa că ne-am mutat afară, pe două scaune pliante și am privit găinile ciugulind iarba, ceea ce mi s-a părut uimitor de relaxant. În timpul ăsta, ascultam poveștile lui Sam despre pacienți obezi, care necesitau patru paramedici pentru a fi scoși din case, și despre membrii găștilor de puști care încercau să se atace între ei chiar pe când el le punea copci în spatele ambulanței. Pe măsură ce vorbeam, m-am surprins adesea aruncând priviri furișe spre el, remarcând felul cum ținea cana în mâini sau cum surâdea, pe neaşteptate, şi trei linii perfect conturate se iţeau în colţul fiecărui ochi, ca şi cum ar fi fost trasate cu o precizie desăvârşită.

Îmi vorbi despre părinţii lui; tatăl lui fusese pompier, iar mama lui, cântăreaţă într-un club de noapte, dar renunţase la carieră pentru a-şi creşte copiii. („Cred că de-aia costumul tău de la bar m-a atras. Sunt obişnuit cu sclipiciul"). Nu menţionă numele soţiei lui decedate, ci remarcă faptul că mama lui era îngrijorată de lipsa prelungită a unei influenţe feminine în viaţa lui Jake.

– Mama vine şi-l ia o dată pe lună la Cardiff, unde ea şi surorile ei îl cocoloşesc, îl îndoapă cu mâncare şi se asigură că are destule şosete, râse Sam şi-şi sprijini coatele pe genunchi. El se vaită mereu din cauza asta, dar în secret îi place să fie cocoloşit.

I-am vorbit despre întoarcerea lui Lily, iar el tresări când auzi despre întâlnirea fetei cu familia Traynor. I-am vorbit despre schimbările ei radicale de dispoziţie şi despre comportamentul haotic, iar el încuviinţă din cap, ca şi cum s-ar fi aşteptat la asta. Când i-am vorbit despre mama lui Lily, scutură din cap.

– Doar pentru că sunt bogaţi nu înseamnă că sunt nişte părinţi mai buni. Dacă trăia din alocaţii, o astfel de mamă probabil primea imediat o vizită de la Asistenţa Socială, spuse el şi ridică spre mine cana cu ceai. Faci un lucru minunat, Louisa Clark.

– Nu sunt însă sigură că-l fac foarte bine.

– Nimeni nu simte vreodată că se descurcă bine când e vorba de adolescenţi, zise el. Cred că asta e problema cu ei.

Mi-era greu să-l compar pe acest Sam, relaxat în propria casă, îngrijindu-şi găinile, cu afemeiatul deprimat despre care auzisem la Cercul de consiliere psihologică. Dar ştiam foarte bine că masca socială pe care o alegi poate fi foarte diferită de ceea ce e în sufletul tău. Ştiam cum durerea te poate face să te comporţi în feluri pe care n-ai putea nici măcar să le înţelegi.

– Îmi place vagonul tău, i-am mărturisit. Şi casa ta invizibilă.

– Atunci, sper să mai vii pe-aici, zâmbi el.

Obsedat de sex. Dacă în felul ăsta agăţa femei, am reflectat eu câteva momente, atunci era bun. Era un amestec de trăsături frapante: tatăl îndurerat şi politicos, care zâmbea rar, felul cum putea prinde o găină cu o singură mână, fără să o sperie. N-aveam să permit să devin una dintre psihoiubitele lui, mi-am repetat de mai multe ori. Dar simțeam o plăcere tainică de a flirta cu un bărbat chipeș. Era plăcut să mai simt și altceva decât anxietatea sau furia nedescătușată, emoțiile care păreau să facă parte atât de mult din viața mea zilnică. Singurele întâlniri pe care le avusesem cu reprezentanții sexului opus, în ultimele câteva luni, fuseseră alimentate de alcool și se încheiaseră cu o călătorie cu taxiul și cu lacrimi de ură față de propria persoană, sub duș.

Ce crezi, Will? Fac bine ceea ce fac?

Afară se întunecase și am privit cum găinile se îndreptau, parcă indignate, spre coteț.

Sam le urmări, apoi se rezemă de speteaza scaunului.

– Am impresia, Louisa Clark, că atunci când îmi vorbești, există o întreagă conversație diferită pe care o porți altundeva.

Am vrut să-i dau un răspuns inteligent. Dar avea dreptate, așa că nu am putut spune nimic.

– Și tu, și eu. Amândoi ascundem câte ceva.

– Ești foarte direct.

– Și acum te-am făcut să te simți stânjenită.

– Nu. Sau... mă rog, poate puțin, i-am spus, privindu-l.

În spatele nostru, o cioară se ridică croncănind zgomotos spre cer, fâlfâitul aripilor ei făcând să vibreze aerul încremenit. M-am luptat cu imboldul de a-mi netezi părul, dar, în loc de asta, am luat o ultimă gură de bere.

– Da, bun. Iată o întrebare reală. Cât de mult crezi că durează să poți trece peste moartea cuiva? Mă refer la o persoană pe care ai iubit-o cu adevărat.

Nu sunt sigură de ce l-am întrebat asta. A fost o întrebare de-a dreptul crudă, având în vedere circumstanțele. Poate că mă temeam că tipul obsedat de sex era pe punctul de a începe să flirteze.

Ochii lui se măriră puțin.

– Uau! Ei, bine... Nu sunt sigur că vei reuși vreodată să treci peste, spuse el, uitându-se mai întâi la cana lui, apoi la câmpurile întunecate.

– Foarte optimist!

– Nu, vorbesc serios. M-am gândit mult la asta. Până la urmă, înveți să trăiești cu asta, cu cei pe care i-ai pierdut. Fiindcă ei rămân cu tine, chiar dacă nu mai vieţuiesc, nu mai respiră. Nu este aceeaşi durere zdrobitoare pe care o simţi la început, care te doboară şi te face să vrei să plângi în locuri nepotrivite, să te înfurii în mod iraţional pe toţi idioţii care sunt încă vii, în timp ce persoana pe care o iubeşti e moartă. Dar e ceva cu care înveţi să te obişnuieşti. Ca şi cum te-ai adapta la traiul într-o locuinţă mizeră. Nu ştiu... E ca şi cum ai deveni... o gogoaşă găurită la mijloc, în loc de o brioşă.

Pe chipul lui se citea atâta tristeţe, încât m-am simţit, brusc, vinovată.

– O gogoaşă...

– Da, analogia e stupidă, bâigui el, schiţând un surâs.

– N-am vrut să...

El scutură din cap, privi iarba de sub picioarele lui, apoi se uită pieziş la mine.

– Ei, hai! E vremea să te duc acasă.

Am traversat câmpul, spre motocicleta lui. Aerul se răcorise şi mi-am încrucişat braţele la piept. Văzând asta, îmi oferi jacheta lui, insistând să o pun pe mine, în ciuda protestelor mele. Avea o greutate plăcută şi un miros puternic de bărbat. Am încercat să nu trag aer în piept.

– Pe toţi pacienţii îi transporţi aşa?

– Doar pe cei vii.

Am izbucnit în râs. Pe neaşteptate şi mai tare decât aş fi vrut.

– De obicei, nu ne dăm întâlniri cu pacienţii. Dar mă gândesc că tu nu mai eşti pacienta mea, spuse el, întinzându-mi casca de rezervă.

Am luat-o şi i-am răspuns:

– Iar asta nu a fost chiar o întâlnire.

– Nu a fost? Bine, spuse el, înclinând, abia perceptibil, din cap, cu un aer filosofic.

Capitolul 11

În săptămâna aceea, când am sosit la Cercul de consiliere psihologică, Jake nu era acolo. Pe când Daphne ne povestea că e incapabilă să deschidă un borcan fără ajutorul unui bărbat, iar Sunil vorbea despre problemele legate de împărţirea celor câteva posesiuni ale fratelui decedat între rudele rămase în viaţă, m-am pomenit aşteptând cu nerăbdare ca uşile grele, roşii, de la intrarea în sala parohială, să se deschidă. Mi-am spus că eram îngrijorată pentru binele lui, că băiatul avea nevoie să-şi exprime frustrarea faţă de comportamentul tatălui său într-un loc sigur. Am încercat să mă conving că nu Sam, bărbatul rezemat de motocicleta lui, era acela pe care doream să-l văd, de fapt.

– Care sunt lucrurile mărunte care nu-ţi dau pace, Louisa?

Poate că Jake terminase programul de terapie de grup, m-am gândit, poate decisese că nu mai are nevoie de aşa ceva. Oamenii mai renunţau la acest program, se ştia asta. Aşa ar fi putut sta lucrurile şi în cazul lui. Niciodată n-aveam să-i mai revăd pe Jake sau pe Sam.

– Louisa? Lucrurile de zi cu zi? Ceva trebuie să existe.

Am continuat să mă gândesc la acel câmp, la interiorul ordonat al vagonului de tren, la felul cum Sam străbătuse curtea ţinând câte o găină sub fiecare braţ, ca şi cum ar fi cărat nişte pachete preţioase. Penele de pe pieptul găinilor erau atât de moi.

Daphne îmi dădu un ghiont.

– Discutăm despre lucrurile mărunte din viaţa de fiecare zi, care te obligă să te gândeşti la pierderea suferită.

– Mie îmi lipsește sexul, zise Natasha.

– Ăsta nu e un lucru mărunt, replică William.

– Nu l-ai cunoscut pe soțul meu, pufni în râs femeia. Ei, glumeam. A fost o glumă proastă, recunosc. Îmi cer scuze. Nu știu ce m-a apucat.

– E bine să glumim, încercă Marc să o încurajeze.

– Olaf era bine înzestrat. De fapt, foarte bine înzestrat, spuse Natasha și ochii ei scăpărară scântei în jur. Cum nimeni nu vorbi, ea își ridică brațele, cu un gest teatral, și încuviință din cap: Eram foarte fericiți!

Urmă o scurtă tăcere.

– Bun, zise Marc. Ne bucurăm să auzim asta.

– Nu vreau ca vreunul dintre voi să se gândească... Adică n-aș vrea ca oamenii să se gândească la asta când îl pomenesc pe soțul meu. Că o avea mică...

– Sunt sigur că nimeni nu crede asta despre soțul tău.

– Ba eu o să cred, dacă o să continui să vorbești despre asta, o repezi William.

– Nu vreau să se gândească nimeni la penisul soțului meu, se enervă Natasha. De fapt, vă interzic să vă gândiți la penisul soțului meu.

– Atunci nu mai pomeni întruna de el! exclamă William.

– Putem să nu discutăm despre penisuri? întrebă Daphne. Discuția asta mă face să mă simt ciudat. Călugărițele ne altoiau cu linia dacă îndrăzneam măcar să rostim cuvântul „mădular".

Vocea lui Marc se auzi acum oarecum disperată.

– Putem să revenim la subiectul discuției noastre – simbolurile pierderii? Louisa, tocmai te pregăteai să ne spui ce lucruri mărunte îți lipsesc în urma pierderii suferite?

Am rămas pe scaun, încercând să o ignor pe Natasha, care-și ridicase iar mâinile, măsurând, în tăcere, un obiect nevăzut.

– Cred că îmi lipsește cineva cu care să discut, am spus eu, precaută.

Urmă un murmur de încuviințare.

– Vreau să spun că nu sunt una dintre acele persoane care au un cerc larg de prieteni. Am stat împreună cu fostul meu prieten mulți ani și... nu ieșeam prea des. Și apoi a mai fost și... Bill. Cu el vorbeam tot timpul. Despre muzică, despre oameni, despre lucruri pe care le făcusem și pe care doream să le facem și niciodată nu îmi făceam griji că aș putea spune vorbe greșite sau ofensa pe cineva, fiindcă ne aveam unul pe celălalt, înţelegeţi? Şi acum m-am mutat la Londra şi stau singură, departe de familia mea, iar fiecare discuţie cu ai mei mi se pare... complicată.

- Îmi place cuvântul ăsta, zâmbi Sunil.

- Şi acum mi se întâmplă un lucru despre care chiar aş dori să discut cu Bill. Vorbesc cu el în minte, dar nu e acelaşi lucru. Îmi lipseşte puterea de a pleca, pur şi simplu. Şi aş vrea să îl întreb: „Hei, ce crezi despre asta?“ Probabil că şi el ar fi de părere că aş proceda bine dacă aş pleca.

Grupul rămase în tăcere câteva minute.

- Dar poţi vorbi cu noi, Louisa, mă îndemnă Marc.

- E... complicat.

- Întotdeauna e complicat, zise Leanne.

M-am uitat la feţele lor, amabile şi răbdătoare, şi mi-a fost clar că nu înţelegeau absolut nimic din ce le spuneam.

Daphne îşi potrivi eşarfa de mătase.

- Cred că Louisa are nevoie de un alt bărbat tânăr cu care să discute. Desigur că are nevoie. Eşti tânără şi drăguţă. Sigur vei găsi pe altcineva, mă asigură ea. Şi tu, Natasha! Caută-ţi un bărbat. Eu sunt prea bătrână pentru asta, dar voi două n-ar trebui să staţi în sala asta veche şi prăfuită. Îmi pare rău, Marc, dar chiar n-ar trebui să se afle aici. Ieşiţi să dansaţi, să vă distraţi.

Eu şi Natasha ne-am uitat una la alta. Nu încape îndoială că avea un chef de dans tot atât de mare cum aveam şi eu.

Brusc, mi-am amintit de Sam şi am alungat gândul.

- Şi dacă vreţi vreodată un alt penis, zise William, sunt sigur că v-aş putea face rost...

- Hei, atenţie la mine, îl întrerupse Marc. Haideţi să discutăm despre testamente. A fost cineva surprins de prevederile testamentare?

Am ajuns acasă epuizată, la nouă şi un sfert, găsind-o pe Lily pe canapea, în faţa televizorului, îmbrăcată în pijama. Mi-am aruncat geanta lângă canapea.

- De când eşti aici?

- De dimineaţă.

- Eşti bine?

- Hm...

Faţa ei palidă trăda fie epuizare, fie boală.

– Nu te simţi bine?

Fata mânca floricele dintr-un castron, scormonind fără vlagă cu degetele printre fărâmele rămase la fundul castronului.

– Simt că azi n-am chef de nimic.

Telefonul ei bipui. Lily aruncă un ochi, cu indiferenţă, la mesaj, apoi împinse telefonul sub o pernă de pe canapea.

– Chiar e totul în regulă? am întrebat-o, după câteva clipe.

– Da, sunt bine.

Nu părea însă deloc în apele ei.

– Te pot ajuta cu ceva?

– Ţi-am spus că sunt bine!

În noaptea aceea, Lily dormi în apartamentul meu. A doua zi, chiar când plecam la serviciu, sună domnul Traynor, cerând să vorbească cu ea. Fata stătea întinsă pe canapea şi se uită la mine absentă când i-am spus cine era la telefon, dar în cele din urmă luă receptorul, fără prea mare tragere de inimă. Am rămas în cameră, pe când Lily îl asculta pe bunicul ei. N-am putut auzi cuvintele acestuia, ci doar tonul cu care i se adresa: calm, blând, liniştitor. Când el încheie, urmă o scurtă pauză, iar fata răspunse:

– Da. Bine.

– Mergi să te întâlneşti iar cu el? m-am interesat, când îmi întinse receptorul.

– El vrea să vină la Londra ca să mă vadă.

– Ei, asta e grozav!

– Dar nu poate lipsi prea mult de lângă *ea*, în caz că intră în travaliu.

– Vrei să te duc cu maşina la el?

– Nu.

Îşi îndoi genunchii sub bărbie, se întinse după telecomandă şi începu să schimbe programele.

– Vrei să discutăm despre asta? am întrebat-o, după câteva momente.

Nu-mi răspunse şi, după un minut sau două, mi-am dat seama că discuţia era încheiată.

*

Joi, am intrat în dormitorul meu, am închis ușa și am sunat-o pe Treena. Vorbeam cu ea de câteva ori pe săptămână. Îmi era mai ușor acum, când înstrăinarea mea de părinți nu mai era un obstacol între noi, ca un câmp minat care ne împiedica să comunicăm.

– Crezi că e normal?

– Tata mi-a spus că odată n-am vorbit cu el timp de două săptămâni, pe când aveam șaisprezece ani. Doar protestam. Și eram, de fapt, destul de fericită.

– Ea nici măcar nu protestează. În schimb, arată jalnic.

– Toți adolescenții sunt așa. Parcă ar fi setați din fabricație. Pentru ăia veseli ar trebui să-ți faci griji – probabil ascund fie vreo bulimie, fie că au furat rujuri din magazin.

– În ultimele trei zile nu s-a dat jos de pe canapea.

– Și tu ce părere ai?

– Cred că s-a întâmplat ceva rău.

– Are șaisprezece ani. A avut un tată care n-a știut niciodată de existența ei și s-a sinucis înainte ca ea să-l poată cunoaște. Maică-sa s-a măritat cu un tip pe care ea l-a poreclit Față de Imbecil, are doi frățiori dezmățați și părinții tocmai au schimbat încuietorile casei. Dacă eram în locul ei, probabil aș fi zăcut un an de zile pe canapea! zise Treena și sorbi zgomotos din ceai. Nu mai vorbesc de faptul că locuiește cu o tipă care poartă o fustă Spandex verde, sclipicioasă, lucrează la un bar și zice că face carieră.

– Lurex. Nu Spandex.

– Mă rog. Deci, când ai de gând să-ți găsești o slujbă decentă?

– În curând. Vreau doar să rezolv situația asta mai întâi.

– Situația asta.

– Crede-mă, Lily e la pământ. Îmi pare rău pentru ea.

– Știi de ce sunt eu la pământ? Din cauza faptului că tot promiți să duci un anume fel de viață, apoi te sacrifici pentru fiecare copil al nimănui care-ți iese în cale.

– Will n-a fost un copil al nimănui.

– Dar Lily este. Nici măcar n-o *cunoști* pe fata asta, Lou. Ar trebui să te concentrezi pe viitorul tău. Ar trebui să-ți trimiți C.V.-ul la firme, să contactezi diverşi oameni, să vezi care sunt punctele tale forte, nu să găseşti încă o scuză ca să-ţi laşi viaţa personală de izbelişte.

Am privit cerul de deasupra oraşului. Din camera de alături auzeam bolboroseli de la televizor, apoi pe Lily ridicându-se, deschizând şi trântind la loc uşa frigiderului. Am coborât vocea:

- Dar tu ce-ai face, Treena? Copilul bărbatului pe care l-ai iubit vine la uşa ta, şi toţi ceilalţi nu par dispuşi să-şi asume vreo responsabilitate în ceea ce-l priveşte. L-ai abandona şi tu?

Sora mea rămase puţin tăcută. Asta se întâmpla rar, de aceea m-am simţit obligată să continui.

- Deci, dacă Thom, în ăştia opt ani, s-ar fi certat cu tine, indiferent de motiv - să zicem că ar fi vrut să fie independent şi ar fi luat-o razna -, tu ai crede că e grozav ca singura persoană, căreia el i-ar cere ajutorul, să decidă că e o responsabilitate prea mare? Sau să-l alunge şi să facă aşa cum doreşte? Mi-am sprijinit capul de perete. Treen, încerc să fac ceea ce e bine. Mai scuteşte-mă, bine?

Nici un răspuns.

- Asta mă face să mă simt mai bine, ştii? Faptul că ştiu că ajut pe cineva mă face să mă simt mai bine.

Tăcerea surorii mele fu atât de lungă, încât m-am întrebat dacă nu cumva închisese.

- Treen?

- Bine, am înţeles. Îmi amintesc că am citit într-o carte de psihologie socială ceva despre faptul că adolescenţii consideră epuizant un contact faţă în faţă prea îndelungat.

- Ai vrea să-i vorbesc prin uşă? Într-o zi, voi purta cu sora mea o convorbire telefonică în care să nu aud oftatul plictisit al cuiva care îi explică ceva unui redus mintal.

- Nu, ignoranto! Ceea ce vreau să spun e că, dacă vrei s-o determini să discute cu tine, trebuie să faceţi ceva împreună, una lângă cealaltă.

Vineri-seară, în drum spre casă, m-am oprit la supermarketul DIY. Ajunsă la bloc, am urcat pe scări şi am intrat în apartament. Lily era exact acolo unde mă aşteptasem s-o găsesc: pe canapea, în faţa televizorului.

– Ce-i aia? mă întrebă.

– Vopsea. Apartamentul ăsta arată cam demodat. Tot îmi spui că e cazul să-l mai înviorez puțin. M-am gândit că am putea scăpa de nuanța asta veche și anostă de magnolie.

Nu s-a putut abține. M-am prefăcut ocupată și am mers să-mi pregătesc un ceai, privind cu coada ochiului cum ea se întinde, apoi se ridică și începe să examineze cutiile cu vopsea.

– Păi asta e cam la fel de anostă. E un gri pal.

– Mi s-a spus că gri e o culoare potrivită pentru interior. O duc înapoi dacă tu crezi că nu se potrivește.

– Nu, nu, e-n regulă, zise ea, cercetând cutia.

– Mă gândeam ca în camera de oaspeți să vopsim doi pereți crem și unul gri. Crezi că s-ar asorta?

Pe când vorbeam, scoteam din țiplă pensulele și trafaletele. M-am schimbat într-un tricou vechi și o pereche de pantaloni scurți și am întrebat-o dacă poate să pună niște muzică.

– Ce muzică vrei?

– Alege tu. Am tras un scaun într-o parte și am întins mai multe cârpe de praf de-a lungul peretelui. Tatăl tău spunea despre mine că sunt „un filistin muzical".

Ea nu răspunse, dar îi captasem atenția. Am desfăcut capacul unei cutii de vopsea și am început să amestec conținutul.

– El m-a făcut să merg la primul concert din viața mea. Nu muzică pop, ci clasică. Am acceptat doar fiindcă asta însemna că iese din casă. În primele zile, nu-i plăcea prea mult să iasă. Și-a pus o cămașă și un sacou elegant și a fost pentru prima oară când l-am văzut arătând ca... Mi-am amintit în clipa aceea șocul pe care îl avusesem când îl văzusem, ieșind din acel guler albastru rigid, pe bărbatul de dinainte de accident. Am înghițit în sec. În fine... Am mers, convinsă că aveam să mă plictisesc de moarte și să suport cu greu până la sfârșit, ca un neisprăvit în toată regula. De fapt, a fost cel mai uimitor lucru pe care-l auzisem în viața mea.

Urmă o tăcere scurtă.

– Și ce-a fost? Ce ai ascultat?

– Nu-mi amintesc precis... Sibelius? Am pronunțat corect?

Ea ridică din umeri. Am început să zugrăvesc, iar ea veni lângă mine și luă o pensulă. Inițial, nu zise nimic, dar părea captivată de sarcina repetitivă pe care o făcea. În același timp, avea grijă să șteargă de fiecare dată pensula de marginea cutiei, pentru a nu stropi podeaua cu vopsea. Nu ne-am vorbit, ci doar mai mormăiam, cerând câte ceva: *Poți să-mi dai pensula mai mică? Crezi că o să se mai vadă culoarea veche dacă mai dăm un strat?* Ne-a luat doar jumătate de oră să vopsim primul perete.

- Ei, ce spui? am întrebat-o, pe un ton admirativ. Crezi că mai putem face unul?

Ea mută o cârpă de pe jos și începu să zugrăvească și celălalt perete. Pusese muzica unei formații indie, de care n-auzisem în viața mea, dar care mi se păru vioaie și agreabilă. Am început iar să zugrăvesc, ignorând durerea din umăr și imboldul de a căsca.

- Ar trebui să-ți iei și niște tablouri.

- Ai dreptate.

- Am acasă o copie printată după un tablou de Kandinsky. Nu prea se potrivește la mine în cameră. Dacă vrei, ți-o aduc.

- Ar fi excelent.

Lucra mai cu spor acum, acoperind rapid peretele cu vopsea, atentă pe lângă tocul ferestrei.

- Mă gândeam, i-am zis, că ar trebui să stăm de vorbă și cu mama lui Will. Bunica ta. Ai fi de acord să-i scriu despre tine?

Nu spuse nimic. Se aplecă pe vine, aparent atentă să nu vopsească peretele dincolo de plinta dușumelei. În cele din urmă, se ridică și mă întrebă:

- E tot ca el?

- Care el?

- Ca domnul Traynor? Doamna Traynor e la fel?

M-am dat jos de pe cutia pe care mă cocoțasem și am șters pensula de marginea cutiei cu vopsea.

- E... diferită.

- Asta e modul tău de a-mi spune că e o vacă?

- Nu e o vacă. Doar că... o să ai nevoie de mai mult timp ca să o cunoști cu adevărat.

- Asta e modul tău de a-mi spune că e o vacă și că n-o să mă placă.

– Nicidecum, Lily. Dar e o persoană care nu-și exteriorizează sentimentele cu ușurință.

Fata oftă și puse jos pensula.

– Cred că sunt singura persoană din lume care ar putea descoperi că are doi bunici de care habar n-avea, ca apoi să afle că nici unul din ei n-o place.

Ne-am uitat una la alta. Și brusc, pe neașteptate, am izbucnit amândouă în râs.

Am pus capacul pe cutie.

– Vino, i-am zis. Hai să ieșim în oraș.

– Unde?

– Nu ziceai că am nevoie de puțină distracție? Spune tu!

Am scos mai multe bluze din una dintre cutii până ce Lily se hotărî, într-un sfârșit, care dintre ele era acceptabilă, și m-am lăsat dusă într-un club întunecos, de pe o stradă lăturalnică, pe lângă West End, unde matahalele de la pază o cunoșteau după nume și nimeni nu părea să se gândească la faptul că ar putea fi minoră.

– Asta-i muzică din anii '90! Vechituri! exclamă ea veselă, iar eu am încercat să nu mă gândesc prea mult la faptul că eram, în ochii ei, bătrână.

Am dansat până n-am mai știut de noi, eram lac de transpirație, șuvițe de păr ni se lipiseră de față, iar șoldul mă durea atât de tare, încât m-am întrebat dacă aveam să mai fiu în stare să stau în picioare, la bar, săptămâna următoare. Am dansat ca și cum n-am fi avut nimic altceva de făcut decât să dansăm. Doamne, m-am simțit excelent! Uitasem bucuria de a exista, pur și simplu; de a te lăsa purtată pe ritmurile muzicii, într-o mulțime de oameni, ca o masă organică, devenind parcă una cu ei, prinzând viață doar la vibrațiile care pulsau. Preț de câteva ore petrecute în întuneric, într-un zgomot asurzitor, am uitat de toate, iar problemele mele pluteau aidoma unor baloane umplute cu heliu: slujba mea groaznică, șeful arogant, eșecul de a-mi continua viața. Am devenit o ființă veselă, plină de viață. Mă uitam, prin mulțime, la Lily, care dansa cu ochii închiși și părul fluturându-i peste față, afișând acel amestec specific de concentrare și libertate pe care cineva îl are când se lasă în voia ritmului. Apoi, deschise ochii și am vrut să mă înfurii, văzând că ținea într-o mână o sticlă care în mod clar nu era de cola, dar m-am pomenit că îi zâmbeam – larg, euforic – și mă gândeam cât de straniu era că un copil necăjit, care abia se cunoștea pe sine, avea atât de multe să mă învețe în chestiuni despre viață.

Londra ne împresura gălăgioasă și aglomerată, deși era două dimineața. Ne-am oprit pentru ca Lily să facă *selfie*-uri cu noi în fața unui teatru, a unui semn chinezesc și a unui bărbat deghizat într-un urs imens (aparent, fiecare eveniment trebuia marcat de o dovadă fotografică), apoi ne-am croit drum prin străduțele aglomerate, în căutarea unui autobuz de noapte, am trecut pe lângă dughenele cu kebab deschise până noaptea târziu, pe lângă bețivi scandalagii, pe lângă proxeneți și pe lângă cârduri de fete ușoare. Șoldul mă durea groaznic și simțeam cum transpirația mi se răcea neplăcut sub hainele umede, dar mă simțeam încă plină de energie, ca și cum aș fi primit un imbold.

– Dumnezeu știe cum o să reușim să ajungem acasă! zise Lily, bucuroasă.

Și atunci am auzit strigătul.

– Lou!

Era Sam, care se sprijinea de geamul portierei unei ambulanțe, pe locul șoferului. Pe când ridicam brațul să-l salut, el întoarse mașina dintr-o manevră.

– Unde vă duceți?

– Acasă. Dacă mai vine vreun autobuz.

– Hai, urcați. Nu vă invit de două ori! Tocmai terminam tura. Apoi i se adresă femeii de lângă el: Ei, haide, Don! E o pacientă. Are șoldul făcut praf. Nu pot s-o las să meargă pe jos până acasă.

Lily se arătă încântată de această turnură neașteptată a evenimentelor. Apoi, ușile din spate ale ambulanței se deschiseră, și femeia, în uniformă de paramedic, ne trase înăuntru, dându-și ochii peste cap.

– Of, Sam, o să ne dea afară din cauza ta! se văită ea și ne făcu semn să ne așezăm pe targă. Bună, fetelor! Eu sunt Donna. A, nu... de tine îmi amintesc. Ești cea care...

– ... a căzut de pe bloc. Ba da!

Lily mă trase lângă ea pentru un „selfie în ambulanță“ și m-am făcut că nu văd cum Donna își dădu iar ochii peste cap.

- Unde aţi fost? se interesă Sam, privindu-ne în oglinda retrovizoare.

- La dans, zise Lily. Am încercat să o conving pe Louisa să nu mai fie o babornită plicticoasă. Poţi să porneşti sirena?

- Nu. Şi pe unde aţi fost? Apropo, întrebarea asta e de la un babalâc plicticos. Indiferent ce-ai spune, habar n-am unde e.

- Nu ştii unde e Club 22? se miră Lily. În spate la Tottenham Court Road?

- Acolo unde am avut traheotomia aia, Sam.

- A, îmi amintesc. Arăţi de parcă te-ai fi distrat pe cinste, îmi zise el, întâlnindu-mi privirea în oglindă, iar eu am roşit puţin.

Dintr-odată, mă simţeam bucuroasă că ieşisem la dans. Asta mă făcea să simt că aş fi putut fi cu totul altcineva. Nu doar o barmaniţă jalnică, într-un aeroport, pentru care o ieşire în oraş însemna să cadă de pe bloc.

- Da, a fost grozav, am răspuns cu un zâmbet.

El se uită pe ecranul computerului de bord şi exclamă:

- A, super! Avem un apel la Spencer's .

- Dar am mai fost acolo, spuse Donna. De ce ne face Lennie mereu asta? Omul ăsta e un sadic.

- Nu mai e nimeni disponibil în zonă.

- Ce se întâmplă?

- Avem o urgenţă. S-ar putea să fiu nevoit să vă dau jos. Oricum, nu e departe de blocul tău, bine?

- Spencer's, repetă Donna, oftând prelung. Minunat, n-am ce zice! Ţineţi-vă bine, fetelor!

Sirena porni, şi maşina demară în trombă, strecurându-se prin traficul londonez cu girofarul albastru şi sirena care urla deasupra noastră. Lily ţipa de încântare.

În fiecare noapte a săptămânii, ne dezvălui Donna, pe când ne încleştaserăm mâinile pe mânerele de sprijin, serviciul de salvare primea apeluri de la localul Spencer's. Erau chemaţi fie să-i pună pe picioare pe chefliii care nu mai vedeau pe unde merg, fie să le coasă rănile de pe feţe tinerilor care, după vreo şase halbe de bere, deveneau războinici şi nu mai ţineau cont de consecinţe.

– Tinerii ăştia au impresia că toată lumea e a lor, dar, de fapt, nu fac altceva decât să se distrugă cu fiecare liră pe care o dau pe băutură. În fiecare nenorocită de săptămână.

Am fost la destinaţie în câteva minute, ambulanţa încetinind în apropierea localului, pentru a-i evita pe beţivii împrăştiaţi pe caldarâm. Reclamele de pe ferestrele afumate ale clubului de noapte anunţau: „Băutură gratis pentru fete înainte de 10 p.m.“. În ciuda nopţilor rezervate petrecerilor de burlaci, a fluierăturilor şi a ţinutelor ţipătoare, străzile aglomerate din zona localurilor afişau mai curând o atmosferă explozivă şi tensionată decât una de carnaval. M-am pomenit privind îngrijorată pe geam.

Sam deschise uşile din spate şi-şi luă geanta.

– Staţi în maşină, ne îndemnă el şi coborî.

Un ofiţer de poliţie se îndreptă spre el, murmurând ceva, şi i-am văzut mergând către un tânăr care zăcea într-un canal, cu un şuvoi de sânge şiroind dintr-o rană la tâmplă. Sam se ghemui lângă el, în vreme ce poliţistul încerca să-i ţină deoparte pe beţivii gură-cască, pe prietenii „săritori“ şi pe iubitele care se jeluiau. Tânărul părea înconjurat de o bandă de figuranţi bine îmbrăcaţi din *The Walking Dead*, clătinându-se pe picioare şi mormăind, încăierându-se din când în când.

– Urăsc misiunile astea, zise Donna, verificându-şi rapid trusa de prim-ajutor, în vreme ce noi nu ne dezlipeam privirile de pe geam. Aş prefera oricând o femeie în chinurile facerii sau o bunicuţă cu cardiomiopatie. Fir-ar să fie de treabă, tipul e praf!

Sam îi înclină tânărului capul spre a examina mai bine rana de pe faţă, când un alt băiat, cu părul des dat cu gel şi gulerul cămăşii îmbibat în sânge, se agăţă de umărul lui:

– Heeei! Trebuie să merg la ambulanţă.

Sam se răsuci încet către tânărul băut, care împroşca cu sânge şi salivă când vorbea.

– Bine, prietene, acum dă-te puţin mai încolo, da? Lasă-mă să-mi fac treaba.

Băutura îi luase însă minţile tânărului. Acesta se uită la prietenii lui, apoi se repezi la Sam, răcnind:

– Nu-mi spui mie să mă dau mai încolo!

Sam îl ignoră și continuă să se ocupe de rănit.

– Hei, hei, tu! N-auzi că trebuie să ajung la spital? repetă celălalt și-l îmbrânci pe Sam în umăr. Heei!

Sam rămase, preț de o clipă, aplecat peste rănit și foarte calm. Apoi se ridică încet și se întoarse până când se pomeni nas în nas cu bețivanul.

– Fiule, o să-ți explic ca să înțelegi. Nu calci în ambulanță, s-a înțeles? Asta-i situația. Așa că nu te mai agita, mergi și distrează-te cu prietenii tăi, pune-ți niște gheață pe rană și mâine-dimineață du-te la medicul tău.

– Nu-mi spui tu mie ce să fac, da? Eu îți plătesc salariul. La dracu', nu vezi că *am nasul spart*?

Sam îi înfruntă privirea, iar tânărul ridică o mână și i-o înfipse în piept lui Sam, care se uită în jos la el.

– Uau! spuse Donna de lângă mine.

– Bineee! Te avertizez..., zise Sam, pe un ton foarte grav.

– Tu nu mă avertizezi pe mine! răcni tânărul, disprețuitor. Cine te crezi?

Donna ieși din ambulanță și alergă spre polițist. Îi șopti ceva la ureche și i-am văzut pe amândoi uitându-se spre Sam. Pe chipul Donnei se citea o rugăminte. În acest timp, tânărul continua să țipe, lovindu-l pe Sam în piept.

– Așa că întâi te ocupi de *mine* și pe urmă de *labagiul* ăla.

Sam își aranjă gulerul. Chipul lui devenise periculos de liniștit.

Și, chiar când am realizat că îmi țineam respirația, polițistul fu acolo, între ei. Donna îl ținea pe Sam de mânecă, trăgându-l către tânărul rănit la tâmplă de pe bordură. Polițistul mormăi ceva în stația de emisie-recepție, cu mâna pe umărul bețivului. Acesta se răsuci fulgerător și-l scuipă pe Sam pe jachetă:

– *Să te ia dracu'!*

Urmă o scurtă tăcere încordată. Sam încremeni.

– Sam! Vino încoace, dă-mi o mână de ajutor. Am nevoie de tine, zise Donna, împingându-l înainte.

Când am surprins chipul lui Sam, mi s-a părut că ochii lui au o strălucire rece și dură ca a diamantelor.

– Hai, Sam, insistă Donna, pe când îl urcau în ambulanţă pe tânărul, aflat la un pas de comă. Hai să plecăm de aici!

Sam conducea în tăcere, în timp ce eu şi Lily ne strecurasem pe bancheta din faţă, lângă el. Donna îi curăţă jacheta la spate, pe când bărbatul rămase cu privirea aţintită înainte şi cu maxilarul tremurând.

– Ar fi putut fi mai rău, zise Donna, voioasă. Luna trecută, unul mi-a vomat în păr. Şi a făcut-o intenţionat, monstrul. Şi-a băgat degetele pe gât şi a venit în fugă, prin spatele meu, doar fiindcă nu voisem să-l duc acasă, de parcă aş fi fost taxiul beţivilor.

Se ridică şi întinse mâna după cutia cu energizant pe care o ţinea pe bord.

– E o risipă de resurse. Când te gândeşti câte lucruri utile am putea face, în loc să cărăm o grămadă de derbedei...

Luă o înghiţitură, apoi îl privi pe tânărul aproape inconştient.

– Nu ştiu ce să mai zic... Te şi miri ce-o fi în capul lor.

– Nu prea multe, interveni Sam.

– Ai dreptate. Oricum, pe tipul ăsta trebuie să-l ţinem mai bine în frâu, zise ea şi-l bătu pe umăr pe Sam. Anul trecut a avut ceva probleme cu poliţia.

Sam mă privi pieziş, deodată spăşit:

– Am fost să luăm o fată, de pe Commercial Street. Avea faţa făcută zdrenţe. Violenţă domestică. Pe când încercam să o urc pe targă, prietenul ei a ieşit val-vârtej din cârciumă şi s-a repezit s-o bată iar. Nu m-am putut abţine.

– I-ai tras una?

– Nu doar una, spuse Donna, pe un ton dezaprobator.

– Don, n-ai văzut în ce hal era biata femeie?

Donna schiţă o grimasă către mine.

– Da, tocmai de-asta nu trebuie să mai intri în vreun bucluc. Altfel vei fi dat afară.

– Mulţumesc, Sam, i-am spus, când el opri maşina. Vreau să spun, pentru că ne-ai adus acasă.

– Ei, nu puteam să vă las în azilul ăla în aer liber, râse el, iar privirile ni se întâlniră pentru o clipă.

Apoi, Donna închise portiera, și mașina se făcu nevăzută, transportându-l la spital pe tânărul rănit.

– Ești îndrăgostită lulea de el, zise Lily, pe când priveam amândouă cum ambulanța dispare.

Uitasem chiar că ea se afla acolo. Am oftat, scotocindu-mă prin buzunare după chei.

– E un obsedat de sex.

– Ei, și? Mi-aș trage-o și eu cu el, spuse Lily, pe când deschideam ușa, lăsând-o să intre în scara blocului. Vreau să spun... dacă aș fi mai mare. Și un pic disperată. Ca tine.

– Nu cred că sunt pregătită pentru o relație, Lily.

Mergea în spatele meu, așa că n-aveam de unde să știu, dar aș fi fost în stare să jur că se strâmbă la mine cât am urcat scările, până la ușă.

Capitolul 12

I-am scris doamnei Traynor. Nu i-am spus nimic despre Lily, ci doar că speram că e bine, că mă întorsesem din călătoriile mele, că aveam să trec cu o prietenă prin zona unde locuia și că mi-ar plăcea să o salut, dacă e posibil. I-am trimis scrisoarea cu poșta rapidă și m-am simțit ciudat de emoționată atunci când am băgat plicul în cutia poștală.

Tata mă anunțase la telefon că femeia părăsise Granta House la câteva săptămâni după moartea lui Will. Îmi spusese că angajații domeniului fuseseră șocați, dar mi-am amintit de ziua când îl văzusem pe domnul Traynor cu Della, femeia cu care acum urma să aibă un copil, și m-am întrebat câți dintre ei fuseseră cu adevărat șocați. Într-un orășel, nu pot exista prea multe secrete.

– Doamna Traynor a fost groaznic de îndurerată, îmi spusese tata. Și, imediat după plecarea ei, femeia roșcată s-a și instalat în casă. Era șansa vieții ei, nu? Bătrânel drăguț, cu păr pe cap, ditamai conacul, n-avea cum să rămână multă vreme singur, nu? A, dar apropo, Lou. N-ai discutat nimic cu mama ta despre părul de la subraț, este? O să ajungă să și-l pună pe bigudiuri, dacă-l mai lasă mult să crească.

Nu-mi luam gândul de la doamna Traynor, încercând să-mi imaginez cum avea să reacționeze la vestea despre Lily. Îmi amintesc bucuria și neîncrederea de pe chipul domnului Traynor, la prima lor întâlnire. Oare Lily avea să reușească să-i mai aline durerea puțin? Uneori, o priveam pe fată când râdea la vreo glumă de la televizor sau, pur și simplu, uitându-se în gol pe fereastră, pierdută în gânduri, și îl vedeam pe Will atât de clar în trăsăturile ei – unghiul drept al nasului, pomeții proeminenți –, încât uitam să și respir. (Și, de obicei, ea bombănea: „Încetează să te mai holbezi la mine ca un maniac, Clark. Mă sperii!")

Lily venise la mine pentru două săptămâni. Tanya Houghton-Miller mă sunase să mă anunțe că ei pleacă într-o vacanță de familie în Toscana, iar Lily nu voia să-i însoțească.

– Sinceră să fiu, la cum se comportă acum, îmi convine, din punctul meu de vedere. Lily mă sleiește de puteri.

I-am atras atenția că, având în vedere că Lily rareori fusese acasă, iar Tanya schimbase încuietorile de la intrare, fetei i-ar fi fost destul de greu să o sleiască de puteri, asta, dacă nu cumva ciocănea întruna la geam și se lamenta. Se lăsă o scurtă tăcere, după care femeia izbucni:

– Când o să ai și tu copii, Louisa, poate că o să-ți dai seama despre ce vorbesc.

Da, argumentul decisiv al tuturor părinților. *Cum aș fi putut înțelege?*

Îmi oferi bani pentru întreținerea lui Lily, câtă vreme ei erau plecați. Am simțit o oarecare satisfacție zicându-i că nici prin gând nu-mi trece să primesc bani de la ea, deși, la drept vorbind, cheltuielile cu Lily fuseseră mai mari decât anticipasem. Pentru că Lily nu era deloc mulțumită de cinele mele cu fasole pe pâine prăjită sau sandviciuri cu brânză. Îmi cerea bani de mâncare și se întorcea cu pâine de casă, fructe exotice, iaurt grecesc, pulpe de pui bio – alimentele de bază în bucătăria unei familii din clasa de mijloc a bogătașilor. Mi-am amintit de casa Tanyei, de felul cum Lily cercetase frigiderul imens și alesese de acolo cutia cu ananas proaspăt, feliat.

– Apropo, cine e Martin? am întrebat-o.

Urmă o scurtă pauză.

– Martin e fostul meu partener. Se pare că Lily insistă să-l întâlnească, deși știe că nu agreez ideea.

– Ai putea să-mi lași numărul lui de telefon? Mi-ar plăcea să mă asigur că știu unde e. Știi, când sunteți voi plecați.

– Numărul lui Martin? De ce aș avea eu numărul lui Martin? pufni ea și îmi trânti telefonul în nas.

*

Ceva se schimbase de când o întâlnisem pe Lily. Nu doar că învățasem să mă acomodez cu debandada specific adolescentină din apartamentul meu aproape gol, dar chiar începuse să-mi placă faptul că fata apăruse în viața mea. Aveam cu cine să mănânc, lângă cine să stau pe canapea, comentând orice vedeam la televizor, față de cine să iau o figură inexpresivă atunci când Lily îmi oferea mâncărurile ciudate pe care le născocea. *De unde voiai să știu că trebuie să fierb cartofii în salata de cartofi? E doar o salată, pentru numele lui Dumnezeu!*

La serviciu, ascultam cum tații, care veneau să bea o bere la bar, își sunau copiii să le ureze noapte bună, înainte de a pleca în călătoriile lor de afaceri: *Luke, să n-o superi pe mami, da? Ești un băiat isteț!* – sau purtau conversații telefonice aprinse cu soțiile: *Nu, n-am spus că-n ziua aia o să trec eu să-l iau de la școală... Eram la Barcelona... Da, chiar acolo eram... Nu, nu, te rog să mă asculți.*

Nu-mi venea să cred că puteai aduce pe lume un copil, îl puteai crește, iubi și apoi, când împlinea șaisprezece ani, deveneai atât de exasperat, încât schimbai încuietorile casei, ca să nu mai poată intra. La șaisprezece ani, era încă un copil, desigur. În ciuda comportamentului ei, puteam să văd copilul care sălășluia în ființa lui Lily. Era vizibil în felul cum se entuziasma, în bucuria care i se citea în ochi, atunci când se îmbufna și când se strâmba în fața oglinzii din baie, dar, mai ales, când cădea în acel somn inocent.

Mă gândeam la sora mea și la dragostea ei simplă pentru Thom. Mă gândeam la părinții mei, încurajându-ne, făcându-și griji și sprijinindu-ne, pe Treena și pe mine, chiar dacă noi ajunseserăm de mult la maturitate. Și, în acele momente, simțeam lipsa lui Will din viața fiicei lui așa cum o simțeam și din viața mea. *Ar fi trebuit să fii aici, Will,* îi vorbeam în gând. *Tu erai cel de care Lily avea nevoie.*

Mi-am luat o zi de concediu – o crimă odioasă, după părerea lui Richard. („Te-ai întors doar de cinci săptămâni la lucru. Chiar nu înțeleg de ce trebuie să dispari iar.“) I-am zâmbit, am schițat o reverență grațioasă, în stilul unei dansatoare irlandeze, și am plecat acasă mai târziu, ca s-o găsesc pe Lily zugrăvind unul dintre pereții camerei sale cu o nuanță de-a dreptul stridentă de verde jad.

– Ai zis că vrei să înviorezi atmosfera, spuse ea, pe când eu rămăsesem cu gura căscată. Nu te îngrijora. Am cumpărat vopseaua din banii mei.

– Bine, dar măcar fă în așa fel încât să termini de zugrăvit în seara asta, am rugat-o, scoțându-mi peruca și dezlegându-mă la pantofi, trăgând pe mine o pereche de blugi. Mâine mi-am luat liber și vreau să-ți arăt niște lucruri care tatălui tău îi plăceau foarte mult.

Ea se opri, în timp ce vopseaua picura pe covor.

– Ce lucruri?

– O să vezi.

Am condus toată ziua, ascultând la iPodul lui Lily o selecție de cântece alcătuită de ea – când o melodie tristă despre iubiri pierdute, când un furios imn plin de ură împotriva întregii omeniri, care-ți spărgea timpanele. Am învățat însă, pe când mergeam pe autostradă, arta de a ignora zgomotul și de a mă concentra la drum, în vreme ce Lily ședea lângă mine, bâțâindu-se, din când în când, pe ritmul melodiei și bătând darabana în bordul mașinii. Era totuși bine, mi-am spus, că se distra. Și, la urma urmei, puteam trăi și fără ambele timpane funcționale.

Am pornit din Stortfold și am dus-o în locuri unde eu și Will mergeam să ne relaxăm sau să mâncăm în natură, locuri de picnic situate pe platourile de deasupra orașului. Am stat și pe băncile noastre preferate din jurul domeniului castelului, iar Lily a avut inspirația de a nu se arăta plictisită. Sinceră să fiu, era destul de greu să te entuziasmezi în fața unor câmpuri. Așa că m-am așezat și i-am povestit cum, atunci când l-am întâlnit pentru prima oară pe Will, el abia de ieșea din casă și cum, printr-o combinație de subterfugii și trucuri ingenioase, reușisem să-l scot la aer.

– Trebuie să înțelegi, i-am spus, că tatăl tău ura să fie dependent de cineva. Iar, pentru el, să iasă undeva nu însemna doar că era nevoit să depindă de cineva, ci că era văzut depinzând de cineva.

– Chiar dacă acel cineva erai tu.

– Chiar dacă eram eu.

Rămase, pentru câteva clipe, pe gânduri.

– N-aş suporta ca oamenii să mă vadă aşa. De fapt, eu nu suport să mă vadă oamenii nici măcar cu părul ud.

Am vizitat galeria unde Will încercase să-mi explice diferenţa dintre arta modernă „bună“ şi cea „proastă“ (tot nu ştiam să le deosebesc), şi Lily se strâmbă la aproape toate tablourile expuse. Am intrat şi la negustorul de vinuri, unde Will mă dusese să degust diferite sortimente de vin („Nu, Lily, *nu* vom organiza o degustare de vinuri azi“), apoi am mers la salonul de tatuaj, unde el mă convinsese să-mi fac acel tatuaj. Lily mă întrebă dacă pot s-o împrumut cu bani ca să-şi facă şi ea unul (şi aproape am sărit în sus de bucurie când tânărul care făcea tatuaje i-a spus că salonul e destinat doar adulţilor), apoi mi-a cerut să-i arăt micul bondar tatuat. Aceasta a fost una dintre puţinele ocazii în care am simţit că am reuşit să o impresionez. S-a amuzat grozav când i-am spus ce tatuaj alesese Will pentru el: o „Dată de expirare“ copiată pe pieptul său.

– Ai acelaşi simţ bizar al umorului ca şi el, i-am spus, iar Lily îşi ascunse cu greu satisfacţia.

Auzind discuţia dintre noi, proprietarul salonului ne dezvălui că avea o fotografie din acea zi.

– Păstrez fotografii cu toate tatuajele făcute aici, rosti el, pe sub mustaţa groasă, răsucită. Îmi place să înregistrez tot. Îmi puteţi aminti data, vă rog?

Am rămas amândouă în tăcere, pe când el răsfoia mapa laminată, plină de fotografii. Şi, deodată, am văzut-o – fusese făcută în urmă cu aproape doi ani –, un detaliu cu un model alb-negru, impecabil imprimat pe pielea ca de caramel a lui Will. Am privit cu atenţie fotografia, care-mi păru atât de familiară, încât aproape am rămas fără suflare. Revedeam mica porţiune de piele, imprimată în alb şi negru, pe care o spălasem cu o cârpă moale, o uscasem, o unsesem cu cremă solară şi de care îmi lipisem faţa. Am vrut să o ating, dar Lily fu mai rapidă şi-şi plimbă cu blândeţe degetele, cu unghiile roase, peste imaginea pielii tatălui ei.

– Cred că o să-mi fac și eu unul, zise ea. Unul ca ăsta. Când o să fiu suficient de mare.

– El ce mai face?

Eu și Lily ne-am întors. Cel care făcea tatuaje ședea pe un scaun, frecându-și antebrațul extrem de colorat.

– Îmi amintesc de el, să știți. Nu ne trec pragul prea mulți paraplegici, zâmbi tânărul. E un tip mișto, nu-i așa?

Am simțit, imediat, un nod în gât.

– A murit, rosti, sec, Lily. Era tatăl meu. E mort.

Bărbatul se crispă.

– Îmi pare rău, scumpo. N-am știut.

– Pot să păstrez asta? întrebă Lily, dar începuse deja să scoată poza lui Will din folia de plastic.

– Sigur, sigur, încuviință bărbatul. Dacă vrei, ia-o. Uite, îți dau și o folie de plastic, în caz că plouă.

– Mulțumesc, zise ea, punând-o cu grijă la subraț, și, în timp ce omul își ceru, încă o dată, scuze, am ieșit din salon.

Am mâncat de prânz – de fapt, un meniu de mic dejun, ce se servea toată ziua – în tăcere, într-o cafenea. Simțind că spiritul nostalgic al zilei începea să se risipească, am început să vorbesc. I-am spus lui Lily tot ce știam despre istoria cuceririlor amoroase ale lui Will, despre cariera lui, i-am dezvăluit că era genul de om pe care simțeai nevoia să-l mulțumești, fie făcând ceva care să-l impresioneze, fie făcându-l să râdă, spunând vreo glumă prostească. I-am povestit cum era atunci când îl cunoscusem eu și cum se schimbase, cum se îmblânzise, începând să descopere bucurii în lucrurile mărunte, chiar dacă multe dintre acele lucruri păreau să implice ridiculizări la adresa mea.

– De pildă, se amuza pe seama faptului că eu nu mă aventuram prea mult când venea vorba de mâncare. Maică-mea nu gătește mai mult de zece feluri de mâncare, pe care le tot prepara, prin rotație, de douăzeci și cinci de ani. Și nici unul dintre ele nu conținea quinoa. Sau lemongras. Sau sos guacamole. Tatăl tău ar fi mâncat orice.

– Iar acum și tu mănânci?

– Adevărul e că încerc să mănânc guacamole o dată la două luni. În memoria lui.

– Nu-ţi place?

– Gustul e bun. Doar că nu pot trece peste faptul că arată de parcă tocmai ţi-ai fi suflat nasul în farfurie.

I-am povestit despre fosta lui iubită şi despre felul în care ne făcuserăm apariţia, nepoftiţi, la nunta ei, eu stând în poală la Will şi învârtindu-ne în scaunul cu rotile pe tot ringul de dans, în vreme ce mireasa trăsese băutura pe nas.

– Serios? Nunta ei?

În incinta supraîncălzită a micii cafenele, am încercat să recreez, pentru ea, imaginea lui Will cât de bine am putut şi probabil am reuşit, fiindcă eram departe de toate complicaţiile de acasă sau poate pentru că părinţii ei erau plecaţi într-o altă ţară, ori poate, pentru că prima oară, cineva îi spunea poveşti simple şi amuzante despre tatăl ei. Ea râse, îmi puse câteva întrebări, încuviinţând din cap atunci când răspunsurile mele îi confirmau presupunerile. *Da, da, aşa era el. Da, poate că şi eu sunt la fel.*

Pe măsură ce vorbeam, în orele târzii ale amiezii, uitând de ceştile din faţa noastră, în care ceaiul se răcise, şi pe când chelneriţa, frântă de oboseală, se oferi încă o dată să strângă masa la care stăteam deja de peste două ore, am avut o revelaţie: pentru prima oară îmi aminteam de Will fără tristeţe.

– Dar tu?

– Ce-i cu mine? am întrebat, mirată, băgând în gură ultima bucată de pâine prăjită şi căutând-o din priviri pe chelneriţă, care, când mă văzu, veni glonţ la noi.

– Ce s-a întâmplat cu tine după ce tata a murit? Vreau să spun, mi se pare că făceai mai multe lucruri când erai cu el – chiar dacă era imobilizat într-un scaun cu rotile – decât faci acum.

Am simţit că mă înec cu bucata de pâine prăjită şi am încercat din răsputeri să o înghit. În cele din urmă, după ce dumicatul a alunecat în jos pe gât, am reuşit să îngaim:

– Dar fac o mulţime de lucruri. Am fost ocupată. Muncesc. Ştii, când lucrezi în ture e greu să-ţi faci planuri.

Ridică, pentru o clipă, din sprâncene, dar nu zise nimic.

– Plus de asta, șoldul încă mă mai doare. Nu sunt încă pregătită să mă cațăr pe munți.

Lily amestecă, alene, cu lingurița în ceașca de ceai.

– Viața mea e plină de evenimente. Să cazi de pe un bloc nu e chiar un lucru banal. O să am parte de multă distracție, din cauza asta, un an întreg!

– Dar asta nu înseamnă că *faci* ceva, nu?

Am tăcut amândouă. Am tras adânc aer în piept, încercând să scap de bâzâitul pe care începusem să-l aud brusc în urechi. Chelnerița sosi, strânse farfuriile goale din fața noastră, cu un aer triumfător, și plecă spre bucătărie.

– Hei, am spus. Ți-am povestit despre timpul pe care l-am petrecut cu tatăl tău la cursele de cai?

Într-o sincronizare perfectă, mașina mă lăsă în pană pe autostradă, la șaizeci de kilometri de Londra. Incidentul o făcu pe Lily să fie surprinzător de veselă. De fapt, era curioasă.

– N-am mai fost niciodată cu o mașină care rămâne-n pană. De fapt, nici nu știam că mașinile se mai și strică.

Afirmația ei m-a lăsat cu gura căscată (vechea dubiță a tatei îl lăsa mereu în pană și atunci se ruga cu voce tare de ea, promițându-i benzină premium, verificări periodice ale presiunii în pneuri, dragoste veșnică dacă se urnește din loc și-l duce până acasă). Apoi, Lily îmi spuse că părinții ei își schimbau Mercedesul în fiecare an. Mai ales, adăugă ea, din cauza pagubelor pe care frățiorii ei vitregi le produceau tapițeriei din piele a mașinii.

Am împins mașina până la marginea autostrăzii, așteptând sosirea mașinii de depanare și simțind cum micul automobil vibrează din toate încheieturile când camioanele vuiau pe lângă el. În cele din urmă, am decis că ar fi mai sigur pentru noi să ieșim din mașină, așa că am urcat pe movila de pământ de pe marginea autostrăzii și ne-am așezat pe iarbă, privind cum soarele amiezii își pierde puterea dogoritoare și alunecă la orizont, de partea cealaltă a autostrăzii.

– Ia spune-mi, cine e Martin? am întrebat-o atunci când am epuizat toate discuțiile legate de mașini.

Lily smulse un smoc de iarbă de lângă ea.

– Martin Steele? E omul alături de care am crescut.

– Credeam că e Francis.

– Nu. Fața de Imbecil a apărut în peisaj când deja aveam șapte ani.

– Știi, Lily, cred că ar fi bine să încetezi să-i mai spui așa.

Îmi aruncă o privire piezișă.

– Mda. Probabil ai dreptate, murmură ea și, întinzându-se cu spatele pe iarbă, îmi zâmbi suav: O să-i spun, în schimb, Cap de Penis.

– Atunci hai să rămânem mai bine la Fața de Imbecil. Deci, cum de-l mai vizitezi?

– Pe Martin? El e singurul tată pe care mi-l amintesc cu adevărat. Mama l-a cunoscut când eu eram foarte mică. E muzician. Un tip foarte creativ. Îmi citea povești și compunea cântece despre mine, știi, lucruri de genul ăsta. Pur și simplu îl...

Se opri brusc.

– Ce s-a întâmplat? Între el și mama ta?

Lily scotoci prin geanta ei, scoase un pachet de țigări și-și aprinse una. Trase adânc în piept și apoi eliberă un rotocol lung de fum, aproape dislocându-și maxilarul de atâta efort.

– Într-o zi, am venit acasă de la școală, cu bona, și mama m-a anunțat că el plecase. Mi-a spus că amândoi căzuseră de acord ca el să plece, deoarece nu se mai înțelegeau. Trase iar un fum. Se pare că el nu era interesat de dezvoltarea personală a mamei sau nu-i împărtășea viziunea despre viitor. Niște rahaturi. Cred că ea tocmai îl cunoscuse pe Francis și știa că Martin n-avea să-i ofere niciodată ceea ce-și dorea.

– Și ce-și dorea?

– Bani. Și o casă mare. Și șansa de a-și petrece toată ziua la cumpărături și la taclale cu prietenele sau de a-și alinia *chackrele*, ori alte asemenea prostii. Francis câștigă o grămadă de bani, fiindcă are o bancă privată și legături de afaceri cu alți bancheri privați, zise Lily și se întoarse spre mine. Deci, practic, până într-o zi, Martin a fost tatăl meu – vreau să spun că i-am zis „tati“ până în ziua când a plecat –, iar de a doua zi n-a mai fost. Martin mă ducea la grădiniță și la școală, și oriunde... și deodată mama se hotărăște că s-a săturat de el, iar eu ajung acasă și nu-l mai găsesc... E casa ei, deci el trebuia să plece. Pur și simplu. Și nu mi se dă voie să-l văd și nici măcar să vorbesc cu el, fiindcă *sunt dificilă* și *dezgrop trecutul*. Și, firește, ea *suferă atât de mult* și e *atât de tulburată emoțional*. Spunând acestea, Lily imită înspăimântător de bine vocea mamei sale, după care continuă: Și, când m-am înfuriat pe ea, ea mi-a spus că n-are nici un rost să fiu atât de supărată, deoarece Martin nici măcar nu e tatăl meu natural. Așa că *asta* a fost un mod plăcut de a afla adevărul.

Am privit-o mută de uimire.

– Pe urmă, Francis s-a înființat la ușa noastră cu buchete peste buchete de flori și cu așa-zise ieșiri în familie. Eu nu făceam parte practic din această familie și mă trimiteau cu bona când ei se tăvăleau prin cine știe ce hotel de lux. Șase luni mai târziu, mama m-a dus la Pizza Express. Am crezut că-i o surpriză pentru mine și că poate Martin avea să se întoarcă, când colo m-a anunțat că urma să se mărite cu Francis, că totul e minunat și că el avea să fie un tătic grozav pentru mine, și de aceea „trebuie să-l iubesc foarte mult“.

Lily suflă spre cer inele de fum, privindu-le cum se umflă, se unduiesc și dispar.

– Și nu l-ai iubit.

– Îl uram, spuse ea, privindu-mă pieziș. Îți dai seama imediat când cineva doar te tolerează. Chiar și când ești mic îți dai seama de asta. El nu m-a dorit pe mine niciodată, ci doar pe mama. Și oarecum îl înțeleg – cine vrea să crească copilul altui bărbat? Așa că, atunci când mama i-a avut pe gemeni, m-au trimis la un liceu cu internat. Bang! Misiune îndeplinită.

Ochii i se umpluseră de lacrimi și am vrut s-o îmbrățișez, dar ea își înfășură brațele în jurul genunchilor și zăbovi cu privirea în zare. Am rămas tăcute timp de câteva minute, urmărind traficul șoselei, pe când soarele cobora spre asfințit.

– Dar l-am găsit, știi.

M-am uitat la ea.

– Pe Martin. Aveam unsprezece ani. Am auzit-o pe bona mea spunându-i altei bone, în parc, că nu avea voie să-mi spună că Martin suna mereu, interesându-se de mine. Aşa că i-am dat de ales bonei: ori îmi zice unde locuieşte Martin, ori o pârăsc mamei că fură. Mi-a dat adresa şi am realizat că Martin stătea doar la un sfert de oră de mers pe jos de casa noastră. Pe Pyecroft Road, ştii unde vine?

Am scuturat din cap.

– Şi? Martin a fost fericit să te vadă?

Lily avu o ezitare.

– Da, a fost foarte fericit. De fapt, aproape a izbucnit în plâns. Mi-a spus că îi fusese foarte dor de mine şi că se simte groaznic departe de mine. M-a invitat să îl vizitez oricând doresc. Dar şi el se căsătorise cu o altă femeie şi aveau un copil. Şi atunci când ajungi în casa unei persoane care are deja un copil şi propria familie, îţi dai seama că nu mai faci parte nici din familia lui. Eşti o rămăşiţă.

– Sunt sigură că nimeni nu s-a gândit...

– Mă rog. Oricum, Martin e un tip tare cumsecade, dar i-am spus că nu pot veni. E prea ciudat. E ca şi cum i-aş spune: *Nu sunt fata ta adevărată*. Şi el încă mă mai invită pe la ei, tot timpul. E o prostie, pe bune.

Lily scutură, nervoasă, din cap. Am stat acolo o vreme, apoi ea îşi ridică ochii spre cer.

– Ştii ce mă deranjează cel mai tare?

Am aşteptat.

– Mama mi-a schimbat numele când s-a măritat. Numele meu. Şi nimeni nu s-a obosit să mă întrebe şi pe mine dacă sunt de acord, zise ea, cu o voce gâtuită. Nu mi-am dorit niciodată să mă cheme Houghton-Miller.

– Ah, Lily.

Îşi şterse rapid faţa cu dosul palmei, ca şi cum s-ar fi simţit stânjenită să fie văzută plângând. Trase din ţigară, apoi o aruncă în iarbă şi pufni, zgomotos.

– Am uitat să îţi spun. Zilele astea, Cap de Penis şi mama s-au certat *tot* timpul. N-aş fi surprinsă dacă s-ar despărţi. Dacă se întâmplă asta, e clar că va trebui să ne mutăm iar acasă la noi şi să ne schimbăm numele, şi nimeni nu va mai putea spune nimic din cauza *durerii ei* și a nevoii ei *de a evolua emoțional,* sau prostii de-astea. Și în cel mult doi ani o să apară altă Față de Imbecil, și frații mei vor fi Houghton-Miller-Branson, sau Ozymandias, sau Toodlepip, sau cine știe cum, spuse ea, cu un surâs amar. Din fericire, o să fiu de mult plecată atunci. Nu că mama mi-ar simți măcar lipsa.

– Chiar crezi că nu se gândește deloc la tine?

Lily întoarse capul spre mine și-mi aruncă o privire mult prea matură pentru vârsta ei, care-ți frângea inima.

– Cred că mă iubește. Dar pe ea se iubește și mai mult. Altfel, cum ar putea să facă ce face?

Capitolul 13

Copilul domnului Traynor veni pe lume a doua zi. La ora şase dimineaţa, am auzit sunând telefonul şi, pentru o clipă, m-am îngrozit, crezând că se întâmplase ceva rău. L-am auzit, în schimb, pe domnul Traynor, plângând de fericire şi cu răsuflarea tăiată, anunţându-mă, pe un ton plin de entuziasm:

– E fetiţă! Are trei kilograme şi opt sute de grame! Şi e absolut perfectă!

Îmi spuse cât de frumoasă e, cât de mult seamănă cu Will când fusese bebeluş şi mă invită să vin să o văd. Apoi îmi ceru să o trezesc pe Lily şi m-am conformat, şi am urmărit-o cum, tăcută şi somnoroasă, primi vestea că tocmai i se născuse o... mătuşă (îi luă câteva clipe ca să se dumirească).

– Bine, zise ea, în cele din urmă. Şi apoi, după ce îl ascultă pe interlocutor, încheie: Da... sigur.

Închise telefonul şi mi-l dădu înapoi. Apoi mă privi o clipă şi se întoarse în pat, trântind uşa în urma ei.

Cei câţiva oameni de afaceri, ferchezuiţi şi puşi la patru ace, care intraseră în bar, depăşeau cu mult suta de kilograme, riscând să nu fie primiţi în avion, şi tocmai mă întrebam dacă era sau nu cazul să le spun asta, când o jachetă reflectorizantă, familiară, apăru înaintea mea.

– Nu are nimeni nevoie de asistenţă medicală aici, i-am spus nou-venitului, apropiindu-mă încet de el. Mă rog, nu încă.

– Nu mă satur niciodată de uniforma asta. Şi n-am idee de ce. Sam se cocoţă pe un scaun de bar şi-şi sprijini coatele de tejghea. Hm, peruca asta a ta e... interesantă.

Am tras de fusta lucioasă.

– Generarea de electricitate statică e superputerea mea. Vrei o cafea?

– Mulţumesc. Dar să ştii că nu pot sta prea mult, zise el şi, după ce-şi verifică staţia de emisie-recepţie, o puse înapoi în buzunarul jachetei.

I-am preparat o cafea Americano, încercând să nu-i arăt cât de bucuroasă eram că-l revăd.

– De unde ai ştiut unde lucrez?

– Am avut un apel de la poarta de îmbarcare paisprezece. Suspiciune de infarct. Jake mi-a amintit că lucrezi la aeroport, aşa că nu a fost greu să-ţi dau de urmă.

Afaceriştii nu mai scoteau o vorbă. Sam era, remarcasem, genul de bărbat care-i reduce la tăcere pe bărbaţii din jur.

– Donna a plecat să arunce o privire prin duty-free. După genţi, normal...

– Presupun că aţi consultat deja pacientul.

El zâmbi.

– Nici vorbă! Stai să-mi beau cafeaua asta mai întâi şi pe urmă o să întreb unde-i poarta paisprezece.

– Foarte amuzant. Să înţeleg că i-aţi salvat deja viaţa pacientului?

– Era o pacientă. I-am dat nişte aspirină şi i-am spus că n-a fost cea mai bună idee să bea patru espresso duble înainte de ora zece dimineaţa. Sunt flatat să-ţi ofer o asemenea viziune incitantă asupra zilei mele de muncă.

Nu m-am putut abţine să nu râd şi i-am întins ceaşca. El sorbi cu nesaţ din cafea, recunoscător..

– Ştii, mă întrebam... Eşti gata pentru o altă întâlnire neconvenţională, cândva în viitorul apropiat?

– Cu sau fără ambulanţă?

– În mod sigur, fără.

– Putem să discutăm despre adolescenţii-problemă? l-am întrebat, trezindu-mă că-mi răsucesc cu degetele o şuviţă de nailon din perucă.

Doamne sfinte! Mă jucam cu părul, care nici măcar nu era părul meu adevărat. Mi-am tras imediat degetele din el.

– Putem discuta orice doreşti.

– Ce plănuieşti?

Făcu o pauză suficient de lungă cât să mă facă să roşesc.

– O cină? La mine? Diseară? Promit că, dacă plouă, n-o să te las să stai în camera de zi.

– S-a făcut.

– Atunci trec să te iau pe la şapte şi jumătate.

Tocmai înghiţea ultima gură de cafea, când îşi făcu apariţia Richard. Se uită suspicios la Sam, apoi la mine. Încă mă sprijineam de tejghea, la câţiva centimetri de el.

– E vreo problemă? întrebă el.

– Nu e nici un fel de problemă, răspunse Sam şi, când se ridică, am văzut că era cu un cap mai înalt decât Richard.

Câteva gânduri fulgerătoare se puteau citi pe chipul lui Richard, atât de clar, că le şi vedeam cum se succed. *De ce e paramedicul ăsta aici? De ce Louisa nu face nimic? Mi-ar plăcea să o mustru pe Louisa pentru că nu-şi dă deloc interesul pentru muncă, dar tipul ăsta e prea voinic şi există aici o situaţie pe care n-o înţeleg pe deplin şi mi-e cam frică de el.* Aproape că m-a umflat râsul.

– Bun, deci rămâne pe diseară, încuviinţă Sam din cap către mine. Să-ţi păstrezi peruca, da? Îmi place să fii inflamabilă!

Unul dintre afacerişti, roşcovan şi foarte mândru de el, se rezemă în scaun, scoţând în faţă o burtă imensă, pe care cămaşa aproape că plesnea.

– Acum o să ne ţii o predică despre limitele consumului de alcool?

Ceilalţi râseră.

– Nu, nu, continuaţi, domnilor, zise Sam, salutându-i. O să ne întâlnim peste un an-doi.

L-am urmărit îndreptându-se spre Plecări, împreună cu Donna, care-l aştepta în faţa biroului de Informaţii. Când m-am întors la bar, Richard mă ţintuia cu privirea.

– Trebuie să te avertizez, Louisa, că nu aprob să-ţi desfăşori viaţa socială la locul de muncă, spuse el.

– Bine. Data viitoare o să-i spun să ignore atacul de cord de la poarta paisprezece.

Maxilarul lui Richard se încleştă.

– Şi ce-a spus el adineauri... Că ar vrea să porţi în continuare peruca... Ei bine, află că acea perucă este proprietatea Shamrock and Clover Irish Themed Bars Inc şi nu îţi este permis să o porţi în timpul liber.

De data asta nu m-am mai putut abţine şi am început să râd.

– Pe bune?

Până şi el avu tendinţa să roşească un pic.

– E politica firmei. Peruca face parte din uniformă.

– Fir-ar să fie! am exclamat eu. Presupun că voi fi obligată să-mi cumpăr propriile peruci de dansatoare irlandeză pe viitor. Hei, Richard, l-am strigat, pe când el se pregătea să intre înapoi în birou, ca un arici. Ca să fie clar, asta înseamnă că n-ai voie să te giugiuleşti cu doamna Percival când porţi tricoul ăsta?

Am ajuns acasă şi n-am găsit nici urmă de Lily – cu excepţia unei pungi de cereale pe blatul din bucătărie şi, inexplicabil, a unei grămăjoare de gunoi pe duşumeaua din hol. Am încercat să o sun, dar nu mi-a răspuns, şi m-am întrebat cum puteai găsi un echilibru între Părintele Hiperanxios, Părintele Îngrijorat în Limite Normale şi Tanya Houghton-Miller. Şi apoi am intrat la duş şi m-am pregătit pentru întâlnirea cu Sam, care, în mod clar, nu era o întâlnire.

Ploua, dar potopul s-a dezlănţuit la puţin timp după ce am ajuns pe terenul lui Sam, făcându-ne leoarcă, deşi era o distanţă scurtă de la locul unde el parcase motocicleta şi până la vagon. Am rămas cu apa prelingându-se pe mine în timp ce Sam închise uşa în urma mea, amintindu-mi cât e de neplăcută senzaţia de şosete ude.

– Stai aici, zise el, scuturându-şi cu mâna picăturile de apă din păr. Nu poţi rămâne cu hainele astea ude pe tine.

– Hm, ăsta-i ca începutul unui film porno de duzină, am zis, dar el rămase foarte calm şi am realizat că, de fapt, rostisem cuvintele cu voce tare.

Am schiţat un zâmbet.

– Bine, zise el, ridicând din sprâncene și dispăru în spatele vagonului.

Reveni, peste câteva clipe, cu un pulover și ceva ce părea a fi o pereche de pantaloni de jogging.

– E treningul lui Jake. Proaspăt spălat. E drept, nu prea e din filmele porno, dar n-am altceva, zise el și-mi întinse pantalonii. Dacă vrei, poți să te schimbi în camera din spate sau în baie, dincolo de ușa aia. Cum preferi.

Am intrat în dormitorul lui și am închis ușa în urma mea. Deasupra, pe acoperișul vagonului, picăturile de ploaie cădeau zgomotos, acoperind geamul cu un nesfârșit șuvoi de apă. M-am gândit să trag perdelele, dar mi-am amintit că n-avea cine să mă vadă, în afară de găini, care se adăpostiseră în coteţul lor, scuturându-și, ursuze, picăturile de apă de pe pene. Mi-am dat jos tricoul și blugii, ude leoarcă, și m-am șters cu prosopul pe care Sam mi-l dăduse odată cu hainele. Ca să mă amuz, m-am strâmbat prin geam la găini, gest pe care, am observat mai târziu, l-ar fi făcut și Lily. Păsările n-au părut însă impresionate. Mi-am pus prosopul pe față și l-am mirosit, cu un aer de vinovăție, precum cineva care inhalează un drog interzis. Era proaspăt spălat, dar păstra totuși un miros inconfundabil, de bărbat. Nu mai simțisem un asemenea parfum de când eram cu Will. Mirosul mă tulbură pentru o clipă, așa că am pus imediat prosopul jos.

Patul dublu ocupa cea mai mare parte a dormitorului. Un dulap îngust, aflat lângă el, servea drept șifonier și două perechi de ghete de muncă erau așezate, ordonat, într-un colț. Pe noptieră, am văzut o carte și lângă ea, o fotografie care îl înfățișa pe Sam alături de o femeie surâzătoare, cu părul blond, strâns într-un smoc ciufulit. Femeia își ținea brațul în jurul umerilor lui și zâmbea larg către aparatul de fotografiat. Nu era o frumusețe nemaipomenită, dar avea un zâmbet irezistibil. Părea genul de femeie care râdea mult. Un fel de versiune feminină a lui Jake. Brusc, am simțit că mă cuprinde o milă copleșitoare pentru băiat și am fost nevoită să-mi dezlipesc privirea de la fotografie, ca să nu mă întristez și mai rău. Uneori, simțeam că înotam cu toții printr-un ocean de suferință, reticenți în a recunoaște față de ceilalți cât de departe ne-au purtat valurile sau că ne-am înecat. M-am întrebat, pentru o clipă, dacă nu cumva refuzul lui Sam de a discuta despre soția lui îl oglindea pe al meu: conștientizarea faptului că, odată deschisă acea cutie, lăsând să se strecoare afară fie şi o şoaptă izvorâtă din tristeţea ta, aceasta se va transforma într-un nor imens, care va înăbuşi orice alte discuţii.

Am încercat să-mi revin şi am tras aer în piept.

– E în regulă, Lou, încearcă să ai o seară agreabilă, am murmurat, amintindu-mi cuvintele de la cercul de consiliere.

Îngăduie-ţi momente de fericire.

Mi-am stors blugii şi şosetele în cabina de duş şi le-am atârnat apoi de paravanul acesteia. Am reuşit să-mi şterg dârele de rimel de sub ochi, dar mi-am dat seama, privindu-mă în oglinda mică din baie, că pentru părul meu nu puteam face mare lucru. Puloverul lui Sam era imens, dar l-am tras pe mine, încercând să ignor strania senzaţie de intimitate dată de purtarea hainelor unui bărbat. M-am uitat apoi în oglindă.

Ce crezi, Will? E doar o seară frumoasă. Nu trebuie să însemne nimic altceva. nu?

Când am ieşit, Sam zâmbi, suflecându-şi mânecile puloverului.

– N-ai zice că ai mai mult de doisprezece ani!

– Ce găteşti?

– Mă gândeam să fac o salată, dar cum nu prea e vreme de aşa ceva, improvizez.

Pusese un vas cu apă pe plită, motiv pentru care geamurile se aburiseră.

– Mănânci paste, da?

– Mănânc orice.

– Grozav.

Deschise o sticlă cu vin şi îmi turnă un pahar, invitându-mă să stau pe banchetă. În faţa mea, masa fusese aşezată pentru două persoane şi am simţit un fior. Dar, în definitiv, era doar o mică plăcere, un moment plăcut de care să mă bucur. Fusesem cu Lily la dans. Mă strâmbasem la găini. Şi acum eram pe cale să mă simt bine, petrecând o seară cu un bărbat care voia să gătească pentru mine. Era un progres, la urma urmei.

Poate că Sam remarcase ceva din zbuciumul meu interior, fiindcă aşteptă să iau prima gură de vin şi apoi zise, în timp ce amesteca într-o cratiţă, pe plită:

– El era şeful de care mi-ai vorbit? Tipul ăla de azi?

Vinul era delicios şi am sorbit iar din el. Nu îndrăznisem să mă ating de băutură câtă vreme Lily fusese cu mine, dar acum puteam lăsa garda jos.

– Mda.

– Ştiu genul. Dacă te consolează cu ceva, află că în cel mult cinci ani o să aibă ori ulcer, ori o tensiune suficient de mare încât să-i provoace disfuncţii erectile.

– Ambele variante îmi convin de minune, am râs eu.

Într-un final, puse pe masă un castron aburind cu paste şi se aşeză şi el.

– Noroc! zise el, ridicând un pahar cu apă. Şi acum, povesteşte-mi ce e cu fata asta pierdută a ta.

Ah, era o aşa de mare uşurare să am pe cineva cu care să discut! Mă dezobişnuisem atât de mult să stau în preajma oamenilor care ascultă cu adevărat – căci la bar veneau numai tipi dornici să se audă vorbind –, încât să discut cu Sam mi se părea o revelaţie. El nu mă întrerupea, nu ţinea să-mi spună părerea lui sau ce-ar trebui să fac. Asculta, încuviinţa, dând din cap, şi îmi turna vin în pahar, iar într-un final, când afară deja se întunecase, îmi zise:

– Ţi-ai asumat o mare responsabilitate.

M-am întins pe spate, ridicându-mi picioarele pe banchetă.

– Nu cred că aveam de ales. Mă întreb mereu, aşa cum mi-ai zis: ce-ar fi vrut Will să fac? Am luat încă o înghiţitură de vin şi am continuat: Totuşi, e mai greu decât mi-am imaginat. Am crezut că e suficient să o ajut să-şi întâlnească bunicii şi că toată lumea avea să fie încântată şi că totul avea să se termine cu bine, ca-n emisiunile alea cu reîntâlniri după ani de zile, de la televizor.

El îşi privea mâinile, în vreme ce eu îl studiam.

– Crezi că a fost o nebunie din partea mea să mă implic?

– Nu. Prea mulţi oameni îşi caută doar propria lor fericire, fără să se gândească la suferinţele pe care le lasă în urma lor. N-ai idee câţi puşti culeg de pe străzi la fiecare sfârşit de săptămână. Beţi, drogaţi, cu minţile rătăcite... Părinţii lor sunt preocupaţi de propriile probleme sau au dispărut total din viața lor, așa că ei trăiesc într-un vid sufletesc și fac alegeri greșite.

– E mai rău decât pe vremea noastră?

– Cine știe? Tot ce pot spune e că întâlnesc mereu asemenea copii dezorientați. Și psihiatrul pediatru de la spital are o listă de așteptare cât brațul tău de lungă. Sam zâmbi cu amărăciune. Așteaptă-mă puțin. Mă duc să închid păsările în coteț.

Am vrut să-l întreb cum de cineva, aparent atât de înțelept, poate fi așa de nepăsător cu sentimentele propriului său fiu. Voiam să aflu dacă știe cât este de nefericit Jake. Dar mi s-a părut că o asemenea întrebare ar fi fost prea brutală, având în vedere felul cum îmi vorbise și faptul că tocmai îmi pregătise o cină pe cinste... M-a distras imaginea găinilor care se găinățau pe rând în coteț, apoi Sam se întoarse, aducând cu el miresmele vagi de afară și un aer rece, iar momentul trecu.

El îmi mai turnă vin și am sorbit din pahar. M-am lăsat cucerită de confortul micului vagon de tren și de senzația de sațietate, în vreme ce-l ascultam pe Sam vorbind. Îmi povesti despre nopți în care ținuse de mână bătrâni bolnavi, care nu voiau să deranjeze pe nimeni, și despre normele impuse de șefi, care-i demoralizau și-i făceau să simtă că nu fac meseria pentru care se pregătiseră. L-am ascultat, pierzându-mă într-o lume departe de a mea, i-am urmărit mâinile, trasând energic cercuri prin aer, i-am surprins zâmbetul autoironic, atunci când simțea că se ia prea în serios. Și i-am privit mâinile. I-am privit mâinile.

Am roșit ușor atunci când mi-am dat seama încotro se îndreaptă gândurile mele și am mai sorbit din vin, pentru a masca stinghereala.

– Unde e Jake în seara asta?

– Nu prea l-am văzut în ultima vreme. Presupun că e la prietena lui, răspunse Sam cu un aer de tristețe. Fata are o familie numeroasă, cu o droaie de frați și surori și o mamă care stă toată ziua acasă. Lui îi place să stea pe-acolo, preciză Sam și mai luă o gură de apă. Dar Lily unde e?

– Nu știu. I-am trimis două mesaje pe telefon, dar nu s-a obosit să-mi răspundă.

Simpla lui prezenţă mă copleşea. Sam mi se părea de două ori mai voinic şi de două ori mai plin de viaţă decât alţi bărbaţi. Gândurile mi se învârtejeau în cap şi mă simţeam atrasă de ochii lui, care se îngustau uşor atunci când mă asculta, ca şi cum Sam ar fi încercat să se asigure că înţelege perfect ceea ce spun. Îmi plăceau ţepii bărbii nerase care se iţeau pe maxilare, forma umărului său, sub lâna moale a puloverului. Ochii mei nu se dezlipeau de pe mâinile lui zăbovind pe masă, cu degetele bătând uşor în tăblia acesteia. Nişte mâini dibace. Mi-am amintit blândeţea cu care îmi sprijinise capul, felul cum mă agăţasem de el în ambulanţă, de parcă era singura mea ancoră. Sam îmi zâmbi, având parcă o întrebare nerostită în priviri şi, deodată, ceva în mine se topi. Putea să mi se întâmple ceva rău, câtă vreme ochii îmi erau deschişi?

– Vrei o cafea, Louisa?

Mă privea într-un anumit fel şi am scuturat din cap.

– Vrei să...

Înainte să-mi pot duce gândul la capăt, m-am aplecat peste masă, l-am atins pe ceafă şi l-am sărutat. El ezită doar pentru un moment, apoi îmi întoarse sărutul. La un moment dat, am avut impresia că aud un ciocănit în paharul de vin, dar nu m-am putut opri. Aş fi vrut să prelungesc acel sărut pentru o veşnicie. Am alungat din minte toate gândurile despre ceea ce făceam, despre ce însemna asta, despre ce încurcături îmi puteam crea. *Hai, trăieşte!* mi-am spus în gând. Şi l-am sărutat până când am simţit că toată raţiunea mi se scurge prin pori şi devin doar o inimă care pulsează, trăind doar pentru ceea ce voiam să fac cu el.

Sam se retrase la început, uşor confuz.

– Louisa...

Un tacâm zornăi pe podea. M-am ridicat, odată cu el, şi l-am tras spre mine. Şi, brusc, ne-am prăbuşit pe podeaua micului vagon, încătuşaţi, şi, o, Doamne, acel parfum şi acel gust, şi toate acele senzaţii date de atingerea lui. Mă simţeam străfulgerată de o sumedenie de artificii minuscule, părticele din fiinţa mea, pe care le credeam moarte, renăşteau. El mă apucă viguros şi m-am înfăşurat în jurul lui, simţindu-i muşchii vânjoşi şi forţa bărbătească. I-am sărutat faţa, urechile, mi-am înfipt degetele în părul lui negru şi moale. Apoi el se aşeză deasupra mea şi mă privi, purtând pe chip o întrebare nerostită.

Răsuflam întretăiat.

– Nu mi-am mai scos hainele în faţa nimănui de la... accident, i-am mărturisit.

– Nu e nici o problemă. Sunt cadru medical.

– Vorbesc serios. Mi-e cam ruşine, am şoptit, simţind cum ochii mi se umplu de lacrimi.

– Vrei să te fac să te simţi mai bine?

– E cea mai naşpa replică pe care...

El îşi ridică puloverul, lăsând să se vadă o cicatrice urâtă, care-i brăzda abdomenul.

– Ia uite. M-a înjunghiat un australian cu probleme psihice, acum patru ani. Şi aici, zise el, arătând spre o echimoză imensă, verde-gălbuie, pe şale. O lovitură primită sâmbăta trecută. De la o femeie moartă de beată. Apoi întinse palma spre mine: Un deget rupt. Mi l-am prins în targă, când ridicam un pacient obez. Şi... a, da, aici, zise el şi-mi arătă şoldul, de-a lungul căruia se desfăşura o linie argintie, în zigzag, cu urmele copcilor încă vizibile. Rană prin înjunghiere, provenienţă necunoscută, încasată într-o încăierare de la un club de noapte din Hackney Road, anul trecut. Poliţiştii n-au aflat nici până în ziua de azi cine m-a aranjat.

I-am privit trupul solid, brăzdat de cicatrice.

– Şi asta? am întrebat, atingând uşor o cicatrice mică, de pe o parte a abdomenului. I-am simţit pielea fierbinte sub cămaşă.

– Asta? Ha! Apendicită. Aveam nouă ani.

Am zăbovit cu privirea peste bustul şi chipul lui. Şi apoi, susţinându-i privirea, mi-am scos, încet, puloverul imens, peste cap. Am început să tremur involuntar – nu ştiu dacă de la aerul rece sau de la faptul că eram extrem de emoţionată. El veni mai aproape, atât de aproape, încât se afla la câţiva centimetri de mine, şi-şi plimbă degetele de-a lungul liniei şoldului meu.

– Îmi amintesc de el. Şi-mi amintesc că am putut simţi că era fracturat chiar aici.

Palma lui urcă peste abdomenul meu cu atâta delicateţe, că muşchii mi s-au contractat instantaneu.

– Şi aici, aveai o pată purpurie pe piele. Mi-a fost frică de vreo hemoragie internă, mărturisi el, punând palma în acel loc. Era caldă şi am simţit că mi se taie răsuflarea.

– N-am crezut niciodată până acum că un termen ca „hemoragie internă" poate suna sexy.

– Ah, nici n-am început încă.

Mă luă în braţe şi mă duse încet către pat. M-am aşezat, cu ochii într-ai lui, şi Sam îngenunche, plimbându-şi palmele peste picioarele mele.

– Şi am ajuns şi aici, zise el şi-mi ridică piciorul drept, pe care se vedea o cicatrice de un roşu aprins. Îşi plimbă tandru degetul mare pe linia ei.

– Aici. Os rupt. Fractură deschisă. Asta trebuie să fi durut groaznic.

– Îţi aminteşti multe.

– Pe majoritatea pacienţilor mei nu i-aş mai putea recunoaşte pe stradă a doua zi. Dar tu, Louisa... tu ai un chip ce nu poate fi uitat. Îşi coborî capul şi îmi sărută vârful piciorului, apoi îmi mângâie cu palmele piciorul, punându-şi, în cele din urmă, braţele de ambele părţi ale trupului meu şi rămase, sprijinit în mâini, deasupra mea. Acum nu te mai doare nimic, nu?

Am scuturat din cap, fără o vorbă. Nu-mi mai păsa. Nu-mi mai păsa dacă era obsedat de sex sau doar flirta. Eram atât de copleşită de dorinţă, încât nu mi-ar fi păsat nici dacă mi-ar fi rupt şi celălalt şold.

El se lipi de mine ca un val, şi m-am întins pe pat, lăsându-mă în voia lui. Cu fiecare mişcare, răsuflarea mi se stingea, dar la un moment dat era singura care se mai auzea în tăcerea din cameră. El mă privi, apoi închise ochii şi mă sărută, încet şi tandru. Mă sărută şi îşi lăsă greutatea asupra mea suficient de mult încât să-i pot simţi delicioasa lipsă de vlagă a dorinţei carnale. Ne-am sărutat, i-am simţit buzele lui pe gâtul meu, pielea lui lipită de a mea, aproape ameţită, până când m-am arcuit involuntar, cu picioarele înlănţuite pe trupul lui.

– O, Doamne! am şoptit, cu răsuflarea tăiată, când el mi-a eliberat gura. Aş fi vrut să nu te fi judecat greşit.

Sam se încruntă.

– Asta sună... seducător.

– N-o să plângi pe urmă, nu?

El clipi.

– Nu...

– Şi vreau să ştii că nu sunt vreo obsedată ciudată. N-o să te urmăresc după aceea. Şi nici n-o să-l întreb pe Jake ce faci când eşti sub duş.

– Asta... asta e bine de ştiut.

Şi, odată ce stabiliserăm regulile jocului, m-am smuls de sub Sam şi m-am aşezat deasupra lui, sărutându-l până am uitat tot ce tocmai discutaserăm.

O oră şi jumătate mai târziu, stăteam, întinsă pe spate, privind, uşor ameţită, spre tavanul scund. Pielea mă furnica, oasele îmi vibrau, simţeam dureri în locuri despre care n-aveam habar că puteau să mă doară şi totuşi eram dominată de un extraordinar sentiment de pace, ca şi cum nucleul fiinţei mele se topise, pur şi simplu, şi căpătase o nouă formă. Nu eram sigură că aveam să mă mai pot ridica vreodată.

Nu ştii niciodată ce se poate întâmpla când cazi de la mare înălţime.

Asta cu siguranţă nu eram eu. Mi-am reamintit cum mă simţisem cu nici douăzeci de minute mai devreme. Oare chiar... chiar... Amintirile mă năpădiseră ca nişte cercuri fierbinţi. Niciodată nu mai făcusem sex astfel. Nici măcar în cei şapte ani cât fusesem cu Patrick. Era ca şi cum ai fi comparat un sandvici cu brânză cu... cu ce? Cu un preparat incredibil de *haute cuisine*? Cu o friptură enormă? Am chicotit, involuntar, şi mi-am acoperit gura cu mâna. M-am simţit, deodată, o cu totul altă persoană.

Sam adormise lângă mine şi mi-am întors capul spre el, să-l privesc. *O, Doamne!* mi-am spus, minunându-mă de profilul lui, de buzele lui – îmi era imposibil să-l privesc şi să nu fiu tentată să-l ating. Mă întrebam dacă să-mi apropii mai mult chipul și mâna de el, pentru a putea...

– Hei, zise el, cu ochii mijiţi de somn.

.... şi apoi gândul m-a izbit.

O, Doamne, oare am devenit una dintre acele femei cu care Sam şi-o trăgea?

*

Ne-am îmbrăcat într-o tăcere aproape deplină. Sam se oferi să-mi facă un ceai, dar l-am refuzat, căci voiam să verific dacă Lily era acasă.

– Având în vedere că familia ei este în vacanță, s-ar putea să fi venit la mine, am zis eu, trecându-mi mâna prin părul de-acum încâlcit.

– Sigur... Vrei să plecăm *acum*?

– Da, te rog.

Mi-am strâns hainele din baie, devenind deodată stânjenită și serioasă. Nu puteam să-l las să observe cât eram de tulburată. Fiecare părticică din mine era concentrată pe efortul de a mă detașa din nou, ceea ce mă făcea să mă simt ciudat. Când am ieșit din dormitor, el era deja îmbrăcat și făcuse curățenie lună în bucătărie. Am încercat să nu-l privesc. Mi se părea mai ușor astfel.

– Aș putea să împrumut hainele astea de la tine, ca să merg acasă? Ale mele sunt încă ude.

– Sigur. Doar că... mă rog, nu-i nici o problemă, zise Sam și, deschizând un sertar, scoase din el o pungă de plastic

Am luat punga și am rămas amândoi în întunericul încăperii.

– A fost o... seară frumoasă.

– „Frumoasă". E în regulă, zise el și mă privi de parcă ar fi vrut să înțeleagă ceva.

Pe când străbăteam drumul pe motocicletă, în noaptea umedă, am încercat să nu-mi sprijin obrazul de spatele lui. El insistă să-mi împrumute o geacă de piele, deși îl asigurasem că nu mi-e deloc frig. Dar, după câțiva kilometri, mi-am dat seama că aerul era, într-adevăr, rece, și eram bucuroasă că acceptasem oferta. Am ajuns la apartamentul meu pe la unsprezece și un sfert, deși a trebuit să mă uit de mai multe ori la ceas ca să mă lămuresc că într-adevăr atât era. Simțeam că trăisem deja mai multe vieți de când Sam venise să mă ia.

Am coborât de pe motocicletă și am vrut să-mi dau jos geaca de piele, dar el propti motocicleta cu călcâiul și îmi spuse:

– E târziu. Lasă-mă cel puțin să te conduc până sus.

Am ezitat inițial.

– Bine. Dacă aștepți puțin, o să-ți dau înapoi și hainele.

Am încercat ca vocea mea să sune impasibilă. El ridică din umeri și mă urmă până la ușă.

*

Am intrat în casa scării și ne-a izbit în urechi bubuitul unei melodii sacadate. Am știut imediat de unde venea. M-am strecurat pe hol, m-am oprit puțin în fața apartamentului meu și am deschis încet ușa. Lily stătea în mijlocul holului, cu o țigară într-o mână și un pahar de vin în cealaltă. Purta o rochie galbenă, înflorată, pe care i-o cumpărasem de la un magazin vintage, pe vremea când încă mă mai preocupam de vestimentația ei. M-am uitat uimită la ea și probabil că m-am împiedicat atunci când mi-am dat seama ce purta pe sub rochie, căci am simțit că Sam mă prinde de braț.

– Drăguță jachetă, Louisa! zise ea și-și ridică un picior spre mine.

Purta pantofii mei verzi, cu sclipici.

– De ce nu porți pantofii ăștia? Ai asemenea minunății, și tu porți doar chestii banale... blugi, tricouri... *Așaaaa* de plictisitor!

Se întoarse apoi în camera mea și ieși de acolo, câteva momente mai târziu, ținând în mâini un combinezon auriu de lame, după moda anilor '70, pe care obișnuiam să-l asortez la niște cizme maro.

– Ia uită-te aici! Ăsta e un combinezon pentru care toată lumea m-ar invidia.

– Dă-i imediat jos, i-am zis, când mi-am recăpătat glasul.

– Ce să dau?

– Colanții ăia. Dă-i jos, am strigat eu, cu o voce gâtuită, pe care nici eu nu mi-o recunoșteam.

Lily se uită în jos la colanții negru cu galben.

– Nu, pe bune, ai niște vechituri de haine foarte mișto aici. Biba, DVF. Chiar și chestia asta purpurie de la Chanel. Știi cât valorează asta?

– Dă-i *jos*!

Poate remarcând duritatea subită a tonului meu, Sam încercă să mă ia de acolo.

– Hei, de ce nu mergem noi în camera de zi și...

– Nu mă mișc de aici până nu-și scoate colanții.

Lily făcu o grimasă.

– Iisuse! Nici nu e nevoie să ai copii mici ca să te porți astfel.

Am urmărit, tremurând de furie, cum Lily începe să-şi scoată colanţii mei cu bondari, izbindu-i de podea atunci când ei refuzară să-i alunece de pe picior.

- Să nu mi-i rupi!

- Sunt doar o pereche de colanţi.

- *Nu* sunt doar o pereche de colanţi. Sunt... un dar.

- Hm, tot o pereche de colanţi rămân, mormăi ea.

Într-un final, şi-i scoase, lăsându-i în mijlocul încăperii, ca un ghemotoc de bumbac, galben cu negru. Din cealaltă cameră, am putut auzi clinchetele umeraşelor, pe măsură ce restul hainelor mele erau, bănuiam, puse la loc în grabă.

O clipă mai târziu, Lily îşi făcu apariţia în camera de zi. Doar în chiloţi şi sutien. Aşteptă, de parcă ar fi vrut să se asigure că ne-a atras suficient atenţia, apoi îşi trase peste cap o fustă scurtă, lent şi ostentativ, unduindu-şi trupul pe măsură ce şi-o trăgea în jos, peste şoldurile slabe. Apoi îmi adresă un zâmbet gingaş:

- Mă duc în club. Nu mă aştepta. Mi-a părut bine să te revăd, domnule...

- Fielding, zise Sam.

- Domnule Fielding, repetă ea şi-mi zâmbi - o grimasă ce nu aducea nicidecum cu un zâmbet.

Şi, trântind uşa în urma ei, dispăru.

Am răsuflat din toţi rărunchii, apoi am mers să-mi recuperez colanţii. M-am aşezat pe canapea şi i-am întins, netezindu-i ca să mă asigur că nu erau agăţaţi sau arşi de ţigară.

Sam se aşeză lângă mine.

- Eşti bine? întrebă el.

- Ştiu că poate mă crezi nebună, i-am spus, în cele din urmă, dar colanţii ăştia erau...

- Nu trebuie să-mi explici.

- Eram o persoană diferită. Colanţii ăştia au însemnat... eu eram... mi i-a făcut cadou..., m-am bâlbâit eu, iar vocea mi se stinse.

Am rămas în apartamentul învăluit în tăcere. Ştiam că ar trebui să spun ceva, dar nu-mi găseam cuvintele şi simţeam un nod uriaş în gât.

Mi-am dat jos geaca de piele a lui Sam şi i-am întins-o.

- E în regulă, l-am asigurat. Nu mai e nevoie să stai.

Am simţit privirea lui aţintită asupra mea, dar nu mi-am ridicat ochii din podea.

– Atunci, mă retrag, zise el.

Şi, înainte să mai apuc să adaug ceva, plecă.

– Mulţumesc, am rostit în liniştea deplină.

Capitolul 14

În săptămâna aceea, am întârziat la şedinţa Cercului de consiliere. Lily îmi făcuse o cafea şi mi-o lăsase pe masă, poate în loc de scuze, întrucât vărsase vopsea verde pe podeaua din hol, uitase o îngheţată pe blatul din bucătărie şi aceasta se topise acolo, îmi luase cheile de la casă, de care era prinsă şi cheia de la maşină, fiindcă nu le găsise pe ale ei şi îmi împrumutase peruca pentru o noapte în club, fără să-mi ceară voie. Găsisem peruca pe podea în dormitorul ei, dar, când am pus-o pe cap, mi-am dat seama că arăt ca şi cum un ditamai dulăul făcuse în capul meu ceva ce nu putea fi menţionat.

Când am ajuns la sala parohială, toţi ceilalţi stăteau deja pe scaune. Natasha se dădu, amabilă, într-o parte, făcându-mi loc să mă aşez lângă ea.

– Astăzi, vom discuta despre semnele care ne arată că am putea merge mai departe, anunţă Marc, ţinând în mâini o cană cu ceai. Aceste semne nu trebuie să fie neapărat lucruri importante – noi relaţii sau renunţarea la anumite haine, ori chestii de genul ăsta. Pot fi chiar şi lucruri mărunte, care ne ajută să vedem o ieşire din suferinţă. E surprinzător cât de multe dintre aceste semne trec neobservate sau pe câte refuzăm să le recunoaştem fiindcă ne simţim vinovaţi să mergem mai departe.

– Eu m-am înscris pe un site de întâlniri, zise Fred. Se numeşte „Din mai în decembrie“

Se auzi un murmur, de surprindere şi aprobare.

– E foarte încurajator, Fred, surâse Marc și sorbi din ceai. Ce speri să obții? O companie plăcută? Îmi amintesc că-mi spuneai că cel mai mult îți lipsește o persoană cu care să te plimbi duminică după-amiaza. Pe malul heleșteului cu rațe, din câte știu, acolo unde mergeați tu și soția ta.

– A, nu. E un site de sex pe internet.

Marc se înecă și împroșcă în jur cu ceai. Urmă o scurtă pauză, răstimp în care cineva îi întinse un șervețel pentru a-și șterge picăturile de ceai de pe pantaloni.

– Da, sex pe internet. Doar asta fac toți, nu? M-am înscris, de fapt, pe trei site-uri, preciză Fred, începând să le numere pe degete: Din mai până în decembrie, care e pentru tinere care caută bărbați mai în vârstă, Tătici de Zahăr, care e pentru tinere care caută bărbați în vârstă cu bani și... ăăă... Studente Fierbinți. Aici nu se precizează cui îi e destinat, zise el, confuz.

Urmă o scurtă tăcere.

– E bine să fii optimist, Fred, observă Natasha.

– Dar tu, Louisa?

– Păi.... ăăăă, am ezitat eu, fiindcă Jake era chiar în fața mea, dar apoi m-am gândit *Ce naiba?* Eu am fost la o întâlnire în weekend.

Urmară exclamații de uimire și entuziasm din partea celorlalți membri ai grupului și m-am simțit puțin intimidată. Nici măcar nu mă puteam gândi la acea noapte fără ca obrajii să mi se îmbujoreze instantaneu.

– Și cum a mers?

– A fost... surprinzător.

– Și-a tras-o cu cineva. E cât se poate de clar că și-a tras-o cu cineva, rosti Natasha.

– Daaa... are acea sclipire în ochi, încuviință William.

– Știa să se miște? Știa ceva trucuri? se interesă Fred.

– Dar ai reușit să nu te gândești prea mult la Bill?

– Nu îndeajuns încât să mă împiedice să... Am simțit că doresc să fac ceva care să... M-am cutremurat. Am vrut doar să simt că trăiesc.

La auzul acestor cuvinte, se iscă un murmur de aprobare unanimă. În definitiv, asta doream cu toții, să scăpăm de durere. Să ne eliberăm din această lume subterană a morților, de faptul că inimile noastre erau pe jumătate îngropate sau închise în mici urne de porţelan. Ne simţeam bine să împărtăşim şi experienţe pozitive.

Marc încuviinţă din cap, încurajator.

- Cred că asta sună foarte sănătos.

I-am ascultat apoi pe Sunil, care ne-a spus cum reîncepuse să asculte muzică, şi pe Natasha, care ne-a dezvăluit că mutase unele dintre fotografiile soţului ei din camera de zi în dormitor „ca să nu mai fiu nevoită să vorbesc despre el absolut de fiecare dată când vine cineva pe la mine". Daphne încetase să mai miroasă hainele soţului ei pe furiş, în şifonier.

- Ca să fiu sinceră, hainele nici nu mai păstrează mirosul lui. Cred că era doar un obicei de care devenisem dependentă, mărturisi ea.

- Şi tu, Jake?

Băiatul arăta încă foarte amărât.

- Eu am ieşit mai mult din casă, am impresia.

- Ai discutat cu tatăl tău despre sentimentele tale?

- Nu.

Am încercat să-i evit privirea, în timp ce vorbea. Mă simţeam ciudat, fiindcă nu ştiam ce informaţii avea el.

- Cred însă că tatei îi place de o femeie.

- Şi-a tras-o mai mult? întrebă Fred.

- Nu, vreau să spun că îi place cu adevărat de cineva.

Am simţit că roşesc şi am încercat să-mi curăţ o pată invizibilă de pe pantof, într-o tentativă de a-mi ascunde faţa de ceilalţi.

- Ce te face să crezi asta, Jake?

- Ieri-dimineaţă, a început să vorbească despre ea. Mi-a spus că are impresia că e pe cale să înceteze cu obiceiul ăsta cu agăţatul de femei la întâmplare. Că a întâlnit o femeie deosebită şi i-ar plăcea să aibă o relaţie cu ea.

Străluceam ca un far. Nu-mi venea să cred că nimeni din încăpere nu putea să observe asta.

- Deci, tu crezi că şi-a dat seama, în sfârşit, că relaţiile de tipul celor pe care le-a avut nu sunt o modalitate de a depăşi tristeţea şi de a merge înainte? Poate a avut doar nevoie de câteva partenere înainte de a se îndrăgosti iar de cineva.

– El a avut o mulţime de relaţii, interveni William. Nici nu mai ştiu de câte ori a sărit din floare-n floare.

– Jake, dar cum te face să te simţi noua lui relaţie? întrebă Marc.

– Puţin ciudat. Vreau să spun... îmi e dor de mama, dar cred că probabil e bine că el vrea să meargă mai departe.

Am încercat să îmi închipui ce spusese Sam. Oare pomenise numele meu? Mi-i imaginam pe ei doi în bucătăria micului vagon de tren, având această discuţie bând ceai şi mâncând pâine prăjită. Obrajii îmi ardeau. Nu eram sigură că voiam ca Sam să facă presupuneri despre noi doi atât de curând. Ar fi trebuit să stabilesc mai clar că eu nu consideram că aveam o relaţie. Era prea devreme. Şi prea devreme ca Jake să discute despre noi în public.

– Şi tu te-ai întâlnit cu acea femeie? se interesă Natasha. Îţi place de ea?

Jake îşi feri privirea.

– Da, a fost cam naşpa.

Am ridicat ochii.

– El a invitat-o la prânz duminică şi a fost un coşmar. Tipa a venit îmbrăcată cu o bluză supermulată şi m-a ţinut pe după umăr tot timpul, de parcă mă cunoştea de când lumea. Râdea prea zgomotos şi, atunci când tata era în grădină, s-a uitat la mine cu ochii ăia mari şi rotunzi şi m-a întrebat „Şi ce mai faci tu?", lăsându-şi capul într-o parte. De-a dreptul enervant!

– A, ştiu *privirea aia*, zise William, şi urmă un murmur de aprobare. Toţi o cunosc.

– Şi când tata s-a întors, ea se hlizea întruna şi-şi flutura părul, de parcă ar fi încercat să pară o adolescentă, deşi era clar că avea *cel puţin* treizeci de ani, zise băiatul, strâmbând din nas, dezgustat.

– Treizeci?! se miră Daphne, şi privirea îi alunecă într-o parte. Închipuie-ţi aşa ceva!

– Am ajuns să o prefer pe tipa aia care m-a întrebat ce planuri de viitor are tata. Măcar ea nu pretindea că-mi este cea mai bună prietenă.

Restul poveştii lui practic nici n-am mai auzit-o. În urechi îmi apăruse un ţiuit îndepărtat, care atenua orice alt zgomot. Cum de putusem să fiu atât de proastă? Brusc, mi-am amintit felul cum Jake dăduse ochii peste cap prima dată când mă văzuse discutând cu tatăl lui. Era un avertisment pe care el ar fi vrut să mi-l dea, dar eu fusesem suficient de fraieră încât să îl ignor.

Am simțit, deodată, că încep să tremur și că mă sufoc de căldură. Nu mai puteam rămâne acolo. Nu mai puteam asculta nimic.

– Vai, mi-am adus aminte! Am o întâlnire de care uitasem cu totul, am bâiguit eu, luându-mi geanta și sărind, efectiv, de pe scaun. Vă rog să mă scuzați.

– Totul e în regulă, Louisa? se îngrijoră Marc.

– Absolut în regulă. Doar că trebuie să plec urgent, am spus, din fugă, peste umăr, cu un zâmbet fals întipărit pe față, încât simțeam o durere din cauza încordării.

Sam era acolo. Normal că era. Tocmai coborâse de pe motocicletă în parcare și își scosese casca. Am ieșit din sala parohială și m-am oprit în capul scărilor, întrebându-mă dacă nu cumva exista vreo modalitate de a ajunge la mașină fără să trec pe lângă el, dar nu era. Creierul meu înregistră prezența siluetei lui înainte ca sinapsele să facă legătura: o izbucnire a plăcerii, a rememorării felului în care mâinile lui îmi atinseseră trupul. Și abia apoi, furia arzătoare, umilința pe care o simțeam cu toată ființa mea.

– Hei, zise el, observându-mă, cu un surâs blând și ochii încrețiți de plăcere. Tentative de a mă fermeca.

Am încetinit pașii, suficient de mult cât el să poată citi durerea de pe chipul meu. Dar nu-mi păsa. Brusc, m-am simțit ca Lily. Nu trebuia să țin toată acea durere în mine. Nu voiam să mă las batjocorită de acel bărbat care se dădea jos din patul unei femei pentru a se urca în al alteia.

– Bine lucrat, domnule labagiu! i-am aruncat în față, apoi m-am grăbit către mașină, înainte ca tremurul din vocea mea să se transforme într-un suspin.

Săptămâna, începută astfel, continuă din rău în mai rău. Richard era tot mai nesuferit și se plângea că nu zâmbim suficient și că lipsa noastră de jovialitate îi determină pe pasagerii care zburau cu avionul să prefere celălalt local din aeroport, Air Bar and Grill. Vremea se înrăutăți, cerul deveni plumburiu, iar ploile de-a dreptul tropicale cauzau întârzieri ale zborurilor, aşa încât aeroportul se umplu de pasageri nervoşi. Apoi, ca într-o sincronizare perfectă, hamalii de pe aeroport intrară în grevă.

– La ce te aştepţi? Mercur e retrograd, îmi zise Vera, mormăind ceva la adresa unui client care se plânsese că e prea multă spumă în ceaşca lui de cappuccino.

Acasă, Lily aduse propriii ei nori negri. Şedea în camera de zi, cu telefonul mobil lipit de urechе şi, indiferent cu cine vorbea, se vedea clar că nu-i face nici un fel de plăcere. Rămânea cu ochii aţintiţi pe fereastră, ore în şir, cu chipul împietrit, aşa cum făcea şi tatăl ei, de parcă ar fi fost prinsă în capcana propriului trup, ca şi el. Încercasem să-i explic că Will îmi dăruise acei colanţi galben cu negru, că importanţa lor nu consta în culori sau în calitate, ci că...

– Da, da, colanţi. Mă rog, fusese reacţia ei.

Timp de trei nopţi abia dacă am pus geană pe geană. Mă zgâiam la tavan, însufleţită de o furie rece, care se cuibărise în pieptul meu şi refuza să mai plece. Eram foarte furioasă pe Sam. Dar şi mai furioasă eram pe mine. El îmi trimisese de două ori mesaje pe telefon – un înnebunitor „???" de o falsă inocenţă, la care am refuzat să răspund. Săvârşisem greşeala clasică a femeilor care ignoră tot ce face sau spune un bărbat, preferând să asculte doar de propria inimă şi spunându-şi: *Cu mine o să fie altfel.* Îl sărutasem. Mersesem până la capăt. Deci, vina era doar a mea.

Am încercat să-mi spun că totuşi avusesem parte de o ieşire norocoasă din situaţia asta. M-am încredinţat cu tărie că era mai bine că aflasem despre trădarea lui acum decât după şase luni. Am încercat să privesc lucrurile din perspectiva lui Marc: era bine că mă făcuse să merg înainte! Mă îmbogăţisem cu această experienţă! Cel puţin sexul a fost excelent! Apoi, lacrimi fierbinţi, prosteşti îmi umpleau ochii şi le ştergeam cu furie, spunându-mi că aşa păţeşti dacă laşi pe oricine să se apropie prea mult de tine.

Depresia, învăţasem la consiliere, iubeşte vidul. Era mult mai bine să faci ceva sau măcar să planifici să faci ceva. Uneori, într-un mod necugetat, iluzia fericirii o putea crea. Sătulă să vin acasă în fiecare seară şi să o găsesc pe Lily zăcând pe canapea şi la fel de sătulă să mă prefac că asta nu mă irită, vineri seară i-am spus că a doua zi urma să mergem să ne întâlnim cu doamna Traynor.

– Dar ai zis că nu ți-a răspuns la scrisoare.

– Poate că nici n-a primit-o. În fine. Cert e că, mai devreme sau mai târziu, domnul Traynor o să-i vorbească despre tine, așa că mai bine am merge noi la ea înainte ca asta să se întâmple.

Fata nu răspunse. Am luat tăcerea ei drept un acord tacit și am lăsat-o în plata Domnului.

În acea noapte, m-am pomenit sortând hainele pe care Lily și prietena ei le scoseseră din valiză, haine pe care le ignorasem complet de când plecasem la Paris, în urmă cu doi ani. Nu mai avusesem nici un motiv ca să le port. După moartea lui Will, nu mai simțeam că sunt persoana de atunci.

Și totuși, acum mi se părea important că nu trebuie să mă îmbrac nici cu blugii, nici cu uniforma verde de dansatoare irlandeză. Am găsit o fustă scurtă bleumarin, pe care cândva o adorasem și care mi se părea suficient de sobră pentru o vizită oarecum formală. Am călcat-o și am pus-o într-o parte. Am anunțat-o apoi pe Lily că urma să plecăm a doua zi, la nouă dimineața, și m-am băgat în pat, gândindu-mă cât de obositor era să trăiești în casă cu cineva care crede că orice discuție care presupune mai mult decât un mormăit reprezintă, pur și simplu, un efort supraomenesc.

La zece minute după ce închisesem ușa, un bilet scris de mână fu strecurat pe sub ea.

Dragă Louisa,

Îmi pare rău că ți-am împrumutat hainele. Și îți mulțumesc pentru tot. Știu că uneori sunt o pacoste.

Scuză-mă.

Lily xxx

P.S. Totuși, negreșit, ar trebui să porți hainele alea. Sunt mult mai frumoase decât chestiile pe care le porți.

Am deschis ușa și am zărit-o pe Lily stând în picioare, serioasă. Veni spre mine și mă îmbrățișă atât de strâns, încât am simțit o durere în coaste. Apoi se răsuci pe călcâie și, fără o vorbă, dispăru înapoi în camera de zi.

Ziua se anunța mai bună, la fel și dispoziția noastră. Am condus timp de câteva ore către un sătuc din Oxfordshire, un ținut cu grădini înconjurate de ziduri înalte și cu clădiri din piatră arsă de soare de un galben muștar. Am trăncănit tot drumul, mai ales pentru a-mi ascunde emoțiile pricinuite de revederea doamnei Traynor. Cel mai dificil lucru într-o discuție cu adolescenții, descoperisem eu, era că, orice ai spune, ei tot te consideră mătușa bătrână și cicălitoare.

– Ce-ți place să faci, Lily? Atunci când nu ești la școală.

Ea ridică din umeri.

– Ce crezi că ai vrea să faci după ce termini liceul?

Mă privi lung.

– Dar trebuie să fi avut până acum și niște hobby-uri, nu?

Ea îmi enumeră o listă amețitoare: dans sportiv, lacrosse, hochei, pian (nivel avansat), atletism, tenis.

– Toate astea? Și nu vrei să te ții de nici una dintre ele?

Lily pufni și ridică din umeri simultan, apoi își puse picioarele sus pe bord, ca și cum discuția ar fi luat sfârșit.

– Tatălui tău îi plăcea să călătorească, am remarcat, după câțiva kilometri.

– Mi-ai mai spus.

– Cândva, mi-a mărturisit că a fost în toată lumea, mai puțin în Coreea de Nord. Și la Disneyland. Putea să-mi spună povești despre locuri de care n-auzisem în viața mea.

– Cei de vârsta mea nu pleacă în aventuri. Nu mai e nimic de descoperit. Și tinerii care-și iau un an liber, în timpul facultății, și pleacă cu rucsacul în spinare sunt incredibil de plictisitori. Mereu trăncănesc despre vreun bar grozav, pe care l-au descoperit în Ko Phang Yan sau despre cum au prizat ei niște droguri marfă de tot în pădurea tropicală din Birmania.

– Dar nu trebuie neapărat să pleci cu rucsacul în spinare.

– Da, dar odată ce ai intrat într-un hotel Mandarin Oriental, deja poți spune că le-ai văzut pe toate, zise ea, căscând, pentru ca, după câteva minute, să tresară, privind pe geam: Hei, la școala asta am învăţat eu! A fost singura şcoală care chiar mi-a plăcut. Aveam o prietenă pe nume Holly, continuă ea, după o scurtă pauză.

– Şi ce s-a întâmplat?

– Mama a început să fie obsedată de ideea că nu ar fi *şcoala potrivită* pentru mine. Zicea că nu e suficient de bine clasată în topul şcolilor din comitat sau ceva de genul ăsta. Era doar o şcoală mică, cu internat. Nu una cu pretenţii. Aşa că m-au mutat de acolo. După aceea, nu mi-a mai ars să-mi fac prieteni. La ce bun, dacă părinţii m-ar fi mutat iar?

– Şi n-ai păstrat legătura cu Holly?

– Nu chiar. Nu avea rost dacă tot nu aveam unde să ne vedem.

Îmi aminteam vag despre atenţia pe care le-o acordam eu prieteniilor din adolescenţă cu fete, care fuseseră mai mult o pasiune decât o simplă amiciţie.

– Şi ce crezi că vei face? Vreau să spun... dacă nu ai de gând să te mai întorci la liceu.

– Nu-mi place să mă gândesc la viitor.

– Dar trebuie să te gândeşti la ceva, Lily.

Fata închise ochii, preţ de câteva secunde, apoi îşi dădu jos picioarele de pe bord şi începu să-şi jupoaie o pieliţă purpurie de la unghia degetului mare.

– Nu ştiu, Louisa. Poate îţi voi urma grozavul exemplu şi voi face toate lucrurile incitante pe care le faci tu.

Am răsuflat adânc de trei ori, doar ca să îmi reţin imboldul de a opri maşina acolo, în mijlocul autostrăzii. Impertinenţă, mi-am spus. E doar impertinentă. Şi apoi, ca s-o enervez, am dat radioul pe un program de ştiri, cu sonorul foarte tare, şi l-am lăsat aşa pentru tot restul drumului.

Am găsit strada Four Acres cu ajutorul unui localnic care plimba un câine şi am parcat maşina în faţa Fox's Cottage, o clădire albă, modestă, cu acoperiş de stuf. Tufe de trandafiri stacojii se răsuceau pe arcul de fier ce străjuia poteca grădinii şi flori în culori plăcute se înghesuiau în răzoarele atent îngrijite. Pe alee, era trasă o maşină mică.

– Doamna Traynor nu prea mai are cu ce se lăuda, zise Lily, uitându-se cu atenţie la ea.

– E chiar drăguță.

– Mda, o cutie de pantofi.

Am rămas pe loc, ascultând la torsul ușor al motorului.

– Ascultă, Lily, te avertizez înainte să intrăm. Nu te aștepta la prea mult. Doamna Traynor e o femeie destul de rece. E foarte preocupată de etichetă. Probabil o să-ți vorbească pe un ton de profesoară. Vreau să spun că nu mă aștept să te ia în brațe de bucurie, ca domnul Traynor.

– Bunicul meu e un ipocrit, pufni fata. Te face să crezi că ești cel mai grozav lucru care i s-ar fi putut întâmpla, dar în realitate e un fătălău sub papuc.

– Și te rog nu folosi expresia „fătălău sub papuc".

– Nu pot să mă prefac că sunt ceea ce nu sunt, replică Lily, îmbufnată.

Am mai rămas puțin timp în mașină și mi-am dat seama că nici una din noi nu voia să pășească spre ușă.

– Să încerc să o mai sun o dată? am întrebat, cu telefonul în mână.

Îi mai telefonasem de două ori în acea dimineață, dar de fiecare dată intrase căsuța vocală.

– Să nu-i spui imediat cine sunt, mă sfătui Lily. Vrea... vreau să văd ce fel de om este. Înainte să o anunțăm.

– Sigur, am asigurat-o pe un ton blând. Și, înainte să mai apuc să spun ceva, Lily era deja afară din mașină, îndreptându-se spre ușa de la intrare, cu pumnii strânși pe lângă corp, ca un boxer pe cale să intre în ring.

Doamna Traynor încărunțise. Părul ei, cândva castaniu-închis, era acum scurt și alb, făcând-o să arate fie mult mai în vârstă decât era, fie ca o persoană în convalescență, după o boală gravă. Probabil era cu câteva kilograme mai slabă decât atunci când o văzusem ultima oară, iar pungile de sub ochi, vinetii, o făceau să arate și mai rău. O privi pe Lily cu o nedumerire care-mi dădu de înțeles că nu aștepta niciodată vizitatori. Și apoi, când mă zări, ochii i se măriră.

– Louisa?

– Bună ziua, doamnă Traynor! am spus eu, făcând un pas înainte și întinzându-i mâna. Treceam prin zonă. Nu știu dacă ați primit scrisoarea mea. M-am gândit să mă opresc puțin, ca să vă salut...

Glasul meu - fals şi nefiresc de vesel - se stinse treptat. Ultima oară o văzusem când făcuserăm amândouă curat în camera lui Will; penultima oară, înainte ca Will să-şi dea ultima suflare. Mi-am dat seama că retrăia acele clipe.

- Doar vă admiram grădina.

- Trandafiri din soiul David Austin, observă Lily.

Doamna Traynor se uită la ea de parcă ar fi observat-o pentru prima oară şi-i adresă un surâs palid, tremurat.

- Da, aşa e. Inteligentă fată! E... Mă scuzaţi, nu am prea mulţi vizitatori. Cum spuneai că te cheamă?

- Ea e Lily, am prezentat-o, privind cu atenţie cum fata îi strângea mâna gazdei noastre.

Am mai rămas, câteva momente, pe treptele de la intrare şi, în cele din urmă, ca şi cum şi-ar fi dat seama că nu are de ales, doamna Traynor se întoarse şi deschise uşa.

- Cred că ar fi mai bine să intraţi.

Casa era micuţă, cu tavanul atât de jos, încât până şi eu a trebuit să mă aplec atunci când am trecut din hol în bucătărie. Am aşteptat ca doamna Traynor să ne pregătească un ceai, urmărind-o pe Lily cum se plimba, fără astâmpăr, prin îngusta cameră de zi, croindu-şi drum printre puţinele obiecte antice de mobilier, extrem de elegante, pe care mi le aminteam din zilele petrecute la Granta House, ridicând unele lucruri şi apoi punându-le la loc.

- Şi... cum ţi-a mai mers, Louisa?

Vocea doamnei Traynor era lipsită de inflexiuni, ca şi când nu mi-ar fi adresat o întrebare la care aştepta răspuns.

- A, destul de bine, mulţumesc de întrebare.

Urmă o tăcere prelungă.

- E un sat încântător.

- Da, aşa e. Chiar nu am mai putut rămâne la Stortfold, zise ea, turnând apă fiartă în ceainic, şi, fără să vreau, mi-am amintit de Della, mişcându-se greoi prin vechea bucătărie a doamnei Traynor.

- Ştiţi câţi oameni locuiesc în zonă?

- Nu.

O spusese ca și cum acesta ar fi fost singurul motiv pentru care se mutase aici.

– Te rog să iei tu carafa cu lapte? Nu mai încape pe tavă.

Urmă o conversație dificilă, timp de jumătate de oră. Doamna Traynor, o femeie dotată cu abilitatea specifică claselor bogate de a ocupa o poziție superioară în orice situație socială, își pierduse, aparent, capacitatea de a comunica. Părea absentă când îi vorbeam. Îmi punea o întrebare, apoi o repeta după zece minute, ca și cum n-ar fi reușit să priceapă răspunsul. M-am întrebat dacă nu cumva de vină erau antidepresivele. Lily o privea pe furiș, iar gândurile i se citeau pe chip. Ședeam între ele, simțind un nod în stomac și așteptând să se întâmple ceva.

Am continuat să pălăvrăgesc în tăcerea încăperii, vorbindu-i despre slujba mea nesuferită, despre lucrurile pe care le făcusem în Franța, despre faptul că părinții mei erau bine, orice pentru a pune capăt tăcerii opresive, înspăimântătoare, în care se adâncea micuța încăpere ori de câte ori mă opream din vorbit. Dar durerea doamnei Traynor plutea prin acea căscioară ca o ceață. Dacă domnul Traynor părea epuizat de tristețe, fosta lui soție părea să fi fost înghițită de ea. Nu mai rămăsese aproape nimic din femeia energică și mândră, pe care o cunoscusem cândva.

– Ce te aduce prin zonă? întrebă ea, în cele din urmă.

– Păi... vizitam niște prieteni, i-am răspuns.

– Și voi două de unde vă știți?

– L-am cunoscut pe... pe tatăl lui Lily.

– Ce drăguț! șopti doamna Traynor, și zâmbirăm jenate amândouă.

O urmăream pe Lily, așteptând să spună ceva, dar fata încremenise, ca și cum ar fi fost și ea copleșită în fața durerii acelei femei.

Am băut o a doua ceașcă de ceai, lăudând din nou, pentru a treia, sau poate a patra oară, grădina din fața casei și m-am luptat cu senzația că doamna Traynor făcea eforturi supraomenești să suporte prezența noastră acolo. Nu ne dorea acolo. Era prea politicoasă să ne spună asta, dar era evident că nu dorea decât să o lăsăm singură. Se citea asta în fiecare gest al ei – în fiecare surâs forțat, în fiecare încercare de a face față conversației. Bănuiam că, odată ce noi vom fi plecat, ea avea să se retragă, pur și simplu, într-un fotoliu și să stea acolo, sau avea să urce la etaj și să se cuibărească în pat.

Și apoi am observat ceva: absența totală a fotografiilor. În vreme ce Granta House era plină de fotografii în rame de argint ale copiilor ei, ale familiei lor, ale poneilor, ale vacanțelor la schi, ale bunicilor și ale străbunicilor, în această căscioară nu exista nici una. Am observat o mică statuie ecvestră din bronz, o acuarelă cu zambile, dar nici un chip de om. M-am pomenit foindu-mă pe scaun și întrebându-mă dacă nu cumva nu le observasem, așezate pe vreo măsuță sau pe pervazul ferestrei. Dar nu, casa era brutal de impersonală. M-am gândit la propriul meu apartament, la eșecul meu total de a-l personaliza sau de a-mi îngădui să-l transform într-un fel de cămin. Și m-am simțit, deodată, împovărată și disperat de tristă.

Ce ne-ai făcut tuturor, Will?

– Poate că e timpul să plecăm, Louisa, propuse Lily, privind țintă la ceas. Ai spus că nu vrei să prinzi aglomerație pe autostradă.

Am privit-o stăruitor în ochi.

– Lily, dar...

– Ai spus că n-ar trebui să stăm mult, insistă ea, pe un ton aspru și ferm.

– A, da, traficul ar putea să fie foarte aglomerat, încuviință doamna Traynor și dădu să se ridice de pe scaun.

O sfredeleam cu privirea pe Lily, fiind pe cale să protestez iar, când sună telefonul. Doamna Traynor tresări, ca și cum sunetul acela îi era acum nefamiliar. Ne privi ca și cum s-ar fi întrebat dacă să răspundă sau nu, și, realizând, probabil, că nu poate ignora apelul cât eram noi acolo, se scuză și merse în cealaltă cameră, de unde o auzirăm răspunzând.

– Ce faci? am întrebat.

– Mi se pare că am dat greș, răspunse Lily, cu tristețe în glas.

– Dar nu putem pleca fără să-i spunem.

– Nu pot să-i spun astăzi. Totul este...

– Da, știu, e groaznic. Dar uită-te la ea, Lily. Chiar cred că ai ajuta-o dacă i-ai spune. Nu crezi?

Lily făcu ochii mari.

– Ce să-mi spună?

Mi-am răsucit capul şi am văzut-o pe doamna Traynor stând nemişcată în pragul uşii care dădea către holişor.

– Ce trebuie să-mi spui?

Lily se uită la mine, apoi la doamna Traynor. Am simţit cum timpul îşi încetineşte curgerea. Fata înghiţi în sec, apoi îşi ridică puţin bărbia şi spuse răspicat:

– Că sunt nepoata dumneavoastră.

Tăcere.

– Ce eşti?

– Sunt fiica lui Will Traynor.

Cuvintele ei răsunară în micuţa încăpere. Privirea doamnei Traynor se opri asupra mea, de parcă ar fi vrut să se asigure că nu e victima vreunei glume proaste.

– Dar... n-ai cum să fii!

Lily se retrase.

– Doamnă Traynor, ştiu că vestea asta trebuie să fi venit ca un şoc pentru dumneavoastră, am început eu, dar ea părea că nu mă aude.

Nu-şi dezlipea ochii de la Lily.

– Cum ar fi putut fiul meu să aibă o fiică, de care eu să nu ştiu nimic?

– Fiindcă mama n-a spus nimănui, se auzi, ca o şoaptă, vocea lui Lily.

– Şaisprezece ani? Cum de s-a putut păstra un asemenea secret timp de şaisprezece ani? Doamna Traynor se întoarse către mine: Tu ai ştiut de asta?

Am înghiţit în sec.

– De aceea v-am scris. Lily m-a găsit pe mine. Dorea să afle adevărul despre familia ei. Doamnă Traynor, nu am vrut să vă provocăm şi mai multă durere. Doar că Lily a vrut să-şi cunoască bunicii. Întâlnirea cu domnul Traynor nu a decurs prea bine şi...

– Dar Will mi-ar fi zis ceva, vorbi ea, scuturând din cap. Ştiu că mi-ar fi zis. Era *fiul meu*.

– Voi face un test ADN dacă nu mă credeţi, propuse Lily, cu braţele încrucişate peste piept. Dar nu vreau nimic de la dumneavoastră. Nu am venit să stau aici, sau altceva... Am *banii* mei, dacă asta vă preocupă.

– Nu sunt sigură ce..., începu doamna Traynor.

– Nu trebuie să păreți îngrozită. Nu sunt vreo boală contagioasă pe care ați moștenit-o. Sunt doar... o *nepoată*. Iisuse!

Doamna Traynor se lăsă, încet, pe scaun și-și duse o mână tremurândă la frunte.

– Vă simțiți bine, doamnă Traynor?

– Nu cred că..., bâigui ea și închise ochii.

Păru a se retrage undeva departe, în străfundurile ființei sale.

– Lily, cred că ar trebui să plecăm. Doamnă Traynor, o să vă las numărul meu de telefon. Vom reveni când această veste își va găsi un ecou la dumneavoastră.

– Cine spune asta? Eu nu mă mai întorc aici. Mă crede mincinoasă. Iisuse! *Familia* asta!

Lily ne privi, dezamăgită, pe amândouă, apoi ieși grăbită din micuța încăpere, răsturnând, în trecere, o măsuță din lemn de nuc. M-am aplecat să o ridic și am pus la loc cutiuțele de argint care fuseseră atent așezate pe ea.

Doamna Traynor era complet șocată.

– Îmi pare rău, doamnă Traynor, i-am spus. Chiar am încercat să vorbesc cu dumneavoastră la telefon înainte să venim aici.

Am auzit portiera mașinii trântindu-se.

Doamna Traynor își trase răsuflarea.

– Nu citesc mesajele dacă nu știu de la cine provin. Primesc scrisori. Scrisori jignitoare. În care sunt acuzată că... Nu le mai răspund de multă vreme. Nu mai vreau să aud nimic.

Părea tulburată, bătrână și fragilă.

– Îmi pare rău. Chiar îmi pare rău, am spus și, punându-mi geanta pe umăr, am fugit afară.

– Nu-mi spune nimic, mi se adresă Lily, când m-am suit la volan. Pur și simplu nu spune nimic. Bine?

– De ce ai făcut asta? am întrebat-o, pregătindu-mă să bag cheia în contact. De ce ai sabotat totul?

– Mi-am dat seama ce simțea pentru mine încă din momentul când m-a privit prima oară.

– E o mamă care încă plânge moartea fiului ei. Și tocmai i-am produs un șoc enorm. Iar tu te-ai năpustit asupra ei ca o rachetă. N-ai fi putut să o iei mai ușor și să o lași să priceapă lucrurile? De ce trebuie să respingi pe toată lumea?

– Hei! Ce naiba știi tu despre mine?

– Că pari decisă să distrugi relațiile cu orice persoană care s-ar putea apropia de tine.

– O, *Doamne*, iar o să-mi scoți ochii pentru colanții ăia idioți? Ce știi tu despre orice lucru? Îți petreci toată viața într-un apartament de rahat, unde nu te vizitează nimeni. Părinții tăi sunt convinși că ești o ratată. N-ai nici măcar curajul să renunți la cea mai jalnică slujbă din câte există.

– Habar n-ai cât de greu e să-ți găsești de lucru în ziua de azi, așa că nu-mi spune mie...

– Ești o *ratată*. Mai rău de atât, ești o ratată care crede că le poate spune celorlalți oameni ce să facă. Și cine-ți dă dreptul ăsta? Ai stat acolo, pe patul tatălui meu, și l-ai privit cum moare, și n-ai făcut nimic ca să-l salvezi. Nimic! Așa că nu cred că ești cea mai potrivită persoană care să-mi judece purtarea.

În mașină, se lăsă o tăcere grea, dar fragilă, ca sticla. Am fixat volanul cu privirea și am așteptat până am simțit că-mi recapăt suflul normal.

Apoi am pornit mașina și am condus în tăcere tot drumul de aproape două sute de kilometri până acasă.

Capitolul 15

În următoarele câteva zile, abia dacă am văzut-o pe Lily, dar asta mi-a convenit de minune. Când am venit acasă de la serviciu, urme de firimituri și de căni goale mi-au confirmat că fata trecuse pe acolo. De câteva ori am intrat în casă și am simțit că aerul era schimbat, ca și cum s-ar fi petrecut ceva, fără să reușesc să identific ce anume. Nimic nu lipsea și nimic nu părea în mod evident schimbat, așa că am pus toate acestea pe seama faptului că era ciudat să împarți un apartament cu cineva cu care nu te înțelegi prea bine. Pentru prima oară, mi-am îngăduit să recunosc că mi-era dor să stau singură.

Am sunat-o pe Treena, și ea a avut inspirația să nu-mi dea replica „Ți-am spus eu". Sau, mă rog, poate că mi-a trântit-o, dar doar o dată.

– Ăsta e cel mai rău lucru când ești părinte, se lamentă ea, de parcă și eu făceam parte din această categorie. Ar trebui să fii o persoană calmă, atotștiutoare, delicată, care poate gestiona orice situație. Și, uneori, când Thom e obraznic sau eu sunt obosită, simt nevoia să-i trântesc ușa în nas sau să-i spun că e un dobitoc.

Cam asta simțeam și eu în privința lui Lily.

Ajunsese să-mi fie atât de silă de slujba mea, încât în mașină cântam melodii vesele din musicaluri ca să-mi mai ridic moralul în drum spre aeroport.

Și apoi mai era și Sam. La care nu voiam să mă mai gândesc.

Nu mă mai gândeam la el dimineața, când îmi surprindeam imaginea trupului gol în oglinda de la baie. Nu voiam să-mi mai amintesc felul cum degetele lui coborau pe pielea mea și făceau cicatricele mele roşietice să devină vizibile, ca parte a unei istorii împărtăşite cu el – sau cum, doar pentru o seară, mă simţisem cutezătoare şi vie din nou. Nu mai voiam să mă gândesc la el când vedeam cupluri, cu capetele sprijinite unul de celălalt, examinându-şi biletele de avion, gata să împărtăşească aventuri romantice, sau doar să aibă parte de partide fierbinţi de sex, în cine ştie ce destinaţii îndepărtate. Nu mă mai gândeam la el pe drumul spre şi dinspre serviciu, ori de câte ori auzeam sirena asurzitoare a vreunei ambulanţe, ceea ce se întâmpla extrem de des. Şi în mod clar nu mă mai gândeam la el seara, când şedeam acasă, singură, pe canapea, uitându-mă la nişte emisiuni despre care n-aş putea să vorbesc şi arătând, probabil, atât de jalnic precum cea mai singură actriţă de filme porno de pe planetă.

Nathan, fostul fizioterapeut al lui Will, mă sună şi îmi lăsă un mesaj, rugându-mă să-l sun. Nu eram sigură că aş fi putut suporta să aud ultimul episod din fascinanta lui viaţă nouă din New York, aşa că l-am pus pe lista pe care o purtam în minte cu lucruri de făcut, dar pe care nu le făceam niciodată. Tanya mi-a scris şi ea un mesaj, prin care mă anunţa că familia Houghton-Miller se întorsese din vacanţă cu trei zile mai devreme, deoarece Francis avea ceva de lucru la serviciu. Iar Richard mă sună ca să-mi transmită că urma să lucrez în schimbul de noapte de luni până vineri. *Şi, te rog, nu întârzia, Louisa. Aş vrea să-ţi reamintesc că ai primit ultimul avertisment.*

Am făcut singurul lucru la care mă puteam gândi: am mers acasă, conducând spre Stortfold cu sonorul muzicii dat tare, pentru ca astfel să nu-mi pot auzi propriile gânduri. Mă simţeam recunoscătoare pentru părinţii pe care îi aveam. Mă simţeam parcă ombilical legată de casă, de confortul oferit de o familie tradiţională şi de un prânz petrecut duminica alături de cei dragi.

– Prânz? zise tata, încrucişându-şi braţele pe piept, cu o expresie de indignare. O, nu. Nu mai luăm prânzul în familie duminica. Prânzul e un semn de opresiune patriarhală.

Bunicul încuviinţă din cap, trist, din colţul său.

– Nu, nu, nu putem să mai luăm prânzul ca pe vremuri. Acum, duminica la prânz mâncăm sandviciuri. Sau supă. Se pare că feministele agreează supa.

Treena, care citea dintr-o carte la masă, își dădu ochii peste cap.

– Mama merge duminică dimineața la un cerc pentru femei de poezie, la centrul educațional pentru adulți. Dar nu cred că o s-ajungă vreo Andrea Dworkin.

– Vezi, Lou? Mie mi se cere să știu totul despre feminism, iar tipul ăsta, Andrew Dworkin, mi-a furat nenorocitul de prânz de duminică.

– Dramatizezi, tată.

– Cum dramatizez? Duminica e ziua dedicată *familiei*. Ar trebui deci să luăm prânzul, duminica, în familie.

– Toată viața mamei a fost un timp dedicat familiei. De ce n-o lași să aibă puțin timp și pentru ea?

Tata gesticulă cu ziarul împăturit înspre Treena.

– Tu ai făcut asta! Eu și maică-ta eram fericiți nevoie mare înainte să-i bagi tu în cap că, de fapt, nu e fericită.

Bunicul încuviință din cap, aprobator.

– Totul a luat-o razna aici. Nici măcar nu mă pot uita la televizor fără ca să bombăne că reclamele la iaurt sunt „sexiste". Asta-i sexistă, ailaltă-i sexistă. Când am adus acasă o ediție *Sun*, împrumutată de la Ade Palmer, ca să citesc și eu paginile de sport, ea l-a pus pe foc când a văzut fata de la pagina trei. Mi-e și frică ce idei ar putea să-i mai vină.

– Ar mai putea încerca un curs de două ore, râse Treena, fără să-și ridice ochii din cărțile ei. În vreo duminică!

– Tată, nu te supăra, dar chestiile astea două de la capetele brațelor tale?

– Ce? privi tata în jos. Ce vrei să spui?

– Mâinile astea. Văd că sunt întregi.

Tata mă privi încruntat.

– Deci, presupun că ai putea pregăti și prânzul. I-ai face mamei o surpriză atunci când se întoarce de la cercul de poezie.

Tata făcu ochii mari.

– Eu? Să pregătesc prânzul de duminică? Am aproape treizeci de ani de căsătorie, Louisa. și n-am făcut niciodată așa ceva. Nici nu mă gândesc! Eu aduc bani în casă, iar maică-ta gătește. Asta-i înțelegerea! Pentru asta am luat-o de nevastă. Unde o să ajungă lumea asta dacă bărbații-și vor petrece duminica în bucătărie, curățând cartofi? Ți se pare corect?

– Se numește viață modernă, tată.

– Hm, viață modernă! Nu mă ajuți cu nimic, pufni el și se ridică să plece în grădină. Pariez că domnul Traynor e servit duminica, la prânz. Fătuca aia, pe care a luat-o, sigur nu e o feministă.

– Ha! Atunci ți-ar trebui un castel, tată. Castelele întrec feminismul de fiecare dată, am zis eu, izbucnind în râs cu Treena.

– Știți ceva? Există un motiv pentru care nici una dintre voi nu are un iubit.

– Ooo! Cartonaș roșu! am exclamat noi, ridicând mâna dreaptă, în vreme ce tata aruncă ziarul și ieși din bucătărie.

Treena îmi zâmbi.

– Aveam de gând să-i sugerez să pregătim noi masa, dar... acum?

– Nu știu. Dar n-aș fi vrut să perpetuăm opresiunea patriarhală. Mergem la pub?

– Excelentă idee! O să-i trimit un mesaj pe telefon mamei.

Astfel, am aflat că mama, la vârsta de cincizeci și șase de ani, începuse să iasă din carapace, la început timidă, ca un crab-hermit, dar apoi tot mai entuziastă. Ani de zile, ea nu ieșise neînsoțită din casă, se mulțumise cu micul domeniu care era casa noastră cu trei dormitoare și jumătate. Dar săptămânile petrecute la Londra, după accidentul meu, o forțaseră să iasă din rutina cotidiană și îi declanșaseră o curiozitate de mult timp latentă în privința vieții de dincolo de Stortfold. Începuse să frunzărească niște texte feministe pe care Treena le primise la grupul de studiu GenderQuake, de la facultate, iar aceste două întâmplări, de-a dreptul inițiatice, o făcuseră pe mama mea să cunoască o veritabilă iluminare. Își deschisese mintea citind *Al doilea sex* și *Teama de zbor*, urmate de *Femeia eunuc* și, după lectura cărții *Camera femeilor*, fusese atât de șocată de paralele cu propria sa viață pe care le întâlnise acolo, încât refuzase să mai gătească trei zile, până când descoperise că bunicul fura gogoși de pe rafturile supermarketului.

– Mă tot gândesc la ce spunea Will al tău, remarcă Treena, pe când ședeam la masă, pe terasa pubului, privindu-l pe Thom cum se izbea, din când în când, cap în cap, cu alți copii, escaladând castelul gonflabil.

– N-ai decât o singură viață, nu așa îți spunea el? Treena purta obișnuita ei bluză albastră cu mânecă scurtă, dar își prinsese părul la spate, într-un fel cum nu mai văzusem, dar care o făcea să arate incredibil de tânără. Așa că vreau doar să încerc tot ce aș putea încerca. Să învăț câte ceva din toate. Să pun în cui mănușile de menaj, măcar din când în când.

– Tata e foc de supărare, i-am spus.

– Da, mănâncă sandviciuri, ei și? Doar nu merge patruzeci de zile prin deșertul Gobi în căutare de hrană.

– Cursul durează zece săptămâni, dar sunt sigură că Bernard va supraviețui, zise mama ferm, apoi se așeză și ne cercetă din priviri pe amândouă. Hei, nu-i drăguț, fetelor? Nu cred că noi trei am mai ieșit undeva împreună de la... hm... de când erați adolescente și mergeam la cumpărături în oraș, sâmbăta.

– Și Treena se plângea că toate magazinele sunt plictisitoare.

– Da, dar asta fiindcă lui Lou îi plăceau magazinele caritabile, care vindeau articole folosite și în care mirosea a oameni transpirați.

– Mă bucur să vă văd iar îmbrăcate cu unele dintre hainele voastre preferate, zâmbi mama, încuviințând din cap, admirativ.

Luasem pe mine un tricou galben strălucitor, în speranța că avea să mă facă să arăt mai fericită decât mă simțeam.

Mă întrebară despre Lily, și le-am spus că s-a întors la mama ei și că îmi cam făcuse necazuri, iar ele schimbară niște priviri cu subînțeles, ca și cum tocmai asta s-ar fi așteptat să le spun. Nu am suflat însă o vorbă despre vizita la doamna Traynor.

– Toată situația asta cu Lily e foarte ciudată. Nu-mi pot închipui cum de acea mamă și-a lăsat, pur și simplu, fiica pe mâna ta.

– Așa cred și eu. Și încă mama folosește un limbaj drăguț, spuse Treena.

– Dar ce mă îngrijorează și mai mult e slujba ta, Lou, scumpo. Nu suport gândul să te știu muncind într-un bar, fără perspective. Sună ca locul ăla... cum îi zice?

– Hooters, o ajută Treena.

– Dar nu e ca Hooters. E într-un aeroport. Colegele mele nu umblă aproape dezbrăcate.

– Și nimeni nu fluieră după ele, adăugă Treena.

– Da, dar tu porți un costum sexist în timp ce servești băuturile clienților. Dacă asta vrei să faci, poți fi la... știu eu... la Disneyland, în Paris, de pildă. Dacă ai fi Minnie sau Winnie the Pooh, n-ar trebui să-ți arăți picioarele.

– În curând împlinești treizeci de ani, zise sora mea. Așa că ai de ales: Minnie, Winnie sau Nell Gwynnie[1]!

– Bine, am spus, în timp ce chelnerița ne aduse puiul și cartofii prăjiți. M-am gândit și am ajuns la concluzia că ai dreptate. De acum înainte, am de gând să merg mai departe. Să mă concentrez pe cariera mea.

– Heeei! Poți să repeți asta? întrebă Treena, transferând o parte din cartofii prăjiți din farfuria ei în cea a lui Thom.

Terasa pubului devenise mai zgomotoasă.

– Vreau să mă concentrez pe cariera mea! am repetat, pe un ton mai ridicat.

– Nu. Partea în care îmi dădeai dreptate. Nu sunt sigură că am mai auzit asta de prin 1997. Thom, abia ai mâncat, nu te întorci la castelul gonflabil deocamdată, dragule. O să ți se facă rău!

Am rămas acolo aproape toată după-amiaza, evitând să răspundem la mesajele tot mai disperate ale tatei, care ne întreba unde suntem. Niciodată nu stătusem cu mama și cu sora mea, ca niște adulți normali, niciodată nu purtasem conversații în care să nu ne ascundem nimic și nici să nu ne *enervăm* una pe alta. Am remarcat că eram toate surprinzător de interesate de viețile și părerile celeilalte, ca și cum ne-am fi dat seama dintr-odată că fiecare dintre noi ar fi putut să îndeplinească și alte roluri decât *isteața familiei*, *împrăștiata familiei* sau *femeia care face toate treburile casnice*.

Aveam o senzație bizară privindu-i pe membrii familiei mele ca pe niște ființe umane.

– Mamă, i-am zis, la puțin timp după ce Thom terminase de mâncat puiul și cu aproximativ cinci minute înainte să vomite la castelul gonflabil și să devină indisponibil pentru alte aventuri tot restul după-amiezii, te-a deranjat vreodată faptul că n-ai avut o carieră?

---

1 Eleanor „Nell" Gwyn (1650-1687) a fost una dintre primele actrițe engleze și una dintre amantele regelui Carol al II-lea al Angliei. (n.red.)

– Nu. Mi-a plăcut foarte mult să fiu mamă. Chiar mi-a plăcut. Dar e ciudat... Tot ce s-a întâmplat în ultimii doi ani te pune pe gânduri.

Am aşteptat să continue.

– Am citit despre toate aceste femei – aceste suflete brave, care au schimbat radical felul cum oamenii gândesc şi acţionează. Şi am privit în urmă la ceea ce am făcut şi m-am întrebat dacă cineva ar fi remarcat măcar vreun pic dacă eu n-aş fi fost acolo.

Rostise cuvintele cu glas monoton, aşa că nu puteam spune dacă era supărată pentru neîmplinirile ei sau, mai curând, pregătită să vorbească despre ele.

– Noi am observat mai mult decât crezi, mamă, am asigurat-o.

– Dar nu e ca şi cum aş fi avut cine ştie ce influenţă, nu? Nu ştiu ce să zic. Am fost întotdeauna mulţumită. Dar e ca şi cum aş fi trăit treizeci de ani făcând un lucru şi acum tot ce citesc prin ziare sau văd la televizor îmi dă de înţeles că acel lucru pe care l-am făcut n-a valorat nimic.

Eu şi Treena ne-am privit una pe cealaltă.

– Dar a valorat enorm pentru noi, mami.

– Sunteţi drăguţe.

– Chiar vorbesc serios. Tu... tu ne-ai făcut să ne simţim în siguranţă, i-am zis şi gândul mi-a zburat instantaneu la Tanya Houghton-Miller. Şi iubite. Ne plăcea să te găsim acasă în fiecare zi.

Mama puse o mână pe mine

– Sunt bine. Sunt atât de mândră de voi două, de faptul că încercaţi să vă croiţi un drum în viaţă. Chiar sunt mândră. Dar trebuie să lămuresc nişte lucruri pentru mine însămi. Şi mi se pare o călătorie interesantă, serios. Îmi place să citesc. Doamna Deans, bibliotecara, îmi enumeră tot felul de subiecte de care crede că aş putea fi interesată. Acum citesc cărţi ale curentului feminist din American New Wave. Sunt foarte interesante teoriile lor, proclamă ea, împăturind un şerveţel de hârtie. Dar mi-aş dori să nu mai polemizeze atât, ci să fie unite.

– Şi... tot nu te epilezi pe picioare?

Mersesem prea departe. Chipul mamei se umbri, şi ea îmi aruncă o căutătură suspectă.

– Uneori, îţi ia ceva timp să te revolţi în faţa unui adevărat semn de opresiune. I-am spus tatălui vostru şi o să vă spun şi vouă: în ziua în care o să meargă la salon şi-o să aibă picioarele acoperite cu ceară fierbinte, pe care s-o desprindă pe urmă vreo nepricepută de douăzeci şi unu de ani, atunci o să mă mai epilez şi eu.

Soarele apunea încet peste Stortfold, ca un bulgăre de unt topit. Am rămas la ai mei până noaptea târziu, mult mai mult decât intenţionasem, apoi mi-am luat la revedere, m-am suit în maşină şi am plecat spre casă. Mă simţeam măcinată, zdrobită. După turbulenţele emoţionale din ultima săptămână, mă simţisem bine ştiindu-mă înconjurată de oarece normalitate. Iar sora mea, care niciodată nu dăduse semne de slăbiciune, îmi mărturisise că e convinsă că avea să rămână singură pentru totdeauna, respingând încurajările mamei, care insista că este „o fată superbă".

– Dar sunt o mamă singură, spusese Treena. Şi, mai rău, nu flirtez cu nimeni. N-aş şti cum să flirtez cu bărbaţii, nici dacă Louisa ar sta în spatele lor cu pancarte cu ceea ce să spun. Singurii bărbaţi cu care m-am întâlnit în ultimii doi ani fie au fost îngroziţi de Thom, fie voiau de la mine un singur lucru.

– O, nu, nu vreau să aud..., începu mama.

– Consultanţă financiară gratuită.

Brusc, privind-o din exterior, am simţit o compasiune subită pentru ea. Treena avea dreptate: în pofida aşteptărilor, mie mi se oferiseră toate avantajele – o casă a mea, un viitor eliberat de orice responsabilitate –, iar singura care mă împiedica să mă bucur de ele eram eu însămi. Faptul că nu o rodea invidia din pricina faptului că eram privilegiată mă impresiona. Înainte de a pleca de acasă, am îmbrăţişat-o. Fu un pic şocată, apoi suspicioasă pentru o clipă şi se pipăi pe spate, ca nu cumva să-i fi lipit vreun bilet pe care să scrie „Dă-mi una!", şi abia într-un sfârşit mă îmbrăţişă, la rândul ei.

– Vino şi stai la mine, i-am zis. Serios. O să mergem să dansăm într-un club pe care-l ştiu. Mama poate să aibă grijă de Thom.

Treena râse şi închise portiera maşinii în timp ce plecam de pe loc.

– Mda. Tu să dansezi? Poate la Sfântu' Aşteaptă!

Încă râdea când eu m-am îndepărtat.

*

Şase zile mai târziu, m-am întors acasă din schimbul de noapte al propriului meu club de noapte. Pe când urcam scările blocului, în locul liniştii obişnuite, am auzit nişte râsete îndepărtate şi un ritm neregulat de başi. Ajunsă în faţa uşii, am ezitat puţin, gândindu-mă că, din cauza oboselii, mi se păruse că aud zgomot, apoi am descuiat uşa.

Mirosul de tutun m-a izbit de cum am intrat, atât de puternic, încât instinctiv mi-am ţinut respiraţia în loc să inspir. Am mers cu paşi mici către camera de zi, am deschis uşa şi am rămas în prag, incapabilă să-mi cred ochilor scena la care asistam. În încăperea slab luminată, Lily era întinsă pe canapea, cu fusta scurtă ridicată până aproape sub fund şi ţinea în gură un joint prost rulat. Doi tineri stăteau sprijiniţi cu spatele de canapea, ca două insule în mijlocul unei mări de sticle de alcool goale, pungi goale de chipsuri şi ambalaje fast-food din polistiren. Pe duşumea se mai aflau încă două fete de vârsta lui Lily; una din ele, care avea părul strâns într-o coadă de cal la spate, ridică din sprâncene către mine, ca şi cum s-ar fi întrebat ce căutam acolo. Muzica bubuia în boxe. Numărul cutiilor de bere şi al scrumierelor care dădeau pe dinafară de mucuri de ţigară erau martorele unei nopţi lungi.

– Aaaa, bunăăă! zise Lily, lungind cuvintele.

– Ce faceţi aici?

– Păi... Am vrut să ieşim în oraş, dar am pierdut autobuzul de noapte, aşa că ne-am gândit să rămânem aici. Nu te superi, nu?

Eram atât de uimită, că nici nu-mi mai găseam cuvintele.

– Ba da. De fapt, chiar mă supăr, am rostit, pe un ton dur.

– Oho-ho-ho, începu ea să chicotească.

Mi-am aruncat cu zgomot geanta la picioare. M-am uitat în jur la acea groapă de gunoi care fusese cândva camera mea de zi.

– Petrecerea s-a terminat. Aveţi cinci minute să faceţi curat şi să dispăreţi.

– O, Doamne, ştiam eu. Ştiam că n-o să-ţi convină. Hmm... *Ştiam* eu, murmură ea şi se aruncă înapoi pe canapea, cu un gest melodramatic.

Vorbea împleticit şi se mişca greoi, dar nu ştiam din ce cauză. Droguri? Am aşteptat. Pentru un moment scurt, dar intens, cei doi tineri mă priviră insistent şi mi-am dat seama că se întrebau dacă să se ridice sau să rămână unde erau.

Una din fete scoase un sunet de sfidare la adresa mea.

– Patru minute, am rostit, rar. Număr.

Poate furia mea îndreptăţită mi-a conferit o oarecare autoritate. Poate că tinerii erau de fapt mai puţin viteji decât păreau. Se ridicară pe rând în picioare şi trecură pe lângă mine, îndreptându-se către uşa de la intrare. Pe când pleca, băiatul care ieşi ultimul îşi ridică, ostentativ, mâna şi aruncă o cutie cu bere pe duşumeaua din hol, astfel că lichidul ţâşni cu presiune pe perete şi pe covor. Am trântit uşa în urma lor şi am ridicat cutia de bere. Atunci când am ajuns la Lily, tremuram de mânie.

– Cu cine *naiba* crezi că te joci?

– Iisuse! Au fost doar câţiva prieteni, da?

– Lily, ăsta nu e apartamentul tău. Nu este un loc unde poţi să-ţi aduci amicii după bunul plac. Şi, deodată, am avut o revelaţie: acea stranie senzaţie de deranj pe care o mai avusesem când mă întorsesem acasă, în urmă cu o săptămână. O, Doamne! Ai mai făcut asta, nu-i aşa? Săptămâna trecută. Ai adus oameni la mine în casă şi pe urmă aţi plecat înainte să mă întorc eu.

Lily se ridică, şovăind, în picioare. Îşi trase în jos fusta şi-şi trecu mâna prin păr, trăgând de claia încâlcită de păr. Faţa îi era mânjită de rimel, iar pe gât avea ceea ce ar fi putut fi o vânătaie sau un coş.

– Dumnezeule! De ce trebuie să faci atâta *caz* din orice. Erau doar nişte prieteni, da?

– În *casa mea.*

– Hm, asta poate fi numită casă? N-are mobilă, nimic personal. Nici măcar n-ai poze pe pereţi. E ca un garaj... Un garaj din care lipseşte maşina. Am văzut benzinării care aduceau mai mult cu o casă.

– Ce fac cu casa mea nu te priveşte pe tine.

Lily scăpă un râgâit scurt şi apoi alungă cu mâna aerul din faţa ei.

– Puah! Respiraţie de kebab, mormăi ea şi plecă la bucătărie, unde deschise trei dulapuri până găsi un pahar. Îl umplu de la chiuvetă şi bău apa pe nerăsuflate. Nici măcar n-ai un televizor ca lumea. N-am mai văzut oameni care să aibă încă televizoare cu diagonala de 45 de centimetri!

Am început să adun cutiile goale de bere, îndesându-le într-un sac de plastic.

- Cine erau tipii ăia?

- Nu știu. Niște oameni.

- Nici măcar nu-i *cunoști*?

- Erau prieteni, se răsti ea, pe un ton iritat. Oameni pe care-i cunosc din club.

- I-ai întâlnit în club?

- Da. Erau din club. Bla, bla, bla. Ce nu pricepi? Da. Erau doar niște prieteni pe care i-am întâlnit într-un club. Asta fac oamenii normali, știi? Au prieteni cu care ies să se distreze.

Aruncă paharul în mașina de spălat vase - l-am auzit spărgându-se - și ieși, nervoasă, din bucătărie.

Am privit-o și deodată am simțit că îmi stă inima. Am dat fuga în camera mea și am deschis dulapul de sus. Am scormonit printre perechile de șosete, căutând cutiuța cu bijuterii în care se aflau lănțișorul de aur și verigheta bunicii. M-am oprit și am răsuflat adânc, spunându-mi că nu le vedeam fiindcă eram panicată. Ar fi trebuit să fie acolo. Desigur că ar fi trebuit. Am început să dau afară totul din dulap, cercetând cu grijă fiecare lucru și aruncându-l apoi pe pat.

- Au intrat și aici? am strigat eu.

Lily apăru în prag.

- Ce să facă?

- Prietenii tăi. Au intrat și în dormitorul meu? Unde-mi sunt bijuteriile?

Lily păru să se mai trezească un pic.

- Bijuterii?

- O, nu... O, nu... Am deschis pe rând dulapurile, aruncând pe dușumea tot ce era înăuntru. Unde sunt? Unde sunt economiile mele? M-am răsucit spre ea. Cine erau tipii ăia? Cum îi cheamă?

Lily rămase împietrită.

- Lily!

– Nu... nu știu.

– Cum adică nu știi? Ai spus că erau prietenii tăi.

– Doar niște amici din club. Mitch. Și... Lise și... nu-mi mai amintesc.

Am alergat la ușă, m-am năpustit în hol și am coborât cât am putut de repede cele patru etaje. Dar, în clipa în care am ajuns în fața scării, strada era pustie, iar autobuzul de noapte către gara Waterloo se îndepărta lin, ca o pată luminoasă în mijlocul drumului întunecat.

Am rămas în pragul ușii blocului, gâfâind. Apoi am închis ochii, luptând cu lacrimile, și mi-am cuprins genunchii cu mâinile, realizând ce pierdusem: inelul bunicii, lănțișorul subțire de aur, cu micul medalion pe care ea îl purtase pe când eu eram doar o fetiță. Știam deja că n-aveam să le mai văd vreodată. Erau atât de puține lucruri care în familia mea se moșteniseră din generație în generație, și acum chiar și acestea erau pierdute.

Am plecat înapoi, urcând încet scările. Când am deschis ușa de la intrare, Lily stătea în hol, în picioare.

– Îmi pare tare rău, șopti ea. N-am știut că o să-ți fure lucrurile.

– Pleacă, Lily! i-am zis, fără vlagă.

– Păreau niște tipi drăguți. Ar fi trebuit să mă gândesc...

– Am muncit treisprezece ore azi. Trebuie să văd ce anume mi-au furat și pe urmă vreau să mă culc. Mama ta s-a întors din vacanță. Te rog să pleci acasă.

– Dar eu...

– Nu. Gata! am repezit-o și, îndreptându-mă încet de spate și recăpătându-mi suflul. Știi care e adevărata diferență dintre tine și tatăl tău? Chiar și atunci când se simțea cel mai nefericit om din lume, n-ar fi tratat pe nimeni astfel.

Mă privi ca și cum aș fi pălmuit-o. Dar nu-mi mai păsa.

– Nu mai pot face asta, Lily. Am scos o bancnotă de douăzeci de lire din geantă și i-am întins-o. Uite. Pentru taxi.

Se uită la bani, apoi la mine și înghiți în sec. Fără o vorbă, își trecu mâna prin păr și se întoarse încet în camera de zi.

Mi-am dat jos jacheta și am rămas cu ochii ațintiți la imaginea mea reflectată în oglinjoara de deasupra dulapului. Păream epuizată, palidă, înfrântă.

– Şi să laşi aici cheile tale, am adăugat.

Se lăsă tăcerea. Am auzit zăngănitul cheilor aruncate pe tejgheaua de la bucătărie şi apoi, sunetul uşii de la intrare care se închise, şi Lily dispăru.

Capitolul 16

Am dat greș în toate, Will.

Mi-am strâns genunchii la piept, încercând să-mi imaginez ce-ar fi spus el dacă m-ar fi putut vedea atunci, dar nu-i mai puteam auzi vocea în minte, iar acest lucru neînsemnat mă făcea să fiu și mai tristă.

Ce o să mă fac acum?

Am înțeles că nu mai puteam rămâne în apartamentul pe care mi-l adusese moștenirea primită de la Will. Simțeam că eșecurile mele nu mă făceau vrednică de el, că fusese un premiu pe care nu reușisem să-l câștig. Cum să transform într-un cămin un loc pe care nu-l meritam? Voiam să-l vând și să investesc banii undeva. Dar unde aveam să trăiesc pe urmă?

M-am gândit la slujba mea, la felul în care mi se strângea stomacul când auzeam melodii celtice, chiar și la televizor, la felul cum Richard mă făcea să mă simt inutilă și lipsită de orice valoare.

M-am gândit la Lily, remarcând strania greutate a liniștii care se așterne într-o casă când știi fără dubiu că nimeni, în afară de tine, nu va mai sta acolo. M-am întrebat pe unde o fi fata în acel moment, dar am alungat imediat gândul.

Ploaia mai conteni, încetând apoi brusc, ca și cum vremea ar fi vrut să-și ceară scuze pentru că fusese atât de aspră. Mi-am pus niște haine de casă, am făcut curățenie și am aruncat la gunoi resturile rămase în urma petrecerii. Apoi am plecat la piața de flori, mai cu seamă pentru a-mi găsi o ocupație. *Întotdeauna e mai bine să ieși undeva și să te plimbi*, ne sfătuia Marc. Poate că aveam să mă simt mai bine în aglomerația de pe Columbia Road, cu standurile țipătoare cu flori și cu mulțimile de cumpărători, care se mișcau lent. Am afișat un zâmbet, de l-am speriat și pe Samir când mi-am cumpărat un măr („Ești pe droguri, omule?") și m-am îndreptat spre marea de flori.

Mi-am cumpărat o cafea și am privit piața prin geamurile aburite ale cafenelei, ignorând faptul că eram singura persoană neînsoțită de acolo. Am străbătut piața udă, inspirând miresmele puternice, jilave ale crinilor, pe care se zăreau încă picăturile de ploaie, și mi-am cumpărat un buchet de dalii, simțindu-mă, în tot acest timp, ca și cum aș fi jucat un rol într-o reclamă: *Fată singură la oraș, trăind visul londonez.*

Am plecat acasă, ținând buchetul într-o mână și făcând tot posibilul să nu șchiopătez, în vreme ce cuvintele *O, pe cine vrei tu să păcălești?* mi se rostogoleau întruna în cap, în ciuda eforturilor mele de a le opri.

Seara se scurse groaznic de greu, ca toate serile petrecute în singurătate. Am terminat de făcut curățenie prin apartament, după ce am pescuit toate chiștoacele din toaletă, m-am uitat puțin la televizor și mi-am spălat uniforma. Mi-am pregătit o cadă plină de spumă, dar am ieșit din ea după cinci minute, înfricoșată să fiu singură cu gândurile mele. Nu le-am putut suna pe mama sau pe Treena: știam că nu aveam să mă pot preface fericită față de ele.

În cele din urmă, m-am băgat în pat și am luat de pe noptieră scrisoarea pe care Will aranjase să o primesc la Paris, pe când eram încă plină de speranțe. Am despăturit cu grijă foaia de hârtie frumos împăturită. Fuseseră momente, mai ales în primul an după moartea lui Will, când o citeam noapte de noapte, încercând să-l readuc cumva la viață, alături de mine. În ultimele săptămâni, încercasem să devin mai rațională și-mi spusesem că nu trebuia să mai văd scrisoarea – mi-era teamă că avea să-și piardă puterile magice, iar cuvintele ei să devină fără sens. Acum însă aveam nevoie de ele.

Textul, scris la computer, mi-era la fel de drag ca și cum Will l-ar fi scris de mână; simțeam că o urmă vagă a energiei lui sălășluia încă în acele cuvinte imprimate pe hârtie.

La început, o să te simți puțin stânjenită în noua ta lume. Întotdeauna te simți ciudat când ești izgonit din zona ta de confort. Dar în tine, Clark, există o foame de cunoaștere. Curaj. Pe care l-ai îngropat, așa cum fac majoritatea oamenilor.

Trăiește bine. Pur și simplu trăiește.

Am citit cuvintele unui om care cândva crezuse în mine, mi-am pus capul pe genunchi și, într-un final, am început să plâng cu suspine.

Telefonul sună, prea tare și prea aproape de capul meu, făcându-mă să sar în capul oaselor. Am pipăit după aparat, observând cât era ceasul. Două noaptea. M-a cuprins iar acea teamă reflexă, familiară.

– Lily?

– Alo? Lou?

Vocea groasă a lui Nathan se auzea la celălalt capăt.

– E două noaptea, Nathan.

– O, fir-ar să fie, mereu încurc fusurile orare. Scuză-mă. Vrei să închid?

M-am ridicat din pat, frecându-mă la ochi.

– Nu, nu... Îmi pare bine să te aud, am bâiguit eu, aprinzând veioza de lângă pat. Ce mai faci?

– Bine! Mă întorc la New York.

– Super!

– Da. M-am bucurat foarte mult să-i revăd pe ai mei, dar, după câteva săptămâni, a început să mă roadă dorința de a reveni la New York. Orașul ăsta e fantastic.

M-am forțat să zâmbesc, ca și cum el m-ar fi putut vedea.

– Asta e foarte bine, Nathan. Mă bucur pentru tine.

– Ție îți merge bine la barul ăla?

– Da, e bine.

– Nu vrei să... faci altceva?

– Off, știi și tu cum e când lucrurile nu merg cum ai vrea și-ți spui gânduri de genul „Hei, ar putea fi și mai rău. Aș putea fi omul care curăţă rahatul câinilor, prin parcuri". Ei bine, crede-mă că acum aş prefera să fiu omul care curăţă rahatul câinilor prin parcuri.

– Atunci am o propunere pentru tine.

– Primesc propunerea asta de la o mulţime de clienţi, Nathan. Şi răspunsul e întotdeauna nu.

– Ha! Ha! Bună asta! Nu, uite cum stă treaba. Se eliberează un post aici, la familia cu care locuiesc. Tu ai fost prima persoană la care m-am gândit.

Soţia domnului Gopnik, îmi explică el, nu era o soţie tipică de pe Wall Street. Nu-i plăceau ieşirile la shopping şi nici mesele prin oraş; era o imigrantă poloneză, predispusă la depresii uşoare, se simţea singură, iar cu menajera ei, o fată din Guatemala, nu putea schimba două vorbe.

Domnul Gopnik dorea să angajeze pe cineva în care putea avea încredere să fie o companie plăcută pentru soţia lui şi care să îl ajute cu copiii; nu le strica o persoană în plus când cei doi plecau în călătorii.

– Vrea un fel de fată bună la toate pentru familie. O persoană veselă şi de încredere. Şi cineva care să nu se-apuce să vorbească-n stânga şi-n dreapta despre viaţa lor privată.

– Dar ştie că...

– I-am spus despre Will încă de la prima noastră întâlnire, dar el deja auzise despre asta. N-a fost descurajat. Dimpotrivă. S-a declarat chiar impresionat că am urmat întocmai dorinţele lui Will şi nu am vândut niciodată poveştile noastre. Nathan făcu o pauză, apoi continuă. Ştii, mi-am dat seama... Oamenii de teapa asta preţuiesc mai mult decât orice discreţia şi încrederea. Adică, evident că nu poţi fi un idiot şi că trebuie să-ţi faci treaba cum se cuvine, dar, într-adevăr, calităţile astea contează cel mai mult.

Gândurile mi se învârtejeau în minte ca un carusel scăpat de sub control. Am rămas cu telefonul în mână şi apoi l-am dus iar la ureche.

– E un vis? De fapt, încă dorm?

– Să nu crezi că e treabă uşoară. Sunt ore lungi şi multă muncă. Dar îţi spun, colega, eu m-am simţit excelent cu oamenii ăştia.

Mi-am plimbat mâna prin păr. M-am gândit la bar, cu toţi acei oameni de afaceri ţâfnoşi şi cu privirea sfredelitoare a lui Richard.

M-am gândit la apartament şi la pereţii lui, care se închideau în jurul meu în fiecare seară.

– Nu ştiu, Nathan... Asta e... Vreau să spun că totul mi se pare...

– E o carte verde pentru America, Lou, se făcu auzită vocea lui Nathan. Biletul de avion şi cazarea, gratuite. E *New York*. Ascultă. Gopnik e unul dintre acei oameni care fac lumea să se învârtă. Munceşte din greu, şi va avea grijă de tine. E inteligent şi corect. Vino aici, dovedeşte-i cât meriţi şi poţi obţine nişte oportunităţi cum nici nu visezi. Vorbesc serios. Să nu consideri asta o slujbă de dădacă. Priveşte-o ca pe o *deschidere* spre o altă lume.

– Nu ştiu...

– Cumva nu vrei să pleci de acasă?

Am ezitat.

– Nu e vorba de asta. Dar s-au întâmplat aşa de multe... N-am fost...

Mi se părea că erau enorm de multe lucruri de explicat pentru o oră atât de matinală.

– Ştiu că ai fost foarte afectată de cele întâmplate. Cu toţii am fost. Dar trebuie să mergi mai departe.

– Nu-mi spune că Will ar fi vrut asta.

– Bine, acceptă el, şi între noi se aşternu tăcerea.

Am încercat să-mi adun gândurile.

– Va trebui să vin la New York pentru un interviu?

– Ei îşi petrec vara în Hamptons, aşa că acum caută pe cineva care să înceapă să lucreze din septembrie. Practic, cam peste şase săptămâni. Dacă zici că eşti interesată, o să ţineţi interviul pe Skype, o să-ţi trimită documentele de care ai nevoie, şi asta e baza de plecare. Vor fi şi alte candidate. E o poziţie prea bună. Dar domnul Gopnik are încredere în mine, Lou. Dacă eu îi spun că poate miza pe o anumită persoană, persoana aceea are o şansă în plus. Aşadar, îţi arunc mingea la fileu? Da? Ai spus da, am dreptate?

– Păi... da. Da! am rostit eu, aproape înainte să mă pot gândi.

– Excelent! Dacă ai întrebări, trimite-mi-le pe e-mail. O să-ţi trimit şi câteva poze.

– Nathan?

– Trebuie să plec, Lou. Tocmai am primit un apel de la tata.

– Mulţumesc. Mulţumesc că te-ai gândit la mine.

Urmă o scurtă pauză, înainte ca el să răspundă.

– N-aş lucra cu nimeni în afară de tine, colega.

După ce Nathan închise, n-am mai putut adormi, întrebându-mă dacă întreaga conversaţie se petrecuse în închipuirea mea. Nu puteam cuprinde cu mintea uriaşa perspectivă ce se prefigura la orizont, asta, dacă totul nu era doar un vis. Pe la patru dimineaţa, m-am ridicat în capul oaselor şi i-am trimis pe e-mail lui Nathan mai multe întrebări, iar el mi-a răspuns rapid.

Familia este în regulă. Bogaţii nu sunt niciodată normali (!), dar ăştia sunt oameni cumsecade. Doar drame minore.

Vei avea propria cameră şi propria baie. Bucătăria o împărţim cu menajera. E o femeie de treabă. Ceva mai în vârstă. Şi nu prea vorbăreaţă.

Program normal. Opt ore – în cel mai rău caz zece – pe zi. Dacă lucrezi peste program, primeşti zile libere. N-ar fi rău să înveţi puţină poloneză!

În cele din urmă, am adormit când se crăpa de ziuă; aveam în minte numai duplexuri şi străzi aglomerate din Manhattan. Iar când m-am trezit, mă aştepta un e-mail.

Dragă domnişoară Clark,

Nathan mi-a spus că aţi putea fi interesată să lucraţi în casa noastră. Aţi fi disponibilă pentru un interviu pe Skype marţi seară, la ora 5 p.m. GMT (ora 12 pe Coasta de Est)?

Cu prietenie,
Leonard M. Gopnik

M-am holbat la mesaj timp de douăzeci de minute, dovadă că nu visasem întreaga poveste. Apoi m-am ridicat din pat, mi-am făcut un duş, o cană zdravănă de cafea şi am scris răspunsul. Mi-am spus că un interviu n-avea să-mi strice. Dacă erau multe candidate foarte bine pregătite din New York, n-aveam să obțin slujba. Dar, cel puțin, era o experiență folositoare. Și avea să îmi dea sentimentul că, în sfârșit, fac ceva pentru a merge mai departe.

Înainte să plec la serviciu, am luat cu atenție scrisoarea lui Will de pe noptieră. Mi-am presat buzele de ea, am împăturit-o cu grijă și am pus-o înapoi în dulap.

Mulțumesc, Will, i-am spus în gând.

În acea săptămână, la ședința Cercului de consiliere psihologică participară mai puține persoane decât de obicei. Natasha era în vacanță, ca și Jake, iar lipsa lui mă făcu să mă simt, în mod paradoxal, atât ușurată, cât și oarecum iritată. Subiectul serii fu „Dacă aș putea da timpul înapoi", motiv pentru care William și Sunil fredonară, fără să se poată controla, timp de o oră și jumătate, cântecul cu același nume al lui Cher.

L-am ascultat pe Fred spunând că și-ar fi dorit să-și fi petrecut mai puțin timp la serviciu, apoi Sunil ne mărturisi că ar fi dorit să-l fi cunoscut mai bine pe fratele lui. („Crezi că cei dragi vor fi mereu aici, cu tine, nu-i așa? Și într-o zi, îți dai seama că nu mai sunt") și se întrebă dacă meritase într-adevăr să vină la cerc.

În câteva rânduri, m-am gândit că ședințele de grup chiar îmi sunt de ajutor. Dar, de prea multe ori, stăteam între niște oameni cu care nu aveam nimic în comun și care profitau de cele câteva ore petrecute în prezența altora. Mă simțeam țâfnoasă și ostenită, șoldul mă durea din cauza scaunului tare din plastic și mă gândeam că aș fi putut avea parte de tot atât de multă iluminare în privința stării mele mintale și dacă m-aș fi uitat la vreo telenovelă. Plus de asta, biscuiții *erau* groaznici.

Leanne, o mamă singură, ne povesti despre felul în care ea și sora ei mai mare se certaseră pe o pereche de pantaloni de trening, cu două zile înainte ca sora ei să moară.

– Am acuzat-o că mi-a luat pantalonii de trening, pentru că întotdeauna îmi lua lucrurile. Ea a susținut că nu mi-i luase, dar întotdeauna susținea asta.

Marc așteptă. M-am întrebat dacă nu cumva aveam vreun analgezic în geantă.

– Şi apoi, cum v-am spus, a fost lovită de autobuz şi următoarea dată când am mai văzut-o a fost la morgă. Şi când căutam haine de doliu pentru înmormântare, ştiţi peste ce am dat în şifonierul meu?

– Pantalonii de trening, zise Fred.

– E dificil atunci când lucrurile rămân nerezolvate, observă Marc. Uneori, pentru propriul nostru echilibru mintal, e bine să privim imaginea de ansamblu.

– Dar poţi iubi pe cineva şi în acelaşi timp să-l iei la rost pentru că ţi-a şterpelit pantalonii de trening, spuse William.

În ziua aceea, nu am vrut să vorbesc. Mă aflam acolo doar pentru că nu puteam suporta liniştea micului meu apartament. Brusc, nutream o suspiciune tainică referitoare la faptul că aş putea deveni lesne una dintre acele persoane care sunt atât de dependente de contactul cu ceilalţi oameni, încât intră în vorbă, inoportun, cu ceilalţi pasageri dintr-un vagon de tren sau îşi petrec minute întregi prin magazine doar pentru a avea prilejul de a pălăvrăgi cu vânzătoarele. M-am întrebat dacă nu cumva era simptomatic faptul că tocmai discutasem cu Samir, la minimarket, despre noul meu bandaj de la fizioterapie. Problema asta mă frământa aşa de rău, încât nici nu mi-am dat seama când Daphne, care ne povestea că şi-ar fi dorit să se întoarcă mai devreme cu o oră de la muncă în acea zi fatidică, izbucni, dintr-odată, în plâns.

– Daphne?

– Vă rog să mă scuzaţi. Dar mi-am petrecut atât de mult timp gândindu-mă la „ce-ar fi fost dacă". Dacă nu m-aş fi oprit să discut cu vânzătoarea de la florărie. Dacă aş fi renunţat să mai lucrez la afurisitul ăla de registru contabil şi aş fi venit mai devreme de la muncă. Dacă m-aş fi întors la timp... poate că l-aş fi convins să nu facă ce-a făcut. Poate că aş fi reuşit să fac ceva care să-l convingă că viaţa merită trăită.

Marc întinse o cutie cu şerveţele, pe care am luat-o şi am pus-o, cu blândeţe, în poală la Daphne.

– Daphne, dar Alan mai încercase să se sinucidă?

Femeia încuviinţă din cap şi-şi suflă nasul.

– O, da. De mai multe ori. Avea aşa-zise stări de „tristeţe" încă din adolescenţă. Şi nu voiam să-l părăsesc atunci când ele apăreau, fiindcă era... era ca și cum n-ar mai fi putut să te audă. Indiferent ce-ai fi spus. Așa că, deseori, sunam la serviciu și anunțam că sunt bolnavă doar ca să stau cu el și să încerc să-l scot din acele stări, înțelegeți? Îi pregăteam sandviciurile lui favorite, stăteam cu el pe canapea. Orice, pentru a-i da de înțeles că eram acolo. Mă gândesc mereu că din cauza asta nici n-am fost promovată vreodată la serviciu, în vreme ce alte colege au fost. Dar a trebuit să-mi iau mereu liber, înțelegeți.

– Depresia poate fi o afecțiune foarte gravă. Și nu doar pentru cel ce suferă de ea.

– Lua medicamente?

– O, nu. Dar problema era de altă natură...

– Ești sigură? Vreau să spun că depresia este adesea nediagnosticată la timp...

Daphne își ridică fruntea.

– Era homosexual. Rostise cuvântul clar și răspicat și ne privi direct în ochi, roșind puțin, ca și cum ne-ar fi provocat să-i dăm o replică. N-am mai spus nimănui. Dar era homosexual, și cred că era trist deoarece era homosexual. Și era un om atât de bun și n-ar fi dorit să mă rănească, așa că n-ar fi... știți... n-ar fi ieșit cu bărbați. Ar fi considerat că m-ar face de rușine.

– Ce te face să crezi că era gay, Daphne?

– Am găsit niște lucruri într-o zi, când îi căutam o cravată. Niște reviste cu bărbați care făceau sex. Le-am găsit în dulapul lui. Nu cred că ai ține asemenea reviste dacă n-ai fi homosexual.

– Sigur că nu, pufni ușor Fred.

– Niciodată nu i-am pomenit însă de ele, continuă Daphne. Le-am pus înapoi în dulap, dar după aceea parcă totul a început să se lege. Observasem că el nu fusese niciodată prea atras de latura sexuală a vieții noastre conjugale. Dar credeam că sunt eu norocoasă, fiindcă nici eu nu eram prea atrasă. Cred că de vină sunt călugărițele de la pensionul unde am fost educată. Ele te făceau să te simți păcătoasă pentru orice. Așa că, atunci când m-am măritat cu un bărbat drăguț, care nu sărea pe mine la fiecare cinci minute, am crezut că sunt cea mai fericită femeie de pe planetă. Bine, mi-ar fi plăcut să am copii. Ar fi fost frumos. Dar... se opri ea puțin și oftă... n-am discutat niciodată serios despre acest subiect. N-am făcut-o atunci, însă acum mi-aş fi dorit să fi discutat. Privind retrospectiv, mă tot gândesc că asta a fost o mare pierdere.

- Crezi că dacă aţi fi abordat cu sinceritate subiectul, ar fi fost vreo diferenţă?

- Ei bine, vremurile s-au schimbat acum, nu? Nu mai e scandalos să fii homosexual. Tipul de la curăţătoria unde merg e homosexual şi discută despre iubitul lui cu oricine. Aş fi fost tristă să-mi pierd soţul, dar, dacă el ar fi fost nefericit în căsnicia cu mine, atunci l-aş fi lăsat să plece. Aş fi făcut asta. Niciodată nu mi-am dorit să ţin pe cineva lângă mine. Voiam doar ca el să fie un pic mai fericit.

Chipul i se schimonosi de plâns şi am înconjurat-o cu braţul. Părul ei mirosea a lac şi a friptură de miel.

- Gata, gata, draga mea, o consolă Fred, bătând-o uşor pe umăr. Sunt sigur că el a ştiut că i-ai vrut mereu numai binele.

- Crezi asta, Frank? întrebă ea, cu o voce tremurată.

Frank încuviinţă cu convingere din cap.

- O, da. Şi ai dreptate. Lucrurile stăteau altfel pe atunci. Nimeni nu te poate blama.

- Ai fost foarte curajoasă să ne împărtăşeşti această poveste, Daphne. Îţi mulţumesc, îi surâse Marc, cu compasiune. Şi am o imensă admiraţie pentru că te-ai mobilizat şi eşti dornică să mergi înainte. Uneori, până şi să treci peste fiecare zi necesită o forţă aproape supraomenească.

Când m-am uitat în jos, Daphne mă ţinea de mână. Am simţit degetele ei dolofane împletindu-se cu ale mele şi am strâns-o şi eu. Apoi, fără să stau prea mult pe gânduri, am început să vorbesc:

- Am făcut ceva ce aş dori să pot schimba.

Câteva feţe se întoarseră spre mine.

- Am întâlnit-o pe fiica lui Will. A aterizat, practic, în viaţa mea, din senin, şi am crezut că astfel mă voi simţi mai bine, dar, de fapt, m-am simţit ca...

Toţi mă sorbeau din priviri, iar Fred făcu o grimasă.

- Ce e?

- Cine e Will? întrebă Fred.

- Ai zis că-l chema Bill.

M-am foit pe scaun.

– De fapt, Will e Bill. M-am simțit ciudat să folosesc numele lui adevărat, până acum...

Un murmur de ușurare străbătu încăperea.

Daphne mă bătu ușor pe mână.

– Nu-ți face griji, draga mea. E doar un nume. În ultimul nostru grup, era o femeie care a inventat o poveste întreagă. Susținea că avusese un copil care murise de leucemie. Până la urmă, s-a aflat că n-avea nici măcar un peștișor de acvariu.

– E în regulă, Louisa. Poți vorbi cu noi, mă asigură Marc, cu acea privire obișnuită de empatie specială. I-am răspuns cu un zâmbet, doar spre a-i arăta că primisem mesajul și îl înțelesesem. Și că Will nu fusese un peștișor de acvariu. *Ce naiba?* m-am gândit. Viața mea nu era cu nimic mai complicată decât a nici unuia dintre ei.

Așa că le-am povestit despre venirea lui Lily la mine și despre cum am crezut că îi pot rezolva problemele, organizând o reuniune care să facă pe toată lumea fericită, și cum ajunsesem să mă simt în acel moment ca o idioată pentru naivitatea mea.

– Mă simt de parcă l-aș fi pierdut iar pe Will, am mărturisit. Iar acum Lily a plecat, și eu mă tot întreb cum aș fi putut acționa altfel, dar adevărul e că n-aș mai fi putut suporta. Nu am fost suficient de puternică încât să gestionez toată situația și să o îmbunătățesc.

– Dar lucrurile tale! Lucrurile tale prețioase au fost furate! se indignă Daphne și-și puse iar mâna grăsuță peste a mea. Ai tot dreptul să fii furioasă!

– Doar pentru că nu are tată nu-i o scuză ca să se poarte ca un copil răsfățat, adăugă Sunil.

– Cred că ai fost foarte drăguță cu ea încă de când i-ai permis să stea cu tine. Nu sunt sigură că eu aș fi putut face asta, zise Daphne.

– Crezi că tatăl ei ar fi acționat altfel, Louisa? întrebă Marc și-și mai turnă o ceșcuță de cafea.

Brusc, aș fi vrut să beau ceva mai tare.

– Nu știu, am șoptit. Dar el avea propriul mod de a prelua frâiele unei probleme. Chiar dacă nu-și putea mișca brațele și picioarele, îți dădea sentimentul că era un om capabil. El ar fi putut s-o oprească să facă prostii. Și ar fi reușit să o aducă pe calea ce bună cumva.

– Ești sigură că nu-l idolatrizezi? Am vorbit despre idolatrizare în săptămâna a opta, îmi reaminti Fred. Eu încă o consider pe Jilly o sfântă, nu-i așa, Marc? Am uitat că își lăsa ciorapii cu jartiere agățați de paravanul de la cabina de duș, și asta mă scotea complet din minți.

– Cred că tatăl ei n-ar fi putut face nimic să o ajute. Nu știi despre ce vorbești. Poate chiar s-ar fi urât unul pe celălalt.

– Pare să fie o adolescentă cu probleme, zise Marc. Și e posibil ca tu să-i fi dat câte șanse ai putut. Dar... uneori, Louisa, să mergem înainte înseamnă să ne protejăm pe noi înșine. Și poate că, în adâncul sufletului tău, ai înțeles asta. Dacă Lily nu aduce decât haos și negativism în viața ta, e posibil ca, deocamdată, tu să fi făcut singurul lucru cu putință pentru tine.

– O, da, aprobară, încuviințând din cap toți ceilalți.

– Fii îngăduitoare cu tine, mă sfătui el. Ești doar o ființă umană.

Oamenii aceia păreau atât de cumsecade, zâmbindu-mi încurajator și dorind să mă simt mai bine.

Aproape că i-am crezut.

Marți, am rugat-o pe Vera să-mi țină locul zece minute (am îngăimat ceva despre probleme femeiești, și ea a dat din cap, ca și cum ar fi zis că femeile au parte numai de necazuri și mi-a promis să-mi povestească despre fibroamele ei). Am dat fuga în toaleta femeilor – singurul loc unde puteam fi sigură că Richard nu avea să mă vadă – cu laptopul în geantă. Mi-am pus o bluză peste cămașa de la uniformă, am sprijinit laptopul de două chiuvete și m-am conectat la rețeaua Wi-Fi a aeroportului, așezându-mă cu grijă în fața ecranului. Apelul pe Skype al domnului Gopnik veni la ora cinci fix, imediat după ce-mi smulsesem de pe cap caraghioasa perucă de dansatoare irlandeză.

Chiar dacă nu văzusem altceva decât fața pixelată a lui Leonard Gopnik, aș fi putut jura că e bogat. Avea părul grizonant, frumos tuns, și mă privea din ecranul minuscul cu o autoritate firească, vorbind fără să irosească vreun cuvânt. E adevărat, la crearea acestei impresii contribuia și tabloul vechi, în ramă aurită, aflat pe peretele din spatele lui.

Nu mă întrebă nimic despre studiile și calificările mele, nici despre C.V., sau de ce dau interviul lângă un uscător de mâini. Examină niște documente, apoi mă întrebă despre relația pe care o avusesem cu familia Traynor.

– M-am înțeles bine cu ei, am răspuns. Adică sunt sigură că îmi vor da referințe favorabile. I-am revăzut, recent, pe amândoi, din diferite motive. Și ne-am înțeles bine, în ciuda... circumstanțelor...

– Circumstanțele legate de felul cum s-a încheiat angajamentul tău, rosti el, pe un ton scăzut, ferm. Da, știu, Nathan mi-a explicat situația. Știu că ai trecut printr-o experiență deloc ușoară.

– Da, așa e, am recunoscut, după câteva clipe de tăcere încordată. Dar m-am simțit privilegiată. Să fac parte din viața lui Will.

El reținu remarca și mă întrebă:

– Ce-ai făcut de atunci?

– Păi... am călătorit puțin prin Europa, ceea ce a fost... interesant. E frumos să călătorești. Dobândești o altă perspectivă asupra lucrurilor. Evident! am încercat eu să zâmbesc. Iar acum lucrez într-un aeroport, dar nu e chiar...

Pe când vorbeam, ușa se deschise în spatele meu, și o femeie intră în toaletă, trăgând un troler după ea. Am schimbat poziția laptopului, sperând ca domnul Gopnik să nu fi auzit zgomotul făcut de femeie când intră în cabină.

– ... nu e chiar ceea ce vreau să fac pe termen lung, am continuat eu, în vreme ce imploram în gând *Te rog, nu face pipi cu zgomot.*

Bărbatul îmi puse câteva întrebări despre responsabilitățile mele actuale și despre salariu. Am încercat să ignor sunetul făcut de femeie când trase apa și am rămas cu privirea ațintită spre ecran, în timp ce ea ieși din cabină.

– Și ce-ai vrea să faci...

Domnul Gopnik nu apucă să termine de vorbit, că femeia porni uscătorul de mâini, care începu să facă un zgomot asurzitor la doi pași de mine. Omul se încruntă.

– Așteptați o clipă, domnule Gopnik, l-am rugat și am pus degetul mare peste ceea ce speram să fie microfonul laptopului. Doamnă, am strigat la femeie, îmi pare rău, dar uscătorul e defect. Nu-l puteți folosi!

Ea se întoarse spre mine, frecându-şi degetele şi lăsând să se vadă manichiura perfectă, apoi privi din nou aparatul.

- Ba nu, nu e defect. De ce nu scrie nicăieri că e defect?

- Pentru că s-a ars chiar acum. Brusc. E foarte periculos.

Femeia se uită la mine, încă o dată la uscător, după care, cu o privire plină de suspiciune, îşi trase palmele de sub el, îşi luă geanta şi ieşi. Am proptit scaunul în uşă, ca să nu mai intre nimeni, şi am mişcat iarăşi laptopul spre mine, pentru ca domnul Gopnik să mă poată vedea.

- Îmi pare rău... Sunt nevoită să fac asta la serviciu şi e puţin cam...

Studiind hârtiile pe care le avea în faţă, îmi spuse:

- Nathan m-a informat că recent ai avut un accident.

Am înghiţit în sec.

- Aşa e. Dar mă simt mult mai bine. Sunt complet refăcută. Atâta doar că mai şchiopătez un pic.

- Se întâmplă şi la case mai mari, mă linişti el, cu un surâs.

I-am zâmbit şi eu. Cineva încercă uşa toaletei şi m-am opintit cu toată puterea în ea.

- Dar care a fost cea mai dificilă parte? întrebă domnul Gopnik.

- Poftim?

- Mă refer la munca pentru William Traynor? Pare oarecum o provocare.

Am ezitat. În toaletă se lăsă deodată o tăcere deplină.

- Cel mai greu mi-a fost să-l las să plece, am bâiguit eu şi am simţit că mă podidesc lacrimile.

Leonard Gopnik mă ţintui cu privirea, de la mii de kilometri distanţă. Am luptat cu imboldul de a-mi şterge lacrimile.

- Secretara mea te va contacta, domnişoară Clark. Mulţumesc pentru timpul acordat.

Şi apoi, după ce încuviinţă din cap, imaginea încremeni şi apoi ecranul se făcu alb. Am rămas holbându-mă la el, reflectând la faptul că tocmai o dădusem în bară, din nou.

În noaptea aceea, în drum spre casă, m-am hotărât să nu mă mai gândesc la interviu. În schimb, mi-am repetat în minte cuvintele lui

Marc, ca o mantră. Am analizat iar lucrurile pe care Lily le făcuse – musafirii nepoftiţi, furtul, drogurile, nesfârşitele petreceri nocturne, faptul că-mi lua hainele – şi le-am privit prin prisma sfaturilor primite la şedinţa de consiliere psihologică. Lily reprezenta haosul, dezordinea, o fată care lua fără să ofere nimic în schimb. Era o adolescentă, legată biologic de Will, dar asta nu însemna că trebuie să-mi asum responsabilitatea totală pentru ea sau să accept toată harababura pe care o lăsa în urma ei.

M-am simţit ceva mai bine. Într-adevăr. Mi-am amintit apoi şi de un alt lucru pe care Marc mi-l spusese: că nici o călătorie prin care să ieşi din suferinţă nu e uşoară. Erau zile bune şi zile rele. Aceea fusese, pur şi simplu, o zi rea, un obstacol în calea mea, pe care trebuia să-l depăşesc, ca să supravieţuiesc.

Am intrat în casă şi mi-am aruncat geanta, dintr-odată recunoscătoare pentru neînsemnata plăcere de a regăsi apartamentul exact aşa cum îl lăsasem. Aveam să mai las să treacă puţin timp, mi-am zis în sinea mea, şi apoi aveam să-i trimit un mesaj pe telefon, asigurându-mă că următoarele ei vizite urmau să fie programate din vreme. Eram decisă să-mi concentrez toate energiile în a-mi găsi o nouă slujbă. Simţeam că venise timpul să fac o schimbare în viaţa mea. Să-mi îngădui să mă vindec. A trebuit să mă opresc la acel punct, deoarece devenisem puţin îngrijorată că începeam să semăn cu Tanya Houghton-Miller.

M-am uitat către scara de incendiu. Un pas ar fi fost suficient ca să ajung iarăşi pe acel afurisit de acoperiş. Aveam să mă sui acolo singură şi fără să am un atac de panică, aveam să stau acolo o jumătate de oră, să respir aerul şi să împiedic ca o parte din propria mea casă să pună stăpânire, într-un mod atât de ridicol, pe imaginaţia mea.

Mi-am dat jos uniforma şi mi-am pus nişte pantaloni scurţi şi, doar ca să capăt încredere, puloverul subţire de caşmir al lui Will, cel pe care-l luasem din casa familiei Traynor după moartea lui, iar atingerea lui moale, pe piele, îmi dădu alinare. Am străbătut holul şi am deschis larg fereastra. Aveam doar două trepte de fier de urcat şi aveam să fiu sus.

– Nu se va întâmpla nimic, am zis cu voce tare şi am tras adânc aer în piept.

Mi-am simţit picioarele curios de uşoare atunci când am ieşit pe scara de incendiu, dar mi-am zis cu tărie că e doar o senzaţie, ecoul unei vechi anxietăţi. O puteam depăşi, aşa cum aş fi putut depăşi orice altceva. Am auzit vocea lui Will, răsunându-mi în urechi.

Haide, Clark! Câte un pas, încet.

M-am agăţat strâns, cu ambele mâini, de balustradă şi am început să urc. Nu m-am uitat în jos. Mi-am interzis să mă gândesc la ce înălţime eram sau cum adierea uşoară îmi amintea de ultima oară când lucrurile se sfârşiseră rău, ori la durerea din şold, ce nu părea să dispară vreodată. M-am gândit la Sam, şi furia pe care acest gând mi-a declanşat-o m-a ajutat să mă caţăr mai departe. Nu trebuia să fiu victima, persoana căreia pur şi simplu lucrurile *i se întâmplau.*

Mi-am spus în minte aceste lucruri şi am ajuns la al doilea şir de trepte, când picioarele au început să-mi tremure. M-am căţărat cu greutate pe peretele jos, temându-mă că treptele ar putea să cedeze sub mine, şi m-am săltat pe terasa blocului în mâini şi în genunchi. Mă simţeam slăbită şi lipicioasă din cauza transpiraţiei. Am rămas în patru labe, cu ochii închişi, în timp ce încercam să conştientizez că ajunsesem pe terasă. Reuşisem. Eram stăpâna propriului meu destin. Aveam să stau acolo atât cât era necesar ca să mă simt o fiinţă normală.

M-am ridicat în şezut şi m-am sprijinit cu spatele de zid, răsuflând profund. Mă simţeam bine. Nimic nu se mai mişca. Reuşisem. Şi atunci am deschis ochii şi am simţit că mi se taie răsuflarea.

Terasa era o abundenţă de flori. Ghivecele cu plante moarte, pe care le neglijasem luni de zile, erau pline cu flori stacojii şi purpurii, revărsându-se peste margini, ca nişte minuscule fântâni de culoare. Apăruseră două noi jardiniere, pline de mici petale albastre, iar lângă una dintre bănci se afla, într-un vas ornamental, un arţar japonez, legănându-şi lin crengile în bătaia vântului.

În colţul însorit de lângă peretele de sud, am zărit, alături de rezervorul de apă, doi saci cu pământ, din care se iveau tulpini de roşii având la capete ciorchini mici şi deşi de roşii cherry. Un alt sac cu pământ avea în mijloc nişte plante cu frunzuliţe verzi, dantelate. M-am îndreptat, încet, către ele, simţind mireasma de iasomie, apoi m-am oprit şi m-am aşezat, agăţându-mă cu mâna de banca de fier. M-am afundat în perna pe care am recunoscut-o din camera de zi.

Priveam, fără a-mi crede ochilor, acea mică oază de calm și splendoare în care se preschimbase terasa mea stearpă. Mi-am amintit-o pe Lily rupând rămurelele uscate dintr-un ghiveci și spunându-mi, cu toată seriozitatea, că e o crimă să lași plantele să moară, precum și observația făcută de ea în grădina doamnei Traynor: „trandafiri David Austin". Apoi mi-am amintit de urmele inexplicabile de pământ din holul apartamentului meu.

Și mi-am îngropat capul în mâini.

Capitolul 17

I-am trimis lui Lily două mesaje pe telefon. Prima dată, spre a-i mulțumi pentru ceea ce făcuse pe terasa blocului. *Este splendid! Aş fi vrut să-mi fi spus.* A doua zi, i-am scris ca să-i mărturisesc că îmi pare rău pentru că relaţiile dintre noi se înrăutăţiseră aşa de mult şi că, dacă voia vreodată să mai discutăm despre Will, am să fac tot posibilul să-i răspund la întrebări. Am adăugat că speram să meargă să-i vadă pe domnul Traynor şi pe fetiţa acestuia, căci ştiam cât e de important să păstreze legătura cu familia ei.

Ea nu-mi răspunse. Dar n-am fost întru totul surprinsă.

În următoarele două zile, m-am reîntors pe terasă de parcă aş fi vrut să mă asigur că nu pierdeam acele splendori. Am udat plantele, măcinată de un vag sentiment de vinovăţie. M-am plimbat pe lângă florile strălucitoare, imaginându-mi câte ore trebuia să fi petrecut Lily aici, cum trebuie să fi cărat sacii cu compost şi ghivecele de teracotă pe scara de incendiu, în timp ce eu eram la serviciu. Dar, de fiecare dată când mă gândeam cum era când împărţeam amândouă apartamentul, încă simţeam că mă învârt într-un cerc vicios. Ce-aş fi putut face? Nu i-aş fi convins pe membrii familiei Traynor să o accepte aşa cum ea avea nevoie să fie acceptată. Nu o puteam face mai fericită. Şi singura persoană care ar fi putut-o face nu mai exista.

Lângă blocul meu era parcată o motocicletă. Am încuiat maşina şi am traversat strada, să-mi cumpăr o cutie cu lapte, epuizată după serviciu. Ploua mărunt şi mi-am plecat capul în pământ, să mă feresc de picături. Când am ridicat privirea, am zărit o uniformă familiară stând la intrarea în bloc, iar inima mi-a tresărit.

Am trecut pe lângă el, scormonind prin geantă după chei. De ce degetele îți devin neputincioase în momentele de stres?

- Louisa!

Cheile refuzau să apară. Am cotrobăit iarăși prin geantă, scoțând, pe rând, un pieptene, un pachet de șervețele, mărunțiș și înjurând în gând. M-am pipăit pe buzunare, încercând să-mi dau seama unde ar fi putut fi.

- Louisa!

Apoi, cu o senzație de greață, mi-am adus aminte unde erau: în buzunarul blugilor de care mă schimbasem înainte să plec la muncă. O, *super*!

- Chiar așa? Continui să mă ignori? Așa faci?

Am tras adânc aer în piept și m-am întors spre el, îndreptându-mi puțin umerii.

- Sam.

Și el părea obosit, având barba nerasă. Probabil tocmai ieșise din schimb. Dar nu era înțelept să mă concentrez pe asemenea amănunte. Mi-am fixat privirea pe un punct, puțin mai la stânga de umărul lui.

- Putem sta de vorbă?

- Nu știu dacă mai are rost să discutăm.

- N-are rost?

- Ai primit mesajul, da? Nici măcar nu știu ce mai cauți aici.

- Sunt aici fiindcă tocmai am terminat un nenorocit de schimb de șaisprezece ore, am lăsat-o pe Donna ceva mai încolo și m-am gândit că ar trebui să trec și pe aici să aflu ce s-a întâmplat cu noi. Fiindcă, să dea naiba dacă am vreo bănuială!

- Zău?

- Zău.

Ne-am privit stăruitor unul pe celălalt. Cum de nu văzusem până atunci cât de grosolan era? Cât de neplăcut. Nu puteam înțelege cum de fusesem atât de orbită de dorința carnală pentru acest bărbat, când fiecare părticică din mine voia acum să fugă de el. Am mai întreprins o ultimă căutare zadarnică după chei și m-am luptat cu impulsul de a trage un picior în ușă.

– Aşadar, ai de gând să-mi dai măcar un indiciu? Louisa, sunt obosit şi nu am chef de jocuri.

– *Tu* n-ai chef de jocuri, am repetat eu, cu un surâs amar.

El trase aer în piept.

– Bine. Un lucru. Un singur lucru şi plec. Vreau doar să ştiu de ce nu mi-ai răspuns la telefoane.

L-am privit cu neîncredere.

– Uite ce e, am multe defecte, dar complet idioată nu sunt. Vreau să spun, poate că am fost, căci am văzut semnalele de avertizare şi le-am ignorat, dar, de fapt, nu ţi-am răspuns la telefoane fiindcă eşti un ticălos. Ai înţeles? M-am aplecat să-mi ridic lucrurile care-mi căzuseră din geantă şi am simţit cum întregul corp mi se înfierbântă rapid, ca şi cum termostatul meu interior ar fi luat-o razna. O, eşti atât de bun, ştii? Atât de al naibii de bun. Dacă n-ai fi fost atât de depravat şi de jalnic, chiar că aş fi fost impresionată de tine. M-am ridicat şi am închis fermoarul de la geantă. *Uite-l pe Sam, tatăl perfect*, mi-am zis. Atât de *grijuliu* şi cu o *intuiţie nemaipomenită*. Şi, când colo, ce să vezi? Erai atât de ocupat să ţi-o tragi cu jumătate din femeile din Londra, încât nici n-ai observat că fiul tău e nefericit.

– Fiul meu?

– Da! Pentru că noi chiar l-am ascultat, ştii? Nu avem voie să spunem altor persoane ce discutăm la consiliere. Iar el nu-ţi va spune, fiindcă e adolescent. Dar se simte mizerabil, nu doar din cauză că şi-a pierdut mama, ci pentru că tu eşti prea ocupat să-ţi îneci durerea trecând prin patul tău o armată întreagă de femei. Deja ţipam la el, iar cuvintele mele cădeau ca o cascadă, în vreme ce gesticulam, furioasă. Îi puteam vedea pe Samir şi pe vărul lui holbându-se la mine prin fereastra magazinului. Dar nu-mi păsa. Ar fi putut fi ultima oară când aveam ocazia să-mi vărs năduful. Şi da, da, ştiu că am fost suficient de proastă să fiu una dintre acele femei. Aşa că, pentru el şi pentru mine, eşti un ticălos. De aceea nu mai vreau să vorbesc cu tine acum. Şi, de fapt, niciodată.

El îşi trecu mâna prin păr.

– Vorbim despre Jake?

– Normal că despre Jake vorbesc. Câţi fii mai ai?

– Jake nu e fiul meu.

M-am holbat la el.

– Jake e fiul surorii mele. A fost, se corectă el, căci sora mea a murit. E nepotul meu.

Mi-au trebuit câteva secunde să pricep ce spusese. Sam mă privea atent, cu fruntea încruntată, căci și el încerca să priceapă situația.

– Dar... dar îl iei cu motocicleta. Locuiește cu tine.

– Îl iau lunea, fiindcă tatăl lui lucrează în schimburi. Și mai rămâne uneori la mine, într-adevăr, dar nu locuiește cu mine.

– Jake... nu e fiul tău?

– Nu, n-am copii. De care să știu, adică. Deși toată povestea cu Lily mă face să-mi pun întrebări.

Mi l-am amintit îmbrățișându-l pe Jake și în minte mi-au revenit nenumărate conversații.

– Dar l-am văzut cum a reacționat când ne-am întâlnit prima dată. Și când tu și cu mine am început să vorbim, el și-a dat ochii peste cap, ca și cum...

Sam își lăsă privirea în pământ.

– O, Doamne! am spus, ducându-mi palma la gură. Femeile alea...

– Nu erau iubitele mele.

Am rămas în mijlocul străzii. Samir ne urmărea acum din ușa magazinului, și lângă el mai apăruse un verișor al lui. În stânga noastră, oamenii din stația de autobuz își răsuciră capetele atunci când își dădură seama că știm că ne privesc. Sam făcu un semn din cap spre ușa din spatele meu.

– Crezi că am putea discuta despre asta înăuntru?

– Da, da... O, de fapt, nu, am spus eu. Se pare că m-am încuiat pe dinafară.

– Și n-ai o cheie de rezervă?

– E tot în apartament.

El își duse mâna la frunte, apoi se uită la ceas. În mod clar era sleit de oboseală. Am făcut un pas în spate, către ușa blocului.

– Uite ce e... Du-te acasă și odihnește-te. Discutăm mâine. Îmi pare rău.

Brusc, ploaia se înteți, transformându-se într-o răpăială de vară, care curgea în șuvoaie prin burlane și inundă strada. Peste drum, Samir și verii lui se grăbiră să intre înăuntru.

Sam oftă, privind cerul şi apoi pe mine.

– Aşteaptă puţin.

Se întoarse după câteva minute cu o şurubelniţă mare, împrumutată de la Samir, şi mă urmă pe scara de incendiu. De două ori am alunecat pe treptele umede de metal, dar braţele sale vânjoase mă sprijiniseră la timp. În acele clipe, o neaşteptată senzaţie de fierbinţeală îmi săgetă trupul. Când am ajuns la etajul meu, Sam înfipse şurubelniţa în rama ferestrei din hol şi începu să o ridice. Fereastra cedă încântător de repede.

– Gata, zise el şi deschise fereastra, sprijinind-o cu o mână, în timp ce mă privea cu o oarecare expresie de dezaprobare.

– Era prea uşor pentru o fată singură care locuieşte în zonă.

– Nu ai nimic de-a face cu o fată singură care locuieşte în zonă.

– Vorbesc serios.

– Sunt bine, Sam.

– Nu vezi ce văd eu în fiecare zi. Vreau să te ştiu în siguranţă.

Am încercat să zâmbesc, dar genunchii îmi tremurau, iar palmele îmi alunecau pe treptele de fier. Am încercat să păşesc pe lângă Sam, dar m-am dezechilibrat uşor.

– Eşti bine?

Am încuviinţat din cap. Mă luă de mână şi pe jumătate mă ridică, pe jumătate mă ajută să escaladez pervazul apartamentului meu. Am căzut pe covor, lângă fereastră, şi am stat puţin să-mi revin. Nu mai dormisem bine de nopţi întregi şi mă simţeam pe jumătate moartă, ca şi cum furia şi adrenalina care mă susţinuseră până atunci dispăruseră complet.

Sam se căţără şi el pe pervaz şi închise fereastra în urma lui, examinând încuietoarea spartă de la capătul cercevelei. Holul era învăluit în întuneric, iar răpăitul ploii se auzea pe acoperiş. Sub privirile mele, el se scotoci prin buzunare până scoase, printre alte mărunţişuri, şi un cui mic. Luă şurubelniţa şi bătu, cu mânerul ei, cuiul într-un unghi înclinat, pentru ca nimeni să nu poată deschide fereastra din exterior. Apoi veni spre locul unde şedeam şi îmi întinse mâna.

– Avantajele de a fi constructor cu jumătate de normă. Întotdeauna găsești la mine un cui, pe undeva. Hai! zise el. Dacă mai stai mult aici, riști să nu te mai ridici.

Ploaia îi netezise părul, iar pielea îi lucea în lumina din hol, când mă ridică în picioare. Am șchiopătat puțin, iar el remarcă imediat.

– Șoldul?

Am încuviințat din cap.

El oftă.

– Aș fi vrut să discuți cu mine.

Pielea de sub ochii lui era aproape vineție din pricina epuizării. Pe brațul stâng, am zărit două zgârieturi prelungi și m-am întrebat ce se întâmplase în noaptea precedentă. Sam dispăru în bucătărie, și am auzit apa curgând. Când se întoarse, ținea în mână un pahar cu apă și două pastile.

– N-ar trebui să-ți dau așa ceva. Dar pastilele astea o să-ți asigure o noapte fără dureri.

Le-am luat, recunoscătoare, și el mă privi când le-am înghițit.

– Întotdeauna respecți regulile?

– Doar când cred că sunt rezonabile, răspunse el și-mi luă paharul. Ești bine, Louisa Clark?

Am dat din cap, afirmativ. El răsuflă prelung.

– O să te sun mâine.

După aceea, nu știu ce m-a determinat să fac acel gest. Mâna mea se întinse și o apucă pe a lui. I-am simțit degetele închizându-se încet peste ale mele.

– Nu pleca. E târziu. Și e periculos să mergi cu motocicleta.

I-am luat șurubelnița din cealaltă mână și am lăsat-o să cadă pe covor. El mă privi îndelung și apoi lăsă mâna mea să alunece pe obrajii lui nebărbieriți.

– Nu cred că sunt bun de ceva în starea asta.

– Atunci îți promit să nu te folosesc pe post de trofeu sexual, i-am spus eu, privindu-l în ochi. De data asta.

Surâsul lui se ivi cu greutate, dar când i se întipări pe chip, am simțit că toate emoțiile mă părăsesc, ca și cum până atunci aș fi cărat o povară de care nu eram conștientă.

Nu știi niciodată ce se poate întâmpla când cazi de la mare înălțime.
El păși peste șurubelniță și l-am condus, în tăcere, către dormitor.

Stau pe întuneric, în micul meu apartament, cu piciorul încolăcit în jurul trupului unui bărbat adormit, care m-a cuprins cu mâna pe după umăr, și îi privesc chipul.

– *Atac de cord, accident de motocicletă, adolescent sinucigaș și o încăierare între bande, soldată cu o înjunghiere, în Peabody Estate. Unele schimburi sunt...*

– *Șșșt! Acum a trecut. Dormi, te rog.*

Sam abia reușise să-și dea uniforma jos. A rămas în maieu și pantaloni scurți, m-a sărutat, apoi a închis ochii și s-a cufundat într-un somn adânc. Mă întrebasem dacă era cazul să-i pregătesc ceva de mâncare sau să fac curat prin apartament pentru ca, atunci când avea să se trezească, să par genul de persoană care știe să-și gestioneze viața. Am renunțat și, după ce mi-am dat jos hainele și am rămas în lenjerie intimă, m-am strecurat în pat, lângă el. Nu doream decât să stau, pur și simplu, acolo, cu pielea goală, lipită de tricoul lui, cu răsuflarea împletindu-se cu a lui. Am stat și i-am ascultat respirația și m-am întrebat cum de cineva poate să fie atât de liniștit. Am studiat umflătura ușoară de pe marginea nasului lui și jocul de umbre de pe țepii din barba ce-i acoperea bărbia, curbura lină a genelor sale foarte întunecate. Mi-am amintit de discuțiile pe care le avuseserăm și le-am analizat dintr-o nouă perspectivă, una care-l punea pe Sam într-o lumină cu totul diferită – aceea de bărbat singur și de unchi afectuos –, și am vrut să râd de prostiile care-mi treceau prin cap și, în același timp, să mă retrag din fața propriei mele greșeli.

I-am atins fața de două ori, inspirând aroma pielii lui, izul vag de săpun antibacterian, izul de transpirație bărbătească cu accente sexuale. A doua oară când l-am atins, am simțit cum palma lui se strânge, într-un gest reflex, pe talia mea. M-am răsucit pe spate și am privit luminile felinarelor stradale, simțind, dintr-odată, că nu mai eram o străină în acel oraș. Și, în cele din urmă, m-a cuprins somnul...

Ochii lui Sam sunt pe mine, dar abia după câteva clipe realizează unde se afla.

– Bună!

Trezirea e atât de dulce, fiind însoțită de acea stare deosebită, ca de vis, care inundă primele ore ale dimineții. *El e în patul meu. Piciorul lui e lipit de al meu.* Un zâmbet mi se strecoară pe chip.

– Hei, tu!

– Cât e ceasul?

Mă străduiesc să disting cifrele de pe ecranul digital al ceasului deșteptător.

– Cinci fără un sfert.

Timpul se scurge firesc, lumea se transformă, ezitant, în ceva încărcat de sens. Afară, bezna nopții e destrămată de luminile de sodiu ale felinarelor. Taxiurile și autobuzele de noapte trec în goană. Dar aici, sus, suntem doar eu cu el, singuri în noapte, patul cald și sunetul respirației sale.

– Nici nu-mi mai aduc aminte cum am ajuns aici, spune el și privește într-o parte, iar chipul, luminat ușor de lumina stradală, i se încruntă. Îl privesc, pe măsură ce amintirile zilei precedente aterizează în mintea mea, domoale, tăcute, asigurându-mă: *Totul e bine.*

Sam își întoarce capul spre mine. Gura lui se află la doar câțiva centimetri de a mea. Are răsuflarea caldă și dulce.

– Mi-a fost dor de tine, Louisa Clark.

Vreau să-i spun atunci. Vreau să-i spun că nu știu ce simt. Îl doresc, dar mi-e teamă să îl doresc. Nu vreau ca fericirea mea să fie cu totul dependentă de a altcuiva, să fiu ostatica unui destin pe care nu-l pot controla.

Ochii lui sunt ațintiți asupra mea, cercetători.

– Nu te mai gândi la nimic, îmi șoptește. Mă trage către el și mă relaxez. Acest om își petrece fiecare zi acolo, pe puntea dintre viață și moarte. El înțelege. Gândești prea mult.

Mâna lui alunecă pe obrazul meu. Mă înalț spre el, cu un gest involuntar, și îmi lipesc buzele de palma lui.

– E suficient doar să trăiesc? îl întreb în șoaptă.

El încuviințează din cap și apoi mă sărută, un sărut prelung, domol și dulce, până când trupul meu se arcuiește și nu mai sunt decât dorință și poftă.

Vocea lui îmi rostește în ureche numele, ca într-o șoaptă adâncă, făcându-l să sune ca un lucru de mare preț.

Următoarele trei zile au fost un amestec încețoșat de nopți furate și întâlniri scurte. Am ratat ședința despre idealizare, la Cercul de consiliere psihologică, fiindcă Sam a ajuns la apartament exact când mă pregăteam să plec și am sfârșit îmbrățișați, cu brațele și picioarele înlănțuite, așteptând cronometrul fierbătorului de ouă să sune, pentru ca el să se poată îmbrăca și merge să-l ia pe Jake la timp. De două ori, el mă aștepta când ieșeam din schimb și, cu buzele sale pe gâtul meu și palmele lui mari pe șolduri, greutățile de la Shamrock and Clover fură, dacă nu date uitării, măcar alungate pentru o noapte.

Voiam să-i rezist, dar îmi era imposibil. Eram zăpăcită, distrată, fără somn. Am făcut cistită, dar nu-mi păsa. Fredonam melodii în drum spre serviciu, flirtam cu oamenii de afaceri și zâmbeam fermecător când Richard îmi făcea observație. Fericirea mea îl ofensa pe șeful meu: puteam observa asta din felul cum își mușca obrazul și din felul cum îmi vâna până și cele mai neînsemnate greșeli.

Dar nu mă interesa nimic din toate astea. Cântam sub duș, stăteam întinsă pe canapea, visând cu ochii deschiși. Purtam iar vechile mele haine, cardiganele viu colorate și balerinii de satin și mă lăsam cuprinsă de fericire, ca de niște baloane de care eram conștientă că rezistă doar câteva clipe și apoi se sparg.

– I-am spus lui Jake, mă anunță el.

Sam avusese o jumătate de oră pauză și se oprise să ia prânzul lângă blocul meu, înainte ca eu să intru în schimbul de noapte. Stăteam lângă el, pe bancheta din față a ambulanței.

– Ce i-ai spus?

Făcuse sandviciuri cu mozzarella, roșii cherry și busuioc. Roșiile, cultivate în grădina lui, declanșau mici explozii de arome în gura mea. El era îngrozit de felul în care mâncam atunci când eram singură.

– Că ai crezut că sunt tatăl lui Jake, râse el, mai mult decât îl văzusem râzând de luni de zile.

– Nu i-ai spus ce ți-am zis: că tatăl lui plânge după ce face sex, nu?

– Am cunoscut odată un bărbat care făcea asta, zise Donna, din spate. Dar chiar jelea. A fost un moment stânjenitor. Prima dată am crezut că-i rupsesem penisul.

M-am întors către ea, râzând cu gura până la urechi.

– Dar chiar se întâmplă, pe bune! Am avut cândva și un cuplu care rămăsese blocat în timp ce făcea sex în mașină.

– Așa e. Ai fi uimită să afli câte asemenea cazuri vedem, zise Sam și arătă spre sandviciul pe care-l țineam încă în poală. Ai grijă cum mănânci, să nu te îneci!

– Serios? Super! Asta poate fiindcă nu sunt suficient de multe lucruri în viață de care să-ți faci griji.

Mă privi pieziș pe când mușca din sandvici, așa încât am roșit.

– Ai încredere în mine. O să te anunț dacă e cazul.

– Doar că noi suntem de modă veche, bătrâne Sam, îi spuse Donna, întinzându-i una dintre nelipsitele ei băuturi energizante. Să nu contezi pe mine pentru un caz de genul ăsta!

Îmi plăcea să stau în cabina ambulanței. Sam și Donna aveau un fel pragmatic de a privi lucrurile, tipic celor care văzuseră destul de multe în ceea ce privește condiția umană. Erau amuzanți, dar și triști și mă simțeam, în mod straniu, în largul meu în preajma lor, având impresia că viața mea, cu toate ciudățeniile ei, era, de fapt, destul de normală.

În timpul pauzelor de masă pe care le petreceam cu ei am aflat o mulțime de lucruri:

– Aproape nici o persoană trecută de șaptezeci de ani nu se plângea din cauza durerii sau a tratamentului administrat, nici măcar dacă aveau vreun membru fracturat.

– Persoanele din aceeași categorie de vârstă, bărbați sau femei, se scuzau aproape mereu pentru că „se făcuse atâta caz".

– AVC nu era termenul științific pentru accident vascular cerebral, ci prescurtarea de la „Alcoolic Violent Căzut".

– Femeile gravide rareori nășteau în ambulanță (asta chiar m-a dezamăgit).

– Nimeni nu mai folosea termenul „șofer pe ambulanță". Mai cu seamă șoferii pe ambulanță.

– Întotdeauna existau oameni care răspundeau, când li se cerea să descrie nivelul durerii, pe o scară de la una la zece, „unsprezece".

Dar ceea ce mă impresiona cel mai mult, când Sam venea acasă după un schimb prelungit, era tristețea lui. Vedea pensionari singuri, obezi lipiți de televizor, prea grași pentru a încerca măcar să urce sau să coboare scările, mame tinere care nu vorbeau o boabă de engleză, zăvorâte în apartamentele lor alături de un milion de țânci, ezitând să cheme ambulanța când într-adevăr situația impunea acest lucru, dar și deprimați, bolnavi cronici, oamenii lipsiți de afecțiunea celor din jur.

În unele zile, îmi mărturisea el, se simțea parcă bolnav și trebuia să scape de tristețea impregnată în piele odată cu mirosul de antiseptic. Și apoi mai erau și sinucigașii, cu viețile curmate sub roțile trenului sau în căzi de baie cufundate în tăcere. Trupurile lor zăceau, adesea neobservate, săptămâni sau luni întregi, până când cineva simțea mirosul de cadavru sau se întreba unde dispăruseră locatarii respectivi.

– Nu te îngrozești niciodată?

El stătea întins cu trupul lui voinic în micuța mea cadă. Apa devenise ușor rozalie, din cauza sângelui provenit de la rana vreunui pacient împușcat, sânge care se prelinsese pe Sam. Am fost puțin surprinsă de cât de rapid mă obișnuisem să am un bărbat gol lângă mine. În special unul care se putea mișca singur.

– Nu poți face meseria asta dacă ești înspăimântat, spuse el, simplu. Înainte de a deveni paramedic, fusese angajat în armată; nu era o schimbare de carieră neobișnuită. Ne preferă, fiindcă nu ne speriem ușor și am văzut de toate. Dar îți spun, unii dintre puștii ăia beți mă sperie mult mai mult decât m-au speriat vreodată talibanii.

Ședeam pe capacul vasului de toaletă, lângă el, și-i priveam corpul în apa decolorată. M-am cutremurat, chiar și la vederea acelui trup voinic și puternic.

– Hei, făcu el, văzând schimbarea de pe chipul meu și întinse mâna către mine. E totul bine, nu te speria. Să știi că simt întotdeauna pericolul. Mă prinse cu degetele. E-adevărat că nu e o slujbă grozavă dacă vrei să ai o relație. Ultima mea iubită n-a putut suporta. Orele lungi de program. Nopțile de gardă. Mizeria.

– Apa roz din cadă.

– Da. Îmi pare rău pentru asta. Nu funcţionau duşurile la staţia de ambulanţă. Ar fi trebuit să trec mai întâi pe acasă.

Mă privi însă într-un fel care-mi dădea de înţeles că nici prin gând nu-i trecuse să meargă acasă înainte de a veni la mine. Scoase dopul, lăsând apa să se mai scurgă din cadă, apoi îl puse la loc şi dădu iar drumul la robinet.

– Dar cine a fost ultima ta iubită? l-am întrebat pe un ton monoton.

Nu voiam să fiu una dintre *acele* femei, chiar dacă el îmi dovedise că nu era unul dintre acei bărbaţi.

– Iona. Lucra în turism. O fată simpatică.

– Dar pe care n-ai iubit-o.

– De ce spui asta?

– Pentru că nimeni nu spune „o fată simpatică" despre cineva de care a fost îndrăgostit. E precum chestia aia „am rămas prieteni". Înseamnă că n-ai avut prea multe sentimente pentru ea.

El se amuză.

– Şi ce-ar fi trebuit să spun dacă aş fi iubit-o cu adevărat?

– Ai fi luat o mină foarte serioasă şi ai fi zis „Karen. Un coşmar total" sau ai fi încheiat brusc discuţia cu o replică de genul „nici nu vreau să mai vorbesc despre asta".

– Probabil ai dreptate, spuse el, după ce rămase câteva clipe pe gânduri. Sincer să fiu, chiar n-am vrut să mai nutresc multe sentimente pentru alţi oameni după ce sora mea a murit. Am stat cu Ellen în ultimele ei luni de viaţă, am îngrijit-o, şi asta m-a zdruncinat. Se uită la mine. Cancerul poate fi un mod destul de brutal de a pleca din lumea asta. Tatăl lui Jake a fost distrus. Unii oameni reacţionează astfel. Aşa că mi-am dat seama că au nevoie de mine acolo. Ca să fiu sincer, probabil că doar mi-am păstrat echilibrul mintal, fiindcă altfel s-ar fi destrămat totul.

Am rămas tăcuţi amândoi. Nu puteam spune dacă ochii lui se înroşiseră din cauza săpunului sau a durerii.

– Aşa că... probabil n-am fost un iubit foarte bun la acel moment. Dar vorbeşte-mi despre foştii tăi iubiţi...

– Will?

– Desigur. De atunci, nimeni altcineva?

– Nimeni despre care să vreau să vorbesc, am replicat.

– Fiecare om are dreptul să greșească, Louisa. Nu te pedepsi pentru asta.

Pielea lui era fierbinte și umedă și am simțit cum degetele lui îmi alunecă din palmă. Le-am dat drumul, și Sam a început să-și spele părul. Am rămas acolo și l-am privit, simțind cum mi se îmbunătățește dispoziția, bucurându-mă de umerii săi musculoși și de luciul pielii sale ude. Îmi plăcea felul cum își spăla părul: energic, viguros, scuturându-și excesul de apă asemenea unui câine.

– A, am uitat să-ți spun. Am avut un interviu, pentru o slujbă, l-am anunțat, atunci când termină. Un post la New York.

– New York? se miră el, ridicând o sprânceană.

– N-o să-l accept.

– Păcat. Întotdeauna mi-am dorit o scuză ca să plec la New York, surâse el și alunecă încet sub apă, până ce doar gura îi mai rămase afară. Dar va trebui să-ți păstrezi costumul de irlandeză, nu? se amuză el.

Am simțit un impuls și, pe neașteptate am sărit complet îmbrăcată în cadă. L-am sărutat în timp ce el râdea în hohote și mă stropea cu apă. Dintr-odată, mă simțeam bucuroasă că el era acolo ca să mă sprijine, într-o lume în care era atât de ușor să te prăbușești.

În cele din urmă, am făcut un efort ca să-mi pun în ordine apartamentul. Într-o zi, când eram liberă, mi-am cumpărat un fotoliu și o măsuță de cafea, dar și un mic tablou, pe care l-am agățat lângă televizor. Aceste lucruri reușeau, cumva, să sugereze că totuși locuia cineva acolo. Am cumpărat două perne și o garnitură nouă de lenjerie pentru pat și mi-am agățat toate hainele mele vintage în șifonier, așa încât acum, când îl deschideam, mi se înfățișa o bogăție de culori și modele, în locul celor câteva perechi banale de blugi și al fustelor sintetice prea scurte. Am reușit astfel să-mi transform micul apartament în ceva care, deși nu era chiar un cămin, măcar te făcea să te simți binevenit.

Ca un gest de bunăvoință din partea zeilor care stabileau schimburile, am reușit, și eu, și Sam, să ne luăm liber în aceeași zi. Optsprezece ore fără întrerupere, în care el nu trebuia să audă sirena ambulanței, iar eu nu eram obligată să aud zornăitul veselei sau nemulțumiri legate de alunele prea prăjite. Am remarcat însă că timpul petrecut alături de Sam părea să treacă de două ori mai repede decât orele petrecute în singurătate. Plănuisem un milion de lucruri pe care le-am fi putut face împreună, dar am renunțat la jumătate dintre ele, pentru că mi se păreau prea banale, tipice oricărui cuplu de îndrăgostiți. M-am întrebat chiar dacă era înțelept să petrecem atât de mult timp împreună.

I-am mai scris lui Lily încă un mesaj pe telefon.

Lily, te rog, ia legătura cu mine. Știu că ești supărată pe mine, dar sună-mă. Grădina ta e minunată! Trebuie să-mi arăți cum să o îngrijesc și ce să fac cu roșiile, care au crescut foarte înalte (așa trebuie?). Poate după aceea mergem să dansăm undeva x

Am apăsat butonul de expediere și am rămas cu ochii ațintiți pe micul ecran, chiar când se auzi soneria.

– Bună! zâmbi Sam, ocupând cadrul ușii. Ținea într-o mână o ladă cu scule, iar în cealaltă, o pungă de băcănie.

– O, Doamne, ești suprema fantezie a unei femei!

– Rafturi, zise el, pe un ton inexpresiv. Ai nevoie de rafturi.

– O, dragule. Nu te opri!

– Și de mâncare gătită.

– Asta e. Acum mă apuc!

El râse, puse jos lada cu scule, în hol, și mă sărută, iar, când m-am desprins din îmbrățișare, l-am tras după mine în bucătărie.

– M-am gândit că am putea merge la film. Știi că unul dintre marile beneficii ale muncii în schimburi este posibilitatea de a merge la matineuri, corect?

Mi-am verificat telefonul.

– Bine, dar să nu fie vreun film sângeros. M-am cam săturat de sânge.

Am ridicat ochii spre el și am observat că mă scruta cu privirea.

– Ce? Nu-ți convine? Sau ți-am ruinat planurile de a merge la *Zombie mâncători de carne 15*?... Ce e?

M-am încruntat și mi-am lăsat brațele în jos.

– Nu pot da de Lily.

– Nu spuneai că a plecat acasă la ea?

– Da, a plecat. Dar nu-mi răspunde la telefon. Cred că e foarte supărată pe mine.

– Prietenii ei ţi-au furat lucrurile din casă. Tu eşti îndreptăţită să fii cea supărată! Începu să scoată din pungă roşii, lăptuci, avocado, ouă, verdeţuri şi le aranjă cu grijă în frigiderul meu aproape gol. Mă privi în timp ce îi trimiteam lui Lily un alt mesaj. Haide, Lou! Poate că şi-a pierdut telefonul, l-o fi uitat în vreun club sau nu mai are credit. Ştii cum sunt adolescenţii. Sau poate e cu capsa pusă o perioadă. Uneori, trebuie să-i laşi să-şi rezolve singuri problemele.

Am închis uşa frigiderului şi l-am luat pe Sam de mână.

– Trebuie să-ţi arăt ceva.

Ochii lui se luminară.

– Nu e ce te gândeşti tu, pungaşule. Pentru aia va trebui să mai aştepţi puţin.

Sam stătea pe terasă, admirând plin de uimire florile dimprejur.

– Şi nici măcar nu ţi-a trecut prin cap?

– Absolut deloc.

Se aşeză, greoi, pe bancă. Am stat alături de el şi am privit îndelung grădiniţa.

– Mă simt groaznic, i-am mărturisit. Practic, am acuzat-o pe Lily că distruge orice atinge. Şi, în timpul ăsta, uite ce crea.

El se aplecă să pipăie frunzele unei plante de roşii, apoi se îndreptă şi scutură din cap.

– Bun. Atunci mergem să vorbim cu ea.

– Pe bune?

– Da. Mai întâi mâncăm de prânz. Pe urmă, mergem la cinema. Şi apoi aterizăm la uşa ei. Aşa n-o să te mai poată evita, mă asigură el şi, luându-mi palma, şi-o duse la buze.

– Hei, Lou, nu mai fi aşa de îngrijorată. Grădina e un semn bun. Dovedeşte că fetei ăsteia nu-i stă capul numai la rele.

Apoi îmi dădu drumul la mână şi m-am uitat la el.

– Cum de reuşeşti să faci întotdeauna lucrurile mai bine?

– Pur şi simplu, nu-mi place să te văd tristă.

Nu-i puteam spune că nu eram tristă atunci când eram cu el. Nu-i puteam mărturisi că mă făcea atât de fericită, încât îmi era frică de fericirea mea. M-am gândit cât de mult îmi plăcuse văzându-l cum aranjează mâncarea în frigider, mi-am amintit cum îmi priveam telefonul de douăzeci de ori pe zi, așteptând mesaje de la el, cum evocam imaginea trupului său gol, în minutele de răgaz de la bar și apoi încercam să mă concentrez asupra lustruitului podelei sau a numărării bonurilor de casă, doar ca să nu mai radiez de fericire.

Ia-o mai încet, mă avertiza o voce. *Nu te apropia prea mult.*

Ochii lui mă privirǎ cu blândețe.

– Ai un zâmbet dulce, Louisa Clark. E unul dintre cele câteva sute de lucruri care îmi plac la tine.

L-am privit, la rândul meu, preț de câteva secunde. *Omul ăsta...* m-am gândit. Și apoi mi-am lovit genunchii cu palmele și am zis deodată:

– Hai! Să mergem să vedem un film.

Cinematograful era aproape gol. Ne-am așezat undeva, în spatele sălii, unul lângă altul, pe niște scaune cărora cineva le distrusese cotierele, și Sam îmi dădea să mănânc popcorn dintr-o găleată de carton mare cât un coș de gunoi; încercam să nu mă gândesc la greutatea mâinii lui, lipită de piciorul meu gol, fiindcă, atunci când o făceam, pierdeam frecvent șirul întâmplărilor de pe ecran.

Era o comedie americană despre doi polițiști cam ciudați, care se trezesc că sunt luați drept criminali. Nu era foarte hazlie, dar totuși am râs. Degetele lui Sam apăreau în fața mea, ținând câteva boabe sărate de popcorn, și eu le luam pe rând, pentru ca, într-un final să-i prind degetele cu dinții. El mă privi și clătină ușor din cap.

Am terminat popcornul și am înghițit.

– N-o să vadă nimeni, am șoptit.

Sam ridică o sprânceană.

– Hei, sunt prea bătrân pentru asta, murmură el.

Dar, când i-am întors fața spre mine în aerul întunecat și fierbinte al sălii și am început să-l sărut, Sam scăpă găletușa cu popcorn, iar palma îi alunecă, ușor, de-a lungul spinării mele.

Și atunci sună telefonul. Urmă un șuierat de dezaprobare din partea celor doi spectatori aflați în primele rânduri – și singurii, de altfel, din sală, în afară de noi.

– Scuze, îmi cer scuze, am bâiguit și apoi, ridicându-mă din poala lui Sam, am răspuns. Era un număr pe care nu-l recunoșteam.

– Louisa?

Mi-au trebuit câteva clipe să-mi dau seama cine era la telefon.

– Da... staţi o clipă.

I-am făcut semn lui Sam şi mi-am croit drum spre ieşire.

– Mă scuzaţi, doamnă Traynor. A trebuit să... Mai sunteţi la telefon? Alo?

Foaierul cinematografului era gol, zonele din faţa caselor de bilete, străjuite de cordoane de catifea, pustii, iar maşinile de făcut granita frământau gheaţa colorată în spatele tejghelei.

– O, slavă Domnului! Louisa? Voiam să te întreb dacă pot vorbi cu Lily.

Am rămas nemişcată, cu telefonul lipit de ureche.

– M-am gândit la ce s-a întâmplat săptămâna trecută şi vreau să-ţi spun că îmi pare grozav de rău. Cred că am lăsat o impresie..., zise ea cu o ezitare. Louisa, ştii... mă întrebam dacă tu crezi că Lily ar fi de acord să mă vadă.

– Doamnă Traynor...

– Aş vrea să-i explic. De mai bine de un an, parcă... nu ştiu, parcă nu mai sunt eu. Am luat permanent aceste tablete şi, din cauza lor, mintea mi s-a înceţoşat. Şi am fost atât de surprinsă să mă trezesc cu voi la uşă şi pur şi simplu nu mi-a venit să cred ce auzeam. Totul părea de-a dreptul imposibil. Dar eu... Am vorbit cu Steven, şi el mi-a confirmat întreaga poveste şi am stat singură în casă, zile întregi, şi am întors situaţia pe toate părţile, şi m-am gândit... Will a avut o *fiică*. *Eu am o nepoată*. Îmi tot repetam asta. Uneori, aveam impresia că totul e un vis.

Am ascultat acest şuvoi de cuvinte, atât de neobişnuit pentru ea.

– Ştiu, şi eu am simţit acelaşi lucru, am încercat să o consolez.

– Mă gândesc întruna la ea. Vreau atât de mult să avem o întâlnire adevărată. Crezi că o să fie de acord să mă vadă din nou?

– Doamnă Traynor, Lily nu mai locuieşte la mine. Dar..., am ezitat eu, trecându-mi degetele prin păr. Da, desigur, o s-o întreb.

Nu m-am mai putut concentra la restul filmului. În cele din urmă, realizând, poate, că mă uit în gol la ecran, Sam îmi sugeră să plecăm.

Am ieşit în parcare şi, stând lângă motocicleta lui, i-am povestit discuţia cu doamna Traynor.

– Ei, vezi? zise el, ca şi cum aş fi făcut ceva de care era mândru. Hai să mergem!

Sam mă aşteptă pe motocicletă, de partea cealaltă a drumului, în vreme ce eu am bătut la uşă. Mi-am ridicat bărbia, decisă ca, de această dată, să nu o mai las pe Tanya Houghton-Miller să mă intimideze. Am privit peste umăr, iar Sam clătină, încurajator, din cap.

Uşa se deschise. Tanya era îmbrăcată cu o rochie de in ciocolatie, iar în picioare avea sandale greceşti. Mă studie din creştet până-n tălpi, de parcă ar fi fost prima oară când ne întâlneam, ca şi cum noua mea garderobă n-ar fi reuşit să treacă de filtrul ei interior. (Asta mă enervă puţin, întrucât purtam sarafanul meu favorit de bumbac, în carouri). Îmi surâse doar pentru o fracţiune de secundă, apoi îşi reluă aerul sobru.

– Da, Louisa.

– Îmi pare rău că am venit fără să sun înainte, doamnă Houghton-Miller.

– S-a întâmplat ceva?

Am clipit.

– Da. Da, chiar s-a întâmplat, am răspuns eu, îndepărtându-mi de pe faţă o şuviţă de păr. Am primit un telefon de la doamna Traynor, mama lui Will. Îmi pare rău că deranjez din cauza asta, dar dumneaei chiar îşi doreşte să ia legătura cu Lily şi, cum Lily nu-i răspunde la telefon, aş vrea să o rugaţi dumneavoastră să mă sune.

Tanya mă privi pe sub sprâncenele perfect pensate. Am încercat să păstrez o expresie neutră.

– Sau poate aş putea discuta câteva minute cu ea?

Se lăsă o scurtă tăcere, apoi femeia răspunse:

– De ce crezi că ar trebui să-i cer *eu* asta?

Am tras aer în piept, căutând să-mi aleg cu grijă cuvintele.

– Ştiu că nu aveţi sentimente prea bune faţă de familia Traynor, dar cred că o asemenea discuţie ar fi în interesul lui Lily. Nu ştiu dacă v-a spus, dar prima lor întâlnire, de săptămâna trecută, a fost cam tensionată, iar doamna Traynor ar dori sincer să aibă şansa de a discuta din nou cu nepoata ei.

– Lily poate face ce vrea ea, Louisa. Dar nu înţeleg de ce te aştepţi să mă implic şi eu.

Am încercat să-mi păstrez tonul politicos.

– Hmm... pentru că sunteţi mama ei, doamnă Houghton-Miller?

– Da, o mamă pe care Lily n-a catadicsit s-o sune de mai bine de o săptămână.

Am rămas împietrită, simţind în stomac ceva rece şi tare.

– Poftim?

– Lily. Nu s-a deranjat să ia legătura cu mine. Mă gândeam că ar fi putut, cel puţin, să vină să ne salute, după ce ne-am întors din vacanţă, dar nu, e clar că asta e sub demnitatea ei. Tipic pentru ea, de altfel, zise femeia şi, întinzându-şi mâna pentru a-şi examina unghiile.

– Doamnă Houghton-Miller, Lily trebuia să fie la dumneavoastră.

– Ce?

– Lily. Mi-a zis că vine acasă. Când v-aţi întors din vacanţă. A plecat din apartamentul meu... acum zece zile.

Capitolul 18

Stăteam în bucătăria impecabilă a Tanyei Houghton-Miller și mă holbam la cafetiera ei de lux cu 108 butoane, care costase, probabil, mai mult decât mașina mea, și treceam în revistă evenimentele săptămânii precedente pentru a nu știu a câta oară.

– Era pe la zece și jumătate seara. I-am dat douăzeci de lire pentru un taxi și i-am cerut să-mi lase cheile de la apartament. Am fost convinsă că se întoarce acasă. Simțeam că-mi vine rău. Mă plimbam de la un capăt la altul al insulei din mijlocul bucătăriei, iar gândurile mi se învolburau în cap. Trebuia să verific. Dar ea obișnuia să vină și să plece după bunul plac. Și am avut... ei bine, ne-am și certat puțin.

Sam stătea în picioare lângă ușă și își freca o sprânceană.

– Și nici una din voi n-a auzit nimic de ea de atunci.

– I-am trimis mesaje pe mobil de patru sau cinci ori, am reluat eu. Am presupus că e încă supărată pe mine.

Tanya nu ne oferise nici măcar o cafea. Merse până la scară, se uită în sus, spre dormitorul de la etaj, apoi se uită la ceas, ca și cum ar fi așteptat să plecăm. Nu dădea impresia unui părinte care tocmai descoperise că fiica ei dispăruse. Când și când, auzeam de sus vuietul surd al unui aspirator.

– Doamnă Houghton-Miller, a auzit măcar cineva ceva despre Lily? Ne putem da seama dacă și-a citit măcar mesajele?

– Te-am avertizat, rosti ea, cu o voce de un calm straniu. Te-am avertizat că ăsta e comportamentul ei. Dar n-ai vrut să mă asculți.

– Cred că noi...

Ea ridică o mână, întrerupându-l pe Sam.

– Nu e prima oară când se întâmplă așa ceva. O, nu! A mai dispărut zile întregi și înainte, când noi o știam la internat. Desigur, îi învinovățesc pe cei de acolo. Erau obligați să știe permanent unde se află Lily. Dar ne-au sunat abia la patruzeci și opt de ore după dispariția ei, și atunci a trebuit să implicăm poliția. Se pare că una dintre colegele ei de dormitor mințise ca să o acopere. Dar de ce responsabilii liceului nu și-au putut da seama cine era și cine nu era prezent, asta mă depășește complet, mai ales având în vedere taxele de școlarizare usturătoare pe care le plătim. Frank a vrut atunci să-i dea în judecată. A fost scos dintr-o întâlnire foarte importantă cu ceilalți directori ai companiei, pentru a i se comunica dispariția lui Lily. A fost o situație groaznic de stânjenitoare.

De sus, se auzi un bubuit, urmat de plânsetul cuiva. Tanya ieși din bucătărie și strigă:

– Lena! Du-i odată în parc pe amândoi, pentru numele lui Dumnezeu! Apoi reveni și spuse: Știi, probabil, că Lily se îmbată. Ia droguri. Mi-a furat cerceii cu diamante Mappin&Webb. Nu a vrut să recunoască, dar ea a făcut-o. Valorau mii de lire sterline. N-am nici cea mai vagă idee ce-a putut face cu ei. A furat și aparatul foto digital.

Mi-am amintit de bijuteriile mele dispărute și am simțit o strângere de inimă.

– Așa că tot ce-mi spui nu mă miră. Toate astea erau de așteptat. Te-am avertizat. Și acum, scuză-mă, dar trebuie să merg să mă ocup de copii. Au o zi dificilă.

– Dar vei anunța poliția, nu? Lily are șaisprezece ani și e dispărută de aproape zece zile.

– Polițiștii n-o să fie interesați. Deja știu cu cine au de-a face, zise Tanya și ridică un deget subțire. Exclusă din două școli pentru absențe nemotivate. Eliberată pe cauțiune pentru posesie de droguri. Beții și tulburarea liniștii publice. Furt din magazine. Cum se spune? Fiica mea are „cazier". Sinceră să fiu, chiar dacă polițiștii o găsesc și o aduc înapoi acasă, sunt sigură că o să dispară iar, când o să-i convină.

Ceva mi se strângea în jurul pieptului, oprindu-mi respirația. Unde să se fi dus? Să fi fost implicat acel băiat, care își făcea veacul pe lângă blocul meu? Sau tipii din club, cu care Lily se îmbătase în acea noapte? Cum putusem să fiu atât de neatentă?

- Totuşi, cred că ar fi bine să sunăm la poliţie. Ea e încă minoră.

- Nu. Nu vreau să implicăm poliţia. Frank trece printr-o perioadă extrem de dificilă la birou. Se luptă să-şi recapete poziţia în consiliul director. Dacă se află că are astfel de probleme acasă, n-ar mai avea nici o şansă.

Maxilarul lui Sam se încleştă. Ezită o clipă, înainte să vorbească.

- Doamnă Houghton-Miller, fiica dumitale este vulnerabilă. Chiar cred că e momentul să se mai implice şi altcineva în cazul ăsta.

- Dacă sunaţi la poliţie, o să le explic acelaşi lucru pe care vi l-am spus şi vouă.

- Doamnă Houghton-Miller...

- De câte ori aţi întâlnit-o pe Lily, domnule Fielding? întrebă ea şi se sprijini de aragaz. Credeţi că o cunoaşteţi mai bine decât o cunosc eu, nu? Aţi stat treaz nopţi întregi, aşteptând-o să se întoarcă acasă? Aţi avut insomnii? Aţi fost nevoit să explicaţi comportamentul ei profesorilor şi ofiţerilor de poliţie? Să vă cereţi scuze vânzătoarelor pentru lucrurile furate de prin magazine? Să-i alimentaţi mereu cardul de credit?

- Unii dintre cei mai dificili copii sunt şi cei mai expuşi riscurilor.

- Fiica mea are un extraordinar talent de a manipula. Sigur e cu vreunul dintre prietenii ei. Cum a fost şi până acum. Vă garantez că în câteva zile Lily se va întoarce aici, beată, ţipând în miez de noapte, sau se va înfiinţa la uşa Louisei, ori va cerşi bani, şi probabil vei avea motive să-ţi doreşti să nu fi avut niciodată bani pe mână. Cineva se va milostivi de ea, şi Lily va spune că îi pare rău, va părea tristă şi spăşită, dar, după alte câteva zile, va aduce iar acasă o gaşcă de prieteni sau va fura ceva. Şi întregul ciclu se va repeta, iar şi iar. Îşi dădu într-o parte, de pe faţă, câteva şuviţe aurii şi îl privi fix pe Sam, care-i întoarse privirea. Am fost nevoită să merg la psiholog, pentru că nu mai puteam suporta haosul adus de Lily în viaţa mea, domnule Fielding. Mi-e de ajuns că trebuie să-i suport pe fraţii ei şi problemele lor de comportament. Dar unul dintre lucrurile pe care le înveţi la şedinţele de terapie psihologică e că vine un moment când trebuie să-ţi porţi singur de grijă. Lily e suficient de mare pentru a lua propriile decizii.

– Dar e un copil, am protestat eu.

– O, da, ai dreptate. Un copil pe care *tu* l-ai dat afară din apartamentul tău după miezul nopţii. Tanya Houghton-Miller îmi înfruntă privirea cu mulţumirea de sine a cuiva care dovedise că avea dreptate. Nu e totul în alb şi negru, aşa cum ne-ar plăcea nouă să fie.

– Doamnă Houghton-Miller, nu sunteţi nici măcar îngrijorată?

– Sincer, nu, replică ea, sfidătoare. Am mai trecut prin asta de prea multe ori. Suferi de complexul salvatorului, nu, Louisa? Ei bine, află că fiica mea nu are nevoie să fie salvată. Şi, chiar dacă ar avea nevoie, ţinând cont de trecutul tău, eşti departe de a putea face tu asta.

Braţul lui Sam mă prinse înainte de a apuca să spun ceva. Aveam pe buze replica maliţioasă, dar femeia îmi întorsese deja spatele.

– Hai, Louisa, mă îndemnă Sam, împingându-mă spre ieşire. Hai să mergem.

Ne-am învârtit prin West End timp de câteva ore, încetinind să ne uităm cu atenţie la găştile de tineri adunate pe la colţuri, la fetele care se clătinau pe picioare şi la oamenii fără adăpost, care dormeau pe străzi, apoi am parcat maşina şi am mers pe jos pe sub arcadele întunecate ale podurilor. Am intrat prin cluburi de noapte, întrebând dacă nu cumva a văzut-o cineva pe fata pe care le-o arătam în pozele din telefonul meu. Am fost chiar şi în clubul unde Lily mă dusese să dansăm şi în alte câteva despre care Sam ştia că sunt frecventate de consumatori minori. Am trecut pe lângă staţii de autobuz şi localuri fast-food şi, pe măsură ce mergeam mai mult, mă gândeam cât de ridicol era să încerc să o găsesc pe Lily printre miile de adolescenţi de pe străzile aglomerate din centrul Londrei. Ar fi putut fi oriunde. Părea să fie pretutindeni. I-am scris iar mesaje pe telefon, de două ori pentru a-i spune că o căutăm disperaţi, iar când ne-am întors la apartamentul meu, Sam sună la mai multe spitale pentru a se asigura că nu fusese internată cumva la vreunul dintre ele.

În cele din urmă, ne aşezarăm pe mica mea canapea şi mâncarăm nişte pâine prăjită; Sam îmi făcu o cană cu ceai şi rămaserăm în tăcere o vreme.

– Mă simt de parcă aş fi cel mai rău părinte din lume. Şi nici măcar nu sunt părinte.

El se întinse spre mine, ţinându-şi coatele pe genunchi.

– Nu te poţi învinovăţi.

– Ba da, pot. Ce fel de om goneşte o adolescentă de şaisprezece ani din apartamentul lui la două dimineaţa, fără să verifice unde se duce, de fapt? Am închis ochii. Faptul că a mai fugit de acasă şi înainte nu înseamnă că Lily e bine acum, nu? Poate fi una dintre acele adolescente care dispare şi nimeni nu mai aude nimic de ea până când un câine scos la plimbare îi dezgroapă oasele prin pădure.

– Louisa! protestă Sam.

– Ar fi trebuit să fiu mai puternică. Ar fi trebuit să o înţeleg mai bine. Ar fi trebuit să mă fi gândit mai bine că e doar un copil. Sau a fost... O, Doamne, dacă s-a întâmplat ceva, n-o să mi-o iert niciodată! Şi poate că, exact în clipa asta, vreun proprietar de câine nici nu-şi închipuie că viaţa lui e pe cale să se ruineze...

– Louisa, opreşte-te! strigă Sam, punându-mi mâna pe picior. Exagerezi. Oricât ar fi de enervantă, s-ar putea ca Tanya Houghton-Miller să aibă dreptate, iar Lily o să sune la uşa ta peste vreo trei ore, iar noi o să ne simţim ca nişte fraieri şi o să uităm ce s-a întâmplat până când ea o s-o ia de la capăt...

– Dar de ce nu răspunde la telefon? Trebuie să ştie că sunt îngrijorată.

– Poate tocmai de aceea te ignoră, zise el, cu o grimasă. Poate că îi face plăcere să te pună puţin pe jar. Uite ce e... mare lucru în noaptea asta nu mai putem face. Şi trebuie să plec. Intru devreme în schimb.

Sam adună farfuriile şi le spălă la chiuvetă, punându-le apoi în scurgătorul de vase.

– Îmi pare rău, am zis eu. Nu e chiar cel mai amuzant mod de a începe o relaţie.

– Asta e o relaţie acum? întrebă el, ridicând bărbia.

Am simţit că roşesc.

– De fapt, n-am vrut să spun...

– Glumeam, spuse el, întinzând o mână şi trăgându-mă spre el. Chiar apreciez încercările tale hotărâte de a mă convinge că mă foloseşti doar pentru sex. Mirosea bine. Chiar dacă distingeam un vag iz de anestezic, mirosea bine. Mă sărută pe creştetul capului. Lou, o vom găsi, mă asigură Sam şi apoi ieşi.

După plecarea lui, m-am urcat pe terasă. Am stat în întuneric, inspirând parfumul iasomiilor plantate de ea pe marginea rezervorului de apă şi mi-am plimbat, încet, palmele, peste petalele delicate ale plantelor de aubretia, care se revărsau peste marginile ghivecelor de teracotă. M-am uitat peste parapet, cercetând străzile scânteind de lumini ale oraşului şi am remarcat că picioarele nici măcar nu-mi mai tremurau. I-am scris iar un mesaj lui Lily şi apoi am coborât, pregătindu-mă de culcare şi simţind cum tăcerea apartamentului se strânge în jurul meu.

Mi-am verificat, pentru a nu ştiu a câta oară telefonul, apoi, e-mailul, pentru orice eventualitate. Nimic, cu excepţia unui mesaj de la Nathan:

Felicitări! Domnul Gopnik mi-a spus, de dimineaţă, că o să-ţi ofere postul. Ne vedem în New York, colega!

Capitolul 19

Lily

Peter așteaptă din nou. Privind pe fereastră, ea îl vede stând sprijinit de mașina lui. Tânărul se uită la ea și gesticulează, strigând:

– Îmi ești datoare.

Lily deschide fereastra și privește peste drum, unde Samir tocmai așază pe rafturi o nouă cutie cu portocale.

– Lasă-mă în pace, Peter!

– Știi ce-o să se întâmple...

– Ți-am dat suficient. Acum lasă-mă în pace, da?

– Mutare greșită, Lily, se încruntă el. O așteaptă de suficient de mult timp cât să se simtă deranjat. Lou va fi acasă în jumătate de oră. Peter se învârte prin zonă atât de des, încât Lily e sigură că el știe deja asta. În cele din urmă, tânărul se urcă în mașină și demarează pe drumul principal fără să se mai uite înapoi. În timp ce se îndepărtează, ține telefonul în afară, prin geamul mașinii. Un mesaj: *Mutare greșită, Lily.*

Rotește sticla. Un joc ce pare atât de nevinovat. Ea și încă patru colege de liceu veniseră în Londra într-o învoire. Furaseră rujuri de la Boots și-și cumpăraseră fuste foarte scurte de la Top Shop, apoi intraseră prin cluburi de noapte fără să plătească nimic, fiindcă erau tinere și drăguțe, și bodyguarzii nu le iau la întrebări pe niște fete așa tinere și drăguțe; înăuntru, printre pahare de rom și cola, îi întâlniseră pe Peter și pe prietenii lui.

Pe la două dimineaţa, sfârşiseră în apartamentul cuiva din Marylebone. Fata nu-şi mai amintea prea bine cum de nimeriseră acolo. Stăteau cu toţii în cerc, fumând şi bând. Ea nu refuzase nimic din tot ce i se oferise. Melodiile Rihannei se auzeau la sistemul audio. Un fotoliu tip sac umplut cu polistiren expandat, albastru, care mirosea a detergent. Fraierei de Nicole i se făcuse rău în baie. Timpul se scursese; două şi jumătate, trei şi şaptesprezece, patru... Ea pierduse şirul orelor. Apoi, cineva le sugerase să joace Adevăr sau Provocare.

Sticla se roti, aşezată pe o scrumieră, împrăştiind pe covor mucuri şi scrum de ţigară. O fată pe care nu o cunoştea mărturisi un adevăr: în vacanţa trecută făcuse sex prin telefon cu fostul ei prieten, în timp ce bunica ei dormea în pat, lângă ea. Ceilalţi se strâmbară, prefăcându-se oripilaţi. Lily râsese.

– Naşpa! strigă cineva.

Peter o privise tot timpul. Iniţial, ea se simţise flatată; el era, de departe, cel mai arătos băiat din toată gaşca. De-a dreptul un bărbat. Când o privi, ea refuză să-şi plece ochii. Nu voia să fie ca celelalte fete.

– Învârte!

Lily se cutremurase când sticla se oprise în dreptul ei.

– Provocare, zisese ea. Întotdeauna provocare.

– Lily nu spune niciodată nu! râse Mima.

Acum Lily se întrebă dacă a existat ceva ascuns în felul cum îl privise pe Peter când spusese asta.

– Bine. Ştii ce înseamnă asta.

– Serios?

– Nu poţi face asta! exclamă Pippa, acoperindu-şi cu palmele obrajii, într-o atitudine pe care o adopta atunci când dramatiza lucrurile.

– Atunci, adevăr.

– Nu! Urăsc adevărul.

Şi ce dacă? Ea ştia că acei băieţi erau nişte fricoşi. Se ridică, sfidătoare. Unde? Aici?

– O, Doamne, Lily!

– Învârte sticla, zise unul dintre băieţi.

Nu avea emoţii. Era puţin buimacă, dar, de fapt, chiar îi plăcea să stea acolo, nepăsătoare, în vreme ce restul fetelor aplaudau şi ţipau ca nişte apucate. Erau nişte ipocrite. Aceleaşi fete, care ar fi bătut pe oricine pe terenul de hochei şi care discutau despre politică şi despre ce cariere ar putea urma în domeniul dreptului sau al biologiei marine, încercau acum să pară nişte puştoaice naive în prezenţa băieţilor, fluturându-şi părul şi rujându-se, ca şi cum ar fi vrut să-şi scoată în evidenţă părţile interesante.

– *Peter...*

– O, Doamne! Peter, prietene. Tu eşti.

Băieţii, huiduind şi ţipând, îşi ascundeau astfel dezamăgirea sau, poate, uşurarea, că nu fuseseră ei aleşi. Peter se ridică în picioare, iar ochii lui îngustaţi îi întâlniră pe ai ei. Era diferit de ceilalţi: accentul lui trăda nişte experienţe dure.

– Aici?

Ea ridică din umeri.

– Nu mă deranjează...

– Nu, dincolo, zise el, arătând spre dormitor.

Ea păşi curajoasă peste picioarele fetelor şi merse, însoţită de băiat, în camera alăturată. Una dintre fete o apucă de gleznă, rugând-o să nu facă asta, dar Lily se smulse. Păşi oarecum mândră, simţind privirile tuturor aţintite asupra lor pe când ieşea din încăpere. *Provocare. Întotdeauna, provocare.*

Peter închise uşa în urma lui, şi Lily privi în jur. Aşternutul era deranjat, iar pilota oribilă îi dădu de înţeles cât se poate de clar că nu mai fusese spălată de luni întregi, răspândind în aer un vag iz de mucegăit. Într-un colţ, era un maldăr de rufe murdare, iar lângă pat, o scrumieră plină de mucuri. În cameră, se aşternu tăcerea, iar vocile celorlalţi nu se mai auziră o vreme.

Ea îşi ridică bărbia şi-şi dădu părul într-o parte de pe obraz.

– Chiar vrei să faci asta? îl întrebă.

El surâse dispreţuitor.

– Ştiam că o să dai înapoi.

– Cine spune că dau înapoi?

Dar ea nu voia s-o facă. Nu-i mai vedea trăsăturile frumoase, ci doar sclipirea rece din ochi şi curbura dizgraţioasă a gurii lui. Băiatul îşi duse mâna la fermoarul pantalonilor.

Timp de câteva clipe, rămaseră nemişcaţi.

– Nu e nici o problemă dacă nu vrei s-o faci. O să ieşim şi o să le spun tuturor că eşti o puicuţă fricoasă.

– N-am spus că n-o s-o fac.

– Dar ce spui?

Ea nu mai poate gândi. În cap i se declanşă un bâzâit surd. Îşi dorea să nu fi venit aici.

El cască, teatral.

– Devii plictisitoare, Lily.

Se aude un ciocănit puternic în uşă.

– Lily, nu trebuie s-o faci, strigă, prin uşă, Jemima. Haide! Putem pleca acum.

– Nu *trebuie* s-o faci, Lily, repetă Peter, dispreţuitor.

Un calcul simplu. Care e cel mai rău lucru care i se poate întâmpla – două minute... cel mult? Două minute din viaţa ei. N-o să fie o puicuţă fricoasă. O să-i arate lui. O să le arate tuturor cine e ea.

Băiatul ţine în mână o sticlă de Jack Daniel's. Lily i-o ia, o deschide şi trage o duşcă zdravănă, apoi încă una, fără să-şi dezlipească privirea de la el. Apoi îi întinde sticla şi-şi duce mâinile la cureaua lui.

Vrem poze, sau înseamnă că nu s-a întâmplat.

Aude vocea batjocoritoare a băiatului printre bubuiturile care o izbesc în urechi, prin durerea pe care o simte în scalp atunci când el o strânge prea tare de păr. Dar deja e prea târziu. Mult prea târziu.

Aude clicul telefonului care-i face o poză chiar când ridică ochii spre el.

O pereche de cercei. Cincizeci de lire bani gheaţă. O sută. Trec săptămânile, şi pretenţiile nu contenesc. El îi trimite mesaje pe telefon: *Mă întreb ce s-ar întâmpla dacă aş pune pozele pe Facebook?*

Ei îi vine să plângă când vede pozele. Iar el i le trimite iar şi iar: chipul ei, ochii ei injectaţi, obrajii mânjiţi de rimel. Chestia aia în gura ei. Când Louisa vine acasă, ea ascunde telefonul sub pernele de pe canapea. A devenit un obiect toxic, radioactiv, pe care trebuie să-l ţină aproape.

Mă întreb ce-ar spune prietenele tale.

Celelalte fete nu-i mai vorbiră după aceea. Ele își dădură seama ce făcuse, fiindcă Peter le arătă tuturor pozele, de îndată ce se întoarse în mijlocul petrecerii, încheindu-se, ostentativ, la fermoarul pantalonilor mult după ce ieșise din cameră. Lily trebui să se prefacă că nu-i pasă. Fetele se zgâiră la ea și apoi n-o mai băgară în seamă, iar ea își dădu seama, de îndată ce le întâlni privirile, că toate poveștile lor despre sex și felații cu prieteni necunoscuți fuseseră inventate. Erau niște ipocrite. O mințiseră în toate privințele.

Nimeni nu o crezu o curajoasă. Nimeni n-o admiră fiindcă nu fusese o puicuță fricoasă. Era doar Lily, târfa, fata cu un penis în gură. Simțea un nod în stomac chiar și când se gândea la asta. Băuse și mai mult Jack Daniel's și le urase tuturor să se ducă dracului.

Ne vedem la McDonald's, pe Tottenham Court Road.

Pe atunci, mama ei schimbase deja încuietorile casei. Nu mai putea fura bani din poșeta ei. Îi blocaseră accesul și la economiile pe care le avea pe card.

Nu mai am nimic altceva.

Mă crezi fraier, fetiță bogată?

Mamei sale nu-i plăcuseră niciodată cerceii Mappin&Webb. Lily sperase că nici n-avea să observe dispariția lor. Se prefăcuse entuziasmată atunci când Francis Față de Imbecil i-i dăruise, dar apoi Lily o auzise bombănind că pur și simplu nu înțelegea de ce-i cumpărase diamante în formă de inimioară, când toată lumea știa că asemenea bijuterii sunt comune, iar o formă alungită i s-ar fi potrivit mult mai bine.

Peter privise cerceii strălucitori de parcă Lily i-ar fi dat niște mărunțiș, apoi îi băgă în buzunar. Mâncase un Big Mac și puțină maioneză îi rămăsese în colțul gurii. Ea simțea dezgust de fiecare dată când îl vedea.

– Nu vrei să vii să-i cunoști pe amicii mei?

– Nu.

– Vrei să bei ceva?

Ea scutură din cap.

– Asta-i tot. E ultimul lucru pe care ți-l mai pot da. Cerceii ăștia valorează mii de lire.

El se strâmbă.

– Data viitoare, să-mi aduci bani. Bani gheață. Știu unde locuiești, Lily. Știu că ești plină de bani.

Ea simțea că n-avea să mai scape niciodată de el. Peter îi scria mesaje pe telefon la ore târzii, o trezea din somn, n-o lăsa să doarmă. Iar în fața ochilor îi apărea, mereu și mereu, poza aceea. Vederea ei o ardea pe retină. Încetă să se mai ducă la școală. Începu să se îmbete cu necunoscuți și să stea prin cluburi mult mai mult decât ar fi vrut. Orice, ca să nu fie singură cu gândurile ei și cu neîncetatele apeluri telefonice. Se mutase acolo unde credea că el n-avea să o mai poată găsi, dar el o găsise, parcându-și mașina ore în șir lângă blocul Louisei, ca un mesaj mut. Ea se gândise chiar, de câteva ori, să-i dezvăluie totul Louisei. Dar ce-ar fi putut să facă Louisa? De cele mai multe ori, deși femeie în toată firea, era ea însăși un dezastru. Așa că Lily ar fi deschis gura să vorbească, iar Louisa începea să trăncănească despre întâlnirea cu bunica ei sau să o întrebe dacă mâncase ceva, și Lily își dăduse seama că trebuia să treacă singură prin asta.

Uneori, Lily stătea trează și se gândea cum ar fi fost viața ei dacă tatăl ei ar mai fi trăit. Și-l putea închipui cu ochii minții. Tatăl ei ar fi mers afară, l-ar fi înșfăcat pe Peter de gât și l-ar fi avertizat să nu se mai apropie niciodată de fetița lui. Apoi, ar fi luat-o pe după umeri și i-ar spus că totul este bine, că este în siguranță.

Doar că el nu era acolo. Fiindcă el fusese doar un tetraplegic furios, care nu dorise nici măcar să mai trăiască. Ar fi privit acele poze și ar fi fost dezgustat.

Nu-l putea învinovăți pentru asta.

Ultima oară, când Lily nu mai avusese nimic să-i aducă lui Peter, acesta țipase la ea, într-o piațetă din spatele Carnaby Street, numind-o *târfă*, *netrebnică* și *târâtură*. O luase cu mașina lui, și ea băuse două whisky-uri duble, fiindcă îi era frică de el. Când tânărul începuse să urle la ea, făcând-o mincinoasă, ea începuse să plângă.

– Louisa m-a alungat. Mama m-a alungat. Nu mai am nimic.

Oamenii treceau grăbiți pe lângă ei, ferindu-și privirile. Nimeni nu se oprea. Nimeni nu spunea nimic, fiindcă un bărbat care strigă la o fată beată în Soho, vineri noaptea, nu era ceva neobișnuit. Peter înjură și se răsuci pe călcâie, ca și când ar fi dat să plece, dar ea știa că n-avea să facă asta. Și apoi, o mașină neagră se oprise în mijlocul străzii și dăduse în marșarier, farurile sale albe strălucind în noapte. Geamul acționat electric coborî și un om o întrebă:

– Lily?

Îi luă câteva secunde să-l recunoască. Era domnul Garside, un tip de la compania unde lucra tatăl ei vitreg. Era șeful lui? Un coleg? Nu știa. Bărbatul o privi, apoi se uită la Peter.

– Ești bine?

Ea se uită la Peter și încuviință din cap.

Dar bărbatul nu o crezu. Lily era convinsă de asta. Trase mașina pe marginea străzii, în fața mașinii lui Peter, și traversă încet, îmbrăcat în costumul lui închis la culoare. Degaja un aer de autoritate, ca și cum nimic nu ar fi putut să-l enerveze. Fata își aminti, într-o doară, că maică-sa îi spusese despre el că avea un elicopter.

– Vrei să te duc acasă, Lily?

Peter își ridică foarte puțin mâna în care ținea telefonul. Doar ca s-o avertizeze. Dar ea deschise gura și începu să vorbească.

– El are în telefon o poză compromițătoare cu mine și mă amenință că o va arăta la toată lumea. Vrea bani de la mine și eu nu mai am nici un ban. I-am dat tot ce am putut și nu mi-a mai rămas nimic. Vă rog, ajutați-mă!

Peter făcu ochii mari. Nu se așteptase la asta. Dar ei nu-i mai păsa de ceea ce se întâmplase. Se simțea disperată și obosită și nu mai voia să ducă asta pe umerii ei.

Domnul Garside îi aruncă o privire lui Peter, iar acesta își încordă umerii și își îndreptă spatele, ca și cum s-ar fi pregătit să fugă spre mașina lui.

– E adevărat? întrebă domnul Garside.

– Nu e o infracțiune să ai în telefon poze cu o fată, mârâi Peter, cu un aer de bravură.

– Da, știu asta. Dar e o infracțiune să le folosești în scop de șantaj. Vocea domnului Garside era joasă și calmă, ca și cum era perfect rezonabil să discute cu cineva, în mijlocul străzii, despre poze compromițătoare. Își băgă mâna la buzunar. Deci, cât vrei ca să dispari?

– Poftim?

– Telefonul tău. Cât vrei pe el?

Lily simţi că i se taie suflarea. Îl privi când pe unul, când pe celălalt. Peter se uita cu neîncredere la domnul Garside.

- Îţi ofer bani gheaţă pe telefon. Cu condiţia să nu mai ai cópii ale fotografiilor în altă parte.

- Telefonul meu nu e de vânzare.

- Atunci te avertizez, tinere, că te voi da pe mâna poliţiei, care te va identifica rapid, după numărul maşinii. Şi, crede-mă, am o mulţime de prieteni în poliţie. Nişte prieteni foarte sus-puşi, încheie el, cu un zâmbet care nu prevestea nimic bun.

Pe trotuarul celălalt, apăru un grup de oameni, care ieşiseră dintr-un restaurant, binedispuşi. Peter se uită mai întâi la fată, apoi la domnul Garside. Îşi ridică bărbia şi spuse:

- Cinci miare!

Bărbatul duse mâna la buzunarul din interiorul hainei şi clătină din cap.

- Nu prea cred. Scoase un teanc de bancnote din portofel. Poftim! Cred că eşti mulţumit. Oricum, mi se pare că ai fost răsplătit deja cu vârf şi îndesat. Îmi dai telefonul, te rog?

Peter rămase ca hipnotizat. Ezită doar o clipă, apoi îi întinse domnului Garside telefonul. Pur şi simplu. Bărbatul verifică dacă telefonul avea în el cartela SIM, îl vârî în buzunar şi apoi deschise portiera maşinii.

- Cred că e momentul să plecăm, Lily.

Fata se sui, ca un copil ascultător, auzind pocnetul dur al portierei când se închise în spatele ei. Şi autoturismul se puse în mişcare, dispărând uşor pe strada îngustă şi lăsându-l pe Peter aproape şocat - ea îl putu vedea în oglinda retrovizoare laterală -, căci nici lui nu-i venea să creadă ce se întâmplase.

- Eşti bine? o întrebă domnul Garside fără să se uite la el.

- Asta e... tot?

El o privi, apoi reveni cu ochii la drum.

- Da, cred că e tot.

Lui Lily nu-i venea să creadă. Nu-i venea să creadă că spaima care o bântuise săptămâni în şir dispăruse aşa, pur şi simplu. Se răsuci spre bărbat, deodată neliniştită.

- Vă rog să nu-i spuneţi mamei şi lui Francis.

El se încruntă, abia vizibil.

– Dacă așa vrei tu...

Fata răsuflă adânc, apoi șopti:

– Vă mulțumesc.

Bărbatul surâse și o bătu ușor pe genunchi.

– Ticălos puști. Ar trebui să fii mai atentă cu cine te împrietenești, Lily, zise el și-și puse iar mâna pe schimbătorul de viteze, înainte ca fata să-i fi simțit măcar atingerea.

Bărbatul nici măcar nu clipi când Lily îi spuse că nu are unde sta. O conduse la un hotel din Bayswater și vorbi încet cu recepționera, care îi oferi fetei cheia de la o cameră. Lily răsuflă ușurată că domnul Garside nu îi propusese să o ducă acasă la el: nu voia să mai dea explicații în fața nimănui.

– Te iau mâine când te trezești, promise el, băgându-și portofelul în buzunarul jachetei.

Ea merse cu greutate până la camera 311, se trânti pe pat îmbrăcată și dormi paisprezece ore în șir.

Bărbatul o sună să-i spună că trece să o ia la micul dejun. Ea își făcu un duș, îmbrăcă niște haine din rucsac, nu înainte de a da puțin cu fierul de călcat pe ele, din dorința de a părea mai prezentabilă. Dar nu se prea pricepea la călcat – Lena se ocupa de asta.

Când coborî în restaurant, domnul Garside era deja la masă, citind un ziar, cu o ceașcă de cafea băută pe jumătate în fața lui. Era mai bătrân decât și-l amintea, cu părul rărit spre creștetul capului și cu gâtul ușor ridat; ultima oară, Lily îl văzuse la un eveniment organizat de companie, la niște curse de cai, când Francis băuse prea mult, iar mama ei se înfuriase și îi spusese ceva printre dinți, nefiind nimeni prin preajmă, însă domnul Garside îi surprinsese și ridicase din sprâncene către Lily, de parcă ar fi vrut să-i spună „Ei, așa-s părinții".

Fata se așeză pe scaunul din fața lui și bărbatul lăsă ziarul în jos.

– Aha, iată-te! Cum te simți azi?

Ea se simți stânjenită, ca și cum cu o seară în urmă s-ar fi dat în spectacol. Ca și cum ar fi făcut prea mult caz din nimic.

– Mult mai bine, mulțumesc.

– Ai dormit bine?

– Foarte bine, mulţumesc.

El o studie preţ de câteva clipe pe deasupra ochelarilor.

– Ce răspunsuri formale!

Lily zâmbi. Nu ştia ce altceva ar fi putut să facă. Situaţia i se părea din cale-afară de stranie – să se afle acolo cu colegul de serviciu al tatălui ei vitreg. Chelneriţa îi aduse cafeaua şi ea o bău. Apoi puse ochii pe bufetul pentru micul dejun, întrebându-se dacă avea să trebuiască să plătească. Bărbatul păru să-i sesizeze stinghereala.

– Te rog, mănâncă ceva. Nu-ţi face griji, am plătit, zise el şi se întoarse la ziarul său.

Ea se întrebă dacă bărbatul avea să le spună totul părinţilor ei. Se întrebă ce făcuse cu telefonul lui Peter. Spera să fi oprit maşina lui mare, neagră, pe malul Tamisei, să fi coborât geamul şi să fi aruncat telefonul în apele învolburate. Nu voia să mai vadă vreodată poza aceea. Se ridică şi luă de pe bufet un croissant cu fructe. Era lihnită de foame.

Cât Lily mâncă, el continuă să citească. Fata se întrebă cum apăreau în ochii celorlalţi – probabil ca un tată şi fiica lui. Se întrebă dacă el avea copii.

– Nu trebuia să fiţi la birou?

Domnul Garside zâmbi şi aşteptă ca tânăra chelneriţă să-i mai toarne o ceaşcă de cafea.

– Le-am spus că am o întâlnire importantă, rosti el şi, împăturind cu grijă ziarul, îl puse alături.

– Trebuie să-mi iau o slujbă, spuse ea, foindu-se pe scaun.

– O slujbă? se dădu el înapoi. Bun, dar ce fel de slujbă?

– Nu ştiu. Cred că am dat-o în bară cu examenele.

– Şi ce vor spune părinţii tăi?

– Ei nu... Nu pot... Nu sunt prea mulţumiţi de mine acum. Am stat mai mult pe la prieteni.

– Nu poţi să te întorci la ei?

– Nu chiar acum. Nici prietena mea nu e prea mulţumită de mine.

– Of, Lily, oftă el şi se uită pe fereastră, atent la ceva, apoi la ceasul scump.

Rămase pe gânduri câteva clipe și, într-un final, sună la birou și anunță că avea să ajungă ceva mai târziu de la întâlnire.

Fata așteptă să audă ce anume urma să-i spună domnul Garside.

– Ai terminat de mâncat? o întrebă el, după care își băgă ziarul în servietă și se ridică. Hai să facem un plan.

Fata nu se așteptase ca domnul Garside să urce în camera ei și fu stânjenită de felul în care arăta: prosoape ude lăsate pe podea, televizorul pornit. Înghesui prosoapele în baie și îndesă ce mai rămăsese din hainele ei înapoi în rucsac. Bărbatul se prefăcu a nu observa nimic, doar privea pe geam și se întoarse doar după ce Lily se așezase pe un scaun, ca și cum abia atunci ar fi văzut camera.

– Nu e un hotel rău, să știi, zise el. Eu mă cazez aici ori de câte ori nu pot face drumul spre Winchester.

– Acolo locuiți?

– Acolo locuiește soția mea, da. Copiii mei sunt de mult adulți.

Își puse servieta pe podea și se așeză pe marginea patului. Lily se ridică și luă carnețelul de pe noptieră, în caz că ar fi trebuit să ia notițe. Telefonul ei scoase un clinchet și fata se uită la el. *Lily, te rog sună-mă. Louisa x*

Lily îndesă telefonul în buzunarul de la spate și se așeză, cu carnețelul în poală.

– Așadar, ce credeți?

– Cred că te afli într-o postură delicată, Lily. Sincer să fiu, ești cam tânără pentru a avea o slujbă. Nu știu cine ar vrea să te angajeze.

– Dar să știți că mă pricep la multe lucruri. Sunt harnică. Aș putea lucra în grădină.

– În grădină! Bine, poate că ești pricepută la grădinărit. Dar dacă asta îți va putea aduce suficienți bani cât să te întreții e altă discuție. Ai vreo referință? Ai mai avut slujbe sezoniere, în vacanțe?

– Nu. Părinții mei mi-au dat întotdeauna bani de buzunar.

– Hm, făcu el, bătând cu mâinile în genunchi. Ai avut o relație dificilă cu tatăl tău, nu?

– Francis nu e tatăl meu adevărat.

– Da. Ştiu asta. Ştiu că ai fugit de acasă acum câteva săptămâni. Se pare că situaţia e foarte neplăcută. Extrem de neplăcută. Trebuie să te simţi mai degrabă izolată.

Ea simţi un nod în gât şi crezu, pentru moment, când bărbatul îşi duse mâna la buzunar, că vrea să-şi ia batista, însă el scoase de acolo un telefon. Telefonul lui Peter. Apăsă pe ecranul lui o dată, de două ori, iar ea văzu, ca într-o străfulgerare, poza făcută la petrecere. Rămase cu răsuflarea tăiată.

Bărbatul mări imaginea, iar obrajii lui Lily fură inundaţi de sânge. El privi poza un timp care fetei i se păru o veşnicie.

– Chiar ai fost o fată rea, nu-i aşa?

Degetele fetei se încleştară pe cearşaf. Îl privi pe domnul Garside, şi obrajii îi ardeau. Ochii lui nu se dezlipeau de pe fotografie.

– O fată foarte rea... În cele din urmă, ridică privirea spre ea şi rosti cu voce blândă: Presupun că primul lucru pe care trebuie să-l facem e să stabilim cum anume mă poţi răsplăti pentru telefon şi pentru camera de hotel.

– Dar, n-aţi spus că..., începu ea.

– Ei, haide, Lily, zău aşa! Un chat live ţi-ar conveni? Trebuie să ştii că nimic nu e gratis pe lumea asta, spuse el şi privi iar poza. Sigur ai exersat mult treaba asta... Se vede că eşti bună la aşa ceva.

O cuprinse o senzaţie puternică de greaţă.

– Vezi tu, aş putea să te ajut foarte mult. Aş putea să-ţi ofer un loc unde să stai până când vei putea trăi pe picioarele tale, să pun o primă treaptă pe scara carierei tale. Nu va trebui să faci prea multe lucruri, în schimb. *Quid pro quo* – ştii expresia asta? Ai făcut latină la şcoală, nu?

Ea se ridică, brusc şi vru să-şi ia rucsacul. Însă bărbatul fu mai rapid şi o prinse de braţ, în timp ce, cu cealaltă mână, strecură telefonul înapoi în buzunar.

– Să nu ne pripim, Lily. N-ai vrea ca eu să arăt această micuţă fotografie părinţilor tăi, nu? Dumnezeu ştie ce şi-ar putea închipui că faci!

Fata vru să spună ceva, dar cuvintele i se blocară în gât.

– Dacă aş fi în locul tău, zise el, netezind cearşaful cu mâna, m-aş gândi foarte bine la următoarea mutare. Acum, de ce n-am...

Fata se smulse din strânsoare, apoi țâșni pe ușa deschisă a camerei de hotel și o luă la sănătoasa, cât o țineau picioarele, pe holul hotelului, cu rucsacul fluturând în urma ei.

Londra fremăta de viață chiar și la primele ore ale dimineții. Lily mergea în timp ce mașinile se înghesuiau pe străzi, claxonând, nerăbdătoare, autobuzele care se târau lent, taxiurile se strecurau printre șirurile de mașini, bărbații la costum își croiau drum spre casă sau se aflau încă în clădirile de birouri strălucitoare, cu pereți din sticlă, ce năzuiau spre cer. Merse cu capul plecat și cu rucsacul pe umăr și, după ce-și cumpără din ultimii bani ceva de mâncare de la un fast-food de noapte, își ridică gluga hanoracului și luă un ziar gratuit, prefăcându-se că-l citește: întotdeauna exista cineva care să se așeze la masa ta și să încerce să intre în vorbă cu tine. *Hai, drăguțo, vreau doar să fim prieteni.*

În tot acest timp, rememoră toate evenimentele acelei dimineți. Ce făcuse? Ce semnal trimisese? Era ceva în comportamentul ei care-i făcea pe toți să o creadă o târfă? Cuvintele pe care domnul Garside le folosise la adresa ei aproape o făcuseră să plângă. Simțea că îi vine să intre în pământ de rușine. Îl ura. Se ura pe sine.

Își folosi carnetul de elevă și merse cu metroul până când acesta se umplu de tineri beți și scandalagii. Atunci, își dădu seama că era mai în siguranță la suprafață. Restul timpului și-l petrecu plimbându-se printre luminile strălucitoare de neon din Piccadilly, de-a lungul prăfuitului bulevard Marylebone, în jurul barurilor de noapte, pulsând de viață, din Camden. Merse cu pas vioi, de parcă ar fi trebuit să ajungă undeva anume, încetinind ritmul doar când tălpile începură să o doară din cauza pavajului nemilos.

Când obosi prea tare, începu să apeleze la prieteni. Petrecu o noapte la prietena ei, Nina, dar aceasta îi punea prea multe întrebări, și auzind discuțiile Ninei cu părinții ei, pe când Lily era în baie, spălându-și părul, fata se simți cea mai singură ființă de pe fața pământului. Plecă după micul dejun, deși mama Ninei insistase să mai rămână o noapte, îmbrățișând-o cu o privire maternă. Stătu două nopți la o fată pe care o cunoscuse în club, dar acolo mai erau trei bărbați care împărțeau apartamentul, și ea nu se simți suficient de relaxată pentru a dormi, așa că rămase complet îmbrăcată, cu genunchii la piept, și se uită la televizor, cu sonorul dat la minimum, până în zori. O noapte dormi la un motel al Armatei Salvării, ascultând cearta dintre două fete din camera de alături și strângându-și la piept rucsacul, sub pătură. Cei de acolo îi spuseseră că poate face și un duș, dar nu o încântă ideea de a-și lăsa rucsacul la vestiare cât timp se afla la baie. Mâncă doar supa gratuită și plecă. Dar cea mai mare parte a timpului și-o petrecu plimbându-se și cheltuind ultimii bani pe cafea ieftină și pe sandviciuri. Deveni tot mai obosită și mai flămândă și, la un moment dat, simți că nu mai poate gândi limpede și că avea reacții întârziate atunci când bărbații de pe străzi îi adresau cuvinte dezgustătoare, iar chelnerițele de prin cafenele îi reproșau că trăsese destul de o cană cu ceai și era momentul să mai și plece.

În tot acest timp, se întreba ce gândeau în acele clipe părinții ei și ce-ar spune despre ea domnul Garside când le va arăta fotografiile din telefon. Își putea imagina chipul șocat al mamei și scuturatul ușor din cap al lui Francis, ca și cum această nouă versiune a lui Lily n-ar fi fost nici pe departe o surpriză pentru el.

Fusese atât de naivă.

Ar fi trebuit să fure telefonul.

Ar fi trebuit să-l calce în picioare.

Ar fi trebuit să-l strivească și pe el.

N-ar fi trebuit să meargă în nenorocitul de apartament al acelui băiat și nici să se poarte ca o idioată, distrugându-și nenorocita de viață, în acest punct începea iar să plângă și-și trăgea iar gluga pe cap, și...

Capitolul 20

– Ce-i cu ea?

În tăcerea doamnei Traynor am simţit neîncredere şi chiar (dar poate eram eu hipersensibilă) un vag ecou al ultimului secret al lui Lily pe care nu reuşisem să-l păstrez.

– Şi ai încercat să o suni?

– Nu răspunde deloc.

– Şi n-a luat legătura nici cu părinţii ei?

Am închis ochii. Mă îngrozise această conversaţie.

– Se pare că a mai fugit de acasă şi cu alte ocazii. Doamna Houghton-Miller e convinsă că Lily se va întoarce acasă în orice clipă.

Doamna Traynor rămase pe gânduri, după care îmi zise:

– Dar tu nu eşti deloc convinsă de asta.

– Ceva e în neregulă, doamnă Traynor. Ştiu că nu sunt părinte, dar pur şi simplu..., m-am întrerupt eu, fără să-mi mai găsesc cuvintele. Oricum, aş prefera să fac ceva decât să stau cu braţele încrucişate, aşa că o să cutreier iar străzile, în căutarea ei. Voiam doar să ştiţi adevărul în privinţa asta.

Doamna Traynor tăcu o clipă. Apoi zise, cu o voce calculată, dar ciudat de hotărâtă:

– Louisa, înainte să pleci, să-mi dai, te rog, numărul de telefon al doamnei Houghton-Miller.

L-am sunat, fără tragere de inimă, pe Richard Percival, remarcând iute că replica lui rece „Da, înţeleg", era de fapt, mai încărcată de prevestiri sumbre decât toate protestele înflăcărate de până atunci. Am printat fotografiile – una luată de pe profilul de Facebook al lui Lily și una dintr-un selfie în care apăream și eu. Toată dimineața am cutreierat cu mașina centrul Londrei. Am parcat pe borduri, lăsând aprinse luminile de avarie cât timp am intrat prin baruri, fast-fooduri, cluburi de noapte, unde femeile de serviciu, care munceau în aerul îmbâcsit, mă privirã cu ochi suspicioși.

– Ai văzut-o pe fata asta?

– Cine vrea să știe?

– Ai văzut-o pe fata asta?

– Ești de la poliție? N-am chef de necazuri.

Unora li se părea, evident, amuzant să-mi rețină atenția cu o atitudine aparent sinceră: *A, fata asta! Cu părul castaniu? Da, dar cum o chema oare?... Nu, dragă, n-am văzut-o în viața mea.*

Nimeni nu părea să o fi văzut. Și, cu cât mergeam mai mult, cu atât mă simțeam mai deznădăjduită. Ce loc mai bun să dispari fără urmă decât Londra? O metropolă ca un furnicar, unde te puteai strecura pe un milion de uși, amestecându-te în mulțimile nesfârșite. Mă uitam la blocurile-turn și mă întrebam dacă nu cumva, chiar în acel moment, Lily nu se afla în vreun apartament de acolo, zăcând pe canapeaua cuiva, în pijama. Lily intra cu ușurință în vorbă cu oamenii și nu se temea să ceară orice de la oricine – așa că putea fi oriunde.

Și totuși.

Nu eram absolut sigură ce anume mă mâna să-mi continui căutările. Poate furia rece față de atitudinea detașată de părinte a Tanyei Houghton-Miller; poate propriul meu sentiment de vinovăție din pricină că, deși o criticam pe Tanya, și eu eșuasem în relația cu Lily. Poate pur și simplu faptul că știam prea bine cât de vulnerabilă poate fi o adolescentă.

Dar, mai presus de toate, o căutam pentru Will. Mergeam pe jos sau cu mașina și puneam întrebări în stânga și-n dreapta sau purtam conversații nesfârșite cu el, în gând, până când șoldul începea să mă doară; atunci mă suiam în mașină, mestecând sandviciuri râncede și batoane de ciocolată luate de pe la chioșcuri și înghițind analgezice, pentru a putea continua să merg.

Unde ar fi putut pleca, Will?

Ce-ai face tu?

Şi – mereu şi mereu – *Will, îmi pare rău că te dezamăgesc.*

Ai vreo veste? i-am scris un mesaj pe telefon lui Sam. Mă simţeam ciudat să vorbesc cu el în vreme ce purtam, concomitent, conversaţii interioare cu Will; mi se părea o stranie infidelitate. Dar nu eram sigură cui îi eram, de fapt, infidelă.

Nu. Am sunat la fiecare departament de primiri urgenţe din Londra. Dar tu?

Sunt un pic obosită.

Şoldul?

Am luat câteva pastile de Nurofen, dar durerea tot nu m-a lăsat.

Vrei să trec pe la tine după ce ies din schimb?

Cred că trebuie să o caut în continuare.

Nu pleca în vreun loc în care eu nu m-aş duce x

Foarte amuzant xxx

– Ai încercat s-o cauţi prin spitale?

Treena mă sunase de la facultate, în pauza de cincisprezece minute dintre „Modificări în privinţa colectării de taxe“ şi „Taxa pe valoarea adăugată – o perspectivă europeană“.

– Sam spune că nici o persoană cu numele ei nu a fost internată în spitalele şi clinicile din Londra. Are pretutindeni cunoştinţe care o caută.

Pe când vorbeam, m-am uitat înapoi, ca şi cum chiar în acel moment m-aş fi aşteptat ca Lily să răsară din mulţime şi să se îndrepte către mine.

– De când o căutaţi?

– De câteva zile, i-am spus eu, fără să-i dau amănunte de genul că abia dacă dormisem. Mi-am... mi-am luat liber de la muncă.

– Ştiam eu! Ştiam eu că fata asta o să aducă numai buclucuri! Dar şeful tău nu se supără că ţi-ai luat liber? A, apropo, ce s-a întâmplat cu cealaltă slujbă? Cea din New York. Ai dat interviul? Te rog, nu-mi spune că ai uitat.

Mi-au trebuit câteva momente să-mi dau seama la ce se referea.

– A, interviul... Da, l-am luat.

– *Poftim*?

– Nathan mi-a zis că postul o să-mi fie oferit mie.

Westminsterul era înțesat de turiști, vânzolindu-se pe la standurile țipătoare, împodobite cu steaguri ale Marii Britanii. Mai toți arborau telefoane mobile sau aparate de fotografiat scumpe, pozând la nesfârșit clădirea Parlamentului. Am văzut un polițist venind spre mine și m-am întrebat dacă vreo legislație antiteroristă mă împiedica să parchez acolo unde oprisem mașina. Am ridicat brațul, dându-i de înțeles că eram pe punctul de a pleca.

La capătul celălalt se lăsase tăcerea.

– Ia stai așa, doar nu vrei să spui că...

– Nici măcar nu mă pot gândi acum la asta, Treen. Lily a dispărut. Trebuie să o găsesc.

– Louisa? Ascultă-mă un minut. Trebuie să accepți această slujbă.

– Poftim?

– E o oportunitate cu care nu te întâlnești decât o dată în viață. Dacă-ți poți măcar imagina ce-aș fi în stare să fac ca să mă mut la New York... cu o slujbă garantată! O locuință. Și tu nici nu te poți gândi măcar la asta?

– Nu e așa de simplu.

Polițistul de circulație venea, cu pași hotărâți, către mine.

– O, Doamne! Asta e. Problema despre care am încercat să discut cu tine. De fiecare dată când primești o șansă să mergi mai departe, pur și simplu tu îți deturnezi viitorul. E ca și cum... ca și cum n-ai vrea să ai un viitor.

– Lily a *dispărut*, Treen.

– Da, o fată de șaisprezece ani, despre care nu știi mare lucru și care are doi părinți și cel puțin doi bunici, a zbughit-o de acasă pentru câteva zile, și nu e prima oară. Adolescenții fac adesea asemenea lucruri. Și tu te folosești de asta pentru a arunca pe geam cea mai mare șansă care ți s-ar putea oferi vreodată? Iisuse! De fapt, nu vrei să pleci la New York, nu-i așa?

– Ce naiba vrei să spui?

– Ți-e mult mai ușor să stai la nenorocitul ăla de bar și să-ți plângi de milă. Ți-e mult mai ușor să stai liniștită și să nu-ți asumi vreun risc, și să consideri că nu poți controla nimic din ce ți se întâmplă.

– Nu pot, pur şi simplu, să-mi iau catrafusele şi să plec, câtă vreme aici se întâmplă aşa ceva.

– Lou, tu eşti stăpâna propriei vieţi. Şi, totuşi, te comporţi de parcă ai fi permanent împiedicată de evenimente asupra cărora nu deţii controlul. Ce-i asta? Ai sentimente de vinovăţie? Ai senzaţia că îi eşti datoare lui Will cu ceva? E vreun fel de penitenţă? Să renunţi la viaţa ta, pentru că nu ai putut-o salva pe a lui?

– N-ai cum să înţelegi.

– Ba nu! Înţeleg perfect. Te înţeleg mai bine decât te înţelegi tu. Fiica lui Will nu este *responsabilitatea ta*. Auzi ce-ţi spun? Nimic din toate astea nu este responsabilitatea ta. Şi, dacă nu mergi la New York – o oportunitate despre care nici măcar nu pot să vorbesc, fiindcă-mi vine să te strâng de gât –, n-o să mai vorbesc niciodată cu tine. Niciodată.

Poliţistul se opri în dreptul geamului meu. Am lăsat geamul în jos, luând acea faţă tipică pe care o ai când sora ta e la celălalt capăt al telefonului şi, deşi îţi pare rău, nu poţi să-i închizi telefonul în nas. Poliţistul bătu cu degetul în ceasul de la mână, iar eu am încuviinţat din cap, cu o atitudine încrezătoare.

– Asta e, Lou. Gândeşte-te la ce ţi-am spus. Lily nu e fiica ta, conchise ea.

Am rămas cu ochii ţintă în telefon. I-am mulţumit poliţistului pentru înţelegere, apoi am ridicat geamul. Şi o propoziţie îmi răsări în minte. *Eu nu sunt fiica lui.*

Am virat după colţ, am parcat lângă o benzinărie şi am început să răsfoiesc printr-un ghid rutier vechi, aflat în torpedou, încercând să-mi amintesc numele străzii de care pomenise Lily. Pyemore, Pyecrust, *Pyecroft*. Am trasat cu degetul distanţa până la St John's Wood – aş fi putut străbate distanţa aceea pe jos într-un sfert de oră? Trebuia să fie acelaşi loc.

Mi-am folosit telefonul şi am căutat pe internet numele lui de familie, împreună cu numele străzii, şi am găsit: numărul cincizeci şi şase. Am simţit un gol în stomac, de emoţie. Am pornit motorul, am băgat în viteză şi m-am reîncadrat în trafic.

*

Deşi le separa o distanţă mai mică de un kilometru, deosebirea dintre casa mamei lui Lily şi casa fostului ei tată vitreg nu putea fi mai evidentă. În vreme ce pe strada pe care locuia familia Houghton-Miller existau doar clădiri impozante, din cărămidă roşie sau tencuială albă, înconjurate de grădini în stil englezesc şi de maşini de lux, care parcă nu se murdăresc niciodată, strada lui Martin Steele părea clar una locuită de oameni din clasa submedie, un colţ din Londra cu case cu un etaj, ale căror preţuri creşteau exorbitant, deşi exterioarele nu justificau nici pe departe această creştere.

Am condus încet, pe lângă tomberoane de gunoi şi maşini acoperite cu prelate şi într-un final am găsit un loc de parcare lângă o modestă casă victoriană cu terasă - genul acela de clădiri identice ca arhitectură, răspândite prin toată Londra. Am privit-o cu atenţie, remarcând vopseaua cojită de pe uşă şi stropitoarea de jucărie de pe treptele de la intrare. Doamne, de-ar fi Lily aici! m-am rugat în gând. De-ar fi în siguranţă, între acele ziduri.

Am coborât din maşină, am încuiat-o şi m-am îndreptat spre uşa de la intrare.

Dinăuntru, se auzeau voci înăbuşite şi o melodie cântată la pian, distorsionată, când şi când, de un dezacord. Am ezitat, doar un moment, şi apoi am apăsat pe sonerie, iar melodia se opri brusc.

Se auziră paşi pe hol, şi uşa se deschise. Un bărbat de patruzeci şi ceva de ani, într-o cămaşă cadrilată, blugi şi o barbă nerasă de vreo două zile, apăru în prag.

- Da?

- Voiam să ştiu... Lily este aici, vă rog?

- Lily?

I-am zâmbit, întinzându-i mâna.

- Sunteţi Martin Steele, da?

Mă studie rapid înainte de a-mi răspunde.

- Poate că sunt. Dar cine eşti dumneata?

- Sunt o prietenă a lui Lily. Am încercat... să iau legătura cu ea şi am înţeles că ar putea sta aici. Sau poate că măcar aţi putea şti unde este.

Bărbatul se încruntă.

- Lily? Lily Miller?

- Da.

El își frecă maxilarul, după care aruncă o privire peste umăr, către hol.

– Poți să aștepți puțin aici, te rog?

Se întoarse pe hol și l-am auzit dându-i instrucțiuni persoanei care cânta la pian. Când se întoarse la mine, începu să se audă o gamă, mai întâi ezitant, apoi tot mai puternic.

Martin Steele închise pe jumătate ușa, în spatele lui. Își plecă, pentru câteva clipe, capul, ca și cum ar fi încercat să înțeleagă întrebarea mea.

– Scuză-mă, dar ceva îmi scapă. Ești prietenă cu Lily Miller? Și de ce ai venit aici?

– Fiindcă Lily mi-a spus că venea aici să vă vadă. Sunteți – mă rog, ați fost – tatăl ei vitreg.

– Da, mă rog... Asta a fost acum multă vreme.

– Și sunteți muzician? O duceați la grădiniță când era mică? Dar mai păstrați încă legătura cu ea. Ea mi-a spus că sunteți foarte apropiați. Ceea ce o irita foarte mult pe mama ei.

Martin mă scrută cu privirea.

– Domnișoară...

– Clark. Louisa Clark.

– Domnișoară Clark. Louisa. Nu am mai văzut-o pe Lily de când avea cinci ani. Atunci când ne-am despărțit, Tanya a considerat că ar fi mai bine pentru noi toți să rupem orice legătură.

M-am holbat la el.

– Deci, spuneți că ea n-a fost deloc aici?

Bărbatul rămase puțin pe gânduri.

– A venit o singură dată, acum câțiva ani, dar într-un moment total nepotrivit. Tocmai ni se născuse un copil, încercam să îmi găsesc un post de profesor de muzică și, sincer să fiu, nu mi-am putut da seama ce voia, de fapt, de la mine.

– Deci, de atunci n-ați mai văzut-o și n-ați mai vorbit cu ea?

– Cu excepția unei întâlniri întâmplătoare, foarte scurte, nu. Dar e bine? A intrat în vreun bucluc?

Dinăuntru, pianul continua să se audă. – *do, re, mi, fa, sol, la, si*, *do. Do, si, la, sol, fa, mi, re, do.* Sus și jos.

I-am făcut semn cu mâna, deja coborând treptele.

– Nu, e totul în regulă. Am făcut eu o confuzie. Îmi pare rău că v-am deranjat.

Mi-am petrecut încă o seară mergând cu mașina prin Londra, ignorând apelurile surorii mele și mesajul pe e-mail trimis de Richard Percival, marcat URGENT și PERSONAL. Am condus până când mi s-au înroșit ochii de la sclipirile luminilor din trafic și am realizat că treceam prin locuri unde mai fusesem deja, și nu mai aveam bani de benzină.

M-am întors acasă după miezul nopții, promițându-mi ca data viitoare să iau la mine cardul bancar, am băut o cană de ceai, mi-am odihnit ochii o jumătate de oră și am plecat iar la drum. Mi-am dat jos pantofii și mi-am prăjit niște pâine pe care însă nu am putut s-o mănânc. În schimb, am înghițit alte două calmante și m-am întins pe canapea, dar gândurile nu-mi dădeau pace. Ce anume scăpam din vedere? Trebuie să fi existat vreun indiciu. Cum o chema pe colega lui Lily care îmi probase hainele – Lena? Tina? Creierul meu era epuizat, simțeam cum stomacul mi se strânge permanent într-un nod de anxietate. Pe ce străzi nu mersesem? Oare exista posibilitatea ca Lily să fi plecat în altă parte decât la Londra?

Nu mai aveam alternativă, m-am gândit. Trebuia să anunțăm poliția. Preferam să fiu considerată idioată sau exagerată decât să risc ca lui Lily să i se întâmple ceva. Am rămas întinsă pe spate și am închis ochii, pentru cinci minute.

Trei ore mai târziu m-a trezit bâzâitul telefonului. Am sărit în picioare, buimacă, neștiind unde mă aflu. Apoi am văzut ecranul luminos de lângă mine, am dus telefonul la ureche și am răspuns.

– Alo?

– Am găsit-o.

– Poftim?

– Sunt Sam. Am găsit-o pe Lily. Poți veni?

În hărmălaia iscată după ce naționala Angliei pierduse un meci de fotbal, cu zeci de răniri produse pe fondul consumului de alcool, nimeni nu remarcase silueta subțire a unei fete care dormea, întinsă pe două scaune, într-un colț, cu gluga hanoracului trasă peste față. Doar atunci când asistenta de la triaj veni să vadă dacă mai erau pacienți care necesitau ajutor medical, cineva o trezi pe fată, și aceasta mărturisi, ezitant, că nu era rănită, dar venise acolo pentru că era cald și se simțea în siguranță.

Asistenta tocmai o chestiona, când Sam, care adusese la spital o bătrână cu probleme cardiace, o zări pe Lily. El le rugase pe asistente să n-o lase pe fată să plece din spital și se grăbise să mă sune, înainte ca ea să-l poată vedea. Îmi spuse toate astea pe când străbăteam, grăbiți, culoarele unității de primiri urgențe. Sala de așteptare începu, în cele din urmă, să se golească, copiii cu febră fiind internați în saloane alături de unul din părinți, iar bețivii fiind trimiși acasă să doarmă. La acea oră târzie din noapte, mai soseau doar victime ale accidentelor rutiere și persoane înjunghiate.

– I-au dat să bea niște ceai. Pare epuizată. Cred că e fericită doar că poate sta aici, în siguranță.

Expresia de îngrijorare care se citea, probabil, pe chipul meu, îl făcu pe Sam să adauge:

– Stai liniștită, e totul în regulă. N-o s-o lase să plece.

Am străbătut aproape în fugă coridorul luminat de neoane, în vreme ce Sam mergea cu pași mari alături de mine. Și, deodată, am zărit-o, părând, cumva, mai scundă decât fusese, cu părul într-o claie împletită și strângând între palme un pahar de plastic. O asistentă ședea lângă ea, răsfoind un vraf de dosare, iar, când Lily ne văzu, pe mine și pe Sam, surâse cald și dădu să se ridice. Atunci am observat că unghiile ei erau negre de mizerie.

– Lily, ce s-a întâmplat? am întrebat-o, când ochii ei negri și încercănați se fixară asupra mea.

Mă privi pe mine, apoi pe Sam. Avea ochii mari și o ușoară teamă.

– Te-am căutat pretutindeni... Am fost... O, Doamne, Lily! Unde ai fost?

– Îmi pare rău, șopti ea.

Am scuturat din cap, încercând să-i spun că nu mai conta. Că nimic nu mai putea conta și că singurul lucru important era că ea se afla acolo, teafără și nevătămată.

Am întins mâinile către ea. Ea mă privi în ochi, făcu un pas în faţă şi veni, încet, să se cuibărească la pieptul meu. Am cuprins-o strâns în braţe, simţind cum plânsetul ei cu suspine, tăcut, dar care o făcea să se cutremure din tot corpul, devine şi al meu. Şi tot ce am putut face a fost să-i mulţumesc unui Dumnezeu necunoscut şi să spun în gând *Will. Will – am găsit-o.*

Capitolul 21

În acea primă noapte petrecută acasă, am culcat-o pe Lily în patul meu. A dormit timp de optsprezece ore, s-a trezit pe seară ca să mănânce o supă și să-și facă o baie, apoi s-a băgat iar în pat pentru alte opt ore. Eu am dormit pe canapea, cu ușa de la intrare încuiată – mi-era teamă să mai plec undeva, ca nu cumva fata să dispară din nou. Sam veni de două ori, înainte de a intra în schimb și după serviciu, ca să ne aducă lapte și să vadă cum se mai simțea Lily. Am vorbit în șoaptă, în hol, ca și cum am fi discutat despre un invalid.

Am sunat-o pe Tanya Houghton-Miller, ca să o anunț că o găsisem nevătămată pe fiica ei.

– Te-am avertizat. N-ai vrut să mă asculți, spuse ea, triumfătoare, și am închis telefonul înainte ca ea să mai poată zice ceva. Sau înainte ca eu să zic ceva.

Am sunat-o și pe doamna Traynor, care scoase un oftat prelung de ușurare și rămase fără glas câteva momente. Într-un final, îmi mulțumi și mi s-a părut că vorbele veneau din străfundurile ființei sale.

– Când pot veni să o văd? întrebă ea.

În cele din urmă, am deschis și e-mailul de la Richard Percival. Mă informa că, *având în vedere că ai primit cele trei avertismente impuse de lege, s-a decis ca, date fiind absențele repetate și neîndeplinirea sarcinilor asumate, contractul tău cu firma Shamrock and Clover (Aeroport) este considerat încheiat din momentul de față.* Îmi cerea să-i aduc uniforma („inclusiv peruca“) cât mai repede cu putință, *sau ți se va imputa valoarea ei integrală.*

Am deschis apoi un e-mail de la Nathan, care mă întreba: *Unde naiba umbli? Ai văzut ultimul meu e-mail?*

M-am gândit la oferta domnului Gopnik şi, cu un oftat, am închis computerul.

În a treia zi, m-am trezit pe canapea şi am simţit că-mi stă inima văzând că Lily nu mai era în apartament. Dar, observând că fereastra care dădea spre terasă era pe jumătate deschisă, m-am urcat pe scara de incendiu şi am găsit-o sus, pe acoperiş, privind oraşul care se întindea în jur. Purta pantalonii ei de pijama, pe care îi spălasem, şi puloverul lui Will, mult prea mare pentru ea.

– Bună! i-am zis, străbătând terasa până la ea.

– Ai frigiderul burduşit cu mâncare, remarcă Lily.

– Sam de la ambulanţă e de vină.

– Şi ai udat toate florile.

– De asta tot el s-a ocupat cel mai mult.

Ea dădu din cap, ca şi cum s-ar fi aşteptat să audă asta. M-am aşezat pe bancă şi am rămas într-o tăcere plăcută pentru o vreme, inspirând mirosul lavandei, ale cărei flori parfumate explodaseră din bobocii de un verde intens. Totul în grădina de pe bloc explodase acum, mustind de viaţă; petalele şi frunzele confereau culoare, vioiciune şi parfum suprafeţei cenuşii de asfalt.

– Îmi pare rău că ţi-am folosit patul.

– Aveai mai multă nevoie de el.

– Ţi-ai pus în şifonier toate hainele, remarcă ea şi-şi încrucişă picioarele sub ea, dându-şi părul după ureche. Era încă foarte palidă. Pe cele frumoase, vreau să zic...

– De fapt, tu ai fost cea care m-a convins că n-ar trebui să le mai ţin ascunse prin cutii.

Îmi aruncă o privire piezişă şi un surâs firav şi amar, care mă făcu să mă simt mai tristă decât dacă nu mi-ar fi zâmbit deloc. În aer se simţea promisiunea unei zile înăbuşitoare, iar zgomotul străzii răzbătea până sus, la noi, parcă înăbuşit de soarele dogoritor, pe care îl puteai deja simţi pătrunzând prin ferestre. Jos, pe stradă, o maşină de gunoi îşi croia drum, zăngănind, de-a lungul trotuarului, acompaniată de un cor de claxoane şi de voci bărbăteşti.

– Lily, ce se întâmplă? am întrebat-o, după ce maşina se pierdu în depărtare, încercând ca tonul meu să nu pară prea interogativ. Ştiu că n-ar trebui să-ţi pun întrebări, fiindcă nu sunt nici mama ta şi nici vreo altă rudă, dar văd că s-a întâmplat ceva greşit aici şi mă simt... mă simt ca şi cum aş fi o persoană foarte apropiată de tine şi aş vrea să ai încredere în mine. Vreau să simţi că poţi discuta cu mine.

Fata îşi ţinu privirea fixată asupra mâinilor ei.

– Nu vreau să te judec, Lily. N-am să dezvălui nimănui ce-mi vei spune. Eu doar... Trebuie să ştii că, dacă îi spui cuiva adevărul, acest lucru te va ajuta. Îţi promit. Va face ca lucrurile să se îmbunătăţească.

– Cine spune asta?

– Eu. Nu există ceva ce să nu-mi poţi spune, Lily. Vorbesc serios.

Îmi aruncă o privire, apoi se uită în altă parte.

– N-ai înţelege, murmură ea.

Şi atunci am ştiut. Am ştiut.

Jos, în stradă, se aşternu o tăcere stranie sau probabil nu mai puteam auzi nimic altceva, dincolo de cei câţiva centimetri care mă despărţeau de Lily.

– O să-ţi spun o poveste, am început eu. Doar o singură persoană din lume cunoaşte povestea asta, fiindcă ani la rând am simţit că e un lucru pe care nu-l puteam împărtăşi nimănui. Şi, după ce i-am spus-o acelei persoane, mi-am schimbat complet modul de-a gândi cu privire la situaţia ca atare, dar şi la mine însămi. Aşa că uite cum vom face – tu nu trebuie să-mi spui nimic, dar eu voi avea suficientă încredere în tine ca să-ţi destăinui, oricum, povestea mea, în caz că te va ajuta.

Am aşteptat câteva secunde, dar Lily nu protestă, nu-şi dădu ochii peste cap şi nici măcar nu spuse că avea să fie *plictisitor*. Îşi strânse genunchii la piept şi-i înconjură cu braţele, pregătită să asculte. Şi ascultă când i-am vorbit despre o adolescentă care, într-o minunată seară de vară, sărbătorise cam mult într-un loc pe care-l considerase sigur, cum fusese înconjurată de prietenele ei şi de nişte băieţi drăguţi, care păreau că provin din familii bune şi că ştiu regulile de bună purtare, şi cât de bine se distraseră, cât de amuzante şi de nebuneşti fuseseră jocurile lor, până când, după câteva guri de băutură, ea îşi dăduse seama că aproape toate prietenele plecaseră și că râsetele băieților deveniseră mai zgomotoase și că ținta glumelor era, de fapt, ea. Și i-am dezvăluit lui Lily, fără să intru în prea multe detalii, cum se terminase acea seară: cu o soră care o condusese, în tăcere, spre casă, cu pantofii pierduți, cu virginitatea pierdută și cu o imensă gaură neagră în minte; amintiri, fulgurante și întunecate, o bântuiau acum spre a-i reaminti în fiecare zi cât de idioată și iresponsabilă fusese pentru că atrăsese singură asupra ei toate acele lucruri. Și cum, ani de zile, ea lăsase acele gânduri să o influențeze oriunde ar fi mers, orice ar fi făcut, și orice ar fi crezut că era capabilă să facă. Și cum, uneori, ar fi avut nevoie doar de cineva care să-i spună, simplu, *Nu, nu a fost vina ta. Chiar nu a fost vina ta.*

Am terminat de vorbit, dar Lily continua să mă privească. Expresia de pe chipul ei nu-i trăda deloc gândurile.

– Nu știu ce s-a întâmplat, sau încă se întâmplă cu tine, Lily, i-am spus, cu blândețe. Poate că nu are absolut nici o legătură cu ceea ce ți-am povestit adineauri. Vreau doar să știi că nu există nimic atât de rău despre care să nu-mi poți vorbi. Și că, orice ai face, ușa casei mele va fi mereu deschisă pentru tine.

Ea tot nu vorbea. M-am prefăcut că mă uit spre stradă, doar ca să nu fiu nevoită să o privesc.

– Știi, tatăl tău mi-a spus ceva ce n-am să uit niciodată: „Nu trebuie să lași acel lucru care ți s-a întâmplat să fie tocmai lucrul care te definește".

– Tatăl meu, făcu ea și ridică bărbia spre mine.

Am încuviințat din cap.

– Orice s-ar fi întâmplat, chiar dacă nu vrei să-mi spui, trebuie să înțelegi că avea dreptate. Aceste ultime săptămâni și luni nu trebuie să constituie lucrul care te definește. Chiar și din puținele lucruri pe care le știu despre tine, îmi pot da seama că ești inteligentă, și amuzantă, și bună, și că, dacă vei avea puterea de a trece peste acest lucru care ți s-a întâmplat, vei avea în față un viitor extraordinar.

– De unde știi tu asta?

– Fiindcă semeni cu Will. Îi porți chiar și puloverul, am adăugat, încet.

Ea își duse brațul încet, spre față, și își lipi lâna moale de obraz, pierdută în gânduri. M-am așezat iar pe bancă, întrebându-mă dacă nu cumva mersesem prea departe, vorbind despre Will.

Dar, atunci, Lily răsuflă și, cu o voce neutră și calmă, care nu o caracteriza, îmi spuse unde fusese. Îmi vorbi despre acel băiat și despre acel bărbat, și despre fotografia din telefonul mobil care o bântuia, și despre zilele pe care le petrecuse târându-se ca o umbră pe străzile luminate de felinare ale orașului. Pe când vorbea, lacrimile începură să-i curgă pe obraji, se ghemui, iar chipul i se schimonosi ca al unui copilaș de cinci ani. M-am ridicat și am tras-o aproape de mine, mângâindu-i părul, în timp ce ea continua să povestească. Vorbele ei se rostogoleau acum, prea rapid, prea pline de semnificație, întrerupte de suspine și sughițuri. Atunci când ajunse la ultima zi, era deja cuibărită la pieptul meu, pierdută deja în pulover și înghițită de propriile sentimente de teamă, vinovăție și tristețe.

– Îmi pare rău, suspină ea. Îmi pare atât de rău...

– Nu există *nimic* pentru care să-ți pară rău, i-am spus, pe un ton ferm, strângând-o în brațe.

În seara aceea, Sam veni la mine. Cu Lily se purtă delicat, dar se arătă vesel, încercând să o binedispună. Atunci când fata spuse că nu vrea să ieșim nicăieri, Sam ne găti paste cu smântână, șuncă și ciuperci și apoi ne-am uitat la o comedie despre o familie pierdută în junglă – o stranie reproducere a propriei noastre situații. Am râs cu poftă și apoi am pregătit ceaiul, dar în mine clocotea o furie, pe care nu îndrăzneam să o arăt.

De îndată ce Lily plecă la culcare, l-am condus pe Sam pe scara de incendiu. Ne-am suit pe terasă, unde eram sigură că nu puteam fi auziți și, pe când ședeam pe băncuța de fier, i-am relatat lucrurile pe care mi le destăinuise Lily, exact în același loc, cu câteva ore mai devreme.

– Ea crede că povestea asta o va urmări mereu. Tipul ăla are încă telefonul, Sam.

Nu știu dacă mai fusesem vreodată atât de furioasă. Toată seara, pe când imaginile de la televizor se mișcau rapid dinaintea ochilor mei, am privit evenimentele din ultimele săptămâni într-o lumină diferită: mi-am amintit de momentele când băiatul o pândea, prin fața blocului, de felul în care Lily își ascundea telefonul sub pernele de pe canapea ori de câte ori credea că l-aș putea zări, despre felul în care tresărea când auzea că recepționase vreun mesaj. Mi-am amintit cât de tulburată era când îmi descrisese ușurarea ei, la gândul că fusese salvată de colegul tatălui vitreg, și apoi oroarea a ceea ce avea să urmeze. M-am gândit la aroganța unui bărbat în toată firea, care văzuse o adolescentă în bucluc și considerase asta o oportunitate.

Sam îmi făcu semn să mă așez, dar nu puteam sta locului. Străbăteam, în lung și-n lat, terasa blocului, cu pumnii încleștați și gâtul țeapăn. Simțeam nevoia să arunc tot ce-mi cădea în mână peste balustradă. Voiam să-l găsesc pe acel domn Garside. Sam veni în spatele meu și-mi masă ceafa încordată. Am bănuit că e metoda lui secretă de a mă calma.

– Cred că l-aș ucide dacă aș pune mâna pe el.

– Asta se poate aranja.

M-am uitat la Sam, ca să văd dacă glumește, și am fost puțin dezamăgită când am înțeles că, într-adevăr, nu vorbea serios.

Vântul aspru al nopții devenise mai rece, și îmi doream să-mi fi adus cu mine o jachetă.

– Poate că ar trebui să mergem la poliție. Ăsta nu se numește șantaj?

– O să nege complet. Există un milion de locuri în care ar putea ascunde un telefon. Și, dacă mama ei a spus adevărul, nimeni n-o s-o creadă pe Lily în fața unui asemenea membru de vază al comunității. Așa reușesc ticăloși ca el să scape.

– Dar cum facem să-i luăm telefonul? Lily n-o să fie capabilă să meargă mai departe câtă vreme știe că individul e acolo și că poza e încă în telefon.

Tremuram. Sam își scoase jacheta și mi-o puse pe umeri. Jacheta încă purta căldura trupului său, și am încercat să nu arăt cât de recunoscătoare mă simțeam.

– Nu putem merge la biroul lui, ar însemna ca părinții ei să afle totul. Să-i trimitem un e-mail? Să-i cerem să ne dea telefonul înapoi, altfel...

– E greu de crezut c-o să înghită asta. Ar putea chiar să nu răspundă la mesaj – asta ar putea fi folosită ca dovadă.

– Of, n-avem nici o speranță, am spus, cu un oftat prelung. Poate că Lily va trebui să învețe să trăiască cu asta. Poate reușim să o convingem că și Garside are tot interesul să uite povestea asta, ca și ea. Pentru că așa și este, nu? Poate că o să încerce chiar el să scape de telefon.

– Crezi că ea o să poată trece peste asta?

– Nu, am răspuns eu, frecându-mă la ochi. Eu nu pot suporta gândul. Nu pot accepta că individul o să scape astfel. Că gunoiul ăla mizerabil, pervers, manipulator și cu limuzină de lux...

M-am ridicat și am privit orașul care se întindea la picioarele mele, simțind cum mă cuprinde, pentru o clipă, disperarea. Puteam deja să prefigurez viitorul: o vedeam pe Lily defensivă și răzvrătită, încercând să scape de umbrele trecutului ei. Telefonul acela era cheia comportamentului ei, al viitorului ei.

Gândește, mi-am zis. *Gândește ce-ar fi făcut Will.* El nu l-ar fi lăsat pe acel ticălos să câștige. Trebuia să pun la punct o strategie, așa cum ar fi făcut el. Am urmărit cum mașinile se târau lent în trafic și mi-am imaginat limuzina neagră a lui Garside, trecând pe străzile din Soho. M-am gândit la acel individ care trecea prin viață cu ușurință, încrezător că întotdeauna avea să meargă așa.

– Sam, există vreun medicament care ar putea opri inima unui om? am întrebat.

Timp de câteva secunde, el lăsă cuvintele mele să plutească în aer.

– Te rog, spune-mi că glumești.

– Nu! Ascultă, am o idee.

Inițial, Lily nu spuse nimic.

– O să fii în siguranță, i-am promis. Și, astfel, nimeni nu va ști nimic.

Ceea ce m-a mișcat cel mai mult a fost faptul că ea nu mi-a adresat întrebarea pe care eu însămi mi-am pus-o încă de când i-am expus planul lui Sam. *De unde știi că asta va funcționa?*

– M-am gândit la toate, scumpo, zise Sam.

– Dar nimeni nu mai știe...

– Nu știe nimic. Doar că el te hărțuiește.

– N-o să ai necazuri?

– Nu-ți face griji pentru mine.

Lily își trase mâneca, apoi murmură:

– Dar să nu mă lăsați singură cu el. Deloc.

– Nici măcar pentru o clipă.

Fata își mușcă buza, apoi își plimbă privirea de la mine la Sam. Și ceva păru să se liniștească în sufletul ei.

– Bine. Hai s-o facem!

Mi-am cumpărat un telefon ieftin, cu cartelă, am sunat la biroul tatălui vitreg al lui Lily și am obținut numărul de telefon al lui Garside de la secretara acestuia, sub pretextul că stabiliserăm o întâlnire. În seara aceea, pe când îl așteptam pe Sam să sosească, am trimis un mesaj pe telefonul lui Garside.

Domnule Garside, îmi pare rău că v-am lovit. Mi-am ieșit din minți. Aș vrea să repar lucrurile. L

El lăsă să treacă o jumătate de oră până să răspundă, probabil pentru a-i da emoții fetei.

De ce aș discuta cu tine, Lily? Ai fost foarte necioplită, după tot ajutorul pe care ți l-am oferit.

– Ticălosul! bombăni Sam.

Știu. Îmi pare rău. Dar am nevoie de ajutorul dumneavoastră.

Drumul ăsta are o singură direcție, Lily.

Știu. Dar m-ați șocat. Am avut nevoie de timp ca să mă gândesc. Hai să ne întâlnim. Vă voi da tot ce doriți, dar mai întâi trebuie să-mi dați telefonul.

Nu cred că poți pune condiții, Lily.

Sam mă privi. I-am întors privirea, apoi am început să tastez.

Nici măcar dacă... sunt cu adevărat o fată rea?

După o pauză:

Acum mi-ai stârnit interesul.

Eu și Sam am avut un schimb de priviri.

– Mi s-a făcut greață, am zis.

Atunci, pe mâine-seară, am tastat eu. *Vă voi trimite adresa după ce mă asigur că prietena mea a plecat.*

Când am fost siguri că el n-avea să mai răspundă, Sam băgă telefonul în buzunarul lui, unde Lily nu-l putea vedea, și mă ținu în brațe îndelung.

*

A doua zi, am stat într-o tensiune insuportabilă, iar Lily se simţea şi mai rău. Am mâncat ceva la micul dejun şi am lăsat-o să fumeze în apartament, fiind aproape tentată să-mi aprind şi eu o ţigară. Ne-am uitat la un film, după care am dereticat puţin prin casă, iar pe la şapte şi jumătate, când sosi Sam, capul îmi vâjâia aşa de tare, că abia mai puteam vorbi.

– I-ai trimis adresa? l-am întrebat.

– Da.

– Arată-mi.

Mesajul de pe telefon nu conţinea decât adresa apartamentului meu şi era semnat *L.*

Garside răspunsese: *Am o întâlnire în oraş şi voi fi la tine imediat după ora opt.*

– Eşti bine? mă întrebă Sam.

Stomacul mi se strânse. Abia de mai puteam respira.

– Nu vreau să-ţi pricinuiesc necazuri. Vreau să spun... dacă se va afla ce-ai făcut? O să-ţi pierzi slujba.

Sam scutură din cap:

– N-o să se întâmple asta.

– N-ar fi trebuit să te bag în beleaua asta. Ai fost atât de bun şi simt că, în loc să te recompensez, te pun în pericol.

– O să fim bine cu toţii. Respiră, îmi spuse el zâmbind liniştitor, deşi mi s-a părut că detectez o oarecare încordare în privirea lui.

El se uită peste umărul meu şi m-am întors. Lily purta un tricou negru, pantaloni scurţi din denim şi colanţi negri şi se machiase în aşa fel încât arăta, deopotrivă, foarte frumoasă şi foarte tânără.

– Eşti bine, scumpo?

Ea dădu din cap, aprobator. Tenul ei, de obicei uşor măsliniu, ca al lui Will, era neobişnuit de palid. Ochii ei păreau imenşi.

– Totul o să fie bine, în mod normal nu are cum să dureze mai mult de cinci minute. Lou va fi în permanenţă cu tine, da? îi explică Sam, cu o voce calmă şi liniştitoare.

Repetasem scenariul de zeci de ori. Voiam ca Lily să ajungă la un punct în care să nu se mai oprească brusc şi să-şi rostească replicile fără să se gândească.

– Ştiu ce am de făcut.

– Perfect, zise el, și-și pocni palmele una de alta. E opt fără un sfert. Haideți să ne pregătim!

Garside, trebuie să recunosc, a fost punctual. La opt și un minut fix, telefonul meu sună. Lily răsuflă adânc, am strâns-o de mână și apoi a răspuns. *Da, da, a plecat. Puteți urca.* Mi s-a părut că Garside nu bănuia nimic din ceea ce i se pregătea.

Lily îl lăsă să intre în apartament. Doar eu, privind prin ușa abia întredeschisă a dormitorului, am putut vedea cum îi tremura mâna când fata descuie ușa. Bărbatul își trecu mâna prin păr și aruncă o scurtă privire prin hol. Purta un elegant costum gri și-și îndesă cheile de la mașină în buzunarul interior de la piept al hainei. Nu m-am putut abține să nu-l examinez, observându-i cămașa scumpă, privirea amenințătoare, lacomă, care cerceta apartamentul. Maxilarul mi se încordă. Ce fel de om se putea simți îndreptățit să profite de o adolescentă cu patruzeci de ani mai mică decât el? Să șantajeze copilul propriului său coleg?

Nu părea să se simtă în largul lui, nicidecum relaxat.

– Am parcat mașina în spatele blocului. O să fie în siguranță acolo?

– Cred că da, îngăimă Lily, înghițind în sec.

– *Crezi*? zise el și făcu un pas înapoi, spre ușă.

Era genul de om care crede că autoturismul personal e o parte din ființa lui.

– Dar prietena ta? Sau, mă rog, proprietarul acestui apartament... Nu o să se întoarcă?

Mi-am ținut respirația. Am simțit, din spate, mâna lui Sam apăsându-mă pe umăr.

– A, nu. Totul o să fie bine, zâmbi ea, cu o atitudine brusc liniștitoare. Nu se întoarce curând. Dar intrați. Vreți ceva de băut, domnule Garside?

El se uită la Lily, ca și cum ar fi văzut-o pentru prima oară.

– Hm, ești atât de formală. Făcu un pas înainte și, în sfârșit, închise ușa în urma lui. Ai scotch?

– Mă duc să văd. Dar intrați.

Lily porni spre bucătărie, și el o urmă, scoțându-și, din mers, haina de la costum. Când intrară în camera de zi, Sam ieși, pe lângă mine, din dormitor, străbătu holul, încuie ușa de la intrare și-și puse cheile în buzunar, cu zgomot.

Surprins, Garside se răsuci și-l văzu nu doar pe Sam, ci și pe Donna, care i se alăturase. Stăteau acolo, în pragul ușii, îmbrăcați în uniforme. Se uită la ei, pe urmă la Lily și îngăimă ceva, încercând să afle ce se petrece.

– Bună seara, domnule Garside! am spus, pășind din spatele ușii. Cred că ai ceva să-i înapoiezi prietenei mele.

Individul asudă instantaneu. Până atunci, nu știusem că asta e posibil. O căută din priviri pe Lily, dar, imediat ce eu ieșisem în hol, ea trecuse în spatele meu.

Sam păși spre el, și am remarcat că Garside îi ajungea cu capul doar până la umăr.

– Telefonul, te rog.

– Nu mă puteți amenința.

– Nu te amenințăm, i-am zis, cu inima bătându-mi năvalnic. Nu vrem decât telefonul.

– Mă amenințați pentru că-mi obstrucționați ieșirea.

– A, nu, domnule, interveni Sam. De fapt, dacă ar fi să te *amenințăm*, am menționa faptul că eu și colega mea te-am putea pune la pământ, injectându-ți dihypranol, o substanță care-ți va încetini și, în cele din urmă, îți va opri inima. *Asta* ar fi, într-adevăr, o amenințare, mai ales că nimeni n-ar putea pune la îndoială cuvântul unei echipe de paramedici care, aparent, a făcut tot posibilul să-ți salveze viața. Mai ales că dihypranolul este una dintre puținele substanțe care nu lasă urme în fluxul sangvin.

Donna, cu brațele încrucișate pe piept, scutură din cap cu tristețe.

– Ce păcat! Cum se sting din viață acești oameni de afaceri de vârstă mijlocie.

– Au tot felul de probleme de sănătate. Beau prea mult, mănâncă prea gras, nu fac suficientă mișcare...

– Dar sunt sigură că domnul de aici nu e așa.

– Da, să sperăm că nu e așa. Dar cine știe?

Domnul Garside părea că scăzuse în înălțime cu câțiva centimetri.

– Şi nu te gândi să o ameninţi pe Lily. Ştim unde locuieşti, domnule Garside. Toţi paramedicii pot afla asta, în caz de nevoie. E uimitor ce ţi se poate întâmpla dacă enervezi un paramedic.

– Asta e scandalos, zbieră el, pălind.

– Da, chiar aşa e, am zis eu şi am întins palma către el. Telefonul, te rog.

Garside privi în jur şi, în cele din urmă, duse mâna la buzunar, scoase telefonul şi mi-l dădu.

I l-am dat imediat fetei.

– Lily, verifică-l.

M-am uitat în altă parte, pentru a-i respecta intimitatea, pe când ea deschidea telefonul.

– Şterge poza, am îndemnat-o. Şterge-o şi gata.

Când mi-am întors capul spre ea, am văzut telefonul, cu ecranul alb, în mâna ei, în timp ce Lily încuviinţă slab din cap. Sam o îndemnă să-i arunce telefonul lui. La rândul lui, îl aruncă pe podea şi călcă pe el, cu piciorul drept, făcându-l ţăndări. Îl strivi cu atâta furie, că podeaua se cutremură. M-am pomenit tresărind, odată cu Garside, de fiecare dată când gheata grea a lui Sam izbea telefonul.

În cele din urmă, Sam se apleacă şi recuperă minusculul card SIM, ajuns sub calorifer. Îl examină şi îl ţinu în faţa lui Garside.

– Nu mai ai nici o copie?

Individul scutură din cap. Sudoarea îi înnegrise gulerul.

– Desigur că nu mai are, zise Donna. Un membru responsabil al comunităţii nu şi-ar asuma riscul ca o eventuală copie să ajungă pe cine ştie ce mâini. Imaginaţi-vă ce ar spune familia domnului Garside dacă micuţul lui secret murdar s-ar afla.

Gura lui Garside se prefăcuse într-o linie vineţie.

– Aţi primit ce aţi vrut. Acum lăsaţi-mă să plec.

– Nu. Mai întâi aş vrea să-ţi spun ceva. Vocea mea, am remarcat într-o doară, tremura uşor din cauza efortului de a-mi stăpâni mânia. Eşti un omuleţ jalnic şi pervers, şi dacă eu...

Colţurile gurii lui Garside se curbară în sus, afişând o expresie dispreţuitoare. Era genul de om care nu mai fusese niciodată ameninţat de o femeie.

– Mai taci, femeiuşcă ridicolă...

Ochii lui Sam sclipiră de mânie și el se repezi înainte. Brațul meu țâșni, ca să-l țină pe loc. Nu-mi amintesc însă cum de am lovit cu celălalt pumn. Țin minte însă durerea care mi-a săgetat încheieturile degetelor în clipa în care l-am izbit în față pe Garside. Bărbatul se înclină spre spate, izbind, cu umerii, ușa, iar eu m-am clătinat, căci nu mă așteptasem la o asemenea forță a impactului. Când Garside se puse iar pe picioare, am fost șocată să văd că sângele îi șiroia din nas.

– Lăsați-mă să ies, șuieră el, printre degete. *În clipa asta.*

Sam îmi făcu cu ochiul și descuie ușa. Donna făcu un pas într-o parte, cât să-l lase pe Garside să treacă. Apoi se aplecă și-l întrebă: Ești sigur că nu vrei un bandaj pentru nas, înainte să pleci?

Garside plecă, menținându-și ritmul măsurat. Dar, de îndată ce ușa se închise în urma lui, am auzit zgomotul făcut de pantofii lui scumpi pe când o apucă la fugă pe coridor. Am rămas în tăcere, până nu s-a mai auzit nimic, și apoi am răsuflat cu toții ușurați.

– Frumos croșeu, Cassius, exclamă Sam, după un minut. Mă lași să mă uit puțin la mâna ta?

Nu puteam vorbi. Mă îndoisem de durere și-l înjuram în gând pe Garside.

– Întotdeauna doare mai mult decât crezi, nu zici? mă consolă Donna, bătându-mă ușor pe spate. Nu te stresa, scumpo, îi spuse ea lui Lily. Orice ți-ar fi zis, boșorogul ăla nu mai înseamnă nimic. E dus!

– Și nu se va mai întoarce, adăugă Sam.

Donna râse.

– A cam făcut pe el. Cred că o să fugă de acum la kilometri distanță de tine! Uită de povestea asta, draga mea! zise ea și o îmbrățișă, deodată, pe Lily, ca și cum fata ar fi fost un copil care căzuse de pe bicicletă, apoi îmi dădu bucățile din telefonul spart să le arunc. Bun, atunci eu vă las, dragilor. I-am promis tatei că trec pe la el înainte să intru în tură. Ne vedem mai târziu.

După care, fluturând din mână, se făcu nevăzută, iar tropăitul vesel al ghetelor sale se pierdu pe scări.

Sam începu să scotocească prin trusa lui medicală, căutând un bandaj pentru mâna mea. Am intrat, alături de Lily, în camera de zi, iar ea se prăbuși pe canapea.

– Te-ai descurcat de minune! i-am spus.

– Şi tu ai fost de nota zece!

Mi-am examinat încheieturile însângerate ale degetelor. Când am ridicat privirea, i-am zărit surâsul slab pe buze.

– Nici nu s-a aşteptat la asta.

– Nici eu! N-am mai lovit pe nimeni cu pumnul până acum, am mărturisit eu, luând o mină serioasă. Desigur, nu trebuie să mă consideri vreun fel de exemplu moral.

– Nu te-am considerat niciodată un exemplu, Lou, zâmbi ea, oarecum ezitant, în clipa în care intră Sam, aducând un bandaj steril şi o pereche de foarfece.

– Eşti bine, Lily? o întrebă el, ridicând din sprâncene.

Fata încuviinţă din cap.

– Perfect. Atunci hai să trecem la ceva mai interesant. Cui îi plac spaghetele carbonara?

Când Lily ieşi din cameră, Sam răsuflă prelung, apoi rămase cu privirea aţintită în tavan, ca şi cum ar fi vrut să-şi adune gândurile.

– Ce e? l-am întrebat.

– Slavă Domnului că l-ai lovit tu prima! Mi-a fost teamă că aveam să-l ucid.

Ceva mai târziu, când Lily plecase la culcare, am mers cu Sam în bucătărie. Pentru prima oară, după multe săptămâni, un fel de pace se pogorâse asupra căminului meu.

– E deja mai fericită. Adică a obiectat ea ceva în privinţa noii paste de dinţi şi şi-a lăsat prosoapele pe jos, dar, la cum o ştiu pe Lily, este clar mai bine.

El încuviinţă din cap şi goli chiuveta. Mă simţeam bine să-l ştiu în bucătărie. L-am privit câteva clipe, întrebându-mă cum ar fi să mă ridic şi să-mi înfăşor braţele pe după şoldurile lui. În schimb, am spus:

– Mulţumesc pentru tot, Sam.

El se întoarse, ştergându-şi mâinile pe un prosop de bucătărie.

– Îţi merge mintea, bătăuşo!

Sam întinse mâna, mă trase spre el şi mă sărută. Săruturile lui aveau ceva special; tandreţea lor în comparaţie cu forţa sălbatică pe care o emana. M-am pierdut pentru o secundă în îmbrăţişarea lui. Dar...

– Ce e? întrebă el şi se dădu înapoi. Ce s-a întâmplat?

– O să crezi că e o ciudăţenie...

– Ha! O ciudăţenie mai mare decât seara asta?

– Mă tot gândesc la chestia cu dihypranolul. Cât de mult ar fi necesar ca să ucizi pe cineva? E un medicament pe care-l ai la tine în mod obişnuit? Pentru că pare chiar... periculos...

– Nu trebuie să-ţi faci griji, mă linişti el.

– Asta o spui tu. Dar dacă cineva te urăşte? Nu ţi-ar putea pune un asemenea medicament în mâncare? Teroriştii n-ar putea face rost de aşa ceva? Vreau să spun, de ce cantitate ar avea nevoie.

– Lou, un astfel de medicament nici nu există.

– Poftim?

– Eu l-am inventat. Nu există nici un dihypranol. E pură invenţie, zâmbi el când văzu cât eram de panicată. Iar situaţia şi mai amuzantă e că nu cred c-am avut vreodată un medicament care să acţioneze mai eficient.

Capitolul 22

Am fost ultima sosită la acea întâlnire a Cercului de consiliere psihologică. Maşina mea se încăpăţânase iar să nu pornească, aşa că fusesem nevoită să aştept autobuzul. Când am ajuns, cutia cu biscuiţi tocmai se închisese, un semnal că dezbaterea serii era pe cale să înceapă.

– Astăzi vom discuta despre încrederea în viitor, anunţă Marc.

Am murmurat nişte scuze şi m-am aşezat.

– A, şi avem doar o oră la dispoziţie azi, pentru că s-a anunţat o şedinţă de urgenţă a cercetaşilor. Îmi pare rău, dragilor!

Marc ne fixă pe fiecare dintre noi cu privirea lui empatică specială. Era foarte mândru de acea privire. Uneori, se uita la mine atât de stăruitor încât mă şi întrebam dacă n-o să-mi ţâşnească sângele pe nas. Marc se uită apoi în jos, ca şi cum ar fi vrut să-şi adune gândurile – sau poate voia să citească primele rânduri ale vreunui discurs pregătit în prealabil.

– Când este răpită de lângă noi persoana iubită, ni se pare adesea foarte greu să mai facem planuri. Uneori, oamenii simt că şi-au pierdut credinţa în viitor sau devin superstiţioşi.

– Credeam că o să mor, zise Natasha.

– Păi chiar o să mori, veni replica lui William.

– Remarca ta nu ne ajută deloc, William, îi făcu Marc observaţie.

– Vorbesc serios... în primele optsprezece luni după moartea lui Olaf, credeam că am cancer. Cred că am fost la doctor de vreo zece ori, convinsă că am cancer. Tumori cerebrale, cancer pancreatic, cancer ovarian, chiar și un cancer la degetul mic.

– Nu există cancer la degetul mic, interveni William.

– Ei, de unde știi tu? se stropși Natasha. Tu ai un răspuns inteligent la orice, William, dar uneori ar trebui să-ți mai ții gura, bine? Devii de-a dreptul obositor cu comentariile tale acide despre orice se discută în acest grup. Da, am crezut că am cancer la degetul mic. Medicul de familie m-a trimis să fac investigații și s-a dovedit că nu aveam nimic. E posibil să fi fost o teamă irațională, într-adevăr, dar nu trebuie să disprețuiești orice afirmație pe care o fac, pentru că, indiferent ce crezi, nu le știi pe toate, da?

Urmă o scurtă tăcere.

– De fapt, zise William, lucrez la un spital, la secția de oncologie.

– Ce am spus rămâne valabil, replică ea imediat. Ești nesuferit. Provoci intenționat agitație. Cuiul lui Pepelea.

– Asta e adevărat, acceptă William.

Natasha rămase cu privirea ațintită în podea. Sau poate toți. Greu de spus, dat fiind că eu studiam podeaua. Femeia își cuprinse fața cu mâinile pentru o clipă, apoi ridică ochii spre William.

– De fapt, nu ești chiar așa, William. Îmi pare rău. Cred că am o zi proastă. N-am vrut să te iau așa la rost.

– Și, totuși, nu poți avea cancer la degetul mic, insistă William.

– Așadar..., reluă Marc, pe când noi încercam să ignorăm înjurăturile rostite în barbă de Natasha, mă întreb dacă vreunul dintre voi a ajuns la punctul în care se poate gândi la perspectiva vieții peste cinci ani, să zicem. Unde vă vedeți? Ce vă vedeți făcând? Vă simțiți bine să vă imaginați viitorul în momentul de față?

– Eu o să fiu bucuros dacă o să-mi mai funcționeze instalația, râse Fred.

– Toate chestiile alea sexuale de pe internet pun presiune pe ea? zise Sunil.

– Așa e! exclamă Fred. A fost o totală risipă de bani. Pe primul site am petrecut două săptămâni, trimițând e-mailuri unei femei din Lisabona – o netrebnică –, și când, în cele din urmă, i-am propus să ne întâlnim ca să ne cunoaștem mai bine, ea a încercat să-mi vândă un apartament prin Florida. Și pe urmă, un tip pe nume Adonis

Musculosul mi-a trimis un mesaj privat ca să mă avertizeze că femeia era, de fapt, un individ olog din Puerto Rico, pe care-l chema Ramirez.

– Dar celelalte site-uri, Fred?

– Singura femeie care a acceptat să ne întâlnim arăta de ziceai că e mătuşă-mea Elsie, care ţinea cheile în chiloţi. Vreau să spun că era foarte simpatică, dar fata era aşa de bătrână, încât aproape am fost tentat să verific dacă mai respiră.

– Nu te da bătut, Frank! zise Marc. Poate că nu cauţi unde trebuie.

– Nu caut cheile unde trebuie? O, nu! Le agăţ de uşă.

Daphne ne mărturisi că i-ar plăcea să se stabilească undeva în străinătate, în următorii câţiva ani.

– Din cauza frigului de aici. Îmi intră în oase.

Leanne spuse că spera să-şi finalizeze masteratul în filosofie. Am rămas cu gura căscată, privindu-ne unii pe alţii, întrucât până atunci fuseserăm încredinţaţi că ea lucrează într-un supermarket sau într-o măcelărie.

– Bine, Kant, o luă peste picior William.

Nimeni nu râse însă şi, când îşi dădu seama de acest lucru, se aşeză înapoi pe scaun, şi poate că doar eu am putut-o auzi pe Natasha râzând pe înfundate, ca Nelson din *Familia Simpson*.

Iniţial, Sunil nu dori să vorbească. Apoi ne anunţă că se gândise deja la asta şi hotărâse că în cinci ani i-ar plăcea să fie însurat.

– Mă simt de parcă n-aş fi funcţionat în ultimii doi ani. Ca şi cum n-aş fi dorit să las pe nimeni să se apropie de mine, din cauza celor întâmplate. Adică, ce rost are să te apropii de cineva, când ştii că oricum îl vei pierde? Dar mai deunăzi am început să mă gândesc la ceea ce vreau, de fapt, de la viaţă şi am realizat că mi-aş dori să iubesc pe cineva. Fiindcă trebuie să mergi mai departe, nu? Trebuie să întrevezi un oarecare viitor.

Niciodată, de când veneam la şedinţe, nu-l auzisem pe Sunil vorbind atât de mult.

– Asta e o atitudine pozitivă, Sunil, îl lăudă Marc. Mulţumesc că ai împărtăşit-o cu noi.

L-am ascultat pe Jake vorbind despre dorinţa lui de a merge la facultate şi despre faptul că voia să se pregătească pentru a deveni creator de desene animate, şi m-am întrebat, într-o doară, pe unde ar fi putut umbla, în acel moment, tatăl lui. Oare o jelea încă pe soţia lui decedată? Sau se simţea bine cu vreo nouă cucerire? Înclinam spre a doua variantă. Apoi m-am gândit la Sam şi m-am întrebat dacă aluzia mea neaşteptată la o relaţie fusese înţeleaptă. Şi pe urmă m-am întrebat dacă legătura pe care o aveam cu Sam nu era cumva o relaţie. Fiindcă existau relaţii şi relaţii. Şi, chiar pe când cugetam la asta, am realizat că, dacă el m-ar fi întrebat, n-aş fi ştiut sigur în care categorie ne încadrăm. Nu mă puteam abţine să nu mă întreb dacă acea căutare febrilă a lui Lily nu cumva acţionase ca un liant care ne unise prea rapid. Ce aveam noi doi în comun, în afara unei căderi de pe bloc?

– Nu mai eşti în costumul tău de dansatoare, remarcă Daphne, iar ceilalţi murmurară, constatând asta.

– Ai fost promovată?

Întrebarea mă smulse din propriile gânduri.

– A, nu, nici vorbă. Am fost concediată.

– Şi acum unde lucrezi?

– Nicăieri. Încă.

– Dar hainele tale...

Purtam rochia mea scurtă simplă şi elegantă, neagră cu guler alb.

– A, asta? E doar o rochie.

– Credeam că lucrezi la vreun bar tematic cu chelneriţe îmbrăcate ca nişte secretare. Sau ca nişte menajere franţuzoaice.

– Fred, n-ai de gând să încetezi?

– Nu mă înţelegeţi... La vârsta mea, expresia „Foloseşte-o sau pierde-o" chiar are sens. Cred că nu mă mai bucur de mai mult de douăzeci de erecţii.

– Unii dintre noi n-au în toată viaţa lor atâtea erecţii.

Ne-am oprit, pentru a le da lui Fred şi lui Daphne timpul necesar să înceteze cu tachinările.

– Şi viitorul tău? Se pare că totul se va schimba pentru tine, observă Marc.

– Ei bine... tocmai mi s-a oferit o altă slujbă.

– Chiar aşa?

Urmă un mic ropot de aplauze, care mă făcu să roşesc.

– Nu am de gând să o accept, dar e în regulă. Simt că am făcut un pas înainte chiar şi prin simplul fapt că mi s-a oferit o nouă slujbă.

– Şi despre ce fel de slujbă era vorba? întrebă William.

– Ceva prin New York.

Se holbară cu toţii la mine.

– Ai primit o ofertă de slujbă la New York?

– Da.

– O slujbă plătită?

– Da, cu cazarea asigurată, am adăugat eu încet.

– Şi nici n-ar fi trebuit să porţi fusta aia verde, îngrozitoare?

– Nu cred că hainele mele ar fi un motiv suficient de bun pentru a emigra, am râs, dar nimeni nu schiţă un zâmbet. Ei, hai, ce-i cu voi? am spus eu.

Toate privirile erau, în continuare, aţintite asupra mea şi am remarcat că Leanne rămăsese chiar cu gura puţin căscată, de parcă nu i-ar fi venit să creadă ce auzea.

– *New York*? New York?

– Nu ştiţi întreaga poveste. Nu pot pleca acum. Trebuie să pun lucrurile la punct cu Lily.

– Fiica fostului tău angajator? se încruntă Jake.

– De fapt, a fost mai mult decât angajatorul meu. Dar da, despre ea e vorba.

– Nu are o familie, Louisa? se aplecă Daphne spre mine.

– E complicat.

Se uitară unii la alţii, iar Marc îşi puse blocnotesul în poală.

– Cât de mult crezi că ai învăţat din aceste şedinţe, Louisa?

Primisem pachetul din New York: un teanc de documente, cu formalităţi de imigrare şi de asigurări de sănătate, prinse la un loc cu o foaie de hârtie de culoare crem, în care domnul Leonard M. Gopnik îmi înainta o ofertă oficială de a lucra pentru familia lui. Mă încuiasem în baie să citesc oferta, am mai citit-o o dată, am transformat salariul din dolari în lire sterline, am oftat un pic şi mi-am promis că n-o să caut adresa pe Google.

După ce am căutat adresa pe Google, am rezistat cu greu imboldului de a mă chirci pe podeaua din baie. Apoi mi-am făcut curaj, m-am ridicat şi am tras apa (în cazul în care Lily s-ar fi întrebat ce fac acolo atât timp), m-am spălat pe mâini (din obişnuinţă) şi am luat toate hârtiile în dormitor, înghesuindu-le în sertarul de sub pat și promițându-mi să nu mă mai uit niciodată la ele.

În noaptea aceea, Lily ciocănise la ușa dormitorului meu, puțin înainte de ora douăsprezece.

Pot să stau aici? Chiar nu vreau să mă întorc la mama.

Poți să stai cât de mult vrei, Lily.

Se așezase de cealaltă parte a patului meu și se făcu ghem. Am privit-o cum adoarme, apoi am învelit-o cu pilota.

Fiica lui Will avea nevoie de mine. Era cât se poate de simplu. Și, orice ar fi spus sora mea, îi eram datoare lui Will. Simțeam oarecum că nu eram complet inutilă. Că încă mai puteam face ceva pentru el.

Iar acel plic dovedea că eram o persoană care putea obține o ofertă de slujbă decentă. Asta însemna un progres. Aveam prieteni, chiar și un fel de iubit. Și acest lucru putea fi socotit un progres.

Am ignorat apelurile pierdute de la Nathan și am șters mesajele lui vocale. Aveam să-i explic totul într-o zi sau două. Ceea ce doream să fac atunci mi se părea, chiar dacă nu un plan în toată regula, totuși ceva apropiat de așa ceva.

Sam trebuia să treacă pe la mine marți, la puțină vreme după ce mă întorceam acasă. Îmi trimise un mesaj pe la șapte, anunțându-mă că avea să întârzie. Apoi altul, la opt și un sfert, prin care îmi spunea că nu știa sigur la ce oră avea să ajungă. Avusesem o zi proastă, luptându-mă cu starea pe care mi-o dădeau faptul că n-aveam un loc de muncă unde să mă duc, grijile legate de plata facturilor și, mai ales, faptul că eram captivă într-un apartament alături de o fată care, la rândul ei, nu avea unde să plece și pe care n-aș mai fi lăsat-o singură pentru nimic în lume. La nouă și jumătate, am auzit soneria de la interfon. Sam era îmbrăcat încă în uniforma de paramedic. L-am lăsat să intre și am ieșit pe holul blocului, închizând, în urma mea, ușa de la intrare. L-am văzut urcând scările, cu capul plecat. Era palid de epuizare și emana o energie stranie, neobișnuită.

– Am crezut că nu mai vii. Ce s-a întâmplat? Ești bine?

– Am fost convocat la Comisia de Disciplină.

– Poftim?

– Un alt echipaj mi-a văzut mașina în fața blocului în noaptea în care ne-am întâlnit cu Garside. Au anunțat Departamentul de Control. Nu le-am putut oferi o explicație bună pentru faptul că ne aflam la o adresă care nu era în sistem.

– Și ce s-a întâmplat?

– Am scăldat-o. Le-am zis că cineva venise în fugă spre ambulanță și ne-a cerut ajutorul. Și că până la urmă totul se dovedise a fi o alarmă falsă. Slavă Domnului, Donna m-a susținut! Dar n-au fost deloc mulțumiți.

– Sigur nu e grav?

– Și una dintre asistentele de la Urgență a întrebat-o pe Lily de unde mă cunoaște. Iar ea a spus că am dus-o odată acasă, dintr-un club de noapte.

– Ce înseamnă asta? am întrebat, ducându-mi palma la gură.

– Sindicatul pledează în favoarea mea. Dar dacă se dovedește că sunt vinovat, voi fi suspendat. Sau chiar mai rău.

O nouă cută adâncă se întipărise între sprâncenele lui.

– Din cauza noastră! Îmi pare atât de rău.

El scutură din cap.

– Lily nu trebuie să afle nimic.

Am vrut să merg către el, să-l strâng în brațe, să-mi lipesc fața de a lui. Dar ceva mă opri: imaginea, apărută brusc, a lui Will, întorcându-și chipul de la mine, de neatins în tristețea lui. M-am cutremurat și, o secundă prea târziu, am întins mâna spre el, dar am atins, în schimb, brațul lui Sam. El îmi privi mâna, se încruntă ușor și am avut senzația neplăcută că el bănuia ce-mi trecuse prin minte.

– Dar poți oricând renunța la slujbă, ca să crești găini și să-ți construiești casa, mi-am auzit vocea, răsunând, parcă, prea tare. Un bărbat ca tine are o mulțime de posibilități. Poți face orice!

El schiță un surâs trist, care nu se regăsea și în ochii lui, și continuă să-mi privească mâna.

Am rămas astfel pentru câteva momente tensionate.

– Mai bine plec. A, era să uit, zise el, scoțând un pachet. Cineva a lăsat ăsta jos, în holul scării. L-am luat, de teamă să nu-l ia altcineva.

– Sam, vino, te rog, l-am invitat, simţind că îl dezamăgisem, şi i-am luat pachetul din mână. Lasă-mă să-ţi gătesc ceva nasol! am glumit eu.

– Mai bine plec acasă.

Se întoarse în holul scării şi începu să coboare scările înainte să mai apuc să zic ceva.

L-am urmărit, de la fereastră, cum pleacă, îndreptându-se cu paşi fermi spre motocicletă, şi am simţit că un nor pasager trece din nou pe deasupra mea. *Nu te apropia prea mult.* Şi apoi mi-am amintit sfatul lui Marc de la finalul ultimei şedinţe: *Trebuie să înţelegi că creierul tău tensionat şi îndurerat răspunde, pur şi simplu, la influxurile de cortizol. E absolut firesc să te temi să te apropii de cineva.* În unele zile, trăiam cu impresia că am în cap doi sfetnici care se ceartă permanent.

Lily, care se uita la televizor în camera de zi, veni să mă întrebe:

– A fost Sam de la Ambulanţă?

– Da, i-am zis, şi dădu să se întoarcă pe canapea, când pachetul îi atrase atenţia.

– Ce-i cu ăsta?

– Era în holul scării. Scrie pe el că e pentru tine.

Se holbă la el, suspicioasă, ca şi cum ar fi fost încă conştientă de posibilitatea unor surprize neplăcute. Apoi jupui straturile de hârtie ale ambalajului, scoţând la iveală un album cu fotografii, legat în piele, pe a cărui copertă scria „Pentru Lily (Traynor)“.

Fata îl deschise încet şi văzu, pe prima pagină, acoperită cu un şerveţel, o fotografie alb-negru a unui bebeluş. Sub ea, se afla un bilet scris de mână.

Tatăl tău a avut la naştere 4,2 kg. Am fost absolut furioasă pe el pentru că era aşa de mare, întrucât mi se spusese că urma să am un băieţel mic şi drăgălaş! A fost un copil foarte mofturos şi m-a scos din minţi luni de zile. Dar când zâmbea... Oh! Bătrânicile traversau strada doar ca să-l gâdile în obrăjori (desigur, el nu suporta asta).

M-am aşezat lângă ea. Lily dădu două pagini, şi l-am văzut pe Will, într-o uniformă albastră, de şcoală pregătitoare, cu şapcă pe cap, strâmbându-se către aparatul de fotografiat. Pe biletul de sub fotografie scria:

Will ura şapca de şcoală atât de mult, încât o ascundea în coşul câinelui. A doua şapcă a „pierdut-o" într-un heleşteu. Când a pierdut-o şi pe a treia, tatăl lui l-a ameninţat că nu avea să-i mai dea bani de buzunar, dar el a început să vândă poze cu fotbalişti şi astfel a făcut rost de bani. Nici măcar cei de la şcoală nu l-au putut face să o poarte - cred că a fost consemnat o săptămână pentru asta, când avea treisprezece ani.

Lily atinse chipul din fotografie.

- Când eram mică, arătam exact ca el.

- Normal, doar e tatăl tău, am spus eu.

Fata zâmbi şi dădu pagina.

- Ia uite! Uită-te la asta.

În fotografia următoare, Will zâmbea direct spre obiectiv - era aceeaşi poză din vacanţa la schi, aflată în dormitorul lui, când îl întâlnisem pentru prima oară. I-am cercetat chipul frumos, şi un val de tristeţe mă străbătu. Apoi, pe neaşteptate, Lily începu să râdă.

- Ia uite! Fii atentă aici!

Într-o poză, Will avea faţa acoperită cu noroi, după un meci de rugby; într-o alta, era îmbrăcat în diavol şi sărea de pe o căpiţă de fân. Era o pagină cu fotografii haioase - Will făcând farse, râzând, o fiinţă umană. Mi-am amintit de foaia tipărită pe care Marc mi-o dăduse după ce lipsisem de la şedinţa despre idealizare: *E important să nu-i transformăm pe cei morţi în sfinţi. Nimeni nu poate păşi în umbra unui sfânt.*

Aş fi vrut să-l vezi pe tatăl tău înainte de accident. Într-adevăr, era deosebit de ambiţios şi un profesionist desăvârşit, dar îmi amintesc şi zilele când râdea până cădea de pe scaun sau dansa cu câinele, sau venea acasă plin de vânătăi din cauza vreunei încăierări prosteşti. Odată, a băgat-o pe sora lui cu faţa într-o tartă cu cireşe (poza din dreapta), fiindcă ea îi spusese că n-avea curaj să facă asta, şi eu am vrut să fiu supărată pe el, dar pur şi simplu nu puteai fi supărată prea mult pe Will.

Nu, chiar nu puteai. Lily răsfoi paginile, citind fiecare notiţă de sub fotografii. Acel Will, care răsărea din fotografiile albumului, nu mai era un articol de două rânduri dintr-un ziar, un necrolog atent alcătuit, o imagine solemnă, ilustrând o poveste tristă, într-o îndelungată dezbatere legală; era o ființă vie, tridimensională. M-am uitat la fiecare poză, simţind constant un nod în gât, care dispărea de fiecare dată.

Un bileţel alunecă pe podea. L-am luat şi am citit cele două rânduri scrise pe el: „Ea vrea să vină să te vadă".

Parcurgând albumul, Lily îşi stăpânea cu greu lacrimile.

– Ce crezi, Lily? Eşti pregătită pentru asta?

Ea mă auzi cu întârziere.

– Nu cred. Vreau să spun, e drăguţ, dar...

Starea de spirit i se schimbase. Închise albumul, îl puse cu grijă pe marginea canapelei şi continuă să se uite la televizor. Câteva minute mai târziu, fără să spună un cuvânt, veni lângă mine, pe canapea, şi-şi lăsă capul să cadă pe umărul meu.

În acea noapte, după ce Lily merse la culcare, i-am trimis un e-mail lui Nathan.

Îmi pare rău, dar nu pot accepta slujba. E o poveste lungă, dar fiica lui Will locuieşte acum cu mine şi s-au întâmplat multe lucruri... pur şi simplu nu pot să plec şi s-o las aici. Trebuie să fac ceea ce este corect. O să încerc să-ţi explic pe scurt cum stau lucrurile...

Şi am încheiat:

Îţi mulţumesc că te-ai gândit la mine.

I-am trimis un e-mail şi domnului Gopnik, mulţumindu-i pentru ofertă şi transmiţându-i că, din cauza circumstanţelor, nu puteam, cu toată părerea de rău, să accept slujba. Aş fi vrut să-i scriu mai mult, dar simţeam în stomac un nod uriaş, care parcă mă lăsase complet fără vlagă.

Am aşteptat o oră, dar nu am primit nici un răspuns. Când m-am întors în camera de zi, pustie, ca să sting luminile, albumul cu fotografii dispăruse.

Capitolul 23

– Asta e... N-am fost angajatul anului.

Am pus în sertar punga în care se aflau uniforma și peruca mea. Mesele de la Shamrock and Clover erau deja pline, căci era ora micului dejun; un om de afaceri rotofei, cam la vreo patruzeci și ceva de ani, a cărui față buhăită sugera că începea devreme să consume tării, se holba la mine cu o privire confuză, legănându-și paharul între palmele grase. Vera era la celălalt capăt al barului, mutând, furioasă, mese și rugându-i pe clienți să-și ridice picioarele pentru a mătura pe jos, de parcă ar fi vânat șoareci.

Purtam o cămașă albastră, cu croială bărbătească – mi-era mai ușor să mă simt mai încrezătoare în mine dacă mă îmbrăcam cu haine bărbătești – și am observat, în treacăt, că avea cam aceeași nuanță ca și cămașa lui Richard.

– Richard, voiam să discut cu tine despre ce s-a întâmplat săptămâna trecută.

În jurul nostru, aeroportul era plin de călători – mai bine de jumătate, oameni de afaceri care profitau de vacanța bancară; puteai vedea mai puține costume decât de obicei și un noian de copii mici și plângăcioși. În spatele tejghelei, un nou banner le promitea clienților „Începeți-vă vacanța cu un start excelent! Cafea, croasant și un suc!" Richard se mișca în jurul barului ca un robot, punând cești cu cafea și batoane cu cereale în ambalaj din plastic pe o tavă, cu fruntea plină de riduri, de atâta concentrare.

– Nu te mai deranja să-mi spui nimic. Uniforma e curată?

Se întinse, pe lângă mine, după punga de plastic și scoase fusta verde pe care i-o adusesem înapoi. O cercetă atent sub luminile neoanelor, cu o grimasă, de parcă ar fi fost pregătit să depisteze urme de murdărie pe ea. Aproape că mă așteptam să o și miroasă.

– Normal că e curată.

– Trebuie să fie într-o condiție adecvată pentru a fi purtată de o altă angajată.

– Am spălat-o ieri, am pufnit eu.

Am remarcat, brusc, că din difuzor se auzea o nouă colecție de melodii celtice. Cu mai puține acorduri de harpă și mai multe de flaut.

– Bun. Avem în spate niște acte pe care trebuie să le semnezi. Mă duc să ți le aduc, o să le poți semna și aici. Și asta e tot.

– N-am putea face asta într-un loc ceva mai... privat?

Richard Percival nici nu mă privi.

– Mi-e teamă că sunt prea ocupat. Am o sută de lucruri de făcut și am cu un angajat mai puțin azi.

Trecu pe lângă mine îmbufnat, numărând cu glas tare pungile de chipsuri rămase, agățate de rama de sus a barului.

– Șase... șapte.. Vera, poți, te rog, să-l servești pe domnul de acolo?

– Da, bine... despre asta vreau să discutăm. Mă întrebam dacă există vreo cale ca...

– Opt, nouă... Peruca!

– Poftim?

– Unde e peruca?

– A, e aici. Am răscolit prin pungă și am scos peruca. O pieptănasem înainte de a o pune într-o pungă separată. Stătea, ca o bucată de animal strivit pe autostradă, așteptând să dea mâncărimi de cap următoarei angajate.

– Ai spălat-o?

– Să spăl peruca?

– Da. Nu e igienic ca altcineva să o poarte dacă tu nu ai spălat-o mai întâi.

– E făcută din fibre sintetice mai ieftine decât o păpușă Barbie de la reduceri. Am presupus că o să se topească dacă o bag în mașina de spălat.

– Dacă nu este într-o condiţie corespunzătoare pentru a fi purtată de o viitoare membră a echipei noastre, o să fiu nevoit să te pun să o plăteşti.

M-am holbat la el.

– Adică mă pui să-ţi plătesc peruca?

El o examină cu atenţie, apoi o puse înapoi în pungă.

– Da. Douăzeci şi opt de lire şi patruzeci de penny. Desigur, o să-ţi dau chitanţă.

– O, Doamne, chiar ai de gând să mă penalizezi pentru peruca asta? am izbucnit eu, râzând. Stăteam în mijlocul unui aeroport aglomerat, pe când avioanele decolau, şi mă gândeam ce devenise viaţa mea de când lucram pentru acel tip. Mi-am scos portofelul din geantă şi i-am zis lui Percival: Bun! Douăzeci şi opt de lire şi patruzeci de penny zici? Uite cum facem... rotunjim suma la treizeci de lire, ca să includem şi cheltuieli administrative.

– Nu e nevoie să...

Am numărat bancnotele şi le-am trântit pe bar, în faţa lui.

– Ştii ceva, Richard? Îmi place să muncesc. Dacă ţi-ai fi ridicat ochii din nenorocitele tale de targeturi, măcar pentru cinci minute, ai fi văzut că eu am fost o persoană care chiar şi-a dorit să facă lucrurile cum trebuie. Am muncit din greu. Am purtat uniforma ta oribilă, deşi îmi electriza părul şi-i făcea pe copii să râdă de mine pe stradă. Am făcut tot ce mi-ai cerut, inclusiv să curăţ toaleta bărbaţilor, deşi sunt convinsă că aşa ceva nu era trecut în contractul meu şi, potrivit actualului cod al muncii, pentru asta ar fi trebuit să-mi asiguri cel puţin un costum special. Am făcut ore suplimentare în timp ce tu căutai barmaniţe noi, fiindcă ai reuşit să alungi fiecare membru al echipei care a intrat vreodată pe uşa asta şi ţi-am vândut nenorocitele de alune prăjite chiar dacă puţeau ca naiba. Dar nu sunt un automat! Sunt un om şi am o viaţă, şi doar pentru o scurtă perioadă de timp am avut nişte responsabilităţi din pricina cărora nu am putut fi angajatul pe care tu – sau eu – l-ai fi dorit. Azi am venit aici să-mi cer slujba înapoi – de fapt să cerşesc slujba asta înapoi, deoarece am încă responsabilităţi şi îmi doresc o slujbă. Am *nevoie* de o slujbă. Dar tocmai am realizat că nu o vreau pe asta. Mai curând aş munci gratis decât să mai petrec încă o zi în barul ăsta mizerabil, care distruge suflete, cu afurisitele alea de melodii la nai. Aş prefera să curăţ toalete *gratis* decât să mai muncesc o zi pentru tine. Aşa că îţi mulţumesc, Richard. De fapt, tu m-ai determinat să iau prima mea hotărâre pozitivă din câte îmi amintesc, am spus, apoi mi-am băgat portofelul înapoi în geantă, am aruncat cu peruca în Percival şi m-am îndreptat spre ieşire. Poţi să-ţi bagi slujba în acelaşi loc în care poţi să bagi şi alunele alea! A, şi încă un lucru, am zis eu, întorcându-mă spre el. Chestia aia pe care ţi-o faci la păr... Tonele de gel şi freza aia perfectă... sunt groaznice. Zici că eşti din desene animate!

Afaceristul grăsun se ridică de pe scaunul de la bar şi mă aplaudă cu însufleţire. Richard îşi trecu, involuntar, palma prin păr.

L-am privit pe client, apoi pe Richard.

– De fapt, poţi trece peste ultima remarcă. A fost o răutate din partea mea.

Şi am plecat.

Tocmai îmi croiam drum prin aglomeraţia aeroportului, cu inima bătându-mi puternic, când l-am auzit:

– Louisa! Louisa!

Richard venea cu paşi repezi, aproape în fugă, după mine. Am vrut să-l ignor, dar în cele din urmă m-am oprit, în dreptul magazinelor de parfumuri.

– Ce e? Am uitat vreo bucăţică de alună?

El se opri, gâfâind. Studie câteva clipe vitrina magazinului de lângă noi, ca şi cum ar fi stat pe gânduri, după care îmi spuse:

– Ai dreptate. Da? Ai perfectă dreptate.

M-am zgâit la el.

– Shamrock and Clover e un loc oribil. Ştiu că nu e cel mai grozav loc în care să munceşti. Dar trebuie să-ţi spun că, pentru fiecare ordin mizerabil pe care a trebuit să ţi-l dau, şefii mei îmi frecau ridichea de zece ori mai mult. Nevastă-mea mă urăşte, fiindcă nu ajung niciodată acasă. Furnizorii mă urăsc, pentru că a trebuit să le tai profitul în fiecare săptămână, din cauza presiunilor acţionarilor. Managerul regional spune că nu fac performanţă şi că, dacă rezultatele nu se vor vedea în curând, o să fiu trimis pe feriboturile din North Walles. Iar atunci, nevastă-mea o să mă părăsească. Şi nici n-o pot condamna pentru asta...

Urăsc să fiu şef. Până şi un stâlp de iluminat are abilităţi sociale mai bune decât am eu, de-aia nu mă pot ataşa de nimeni. Vera stă aici pentru că are obrazul gros şi o suspectez că vânează, în taină, postul meu. Aşa că... scuză-mă. Chiar mi-ar plăcea să te reangajez, fiindcă, indiferent de ce am spus despre tine, chiar eşti bună. Şi clienţii te apreciază. El oftă şi privi spre oamenii care se îmbulzeau în jurul nostru. Dar ştii ceva, Louisa? Ar trebui să pleci de aici cât mai poţi. Eşti drăguţă, eşti isteaţă, muncitoare - poţi obţine ceva mult mai bun decât slujba asta. Dacă n-aş fi fost înglodat în datorii la bancă, dacă n-ar urma să am un copil şi dacă n-aş avea de plătit rate la o nenorocită de Honda Civic, care mă face să mă simt ca un bătrân de 120 de ani, crede-mă, aş zbura de aici mai repede decât toate avioanele alea. Îmi întinse plicul cu fluturaşul de salariu şi zise: Banii tăi de concediu. Şi acum du-te. Vorbesc serios, Louisa. Pleacă!

Am privit plicul maro. În jurul nostru, pasagerii alcătuiau un furnicar, oprindu-se în răstimpuri în dreptul uşilor de acces, căutând paşapoarte, nepăsători faţă de ceea ce se petrecea lângă ei. Şi am ştiut, inevitabil, ce avea să se întâmple.

- Richard? Îţi mulţumesc pentru asta, dar... pot totuşi să lucrez în continuare? Măcar pentru scurt timp. Chiar am nevoie de slujba asta.

Richard mă privi de parcă nu-i venea să creadă ce spun, apoi scoase un oftat.

- Dacă ai mai putea lucra măcar două luni ar fi pentru mine o mare uşurare. Chiar sunt la ananghie. De fapt, dacă ai putea intra chiar acum în schimb, aş avea timp să merg la depozitul angro şi să iau noile suporturi pentru paharele de bere.

Am schimbat locurile.

- O să sun acasă, am spus eu.

- A, uite aici, făcu el. Ne-am privit câteva clipe în ochi şi apoi Richard îmi întinse punga în care se afla uniforma mea. Cred că o să ai nevoie de asta la bar.

Eu şi Richard am stabilit un fel de rutină. El mă trata cu ceva mai multă consideraţie, cerându-mi să fac curat la toaleta bărbaţilor doar când Noah, noul om de serviciu, nu avea timp să ajungă acolo şi nu comenta atunci când avea impresia că discut prea mult cu clienţii (deşi se vedea clar că nu-i face plăcere). În schimb, eu eram veselă, punctuală şi atentă să-i conving pe clienţi să cumpere cât mai multe produse. Simţeam o ciudată responsabilitate faţă de Richard.

Într-o zi, mă luă deoparte şi îmi spuse că, deşi poate era prematur, şefii lui îl anunţaseră că intenţionau să avanseze un membru al personalului, angajat permanent, într-o funcţie managerială şi, Richard îmi spuse că, dacă lucrurile continuau în aceeaşi manieră, el era înclinat să mă propună pe mine. („Nu pot să risc s-o promovez pe Vera. Mi-ar pune detergent în ceai ca să-mi fure postul.“) I-am mulţumit şi am încercat să mă arăt mai încântată decât mă simţeam, de fapt.

În acest timp, Lily îi ceruse lui Samir să-i dea ceva de lucru, şi tânărul îi propuse să lucreze, fără bani, o jumătate de schimb, de probă. I-am făcut o cafea la şapte şi jumătate şi m-am asigurat că iese pe uşa apartamentului îmbrăcată corespunzător şi la timp pentru a intra în tură la opt fix. Când m-am întors acasă, în seara acelei zile, ea primise postul, chiar dacă urma să fie plătită doar cu 2,73 de lire pe oră, ceea ce am aflat că era salariul minim cu care el o putea plăti legal. Îşi petrecuse mai toată ziua mutând lăzi în depozitul din spatele magazinului şi punând preţuri pe cutii cu un pistol de lipit etichete de-a dreptul antic, în vreme ce Samir şi vărul lui urmăreau un meci de fotbal pe iPad. Lily era epuizată şi murdară, dar curios de fericită.

– Dacă mă descurc bine o lună, Samir mi-a promis că mă lasă să vând la tejghea.

Am făcut schimb de tură, pentru ca joi după-amiază să pot ajunge acasă la părinţii lui Lily, în St John's Wood şi am aşteptat în maşină cât timp Lily şi-a mai luat câteva haine şi reproducerea după tabloul lui Kandinsky, pe care promisese că o să-l instaleze în apartamentul meu. Fata ieşi din casă douăzeci de minute mai târziu, furioasă şi tristă. Tanya ieşi în verandă, cu braţele încrucişate pe piept şi privi, în tăcere, cum Lily deschide portbagajul şi aruncă în el geanta cu haine, aşezând apoi, cu grijă, şi tabloul. Apoi, se sui în maşină, în stânga mea, şi rămase cu ochii aţintiţi înainte la strada pustie. Tanya intră în casă, închizând uşa în urma ei, fără să dea impresia că ar vărsa vreo lacrimă.

Am băgat cheile în contact.

– Când o să cresc mare, zise Lily, şi am detectat un tremor uşor în vocea ei, o să fiu total *diferită* de mama mea.

Am aşteptat un moment, după care am demarat, conducând în tăcere către casă.

Ce-ai zice de un film în seara asta? O mică evadare ne-ar prinde bine.

Nu cred că ar trebui să o las singură pe Lily.

Ia-o şi pe ea.

Mai bine nu. Îmi pare rău, Sam x

În seara aceea, am găsit-o pe Lily afară, pe scara de incendiu. Ridică privirea când auzi că am deschis fereastra şi-mi flutură o ţigară.

– M-am gândit că e nepoliticos să continui să fumez în apartamentul tău, având în vedere că tu nu fumezi.

Am deschis larg fereastra, am escaladat-o cu grijă şi m-am aşezat pe treapta de fier, lângă ea. Sub noi, parcarea de maşini fierbea, parcă, în zăpuşeala zilei de august, mirosul de asfalt încins ridicându-se prin aerul încremenit. Din boxele unei maşini cu capota deschisă, başii duduiau. Metalul treptelor scării reţinea căldura atâtor săptămâni de caniculă, şi m-am întins pe spate, închizând ochii.

– Am crezut că se vor rezolva toate, murmură Lily.

Am deschis ochii.

– Am crezut că dacă voi scăpa de Peter, toate problemele mele se vor rezolva. Am crezut că, dacă voi afla cine e tatăl meu, voi avea, în sfârşit, sentimentul de apartenenţă la un loc anume. Şi acum Peter a dispărut din viaţa mea, Garside a dispărut şi el, am descoperit cine a fost tatăl meu şi te am pe tine. Dar nimic nu e aşa cum m-aş fi aşteptat să fie.

Eram pe punctul de a-i spune că e absurd să gândească astfel. Voiam să o laud, fiindcă parcursese un drum atât de lung într-o perioadă aşa de scurtă, că obţinuse prima ei slujbă şi perspectiva unui viitor strălucit – răspunsurile clasice pe care le dă un adult. Dar mi s-a părut că vorbele mele ar fi sunat ca nişte clişee rostite de pe o poziţie de superioritate.

La capătul străzii, un grup de funcţionari se îngrămădeau în jurul unei mese metalice, aflată lângă uşa din spate a cârciumii. Mai târziu, locul respectiv avea să fie luat cu asalt de hipsteri şi de pierde-vară din Londra, care vărsau băutură pe pavaj şi ale căror voci răguşite răzbăteau până la mine prin fereastra deschisă.

– Ştiu ce vrei să spui, am asigurat-o. Eu am încercat să am din nou o viaţă normală încă de când tatăl tău a murit. Mă simt însă de parcă aş merge în gol. Am aceeaşi slujbă de rahat. Locuiesc tot în acest apartament, unde nu cred că am să mă simt vreodată ca acasă. Am trecut pe lângă moarte, dar nu pot să spun că experienţa asta mi-a dat mai multă înţelepciune sau recunoştinţă pentru faptul că trăiesc, ori alte sentimente de genul ăsta. Merg la şedinţele de consiliere psihologică, alături de nişte oameni care se zbat în aceeaşi mocirlă ca şi mine. Dar nu am realizat nimic cu adevărat.

– M-ai ajutat pe mine, zise Lily, după o clipă de reflecţie.

– Ăsta e cam singurul lucru de care mă agăţ, aproape în fiecare zi.

– Şi ai un iubit.

– Sam nu e iubitul meu.

– Sigur, Louisa...

Am privit maşini care abia se mişcau către centru. Lily trase un ultim fum din ţigară şi o strivi de treapta metalică a scării.

– Ăsta e următorul lucru, i-am spus.

Fata avu inspiraţia să se arate uşor vinovată.

– Ştiu. O să mă las. Promit.

Dincolo de acoperişuri, soarele începea să alunece în jos, strălucirea sa portocalie împrăştiindu-se din cauza aerului plumburiu al serii ce se lăsa asupra oraşului.

– Ştii, Lily, poate că unele lucruri ne iau mai mult timp decât altele. Totuşi, cred că vom depăşi şi asta.

Îşi băgă braţul pe sub al meu şi îşi puse capul pe umărul meu. Am privit cum soarele apunea domol, iar umbre tot mai înalte începeau să se ridice în jurul nostru, şi m-am gândit la orizontul New Yorkului şi la faptul că nimeni nu e liber cu adevărat. Poate toată libertatea – cea fizică, individuală – venea doar odată cu sacrificiul cuiva sau a ceva anume.

Soarele se făcu nevăzut, iar cerul portocaliu începu să capete nuanţe de un albastru-petrol. Când ne-am ridicat, Lily îşi netezi fusta, apoi se uită la pachetul de ţigări pe care-l ţinea în mână. Deodată, smulse ţigările rămase în ambalaj şi le rupse în două, apoi le aruncă în aer, ca o ploaie de confetti din hârtie şi tutun. Mă privi, cu un aer triumfător şi ridică braţul spre cer.

– Gata! Sunt, oficial, o zonă interzisă fumatului!

– Pur şi simplu?

– De ce nu? Ai spus că toate lucrurile ar putea să ne ia mai mult timp decât credem. Ei bine, iată primul meu pas. Al tău care e?

– O, Doamne! Poate o să-l conving pe Richard să-mi dea voie să nu mai port peruca aia groaznică din nailon.

– Ar fi un prim pas grozav! Pentru că nu-i deloc plăcut să simt câte-un impuls electric de fiecare dată când pun mâna pe-o clanţă din apartamentul tău.

Avea un zâmbet contagios. Am luat pachetul de ţigări gol, înainte ca ea să-l arunce în parcare, şi am ajutat-o să escaladeze fereastra. Se opri şi se întoarse spre mine, ca şi cum i-ar fi venit, subit, o idee.

– Ştii, dacă te îndrăgosteşti de cineva nu înseamnă că l-ai iubit mai puţin pe tatăl meu. Nu trebuie să fii tristă doar ca să rămâi conectată cu el.

M-am holbat la ea.

– E doar un gând care mi-a trecut prin cap, ridică Lily din umeri şi intră pe fereastră.

A doua zi, când m-am trezit, am remarcat că Lily plecase deja la muncă. Lăsase un bilet prin care mă anunţa că nu mai avem pâine, dar că avea să aducă ea, la prânz. După ce am băut puţină cafea, am mâncat ceva la micul dejun şi mi-am pus pe mine pantalonii de trening pentru a ieşi la o plimbare (Marc spunea că mişcarea este la fel de bună pentru corp, ca şi pentru spirit), când sună telefonul – era un număr pe care nu-l cunoşteam.

– Alo?

Mi-a luat ceva timp să mă dumiresc cine era.

– Mamă?

– Uită-te pe fereastră.

Am străbătut camera de zi şi am privit pe geam. În faţa blocului, pe trotuar, era mama, care-şi flutura, cu putere, mâinile.

– Ce... ce faci aici? Tata unde e?

– E acasă.

– Bunicul e bine?

– Da, e bine...

– Mamă, dar tu n-ai venit niciodată singură la Londra. Nu treci nici măcar de benzinărie, dacă nu e tata lângă tine.

– Ei, era vremea să fac o schimbare, nu crezi? Pot să urc la tine? Nu vreau să consum toate minutele de pe noul meu telefon.

I-am deschis, după ce a sunat la interfon, şi am dat buzna în camera de zi, să strâng urmele cinei din seara precedentă, iar, când a ajuns la uşă, eram deja în prag, cu braţele deschise, pregătită să o întâmpin.

Purta hanoracul ei bun, geanta agăţată în diagonală pe umăr („Hoţilor le e mai greu să o smulgă dacă o ţin aşa"), iar părul îi cădea cu bucle uşoare pe ceafă. Era, pur şi simplu, strălucitoare, cu buzele rujate cu grijă, cu un ruj roz-coral, şi purtând la mână un ceas cumpărat prin 1983.

– Nu-mi vine să cred că ai venit singură.

– Nu e minunat? De fapt, mă simt cam ameţită. I-am spus unui tânăr, în metrou, că e prima oară în treizeci de ani când merg cu metroul fără să mă ţină cineva de mână, şi el s-a mutat la patru scaune distanţă. Am izbucnit într-un râs aproape isteric. Pui ceainicul pe foc? Se aşeză, scoţându-şi haina, şi începu să se uite la pereţii din jur. Mda, e mai bine acum. Verdele ăsta e o culoare... interesantă.

– Lily a ales-o, am lămurit-o eu, întrebându-mă, în treacăt, dacă nu cumva sosirea ei era o farsă, şi tata urma să apară, în câteva secunde, în faţa uşii mele, amuzându-se pe seama mea pentru faptul că o crezusem pe Josie în stare să ajungă undeva de una singură. I-am pus în faţă o cană şi am întrebat-o: Tot nu înţeleg. De ce nu ai venit cu tata?

Ea luă o gură de ceai şi îmi zâmbi.

– A, e grozav. Tu ai făcut întotdeauna cel mai bun ceai. Puse cana înapoi pe masă, nu înainte de a aşeza, cu grijă, sub ea, o carte. Ei bine, m-am trezit de dimineaţă şi m-am gândit la toate lucrurile pe care le aveam de făcut – să spăl, să şterg ferestrele din spate, să schimb lenjeria de pe patul bunicului, să cumpăr pastă de dinți – și deodată mi-am zis: nu. Nu pot să fac toate astea. N-o să-mi petrec minunăția asta de zi de sâmbătă făcând iar aceleași lucruri pe care le fac de treizeci de ani. O să am o aventură.

– O aventură?

– Așa că m-am gândit că am putea merge la un spectacol.

– Un spectacol?

– Da, un spectacol. Louisa, te-ai transformat într-un papagal? Doamna Cousins, de la firma de asigurări, mi-a zis că există un chioșc în Piața Leicester de unde poți cumpăra bilete ieftine chiar în ziua când sunt concerte, dacă nu s-au ocupat toate locurile. Mă întrebam dacă vrei să mergi cu mine.

– Dar Treena?

Mama flutură din mână.

– A, Treena e ocupată. Deci, ce zici? Mergem să vedem dacă putem cumpăra niște bilete?

– Trebuie să o anunț pe Lily.

– Păi, du-te și spune-i. O să-mi termin ceaiul, poate îți aranjezi și tu cumva părul și pe urmă plecăm. Am permis de călătorie pe toată ziua, să știi! M-aș putea plimba cu metroul prin Londra toată ziua!

Am cumpărat bilete la jumătate de preț la *Billy Elliot*. Aveam de ales între asta și o tragedie rusească, dar mama declară că se învățase minte cu rușii încă de când cineva o servise cu supă rece de sfeclă, pretinzând că așa o mănâncă rușii.

Tot spectacolul stătu captivată lângă mine, din când în când înghiontindu-mă și mormăind: „Chiar îmi amintesc de greva minerilor, Louisa. A fost o perioadă foarte grea pentru acele sărmane familii. Margaret Thatcher! Ți-o amintești? Aaa, era o scorpie! Dar să știi că purta numai genți tare drăguțe."

Când tânărul Billy se avântă în aer, aparent propulsat de propriile ambiții, mama începu să plângă încetișor lângă mine, ținându-și nasul într-o batistă albă, curată.

Am urmărit rolul profesoarei de dans a băiatului, doamna Wilkinson, o femeie a cărei lipsă de ambiție o împiedicase să treacă vreodată dincolo de granițele orașului, și am încercat să nu-mi văd propria viaţă ca o oglindire a sa. Spre deosebire de ea, aveam o slujbă acceptabilă şi un fel de iubit şi mă aflam într-o după-amiază de sâmbătă, într-un teatru din West End. Mă lăudam cu aceste lucruri, ca şi cum ele ar fi fost nişte mici victorii împotriva vreunui inamic pe care nu-l puteam identifica.

Am ieşit în lumina după-amiezii, oarecum ameţite şi impresionate.

– Bun, zise mama, strângându-şi cu putere geanta sub braţ (unele obiceiuri dispar greu). Acum hai să luăm ceaiul la un hotel. Haide! Să fie o zi pe cinste!

Nu ne permiteam să mergem la vreun hotel de lux, dar am găsit unul drăguţ lângă Haymarket, cu o selecţie de ceaiuri care obţinu aprobarea mamei. Ceru o masă în mijlocul sălii şi se aşeză pe scaun, studiind fiecare persoană care trecea pe lângă noi, observând cum era îmbrăcată, dacă părea venită „de peste hotare" şi protestând împotriva lipsei de bun-simţ a unora care veneau acolo cu copii mici sau cu căţeluşi care aduceau, mai degrabă, a şobolani.

– Uită-te la noi, Lou! Nu e drăguţ? vorbea ea, din când în când, în liniştea salonului.

Comandarăm ceai englezesc pentru micul dejun (Mama: „Ăsta e un termen la modă pentru ceaiul normal, nu? Nu are vreo aromă din alea ciudate, sper!") şi „Platou-fantezie pentru ceaiul de după-amiază" şi am mâncat sandviciuri minuscule, cu pâine fără coajă, prăjituri în folie aurită şi biscuiţi care nu erau însă la fel de buni cum îi făcea mama. Ea vorbi o oră şi jumătate numai despre *Billy Elliot* şi ţinu să-mi atragă atenţia că am face bine să mergem la teatru cel puţin o dată pe lună, arătându-se convinsă că şi tatei i-ar plăcea la teatru, dacă am reuşi să-l aducem.

– Tata ce mai face?

– E foarte fericit. Doar îl ştii pe taică-tău.

Am vrut să cer detalii, dar mi-a fost teamă. Când am ridicat ochii spre ea, deja mă privea, un pic îmbufnată.

– Şi nu, Louisa, n-am de gând să mă epilez. Şi nu, el nu e fericit deloc. Dar în viaţă există lucruri mai importante.

– Ce-a spus despre venirea ta azi, aici?

Ea pufni şi-şi înăbuşi râsul, prefăcându-se că tuşeşte.

– N-a crezut că plec. I-am zis despre asta dimineaţă, când i-am adus ceaiul, şi el a început să râdă şi, ca să fiu sinceră cu tine, asta m-a deranjat atât de mult, încât m-am îmbrăcat şi am plecat, pur şi simplu.

– Şi nu l-ai anunţat că pleci? am făcut eu ochii mari.

– Îl anunţasem deja. Fraierul, mi-a trimis mesaje pe tema asta toată ziua, zise ea, scrutând ecranul telefonului, după care îl îndesă în buzunar.

Am urmărit-o cum ia, cu delicateţe, un biscuit în furculiţă, aşezându-l pe farfuria din faţa ei. Muşcă din el şi închise ochii de plăcere.

– Vai, e de-a dreptul fenomenal!

Am înghiţit în sec.

– Mamă, sper că n-ai de gând să divorţezi, nu?

Deschise rapid ochii.

– Să divorţez? Sunt catolică, Louisa. Noi nu divorţăm. Noi doar ne facem soţii să sufere pentru o veşnicie!

Am achitat nota de plată şi am mers la toaleta femeilor, o încăpere întunecată, placată cu marmură cafenie şi flori scumpe, în vreme ce o femeie de serviciu ne urmărea, tăcută, de lângă chiuvete. Mama se spălă bine pe mâini, apoi începu să miroasă diferitele loţiuni de mâini aliniate de-a lungul chiuvetei, strâmbându-se în faţa oglinzii când nu-i plăcea vreuna.

– N-ar trebui să spun asta, dată fiind opoziţia mea faţă de instituţia patriarhatului, dar mi-aş dori ca tu şi Treena să daţi peste un bărbat cumsecade.

– Eu am întâlnit pe cineva, am replicat, înainte să-mi dau seama ce spun.

Mama se întoarse spre mine, surprinsă, cu o sticluţă cu loţiune în mână.

– Nu glumeşti, nu?

– E paramedic.

– Uau, asta e tare de tot! Un paramedic! E aproape la fel de util ca un instalator. Şi când ne faci cunoştinţă cu el?

Am tresărit.

– Să vă fac cunoştinţă? Nu sunt sigură că...

– Că ce?

– Vreau să spun... suntem abia la începutul relației... Nu sunt sigură că este acel gen de...

Mama scoase rujul și se zgâi în oglindă.

– E vorba doar de sex, nu-i așa?

– Mamă! am strigat eu, trăgând cu ochiul la femeia de serviciu.

– Atunci ce vrei să spui?

– Nu sunt sigură că sunt gata pentru o relație adevărată. Cel puțin nu deocamdată.

– De ce? Ce altceva ai de făcut? Să știi că n-o să-ți poți conserva la nesfârșit ovarele alea!

– De ce n-a venit și Treena? am încercat eu să schimb imediat subiectul.

– N-a avut cu cine să-l lase pe Thom.

– Dar mai devreme ai zis că e ocupată.

Ochii mamei aruncară săgeți spre reflexia chipului meu din oglindă. Își presă buzele una de alta și-și îndesă rujul înapoi în geantă.

– Am impresia că Treena e cam supărată pe tine, Louisa, spuse ea și își activă acel fel matern de a mă privi. Cumva v-ați certat?

– Nu știu de ce trebuie să-și dea ea cu părerea despre tot ceea ce fac, am replicat, auzind în propria-mi voce tonul îmbufnat al unei puștoaice de doisprezece ani.

Ea mă fixă cu privirea.

Așa că i-am destăinuit tot. M-am cocoțat pe chiuveta din marmură, iar mama se așeză pe un scaun și i-am spus despre slujba care mi se oferise și despre motivele pentru care nu o puteam accepta. I-am povestit despre dispariția și regăsirea lui Lily și despre felul în care fata începuse să-și revină.

– Am stabilit deja o nouă întâlnire cu doamna Traynor. Așa că mergem înainte. Dar Treena pur și simplu nu vrea să mă asculte, deși, dacă Thom ar trece prin jumătate din situațiile prin care a trecut Lily, ar fi prima persoană care ar zice că nu-l poate părăsi.

M-am simțit ușurată povestindu-i mamei toate acele lucruri. Dintre toți oamenii, ea avea să înțeleagă responsabilitățile care mă legau de Lily.

– Așa că de-aia Treena nu mai vorbește deloc cu mine.

Mama se uita fix la mine.

– Doamne Iisuse Hristoase, Lou, ţi-ai pierdut minţile?

– Poftim?

– Ţi s-a oferit o slujbă la New York, cu toate cheltuielile plătite, şi tu stai aici, să lucrezi în nenorocitul ăla de bar din aeroport? Ai mai auzit aşa ceva? zise ea, răsucindu-se spre femeia de serviciu. Nu-mi vine să cred că e fiica mea. Dumnezeu mi-e martor, mă întreb ce s-a întâmplat cu creierul ei!

Femeia de serviciu clătină încet din cap.

– Daaa, nu e bine.

– Mamă! Fac ceea ce trebuie să fac.

– Pentru cine?

– Pentru Lily.

– Crezi că nimeni altcineva, în afară de tine, n-ar putea-o ajuta pe fata asta să revină pe picioarele ei? Ai vorbit cu acel domn din New York? L-ai întrebat dacă poţi să mai amâni angajarea măcar cu câteva săptămâni?

– Nu e o slujbă care poate fi amânată, mamă.

– De unde ştii? Nu ceri, nu primeşti. Corect?

Femeia de serviciu încuviinţă din cap.

– O, Doamne, când mă gândesc la asta...

Femeia de serviciu îi oferi mamei un prosop de hârtie, pe care ea începu să-l folosească pe post de evantai.

– Ascultă-mă, Louisa. Am deja o fată minunată legată de casă şi împovărată de responsabilităţi, pentru că a făcut, când era foarte tânără, o alegere greşită – nu înseamnă că nu-l iubesc enorm pe Thom, dar îţi spun, plânge inima în mine când mă gândesc ce-ar fi putut deveni Treena dacă ar fi avut copilul ăsta ceva mai târziu. Şi eu sunt legată de casă, fiindcă trebuie să am grijă de bunicul şi de tatăl tău, dar e-n regulă. O să-mi găsesc drumul. Însă nu asta e ceea ce ar trebui să-ţi doreşti şi tu de la viaţă, auzi ce-ţi spun? Nu nişte bilete cu preţ redus la teatru şi un ceai grozav, din când în când. Ar trebui să ieşi din asta! Eşti singura din familia noastră care chiar are o afurisită de şansă! Şi să-mi spui acum că tocmai ai dat cu piciorul acestei şanse de dragul unei puştoaice pe care abia dacă o cunoşti!

– Am făcut *ceea ce trebuia să fac*, mamă.

– Poate. Sau poate că nu ai avut de ales.

– Nu ceri, nu primeşti, zise femeia de serviciu.

– Aha! Femeia asta ştie mai bine! Trebuie să îl întrebi pe acel domn din America dacă nu există vreo posibilitate să mergi puţin mai târziu acolo... Nu te uita aşa la mine, Louisa! Am fost prea blândă cu tine. Ar fi trebuit să te împing de la spate, dar n-am făcut-o. Trebuie să renunţi la slujba de la bar, fără nici o perspectivă. Trebuie să începi să trăieşti!

– Am pierdut deja slujba, mamă.

– Ai pierdut-o, pe naiba. Eşti convinsă?

Am încuviinţat din cap.

Mama pufni şi-şi aranjă eşarfa în jurul gâtului, apoi scoase două monede din geantă şi i le dădu femeii de serviciu.

– Trebuie să recunosc că faci o treabă pe cinste! Poţi să şi mănânci de pe podeaua asta! Şi miroase absolut superb!

Femeia de serviciu îi zâmbi cu căldură, dar apoi, ca şi cum i-ar fi venit o idee, ridică degetul arătător. Aruncă o privire în afara toaletei, apoi merse la dulapul ei, scoase un maldăr de chei şi-l descuie. Luă din dulap un săpun floral şi i-l dădu mamei. Ea îl mirosi şi oftă.

– Ah, e de-a dreptul *divin*! O fărâmă de rai!

– E pentru dumneata.

– Pentru mine?

Femeia închise palma mamei în jurul săpunului.

– Vai, cât eşti de drăguţă! Poţi să-mi spui cum te cheamă?

– Maria.

– Maria, eu sunt Josie. Te asigur că o să mă întorc la Londra, şi data viitoare când vin, o să folosesc tot toaleta ta. Ai văzut, Louisa? Cine ştie ce se poate întâmpla când evadezi puţin? Uite, eu am plecat de dimineaţă într-o aventură şi am primit un săpun grozav de la draga mea prietenă Maria.

Îşi strânseră mâinile cu fervoarea a două vechi cunoştinţe aflate în pragul despărţirii şi am ieşit din hotel.

Nu-i puteam spune. Nu-i puteam spune că acea slujbă mă bântuia de când mă trezeam şi până închideam ochii. Indiferent ce le spuneam altora, ştiam că aveam să regret întotdeauna, profund, faptul că ratasem şansa de a trăi şi a munci la New York. Că oricât de mult îmi spuneam că aveau să mai existe şi alte şanse, şi alte locuri, aceasta avea să fie oportunitatea pierdută, povara pe care aveam să o port cu mine oriunde m-aş fi dus.

Şi bineînţeles că, după ce am condus-o pe mama la tren, imaginându-mi reacţia surprinsă a tatei când avea s-o revadă, şi mult după ce i-am făcut lui Lily o salată din ce mai lăsase Sam prin frigider, atunci când am verificat e-mailul, în acea noapte, am găsit un mesaj de la Nathan.

Nu pot spune că sunt de acord, dar înţeleg ceea ce vrei să faci. Sunt sigur că Will ar fi fost mândru de tine. Eşti o fată grozavă, Clark x

Capitolul 24

Acestea sunt lucrurile pe care le-am învăţat despre ce înseamnă să fii părinte, fără să fiu, de fapt, unul. Că orice ai face, probabil vei greşi. Dacă eşti crud sau nepăsător ori neglijent, vei lăsa cicatrice în sufletul copilului tău. Dacă eşti iubitor şi grijuliu, încurajându-l şi lăudându-l chiar şi pentru cele mai mărunte reuşite – că se trezea la timp ori că reuşea să nu fumeze toată ziua –, atitudinea aceasta îl distruge, dar într-un mod diferit. Am învăţat că dacă eşti un părinte *de facto*, toate aceste lucruri sunt valabile, dar nu ai autoritatea firească, pe care te-ai putea aştepta, în mod rezonabil, să o deţii atunci când ai grijă de copilul altcuiva.

Cu aceste gânduri în minte, am luat-o pe Lily în maşină în ziua mea liberă şi am anunţat-o că mergem să luăm prânzul. Mi-am zis că probabil lucrurile urmau să se sfârşească groaznic, dar cel puţin nu aveam să mai fiu singura care să ducă totul în cârcă.

Fiindcă Lily era ocupată să stea cu telefonul în mână şi cu căştile la urechi, abia după vreo patruzeci de minute a ridicat ochii pe geamul maşinii. Se încruntă când zări un indicator rutier.

– Hei, ăsta nu e drumul spre casa părinţilor tăi!

– Ştiu.

– Şi atunci unde mergem?

– Ţi-am spus. Să luăm prânzul.

Ea mă scrută cu privirea, dar, când îşi dădu seama că n-aveam de gând să-i mai dau alte amănunte, rămase cu ochii pe geam.

– Doamne, câteodată eşti de-a dreptul enervantă!

O jumătate de oră mai târziu, am oprit mașina în parcarea de la Crown and Garter, un hotel din cărămidă roșie aflat în mijlocul unei vaste grădini, la vreo douăzeci de minute distanță de Oxford. Întâlnirea trebuia să se desfășoare pe un teren neutru, decisesem eu. Lily ieși și trânti portiera, suficient de tare cât să-mi dea de înțeles că încă eram *de-a dreptul enervantă*.

Am ignorat-o, mi-am dat puțin cu ruj și am intrat în restaurant, urmată de Lily.

Doamna Traynor era deja la o masă. Când Lily o observă, scoase un mormăit.

– De ce facem din nou asta?

– Pentru că lucrurile se schimbă, i-am zis și am împins-o înainte.

– Bună, Lily! zise doamna Traynor și se ridică în picioare. Se vedea că fusese la coafor, iar părul ei era din nou frumos tuns și aranjat. Era, de asemenea, fardată discret. Datorită coafurii și machiajului doamna Traynor își recăpătă înfățișarea de odinioară: o persoană stăpână pe sine, care înțelegea că aparențele constituie, într-o mare măsură, temelia multor lucruri.

– Bună ziua, doamnă Traynor!

– Bună! bâigui Lily, fără să întindă mâna spre bunica ei, și se așeză pe un scaun, lângă mine.

Doamna Traynor observă atitudinea fetei, dar zâmbi discret, se așeză și chemă chelnerul.

– Restaurantul acesta era unul dintre preferatele tatălui tău, zise ea, aranjându-și un șervețel în poală. În rarele ocazii când îl puteam convinge să părăsească Londra, ne întâlneam aici. Au o mâncare excelentă și sunt clasați în ghidul Michelin.

Am parcurs meniul – *turbot quenelles cu frangipan de midii și langustine, piept afumat de rață cu varză neagră și cușcuș israelian* – și am sperat că, de vreme ce doamna Traynor sugerase să ne vedem la acel restaurant, tot ea avea să și plătească.

– Pare cam de fițe, zise Lily, fără să-și ridice capul din meniu.

Am privit-o pe doamna Traynor.

– Exact asta spunea și Will. Dar e un restaurant excelent. Cred că o să-mi iau prepeliță.

– Eu aș vrea pește, spuse Lily și închise meniul cu coperte din piele.

M-am holbat în meniu, dar nu era nici măcar un preparat pe care să-l recunosc. Ce era *rutabaga*? Dar *ravioli cu măduvă de os și anason de mare*? M-am întrebat dacă aș putea comanda un sandvici.

– Sunteți gata să comandați? întrebă chelnerul, apărând lângă mine.

Am așteptat ca doamna Traynor și Lily să comande și apoi am remarcat un cuvânt pe care-l mai văzusem într-un meniu, la Paris.

– Aș dori o porție de *joues de boeuf confites*, dacă se poate.

– Cu gnocchi de cartofi și sparanghel? Desigur, doamnă.

E ceva cu carne de vită, mi-am zis. Îmi plăcea carnea de vită.

În așteptarea aperitivelor, am discutat despre tot felul de nimicuri. I-am spus doamnei Traynor că încă lucrez la barul din aeroport, dar că urma să fiu propusă pentru o avansare și am încercat să pun într-o lumină favorabilă această alegere privind cariera mea, fără să sune ca un strigăt după ajutor. I-am dezvăluit că și Lily își găsise de lucru și, când a auzit cu ce se ocupa fata, doamna Traynor nu se cutremură, cum mă temusem în taină, ci dimpotrivă, aprobă cu o mișcare din cap.

– Asta mi se pare un lucru grozav. Nu e niciodată rău să începi cu munca de jos atunci când visezi la o carieră.

– Ce să zic, aici n-am nici o perspectivă, zise Lily, pe un ton ferm. Ba nu! Pot spera să ajung vânzătoare la tejghea.

– N-ai vreo perspectivă nici dacă distribui ziare. Dar tatăl tău a făcut asta timp de doi ani, înainte să termine școala. Asta îți insuflă o etică a muncii.

– Și oamenii au întotdeauna nevoie de cutii de conserve, am intervenit eu.

– Serios? zise doamna Traynor, părând uimită.

Am privit cum, la masa alăturată, o femeie în vârstă era instalată, cu multă greutate, pe scaun, de către doi bărbați, rude de-ale ei.

– Am primit albumul de fotografii, am zis eu.

– A, da? Chiar mă întrebam. V-a... plăcut?

Lily o țintui cu privirea.

– Da, a fost frumos, mulțumesc, șopti ea.

Doamna Traynor luă o gură de apă.

– Am vrut să vă arăt și o altă latură a lui Will. Uneori am impresia că întreaga lui viață a fost luată în stăpânire de ceea ce s-a întâmplat când a murit. Am vrut doar să vă arăt că el a fost mai mult decât un tânăr țintuit într-un scaun cu rotile. Că a însemnat mai mult decât modul în care a murit.

Urmă o tăcere scurtă.

– A fost frumos, mulțumesc, repetă Lily.

Farfuriile noastre cu mâncare sosiră, și Lily rămase iar tăcută. Chelnerii se învârteau în jurul nostru, umplându-ne paharele cu apă imediat ce beam din ele. Unul dintre chelneri puse pe masă un suport pentru tăiat pâinea, apoi îl luă, pentru ca, după cinci minute să îl aducă din nou. Restaurantul se umplu cu oameni ca doamna Traynor: bine îmbrăcați, manierați, oameni pentru care *turbot quenelles* reprezenta un prânz obișnuit, și nu o capcană lingvistică. Doamna Traynor mă întrebă despre ai mei și vorbi cu multă căldură despre tata.

– A făcut o treabă așa de bună la castel, zise ea.

– Trebuie să fie ciudat să nu vă întoarceți acolo, am spus, apoi m-au cuprins remușcările, temându-mă că întrecusem măsura.

Dar doamna Traynor rămase cu privirea ațintită asupra feței de masă dinaintea ei.

– Așa este, încuviință ea din cap, cu un zâmbet ușor încordat, și mai bău puțină apă.

Conversația continuă în aceeași notă cât timp am mâncat aperitivele (somon afumat pentru Lily, salată pentru mine și doamna Traynor), cu pauze și poticneli, de parcă am fi fost niște șoferițe care învățau să conducă mașina. L-am privit oarecum ușurată pe chelner când acesta se apropie cu felul principal de mâncare. Dar zâmbetul îmi dispăru instantaneu când îmi puse farfuria în față. Chestia aia nu semăna a friptură de vită, ci mai curând cu niște rondele cafenii și molatice, într-un sos gros maro.

– Îmi pare rău, dar eu comandasem vită.

Chelnerul zăbovi o clipă cu privirea asupra mea.

– Este vită, doamnă.

Ne-am zgâit amândoi la farfuria mea.

– *Joues de boeuf*, zise el. Buci de taur.[1]

– Buci de taur?

---

[1] În original, *beef cheeks*. În limba engleză, *cheeks*, „obraji", are în limbaj colocvial și sensul de „fese". (n.red.)

Am privit iar farfuria și am simțit că mi se întoarce stomacul pe dos.

– Desigur, am îngăimat. Eu... da, buci de taur... Mulțumesc.

Buci de taur. Mi-a fost prea frică să întreb de unde proveneau. Și, oricum, nu eram sigură ce variantă ar fi fost mai rea. I-am zâmbit doamnei Traynor și am început să ciugulesc din gnocchi.

Am mâncat într-o tăcere aproape deplină. Eu și doamna Traynor epuizaserăm subiectele de conversație. Lily era scumpă la vorbă și, când intervenea, vorbea înțepat, ca și cum ar fi vrut să testeze nervii bunicii ei. Începu să se joace cu mâncarea din farfurie, comportându-se ca o adolescentă recalcitrantă, târâtă de niște adulți la un prânz prea pretențios pentru ea. Am ales cu grijă mâncarea din farfuria mea, în vreme ce o voce enervantă mă sâcâia, repetându-mi în ureche: *Mănânci buci de taur! Adică momițe?*

La sfârșit, am comandat cafea. După ce chelnerul plecă, doamna Traynor își luă șervetul din poală și îl puse pe masă.

– Nu mai pot face asta.

Lily își ridică instantaneu privirea spre ea. Apoi se uită la mine și din nou la doamna Traynor.

– Mâncarea e foarte bună și sunt încântată să aud despre slujbele voastre, dar asta nu duce nicăieri, nu?

M-am întrebat dacă nu cumva avea să plece, de vreme ce Lily mersese prea departe. Am zărit surprinderea pe chipul fetei și am realizat că și ea se gândea la același lucru. Dar, în loc ca doamna Traynor să dea deoparte ceașca și farfurioara de cafea, ea se aplecă peste masă.

– Lily, n-am venit aici ca să te impresionez cu un prânz de fițe. Am venit să-ți spun că îmi pare rău. Mi-e greu să-ți explic cum m-am simțit în acea zi, după ce ai plecat, dar acea întâlnire nefericită nu a fost vina ta, și vreau să-mi cer scuze pentru că felul cum ai făcut cunoștință cu această ramură a familiei tale a fost așa de... inadecvat.

Chelnerul se apropie cu cafeaua, dar doamna Traynor își ridică mâna fără să se întoarcă.

– Ne poți lăsa singure două minute, te rog?

Acesta făcu rapid cale-ntoarsă cu tava. Am rămas împietrită. Doamna Traynor își reluă, pentru câteva clipe, mina serioasă și atitudinea impunătoare de odinioară și, după ce răsuflă adânc, continuă:

– Lily, mi-am pierdut fiul – pe tatăl tău –, şi adevărul e că îl pierdusem deja cu multă vreme înainte să moară. Moartea lui mi-a răpit toate lucrurile pe care îmi clădisem viaţa: rolul meu ca mamă, familia, cariera, chiar şi credinţa. Am simţit, efectiv, că mă scufund într-o genune fără margini. Dar când am aflat că el a avut o fiică – deci că am o nepoată –, am început să cred că nu e totul pierdut.

Femeia înghiţi în sec şi continuă.

– Nu vreau să spun că tu mi-ai înapoiat o parte din el, fiindcă n-aş fi sinceră faţă de tine. Ai, din câte mi-am dat seama, o personalitate proprie. Ai adus în viaţa mea o cu totul altă fiinţă de care să am grijă. Sper că îmi vei da o a doua şansă, Lily. Fiindcă mi-ar plăcea... nu, *fir-ar să fie*, nu doar că mi-ar plăcea.... aş *adora* să putem petrece timpul împreună. Louisa mi-a spus că ai un caracter puternic. Ei bine, să ştii că acest caracter puternic e moştenit din familie. Aşa că probabil ne vom mai ciondăni uneori, cum o făceam şi cu tatăl tău. Chiar dacă din întâlnirea noastră de azi nu iese nimic, totuşi, în esenţă, am vrut să ştii lucrurile astea.

Îi luă mâna lui Lily şi o strânse în mâna ei.

– Sunt atât de bucuroasă să te cunosc. Ai schimbat totul prin simplul fapt că exişti. Fiica mea, adică mătuşa ta, Georgina, vine luna viitoare să te cunoască şi deja m-a întrebat dacă tu cu mine putem merge la Sydney, să stăm pentru o vreme la ea. Am în geantă o scrisoare de la ea, pentru tine.

Glasul i se stinse.

– Ştiu că nu-l vom mai putea readuce niciodată pe tatăl tău aici şi ştiu că eu nu... ei bine, eu încerc încă să ies din starea asta... crezi... poate... vei găsi ceva loc în inima ta pentru o bunică dificilă?

Lily o urmărea fără să rostească o vorbă.

– Ai putea măcar...să-mi dai o şansă? întrebă ea, cu o voce gâtuită de emoţie.

Urmă o tăcere prelungă. Puteam să-mi aud pulsul, zvâcnindu-mi în urechi. Lily mă privi şi, după câteva minute care părură o eternitate, se uită spre doamna Traynor.

– Ai vrea... ai vrea să vin să stau cu tine?

– Dacă vrei, da. Mi-aş dori asta din tot sufletul.

– Când?

– Când poţi veni?

Niciodată nu văzusem în Camilla Traynor întruchiparea calmității, dar în acea clipă, fața îi era descompusă, în vreme ce mâna îi aluneca încet pe masă. După o ezitare, Lily îi luă mâna și degetele li se împletiră strâns, peste pânza albă a feței de masă, ca supraviețuitorii unui naufragiu, în timp ce chelnerul stătea cu tava în mână, neștiind dacă să se apropie iar.

– O s-o aduc înapoi mâine după-amiază.

Stăteam în parcare, în vreme ce Lily șovăia să urce în mașina doamnei Traynor. Mâncase două budinci – pe a ei, de ciocolată, și pe a mea, pe care nu o mai putusem mânca, fiindcă îmi pierise complet apetitul – și își examina, într-o doară, talia blugilor.

– Ești sigură?

Nu știam căreia dintre ele îi adresasem întrebarea. Eram conștientă cât de fragilă era această nouă *entente cordiale*, cât de ușor s-ar fi putut inflama spiritele și strica totul.

– O să fie bine, mă asigură doamna Traynor.

– Mâine nu merg la muncă, Louisa, strigă Lily. Duminica e tura vărului lui Samir.

Mi se părea ciudat să le las acolo, chiar dacă Lily părea că radiază de bucurie. Voiam să-i spun „fără fumat" și „fără înjurături" și poate chiar „Ce-ar fi să lăsăm pe altădată?", dar Lily flutură din mână și se urcă în stânga doamnei Traynor, trimițându-mi o ultimă privire peste umăr.

Se terminase. Îmi luasem mâinile de pe ea.

Doamna Traynor se întoarse ca să o însoțească.

– Doamnă Traynor, pot să vă întreb ceva?

Ea se opri.

– Spune-mi Camilla, te rog. Cred că e momentul să încetăm cu formalitățile, nu?

– Bine, Camilla. Ai vorbit vreodată cu mama lui Lily?

– Da, am vorbit, zise ea și se aplecă să smulgă o buruiană de lângă bordură. I-am spus că sper să petrec foarte mult timp cu Lily în viitor. Și că sunt conștientă de faptul că în ochii ei nu sunt nici pe departe un model matern, dar că, sincer vorbind, nici una dintre noi nu pare să fie femeia ideală pentru acest rol. Şi că s-ar cuveni să se gândească bine şi să pună fericirea propriului copil mai presus de propria fericire.

Am rămas cu gura căscată şi, când am reuşit să articulez, am spus:

– „S-ar cuveni" e un cuvânt excelent.

– Şi tu eşti de aceeaşi părere, nu? zise ea, cu o undă de răutate sclipindu-i în ochi. Ei bine, nu mă tem de nici o Tanya Houghton-Miller din această lume. Şi cred că eu şi cu Lily o să ne înţelegem de minune.

Am dat să mă îndrept spre maşina mea, dar de astă dată doamna Traynor mă opri.

– Îţi mulţumesc, Louisa.

Îşi puse mâna pe braţul meu.

– Dar n-am făcut…

– Ba da, ai făcut foarte multe. Sunt foarte conştientă că trebuie să-ţi mulţumesc pentru enorm de multe lucruri. Sper ca la un moment dat să mă pot revanşa faţă de tine.

– O, dar nu e nevoie. Sunt bine.

Mă cercetă cu privirea şi îmi surâse. Rujul ei, am remarcat, era perfect aplicat pe buze.

– Atunci te sun mâine, să vii să o iei pe Lily.

Doamna Traynor îşi puse geanta sub braţ şi se întoarse la maşină, unde Lily o aştepta.

Am privit cum golful dispare şi apoi l-am sunat pe Sam.

Un uliu plana leneş pe cerul azuriu, deasupra câmpului, cu aripile sale enorme suspendate în albastrul strălucitor. Mă oferisem să-l ajut pe Sam să termine de aşezat nişte cărămizi, dar nu reuşiserăm să terminăm decât un rând (eu îi dădusem cărămizile la mână). Căldura era atât de înăbuşitoare, încât Sam propusese să facem o pauză şi să bem o bere rece, iar după aceea nu ştiu cum, am ajuns tolăniţi în iarbă şi ne-a fost imposibil să ne mai ridicăm. I-am povestit păţania de la restaurant, şi el a râs un minut întreg, încercând să adopte o mină serioasă atunci când eu am protestat: *Măcar de le-ar fi numit altfel* sau *Adică e ca şi cum ţi s-ar spune că mănânci târtiţă de găină sau ceva de genul ăsta.* Acum stăteam întinsă lângă el, ascultând păsările şi foşnetul delicat al firelor de iarbă, privind soarele de culoarea piersicii alunecând agale spre orizont. M-am gândit, când am reuşit să nu-mi mai fac griji dacă Lily folosise deja vreun cuvânt deocheat de față cu bunica ei, că viața e frumoasă.

– Uneori, pe o asemenea vreme, mă gândesc că n-ar trebui să mă mai chinuiesc deloc să construiesc casa. Aş putea sta întins pe câmpul ăsta până aş îmbătrâni, mărturisi Sam.

– Nu-i un plan rău! am zis eu, mestecând un fir de iarbă. Cu excepția faptului că aversele par ceva mai puțin atrăgătoare în ianuarie.

L-am auzit râzând uşor, ca un bubuit înfundat.

De la restaurant, venisem direct la el, tulburată în mod inexplicabil de absența neaşteptată a lui Lily. Nu voiam să fiu singură în apartament. După ce am tras maşina în fața porții lui Sam, am rămas la volan până ce huruitul motorului încetă şi l-am privit cum munceşte, mulțumit de propria sa companie, punând mortar pe fiecare cărămidă şi presând-o în următoarea, ştergându-şi sudoarea de pe frunte cu tricoul decolorat. Am simțit că ceva în mine se liniştește. El nu adusese vorba despre ultimele noastre discuții neplăcute şi îi eram recunoscătoare.

Un nor solitar străbătea albastrul cerului. Sam îşi mută piciorul mai aproape de al meu. Avea talpa aproape de două ori mai mare decât a mea.

– Mă întreb dacă doamna Traynor şi-a scos iar pozele. Ştii, pentru Lily.

– Poze?

– Da, fotografiile înrămate, ți-am povestit. Atunci când am fost cu Lily la ea acasă, nu am observat nici măcar o fotografie cu Will. Am fost destul de surprinsă când ne-a trimis albumul, fiindcă mă întrebasem dacă nu cumva a distruş toate pozele lui.

El rămase tăcut, pe gânduri.

– E ciudat. Dar, dacă stau bine să mă gândesc, nici eu nu am, la vedere, vreo poză cu Will. Poate că e nevoie de timp ca să... fii în stare să le priveşti din nou. Cât ți-a trebuit să pui din nou pe noptieră o fotografie cu sora ta?

– N-am renunțat niciodată la pozele cu sora mea. Îmi place să le am aici, mai ales când arăta... cum arăta ea când era sănătoasă, zise el şi-şi întinse brațul deasupra capului. Sora mea îmi dădea putere. Era o soră mai mare tipică. Când cred că am făcut ceva greşit, mă uit la fotografia ei și îi aud vocea: *Sam, fraiere, mergi mai departe, e totul în regulă.* Se întoarse cu fața spre mine. Și știi, e bine și pentru Jake să o vadă. Are nevoie să simtă că e bine să vorbească despre ea.

– Poate o să pun și eu o fotografie cu Will. Ar fi drăguț ca Lily să aibă în apartament poze cu tatăl ei.

Găinile erau lăsate libere și, la câțiva pași de noi, două începură să se încaiere, înfoindu-și penele și cotcodăcind, în timp ce stârneau în jur norișori de praf. Păsările de curte, remarcasem eu, aveau personalitate. Erau acolo una castanie, autoritară, o alta drăgăstoasă, golașă, una micuță, din rasa bantam, pe care Sam trebuia s-o dea jos în fiecare seară din vreun copac, punând-o înapoi în coteț.

– Crezi că ar trebui să-i scriu un mesaj? Să văd cum merg lucrurile?

– Cui?

– Lui Lily.

– Vezi-ți de treabă! O să fie bine.

– Știu că ai dreptate. E ciudat. O priveam la restaurant și mi-am dat seama că seamănă cu Will mai mult decât îmi putusem imagina. Și cred că și doamna Traynor – Camilla – și-a dat seama de asta. Se făcea că nu vede lipsa de maniere a lui Lily și parcă își amintea că așa făcea și Will. La un moment dat, Lily a ridicat dintr-o sprânceană, exact ca Will, și nici una dintre noi nu și-a putut lua ochii de la ea. A făcut același gest ca tatăl ei.

– Ce vrei să facem diseară?

– Nu știu... nu-mi pasă. Tu alegi. M-am întins, simțind cum iarba îmi gâdilă ceafa. Aș putea, pur și simplu, să stau aici. Dacă se întâmplă ca la un moment dat să cazi încet peste mine, cred că ar fi perfect.

Mă așteptam să râdă, dar nu o făcu.

– Oare ar trebui să vorbim... despre noi?

– Despre noi?

El își trecu un fir de iarbă printre dinți.

– Da, despre noi. Mă gândeam... bine, mă întrebam... ce crezi că s-a întâmplat cu noi?

– Faci ca asta să sune a problemă de matematică.

– Doar încerc să mă asigur că nu au existat neînțelegeri, Lou.

L-am privit aruncând iarba și smulgând un alt fir.

– Cred că suntem bine, i-am spus. Bine, nu o să te mai acuz de data asta că ai un copil pe care-l neglijezi, sau vreun harem de iubite imaginare.

– Dar încă ești reticentă...

O spusese cu delicatețe, dar am simțit înțepătura.

M-am ridicat într-un cot, ca să-l pot privi de sus.

– Sunt aici, nu? Ești prima persoană pe care o sun la sfârșitul zilei. Ne vedem când putem. N-aș putea numi asta reticență.

– Da, ne vedem, facem sex, mâncăm bine împreună.

– Credeam că asta e relația de vis pentru orice bărbat.

– Eu nu sunt orice bărbat, Lou.

Ne-am privit în tăcere, un minut. Nu mă mai simțeam relaxată, ci prinsă pe picior greșit, în defensivă.

Sam oftă.

– Nu mă privi așa. Nu vreau să ne căsătorim sau ceva de genul ăsta. Doar zic că... Niciodată n-am întâlnit vreo femeie care să vrea să discute mai puțin despre viitor. Își acoperi ochii cu palma, privind, printre degete, către soare. E în regulă dacă nu vrei să avem o relație pe termen lung. Bine, nu e în regulă, vreau doar să-mi fac o idee despre ce gândești. De când a murit Ellen, am realizat că viața e scurtă. Și n-aș vrea...

– Ce n-ai vrea?

– Să irosesc timpul cu ceva care nu duce nicăieri.

– *Să irosești timpul?*

– N-am ales prea bine cuvintele. Nu mă pricep la chestii de-astea, zise el și se ridică.

– Dar de ce trebuie să ducă undeva? Ne simțim bine împreună. De ce să nu lăsăm lucrurile să meargă de la sine și, nu știu, să vedem ce se întâmplă?

– Fiindcă sunt o ființă umană, Lou, înțelegi? Și mi-e destul de greu să fiu în preajma unei femei care e încă îndrăgostită de o fantomă. Nu vreau să ne comportăm ca și cum ne-am folosi unul pe celălalt doar pentru sex, zise el și-și ridică palma, acoperindu-și ochii. Iisuse, nu-mi vine să cred că am spus asta cu voce tare!

Când am reușit să vorbesc, i-am spus, cu o voce stinsă:

– Nu sunt îndrăgostită de o fantomă.

De astă dată, Sam nu se uită la mine. Se aşeză iar pe iarbă şi-şi frecă obrajii.

- Atunci lasă-l pe Will să plece, Louisa, zise el şi, ridicându-se cu greutate în picioare, plecă spre vagonul de tren.

Lily se întoarse a doua zi, pe seară, puţin arsă de soare. Intră în apartament, trecu pe lângă chicineta unde eu tocmai scoteam rufele din maşina de spălat, întrebându-mă pentru a cincisprezecea oară dacă să-l sun pe Sam, şi se trânti pe canapea. Pe când o priveam, din bucătărie, ea îşi puse picioarele pe măsuţa de cafea, luă telecomanda şi dădu drumul la televizor.

- Ei, cum a fost? am întrebat-o după câteva clipe.

- A fost bine.

Mă aşteptam la ceva mai mult - să arunce cu telecomanda, să înceapă să boscorodească *Familia aia e imposibilă*. Dar ea se mulţumi să schimbe canalele.

- Ce-aţi făcut?

- Nu mare lucru. Am vorbit puţin. De fapt, am grădinărit. Se întoarse şi-şi sprijini bărbia în palme. Hei, Lou! Mai ai nişte cereale cu nuci? Sunt lihnită de foame.

Capitolul 25

Discutăm?

Sigur. Ce vrei să-mi spui?

Uneori, mă uit la vieţile oamenilor din jurul meu şi mă întreb dacă nu suntem cu toţii destinaţi să lăsăm o dâră de dezastre în urma noastră. Nu doar mama şi tatăl tău au dat greş, domnule Larkin. M-am uitat cu atenţie în jur, precum cineva care a primit, dintr-odată, nişte ochelari prin care să vadă totul limpede, şi am remarcat că practic fiecare om purta stigmatul brutal al iubirii – al iubirii pierdute, izgonite sau pur şi simplu dispărute într-un mormânt.

Înţelegeam acum că Will ne adusese această suferinţă tuturor. Nu intenţionat, ci pur şi simplu prin refuzul de a trăi.

Iubisem un om care deschisese o lume pentru mine, dar nu mă iubise îndeajuns de mult ca să rămână în ea. Și acum, mi-era prea teamă să iubesc un om care m-ar fi putut iubi în caz că... În caz că ce? Aceste gânduri mă frământau în orele tăcute, după ce Lily se retrăsese în lumea distracţiilor digitale strălucitoare din camera ei.

Sam nu mă sună. Nu-l puteam învinovăţi. Și, oricum, ce i-aş fi putut spune? Adevărul era că nu voiam să discut despre relaţia noastră, fiindcă nu ştiam ce să spun.

Desigur, asta nu însemna că nu îmi plăcea nespus să fiu cu el. Nutream bănuiala că deveneam uşor ridicolă în preajma lui – cu râsetele mele stupide, glumele prosteşti şi puerile, pasiunea sălbatică şi surprinzătoare chiar şi pentru mine. Mă simţeam mai bine când el era lângă mine, mă simţeam cineva mai aproape de persoana care îmi doream să fiu. Mai mult decât orice. Şi totuşi.

Și totuși.

Să mă implic în relaţia cu Sam însemna să accept posibilitatea unei pierderi şi mai mari. Statistic vorbind, majoritatea relaţiilor se terminau rău şi, dată fiind starea mea psihică din ultimii doi ani, şansele mele de a învinge sorţii erau destul de mici. Am fi putut vorbi, am fi putut uita de noi pentru câteva clipe scurte, dar, în ultimă instanţă, iubirea însemna mai multă durere. Mai multă suferinţă – pentru mine sau, mai rău, pentru el.

Cine era suficient de puternic pentru asta?

Din nou aveam insomnii, aşa că, după ce, în sfârşit, am adormit, nu am mai putut auzi alarma de la ceas şi, deşi am făcut slalom pe autostradă, am întârziat la aniversarea bunicului. Pentru aniversarea lui de optzeci de ani, tata scosese uriaşul pavilion de grădină demontabil, folosit la botezul lui Thomas. Acum, pavilionul vechi se legăna, nepăsător, la capătul grădinii, unde, prin uşa deschisă ce dădea spre aleea din spate, vecinii, care mai de care, vârau pe neaşteptate capul, aducând prăjituri sau făcându-i urări. Bunicul şedea în mijlocul cortului, pe un scaun de grădină din plastic, salutându-i din cap pe oamenii pe care nu-i mai recunoştea şi privind, când şi când, cu jind, către ziarul lui împăturit, *Racing Post*.

– Deci, promovarea asta ce înseamnă mai exact? mă întrebă Treena, în timp ce umplea ceştile de ceai ale musafirilor dintr-un ceainic uriaş.

– Păi primesc o funcţie. Trebuie să fac casa la sfârşitul fiecărui schimb şi să am grijă de un set de chei.

E o responsabilitate serioasă, Louisa, spusese Richard Percival, cu atâta preţiozitate de parcă mi-ar fi înmânat Sfântul Graal. *Foloseşte-le cu înţelepciune.* Chiar rostise aceste cuvinte. *Foloseşte-le cu înţelepciune.* Şi chiar am vrut să-l întreb: Ce altceva aş mai putea face cu un set de chei de bar? Să ar un ogor?

– Şi bani? zise ea, întinzându-mi o ceaşcă din care am sorbit.

– O liră în plus pe oră.

– Hm, făcu ea, deloc impresionată.

– Şi nu mai trebuie să port uniforma aia.

Ea cercetă din priviri salopeta în stilul *Îngerii lui Charlie*, pe care o îmbrăcasem în acea dimineaţă, în cinstea evenimentului.

– Ei, cred că asta e ceva, admise ea şi-i arătă doamnei Laslow unde sunt sandviciurile.

Ce altceva aş fi putut spune? Era o slujbă. Un fel de avansare. Nu i-am pomenit Treenei despre zilele când resimţeam ca pe o formă ciudată de tortură faptul că lucram undeva unde eram obligată să urmăresc cum fiecare avion de pe pistă îşi adună energia asemenea unei păsări uriaşe, apoi se lansează spre cer. Nu i-am spus că, îmbrăcând acel tricou verde în fiecare zi, mă simţeam de parcă aş fi pierdut ceva.

– Mama mi-a spus că ai un iubit.

– De fapt, nu e chiar iubit.

– Şi asta mi-a spus. Dar atunci ce e? Doar ţi-o mai tragi cu el din când în când?

– Nu. Suntem prieteni buni...

– Deci, e un porc.

– Nu e un porc. E un bărbat extraordinar.

– Dar un pămpălău.

– E un tip minunat. Şi nu e treaba ta cum e. Plus de asta, e deştept...

– Atunci e căsătorit.

– Nu e căsătorit! Doamne, Treen, mă laşi să-ţi explic? Îl plac, dar nu sunt sigură că vreau să mă implic într-o relaţie, deocamdată.

– Din cauză că se îngrămădesc la coadă alţi tineri chipeşi, sexy şi cu salariu mare ca să pună mâna pe tine?

M-am holbat la ea.

– Ziceam şi eu aşa. Calul de dar nu se caută la dinţi şi exemple de genul ăsta.

– Când o să primeşti rezultatele de la examen?

– Nu schimba subiectul. Ea oftă şi deschise încă o cutie cu lapte. În vreo două săptămâni.

– Ce s-a întâmplat? O să iei note mari. Ştii că aşa o să fie.

– Dar care-i diferenţa? Sunt legată de mâini şi de picioare.

M-am încruntat.

– Nu găsești nimic de muncă în Stortfold. Dar nu-mi pot permite să închiriez ceva în Londra, mai ales că trebuie să am și grija lui Thom. Și nimeni nu-ți dă un salariu mare când te angajează, nici măcar dacă ai note bune.

Își mai turnă o ceașcă de ceai. Am vrut să protestez, să-i spun că lucrurile nu stau chiar așa, dar știam prea bine cât de greu era să găsești o slujbă.

– Și ce vei face?

– Cred că o să rămân aici, deocamdată. Poate o să fac naveta. Sper că mama, chiar dacă s-a transformat în feministă, o să-l ia pe Thom de la școală, zise ea și schiță un surâs vag.

Niciodată n-o văzusem deprimată pe sora mea. Chiar și atunci când se simțea astfel, mergea mai departe, ca un automat, fiind ferm convinsă că „o mică plimbare e suficientă ca să ieși din starea asta". Tocmai încercam să găsesc ce să-i mai spun, când am auzit, deodată, o bufnitură pe masă. Am ridicat privirea și i-am văzut pe tata și pe mama, certându-se în fața unui tort de ciocolată. Discutau pe un ton scăzut, ca niște oameni care nu vor ca cei din jur să afle că se ceartă, dar, cu toate astea, continuă să se certe.

– Mamă? Tată? E totul în regulă? i-am întrebat, venind spre ei.

– Nu e un tort de casă, spuse tata, arătând spre masă.

– Poftim?

– Tortul. Nu e de casă. Uită-te la el.

M-am uitat – era un tort imens, din ciocolată, cu glazură de înghețată, ornat cu biluțe de ciocolată printre lumânări.

Mama scutură din cap, exasperată.

– Am avut de scris un eseu!

– Un eseu!? Dar nu ești la școală. Ai făcut întotdeauna tort de casă de ziua bunicului.

– Dar e un tort drăguț. E de la Waitrose. Tata nu se supără că nu e făcut în casă.

– Ba da, se supără. E tatăl tău. Te superi, bunicule, nu?

Bunicul se uită când la unul, când la celălalt și scutură ușor din cap. În jurul nostru, conversațiile se întrerupseră. Vecinii se uitau, agitați, unii la alții. Bernard și Josie Clark nu se certau niciodată.

– Zice că nu se supără, pentru că nu vrea să-ți jignească sentimentele, mormăi tata.

– Și dacă sentimentele lui nu sunt jignite, Bernard, de ce naiba ar trebui să fie ale tale? E un tort cu ciocolată. Nu e ca și cum aş fi ignorat cu totul că e ziua lui de naştere.

– Vreau doar să pui familia pe primul loc! E prea mult ce-ţi cer, Josie? Un tort de casă?

– Sunt aici! Uite tortul, cu lumânări în el! Uite şi sandviciurile! Nu stau cu burta la soare pe vreo plajă din Bahamas!

Mama trânti un morman de farfurii pe măsuţa din lemn şi-şi încrucişă braţele pe piept.

Tata vru să mai spună ceva, dar mama îl opri, ridicând o mână spre el.

– Dar ia spune-mi tu, Bernard, familist devotat ce eşti, câte din pregătirile pentru ziua asta de naştere le-ai făcut tu?

– Păi...

Treena se apropie de mine.

– I-ai cumpărat tatei pijamale noi? Spune? I le-ai împachetat? Nu. Habar n-ai nici măcar ce nenorocită de măsură poartă. Şi nu ştii nici măcar ce nenorocită de mărime porţi tu la chiloţi, fiindcă eu ţi-i cumpăr. Te-ai trezit azi la şapte dimineaţa ca să feliezi pâinea pentru sandviciuri, fiindcă un idiot s-a întors azi-noapte din cârciumă şi a decis că trebuie să mănânce două felii de pâine prăjită, şi a lăsat restul franzelelor să se usuce? Nu. Ai stat în fund şi ai citit rubrica de sport din ziar. Și de săptămâni întregi te tot plângi, fiindcă am îndrăznit să revendic douăzeci la sută din viaţa mea pentru mine, personal, să încerc să înţeleg dacă mai există şi altceva ce pot face înainte să dau ortul popii. Și, în vreme ce eu încă îţi spăl hainele, am grijă de bunicul şi spăl vasele, tu vii acum şi-mi faci capul calendar din pricina unui afurisit de tort cumpărat. Bine, Bernard, atunci poţi să iei afurisitul ăsta de tort cumpărat, care se pare că e un semn al neglijenţei şi al lipsei mele de respect şi să ţi-l bagi în... Uite bucătăria, uite nenorocitul de mixer, poţi să-ţi faci singur tort de casă!

Zicând asta, mama trânti farfuria cu tortul, astfel încât aceasta ateriză sub nasul tatei, îşi şterse mâinile de şorţ şi o luă cu paşi grăbiţi prin grădină, către casă.

Ajunsă în fața casei, își smulse șorțul, peste cap, și-l aruncă pe jos.

– O, da! Treena, ar fi bine să-i arăți tatei unde sunt cărțile de bucate. Nu locuiește aici decât de douăzeci și opt de ani, n-are cum să le găsească singur.

După această scenă, petrecerea bunicului nu mai dură mult. Vecinii se împrăștiară, mulțumindu-ne pentru petrecerea *încântătoare*, în vreme ce aruncau priviri către bucătărie. Îmi dădeam seama că se simțeau la fel de inutili cum mă simțeam și eu.

– Asta mocnește de săptămâni bune, murmură Treena, pe când strângeam masa. Tata se simte neglijat. Iar mama nu poate înțelege de ce nu o lasă să evolueze și ea puțin.

M-am uitat la tata, care strângea, morocănos, șervețele și căni goale de bere din iarbă. Arăta de-a dreptul jalnic. Mi-am amintit-o pe mama, la hotelul din Londra, radiind de bucurie, grație noului ei stil de viață.

– Dar sunt bătrâni! Ar fi trebuit să fi rezolvat până acum divergențele din relația lor.

Treena se încruntă.

– Doar nu crezi...?

– Sigur că nu, zise ea, fără să pară însă atât de convinsă pe cât ar fi trebuit.

Am ajutat-o pe Treena să curețe în bucătărie și m-am jucat vreo zece minute Super Mario cu Thom. Mama rămase în camera ei, chipurile să lucreze la eseu, iar bunicul se retrase, cu oarecare ușurare, să se consoleze cu o cursă de mașini, la televizor. M-am întrebat dacă tata plecase iar la cârciumă, dar, când am dat să ies din casă, l-am găsit stând la volan, în dubița lui de serviciu.

Am ciocănit în geamul mașinii și tata a tresărit. Am deschis portiera și m-am suit lângă el. Mă gândeam că asculta, poate, meciurile de fotbal la radio, dar în cabină era liniște.

Tata răsuflă prelung.

– Pariez că mă crezi un măscărici bătrân.

– Nu ești un măscărici bătrân, tată, i-am zis, înghiontindu-l. Sau, mă rog, nu ești bătrân.

Am rămas tăcuţi, privind cum băieţii familiei Ellis se plimbau cu bicicletele pe stradă, cutremurându-ne amândoi când cel mai mic punea o frână prea bruscă şi derapa.

– Aş vrea ca lucrurile să rămână la fel. Cer prea mult?

– Nimic nu rămâne la fel, tată.

– Dar mi-e dor... mi-e dor de soţia mea, spuse el, extrem de deprimat.

– Ştii, te poţi bucura şi de faptul că eşti căsătorit cu o persoană în care pulsează încă viaţa. Iar mama e entuziasmată. Se simte de parcă ar vedea lumea cu alţi ochi. Doar că trebuie să-i laşi puţină libertate de mişcare.

Chipul lui căpătă o expresie aspră.

– E încă soţia ta, tată. Te iubeşte.

Într-un târziu, el îşi întoarse faţa spre mine.

– Şi dacă ea decide că eu sunt cel care nu mai are viaţă în el? Dacă toate situaţiile astea noi îi sucesc minţile şi... Dacă mă părăseşte? spuse el şi înghiţi în sec.

I-am strâns mâna. Apoi am stat puţin pe gânduri, m-am întins spre el şi l-am îmbrăţişat.

– N-o să laşi să se întâmple asta, tată.

Zâmbetul palid pe care mi-l dădu mă însoţi tot drumul spre acasă.

Lily sosi chiar când mă pregăteam să merg la şedinţa de consiliere psihologică. Fusese iar la Camilla şi se întorsese la mine, aşa cum se întâmpla adesea, cu unghiile negre de la grădinărit. Plantaseră un întreg gard viu pentru o vecină, mă anunţă ea, bucuroasă, iar femeia fusese atât de mulţumită, încât îi dăduse treizeci de lire.

– De fapt, ne-a dat şi o sticlă de vin, dar i-am zis bunicii că poate s-o păstreze ea.

Am remarcat că spusese „bunica" fără să stea prea mult pe gânduri.

– A, şi am vorbit cu Georgina pe Skype aseară. Bine, la ea, în Australia, era dimineaţă, dar a fost drăguţ. Mi-a promis că-mi trimite pe e-mail o mulţime de poze cu ea şi cu tata când erau mici. Şi mi-a spus că semăn mult cu el. E drăguţă. Are un căţel pe nume Jakob, care urlă când ea cântă la pian.

Pe când ea vorbea, am pus pe masă un castron cu salată, pâine și brânză. M-am întrebat dacă era cazul să o anunț că Steven Traynor o sunase iar, a patra oară în tot atâtea săptămâni, sperând să o convingă să meargă să vadă bebelușul.

– Suntem cu toții o familie. Iar Della se simte mult mai *relaxată* acum, când copilul a venit pe lume în siguranță, îmi spusese el.

Dar m-am gândit că puteam purta această conversație cu altă ocazie. M-am întins să-mi iau cheile.

– A, înainte să pleci, aș vrea să-ți spun ceva, mă opri ea. Mă întorc la liceu.

– Poftim?

– O să mă înscriu la un liceu de lângă casa bunicii. Mai ții minte? Cel despre care ți-am povestit. Cel care chiar mi-a plăcut. Internat săptămânal. Doar pentru ultima clasă de liceu. Și o să stau la bunica în weekenduri.

Am rămas fără grai.

– Îmi pare rău că nu ți-am spus până acum. Dar totul s-a întâmplat atât de repede. I-am vorbit bunicii despre școală și, de curiozitate, ea a sunat acolo. Cei de la școală au spus că sunt binevenită și – n-ai să ghicești! – prietena mea Holly este încă acolo. Am vorbit cu ea pe Facebook și mi-a zis că abia așteaptă să mă întorc. Bine, nu i-am povestit nimic din ce s-a întâmplat și probabil că nici n-o să-i spun vreodată, dar e foarte bine. Ea mă știe așa cum eram înainte ca lucrurile să o ia razna. E o fată super, știi?

Am ascultat-o vorbind cu înflăcărare și m-am luptat cu senzația că fusesem aruncată ca o măsea stricată.

– Și când o să te întorci la școală?

– Trebuie să fiu acolo la începutul anului școlar, în septembrie. Bunica spune că probabil cel mai bine ar fi să mă mut cât mai curând la ea. Poate săptămâna viitoare?

– *Săptămâna* viitoare? am întrebat eu cu respirația întretăiată. Dar mama ta... mama ta ce părere are?

– E pur și simplu încântată că mă întorc la școală, mai ales că bunica o să plătească taxele. A trebuit să informeze școala despre situația mea de la fostul liceu și despre faptul că nu mi-am dat examenele. E clar că nu prea o suportă pe bunica, dar a spus că totul va fi bine. Mi-a spus: „Dacă asta te face fericită, Lily, eu mă bucur. Sper totuşi să nu o tratezi şi pe bunica ta cum i-ai tratat pe toţi până acum". O imitase foarte bine pe mama ei. Am surprins privirea bunicii când mama a spus asta şi am observat cum a ridicat puţin din sprâncene. Era clar ce gândea. Ţi-am zis că şi-a vopsit părul? Un fel de castaniu-închis. Îi stă foarte bine. Nu mai arată ca un bolnav de cancer.

- Lily!

- E în ordine, stai liniştită, râse ea, când m-am răstit la ea. Cred că genul ăsta de lucruri l-ar fi spus şi tata.

- Ei bine, am murmurat eu, când mi-am recăpătat suflul, se pare că totul s-a rezolvat.

- N-o spune cu tonul ăsta, mă săgetă ea cu privirea.

- Scuză-mă. Doar că... o să-mi fie dor de tine.

Ea îmi trimise un zâmbet larg, strălucitor.

- Nu-i adevărat, fleaţo, pentru că o să vin aici în vacanţe şi oricând o să pot. Nu pot să-mi petrec tot timpul în Oxfordshire, cu babalâcii. Cred că aş înnebuni. Dar e bine. Simt că bunica... simt că bunica e familia mea. Nu mi se pare ciudat. Am crezut că o să mi se pară, dar nu. Hei, Lou! strigă ea şi mă îmbrăţişă, entuziasmată. Vei rămâne prietena mea cea mai bună. Practic, eşti sora pe care n-am avut-o niciodată.

Am strâns-o şi eu în braţe şi am încercat să-mi păstrez zâmbetul pe chip.

- Şi, oricum, cred că ai nevoie de intimitate, zise ea şi-şi scoase guma din gură, învelind-o cu grijă într-o bucată de hârtie. Am auzit cum tu şi cu tipul sexy de pe ambulanţă v-o trăgeaţi pe hol, şi am fost cam oripilată.

Lily pleacă.

Unde pleacă?

Să stea cu bunica ei. Mă simt ciudat. E atât de fericită. Scuză-mă. N-aş vrea să discut numai despre probleme legate de Will, dar pur şi simplu n-am cu cine altcineva să vorbesc.

Lily își făcu bagajul, ștergând, voioasă, din cel de-al doilea dormitor al meu aproape orice urmă a sa, în afară de reproducerea după Kandinsky și de patul pliant, de un teanc de reviste glossy și de un tub gol de deodorant. Am lăsat-o la gară, ascultând-o cum turuia fără oprire și încercând să-mi ascund tulburarea pe care o simțeam. Camilla Traynor avea s-o aștepte la destinație.

– Ar trebui să vii și tu. Camera mea e foarte drăguță. Vecinul are un cal și mi-a spus că pot veni să călăresc. A, e și o cârciumă drăguță acolo.

Privi spre tabela electronică pe care era afișate plecările și sări în sus când văzu că trenul ei urmează să plece.

– Fir-ar să fie! Trenul meu. Unde e peronul unsprezece?

Începu să alerge repede prin mulțime, cu geanta atârnându-i pe umăr și cu pantalonii negri acoperindu-i picioarele lungi. Am rămas încremenită, privind cum se îndepărtează și mărește pasul.

Brusc, se întoarse și, zărindu-mă lângă intrarea în gară, îmi făcu cu mâna și zâmbi larg, în vreme ce părul îi flutura peste obraji.

– Hei, Lou! strigă ea. Am vrut să-ți spun: dacă mergi înainte nu înseamnă că nu l-ai iubit pe tata. Ba chiar sunt sigură că și el ți-ar fi zis asta!

Apoi dispăru, înghițită de mulțime.

Zâmbetul ei era leit cu al lui Will.

Ea n-a fost niciodată a ta, Lou.

Știu. Cred că ea era acel lucru care, simt asta, îmi dădea un scop în viață.

Mi-am oferit răgazul de a înțelege sensul acestor cuvinte.

Ne putem vedea? Te rog.

Sunt de serviciu la noapte.

Treci pe la mine după aceea?

Poate spre sfârșitul săptămânii. O să te sun.

Acel „poate" mă făcu să mă hotărăsc. Exista ceva decisiv în asta, precum închiderea lentă a unei uși. Am rămas cu privirea ațintită la telefon pe când călătorii roiau în jurul meu și am simțit că ceva se schimbă în mine. Puteam să merg acasă și să jelesc pierderea unui alt lucru sau puteam să mă bucur de o libertate neașteptată. Era ca și cum o luminiță se aprinsese: singura modalitate de a evita să rămân în urmă era să încep să acționez.

Am ajuns acasă, mi-am făcut o cafea și m-am zgâit la peretele verde. Apoi am deschis laptopul.

Dragă domnule Gopnik,

Numele meu este Louisa Clark, și luna trecută ați avut amabilitatea de a-mi oferi o slujbă, pe care am refuzat-o. Înțeleg că postul se va fi ocupat deja, dar voi regreta pentru totdeauna dacă nu vă scriu acum.

Chiar mi-am dorit jobul oferit de dumneavoastră. Dacă fiica fostului meu angajator nu ar fi avut unele necazuri, aș fi acceptat slujba fără să stau pe gânduri. Nu vreau să o învinovățesc pentru decizia mea, deoarece a fost un privilegiu să o ajut. Dar voiam doar să spun că, dacă veți mai avea nevoie de cineva, sper să mă contactați. Știu că sunteți o persoană ocupată, așa că mă voi opri aici, dar am vrut neapărat să știți toate acestea.

Vă doresc toate cele bune,
Louisa Clark

Nu eram sigură de ceea ce făceam, dar cel puțin acționam cumva. Am trimis mesajul și, prin acel gest infim, brusc am simțit că am un scop. Am dat fuga la baie și am pornit dușul, aruncându-mi hainele și călcând pe cracii pantalonilor, în graba mea de a scăpa de ei și de a ajunge sub apa fierbinte. Am început să-mi săpunesc părul, deja făcând planuri. Voiam să merg la stația de ambulanțe, să-l găsesc pe Sam și să...

Soneria de la ușă țârâi. Am înjurat și am tras un prosop pe mine.

– L-am făcut! zise triumfătoare mama.

Mi-au trebuit câteva momente ca să realizez că în pragul ușii se afla ea, ținând în mână o geantă de voiaj. Am strâns prosopul pe corp, în vreme ce apa din păr se scurgea pe covor.

– Pe cine ai făcut?

Ea intră şi închise uşa în urma ei.

– Pe taică-tu. Protestează fără încetare, orice aş face. Se poartă de parcă aş fi vreo târfă, pentru simplul fapt că îmi doresc puţin timp pentru mine. Aşa că i-am zis că vin la tine, pentru o scurtă pauză.

– O pauză?

– Louisa, nici nu-ţi închipui. Întruna tună şi fulgeră. Nu pot să rămân de piatră, înţelege-mă. Toţi oamenii se schimbă. Eu de ce nu m-aş schimba?

Era ca şi cum aş fi nimerit în mijlocul unei discuţii ce se desfăşura deja de o oră. Probabil într-un bar. După ora închiderii.

– Când am început cursul despre feminism, mi se părea cumva exagerat. Controlul patriarhal al bărbatului asupra femeii? Chiar şi cel inconştient? Ei bine, nu e afirmat nici jumătate din adevăr. Pur şi simplu, tatăl tău nu poate vedea în mine altceva decât o persoană care să-i gătească şi să-i facă copii.

– Ooo...

– Ooo! Nu ţi se pare prea mult?

– Posibil.

– Hai să facem un ceai şi mai discutăm, propuse mama şi, trecând pe lângă mine, intră în bucătărie. Ei, asta arată un pic mai bine. Dar încă nu sunt prea sigură în legătură cu verdele ăla. Nu prea se asortează. Unde sunt pliculeţele de ceai?

Mama se aşeză pe canapea şi, pe când ceaiul ei se răcea, am ascultat diatriba ei plină de frustrare şi am încercat să nu mă gândesc cât era ceasul. Sam avea să sosească la serviciu în jumătate de oră. Mi-ar fi luat douăzeci de minute să ajung la staţia de ambulanţă. Dar mama nu contenea din povestit, ridicând, în răstimpuri, vocea şi agitându-şi mâinile, şi ştiam deja că n-aveam să mai merg nicăieri.

– Ştii cât de sufocant e să ţi se spună că nu vei fi niciodată capabilă să te schimbi? Pentru tot restul vieţii tale? Fiindcă nimeni altcineva nu te vrea? Ştii cât de groaznic e să te simţi legată de mâini şi de picioare?

Am încuviinţat din cap, cu putere. Ştiam. Chiar ştiam.

– Sunt sigură că tata n-ar dori să te simţi astfel, dar, ascultă, eu...

– I-am sugerat chiar să urmeze un curs la seral. Ceva ce i-ar plăcea... ştii, să repare obiecte vechi, să deseneze, lucruri de genul ăsta. Nu m-aş supăra nici dacă s-ar uita la nuduri. Am crezut că putem evolua împreună! Genul ăsta de femeie încerc să fiu, care nu se supără când soţul ei se uită la nuduri, dacă o face în numele artei... Dar el o ţine pe-a lui: „De ce m-aş coborî eu să fac aşa ceva?“ Zici că a intrat la menopauză. Cât despre felul cum mă atacă pentru că nu mă epilez pe picioare! O, vai de zilele mele! E aşa de ipocrit. Ştii cât de lung are părul din nas, Louisa?

– Nnn...uuu.

– Păi să-ţi spun eu! Şi-ar putea şterge farfuria cu el. De cincisprezece ani îl tot bat la cap pe bărbier să i-l tundă, ştii? De parcă ar fi un copil. Şi mă supăr că n-o face? Nu! Fiindcă aşa e el. E o fiinţă umană. Cu păr în nas şi toate celelalte! Dar, dacă eu îndrăznesc să n-am pielea de pe picioare catifelată ca fundul de bebeluş, el se comportă de parcă aş fi Chewbacca!

Mai erau zece minute până la şase. Sam urma să intre în tură la şase şi jumătate. Am oftat şi mi-am înfăşurat prosopul pe mine.

– Şi...mmm... cât crezi că o să stai pe aici?

– Sinceră să fiu, nici nu ştiu, răspunse mama, sorbind din ceai. Cei de la asistenţa socială îi aduc acum masa bunicului, aşa că nu trebuie să fiu tot timpul acolo. Aş putea sta la tine câteva zile. Ne-am distrat de minune ultima oară când am fost aici, nu? Am putea merge mâine să vedem ce face Maria de la toalete. N-ar fi grozav?

– Ba da.

– Perfect. Atunci mă duc să-mi fac patul pliant. Unde e?

Tocmai ne ridicaserăm, când se auzi iar soneria. Am deschis uşa, aşteptându-mă la vreun băiat care livrează pizza, în schimb am zărit-o pe Treena, şi, în spatele ei, cu mâinile îndesate în buzunarele pantalonilor, ca un adolescent recalcitrant, era tata.

Ea intră în casă fără ca măcar să se uite la mine.

– Mamă, e ridicol. Nu poţi, pur şi simplu, să fugi de tata. Câţi ani ai? Paisprezece?

– Dar nu fug, Treena. Îmi ofer un respiro.

– Uite ce e! O să stăm aici până puneți odată la punct situația asta ridicolă. Știi că tata doarme în dubiță, Lou?

– Ce? Asta nu mi-ai spus, m-am întors eu către mama.

Ea își ridică bărbia.

– Păi n-am apucat, pentru că ai tot vorbit.

Mama și tata stăteau ca doi străini, fără să se uite unul la celălalt.

– N-am nimic să-i spun tatălui tău în momentul ăsta, zise mama.

– Stați jos! Amândoi, se rățoi Treena.

Se îndreptară spre canapea, trimițându-și unul altuia căutături pline de resentimente.

– Bun, acum hai să pregătim ceaiul, zise Treena, întorcându-se către mine. După aceea vom rezolva problema ca o familie.

– O idee nemaipomenită! am exclamat eu, intuind o oportunitate. E lapte în frigider. Ceaiul e alături. Serviți-vă! Trebuie să ies o jumătate de oră.

Și, înainte ca vreunul dintre ei să mă poată opri, mi-am tras pe mine un tricou și niște blugi și am ieșit în fugă din apartament, cu cheile de la mașină.

L-am zărit chiar când întorceam mașina în parcarea stației pentru ambulanțe. Se îndrepta spre ambulanță, cu rucsacul atârnându-i pe umăr, și o dorință se trezi în mine. Cunoșteam acel trup viguros, încântător, unghiurile delicate ale chipului său. El se întoarse și încetini pașii, ca și cum aș fi fost ultima persoană pe care s-ar fi așteptat să o vadă. Apoi își continuă drumul către ambulanță, trăgând de ușile din spate pentru a le deschide.

Am străbătut parcarea, îndreptându-mă spre el.

– Putem sta de vorbă?

El ridică o butelie de oxigen ca pe un tub de fixativ și o prinse în suportul ei.

– Sigur. Dar nu acum, altă dată. Acum trebuie să plec.

– Nu suportă amânare.

Nici nu clipi. Se aplecă să ridice un pachet de tifon.

– Uite ce e... Voiam doar să-ți explic.... în legătură cu ce am mai discutat. Îmi place de tine, Sam. Chiar îmi place. Doar că... mi-e frică.

– Tuturor ne e frică, Lou.

– Ţie nu ţi-e frică de nimic.

– Ba da. Şi mie mi-e frică. Doar că nu de situaţiile pe care le-ai observat.

Sam îşi examină bocancii. Şi apoi o văzu pe Donna, alergând spre el.

– Ah, la naiba! Chiar trebuie să plec.

Am sărit în spatele ambulanţei.

– Vin cu tine. O să iau un taxi de oriunde din drum.

– Nu.

– Ei, haide! Te rog.

– Ca să am şi mai multe necazuri cu cei din comisia disciplinară?

– Roşu Doi, avem o înjunghiere. Bărbat tânăr! se auzi prin staţie.

Donna îşi aruncă geanta în spatele maşinii.

– Trebuie să plecăm, Louisa.

Simţeam că îl pierd. O puteam citi în tonul vocii lui, în felul cum îmi evita privirea. Am ieşit pe uşa din spate, înjurând pentru că întârziasem. Dar Donna mă luă de cot şi mă conduse spre scaunul de lângă şofer.

– Pentru numele lui Dumnezeu! se văită ea, când Sam dădu să protesteze. Toată săptămâna ai fost cu capsa pusă. Rezolvaţi odată chestia asta. O lăsăm pe undeva înainte să ajungem în Kingsbury.

Sam ocoli rapid ambulanţa către portiera pasagerului şi o deschise, aruncând o privire către biroul controlorului de tură.

– Donna ar fi un consilier de cuplu grozav. Bine, dacă noi am fi fost un cuplu, adăugă el, pe un ton mai aspru.

Nu era nevoie să-mi spună de două ori. Se urcă pe scaunul şoferului şi mă privi, ca şi cum ar fi vrut să-mi spună ceva, dar se răzgândi. Donna începu să pregătească echipamentul, în timp ce Sam porni motorul şi girofarul.

– Unde mergem?

– *Noi*, spre districtul Kingsbury. La vreo şapte minute distanţă, cu sirena şi girofarul pornite. *Tu*, spre strada principală, care e la două minute de Kingsbury.

– Deci am cinci minute la dispoziţie?

– Şi o lungă plimbare înapoi.

– Bun! am zis eu, dar am realizat, pe când Sam gonea în viteză, că n-aveam habar cu ce ar fi trebuit să încep.

Capitolul 26

– Uite cum stau lucrurile, i-am spus, chiar când el dădu semnalul şi se încadră pe stradă.

Trebuia să strig, pentru că sirena făcea un zgomot asurzitor.

Atenţia lui era concentrată asupra drumului. La un moment dat, se uită la ecranul computerului de pe bord.

– Ce avem, Donna?

– Posibilă înjunghiere. Două apeluri. Un bărbat tânăr, prăbuşit în casa scării.

– Chiar e un moment potrivit ca să discutăm? am întrebat eu.

– Depinde ce vrei să-mi zici.

– Nu că nu mi-aş dori o relaţie. Doar că sunt puţin confuză.

– Toţi sunt aşa, interveni Donna. Fiecare tip cu care ies mă anunţă, de la început, că nu prea are încredere în oameni. Se uită la Sam şi bâigui: A, scuze. Nu mă lua în seamă.

Sam nu-şi dezlipea ochii de la drum.

– Până mai ieri, mă considerai un ticălos egoist pentru că deciseseşi că mă culc cu alte femei. Acum, mă ţii la distanţă, fiindcă eşti încă ataşată de altcineva. E prea...

– Will nu mai e. Ştiu asta. Dar nu mă pot arunca într-o nouă relaţie cu uşurinţa cu care poţi tu, Sam. Simt că abia acum mă pun pe picioare, după o lungă... nu ştiu... am fost un dezastru.

– Ştiu. Doar te-am cules de pe jos.

– Dacă vrei să știi, îmi placi foarte mult. Îmi placi atât de mult, încât, dacă între noi lucrurile s-ar sfârși rău, aș reveni la acele sentimente. Și nu sunt sigură că sunt suficient de puternică.

– Și cum s-ar întâmpla *asta*?

– M-ai putea părăsi. Te-ai putea răzgândi. Ești un tip chipeș. Poate că vreo altă femeie o să cadă de pe bloc, o să-ți aterizeze în brațe, iar tu ai putea s-o placi. Sau te-ai putea îmbolnăvi. Sau ai putea să ai un accident de motocicletă.

– Timp de sosire estimate, două minute, zise Donna, uitându-se pe ecranul GPS. Sinceră să fiu, nu ascult ce vorbiți.

– Poți spune asta despre oricine, Lou. Și ce dacă? Să stăm și să nu facem nimic în fiecare zi, de teamă să nu avem un accident? Asta-i viață? întrebă el și viră așa de brusc la stânga, încât a trebuit să mă țin de scaun.

– Sunt încă o gogoașă cu gaură la mijloc. Mi-aș dori să devin o brioșă. Chiar mi-aș dori. Dar deocamdată sunt o gogoașă cu gaură la mijloc.

– Iisuse, Lou! Cu toții suntem așa! Crezi că n-am văzut cum sora mea era măcinată de cancer și n-am știut că aveam să sufăr, nu doar pentru ea, ci pentru fiul ei, în fiecare zi a vieții mele? Crezi că nu știu cum e să te simți astfel? Există un singur răspuns, și-ți pot spune asta pentru că o văd în fiecare zi. Trebuie *să trăiești*. Și să te arunci în orice experiență și să încerci să nu te gândești că te rănești.

– O, minunat! spuse Donna, aprobând cu o mișcare a capului.

– *Încerc*, Sam. Nici n-ai idee ce progrese am făcut.

Și apoi am ajuns. Semnul de la intrarea în districtul Kingsbury apăru în fața noastră. Am pătruns printr-o arcadă uriașă, am trecut de o parcare și apoi am intrat într-o curte întunecată, unde Sam opri și înjură încet.

– Fir-ar să fie! Aici ar fi trebuit să te lăsăm.

– Nu-mi place să întrerup, zise Donna.

– O să aștept până vă întoarceți, am spus eu, încrucișându-mi brațele pe piept.

– N-are nici un rost.

Sam sări din mașină și-și luă geanta de paramedic.

– N-o să mă dau de ceasul morții ca să te conving să fii cu mine. Off, rahat! Nenorocitele de semne lipsesc. Ar putea să fie oriunde.

Am privit în jur, la amenințătoarele clădiri din cărămidă cafenie. Erau, probabil, douăzeci de scări în acele blocuri și în nici una n-ai fi vrut să intri dacă nu erai însoțit de un bodyguard solid.

Donna ridică din umeri.

– Ultima oară când am fost aici pentru un infarct, abia după patru încercări am găsit blocul cu pricina, iar ușa scării era încuiată. A trebuit să-l găsim pe administrator ca să ne deschidă înainte să putem aduce unitatea mobilă. Până am ajuns noi la apartamentul corect, bolnavul murise deja.

– Și tot aici, a fost un schimb de focuri de arme între două bande luna trecută.

– Vrei să chem și un echipaj de poliție? întrebă Donna.

– Nu. Nu mai e timp.

Domnea o liniște ciudată, deși abia dacă era trecut de opt seara. În cartierele din această parte a orașului, cu doar câțiva ani în urmă, copiii puteau ieși seara cu bicicletele pe afară, fumau țigări pe ascuns și făceau zarvă până târziu în noapte. Acum, locatarii se baricadau în case cu mult înainte să se întunece, iar ferestrele erau zăvorâte cu gratii metalice. Jumătate dintre becurile stâlpilor de iluminat fuseseră sparte, iar singurul rămas pâlpâia intermitent, ca și cum n-ar fi fost sigur dacă nu cumva e periculos să facă lumină.

Sam și Donna ieșiseră din ambulanță și discutau pe un ton scăzut. Donna deschise ușa din stânga, se întinse și-mi dădu o jachetă fosforescentă.

– Bun. Pune asta pe tine și vino cu noi. Sam nu crede că ești în siguranță să rămâi aici.

– De ce n-a putut el să...

– Ah, voi doi! Pentru numele lui Dumnezeu! Uite, eu o iau pe aici, tu du-te după el pe acolo. Bine?

M-am holbat la ea.

– Rezolvați-vă problemele după, zise ea și plecă, ținând în mână aparatul de emisie-recepție.

L-am urmat îndeaproape pe Sam și am străbătut o alee lungă de beton, apoi o alta.

– Savernake House, mormăi el. De unde naiba să ştim noi care din astea e Savernake?

Staţia radio şuieră.

– Dispeceratul, ne puteţi da mai multe indicaţii? Pe clădirile de aici nu e nici un semn, şi nu ştim unde se află pacientul.

– Îmi pare rău, se auzi o voce. Harta noastră nu ne dă şi denumirile individuale ale blocurilor.

– N-ai vrea să merg eu în direcţia aia? am întrebat, arătând înspre înainte. Astfel, vom acoperi trei zone. Am telefonul la mine.

Ne-am oprit într-o scară care mirosea groaznic a urină şi a grăsime râncedă, de la ambalaje de fast-food. Aleile erau întunecate şi doar licărul sporadic al ecranelor televizoarelor din spatele ferestrelor dădeau de înţeles că în apartamentele mici locuia cineva. Mă aşteptasem să aud zgomote, mişcare, vreo vibraţie în aer care să ne ducă la cel rănit. Dar totul era straniu de încremenit.

– Nu, stai lângă mine, ai înţeles? se opuse Sam.

Mi-am dat seama că prezenţa mea acolo îi dădea o stare de nervozitate. M-am întrebat dacă nu cumva e cazul să plec, dar nu voiam să găsesc singură drumul de ieşire de acolo.

Sam se opri la capătul unei alei. Se întoarse şi scutură din cap, cu buzele lipite. Vocea Donnei se auzi în staţie, printre pârâituri:

– Nimic la capătul ăsta.

Şi atunci am auzit un ţipăt.

– Acolo! am zis eu, urmărind de unde venise sunetul. De partea cealaltă a cvartalului, în penumbră, am văzut o siluetă chircită pe jos, sub luminile slabe ale becurilor.

– Haide! mă îndemnă Sam şi am luat-o la fugă.

În meseria lui, viteza era totul, îmi spusese el cândva. Era unul dintre primele lucruri pe care paramedicii le învăţau – diferenţa de câteva secunde putea decide şansele de supravieţuire. Dacă pacientul sângera, avusese un atac cerebral sau un infarct, acele câteva secunde puteau fi cruciale pentru a-l ţine în viaţă. Am străbătut în goană aleile de beton până la scările murdare, care duhneau, şi apoi am traversat spaţiul verde până în locul în care se afla silueta prăbuşită la pământ.

Donna se afla deja lângă ea.

– E o fată, zise Sam și-și aruncă jos trusa. Sunt sigur că mi-au spus că e vorba de un bărbat.

Pe când Donna îi examina tinerei rănile, el sună la dispecerat.

– Da, bărbat tânăr, aparent afro-caraibian, răspunse dispecerul.

Sam închise stația.

– Probabil că au înțeles greșit. Uneori se aude foarte prost.

Fata avea în jur de șaisprezece ani, părul atent împletit și membrele desfăcute de parcă ar fi căzut recent. Era straniu de liniștită. M-am întrebat, în treacăt, dacă așa arătasem și eu când mă găsise Sam.

El se aplecă și-i luă fetei pulsul.

– Scumpo, mă auzi?

Tânăra nu se mișcă. Sam îi examină pupilele, pulsul, căile respiratorii. Fata respira și nu prezenta semne evidente de rănire. Și totuși, nu răspundea la nici un stimul. Sam cercetă cu privirea împrejurimile, apoi se uită la echipamentul lui.

– Trăiește?

Ochii lui Sam îi întâlniră pe cei ai Donnei. El se ridică în picioare și se uită în jur, adâncit în gânduri. Se uită atent în sus, la ferestrele blocurilor, care ne priveau asemenea unor ochi goi, neprietenoși.

– Ceva nu e-n regulă. Fii atentă, o să-i fac testul mâinii. În timpul ăsta, vreau să mergi la mașină și să pornești motorul. Dacă se întâmplă ceea ce cred eu, va fi nevoie s-o ștergem de aici.

– Ambuscadă legată de droguri? murmură Donna, privind în spatele meu.

– S-ar putea. Sau o răfuială între bande. Ar fi trebuit să verificăm locația. Sunt sigur că aici au avut loc schimburile de focuri de pe tura lui Andy Gibson.

Am încercat să-mi controlez vocea.

– Ce este testul mâinii?

– O să-i ridic mâna și o să-i dau drumul deasupra feței ei. Dacă se preface, își va da mâna într-o parte, ca să nu se lovească peste față. Testul ăsta nu dă greș niciodată. E ca un reflex. Dar, dacă ne urmărește cineva, n-aș vrea să-și dea seama că știm ce se petrece. Louisa, te prefaci că mergi la ambulanță ca să mai aduci echipament, da? O să fac testul de îndată ce-mi dai mesaj pe telefon că ai ajuns. Dacă e cineva prin preajmă, nu te sui în mașină. Te întorci aici. Donna, strânge trusa și fii pregătită. Te duci după ea. Dar nu mergeți împreună, altfel, își vor da seama, zise el și îmi întinse cheile mașinii.

Am luat o geantă, ca și cum ar fi fost a mea, și am început să merg cu pași grăbiți spre ambulanță. Deodată, am devenit conștientă de faptul că, din umbră, aș fi putut fi urmărită de oameni nevăzuți; bătăile inimii îmi bubuiau în urechi. Am încercat să mă mișc cât mai firesc, cu fața inexpresivă.

Drumul spre blocul unde lăsasem mașina mi se păru dureros de lung. Când am ajuns, am răsuflat ușurată. Am scos cheile, am deschis portiera și, când să urc la volan, mi s-a părut că aud o voce din umbră.

– Domnișoară!

Am privit în spatele meu. Nimic.

– Domnișoară!

Un tânăr apăru de după un stâlp de beton și un altul se iți în spatele lui, cu o glugă trasă pe față. Am făcut un pas spre ambulanță, pe când inima îmi bătea nebunește.

– Poliția e pe drum, i-am avertizat, încercând să-mi rețin tremurul vocii. Nu am medicamente aici. Nu vă apropiați, clar?

– Domnișoară, tipul e lângă tomberoane. Ăștia nu vor să ajungeți la el. Sângerează groaznic, domnișoară. Verișoara lui Emeka s-a trântit pe iarbă ca să vă păcălească. Să vă distragă atenția și să plecați.

– Cum? Ce vrei să spui?

– Tipul e lângă tomberoane. Trebuie să-l ajutați, domnișoară.

– Cee? Unde sunt tomberoanele?

Dar băiatul privi temător în spatele lui și, când m-am întors să repet întrebarea, amândoi dispăruseră în întuneric.

Am privit în jur, încercând să-mi dau seama unde era locul cu pricina. Și pe urmă am zărit, dincolo de garaje, marginea înaltă a unui container de gunoi din plastic, de un verde fosforescent. M-am strecurat prin întuneric, ferită de privirile celor din cvartalul principal, până am văzut o intrare ce ducea către zona cu pubele. Acolo, în spatele unui tomberon, am zărit două picioare desfăcute, în niște pantaloni de trening îmbibați în sânge. Bustul rănitului era înghesuit între tomberoane și m-am aplecat spre el. Băiatul își răsuci capul spre mine și gemu încet.

– Hei! Mă auzi?

– M-au omorât.

Sângele se prelingea, lipicios, din ceea ce păreau a fi două răni în picioarele lui.

– M-au omorât.

Am smuls telefonul și l-am sunat pe Sam, cu vocea scăzută și precipitată.

– Sunt la tomberoane, în dreapta ta. Te rog, vino repede.

L-am putut zări, privind în jur încet, până când mă localiză. Doi bătrâni, samariteni dintr-o altă generație, apăruseră lângă el. Îi puteam vedea cum îi pun întrebări despre fata căzută pe iarbă, în timp ce îngrijorarea li se citea pe chip. Sam o înveli pe fată cu o pătură, le ceru bătrânilor să stea cu ochii pe ea, apoi merse rapid la ambulanță, ținând în mână trusa, ca și cum s-ar fi grăbit să mai aducă echipamente medicale. Donna dispăruse.

Am deschis geanta pe care mi-o dăduse Sam, am scos un pachet de tifon și am încercat să fac un pansament, pe care să-l pun pe piciorul băiatului, dar era prea mult sânge.

– E în regulă. O să vină cineva să mă ajute. Într-o secundă, te ducem la ambulanță, l-am încurajat, având impresia că dau niște replici dintr-un film de duzină. Dar nu aveam habar ce altceva să spun. *Vino, Sam*, mă rugam în gând.

– Trebuie să mă scoateți de aici, gemu băiatul. Mi-am pus mâna pe brațul lui, încercând să-l liniștesc. *Hai, Sam! Unde naiba ești?* Și, brusc, am auzit motorul ambulanței pornind și am zărit mașina venind cu spatele spre mine, cu o asemenea viteză încât motorul părea că geme în semn de protest. Se opri cu scrâșnet de roți, iar Donna sări din mașină și, după ce deschise larg ușile din spate, veni în fugă spre mine.

– Ajută-mă să-l duc la mașină, zise ea. Trebuie să ieșim rapid de aici.

Nu mai aveam timp să scoatem targa. De undeva de deasupra noastră, am auzit strigăte și duduituri de pași. L-am cărat pe băiat pe după umeri către ambulanță și l-am așezat pe o targă, în spate. Donna trânti ușile în urma lui, iar eu am alergat la cabină; inima îmi bubuia în piept, și m-am aruncat pe scaunul de lângă Sam, încuind portierele. Acum îi puteam vedea, o bandă de bărbați îndreptându-se spre noi și având în mâini – cee? Pistoale? Cuțite? Am simțit un nod în gât și am privit pe geam. Sam străbătea spaţiul deschis dintre blocuri, privind în sus: îi zărise şi el.

Donna văzu înaintea lui pericolul: un bărbat ridicase un pistol, îndreptându-l spre Sam. Înjură cu voce tare şi demară în trombă cu spatele, ocolind garajul şi îndreptându-se direct spre spaţiul verde, unde Sam venea către noi. L-am văzut cum se apropie, iar verdele uniformei sale deveni tot mai pregnant, în oglinda retrovizoare.

- Sam! am strigat pe geamul maşinii.

Se uită la mine, apoi la indivizi.

- Lăsaţi ambulanţa în pace, ţipă la ei, încercând să acopere huruitul scos de ambulanţa care mergea cu spatele. Înapoi, aţi înţeles? Nu ne facem decât datoria.

- *Nu acum, Sam, nu acum,* şopti Donna, ca pentru ea.

Bărbaţii continuau să fugă pe scări, uitându-se spre noi, ca şi cum ar fi calculat cea mai rapidă cale să ajungă jos. Nici unul nu se opri, veneau către noi ca un val. Unul sări peste un zid, apoi coborî, dintr-un salt, treptele scării blocului. Voiam atât de mult să scap de acolo.

Dar Sam continua să meargă spre ei, cu braţele ridicate şi palmele deschise.

- Lăsaţi ambulanţa, băieţi, e în regulă? Suntem aici doar ca să ajutăm.

Glasul lui era calm, autoritar şi nu trăda nimic din spaima care pe mine aproape mă paralizase. Şi apoi am observat, în oglinda retrovizoare, că oamenii încetiniseră paşii. Nu mai alergau, ci mergeau. Îmi spuneam în gând: *O, slavă Domnului!* În spatele nostru, rănitul încă gemea.

- Asta e, zise Donna, aplecându-se. Hai, Sam! *Urcă* în maşină. Vino acum. Şi putem...

Bum.

Sunetul despică aerul, amplificat de spaţiul gol dintre blocuri, aşa încât am simţit, pentru o clipă, că întregul cap mi se mărise şi mi se contractase odată cu zgomotul. Şi apoi, prea repede...

Bum.

Am ţipat.

- *Ce naiba?* strigă Donna.

- Trebuie să plecăm de aici, răcni băiatul din spate.

M-am uitat înapoi, dornică să-l văd pe Sam venind. *Hai, vino acum. Te rog.* Dar Sam dispăruse. De fapt, nu dispăruse. Pe asfalt, se vedea ceva: o vestă fosforescentă. O pată galbenă pe asfaltul cenușiu.

Totul se opri.

Nu, mi-am zis. Nu.

Ambulanța opri cu scârțâit de roți. Donna ieși, iar eu am țâșnit după ea. Sam zăcea nemișcat și în jurul lui era sânge, mult sânge, prelingându-se într-o baltă tot mai mare. În depărtare, cei doi bătrâni o tuliră rapid spre apartamentele lor, pentru a fi în siguranță, iar fata care, chipurile, zăcea nemișcată o luă la fugă, străbătând spațiul verde cu viteza unei atlete. Iar indivizii continuau să se apropie, alergând pe aleile din jurul nostru. Am simțit un gust metalic în gură.

– *Lou! Prinde-l bine!* mă îndemnă Donna și l-am târât pe Sam către spatele ambulanței. Trupul lui era ca de plumb, ca și cum ar fi opus deliberat rezistență. L-am prins de guler, de subțiori, iar respirația îmi era întretăiată. Fața lui era albă ca varul, iar sub ochii pe jumătate închiși se zăreau cearcăne uriașe, negre, ca și cum n-ar mai fi dormit de o sută de ani. Sângele lui se prelingea pe pielea mea. Cum de nu știusem până atunci cât de cald e sângele? Donna era deja în ambulanță, târându-l, și amândouă îl împinserăm, ridicându-l; pe când îi trăgeam, pe rând mâinile și picioarele, un hohot de plans mi se opri în gât.

– *Ajutor!* am țipat, de parcă ar fi putut cineva să mă ajute. *Ajutor!*

Până la urmă, am reușit să-l urcăm în ambulanță, cu un picior într-un unghi nepotrivit, iar ușile se trântiră în urma mea.

Buf! Ceva lovi plafonul ambulanței. Am țipat și m-am ghemuit. Undeva, în străfundurile minții, îmi încolțise un gând. *Asta să fie? Așa voi muri, în blugii ăștia groaznici, în vreme ce, la câțiva kilometri distanță, părinții mei se ceartă cu sora mea din pricina unui tort?* Băiatul de pe targă zbiera, iar vocea lui era gâtuită de spaimă. Și atunci ambulanța țâșni înainte, virând spre dreapta, pe când indivizii se apropiau de noi din stânga. Am văzut o mână ridicându-se, și am crezut că aud iar o împușcătură. Instinctiv, m-am ghemuit din nou.

– *La dracu'!* înjură iar Donna și viră iar.

Mi-am ridicat capul. Puteam vedea ieșirea. Donna coti greu la stânga, apoi la dreapta, ambulanța ajungând să se deplaseze aproape pe două roți în momentul când Donna o bruscă după colț. Oglinda laterală lovi o mașină. O altă mașină fu cât pe ce să intre în noi, dar Donna trase scurt de volan și continuă să meargă. Am auzit bufnitura de pumn a unui individ furios în laterala ambulanței. Apoi, ajunserăm, în sfârșit, pe drumul principal, în vreme ce urmăritorii noștri abandonau rând pe rând fuga în urma ambulanței, recunoscându-se înfrânți.

– *Iisuse!*

Luminile albastre de semnalizare se aprinseră, iar Donna luă legătura prin stație cu spitalul. N-am putut desluși ce spune printre bătăile inimii cere-mi răsunau în timpane. Îi mângâiam fața lui Sam, cenușie și acoperită cu un luciu fin; ochii îi deveniseră sticloși. Era complet tăcut.

– Ce trebuie să fac? am strigat la Donna. *Ce trebuie să fac?*

Ea făcu un sens giratoriu cu scârțâit de roți și apoi își întoarse rapid capul spre mine.

– Găsește rana. Poți s-o vezi?

– Da, e la stomac. E o gaură aici. Două! Și mult sânge. O, Doamne, e atât de mult sânge aici, am zis eu, retrăgându-mi palmele roșii, strălucitoare. Am început să respir sacadat. Pentru o clipă, am simțit că leșin.

– Trebuie să fii calmă acum, Louisa, da? Sam respiră? Îi poți simți pulsul?

Am verificat din nou, am simțit ceva în interior și am răsuflat ușurată.

– Da, are puls.

– Nu mă pot opri acum. Suntem prea aproape. Ridică-i picioarele, da? Împinge-i genunchii în sus. Ține-i sângele în zona pieptului. Acum, deschide-i cămașa. Rupe-o! Vezi rana? Poți să mi-o descrii?

Acel abdomen, care se lipise cândva, cald și delicat, de mine, era acum o masă de carne roșie, găurită. Am scăpat un suspin.

– O, Doamne...

– Nu intra în panică, Louisa. Mă auzi? Aproape am ajuns. Trebuie să aplici presiune. Hai, poți face asta. Folosește pansamentul din pachet. Pe cel mare! Orice, numai oprește-i hemoragia. Ai înțeles?

Se întoarse cu fața spre drum, intrând cu ambulanța pe sens interzis. Băiatul de pe targă înjură în șoaptă, pierdut de acum în ghearele propriei dureri. În faţa noastră, maşinile se dădeau, supuse, din calea ambulanţei. O sirenă, întotdeauna se aude o sirenă. *Paramedic rănit. Repet, paramedic rănit. Rană la abdomen,* strigă Donna în staţie. *Timp estimat de sosire, trei minute. O să avem nevoie de o unitate de resuscitare.*

Am desfăcut bandajele, cu mâinile tremurânde, şi am sfâşiat cămaşa lui Sam, încordându-mi toate puterile când ambulanţa luă curba în viteză. Nu-mi venea să cred că acel trup inert era al omului cu care mă certasem cu doar cincisprezece minute mai devreme. Cum era posibil ca un om atât de solid să se prăbuşească astfel sub ochii mei?

– Sam! Mă auzi?

Eram aplecată deasupra lui, în genunchi, cu blugii înroşiţi de sânge. Avea ochii închişi. Când îi deschise, într-un târziu, părură să se fixeze asupra unui punct îndepărtat. M-am aplecat, ca să fiu în câmpul lui vizual şi, pentru o secundă, ochii lui se uniră cu ai mei; am văzut în ei un licăr, ca şi cum m-ar fi recunoscut.

I-am strâns mâna, aşa cum el mi-o strânsese cândva pe a mea într-o altă ambulanţă, în timpuri imemoriale parcă.

– O să te faci bine, mă auzi? O să te faci bine.

Nici o reacţie. Nici nu părea să-mi audă vocea.

– Sam, uită-te la mine. Sam!

Nimic.

Eram acolo, în acea cameră din Elveţia, iar Will îşi întorcea faţa de la mine. Îl pierdeam.

– Nu! Să nu îndrăzneşti să faci asta! Mi-am lipit faţa de a lui, cuvintele mele pătrunzându-i în ureche. Sam, rămâi cu mine, da? Palma mea se afla pe bandajul de tifon, trupul meu peste al lui, în vreme ce ambulanţa ne legăna. Am auzit sunetul unui suspin de plâns şi am realizat cu întârziere că era al meu. I-am întors faţa cu palmele, forţându-l să se uite la mine. Rămâi cu mine. Mă auzi? Sam? *Sam! Sam!*

Niciodată nu simţisem o spaimă ca aceea. Mă îngrozeau privirea lui fixă, căldura umedă a sângelui său, ca un val ce creştea.

O uşă se închide.

– Sam!

Ambulanţa se oprise.

Donna sări în spate şi, rupând o pungă de plastic, scoase din ea medicamente, un tampon alb şi o seringă şi injectă ceva în braţul lui Sam. Cu mâini tremurânde, îi puse o perfuzie şi-i aplică o mască de oxigen pe faţă. Am auzit afară un bipuit. Tremuram puternic.

– Stai aici! îmi ordonă Donna, pe când încercam să mă dau din calea ei. Menţine presiunea. Aşa! E foarte bine. Te descurci de minune, zise ea şi-şi plecă faţa peste el. Hai, amice! Hai, Sam! Aproape am ajuns. De afară se auzeau sirene, în timp ce Donna vorbea şi mânuia rapid şi cu pricepere echipamentul, într-o permanentă mişcare.

– O să fii bine, bătrânul meu camarad. Rezistă, bine?

Pe monitor pâlpâiau dungi verzi şi negre, bipuind.

Apoi uşile se deschiseră, iar ambulanţa fu inundată de luminile neoanelor. Paramedici, indivizi în uniforme verzi, asistente în halate albe îl traseră afară pe băiatul rănit, care încă se văita şi înjura, şi apoi pe Sam, ridicându-l uşor de lângă mine şi scoţându-l în noaptea întunecată. Sângele lui picură pe podeaua ambulanţei şi, încercând să mă ridic, am alunecat şi am pus o mână în dreapta. Palma mi se înroşi.

Vocile lor scădeau în intensitate. Am zărit, preţ de o clipă, chipul Donnei, care era albă de spaimă, apoi s-a auzit o voce răstită:

– Direct în sala de operaţii!

Am rămas în picioare, între uşile ambulanţei, urmărind cum îl duceau în fugă pe Sam, ghetele lor bocănind pe asfalt. Uşile spitalului se deschiseră şi îl înghiţiră, iar, când se închiseră la loc, am rămas singură în tăcerea parcării de ambulanţe.

Capitolul 27

Orele petrecute în așteptare la spital se scurgeau altfel. Abia dacă băgam de seamă cum trecea timpul atunci când îl așteptam pe Will, de la controalele lui periodice; citeam reviste, trimiteam mesaje pe telefon, coboram scările să cumpăr o cafea tare din holul mare al spitalului, îmi făceam griji în privința prețului parcării. Și mă prefăceam că mă vait cât de mult durau, întotdeauna, aceste lucruri.

Acum ședeam pe un scaun de plastic, cu mintea golită de gânduri și cu privirea fixată pe un perete, incapabilă să spun de cât timp mă aflam acolo. Nu puteam gândi. Nu puteam simți. Doar existam: eu, scaunul de plastic, linoleumul care scârțâia sub tenișii mei plini de sânge.

Tuburile de neon de deasupra aruncau o lumină rece peste asistentele care treceau cu pași repezi pe lângă mine, abia aruncându-mi câte-o privire fugară. La ceva timp după ce sosisem, una dintre ele fusese îndeajuns de amabilă încât să-mi arate unde e baia, așa că m-am putut spăla pe mâini, deși vedeam încă sângele lui Sam în jurul unghiilor, cuticule de culoarea ruginii, care aminteau de grozăvia petrecută mai devreme. Bucăți din el în bucăți din mine. Bucăți din el acolo unde n-ar fi trebuit să fie.

Când închideam ochii, auzeam voci, șuieratul ascuțit al glonțului lovind plafonul ambulanței, ecoul împușcăturii, sirena, numai sirena. Vedeam chipul lui, clipa scurtă în care Sam mă privise și nu simțisem nimic – nici o panică, nimic, cu excepția, poate, a unei vagi mirări de a-l vedea acolo, pe caldarâm, incapabil să se miște.

Şi îmi rămăseseră pe retină acele răni, nu ca două găuri perfecte, ca în filme, ci nişte chestii vii, pulsând şi pompând sânge în afară, ca şi cum ar fi încercat, cu răutate, să scape de el.

Stăteam nemişcată pe acel scaun de plastic, fiindcă nu ştiam ce altceva să fac. Undeva, la capătul holului, se aflau sălile de operaţii. Sam era acolo chiar în acel moment. Viu sau mort. Fie era transportat pe o targă cu roţi în vreun pavilion îndepărtat, înconjurat de colegii lui, bucuroşi şi uşuraţi că scăpase cu viaţă, fie cineva îi trăgea o pânză verde peste...

Mi-am îngropat faţa în palme, în timp ce ascultam cum aerul intră şi iese din plămâni. Trupul meu avea un miros nefamiliar: de sânge şi antiseptic, dar şi un iz acru, căpătat în urma spaimei viscerale. În răstimpuri, observam, în treacăt, că mâinile îmi tremură, dar nu eram sigură dacă era din cauza glicemiei scăzute sau a epuizării, iar gândul de a încerca să caut ceva de mâncare mi se părea mai presus de puterile mele. Chiar şi simpla mişcare.

Sora mea îmi trimisese, cu ceva timp înainte, un mesaj pe telefon.

Unde eşti? Noi mergem să luăm o pizza. Mama şi tata discută, dar am nevoie de tine aici, pe post de Naţiunile Unite.

Nu i-am răspuns. Nici nu-mi trecea prin cap ce anume i-aş fi putut spune.

Tata vorbeşte iar despre picioarele ei neepilate. Te rog să vii. S-ar putea să iasă urât. Nu m-ar mira ca mama să-i pună pizza în cap.

Am închis ochii şi am încercat să-mi amintesc cum mă simţisem, cu o săptămână în urmă, să stau întinsă pe iarbă lângă Sam, felul în care picioarele lui întinse erau mult mai lungi decât ale mele, parfumul liniştitor al tricoului său, murmurul şoptit al vocii sale, razele soarelui pe faţa mea. Chipul lui, întorcându-se către mine ca să-mi fure săruturi, felul cum el părea, în taină, mulţumit după fiecare sărutare. Felul cum mergea, uşor aplecat înainte, deşi reuşea să-şi păstreze centrul de greutate – Sam era cel mai solid bărbat pe care-l întâlnisem vreodată – ca şi cum nimic nu l-ar fi putut doborî.

Am simţit bâzâitul şi am scos telefonul din buzunar, ca să citesc mesajul de la Treena. *Unde eşti? Mama îşi face griji.* M-am uitat la ceas. Era 10:48 PM. Nu-mi venea să cred că eram aceeaşi persoană care se trezise în acea dimineaţă şi o lăsase pe Lily la gară. M-am rezemat cu spatele de scaun, am rămas o clipă pe gânduri, după care am început să tastez.

Sunt la spitalul municipal. S-a întâmplat un accident. Eu sunt bine. O să mă întorc când o să știu

când o să știu

Degetul meu se plimbă peste taste. Am clipit și, după o clipă, am trimis mesajul.

Apoi am închis ochii și am început să mă rog.

Mi-am revenit în simțiri la zgomotul făcut de ușile batante. Mama venea grăbită în hol, îmbrăcată cu haina ei cea bună și cu brațele deja desfăcute.

– Ce naiba s-a întâmplat?

Treena o urma îndeaproape, trăgându-l după ea pe Thom, îmbrăcat în pijama și cu hanoracul pe deasupra.

– Mama n-a vrut să vină fără tata și nici eu n-am acceptat să rămân acasă.

Thom mă privi somnoros și flutură spre mine o mânuță umedă.

– N-am avut nici cea mai vagă idee de ce ți s-a întâmplat, zise mama și, așezându-se lângă mine, îmi studie chipul. De ce nu ne-ai spus nimic?

– Ce s-a întâmplat?

– Sam a fost împușcat.

– Împușcat? Prietenul tău paramedic?

– Cu un pistol? întrebă Treena.

Abia atunci, mama observă blugii mei. Se holbă la petele mari de sânge, nevenindu-i a crede, și se întoarse, amuțită, spre tata.

– Eu eram cu el.

Mama își presă palma peste gură.

– Tu ești bine? întrebă ea și, văzând răspunsul afirmativ în ochii mei, cel puțin fizic, continuă: Dar el... el e bine?

Toți patru stăteau înaintea mea, cu fețele împietrite de șoc și îngrijorare. Deodată, m-am simțit ușurată să-i am acolo.

– Nu știu, am zis și, când tata veni să mă ia în brațe, am izbucnit, în sfârșit, în plâns.

*

Mi s-a părut că am stat cu toţii, pe acele scaune de plastic, ani de zile. Sau, oricum, pe-aproape. Thom adormi în poală la Treena, cu chipul palid în lumina neoanelor şi cu pisica de pluş îndesată în spaţiul moale şi mătăsos dintre gâtul şi bărbia lui. Mama şi tata şedeau de o parte şi de alta a mea şi-mi strângeau mâinile între palmele lor sau mă mângâiau pe obraji, dându-mi asigurări că totul avea să fie bine. Mi-am sprijinit capul pe umărul tatei şi am plâns în tăcere, în timp ce mama îmi ştergea faţa cu batista curată, pe care o purta veşnic la ea. Când şi când, mai cobora în holul spitalului, după cafea şi ceai fierbinte.

– N-a mai făcut asta de una singură de un an, se miră tata prima dată când mama plecase după băuturi.

N-am putut să-mi dau seama dacă rostise cuvintele acelea cu admiraţie sau cu regret.

Am vorbit puţin. Nu era nimic de spus. În mintea mea, cuvintele se repetau ca o mantră – *Doamne, fă-l să fie bine. Să fie el bine. Să fie el bine.*

Asta face o catastrofă: să alunge din viaţa ta lucrurile neimportante şi îndoielile, acelea *oare chiar ar fi trebuit* şi *ce-ar fi fost dacă.* Acum simţeam că îl vreau pe Sam. Ştiam asta cu o claritate de cristal. Voiam să-i simt braţele în jurul meu, să-l aud vorbind şi să stau în cabina ambulanţei lui. Voiam să-mi facă o salată cu legume din grădina lui şi să-i simt pieptul dezgolit şi cald ridicându-se şi coborând ritmic, sub braţul meu, când el dormea. De ce nu fusesem în stare să-i spun asta? De ce irosisem aşa de mult timp îngrijorându-mă pentru ceea ce nu era important?

Apoi, pe când mama tocmai intra prin uşa de la celălalt capăt al holului, ţinând în mâini un suport de carton cu patru ceaiuri în el, uşile sălii de operaţie se deschiseră, iar Donna apăru, cu uniforma încă pătată de sânge, trecându-şi palmele prin păr. M-am ridicat. Ea încetini înaintea noastră, cu o mină gravă şi cu ochii înroşiţi de oboseală. Pentru o clipă, am crezut că leşin. Privirile noastre se întâlniră.

– Rezistent ca un taur, individul ăla!

Pe când scoteam un suspin involuntar, ea îmi atinse mâna.

– Te-ai descurcat bine, Lou, zise, cu o răsuflare prelungă, tremurândă. Te-ai descurcat bine în noaptea asta.

Sam petrecu noaptea la terapie intensivă, iar dimineață îl transferară într-un salon special, pentru cazuri deosebite. Donna îi sună pe părinții lui și mă asigură că, după ce avea să doarmă puțin, urma să treacă pe la el pe acasă, să dea de mâncare la păsări. Am mers cu ea să-l văd pe Sam la puțin timp după miezul nopții, dar el dormea, cadaveric încă, cu o mască de oxigen pe aproape toată fața. Am vrut să mă apropii mai mult de el, dar mi-a fost teamă să-l ating, din cauză că era conectat la toate acele fire, tuburi și monitoare.

– Chiar se va face bine?

Ea încuviință din cap. O asistentă veni lângă pat și, fără o vorbă, îi luă lui Sam pulsul și verifică nivelurile afișate pe monitoare.

– A avut noroc că l-au împușcat cu o armă mai veche. Astăzi, o mulțime de puști dețin arme semiautomate. Asta i-ar fi fost fatal, zise ea și se frecă la ochi. Probabil că vor da la știri cazul lui, dacă nu se mai întâmplă nimic altceva. Dar am înțeles de la un alt echipaj că o femeie și copilul ei au fost uciși azi-noapte, pe Athena Road, așa că e posibil ca Sam să nu mai apară deloc la știri.

Mi-am întors privirea de la el spre ea.

– Dar tu o să continui?

– Ce să continui?

– Să lucrezi ca paramedic.

Donna făcu o față de parcă n-ar fi înțeles întrebarea.

– Normal, asta e meseria mea. Mă bătu ușor pe umăr, apoi se îndreptă spre ușă. Încearcă să dormi puțin, Lou. Oricum, probabil până mâine Sam n-o să se trezească, din cauza anesteziei.

Părinții mei mă așteptau, când m-am întors în holul spitalului. Nu-mi ziseră nimic, dar am înclinat din cap, dând de înțeles că Sam era bine. Tata îmi prinse brațul, iar mama mă mângâie cu blândețe pe spate.

– Hai să mergem acasă, scumpo, zise ea. Să-ți iei niște haine curate pe tine.

Se pare că există un anumit ton al vocii folosit de un angajator care, cu câteva luni în urmă, trebuia să asculte motivul pentru care tu nu puteai să vii la muncă, fiindcă tocmai căzuseşi de pe un bloc cu cinci etaje, şi acum asculta cum îi ceri un schimb de tură, fiindcă un bărbat, care putea sau nu să fie iubitul tău, fusese împuşcat de două ori în stomac.

– Tu... sau el... ce-a păţit?

– A fost împuşcat de două ori. A ieşit de la terapie intensivă, dar aş vrea să fiu lângă el dimineaţă, când se trezeşte din anestezie. Aşa că mă întrebam dacă putem face schimb de ture.

Urmă o scurtă tăcere.

– Păi... bine... în regulă, ezită el. Chiar a fost împuşcat? Vreau să spun... cu o armă adevărată?

– Dacă vrei, poţi veni să examinezi găurile.

Vocea mea era atât de calmă, încât aproape mă pufni râsul.

Am mai pus la punct unele detalii logistice – trebuia să dea nişte telefoane furnizorilor, să primească o vizită din partea conducerii – şi, înainte să închid, Richard rămase iar tăcut, după care mă întrebă:

– Louisa, viaţa ta e mereu aşa?

M-am gândit la cea care fusesem până în urmă cu doi ani şi jumătate, când zilele mele se împărţeau în plimbări scurte între casa părinţilor şi cafenea, la rutina de marţi seara, când fie îl priveam pe Patrick antrenându-se, fie cinam cu părinţii mei. Am privit coşul de gunoi din colţul camerei, în care erau acum tenişii mei murdari de sânge.

– Probabil. Deşi mi-ar plăcea să cred că asta e doar o etapă.

– Bun, spuse el, cu o voce mai însufleţită. Bine, atunci. Te rog, nu uita de oferta specială pentru suporturile de pahare de bere. Ar trebui să dai comanda până mâine-dimineaţă.

– Am înţeles, şefu', am zis eu.

După micul dejun, părinţii mei plecară acasă. Mama n-ar fi vrut să plece, dar am asigurat-o că sunt bine şi că nu ştiam unde aveam să fiu în următoarele câteva zile, aşa că n-ar fi avut rost să mai rămână. De asemenea, i-am reamintit că ultima oară când bunicul fusese lăsat singur mai mult de douăzeci și patru de ore, devorase două borcane cu gem de zmeură și o cutie cu lapte praf, în locul meselor obișnuite.

– Chiar ești bine, așadar, mă mângâie ea pe obraz.

Nu rostise cuvintele pe un ton interogativ, deși în mod clar era o întrebare.

– Mami, sunt bine.

Ea scutură din cap și se aplecă să-și ridice geanta.

– Nu știu, Louisa, parcă le cauți.

Rămase surprinsă când văzu că râd. Poate că reacția mea fusese o consecință a șocului. Dar îmi place să cred că realizasem că nu-mi mai era teamă de nimic.

Mi-am făcut un duș, încercând să ignor apa rozalie care curgea de pe picioarele mele, și m-am spălat și pe cap. Apoi am cumpărat cel mai arătos buchet de flori pe care l-am găsit la magazinul lui Samir, iar pe la zece dimineața eram iar la spital. Părinții lui Sam sosiseră cu câteva ore în urmă, mă anunță o asistentă, pe când mă conducea spre salon. Acum plecaseră acasă la Sam, împreună cu Jake și tatăl lui Jake, să-i aducă niște lucruri.

– Nu prea era conștient atunci când au venit ei, dar acum și-a mai venit în fire, zise femeia. E normal după anestezie. Unii își revin mai repede decât alții.

Am încetinit pașii când am ajuns la ușă. Îl puteam vedea deja pe Sam prin peretele de sticlă, avea ochii închiși, așa cum fuseseră și noaptea trecută, iar brațul lui, legat la diverse monitoare, atârna inert de-a lungul corpului. Pe obraji, firele de barbă începuseră să apară și, deși era încă palid ca o nălucă, își mai recăpătase din expresia chipului.

– Ești sigură că e în regulă să intru?

– Tu ești Louise, nu? A tot întrebat de tine, zâmbi asistenta și își încreți nasul. Strigă-mă când te plictisești de el. E adorabil.

Am împins ușa, încet, iar el deschise ochii, întorcându-și puțin capul. Mă privi, ca și cum m-ar fi așteptat de mult, și atunci am răsuflat ușurată.

– Unii oameni ar face orice să se aleagă cu mai multe cicatrice decât mine, l-am tachinat, închizând ușa în urma mea.

– Da, corect. M-am înscris și eu în competiție, murmură el, cu un glas dogit, surâzându-mi.

Mi-am schimbat greutatea corpului de pe un picior pe celălalt. Uram spitalele. Aș fi făcut aproape orice să nu mai intru vreodată într-unul.

– Vino încoace.

Am pus florile pe masă și m-am apropiat de el. Își mută brațul, făcându-mi semn să iau loc pe pat, lângă el. M-am așezat și, fiindcă nu mă simțeam bine să-l privesc de sus, m-am întins cu grijă lângă el, atentă să nu deranjez ceva sau să-l rănesc. Mi-am pus capul pe umărul lui și am simțit greutatea binevenită a capului său, apropiindu-se să se odihnească lângă al meu. Își ridică brațul și mă cuprinse blând cu el. Am rămas tăcuți o vreme, ascultând pașii asistentelor care treceau pe hol și murmurul îndepărtat de voci.

– Am crezut că o să mori, i-am șoptit.

– Ei, se pare că o femeie extraordinară, care n-ar fi trebuit să se afle în ambulanță, a reușit să-mi încetinească hemoragia.

– Da, e o femeie grozavă.

– Și eu m-am gândit la fel.

Am închis ochii, simțind căldura pielii lui pe obraz și mirosul puternic de dezinfectant pe care corpul lui îl emana. Nu m-am mai gândit la nimic. Mi-am îngăduit doar să exist, pur și simplu, în acel moment, trăind plăcerea profundă de a fi lângă el, de a simți greutatea lui lângă mine, spațiul pe care el îl ocupa alături. Mi-am ridicat capul și i-am sărutat pielea moale din laterala pieptului, simțind cum degetele lui mi se strecoară, cu delicatețe, prin păr.

– M-ai speriat, Sam Ambulanță.

Se lăsă o tăcere prelungă. Apoi, când asistenta veni și se încruntă, văzându-mă atât de aproape de toate acele fire și tuburi, m-am ridicat, șovăind, din pat și le-am urmat sfatul de a merge să iau micul dejun, în vreme ce ei se ocupau de Sam. L-am sărutat, puțin jenată și, când i-am mângâiat părul, ochii lui s-au ridicat spre mine și am înțeles, cu mulțumire, că însemnam enorm de mult pentru el.

– Trec iar pe-aici când ies din tură, l-am asigurat.

– Ai putea da peste părinţii mei, spuse el, ca un avertisment.

– Nu-i nici o problemă. Bine că mi-ai spus, ca să am grijă cu ce mă îmbrac.

El râse, dar chipul i se schimonosi, ca şi cum râsul i-ar fi provocat durere.

M-am mai învârtit puţin prin preajmă, cât timp asistentele îi acordau îngrijirile necesare, făcând lucrurile pe care oamenii aflaţi la căpătâiul bolnavilor le fac de obicei când caută o scuză pentru a mai sta prin zonă; am scos din geantă câteva fructe, am aruncat un şerveţel la coş, am aranjat câteva reviste pe care eram sigură că Sam nu avea să le citească. Şi apoi veni momentul să plec. Ajunsesem aproape de uşă, când Sam îmi zise:

– Te-am auzit.

Tocmai întindeam mâna să deschid uşa, dar m-am oprit şi mi-am răsucit capul spre el.

– Noaptea trecută. Când sângeram. Te-am auzit.

Privirile ni se înlănţuiră. Şi, în acea clipă, totul se schimbă. Mi-am dat seama de ceea ce făcusem cu adevărat. Mi-am dat seama că puteam fi centrul existenţei cuiva, motivul pentru care cineva să rămână în viaţă. Am înţeles că puteam fi tot ce Sam îşi dorea. M-am întors la pat, am luat chipul lui Sam între palme şi l-am sărutat cu patimă, simţind cum lacrimi fierbinţi îmi inundă faţa şi braţul lui trăgându-mă spre el viguros, pe când îmi întoarse sărutul. Mi-am lipit obrazul de al lui, jumătate râzând, jumătate plângând, fără să-mi pese de asistente şi de nimic altceva, în afară de bărbatul din faţa mea. În cele din urmă, am plecat şi am coborât scările spitalului, ştergându-mi lacrimile, râzând de ele şi ignorând figurile curioase ale oamenilor pe lângă care treceam.

Ziua era minunată, chiar şi sub luminile de neon ale spitalului. Afară, păsărelele cântau, o nouă dimineaţă răsărea, oamenii trăiau, şi se maturizau, şi se simţeau bine, nerăbdători să îmbătrânească. Mi-am luat o cafea şi am mâncat o brioşă exagerat de dulce şi mi s-a părut că sunt cele mai delicioase lucruri pe care le gustasem vreodată. Le-am trimis mesaje părinţilor, Treenei, lui Richard, anunţându-l că ajung în scurt timp la bar. Apoi i-am scris lui Lily: *M-am gândit că ai vrea să ştii că Sam e în spital. A fost împuşcat, dar acum e bine. Știu că i-ar plăcea să-i trimiți o carte poștală. Sau măcar un mesaj pe telefon, dacă ești ocupată.*

Răspunsul ei veni în câteva secunde. Am zâmbit. Cum de puteau fetele de vârsta ei să tasteze atât de rapid, când făceau toate celelalte lucruri atât de lent?

O, Doamne! Tocmai le-am spus și celorlalte fete și deja sunt în ochii lor cea mai tare persoană. Împușcat cu o armă adevărată? Transmite-i că îl iubesc, serios. Dacă-mi dai detalii, o să-i scriu o carte poștală după ore. A, și scuză-mă că am apărut în chiloți în fața lui atunci. N-am vrut. Adică nu într-un mod pervers. Sper să fiți fericiți, dragilor. Xxx

N-am mai stat pe gânduri. Am privit bufetul spitalului, șuvoiul de pacienți, ziua strălucitoare sub cerul senin, iar degetele mele au atins tastele înainte să știu ce-aveam de gând să scriu.

Sunt fericită.

Capitolul 28

Când am ajuns la Cercul de consiliere psihologică, Jake mă aştepta sub verandă. Ploua torenţial, iar norii denşi şi întunecaţi dezlănţuiseră o furtună care umplea până la refuz gurile de canalizare, udându-mă până la piele în cele câteva secunde cât am alergat de la maşină la sala parohială.

– Nu intri? E o vreme...

El păşi spre mine şi mă cuprinse, cu braţele subţiri şi lungi, într-o îmbrăţişare grăbită, în faţa uşii.

– Hei! am protestat eu, ridicând braţele, căci nu voiam să-l ud.

Băiatul se desprinse şi făcu un pas în spate.

– Donna ne-a povestit ce-ai făcut. Am vrut doar... am vrut să-ţi mulţumesc.

Ochii lui erau îngustaţi şi încercănaţi şi mi-am dat seama ce însemnaseră pentru el ultimele zile, când fusese la un pas să-şi piardă şi unchiul.

– E rezistent, am spus eu.

– Da, parcă ar fi din Teflon, încuviinţă el şi am râs amândoi, cam stânjeniţi, aşa cum fac englezii când trec prin mari emoţii.

În cursul întâlnirii, Jake se arătă neobişnuit de volubil, vorbindu-ne despre prietena lui care nu înţelegea ce înseamnă tristeţea pentru el.

– Nu pricepe de ce, în unele dimineţi, aş vrea doar să stau în pat, cu pătura peste cap. Sau de ce mă panichez din cauza lucrurilor care li se întâmplă oamenilor pe care îi iubesc. Practic, ei nu i s-a întâmplat niciodată ceva rău. Niciodată. Chiar și animalul ei de companie, un iepure, trăiește, deși are nouă ani.

- Cred că oamenii se plictisesc de tristețe, zise Natasha. E ca și cum ți-ar aloca pentru asta un anume timp - șase luni, să zicem - și pe urmă devin iritați dacă văd că nu ești „mai bine". E ca și cum te-ar condamna pentru că lâncezești în starea ta de nefericire.

- Da, așa e! se auzi un murmur de aprobare dinspre toți participanții la cerc.

- Uneori mă gândesc că ar fi mai lesne dacă ar trebui să purtăm voaluri de văduve, zise Daphne. Atunci, toată lumea ar ști că încă suferim.

- Eventual ca niște numere de înmatriculare pentru începători, să primești o culoare diferită după un an. Eventual să treci de la negru la un purpuriu intens, propuse Leanne.

- Și să ajungi la galben atunci când ești iar fericită, rânji Natasha.

- O, nu, galbenul nu mă prinde deloc, schiță Daphne un zâmbet. Decât să port galben, mai bine rămân puțin tristă.

Le-am ascultat poveștile în sala parohială a bisericii - ca niște pași timizi înainte, prin care ei încercau să depășească micile obstacole emoționale. Fred se înscrisese la un club de bowling și se bucura că are, în sfârșit, un motiv să iasă marțea în oraș - unul care să nu implice discuții despre răposata lui soție. Sunil fusese de acord ca mama lui să-i facă cunoștință cu o verișoară îndepărtată din Eltham.

- Nu sunt adeptul căsătoriilor aranjate, dar, sincer să fiu, nu am noroc cu alte metode. Îmi spun mereu că, în definitiv, e mama mea și nu m-ar cupla cu o persoană îngrozitoare.

- Cred că e o idee nemaipomenită, interveni Daphne. Probabil că mama ar fi descoperit că Alan e un soț bun cu mult înainte să o fac eu. Întotdeauna a avut o intuiție excelentă.

Îi priveam ca și cum aș fi fost undeva în exterior. Râdeam la glumele lor, tresăream la poveștile lor despre lacrimi inadecvate sau despre comentarii deplasate. Dar, pe când ședeam pe scaunul din plastic și îmi beam cafeaua de la dozator, îmi devenea clar faptul că mă găseam, cumva, într-o altă tabără decât a lor. Traversasem o punte. Lupta lor nu mai era și lupta mea. Nu însemna că nu mai jeleam dispariția lui Will sau că nu-l mai iubeam ori că nu-mi mai era dor de el, ci că viața mea părea cumva să fi aterizat iar în prezent. Și, cu o satisfacție tot mai sporită, descopeream, chiar pe când ședeam acolo, cu acei oameni pe care îi cunoșteam și în care aveam încredere, că doream, de fapt, să mă aflu în altă parte: lângă un bărbat voinic, care stătea pe un pat de spital și număra, cu siguranță, minutele până aveam să mă întorc la el.

– Nimic despre tine în seara asta, Louisa? mă întrebă Marc, ridicând din sprâncene.

– Sunt bine, am zis eu, scuturând din cap.

El zâmbi, distingând, poate, ceva deosebit în tonul meu.

– Mă bucur.

– Da... de fapt, cred că nu o să mai fie nevoie să vin aici. Mă simt foarte bine.

– Am observat o diferență în privința ta, zise Natasha, aplecându-se către mine și privindu-mă aproape cu suspiciune.

– Și-o trage, râse Fred. Sunt sigur că ăsta e leacul. Pariez că și eu o să trec mai repede peste moartea lui Jilly dacă fac asta.

Natasha și William schimbară o privire ciudată.

– Mi-ar plăcea să vin până la finalul acestui curs, dacă e în regulă, i-am zis lui Marc. E ca și cum... Am ajuns să mă gândesc la voi toți ca la niște prieteni. Poate că nu mai am nevoie de consiliere psihologică, dar tot mi-ar plăcea să mai vin o vreme. Doar ca să mă asigur că sunt pe drumul cel bun. Și, evident, să vă văd pe voi.

Jake schiță un zâmbet.

– Ar trebui să mergem să dansăm, propuse Natasha.

– Poți veni cât de mult dorești, mă asigură Marc. Pentru asta suntem aici.

Prietenii mei. O adunătură pestriță, dar, în definitiv, așa sunt majoritatea prietenilor.

Orecchiette gătite *al dente*, semințe de pin, busuioc, roșii de casă, măsline, ton și parmezan. Făcusem salata de paste după rețeta pe care Lily mi-o dictase la telefon, conform instrucțiunilor date de bunica ei.

– Un excelent preparat pentru convalescenţi. Uşor de digerat, dacă stă mult în pat, strigă Camilla, de undeva din bucătărie.

– Eu i-aş cumpăra ceva de la fast-food, murmură Lily. Bietul om a suferit destul, chicoti ea pe înfundate. Oricum, credeam că preferi să-l vezi la orizontală.

Mai târziu, în acea seară, am păşit de-a lungul holului din spital mândră că-mi descoperisem talentele de gospodină. Gătisem pastele cu o seară în urmă şi i le aduceam, ţinând cu preţiozitate în mâini cutia de plastic în care le pusesem, sperând ca cineva să mă oprească şi să mă întrebe ce am înăuntru. *Da, iubitul meu e în convalescenţă. Îi aduc mâncare în fiecare zi. Preparate uşoare, care-i plac foarte mult. Ştii că roşiile astea sunt cultivate chiar de mine?*

Rănile lui Sam începură să se vindece, iar leziunile interne se aflau în afara oricărui pericol. Încerca să se ridice prea des şi devenea morocănos când era obligat să stea în pat. De asemenea, îşi făcea griji în privinţa gospodăriei sale, deşi Donna, Jake şi cu mine mergeam, prin rotaţie, să hrănim animalele de prin curte.

Convalescenţa, apreciau medicii, avea să dureze două-trei săptămâni. Cu condiţia ca Sam să respecte recomandările lor. Toţi spuneau că, dată fiind amploarea rănilor suferite, fusese norocos. Nu de puţine ori asistasem la discuţii între medici, în care aceştia şuşoteau „Un centimetru mai la stânga, şi..." Începeam să fredonez diverse melodii, ca să nu-i mai aud.

Am ajuns pe coridorul pe care se afla salonul lui Sam şi am intrat, curăţându-mi mâinile cu gel antibacterian, în timp ce împingeam uşa cu şoldul.

– Bună seara! mă întâmpină o asistentă cu ochelari. Ai întârziat.

– A trebuit să merg la o întâlnire.

– Mama lui tocmai a plecat. I-a adus cea mai delicioasă plăcintă cu carne pe care ţi-ai putea-o imagina. Poţi să-i simţi mirosul până la salon. Noi încă salivăm.

– Ah, ce drăguţ! am bâiguit eu, lăsând în jos cutia cu paste.

– Mergi să-l vezi, e în pat. Medicul vine la vizită cam într-o jumătate de oră.

Tocmai voiam să bag cutia cu paste în geantă, când sună telefonul.

Am apăsat pe buton, în timp ce cu o mână mă chinuiam să deschid fermoarul genții.

- Louisa?

- Da.

- Aici e Leonard Gopnik.

Am avut nevoie de vreo două secunde să conștientizez despre cine era vorba. Am dat să vorbesc, apoi am rămas nemișcată, aruncând în jur priviri speriate, ca și cum m-aș fi așteptat ca bărbatul să apară de undeva din apropiere.

- Da... domnule Gopnik.

- Am primit e-mailul de la tine.

- Bine, am îngăimat eu, punând cutia cu mâncare pe un scaun.

- A fost o lectură interesantă. Sincer, am fost destul de surprins că mi-ai respins oferta. La fel și Nathan. Păreai potrivită pentru acest post.

- Da, dar... cum am scris și în e-mail. Chiar voiam slujba, domnule Gopnik, dar... bine, lucrurile s-au îndreptat acum.

- Deci, fata e bine?

- Lily? Da. E la școală. E fericită. E cu familia ei. Noua ei familie. A fost doar o perioadă ... de acomodare.

- Văd că ai luat lucrurile foarte în serios.

- Nu sunt genul de om care să lase pe cineva baltă.

Se lăsă o tăcere prelungă. Mi-am aruncat ochii pe geam, către parcare, și am urmărit un automobil 4 x 4 uriaș care încerca fără succes să intre într-un spațiu prea îngust. Dădea înainte și înapoi, dar îmi dădeam seama că n-avea să reușească.

- Uite cum stă treaba, Louisa. Noua noastră angajată nu s-a acomodat aici. Nu e fericită. Poate din simplul motiv că ea și soția mea nu se simt confortabil una cu cealaltă. Așa că, printr-un acord reciproc, va pleca la finele lunii. Ceea ce înseamnă că am o problemă.

Ascultam.

- Mi-ar plăcea să-ți ofer ție postul. Dar nu-mi plac schimbările, mai ales când vine vorba de persoane apropiate mie. Așa că te-am sunat ca să-mi fac o idee clară asupra a ceea ce vrei, de fapt.

- O, aș vrea slujba asta din tot sufletul. Dar eu...

Am simțit o mână pe umăr. Mi-am întors capul și l-am zărit pe Sam, sprijinit de zid.

– Eu... ăăă...

– Ai o altă propunere de muncă?

– Am obţinut o promovare.

– E un post în care vrei să rămâi?

Sam mă privea.

– Nuuuu... neapărat... Dar...

– Dar fireşte că vrei să cântăreşti ofertele. Bine, înţeleg. Îmi imaginez că telefonul meu te-a cam luat prin surprindere. Dar, pe baza a ceea ce mi-ai scris pe e-mail, dacă eşti sincer interesată, mi-ar plăcea să-ţi ofer slujba. Aceiaşi termeni, aceleaşi condiţii, doar să începi cât mai grabnic cu putinţă. Desigur, atâta vreme cât eşti sigură că îţi doreşti asta cu adevărat. Crezi că ai putea lua o hotărâre în patruzeci şi opt de ore?

– Da. Da, domnule Gopnik. Vă mulţumesc. Vă mulţumesc pentru că v-aţi gândit la mine.

L-am auzit închizând telefonul şi m-am uitat spre Sam. Purta un halat peste bluza de spital, prea scurtă pentru el. Pentru câteva momente, nici unul dintre noi nu vorbi.

– Te-ai ridicat. Ar fi trebuit să fii în pat.

– Te-am văzut pe geam.

– Dacă te mai plimbi mult pe-aici, asistentele o să vorbească despre tine până la Crăciun.

– Era tipul de la New York?

Dintr-odată, m-am simţit neputincioasă. Am băgat telefonul în buzunar şi m-am întins după cutia cu paste.

– Mi-a propus iar postul ăla, i-am zis şi am simţit cum privirea lui alunecă încet de pe mine. Dar e... Nu vreau decât să te faci bine şi să fiu cu tine. Aşa că o să-l refuz. Crezi că ai putea să mai guşti nişte paste după fabuloasa plăcintă a mamei tale? Ştiu că probabil eşti sătul, dar sunt atât de rare momentele când reuşesc să gătesc ceva comestibil.

– Nu.

– Nu-s rele, să ştii. Cel puţin ai putea să le încerci.

– Nu vorbeam despre paste, ci despre slujbă.

Ne-am uitat unul la celălalt. El îşi trecu mâna prin păr şi cercetă cu privirea holul.

– Lou, trebuie să faci asta. O știi, și o știu și eu. Trebuie să accepți slujba.

– Am mai încercat o dată să plec de acasă și am intrat într-o încurcătură și mai mare.

– Fiindcă lucrurile s-au petrecut prea curând. Fugeai de trecut. Acum e cu totul altceva.

L-am privit lung. Mă uram când îmi dădeam seama ce voiam să fac. Și îl uram pentru că el știa asta. Am rămas tăcuți, pe holul spitalului. Și apoi am remarcat cât de repede îi dispare culoarea din obraji.

– Sam, trebuie să te întinzi.

El nu se opuse. I-am luat brațul și l-am ajutat să ajungă la pat. Avu o tresărire când se întinse pe perne. Am așteptat până când își mai veni în fire, apoi m-am așezat lângă el și i-am luat mâna.

– Mă simt de parcă am fi pus la punct totul între noi, i-am spus, sprijinindu-mi capul de umărul lui și simțindu-mi mușchii gâtului încordați.

– Așa e.

– Nu vreau să fiu cu nimeni altcineva, Sam.

– Uau! Ca și cum ar fi existat vreun dubiu.

– Da, dar relațiile la distanță rareori supraviețuiesc.

– Deci, avem o relație?

Am încercat să protestez, iar el zâmbi.

– Glumeam. *Unele* relații nu supraviețuiesc. Dar presupun totuși că unele supraviețuiesc. Cred că depinde de cât de mult se străduiesc cei implicați.

Îmi încolăci gâtul cu brațul lui puternic și mă trase spre el. Abia atunci mi-am dat seama că plângeam. El îmi șterse, cu blândețe, lacrimile de pe obraji.

– Lou, nu știu ce se va întâmpla. Nimeni nu poate ști. Te poți trezi într-o dimineață și îți poate ieși o motocicletă în față, iar toată viața ta se schimbă. Poți merge la serviciu, ca de obicei, și poți fi împușcat de un adolescent care crede că astfel își dovedește bărbăția.

– Sau poți să cazi de pe bloc.

– Așa e. Sau poți vizita un tip care poartă un halat caraghios, pe un pat de spital, și chiar atunci să primești cea mai bună ofertă de slujbă din câte îți poți imagina. Asta e viața. Nu știm ce ni se va întâmpla. Iată de ce trebuie să profităm din plin de șansele care ni se oferă, cât timp putem. Și cred că... asta e șansa ta.

Am închis ochii. Nu voiam să-l ascult, nu voiam să recunosc că are dreptate în tot ceea ce spunea. Mi-am șters cu dosul palmei lacrimile care îmi șiroiau pe obraji. Sam îmi întinse un șervețel și așteptă să-mi curăț petele negre de rimel de pe față.

– Ochi-de-Panda e un nume care ți s-ar potrivi acum.

– Cred că sunt un pic îndrăgostită de tine.

– Pariez că le spui asta tuturor bărbaților de la terapie intensivă.

M-am aplecat peste el și l-am sărutat. Când am deschis iar ochii, am văzut că mă privea.

– O să-ți dau o mână de ajutor, dacă vrei, zise el.

Mi-a luat o clipă să înghit nodul din gât, pentru a fi în stare să vorbesc.

– Nu știu, Sam.

– Ce nu știi?

– Viața e scurtă, nu-i așa? Amândoi știm asta. Și dacă tu ești șansa mea? Dacă tu ești omul care mă vei face cea mai fericită?

Capitolul 29

Când oamenii spun că toamna e anotimpul lor preferat, cred că se referă la zile precum era aceea: cu ceață în zori, risipită apoi lăsând loc unei lumini reci și clare, cu mormane de frunze suflate de vânt prin colțuri, cu mirosul tare, dar plăcut, de vegetație ușor mucegăită. Unii spun că nu poți observa trecerea anotimpurilor dacă trăiești în oraș, că nesfârșitele clădiri cenușii și microclimatul generat de gazele de eșapament înlătură orice fel de diferență; că nu există decât înăuntru și afară, ud sau uscat. Dar, de pe terasa blocului meu, diferența era evidentă. Nu se vedea doar în întinderea nemărginită a cerului, ci și în roșiile lui Lily, care dăduseră, săptămâni întregi, roade bine coapte, în vreme ce ghivecele cu căpșune asiguraseră un șir intermitent de fructe dulci. Plantele înmugureau, înfloreau și se coceau, fructele și legumele verzi de la începutul verii făcând loc tulpinilor răsucite și spațiilor goale, după ce frunzișul dispărea. Acolo sus, pe acoperișul blocului, puteai deja simți mirosul iernii ce avea să vină. Un avion lăsă o urmă de vapori pe cer și am observat că stâlpii de iluminat stradal erau încă aprinși după noaptea precedentă.

Mama veni pe acoperiș îmbrăcată cu pantalonii ei largi, privind oaspeții din jur și ștergându-și pe pantaloni picăturile de umezeală de pe scara de incendiu.

– E chiar grozav colțișorul ăsta, Louisa. Ar putea să încapă și o sută de oameni aici. Ținea în mâini o plasă cu câteva sticle de șampanie, pe care o lăsă jos cu grijă. Ți-am spus că ești foarte curajoasă dacă ai mai avut încredere să te urci iar aici?

– Mie încă nu-mi vine să cred cum de-ai reuşit să cazi, remarcă Treena, care umplea din nou paharele. Doar tu ai fi putut să cazi de pe un bloc atât de mare.

– Păi era beată ca un lord, scumpo, nu ştii că aşa ne-a zis? râse mama şi se îndreptă iar spre scara de incendiu. De unde ai luat şampania, Louisa? Pare grozavă.

– Şeful meu mi-a oferit-o.

În urmă cu câteva seri, făcusem casa alături de Richard şi stătusem la taclale (vorbeam mult, mai ales de când el devenise tătic. Ştiam, de pildă, despre retenţia de apă a doamnei Percival mai mult decât şi-ar fi dorit ea să ştiu). Îi vorbisem despre planurile mele, iar Richard dispăruse, ca şi cum nu m-ar mai fi ascultat. Tocmai eram gata să mai adaug şi asta pe lista lungă de gesturi necioplite a lui Richard Percival, când el reapăru, câteva minute mai târziu, venind din pivniţă cu o cutie în care erau şase sticle mari de şampanie.

– Uite aici. Reducere de 60%. Cea mai tare marcă! Îmi întinse cutia şi ridică din umeri. De fapt, sunt ale tale! Ia-le, le-ai câştigat!

Am bâiguit ceva drept mulţumire, iar el mormăi ceva despre faptul că şampania n-ar fi fost dintr-o recoltă prea grozavă şi nici de o calitate absolut extraordinară, dar urechile care i se înroşiseră trădau faptul că încerca să se justifice întru câtva.

– Ai putea încerca să pari un pic mai mulţumită că n-am murit, am dojenit-o pe Treena, întinzându-i o tavă plină cu pahare.

– O, am trecut de mult peste faza cu „Aş fi vrut să fiu singură la părinţi". De fapt, de un an sau doi.

Mama se apropie cu un pachet de şerveţele şi ne întrebă:

– Credeţi că o să iasă bine?

– De ce n-ar ieşi?

– Ştiu şi eu? E vorba de familia Traynor... Ei nu folosesc şerveţele de hârtie, au doar şervete din bumbac. Probabil şi cu un blazon brodat pe ele, sau ceva de genul ăsta.

– Mamă, au acceptat să vină pe terasa unei foste clădiri de birouri din estul Londrei. Nu cred că se aşteaptă să-i primim cu argintăria pe masă.

– A, şi eu i-am adus lui Thom aşternuturi şi pernă. M-am gândit că am mai putea aduce în apartament unele mărunţişuri, de fiecare dată când venim. Am fixat o întâlnire la acel club after-school mâine.

– E minunat că v-aţi gândit la toate, fetelor. Treena, dacă vrei, voi sta eu cu Thom. Doar să mă anunţi.

Am muncit cot la cot cu ele, aşezând paharele şi farfuriile de carton, până când mama plecă să aducă mai multe şerveţele „necorespunzătoare".

– Treena, tata chiar n-o să vină?

Sora mea făcu o grimasă şi încercă să nu pară pe atât de dezamăgită pe cât era de fapt.

– Lucrurile chiar nu s-au îmbunătăţit cu nimic?

– Sper ca măcar atunci când mă duc pe acolo o să fie nevoiţi să-şi vorbească. Se fâţâie toată ziua unul pe lângă celălalt, dar nu-şi adresează un cuvânt. Vorbesc doar cu mine sau cu Thom. Situaţia asta mă înnebuneşte. Mama pretinde că nu-i pasă dacă el o să vină sau nu cu noi, dar ştiu că nu-i aşa.

– Chiar credeam că va veni şi el.

După ce Sam fusese împuşcat, o mai văzusem pe mama de două ori. Se înscrisese la un nou curs – poezie britanică modernă – la centrul de educaţie pentru adulţi şi acum vedea simboluri poetice pretutindeni. Fiecare frunză zburată de vânt era un semn al decrepitudinii, fiecare pasăre zburând pe cer, un semn al speranţelor şi visurilor. Fuseserăm o dată la un cerc de recitare în South Bank, unde ascultase fermecată poezii şi aplaudase frenetic, iar altă dată mersesem la cinematograf. Această din urmă ieşire fusese urmată de o vizită la acel hotel, unde îi oferise sandviciuri Mariei, femeia de serviciu de acolo, stând la taifas amândouă pe două scaune, la garderobă. De fiecare dată, când rămăseserăm singure, ea fusese groaznic de pisăloagă. „Ei, nu-i aşa că ne distrăm de minune?", mă întreba întruna, ca şi cum m-ar fi provocat să o contrazic. Pentru ca apoi fie să tacă, fie să explodeze de indignare la adresa preţurilor sandviciurilor din Londra.

Treena trase banca de-a curmezişul, punând pe ea pernele pe care le aduseseră din apartament.

– Pentru bunicul îmi fac griji. Nu mai suportă tensiunea dintre ei. Îşi schimbă şosetele de patru ori pe zi şi apasă aşa de tare pe telecomanda de la televizor, că a rupt deja două butoane.

– Doamne... asta-mi dă de gândit. Cine va primi custodia?

Sora mea mă privi oripilată.

– Nu te uita la mine, am spus amândouă deodată.

Discuția noastră fu întreruptă de primii sosiți de la centrul de consiliere psihologică, Sunil și Leanne, care apărură de pe scara metalică, remarcând mărimea terasei și priveliștea magnifică, neașteptată asupra estului Londrei.

Lily sosi la douăsprezece fix, îmbrățișându-mă cu putere și chiuind de bucurie.

– Îmi *place* fusta ta! Arăți absolut fantastic!

Era puțin bronzată, cu chipul luminos și plin de pistrui, iar perișorii de pe brațe erau decolorați. Purta o rochie de un albastru-deschis și sandale cu șireturi lungi înfășurate pe picior. M-am uitat la ea, văzând cum îmbrățișează cu privirea terasa de pe acoperiș, încântată, în mod clar, să se afle din nou acolo. Camilla, urcând încet treptele scării de incendiu în urma ei, își netezi jacheta și veni spre mine, cu o expresie de dojană blândă întipărită pe chip.

– Lily, ai fi putut să mă aștepți, draga mea.

– De ce? Nu ești vreo băbuță.

Am schimbat o privire contrariată cu Camilla și apoi, ca dintr-un impuls, m-am aplecat și am sărutat-o pe obraz. Mirosea a parfum scump, iar coafura îi era perfectă.

– Îmi pare nespus de bine că ai venit!

– Hei, ai îngrijit chiar și plantele mele, se bucură Lily, care cerceta totul. Mă gândeam că le-ai lăsat să se veștejească. A, și astea? Astea chiar îmi plac. Sunt noi? se interesă ea, arătând către două ghivece pe care le luasem de la piața de flori în urmă cu o săptămână, ca să decorez acoperișul pentru acea petrecere.

Nu dorisem să cumpăr flori tăiate sau orice altceva care s-ar fi putut ofili.

– Sunt mușcate. Dar să nu le lași aici peste iarnă, mă sfătui Camilla.

– Aș putea să le învelesc cu ceva. Ghivecele alea de teracotă sunt greu de dat jos.

– Tot nu vor rezista, mă atenționă Camilla. Sunt prea expuse.

– De fapt, Treena și Thom o să vină să stea aici și, cum nu suntem sigure că el ar fi în siguranță cu terasa deschisă, având în vedere ce am păţit eu, am decis să o închidem. Aşa că, dacă vrei, poţi lua tu muşcatele, Camilla.

– Nu, zise Lily, după un moment de gândire. Lasă-le aici. Va fi frumos să ne aducem aminte de terasă aşa. Aşa cum a fost.

Mă ajută să instalez masa demontabilă şi am vorbit puţin despre şcoală – era fericită acolo, dar se străduia din greu să recupereze materia pierdută – şi despre mama ei, care se pare că-i făcea ochi dulci unui arhitect spaniol pe nume Felipe, care cumpărase vila de lângă ei, în St John's Wood.

– Aproape că-mi pare rău pentru Faţă de Imbecil. Nici nu ştie ce-o să-l lovească.

– Dar tu eşti bine? am întrebat-o.

– Da, sunt bine. Viaţa e destul de frumoasă, zâmbi ea, băgând un chips în gură. Bunica m-a convins să merg şi să-l văd pe bebeluşul domnului Traynor, ţi-am povestit?

Probabil că am părut uluită.

– Da, ştiu. Dar ea mi-a spus că trebuie să mă comport ca un adult. Şi chiar m-a însoţit. A fost foarte tare! Nu m-a anunţat, dar şi-a cumpărat o jachetă Jaeger special pentru vizita asta. Cred că avea nevoie de mai multă încredere în ea decât lăsa să se vadă. Aruncă o privire spre Camilla, care discuta cu Natasha, la masă. De fapt, îmi pare puţin rău pentru bunicul. Am observat că, atunci când credea că nu-l vede nimeni, o sorbea din priviri pe bunica, de parcă ar fi fost trist că totul s-a terminat aşa.

– Şi bebeluşul? Cum e?

– E un bebeluş, cum să fie. Vreau să spun... toţi arată la fel, nu? Oricum, ei s-au purtat foarte bine cu mine. A fost o vizită pe cinste. „Cum merge şcoala, Lily? Ai vrea să fixăm o dată când ai putea veni să stai la noi? Ai vrea să-ţi ţii în braţe mătuşa?“ Ca şi cum asta n-ar fi sunat complet ciudat.

– Şi? O să mergi să-i vezi iar?

– Probabil. Le face plăcere, presupun.

Mi-am aruncat ochii spre Georgina, care vorbea, politicoasă, cu tatăl ei. El râdea, cam prea zgomotos. Abia dacă se dezlipise de fiica sa, de când sosise.

– Bunicul mă sună de două ori pe săptămână să discutăm despre diverse chestii, iar Della vorbeşte întruna despre cât de mult îşi doreşte ca eu şi bebeluşul „să construim o relaţie", de parcă un bebeluş ar putea face şi altceva decât să mănânce, să ţipe şi să umple pamperşi, se strâmbă Lily.

Am izbucnit în râs.

– Ce e? se miră ea.

– Nimic. Doar că îmi pare bine că te văd.

– A, era să uit. Ţi-am adus ceva.

Scoase o cutie din geantă şi mi-o întinse.

– Am găsit asta la un târg de antichităţi absolut plicticos, unde m-a obligat bunica să merg, şi m-am gândit la tine.

Am deschis cutia cu grijă. Înăuntru, pe o bucată de catifea de un albastru-închis, se afla o brăţară art-deco, pe care alternau cristale de jais şi chihlimbar. Am scos-o din cutie şi am ţinut-o în palmă.

– E un pic cam demodată, nu? Dar mi-a amintit de...

– Colanţii cu bondari.

– Da, de colanţi. E un fel de a-ţi mulţumi... pentru tot ce ai făcut pentru mine, Lou. Eşti singura persoană pe care o cunosc şi căreia i-ar fi plăcut brăţara asta. Sau i-ar fi plăcut de mine, aşa cum eram în trecut. De fapt, se asortează perfect cu rochia ta.

Am întins braţul şi ea mi-a prins brăţara la încheietură. Am rotit-o încet.

– Îmi place foarte mult.

Ea lovi cu piciorul ceva pe podea şi deveni, pentru o clipă, serioasă.

– De fapt, cred că-ţi sunt datoare cu nişte bijuterii.

– Nu-mi eşti datoare cu nimic.

Am privit-o, admirând încrederea pe care o căpătase în sine şi ochii tatălui ei, şi m-am gândit la tot ce-mi dăruise fără ca măcar să ştie că face acest lucru. Apoi, mă scutură destul de tare de braţ.

– Hei, gata! Să nu mai fim emotive şi sentimentale. Altfel, o să-mi curgă tot rimelul. Hai să mergem jos şi să aducem ce mai trebuie de mâncare. A, ştiai că în camera mea a apărut un afiş cu Transformers şi unul cu Katy Perry? Cine *naiba* e noul tău coleg de apartament?

*

Sosiră şi ceilalţi membri ai Cercului de consiliere psihologică, croindu-şi drum, printre trepidaţii şi râsete, în sus, pe treptele de fier ale scării. Daphne păşi pe terasă cu o exclamaţie de uşurare, în timp ce Fred o ţinea de mână. William trecu cu nonşalanţă peste ultima treaptă, iar Natasha veni în urma lui, rotindu-şi privirea în toate direcţiile. Alţii se opriră, entuziasmaţi de mulţimea baloanelor cu heliu, care se legănau în lumina palidă. Marc îmi sărută mâna şi-mi spuse că, de când ţinea el şedinţele de consiliere, era pentru prima oară când cineva organiza o asemenea petrecere. Am remarcat, amuzată, că Natasha şi William îşi petrecură mult timp discutând separat.

Am aşezat mâncarea pe masă, şi Jake preluă atribuţiile de barman, turnând şampania în pahare şi arătându-se curios de încântat de noua lui responsabilitate. El şi cu Lily nu se băgară, iniţial, în seamă, de parcă fiecare ar fi fost invizibil pentru celălalt - aşa cum fac adolescenţii când se află printre adulţi, conştienţi că toată lumea se aşteaptă ca să discute între ei. Când, în cele din urmă, ea îşi croi drum spre el, îi întinse mâna, cu o exagerată curtoazie, şi el o privi o clipă înainte de a-i surâde.

– Ceva din mine şi-ar dori ca ei să fie prieteni. Pe de altă parte, nu-mi pot închipui ceva mai terifiant, murmură Sam în urechea mea.

Mi-am strecurat mâna în buzunarul lui de la spate.

– Lily e fericită.

– Da, arată grozav. Şi Jake tocmai s-a despărţit de iubita lui.

– Şi cum rămâne cu viaţa trăită la maximum, domnule?

El mormăi încet.

– Jake e în siguranţă. Lily va locui în Oxfordshire în cea mai mare parte a anului.

– Nimeni nu e în siguranţă cu voi două, spuse el şi, plecându-şi capul, mă sărută, făcând ca totul să dispară din jurul meu, pentru câteva clipe preţioase. Îmi place rochia asta.

– Nu ţi se pare prea frivolă? l-am întrebat eu, trăgând de pliurile rochiei. În partea asta a Londrei sunt o mulţime de magazine cu îmbrăcăminte vintage. Sâmbăta trecută mi-am petrecut-o printre rafturi pline cu pene şi mătăsuri vechi.

– Îmi plac chestiile frivole. Deşi sunt un pic trist că nu porţi fusta irlandeză. Erai atât de sexy în ea, zise Sam şi făcu un pas înapoi când mama se apropie să pună pe masă un alt pachet cu șervețele de hârtie.

– Ce mai faci, Sam? Te întremezi bine? se interesă mama. Îl vizitase de două ori la spital și fusese atât de impresionată de suferința celor care erau obligați să mănânce ce li se dădea de la spital, încât le aducea și lor, și lui Sam, sandviciuri de casă cu cârnați, ouă și maioneză.

– Da, sunt bine, mulțumesc.

– Să nu te obosești prea tare azi. Să nu cari nimic. Eu și fetele ne descurcăm de minune.

– Cred că ar trebui să dăm startul petrecerii, am zis eu.

Mama se uită la ceas, apoi cercetă terasa cu privirea.

– Hai să mai așteptăm cinci minute. A primit toată lumea șampanie?

Zâmbetul ei – forțat și prea strălucitor – îmi sfâșia inima. Și Sam îl remarcase, așa că veni și o luă de braț.

– Josie, crezi că ai putea să-mi arăți unde ați pus salatele? Abia acum mi-am adus aminte că n-am luat dressingul din bucătărie.

– Ea unde e?

Un val străbătu mica mulțime adunată la masă. Ne-am întors cu toții către locul de unde se auzise vocea.

– Iisuse, e chiar aici, sau Thommo iar m-a îndrumat greșit?

– Bernard! exclamă mama și puse jos șervețelele.

Figura tatei apăru deasupra parapetului, examinând terasa. El escaladă ultimele trepte de fier și fluieră prelung, la vederea peisajului. O peliculă subțire de sudoare îi lucea pe frunte.

– Louisa, habar n-am de ce a trebuit să faci afurisita de petrecere tocmai aici, sus. Iisuse!

– Bernard!

– Nu suntem la biserică, Josie. Și am un mesaj important.

Mama privi în jur.

– Bernard. Acum nu e momentul...

– Iar mesajul meu e... *ăsta*!

Tata se aplecă și, cu o grijă exagerată, își suflecă în sus manșetele pantalonilor. Mai întâi, la stângul, apoi la dreptul. Din poziția în care mă aflam, de cealaltă parte a rezervorului de apă, i-am putut vedea gambele sale lipsite de culoare şi uşor pătate. Nimeni nu mai scotea un cuvânt. Toţi ochii erau aţintiţi asupra lui. El îşi întinse un picior.

– Neted ca un fund de bebeluş. Hai, Josie, atinge-l!

Mama făcu, neliniştită, un pas spre el şi se aplecă, plimbându-şi degetele pe pielea piciorului său.

– Ai spus că o să mă iei în serios atunci când o să mă epilez pe picioare. Ei bine, iată-mă! Am făcut-o.

Mama se holba la el fără a-i veni a crede.

– Ţi-ai epilat *picioarele* cu ceară?

– Chiar aşa. Şi, dacă aş fi avut idee că treci prin astfel de chinuri, scumpo, crede-mă că mi-aş fi ţinut gura asta păcătoasă. Ce tortură inutilă! Cine naiba crede că *asta* e o idee bună?

– Bernard...

– Nu-mi pasă. Am trecut prin iad, Josie. Dar aş face-o din nou, dacă astfel relaţia dintre noi ar reveni la normal. Îmi lipseşti! Îmi lipseşti *aşa de mult*! Nu-mi pasă dacă vrei să faci o sută de cursuri de colegiu - politici feministe, studii orientale, macrameuri pentru căţei, orice - câtă vreme suntem împreună. Şi, ca să-ţi demonstrez cât de departe aş merge pentru tine, află că deja mi-am făcut programare pentru săptămâna viitoare la un salon de... cum îi spune?

– Cosmetică, mormăi Treena, îmbufnată.

– O, Doamne, făcu mama şi-şi duse palma la gât.

Lângă mine, Sam se cutremura de râs, pe înfundate.

– Opreşte-i, îngăimă el. O să-mi sară toate copcile de la operaţie!

– Merg până capăt! Mă epilez pe tot corpul, dacă asta îţi va demonstra cât de mult însemni pentru mine.

– O, vai de zilele mele, Bernard!

– Vorbesc serios, Josie. Atât sunt de disperat.

– Şi ca să vezi de ce în familia noastră nu există idile, murmură Treena.

– Ce înseamnă cosmetică? întrebă Thomas.

– O, dragule, şi mie mi-ai lipsit enorm, zise mama şi, încolăcindu-şi braţele pe după gâtul tatei, îl sărută.

Uşurarea care se citi pe chipul lui fu evidentă. Îşi îngropă capul în umărul ei şi o sărută din nou pe ureche, pe păr, ţinându-i mâinile ca un băieţandru.

– Oribil! exclamă Thomas.

– Deci nu mai e nevoie să..., zise tata, dar mama îl întrerupse, ciupindu-l de obraz.

– Primul lucru pe care îl vom face e să anulăm programarea ta la cosmetică.

Tata fu vizibil relaxat.

– Ei bine, am spus, când emoţiile scăzură în intensitate, şi mi-a fost clar, judecând după chipul palid al Camillei Traynor, că Lily tocmai îi explicase ce plănuise tata să îndure, în numele iubirii, cred că ar trebui să verificăm dacă toată lumea are pahare şi apoi poate... ar trebui să începem petrecerea?

După amuzamentul provocat de gestul impresionant al tatei, schimbarea pampersului bebeluşului familiei Traynor şi descoperirea faptului că Thomas aruncase sandviciuri cu ouă în balconul domnului Antony Gardiner (şi implicit în şezlongul lui de firmă, abia înlocuit), mai trecură vreo douăzeci de minute până ce pe terasă se lăsă tăcerea. Privindu-şi pe furiş notiţele şi dregându-şi întruna glasul, Marc păşi în mijlocul adunării. Era mai înalt decât crezusem – nu-l văzusem, până atunci, decât stând pe scaunul lui de plastic.

– Bine aţi venit cu toţii! Mai întâi, aş dori să-i mulţumesc Louisei pentru că ne-a oferit acest spaţiu minunat pentru ceremonia încheierii cursului nostru. E ceva foarte potrivit scopului pe care ni l-am propus, acela de a fi mai aproape de ceruri..., zise el şi fu întrerupt de hohote de râs. E o ceremonie de încheiere neobişnuită – pentru prima oară, avem în mijlocul nostru persoane care n-au făcut parte din grup –, dar cred că e mai curând o idee încântătoare să fim deschişi şi să celebrăm evenimentul între prieteni. Fiecare dintre cei prezenţi ştie ce înseamnă să fi iubit pe cineva şi să-l fi pierdut. Aşa că astăzi vă declar pe toţi membrii onorifici ai grupului.

Jake stătea lângă tatăl lui, un bărbat pistruiat, cu un păr nisipiu, pe care, din nefericire, nu-l puteam privi fără să mi-l închipui plângând după ce făcea dragoste. Acum, se întinse şi-l trase cu un gest blând pe fiul lui către el. Jake îmi surprinse privirea şi dădu ochii peste cap, ca şi cum ar fi fost deranjat, dar îmi zâmbi.

– Îmi face plăcere să spun că, în ciuda denumirii Cercului Mergi mai departe, nici unul dintre noi nu înaintează fără a privi în urmă. Mergem înainte întotdeauna purtându-i cu noi pe cei pe care i-am pierdut. Ceea ce ne propunem să facem în micul nostru grup este să ne asigurăm că faptul că îi purtăm cu noi nu reprezintă o povară imposibil de suportat, o greutate care ne ţintuieşte în acelaşi loc. Vrem să simţim prezenţa lor ca pe un dar. Şi ce învăţăm, împărtăşindu-ne unii altora amintirile şi tristeţile, dar şi micile victorii, este că e în regulă să ne simţim trişti. Sau pierduţi. Sau furioşi. E în regulă să avem, adesea pentru o perioadă lungă de timp, o serie întreagă de sentimente pe care ceilalţi oameni poate că nu le înţeleg. Fiecare are propria lui călătorie. Nu trebuie să judecăm pe nimeni.

– Cu excepţia biscuiţilor, murmură Fred. Îi judec pe cei Rich Teas. Sunt absolut groaznici.

– Şi, astfel, oricât de imposibil ar părea la prima vedere, vom ajunge cu toţii la un punct în care să ne putem bucura de faptul că fiecare persoană despre care am discutat şi după care am plâns a fost aici, a mers printre noi – şi fie că ne-a fost luată după şase luni sau după şase ani, am fost norocoşi să o avem. Am fost norocoşi să o avem, repetă el, încuviinţând din cap.

Am privit chipurile celor din jur, urmărind, fascinate, discursul lui Marc şi m-am gândit la Will. Cu ochii închişi, mi-am amintit faţa lui, zâmbetul şi râsul lui şi m-am gândit cât mă costase dragostea pentru el, dar, mai ales, la ceea ce el îmi dăruise.

Marc îi privi pe rând pe membrii micului nostru grup. Daphne îşi şterse, pe furiş, o lacrimă din colţul ochiului.

– Aşadar... ceea ce facem de obicei la finalul cursului este să rostim câteva cuvinte, recunoscând unde am ajuns. Nu trebuie să fie prea mult. E ca şi cum aţi închide o uşă, după această mică etapă a călătoriei voastre. Şi nimeni nu e obligat să o facă, dar, dacă puteţi, ar fi un lucru minunat.

Cei din grup schimbară, jenaţi, zâmbete între şi, pentru câteva minute, am avut impresia că nimeni nu avea să spună nimic. Apoi, Fred păşi în faţă. Îşi aranjă batista în buzunarul de la piept al sacoului şi se îndreptă de umeri.

– Aş vrea doar să-ţi mulţumesc, Jilly. Ai fost o soţie extraordinară şi am fost un bărbat norocos în cei treizeci şi opt de ani petrecuţi împreună. Îmi va fi dor de tine în fiecare zi, draga mea.

Se dădu înapoi, puţin jenat, iar Daphne îi şopti:

– Foarte bine, Fred!

Apoi îşi potrivi eşarfa de mătase şi făcu un pas înainte.

– Eu voiam doar... să îmi cer ierare. Lui Allan. Allan, ai fost un om atât de bun şi aş fi vrut să fim sinceri unul cu celălalt în toate privinţele. Aş fi vrut să fiu capabilă să te ajut. Şi aş vrea – şi sper că eşti bine – să ai un prieten bun oriunde te-ai afla.

Fred o bătu uşor pe mână.

Jake se scărpină puţin pe ceafă, apoi păşi în faţă, roşind tot când privi către tatăl lui.

– Amândurora ne e dor de tine, mamă. Dar am ajuns aici. Nu vreau să-ţi faci griji pentru noi, suntem bine.

Când termină, tatăl lui îl îmbrăţişă şi-l sărută pe creştetul capului, clipind des. El şi Sam îşi surâseră unul celuilalt în semn de înţelegere.

Urmară Leanne şi Sunil, fiecare rostind câteva cuvinte, cu ochii aţintiţi spre cer, pentru a-şi ascunde lacrimile, sau încuviinţând din cap unul spre celălalt, de parcă ar fi vrut să se încurajeze din priviri.

William înaintă, curajos, şi puse un trandafir alb la picioarele lui. Neobişnuit de tăcut, privi, pentru câteva clipe floarea, cu chipul împietrit, apoi se retrase. Natasha îl îmbrăţişă, iar el înghiţi brusc şi zgomotos în sec şi-şi încrucişă braţele pe piept.

Marc mă privi şi am simţit mâna lui Sam pe mine. I-am zâmbit şi am clătinat din cap.

– Nu, nu eu. Dar poate că Lily ar dori să spună câteva cuvinte, dacă e în regulă.

Lily păşi în mijloc, muşcându-şi buzele. Se uită pe un bileţel pe care scrisese ceva şi deodată păru că se răzgândeşte şi mototoli hârtia.

– Am întrebat-o pe Louisa dacă pot vorbi, deşi, după cum ştiţi, nu sunt membră a grupului vostru. Nu mi-am cunoscut personal tatăl şi nu am apucat să-mi iau rămas-bun la înmormântarea lui, dar cred că ar fi frumos să spun câteva cuvinte acum, când simt că am început să-l cunosc mai bine. Îmi aruncă un surâs nervos şi-şi dădu la o parte o şuviţă de pe faţă. Aşadar, Will... tată... Când am aflat că tu ești tatăl meu adevărat, ca să fiu sinceră, am fost puțin speriată. Sperasem ca tatăl meu adevărat să fie un bărbat chipeș și inteligent, care să vrea să mă învețe o mulțime de lucruri și să mă protejeze, și să mă ia în călătorii ca să-mi arate locurile uimitoare pe care le iubea. Și, în locul lui, am descoperit un om care era furios pe propria lui soartă, țintuit într-un scaun cu rotile, care se sinucisese. Dar, datorită lui Lou și familiei tale, în ultimele luni am ajuns să te cunosc un pic mai bine, tată. Voi fi întotdeauna tristă și poate un pic mânioasă că n-am avut niciodată șansa de a te întâlni, dar acum vreau să-ți spun că îți mulțumesc. Mi-ai oferit o mulțime de lucruri, fără să o știi. Cred că-ți semăn în multe privințe – și probabil și în câteva privințe nu prea bune. Mi-ai dat ochii albaștri, și culoarea părului tău, și convingerea că gustul cremei Marmite e groaznic, și abilitatea de a mă da cu schiurile, și... Și se pare că mi-ai dat și o sumedenie de toane... apropo, asta e opinia altor oameni, nu a mea.

Se auzi un val mic de râsete.

– Dar, mai presus de toate, mi-ai dat o familie de care nu am știut nimic. Și asta e grozav. Fiindcă, sinceră să fiu, lucrurile n-au mers prea grozav înainte să-mi întâlnesc familia, spuse ea cu un surâs șovăitor.

– Noi suntem foarte fericiți că te-am întâlnit, spuse Georgina.

Am simțit degetele lui Sam strângându-le pe ale mele. El n-ar fi trebuit să stea atât de mult în picioare, dar, ca de obicei, refuza să se așeze. *Nu sunt un invalid.* Mi-am sprijinit capul de umărul lui, încercând să înghit nodul de emoție care mi se ridicase în gât.

– Mulțumesc, Georgina... Deci, Will... Tată, nu vreau să mai continui la nesfârșit, fiindcă discursurile sunt plictisitoare, iar bebelușul o să înceapă să plângă dintr-o clipă-ntr-alta, și sigur n-o să ne mai auzim. Dar voiam doar să-ți spun, în calitate de fiică a ta, că eu... te iubesc și că îmi vei lipsi mereu. Sper că, dacă te vei uita în jos și mă vei vedea, vei fi bucuros. Că exist. Fiindcă faptul că sunt aici înseamnă, într-un fel, că și *tu* ești încă aici, nu? zise Lily, cu o voce gâtuită de emoție, și ochii i se umplură de lacrimi. Privirea ei se opri asupra Camillei, care încuviință ușor din cap. Lily pufni și își ridică bărbia.

– Mă gândesc că e momentul ca fiecare să-și lanseze balonul, nu?

Toţi răsuflară, ca la un semn, uşuraţi şi se îndreptară spre baloane. În spatele meu, câţiva membri ai Cercului de consiliere tot şuşoteau între ei, aşteptând să ajungă la grămada de baloane, ca să prindă un fir.

Lily păşi prima înainte, ţinând în mână un balon alb, umplut cu heliu. Ridică braţul şi, cu un gând întârziat, rupse o floare albastră dintr-un ghiveci şi o legă cu grijă de firul balonului. Apoi ridică mâna şi, după o scurtă ezitare scurtă, dădu drumul balonului.

Fu urmată de Steven Traynor, ţinut strâns de braţ de Della. Camilla lansă balonul ei, apoi Fred, Sunil şi Georgina, care o ţinea de mână pe mama ei. Mama, Treena şi tata, suflându-şi zgomotos nasul în batistă, şi Sam. Am rămas în tăcere pe terasă şi am privit cum baloanele se înălţau, unul câte unul, spre cerul de un albastru limpede, devenind tot mai mici, până când se făcură nevăzute pe bolta infinită.

Am dat şi eu drumul balonului meu.

Capitolul 30

Bărbatul cu cămaşă de culoarea somonului era la a patra plăcintă daneză, îndesându-şi în gură, cu degetele durdulii, bucăţi mari şi curăţându-şi gâtul, din când în când, cu bere rece din halbă.

– Mic dejunul campionilor, murmură Vera, trecând pe lângă mine cu o tavă cu pahare şi prefăcându-se că se îneacă.

Am avut un profund sentiment de recunoştinţă că nu mai eram nevoită să fac curat la toaleta bărbaţilor.

– Hei, Lou! Ce trebuie să facă un om ca să fie servit aici? La mică distanţă, tata se înfiinţase pe un scaun şi se apleca peste bar, examinând varietăţile de bere. Trebuie să arat biletul de avion ca să-mi pot cumpăra ceva de băut?

– Tată...

– O excursie rapidă la Alicante? Ce crezi, Josie, ţi-ar plăcea?

Mama îl înghionti.

– Ar trebui să căutăm o excursie acolo anul ăsta. Chiar ar trebui.

– Ştii, nu arată deloc rău locul ăsta. Cu condiţia să treci peste faptul că în bar sunt acceptaţi şi prichindeii, se scutură tata şi aruncă o privire piezişă în spatele lui, unde o familie tânără, al cărei zbor avea întârziere, răspândise un amestec de piese LEGO şi stafide pe masă, în vreme ce trăgeau de câte o ceaşcă de cafea.

– Deci, ce-mi recomanzi, scumpo? Ce aveţi bun prin dozatoarele alea de bere?

L-am zărit pe Richard, care se apropia cu nelipsitul lui clipboard.

– Toate sunt bune, tată.

– Cu excepția ținutelor, mormăi mama, punând ochii pe fusta verde, prea scurtă, pe care o purta Vera.

– Conducerea a impus uniforma, se apără Richard, care deja avusese de îndurat două discuții cu mama despre transformarea femeilor în obiecte la locul de muncă. Eu n-am avut nici un amestec în treaba asta.

– Aveți vreo bere neagră pe-aici, Richard?

– Da, domnule Clark, avem Murphy's. Aduce la gust cu Guinness, deși un cunoscător sesizează imediat diferența.

– Eu nu sunt un cunoscător, fiule. Dacă e udă și pe eticheta ei scrie „bere", pentru mine e în regulă.

Tata pocni din buze, în semn de aprobare, și celălalt puse paharul cu bere în fața lui. Mama acceptă o cafea cu vocea ei „prietenoasă", pe care o folosea acum aproape pretutindeni în Londra, ca un demnitar aflat în vizită oficială, căruia i se prezintă o linie de producție. *A, deci asta e* cafeaua latte, *nu? Vai, arată pur și simplu adorabil. Și ce aparat deștept aveți pentru prepararea ei!*

Tata lovi ușor cu mâna în scaunul înalt de bar de lângă el.

– Vino și stai jos, Lou. Dați-mi voie să-i cumpăr fiicei mele ceva de băut.

M-am uitat spre Richard.

– Aș vrea o cafea, tată. Mulțumesc.

Am stat la bar în tăcere, pe când Richard ne servea, iar tata se instală confortabil, ca acasă, așa cum făcea în orice bar unde mergea, schițând, când și când, câte un salut din cap către alți clienți și stând pe scaun ca și cum ar fi fost șezlongul lui favorit. Era ca și cum prezența unui șir de neoane și a unei tejghele pe care să-și sprijine coatele i-ar fi creat instantaneu un cămin spiritual. Nu se dezlipi nici o secundă de mama, fie bătând-o ușor pe picior, în semn de apreciere, fie ținând-o de mână. În ultimele zile, fuseseră aproape nedespărțiți, sprijinindu-și capetele unul de celălalt și chicotind ca niște adolescenți. Ceea ce, potrivit surorii mele, era de-a dreptul revoltător. Treena îmi spuse, înainte să plece la lucru, că aproape îi preferase atunci când nu-și mai vorbeau.

– Sâmbăta trecută a trebuit să dorm cu dopuri în urechi. Îți poți imagina oroarea? Bunicul era alb la față la micul dejun.

Afară, un mic avion de pasageri încetini pe pistă şi se îndreptă spre terminal, ghidat de un bărbat cu o vestă reflectorizantă, care flutura nişte palete. Mama rămase cu geanta în poală, privind la el.

– Lui Thom i-ar fi plăcut să vadă asta, nu crezi, Bernard? zise ea. Cred că ar fi stat toată ziua la geam să se uite la avioane.

– Ar putea să vină, acum, că s-au mutat atât de aproape. Treena l-ar putea aduce aici în weekend. Şi eu aş putea să vin, dacă berea e tot aşa de bună.

– E minunat ce ai făcut, Louisa, că i-ai lăsat să vină să stea în apartamentul tău, mi se adresă mama după ce avionul dispăru din raza ei vizuală. Ştii că asta o va ajuta enorm pe Treena, cu salariul ei de debutantă şi cu toate celelalte cheltuieli...

– Era firesc să o fac.

– Oricât de mult ne-ar lipsi, ştim că nu poate locui cu noi pentru totdeauna. Ştiu că apreciază mult gestul tău, draga mea. Deşi nu o arată întotdeauna.

Chiar nu-mi păsa că Treena nu-şi arăta recunoştinţa. Îmi dădusesem seama de un lucru, atunci când ea şi Thom trecuseră pragul uşii, intrând în apartament, încărcaţi de bagaje şi afişe şi urmaţi de tata, cu imensa cutie de plastic, plină de Predaconi şi Autoboţi a lui Thom. Abia atunci realizasem că mă simţeam cu adevărat împăcată cu apartamentul cumpărat din banii de la Will.

– Ţi-a spus Louisa că sora ei se mută aici, în apartament, Richard?

De acum, mama acţiona pe principiul că aproape orice persoană întâlnită la Londra era prietena ei şi, prin urmare, abia aştepta să afle tot ce se mai întâmplase în familia Clark. În acea dimineaţă, îi explicase lui Richard, timp de zece minute, ce trebuie să facă în cazul mastitei soţiei lui, şi nu vedea nici un motiv pentru care să nu meargă şi ea să vadă bebeluşul. Pe de altă parte, Maria, femeia de serviciu de la hotel, venise cu fiica ei să ia ceaiul la Stortfold, aşa că principiile mamei nu erau complet greşite.

– Katrina noastră este o fată excepţională. Isteaţă foc! Dacă ai vreodată nevoie de o contabilă, e persoana ideală.

– O să ţin cont, doamnă, o asigură Richard, privindu-mă în treacăt.

M-am uitat la ceas. Era douăsprezece fără un sfert. Simţeam un tremur interior.

– Ești bine, dragă?

De mama nu mă puteam ascunde. Nu-i scăpa niciodată nimic.

– Da, mamă, sunt bine.

Îmi strânse mâna.

– Lou, sunt atât de mândră de tine! Știi asta, nu? Ai realizat atâtea în ultimele câteva luni... Și știu că nu ți-a fost ușor. Apoi, îmi arătă cu degetul. Aaa, ia privește! Știam că o să vină. Da, scumpo, așa-mi place!

Sam intră în bar. Era cu un cap mai înalt decât oricine altcineva, dar își croia oarecum ezitant drum prin mulțime, ținând mâinile ușor aduse în fața lui, ca și cum s-ar fi temut ca nu cumva cineva să dea peste el. L-am zărit înainte ca el să mă observe, și chipul mi se destinse într-un surâs spontan. I-am făcut frenetic cu mâna, iar el mă văzu și înclină din cap.

Când m-am întors spre mama, ea mă urmărea cu un zâmbet în colțul gurii.

– E un băiat pe cinste.

– Știu, mamă.

Mă privi încântată, cu un amestec de mândrie și un alt sentiment, mai complex, și mă bătu ușor pe mână.

– Bun, zise ea, ridicându-se de pe scaun. E timpul ca aventura ta să înceapă.

I-am lăsat pe părinții mei la bar. Era mai bine așa. Nu-mi plăceau manifestările sentimentale în fața lui Richard. Sam purtă o scurtă conversație cu ai mei – tata ținu să o întrerupă cu câte o glumă –, iar Richard îl întrebă despre rănile suferite și râse nervos când tata menționă că Sam scăpase mai ieftin decât fostul meu iubit. Îi trebuiră trei încercări tatei pentru a-l convinge pe Richard că nici pe departe nu glumea despre Dignitas și că totul fusese o poveste foarte tristă. Și, poate, abia în acel moment Richard își spusese că, de fapt, era chiar bucuros că nu mai lucram la bar.

M-am smuls din îmbrățișarea mamei și am străbătut în tăcere mulțimea din aeroport, ținându-l de mână pe Sam și încercând să ignor faptul că inima îmi bătea năvalnic în piept și că, probabil, părinții mei încă mă urmăreau cu privirea. M-am întors spre Sam, ușor panicată. Crezusem că urma să avem mai mult timp pentru amândoi.

El se uită la ceas şi apoi în sus, la tabela electronică pentru plecări.

– Acum anunţă avionul tău, zise, întinzându-mi trolerul.

Am prins valiza de mâner şi am încercat să schiţez un zâmbet.

– Drăguţ costum de călătorie.

Mi-am privit bluza cu imprimeu leopard şi ochelarii de soare Jackie O, pe care-i pusesem în buzunarul de la piept.

– Am căutat stilul aristocratic de călătorie al anilor '70.

– Arăţi bine. Pentru cineva care călătoreşte cu avionul.

– Aşadar, ne vedem peste patru săptămâni, i-am spus. Se spune că toamna la New York e minunată.

– Ar fi minunată oriunde, zise el, scuturând din cap. Iisuse! „Minunată". Urăsc acest cuvânt.

Am privit în jos, la mâinile noastre care se înlănţuiseră. M-am pomenit cu ochii fixaţi asupra lor, de parcă aş fi vrut să-mi întipăresc în minte atingerea lor, ca şi cum uitasem să recapitulez materia pentru un examen important, pe care urma să-l dau în curând. O panică stranie mi se cuibări în suflet, şi cred că el o simţi, fiindcă îmi strânse degetele.

– Ai luat tot? întrebă el. Paşaportul? Biletele? Adresa locului unde mergi?

– Nathan o să mă aştepte pe Aeroportul JFK.

Nu voiam să-l las să plece. Mă simţeam ca un magnet care o luase razna, fiind atras de ambii poli. Am rămas deoparte, pe când alte cupluri mergeau spre porţile de îmbarcare împreună, către aventurile lor, sau se despărţeau cu lacrimi în ochi.

Şi Sam îi privea. Se dădu un pas înapoi, pe nesimţite, apoi îmi sărută degetele înainte de a-mi da drumul mâinii.

– E momentul să pleci, zise el.

Aveam un milion de lucruri de spus, dar nu ştiam cum să o fac. Am păşit spre el şi l-am sărutat, aşa cum oamenii se sărută în aeroport, iubitori şi tânjind cu disperare unii după alţii, un sărut menit să rămână pe buze pe tot parcursul călătoriei, dar şi în săptămânile şi lunile ce aveau să urmeze. Încercam astfel să-i spun cât de important era pentru mine. Încercam să-i arăt că el era răspunsul la o întrebare pe care nici măcar nu eram sigură dacă mi-o pusesem vreodată. Am încercat să-i mulţumesc pentru că acceptase să plec, mai mult decât ar fi dorit să mă facă să rămân. Dar tot ce am putut face a fost să-i spun că băusem două cafele mari și nu mă spălasem pe dinți după aceea.

– Ai grijă, l-am rugat. Nu te grăbi să te întorci la muncă. Și nu mai lucra la casă.

– Mâine o să vină fratele meu să preia lucrările de construcție.

– Dacă te întorci pe ambulanță, să nu mai pățești ceva. Ești total nepregătit la capitolul cum să eviți să fii împușcat.

– Lou, o să fiu bine.

– Vorbesc serios. O să-i scriu un e-mail Donnei când ajung la New York și o s-o avertizez că o fac total responsabilă dacă ți se mai întâmplă ceva. Sau, poate, o să-l rog pe șeful tău să-ți dea un post la birou. Sau să te trimită la vreun centru de ambulanțe din Norfolkul de nord, unde nu se întâmplă mai nimic. Sau să-ți ceară, poate, să porți o vestă antiglonț. S-au gândit să vă dea veste antiglonț? Pariez că aș putea cumpăra una de calitate din New York, și...

– Louisa, mă opri el și-mi dădu la o parte o șuviță de păr din ochi. Mi-am simțit fața schimonosită de plâns. Mi-am lipit-o de a lui, mi-am încleștat maxilarul și am inspirat parfumul lui Sam, încercând să absorb cât mai mult din vigoarea trupului său. Și apoi, înainte să mă răzgândesc, am rostit un „La revedere" gâtuit, care ar fi putut părea un suspin sau o tuse ori un surâs stupid, nu știu sigur. M-am întors și am pornit, cu pași repezi, către controlul pașapoartelor, trăgând trolerul după mine, înainte să mă pot răzgândi.

Unui agent de securitate, îmbrăcat în haine civile, a cărui față abia dacă am putut-o zări printre lacrimi, i-am arătat noul meu pașaport, cu viza de Statele Unite - cheia viitorului meu. Și, pe când eram purtată de val spre avion, m-am răsucit pe călcâie, dintr-un impuls parcă. L-am zărit pe Sam, sprijinit de barieră, urmărindu-mă încă. Privirile noastre s-au întâlnit, și el ridică mâna cu palma desfăcută. I-am întors și eu, ușor, gestul. Am încercat să-mi întipăresc imaginea lui în minte - felul cum stătea aplecat, cum lumina îi cădea pe păr, felul direct în care mă privea întotdeauna –, ca să o pot revedea în zilele când m-aș fi simțit singură. Fiindcă aveau să urmeze asemenea zile de singurătate. Și de tristețe. Zile în care aveam să mă întreb de ce naiba acceptasem slujba aceea. Fiindcă și acea slujbă făcea parte din aventură.

Te iubesc, am rostit, fără ca măcar să fiu sigură că el îmi citise cuvintele pe buze.

Apoi, ținând strâns în mână pașaportul, m-am îndreptat spre poarta de îmbarcare.

Cu siguranță el era încă acolo, privind cum avionul meu prinde viteză și se ridică spre imensitatea albastră a văzduhului. Și, cu puțin noroc, Sam avea să fie acolo, așteptându-mă, când aveam să mă reîntorc acasă.

În colecția Blue MOON au apărut:

Jojo Moyes, *Ultima scrisoare de dragoste*
Danielle Steel, *Învingătorii*
Elin Hilderbrand, *Zvonul*
Jacqueline Susann, *Valea păpușilor*
Tatiana de Rosnay, *Se numea Sarah*
Jojo Moyes, *Înainte să te cunosc*
Nora Roberts, *Obsesia*
Jojo Moyes, *Fata pe care ai lăsat-o în urmă*
Danielle Steel, *Daruri de preț*
Danielle Steel, *Sub acoperire*
Kristin Hannah, *Privighetoarea*
Jojo Moyes, *După ce te-am pierdut*
Danielle Steel, *O viață perfectă*
Danielle Steel, *Jocuri de putere*
Martha Hall Kelly, *Când înflorește liliacul*
Danielle Steel, *Fiul risipitor*
Danielle Steel, *Aripile destinului*
Kristin Hannah, *A doua șansă*
Barbara Taylor Bradford, *Cavendon Hall*
Jojo Moyes, *Un bărbat și o femeie*
Jodi Picoult, *Pactul*
Nora Roberts, *Secrete și minciuni*
Jojo Moyes, *În căutarea unui destin*
Tracy Brogan, *Nebunie de-o vară*
Jojo Moyes, *Silver Bay*
Danielle Steel, *Moștenirea secretă*

Danielle Steel, *Blue*
Margaret Mitchell, *Pe aripile vântului* (vol. I-III)
Kristin Hannah, *Aleea cu licurici*
Tatiana de Rosnay, *Vieți secrete*
Jojo Moyes, *Eu, și totuși alta*
Lucinda Riley, *Secretul Helenei*
P.Z. Reizin, *Algoritmul fericirii*
Lucinda Riley, *Trandafirul nopții*
Gill Paul, *Soția secretă*
Jojo Moyes, *Un bilet pentru Paris*
J.P. Monninger, *Harta care mă duce la tine*
Kristin Hannah, *Un nou început*
Sofia Lundberg, *Caietul cu nume pierdute*
Jodi Picoult, *Al zecelea cerc*
Carolyn Brown, *Secrete și speranțe*
Jodi Picoult, *Povestitorul*
Kristin Hannah, *Grădina de iarnă*
Kerry Lonsdale, *Viața pe care am visat-o*
Elin Hilderbrand, *În seara asta, vorbește-mi de iubire*
Rosie Nixon, *Stilista*
Beth O'Leary, *Dragoste în contratimp*
Elin Hilderbrand, *Paradisul de la malul mării*
Lucinda Riley, *Cele șapte surori. Povestea Maiei*
Jodi Picoult, *Nouăsprezece minute*
Lauren Willig, *Soția engleză*
Chiara Gamberale, *Caruselul iubirii*
Kate Quinn, *Rețeaua Alice*
Jodi Picoult, *Nouăsprezece minute*
Kristin Hannah, *Dincolo de stele*
Jessica Shattuck, *Văduvele de la castel*